STRANGE

Deutsche Erstausgabe
Die englische Originalausgabe erschien unter dem Titel:
FLASHMAN AND THE MOUNTAIN OF LIGHT
bei Harvill, London
© 1990 by George MacDonald Fraser

Umschlaggestaltung: Ralf Berszuck
Satz: Silvia Kasper
Druck und Bindearbeiten: Fuldaer Verlagsanstalt

Copyright dieser Ausgabe © 2002 by Strange Verlag.
http://www.f-shop.de
Printed in Germany 2002

ISBN 3-89064-814-2

Georges MacDonald Fraser

FLASHMAN UND DER BERG DES LICHTS

Roman

Aus dem Englischen von Marion Vrbicky

Vorbemerkungen

Der Lebenslauf des Sir Harry Flashman, VC, war so ungewöhnlich und exzentrisch, dass es niemanden überraschen kann, wie sprunghaft er auch mit seinen Memoiren verfahren ist. Jene bildhafte Aneinanderreihung von Unglücksfällen, Skandalen und militärischen Berichten kam vor weit über zwanzig Jahren in einem Auktionshaus in den Midlands ans Licht des Tages, in Ölzeug eingeschlagene Pakete, welche seitdem in einer Reihe von Bänden herausgegeben wurden. Der vorliegende ist der neunte von ihnen. Bezeichnender Weise begann der alte viktorianische Held seine Lebensgeschichte im Jahre 1839 mit seinem Hinauswurf aus Rugby wegen Trunkenheit (und gab sich damit, sehr zum Erstaunen der Literaturhistoriker, als der feige Rüpel aus *Tom Brown's Schooldays* zu erkennen). Er fuhr fort, wie ihm gerade zu Mute war, mit Sprüngen vorwärts und rückwärts in der Zeit, bis er am Ende des achten Pakets im Jahre 1860 nach dem Krieg in China wieder einmal im Zustand der Volltrunkenheit aus einem Billiard House in Singapore verschleppt wurde. Dazwischen hatte er sich von 1842, während des ersten Krieges in Afghanistan, bis zum Kampf gegen die Sioux 1876 herumgetrieben (eine kleine, noch nicht veröffentlichte Episode führt uns gar zu einer Prügelei im Jahr 1894 in der Baker Street, als er im 72. Lebensjahr stand). Viele zeitliche Lücken in seiner Geschichte müssen noch gefüllt werden, aber mit der Veröffentlichung des vorliegenden Bandes, der sich mit seinen frühen Mannesjahren beschäftigt, ist die erste Hälfte seiner Lebensgeschichte fast vollständig bekannt. Nur eine die Neugier weckende Lücke in den frühen 1850ern bleibt, und ein paar einzelne Monate hie und da.

Bis jetzt ist es keine Geschichte zur moralischen Erbauung und dieses neueste Kapitel passt dazu. Es zeichnet einen unmoralischen und skrupellosen Schurken, dessen einzige lobenswerte Eigenschaft (Begriffe wie „Tugend" oder „Skrupel" können nicht auf einen verwandt werden, der stolz darauf war, nichts von beiden zu besitzen) seine Gabe zur genauesten Beobachtung war. Diese und das neue und oft überraschende Licht, welches er auf große Ereignisse und berühmte Personen seiner Zeit warf, waren verantwortlich für das starke Interesse der Geschichtsforscher und führten dazu, seine Memoiren mit den Boswell-Papieren zu vergleichen.

Sei es, wie es ist, er setzte diese Begabung voll ein, wenn auch mit zitternden Nerven, in diesem fast vergessenen englischen Feldzug, der im vorliegenden Band beschrieben wird als „der kürzeste, blutigste und wohl auch seltsamste, denke ich, in meinem ganzen Leben". Tatsächlich war er seltsam, schon wegen seiner Ursache, und Flashmans Bericht ist ein bemerkenswertes Fallbeispiel, wie ein Krieg beginnen kann und welche Intrigen, Schurkereien und Wechselfälle seinen Verlauf bestimmen. Er gibt auch die Geschichte eines sagenhaften Juwels wieder, und eines außerordentlichen Quartetts – einer indischen Königin, eines Sklavenmädchens und zweier abenteuerlicher Söldner – welches selbst in einer erfundenen Geschichte kaum glaubhaft schiene (auch wenn Kipling einen von ihnen scheinbar verwendet hat), wenn ihre Lebensläufe nicht anhand zeitgenössischer Quellen leicht überprüfbar wären.

Das war meine größte Besorgnis, wie auch bei den früheren Paketen der Flashman-Papiere, die mir ihr Eigentümer, Mr. Paget Morrison, anvertraut hat – mich davon zu überzeugen, dass Flashmans Erzählung mit den historischen Fakten übereinstimmt, so weit sie belegbar sind. Darüber hinaus habe ich lediglich Rechtschreibfehler verbessert sowie die üblichen Fußnoten, Anhänge und Register hinzugefügt.

GMF

Nun, mein lieber Sir Harry, ich muss Euch sagen", sprach Ihre Majestät und senkte ihren Kopf dabei auf eine Weise, welche Palmerston immer auf den Gedanken brachte, sie wollte ihn damit in den Bauch boxen, „ich bin *fest* dazu entschlossen, *Hindustani* zu lernen." Und das, man bedenke, im Alter von 67 Jahren. Fast hätte ich sie gefragt, wozu zum Teufel sie das wollte, in ihrem Alter, aber glücklicherweise war mein dummes Eheweib schneller, klatschte begeistert in die Hände und rief, das sei eine großartige Idee. Nichts stärke so sehr den Verstand und erweitere den Geist wie die Bekanntschaft mit einer Fremdsprache, ist das nicht so, mein Lieber? (Elspeth, kann ich Ihnen sagen, spricht nur Englisch – nun gut, Schottisch, wenn Sie so wollen – und gerade genug Kindermädchen-Französisch, um damit durch den Zoll zu kommen und Bedienstete zu quälen, aber was immer die Queen auch sagt, wie verrückt es auch sein mag, reißt sie zu Begeisterungsstürmen hin). Treuherzig stimmte ich zu, natürlich, sagte ich, es sei eine wundervolle Idee, Madame, welche sicher von großem Nutzen sein werde, aber meine Zweifel müssen auf meinem Gesicht zu lesen gewesen sein, denn unsere souveräne Herrscherin füllte meine Teetasse ziemlich hastig, ließ sogar den Brandy weg, und meinte streng, dass *Dr. Johnson* mit *70* noch *Holländisch* gelernt hatte.

„Und ich habe ein ausgezeichnetes *Gehör* für Sprachen", fuhr sie fort. „Ja, ich kann mich immer noch ganz genau der indischen Worte besinnen, welche Ihr gesprochen habt, als Euch mein Herzensgemahl dazu aufforderte, vor so vielen langen Jahren."

Sie seufzte, trank einen Schluck und sprach sie dann aus, zu meiner Bestürzung. „*Hamare ghali ana, achha din.* Ich erinnere mich daran, dass Lord Wellington sagte, es sei ein Hindugruß."

Nun gut, das riefen die Huren in Bengalen, um ihre Kunden anzulocken, also hatte sie Recht, irgendwie. Es waren die einzigen Worte gewesen, die mir in den Sinn gekommen waren, an diesem denkwürdigen Tag '42, als der Alte Herzog mich nach meinen Heldentaten in Afghanistan in den Palast gebracht hatte. Ich war zitternd und halb betäubt vor den Hoheiten gestanden, und als Albert mich bat, etwas in Hindi zu sagen, sprudelten sie heraus. Glücklicherweise war Wellington geistesgewandt genug gewesen, sie nicht zu übersetzen. Die Queen war damals ein hübsches, zartes Mädchen gewesen, scheu hatte sie gelächelt, als sie mir die Medaille ansteckte, die ich nicht verdient hatte. Jetzt war sie eine dicke, alte Person, grau und verblasst, die mit den Teetassen klimperte und das Konfekt vernichtete. Aber ihr Lächeln, das war noch da, ohja, Kavallerieschnurrbärte, selbst weiß gewordene, ließen immer noch die junge Vicky zum Vorschein kommen.

„Es ist eine solch *fröhliche* Sprache", sagte sie. „Ich bin sicher, sie kennt viele Scherze, nicht wahr, Sir Harry?"

Mir fielen schon ein paar ein, aber ich dachte, lieber sollte ich ihr den alten harmlosen Witz erzählen, der so beginnt: „*Doh admi joh nashe men the, rail ghari men safar kar raha ta …*"

„Aber was *bedeutet* das, Sir Harry?"

„Nun, Madame, es heißt, dass zwei Kerle mit dem Zug fuhren und sie waren, wie ich bedaure, sagen zu müssen, ziemlich angeheitert …"

„Aber Harry!", rief Elspeth und tat schockiert, aber die Queen kippte nur noch einen Schuß Whisky in ihren Tee und befahl mir forzufahren. So erzählte ich ihr, dass der eine Kerl sagte: „Wo sind wir?" und der andere antwortete „Mittwoch!", worauf der erste Kerl rief: „Himmel, hier muss ich aussteigen!" Wie Sie sich denken können, fanden die zwei das ziemlich komisch und während sie sich bei ein paar Ingwerkeksen erholten, fragte ich mich wohl zum zwanzigsten Mal, warum wir hier waren, nur Elspeth und ich und die Große Weiße Mutter, und zusammen Tee tranken.

Sehen Sie, obwohl ich in diesen späten Jahren gewohnt war, jeden Herbst nach Balmoral befohlen zu werden, um sie herumzukutschieren und ihren Schal zu holen, ihr Geschwätz zu ertragen und jeden Abend diese verdammten Dudelsäcke auch noch. Aber ein Ruf nach Windsor im Frühling war etwas völlig Neues. Wenn er dazu auch „der lieben Lady Flashman, unserer schönen Rowena" galt – sowohl die Queen als auch Elspeth gaben vor, Scott zu mögen –, kannte ich mich nicht mehr aus. Nachdem Elspeth sich von ihrer Begeisterung erholt hatte, „an den Hof gerufen zu werden", wie sie es nannte, war sie ziemlich sicher, ich würde bei den Feiern zum Jubiläum die Peerswürde erhalten (ihr verrückter Optimismus kennt keine Grenzen). Ich dämpfte sie, indem ich ihr sagte, dass die Queen sicher nicht Adelskronen im Kasten liegen hatte, um sie an Besucher zu verteilen. Das ging nur über offizielle Kanäle, und Salisbury war noch nicht so verkalkt, um *mich* zu adeln; ich war es nicht wert, bestochen zu werden. Elspeth rief, ich sei ein furchtbarer Zyniker und wenn Ihre Majestät selbst unsere Anwesenheit forderte, dann musste es um was Großartiges gehen, und was zum Himmel sollte sie anziehen?!

Nun das Großartige stellte sich als Buffalo Bill's Wild West Show[1] heraus. Ich kam zu dem Schluss, dass ich deswegen dorthin mitgeschleppt wurde, weil ich selbst im Westen gewesen war und als Autorität für alles galt, was wild und weit weg war. So saßen wir in üblem Gedränge in Earl's Court mitten unter einer Bande von Höflingen, während Cody auf seinem weißen Pferd prunkte, mit seinem Hut winkte und einen Hirschlederanzug trug, der am Yellowstone für Lachstürme gesorgt hätte. Ich sah genug Kriegsbemalung und Federn, um den ganzen Stamm der Sioux damit auszustatten, die Krieger heulten ihre Kriegsgesänge und schwangen ihre Tomahawks, die tapferen Reiter tänzelten, eine Kutsche voller zu Tode verängstigter Jungfrauen wurde überfallen und im letzten Moment erschien der tapfere Held und gab Dauerfeuer, sodass man vor lauter Pulverdampf nichts mehr sah. Die Königin sagte, das sei äußerst kurios und *interessant* und was *bedeutet* denn die Kriegsbemalung, mein lieber Sir Harry?

Gott allein weiß, was ich ihr geantwortet habe. Tatsache ist, während alle anderen das Spektakel bejubelten, dachte ich darüber nach, dass ich nur elf Jahre zuvor am Little Bighorn vor den echten Kriegern davongerannt war, als hätte ich den Teufel persönlich auf den Fersen, und dennoch mein Haar verloren hatte. Nachdem Cody der Queen vorgestellt worden war, sagte ich ihm das auch. Er rief: „Ja, beim Donner, das war ein

Scharmützel, das ich versäumt habe!", und wie er mich beneidete um meine Erlebnisse! Alter lügnerischer Schwindler. Aber darum geht es hier nicht. Als die Queen mit mir und Elspeth nach Windsor zurückfuhr und uns für den nächsten Tag zum Tee à trois einlud, erkannte ich, dass unsere Anwesenheit bei der Show nur ein Zufall war und der wahre Grund für die Einladung ein völlig anderer. Eigentlich eine unbedeutende Sache, wie sich herausstellte, aber sie inspirierte mich zu diesem Bericht, den Sie gerade lesen.

Sie wollte unsere Meinung hören, sagte sie, in einer außerordentlich wichtigen Angelegenheit – und wenn Sie es für seltsam befinden, dass sie solchen wie uns ihr Vertrauen schenkte, dem Diener des Empire im Ruhestand, ausgezeichnet für seine Tapferkeit und bekannt für seinen schlechten Ruf, und der Tochter eines Händlers aus Glasgow… nun, dann haben Sie sie nicht gekannt, unsere tiefbetrauerte Herrscherin. Oh, sie bestand auf ihrem Rang und ihrer Bedeutung wie ein türkischer Sultan. Zweifellos die höchste, mächtigste Monarchin, die es je gab, und wie sie es betonte, aber – war man erst einmal ihr Freund, so war das eine völlig andere Geschichte. Elspeth und ich waren meilenweit vom Hof entfernt, bestenfalls auf halbem Weg in die bessere Gesellschaft, aber, sehen Sie, wir kannten sie seit sehr langer Zeit – und, nunja, sie hatte immer eine Schwäche für mich (welche Frau nicht?). Elspeth hatte, abgesehen davon, dass sie eine ungekünstelte, glückliche Schönheit war, die sogar von ihrem eigenen Geschlecht gemocht wurde, die unbezahlbare Gabe, die Queen zum Lachen zu bringen. Als junge Frauen waren die beiden voneinander ganz eingenommen und jetzt, bei den seltenen Gelegenheiten zum Tête-à-tête, tratschten sie wie die Großmütter, die sie ja auch waren. Ja, am selben Tag (als ich gerade außer Hörweite war) erzählte sie Elspeth, dass es einige Leute gab, welche von ihr wünschten, sie solle an ihrem Goldenen Jubiläum zugunsten ihres widerlichen Sohnes abdanken, „aber das werde ich *nicht* tun, meine Liebe! Ich habe vor, ihn zu überleben, falls ich es schaffe, denn dieser Mann ist nicht *fähig* zu regieren, wie niemand besser weiß als Euer Ehemann, der die

10

undankbare Aufgabe hatte, ihn zu unterrichten." Stimmt, bei einigen Gelegenheiten hatte ich für ihn den Zuhälter gemacht, aber es war verschwendete Liebesmüh' gewesen, er wäre auch ohne meinen Unterricht der gleiche großartige Lebemann und Hurenfreund geworden.

Aber gerade wegen des Jubiläums wollte sie unseren Rat, „und ganz besonders den Euren, Sir Harry, Ihr *allein* habt die notwendigen Kenntnisse." Das konnte ich mir zwar nicht vorstellen, sie hatte in den letzten Monaten viel zu viele gute Ratschläge bekommen, wie sie am besten ihr 50. Jahr auf dem Thron feiern sollte. Das ganze Empire befand sich im Jubiläums-Taumel, mit Gedenkansprachen und Festlichkeiten und Enthüllungen und Schulfeiertagen und Einweihungen von allem und jedem, jede Art von Extravaganz war gefragt. Die Geschäfte waren voll mit Jubiläumstassen und -tellern und Schnickschnack, auf denen der Union Jack und das verdammt düster blickende Gesicht Ihrer Majestät zu sehen waren. Es gab Jubiläumslieder in den Konzerten und Jubiläumsmärsche bei den Paraden, und selbst Gesäßpolster mit Musik, die „God Save the Queen" spielten, wenn die Trägerin sich niedersetzte. Ich wollte Elspeth dazu bringen, sich einen zu kaufen, aber sie sagte, das sei respektlos, und außerdem könnten die Leute glauben, *sie* würde Geräusche machen.

Natürlich hatte die Queen in allem und jedem ihre Nase drin, nur sie konnte sicherstellen, dass die Feiern würdig und *nützlich* abliefen. Nur sie konnte die Beleuchtung in Kapstadt billigen und die Schachteln mit Schokolade für die Eskimokinder, die Planungen für Jubiläumsparks und Gärten und Konzerthäuser und Vogelbäder von Dublin bis Dunedin, die besonderen Jubiläumsroben (ich schwöre es bei Gott!) für die buddhistischen Mönche in Burma und die Sonderzuteilung von Stoff für die Leprakranken in Singapur. Wenn sich die Welt einmal nicht an 1887 und die Großmutter des Empire erinnerte, von der alle Wohltaten ausgingen, so würde es nicht ihre Schuld sein. Und nach Jahren in der Abgeschiedenheit hatte sie damit begonnen, sich im großen Stil herumzutreiben, auf Jubiläums-Festessen und -Versammlungen und -Abendgesellschaften und -Einweihungen – zum Teufel, sie hatte sogar Liverpool einen Besuch abgestattet.

Aber was ihr am meisten schmeichelte war, in den vollen Regalia der Kaiserin von Indien fotografiert zu werden, sie hatte eine Art Indisches Fieber bekommen, und sie war fest entschlossen, dass die Jubiläums-Feiern einen Geschmack nach Curry haben sollten – daher ihr Entschluss, Hindi zu lernen. „Was sonst, Sir Harry, könnte denn unsere *besonders hohe* Achtung für unseren indischen Untertanen beweisen, denkt Ihr?"

Geld, Schnaps und Klunker wäre die richtige Antwort gewesen, aber ich kaute bedächtig schauend an einem Keks und sagte, sie solle ein paar indische Bedienstete einstellen, das würde einen guten Eindruck machen. Es würde auch die hochherrlichen Diener und Kriecher wütend machen, die sie umgaben, darauf konnte ich wetten. Nach einigem Nachdenken nickte sie und sagte, das sei ein *kluger* und *passender* Gedanke – wie sich herausstellte, war er es weder noch, denn der indische *Wallah*, der ihr besonderer Liebling wurde, war kein Gentleman aus hoher Kaste, wie er vorgab, sondern der Sohn eines prügelnden Aufsehers im Gefängnis von Agra. Als wäre das noch nicht genug, verbreitete er ihre geheimen indischen Staatspapiere in allen Bazaars und trieb den Vizekönig halb zum Wahnsinn. Jaja, der alte Flashy weiß schon, was er tut.[2]

Damals aber war sie ganz begeistert davon und dann kam sie zur Sache. „*Jetzt* habe ich zwei Fragen an Euch, Sir Harry. *Äußerst* wichtige Fragen, so bitte hört genau zu." Sie rückte ihre Brille zurecht und kramte schweratmend in einem flachen Koffer, der neben ihrem Ellenbogen lag. Schließlich zog sie ein vergilbtes Blatt Papier heraus.

„Hier habe ich es. Colonel Mackesons Brief…" Sie kniff die Augen zusammen. „…datiert vom 9. Februar 1852… na, wo steht es denn… ah, hier! Der Colonel schreibt unter anderem: ‚In dieser Sache wird es am besten sein, jene Offiziere des Regiments zu befragen, *welche ihn wirklich gesehen haben*, vor allem Leutnant *Flashman*…'" Sie warf mir einen Blick zu, als wollte sie sichergehen, dass ich den Namen erkannt hatte. „…

‚der ihn angeblich als *erster* gesehen hat und zweifellos *genau* sagen kann, wie er damals getragen wurde'." Sie legte den Brief weg und nickte. „Seht, ich hebe alle meine Briefe sorgfältig *gereiht* auf. Man weiß nie, wann einer *bedeutsam* werden könnte."

Ich verstand gar nichts. Wo bei Gott war ich 1852 gewesen und wer zum Kuckuck war „er", von dem ich anscheinend genau wußte, wie er getragen wurde? Die Queen lächelte über meine Verwunderung. „Er mag sich ein wenig verändert haben", sagte sie, „aber ich bin sicher, Ihr werdet euch an ihn erinnern."

Sie nahm ein kleines Lederetui aus dem Koffer, legte es zwischen die Teetassen und öffnete den Deckel, mit der Miene eines Zaubererers, der gerade ein Kaninchen aus seinem Hut zieht. Elspeth stieß einen Seufzer aus, ich sah hin – und mein Herz machte einen Sprung.

Es ist schier unmöglich, ihn zu beschreiben, man muss ihn aus der Nähe sehen … diese glitzernde Pyramide aus Licht, so breit wie eine Kronenmünze, fast lebendig durch das eisige Feuer, dass aus seinem Herzen zu strahlen scheint. Er ist ein unvergleichliches, böses Ding, er sollte gar kein Diamant sein, sondern ein Rubin, rot wie das Blut der Tausenden, die seinetwegen gestorben sind. Aber das war es nicht und auch nicht seine schreckliche Schönheit, die mich erschüttert hatten. Es war die Erinnerung, so unerwartet. Jaja, ich hatte ihn schon einmal gesehen.

„Der Berg des Lichts", sagte die Queen zufrieden. „So nannten ihn die Nabobs, nicht wahr, Sir Harry?"

„Ja, Madame," sagte ich, ein wenig heiser. „Koh-i-Noor."

„Er ist ein bisschen kleiner als in Eurer Erinnerung, nicht? Er wurde unter der Anleitung meines lieben Albert und des Herzogs von Wellington umgeschliffen," wandte sie sich erklärend an Elspeth, „aber er ist immer noch das *größte, kostbarste* Juwel der gesamten Welt. Erobert in unserem Krieg gegen die Sikhs, wißt Ihr, vor mehr als 40 Jahren. Aber hatte Colonel Mackeson Recht, Sir Harry? Saht Ihr in wirklich in seiner natürlichen Umgebung? Könntet Ihr mir das beschreiben?"

Bei Gott, das konnte ich! Aber nicht dir, altes Mädchen, und ganz bestimmt nicht vor meinem geliebten Eheweib, das gerade atemlos zitterte, als die Queen den glitzernden Stein mit ihren dicken Fingern ins Licht hielt. „Natürliche Umgebung" war schon richtig. Ich sah ihn nun vor mir, wie ich ihn damals gesehen hatte, strahlend in seinem Bett aus bronzefarbenem Fleisch – im entzückenden Nabel dieser herrlichen Schlampe, der Maharani Jeendan, sein blendendes Licht beschämte die Tausenden von kleineren Juwelen an ihren Armen und Beinen. Das war ihre ganze Kleidung gewesen, als sie trunken zwischen den Polstern herumstolperte und kreischend lachte über die Grapschereien ihrer Tänzer. Sie trank ihren goldenen Becher leer und warf ihn durch den Raum, kichernd glitt sie auf mich zu, schlug im Takt der Trommeln auf ihre nackten Hüften, während ich, sturzbetrunken aber voller guter Absichten, versuchte, über einen Fußboden zu ihr zu kriechen, der scheinbar voller kashmirischer Houris und ihrer Liebespartner war. „Komm und hol' ihn dir, mein Engländer! Aii-ee, wenn der alte Runjeet das sehen könnte! Er würde von seinem Scheiterhaufen springen, nicht wahr?"

Sie fiel auf die Knie, ihr Bauch zitterte und der große Diamant blitzte in blendendem Licht. „Willst du ihn nicht nehmen? Soll Lal ihn haben? Oder Jawaheer? Nimm ihn, *gora Sahib*, mein englischer *Bahadur*!" Ihr leicht geöffneter roter Mund und die kholgeschminkten, drogenbetäubten Augen verspotteten mich durch den wirbelnden Dunst aus Parfum und Alkohol…

„Harry, warum schaust du so erregt? Was ist denn los?" Elspeth war besorgt, und die Queen schnalzte mitfühlend und sagte, ich sei verwirrt und das sei ihre Schuld, „denn ich bin sicher, meine Liebe, der plötzliche Anblick des Steins hat ihm all die schrecklichen Kämpfe gegen die Sikhs ins Gedächtnis zurückgerufen und den Verlust von, oh, so vielen seiner *tapferen* Kameraden. Habe ich nicht Recht?" Liebevoll tätschelte sie meine Hand und ich wischte über meine schweißnasse Stirn und gestand, dass ich erschüttert war, weil schmerzvolle Erinnerungen wachgerufen worden waren …alte Kameraden, wißt Ihr, gefährliche Begegnungen, harte Zeiten, schlimme Sache. Aber ja, ich erinnerte mich an den Diamanten, er gehörte zu den Kronjuwelen des Hofes von Lahore, und er war ...

„Sicherlich sehr geschätzt und mit *Würde* und *Stolz* getragen worden!"

„Oh, ja, Madame! Manchmal wurde er sogar herumgereicht."

Die Queen war entsetzt. „Doch nicht von *Hand zu Hand*?!"

Nein, sondern von Nabel zu Nabel, das Spiel war, ihn herumzureichen von Mann zu Frau, ohne die Hände zu benutzen, und jeder, der dabei erwischt wurde, dass er seinen Nabel mit Wachs beschmiert hatte, wurde disqualifiziert. Ich gab mir Mühe, ihr zu versichern, dass nur die königliche Familie und ihre, äh, engsten Freunde ihn je berührt hatten, und sie sagte, sie sei *erfreut*, das zu hören.

„Ihr werdet mir eine genaue Schilderung aufzeichnen, wie er getragen und gezeigt wurde", sagte sie. „Natürlich hab ich ihn selbst schon auf verschiedenste Art und Weise getragen, denn obwohl man ihm nachsagt, er brächte Unglück, so bin ich doch nicht abergläubisch, und außerdem soll er nur Männern Unglück bringen. Auch wenn Lord Dalhousie ihn mir persönlich überreicht hat, so denke ich doch, er gehört allen Frauen des Empire." Jaja, ging mir der Gedanke durch den Kopf, Eure Majestät trägt ihn am Montag und die Putzfrau am Dienstag ...

„Das führt mich zu meiner zweiten Frage und Ihr, Sir Harry, der Ihr Indien so gut kennt, *müsst* mich beraten. Wäre es passend, ihn für den Jubiläums-Gottesdienst in der Abbey in die Staatskrone einsetzen zu lassen? Würde das unseren indischen Untertanen gefallen? Könnte es irgend jemanden auch nur im *geringsten* beleidigen – zum Beispiel die Prinzen? Denkt darüber nach, bitte, und teilt mir Eure Meinung schleunigst mit."

Sie starrte mich an, als wäre ich das Orakel von Delphi, und ich musste mein Hirn von meinen Erinnerungen befreien, um zu verstehen, was sie da wollte.

Nach all der langen Einleitung war das also ihre Frage von

„höchster Wichtigkeit?!" So ein Schwachsinn! Als ob ein einziger von einer Million Nigger den Stein erkennen würde oder auch nur wüsste, dass er existiert. Und die, die ihn erkannten, würden fette, kriecherische Radschas sein, die selbst dann begeistert applaudieren würden, sollte sie vorschlagen, den Taj Mahal weiß, rot und blau zu bemalen und ihren verdammten Diamanten an die Spitze zu kleben. Trotzdem, sie zeigte mehr Einfühlungsvermögen, als ich ihr zugetraut hätte; gut, dann konnte ich sie beruhigen, wenn ich das wollte. Aber dessen war ich mir gar nicht so sicher. Es war richtig, wie sie gesagt hatte, dass der Koh-i-Noor nur Männern Unglück gebracht hatte, von Aladdin bis Schah Dschahan, Nadir, dem alten Runjeet und dem armen Zuhälter Jawaheer – ich konnte immer noch seine Todesschreie hören und erschauderte dabei. Aber er hatte auch Jeendan nicht viel Glück gebracht, und sie war so weiblich, wie ein Mensch nur sein kann… „Nimm ihn, Engländer!" – Gott, redet nur von Feiern! Nein, ich wollte nicht, dass er unserer Vicky Unglück brachte.

Verstehen Sie mich nicht falsch, ich bin auch nicht abergläubisch. Aber ich habe gelernt, den fremden Göttern zu misstrauen, und ich gestehe, dass der Anblick dieses infernalischen Dings mitten zwischen den Teetassen mich geschafft hatte… vierzig und mehr Jahre… Ich hörte wieder das Trampeln der Khalsa, wie sie Reihe um vollbärtige Reihe aus dem Moochee-Tor strömten: *Wah Guru-ji!* Auf nach Delhi! Auf nach London!" Das Donnern der Kanonen und das Pfeifen der Raketen, als die Dragoner Säbel schwingend aus dem Rauch hervorbrachen. Der alte Paddy Gough in seinem weißen „Kampfmantel", der seinen Schnurrbart zwirbelte… „Ich bin nie besiegt worden und ich werde nicht besiegt werden!" in seinem breiten irischen Dialekt… ein schlankes Pathanen-Gesicht unter einem türkischen Turban… „Ihr wisst, wie sie diese Schönheit nennen? Den Mann, der König sein wollte!"… eine Prinzessin wie aus Tausend und Eine Nacht, sich zur Schau stellend vor ihrer Armee wie ein Tanzmädchen, sie verspottend… sie verhöhnend, halb nackt und tobend, ein Schwert in der Hand… Kohlen, die unter dem eisernen Rost schrecklich glosten... Liebende Hand in Hand in einem verzauberten Garten unter dem Mond des Pandschab... ein großer Fluss übersät mit Leichen von Ufer zu Ufer... ein kleiner Junge im goldenen Gewand, der den Diamanten hochhält, Blut rinnt über seinen kleinen Finger... „Koh-i-Noor! Koh-i-Noor!"

Die Queen und Elspeth waren vertieft in ein großes Buch voller Bilder von Kronen und Diademen und Reifen, „denn ich kenne meine Schwäche für Juwelen, wisst Ihr, und wie sie mich auf den falschen Weg führen kann, aber Euer Geschmack, meine liebe Rowena, ist gänzlich *makellos*... Nun, wenn man ihn so einpassen würde, zwischen den Lilienblüten..."

Ich sah schon, ich würde die nächsten paar Stunden kein Gehör finden, so stahl ich mich hinaus, um zu rauchen. Und mich zu erinnern.

Nach dem Fiasko in Afghanistan '42 hatte ich mir geschworen, niemals wieder auch nur in die Nähe von Indien zu gehen. Vielleicht hätte ich mein Wort auch gehalten, hätte Elspeth nicht ein so loses Benehmen gezeigt. Seht, in jenen süßen Tagen musste sie ständig mit allem flirten, das Hosen trug – ich mache ihr keinen Vorwurf, denn sie war wirklich eine große Schönheit, und ich war oft weit fort oder pflügte das Feld mit anderen Stuten. Aber sie schwang ihre Hüften einmal zu oft und für den falschen Mann: der erbärmliche Nigger-Pirat Solomon entführte sie in jenem Jahr, als ich beinahe zum Cricket-Star wurde, und es war eine echte Höllenjagd, bis ich sie wiedergefunden hatte.˙ Irgendwann werde ich die Geschichte aufschreiben, vorausgesetzt die Erinnerung erschreckt mich nicht zu Tode, es ist eine gräuliche Geschichte, über Brooke und die Kopfjäger von Borneo, und wie ich meine Haut (und die Elspeths) nur dadurch retten konnte, dass ich der verrückten schwarzen Königin Madagaskars zu Gefallen war, bis sie ohnmächtig wurde. Sehr seltsam, nicht wahr? Am Ende wurde wir von der englisch-französischen Expedition

˙siehe „Flashman's Lady" (Die Piraten von Borneo)

gerettet, welche '45 Tamitave bombardierte, und waren auf dem besten Weg ins gute alte England, aber der pompöse Bürokrat, der Mauritius verwaltete, sah mich nur kurz an und rief: „Bei meiner Seele, das ist Flashy, der Held von Afghanistan! Welches Glück, dass es im Pandschab gerade heißt, alle Mann an Deck! Ihr seid genau der Mann, den sie brauchen! Fort mit Euch und bringt den Sikhs Benehmen bei, wir kümmern uns schon um Eure Frau." Oder so ähnlich drückte er sich aus.

Ich sagte, niemals, nur über meine Leiche. Ich war nicht mit halbem Sold in Pension gegangen, nur, um gleich wieder in den nächsten Krieg geschickt zu werden. Aber er – Gott möge ihn strafen – war einer dieser Tyrannen, die eine Weigerung nicht hören wollten, und zitierte mir die Verordnungen der Queen, und quälte mich mit Sprüchen über Pflicht und Ehre – ich war noch jung damals und ziemlich erschöpft von meinem Spiel mit Ranavalona und wirklich leicht einzuschüchtern (Das bin ich immer noch, unter all dem äußeren Auftreten, das Sie vielleicht aus meinem Militärdienst kennen. Meine großartige Sammlung von Auszeichnungen, die ich durch Schurkerei, Feigheit, in Deckung gehen und um Hilfe schreien gewonnen habe, sprechen nicht dagegen). Hätte ich gewusst, was auf mich zukam, wäre ich eher zuerst in die Hölle gegangen – diese Worte werden einst auf meinem Grabstein stehen, Gott helfe mir – aber das wusste ich eben nicht, und mich zu drücken hätte den in Afghanistan so hart erworbenen Lorbeerkranz in Stücke gerissen. So gehorchte ich seinen Anweisungen, auf schnellstem Weg nach Indien zu reisen, und mich dort beim Oberkommandieren zu melden, verdammt möge er sein. Ich beruhigte mich damit, dass es vielleicht Vorteile brächte, noch eine Weile unterwegs zu sein. Sehen Sie, ich hatte keinerlei Nachrichten von zu Hause, es war ja möglich, dass Mrs. Leo Lades edler Beschützer und dieser schmierige Buchmacher Tighe ihre Schläger immer noch auf mich angesetzt hatten – es ist wirklich schlimm, in welche Zwickmühle einen ein bisschen Huren und Spielen bringen kann.[3]

So sagte ich Elspeth ausführlich Lebewohl, und sie klam-

18

merte sich an mich, dort im Hafen von Port Louis, ihre Tränen nässten mein Leinenhemd, während sie gleichzeitig den schnurrbärtigen Froschfressern, welche sie nach Hause bringen würden, Seitenblicke zuwarf. ‚Hallo!' dachte ich mir, ‚Wenn das so schnell weitergeht, nennt sie heut abend den ersten schon beim Vornamen!' und wollte ihr schon eine Strafpredigt halten. Sie aber hob ihre wundervollen blauen Augen und schluchzte: „Ich war noch nie so glücklich, wie mit dir im Urwald. Nur du und ich. Komm sicher zurück, mein Süßer, sonst bricht mir das Herz."

Als sie mich küsste, fühlte ich einen Stich und wollte sie für immer bei mir behalten – zum Teufel mit Indien – und ich sah ihrem Schiff nach, bis es verschwand, lange nachdem die goldenhaarige Gestalt an der Reling zu klein geworden war, um sie noch zu erkennen. Doch bedenken Sie, Gott allein weiß, was sie mit den Fröschen angestellt hat.

Ich hatte auf eine langsame nette Überfahrt gehofft, vorzugsweise nach Kalkutta, sodass sich der Unfug mit den Sikhs verzogen haben mochte, lange bevor ich an der Grenze angelangt war, aber die Postschaluppe aus Kapstadt traf am nächsten Tag ein, und ich landete in kürzester Zeit in Bombay. Und dort, durch höllisches Pech, noch bevor ich den Geruch nach Ghee wieder in der Nase hatte oder auch nur darüber nachgedacht hatte, eine Frau zu finden, lief ich direkt in den alten General Sale hinein, den ich seit Afghanistan nicht mehr gesehen hatte, so ungefähr der letzte Mann, den ich zu diesem Zeitpunkt treffen wollte.

Falls Sie meinen Bericht über das Desaster in Afghanistan nicht kennen·, so muss ich Ihnen sagen, dass ich bei der berüchtigten Armee war, welche das Land '42 verdammt viel schneller verließ, als sie einst eingezogen war – was davon noch übrig war. Ich war einer der wenigen Überlebenden und durch ein wunderbares Missverständnis wurde ich zum Helden der Stunde: irrtümlich glaubte man, ich hätte die blutigste Letzte Schlacht seit Hastings ausgefochten, während ich in Wahrheit doch unter einer Decke gezittert hatte. Und als ich im Hafen von Jallalabad wieder zu mir gekommen war, wer hatte da an meinem Bett gesessen, mit vor Rührung feuchten Augen? Der Garnisonskommandant Bob Sale. Er war es gewesen, der als erster mein angebliches Heldentum in die Welt hinaustrompetete. Sie können sich also vorstellen, mit welchen Gefühlen er mich begrüßte, als ich drei Jahre später wieder auftauchte – scheinbar nach einem weiteren Schlag gegen die Wilden dürstend.

„Das ist wahrhaftig das Beste!" rief er strahlend. „Sowas, wir hatten Euch für uns verloren geglaubt – ruht Euch auf Euren Lorbeeren aus, was? Ach, ich hätte es besser wissen müssen! Setzt Euch, setzt Euch nieder, mein lieber Junge! *Kya-hai, matey!* Konntet wohl nicht wegbleiben, Ihr junger Hund! Wartet, bis George Broadfoot Euch sieht – ohja, er hängt da oben an der Leine, und viele von der alten Truppe! Ja, es wird sein wie in den alten Zeiten, außer das Gough kein Elphy Bey ist[4]!" Er schlug mir auf die Schulter, gierig nach Blutvergießen und fügte in einem Flüsterton hinzu, den man noch in Benares hören konnte: „Kabul soll verdammt sein – es wird keinen Rückzug aus Lahore geben! Auf Eure Gesundheit, Flashman!"

Es machte mich krank, aber ich gab mich neugierig und brachte sogar einen enttäuschten Seufzer zu Stande, als er zugab, dass der Krieg noch gar nicht begonnen hatte, und vielleicht gar nicht beginnen würde, wenn Hardinge, der neue Generalgouverneur, seinen Willen bekam. Gut, dachte ich, ich bin Hardinges Mann, aber natürlich bat ich Bob, mir einen Überblick über die Lage zu geben und sprudelte vor Eifer über – wenn Sie einen Feldzug planen, müssen Sie als erstes wissen, wo es sicheren Unterschlupf gibt. Das tat er auch. In dieser Niederschrift werde ich viel hinzufügen, das mir erst später bekannt wurde, sodass Sie genau erkennen können, wie die Dinge standen im Sommer '45, und begreifen, was danach geschah.

Noch ein Wort zuvor. Sie werden den Spruch gehört haben, dass das britische Empire in einem Zustand der Geistesabwesenheit entstand – einer dieser typischen Scherze von Oscar Wilde, die gut klingen, aber völlig blödsinnig sind. Durch Geistes*gegenwart*, wenn Sie so wollen, und zahllose andere Dinge

20

wie Gier und Christentum, Schurkerei und Anständigkeit, Politik und Irrsinn, große Pläne und blinden Zufall, Stolz und Handel, Plumpheit und Neugier, Leidenschaft, Unwissenheit, Ritterlichkeit und Pragmatismus, ehrliches Suchen nach Recht und Sturheit, die verdammten Froschfresser draußen zu halten. Und wie so oft, kam vieles zusammen, und als der Staub sich gelegt hatte, saßen wir da, und wer sonst würde die Dinge ins Lot bringen, für Recht, Ordnung und Zivilisation sorgen – und, ja natürlich, auch den Profit einheimsen.

Das habe ich wenigstens als Augenzeuge erlebt und gesehen, und vielleicht kann ich es auch beweisen, wenn ich beschreibe, was mir '45 passiert ist, im blutigsten und kürzesten Krieg, der in Indien je gefochten wurde, und im seltsamsten meines ganzen Lebens, denke ich. Sie werden sehen, dass er all die imperialen Zutaten enthält, die ich beschrieben habe – allerdings sollten Sie für Frösche lieber „Muslims" oder „Russen" einsetzen – und noch ein paar andere Dinge, die Sie nicht glauben werden. Wenn ich fertig bin, werden Sie vielleicht nicht besser verstehen, was ein Fünftel der Welt britisch hat werden lassen, aber wenigstens sollten Sie erkennen können, dass es nichts war, was man in einem Epigramm ausdrücken kann. Geistesabwesenheit, bei meinem Arsch. Wir wussten *immer*, was wir taten, wir wussten nur nicht immer, was dabei herauskommen würde.

Als erstes müssen Sie das Gleiche tun, worum Sale mich bat, und auf die Karten schauen. '45 gehörte der Company Bengal, die West- und die Ostküste, mehr oder weniger, und sie war Herrin des Landes bis hinauf zum Sutlej. Hinter dieser Grenze lag das Land der Fünf Flüsse, der Pandschab[5] der Sikhs. Aber die Dinge liefen nicht so geordnet wie heute, wir waren noch damit beschäftigt, unsere Grenzen zu sichern, und diese Nordwest-Grenze war der schwache Punkt, wie sie es heute noch ist. Von dort kam jede Invasion, aus Afghanistan, der Vorhut einer muslimischen Flut, unzählige Millionen stark, die bis an das Mittelmeer zurückreichte. Und Russland. Wir hatten versucht, uns in Afghanistan einzunisten, wie Sie ja wissen, und eins auf die Nase bekommen. Und auch wenn wir uns dafür seit damals gerächt hatten, so gingen wir doch nicht mehr in dieser Richtung vor. Es blieb eine beständige Bedrohung für Indien und uns selbst – und alles, was dazwischen lag, waren der Pandschab und die Sikhs.

Sie wissen ein wenig von ihnen: hochgewachsene, gutaussehende Kerle, mit langen Haaren und Bärten, stolz und abweisend wie die Juden, sehr unbeliebt, wie es Stammesleuten, die man leicht erkennt, oft ergeht – die Muslims hassten sie, die Hindus misstrauten ihnen, und selbst heute wäre der einfache Soldat, der sie als tapfere Kämpfer bewundert, lieber zusammen mit anderen stationiert – mit Ausnahme ihrer Kavallerie, die wohl jeder gerne bei sich hätte. Meiner Meinung nach waren sie das am weitesten fortgeschrittene Volk Indiens. Sie machten nur ein Sechstel der Bevölkerung des Pandschab aus, aber sie beherrschten das Land völlig, was es beweist.

Wir hatten einen Vertrag mit diesen starken, klugen, verräterischen, zivilisierten Wilden, der ihre Unabhängigkeit nördlich des Sutlej anerkannte, während wir südlich davon regierten. Es war ein gutes Geschäft für beide. Sie blieben frei und waren gut Freund mit der Company, und wir hatten einen zähen, stabilen Puffer zwischen uns und den wilden Stämmen auf der anderen Seite des Khyber-Passes. Lasst doch die Sikhs die Pässe bewachen, während wir in Indien unseren Geschäften nachgehen, ohne die Kosten und den Ärger, uns selbst um die Afghanen kümmern zu müssen. Das sollten Sie sich merken, wenn Sie darüber reden hören, wie „vorwärtsdrängend" unsere Politik in Indien angeblich war. Es wäre schlicht nicht vernünftig gewesen, den Pandschab zu erobern – nicht, so lange er stark und geeint war.

Was er auch war, bis '39, als der Maharadscha der Sikhs, der alte Runjeet Singh, am Suff und seinen Ausschweifungen starb (man sagte, am Ende hätte er Frauen nicht mehr von Männern unterscheiden können, aber so sind sie nun mal, wissen Sie). Er war ein großer Mann gewesen und ein schlimmer Tyrann, aber er hatte den Pandschab zusammengehalten wie eine eiserne Klammer. Und als er starb, ließ der die nächsten sechs Jahre dauernde Machtkampf die Intrigen der Borgias aussehen wie ein Pfarrkränzchen. Sein einziger legitimer Sohn, Kuruk, ein degenerierter Opiumsüchtiger, wurde ziemlich bald von *seinem* Sohn vergiftet, der lange genug durchhielt, um Papas Begräbnis zu besuchen, wo ihm – zu niemandes großer Überraschung – ein Gebäude auf den Kopf fiel. In der nächsten Reihe stand Shere Singh, Runjeets Bastard und ein solcher Wüstling, dass sie ihn, wie ich gehört habe, von einem Weib herunterziehen mussten, um ihn auf den Thron zu setzen. Er regierte wirklich lange, zwei ganze feine Jahre, überlebte Aufstände, den Bürgerkrieg und einen Anschlag von Chaund Cour, Kuruks Witwe, bis sie ihn schließlich umbrachten (mit seinem gesamten Harem, diese verschwenderischen Schweine). Chaund Cour selbst starb ein wenig später in ihrem Bad unter einem großen Stein, den ihre eigenen Sklavenmädchen auf sie hatten fallen lassen – ihre Hände und Zungen wurden danach entfernt, um müßiges Geschwätz zu unterbinden. Und nachdem auch noch verschiedenste andere Freunde und Verwandte mit einem Mal nicht mehr da waren und der ganze Pandschab kurz vor der Anarchie stand, war der Weg plötzlich frei für den unwahrscheinlichsten aller Kandidaten, den kleinen Dalip Singh. Der saß im Sommer '45 immer noch gesund und munter auf dem Thron.

Offiziell war er der Sohn des alten Runjeet und eines Tanzmädchens names Jeendan, das der Maharadscha kurz vor seinem Tod geehelicht hatte. Es gab aber doch einige, welche die Vaterschaft anzweifelten, denn Jeendan war dafür berüchtigt, vier Männer auf einmal bei sich zu unterhalten, und der alte Runjeet war schon ziemlich hinüber gewesen, als er sie geheiratet hatte. Anderseits war sie aber eine geübte Kurtisane, deren Charme auch noch ein Steinidol erregt hätte, also war es möglich, dass der alte Runjeet sie gerade noch geschafft hatte, bevor er sich auf den Weg zu Gott machte.

Jetzt war sie also die Mutter des Herrschers und übte gemeinsam mit ihrem trunkenen Bruder Jawaheer Singh die Regentschaft aus. Jawaheers bester Trick auf Festen war es, sich als Frau zu verkleiden und mit den Tanzmädchen zu tanzen – allem Anschein nach fand am Hof von Lahore eine Dauerorgie statt. Jeendan überfiel jeden Mann, dessen sie ansichtig wurde, die Damen und Herren ihres Hofes machten fröhlich mit, tagelang war niemand nüchtern, das Geld floss nur so dahin und das ganze Staatswesen glitt hinab in luxuriösem Ruin. Ich muss gestehen, es klang ganz verlockend für mich, bis auf die ganz normalen Morde und Foltereien und die fürchterlichen Intrigen, die scheinbar jeden nüchternen Moment in Anspruch nahmen.

Und wie ein Gespenst hing über dieser fröhlichen Korruption die Khalsa, die Armee der Sikhs. Runjeet hatte sie aufgebaut, hatte erstklassige europäische Söldner angeheuert, und diese hatten daraus eine wirklich leistungsfähige Maschine gemacht, gedrillt, diszipliniert, modern und 80.000 Mann stark – die beste Armee in ganz Indien außer der der Company (wie wir hofften). Solange Runjeet am Leben war, war alles in Ordnung gewesen, aber seit seinem Tod hatte die Khalsa ihre Macht erkannt und war nicht bereit, bloss eine Trumpfkarte in der Hand der Schurken, Verkommenen und Trunksüchtigen zu sein, welche heute auf dem Thron saßen und morgen schon nicht mehr. Sie hatte gegen ihre Offiziere rebelliert und verwaltete sich selbst durch Soldatenkomitees, genannt *Panches*, mischte sich in den Bürgerkrieg ein, wann es ihr passte, mordete, plünderte und vergewaltigte ganz diszipliniert und unterstützte jeden Maharadscha, der ihr gerade gefiel. Eines aber war beständig: die Khalsa hasste die Briten und forderte ununterbrochen, nach Süden über den Sutlej gegen uns geführt zu werden.

Jeendan und Jawaheer kontrollierten sie genauso wie ihre Vorgänger mit riesigen Bestechungssummen und Privilegien, aber weil die Lakhs für ihre Verderbtheiten verschwendet wurden, verebbte langsam sogar der fabelhafte Reichtum des Pandschab. Und was dann? Jahrelang hatten wir zugesehen, wie sich unser nördlicher Pufferstaat in einem Übermaß an Blut und Verfall auflöste, in das wir uns, wollten wir dem Vertrag treu bleiben, nicht einmischen durften. Jetzt war die Krise da. Wie lange würden Jeendan und Jawaheer die Khalsa noch in der Hand haben? Konnten sie verhindern (wollten sie es überhaupt?), dass die Khalsa einen Schlag gegen uns führte, wenn Beute aus ganz Indien als Preis winkte? Wenn die Khalsa eine Invasion begann, würden unsere eigenen Eingeborenen-Truppen zu uns stehen? Und was wenn nicht? Niemand, außer ein paar ganz klugen Leuten wie Broadfoot, wollte darüber nachdenken oder über das, was zwölf Jahre später beinahe passiert wäre, während der Meuterei.

So also standen die Dinge im August '45[6], aber meine Sorgen galten, wie gewöhnlich, nur mir selbst. Das Zusammentreffen mit Sale hatte meine Hoffnungen ruiniert, eine Zeit lang eine ruhige Kugel schieben zu können: Er würde sich schon darum kümmern, dass ich einen Platz in Goughs Stab bekam, sagte er und strahlte mich väterlich an, während ich in vorgetäuschter Freude herumzappelte und mir das Herz in die Hose sank. Ich wusste, es war eine Einbahnstraße in die Verdammnis, ein Adjutant des alten Paddy zu sein, wenn die Trompeten zum Kampf riefen. Er war der Oberkommandierende, ja, das war er, ein alter irischer Squire, der in mehr Schlachten gekämpft hatte als jeder andere lebende Mann und immer noch nach neuen suchte. Geliebt von seinen Truppen (wie es solche Verrückten meistens sind) und zu jener Zeit Empfänger großer Sympathien, während er sich bemühte, die Grenze gegen den kommenden Sturm zu sichern und keltische Flüche auf den vernünftigen Hardinge herabrief, der ihn ständig ermahnte, die Sikhs nicht zu provozieren, und seine Truppenbewegungen unterband.[7]

Aber ich sah keinen Ausweg, Sale hatte es unheimlich eilig, seine Pflichten als Generalquartiermeister an der Grenze wieder aufzunehmen, mit dem armen Flashy im Gepäck, der sich fragte, wo er die Masern herbekam oder wie er sich ein Bein brechen sollte. Dennoch, als wir nach Norden ritten, ging es mir viel besser beim Anblick der Ansammlungen von Männern und Material entlang der Great Trunk Road. Von Meruut an war sie überschwemmt mit britischen Regimentern, eingeborener Infanterie, Dragonern, Lancern, Regimentskavallerie und Artillerie – damit würde sich die Khalsa nie anlegen, dachte ich. Sie wären ja verrückt. Was sie natürlich auch waren. Aber damals kannte ich die Sikhs noch nicht und auch nicht die unglaublichen Wechselfälle und Intrigen, welche eine Armee dazu bewegen können, in den sicheren Tod zu marschieren.

Gough war nicht in seinem Hauptquartier in Umballa, wo wir zeitig im September ankamen, er war auf einer Verschnaufpause in Simla, und nachdem Sales Frau dort lebte, reisten wir zu meiner großen Freude gleich weiter. Ich hatte davon gehört, als einem Ort großer Ausgelassenheit und guten Lebens und, wie ich leichtsinnig annahm, der Sicherheit.

Es war ein herrlicher Platz, damals,[8] bevor Kiplings Vulgaristen und Primitivlinge ihn entdeckten, ein kleines Juwel einer Bergsiedlung, umringt von schneebedeckten Gipfeln und Pinienwäldern, mit einer Luft, die man fast trinken konnte, und lieblichen grünen Tälern wie im schottischen Grenzgebiet – eines davon wurde tatsächlich Annandale genannt, wo man Picknick machen und feiern konnte, soviel man wollte. Emily Eden hatte daraus *den* Ferienort der 30er Jahre gemacht, und es standen schöne Häuser auf den Hängen der Hügel und Steinbungalows mit offenen Kaminen, wo man bloss die Vorhänge zuziehen musste, um sich wie daheim im guten alten England zu fühlen. Damals bauten sie gerade das Fundament der Kirche, auf den Terrassen über dem Bazaar, und steckten den Cricket-Platz ab. Selbst die Früchte und Blumen erinnerten an zu Hause – wir hatten Erdbeeren und Schlagsahne an jenem ersten Nachmittag in Lady Sales Haus.

Liebe schreckliche Florentia. Wenn Sie meine Geschichte über Afghanistan gelesen haben, so kennen Sie sie, eine grobknochige alte Heldin, die den ganzen albtraumhaften Rückzug von Kabul mit der Armee geritten war, als eine Streitmacht von 14.000 Mann von den Flinten der Dourani und den Messern der Khyberkrieger fast vollständig aufgerieben wurde. Sie hatte den ganzen langen Weg den Mund offen gehabt, die britische Verwaltung verdammt und ihre Träger angetrieben. Colin Mackenzie hatte gesagt, es war eine knappe Sache gewesen. Aber was war schrecklicher: ein Ghazi, der brüllend vor Mordlust von den Felsen herabsprang, oder Lady

Sales rote Nase, die aus ihrem Zelt herauskam und wissen wollte, warum das Wasser nicht *wirklich* kochte. Sie hatte sich nicht verändert, außer ihrem Rheuma, von dem sie sich nur Erleichterung verschaffen konnte, in dem sie ihren Fuß auf den Tisch legte – und verdammt nervös machte mich das: ihren Fuß neben meiner Tasse zu haben und ein langes dünnes Bein in rotem Flanell zwischen den Keksen.[9]

„Flashman starrt die ganze Zeit auf meinen Knöchel, Sale!" rief sie. „Sie sind alle gleich, diese jungen Männer. Macht mir keine Eulenaugen, junger Herr, ich kann mich daran erinnern, wie Ihr in Kabul Mrs. Parker verfolgt habt. Denkt Ihr, ich hätte es nicht bemerkt? Ha! Ich und die gesamte Besatzung! Ich werde Euch in Simla genau beobachten, das sage ich Euch." Das zwischen einer Schmährede über Hardinges Inkompetenz und einem beißenden Anpfiff für ihren *Khansamah*, weil er das Salz im Kaffee vergessen hatte. Sie sehen, ich war einer ihrer Lieblinge und nach dem Tee ließ sie mich die Erinnerung an Afghanistan wiederbeleben, indem ich in meinem zuverlässigen Bariton „Drink, puppy, drink" singen musste und sie auf die Klaviertasten hämmerte. Die Darbietung litt ein wenig unter meiner plötzlichen Falsetttonlage, als ich mich daran erinnerte, dass ich dieses fröhliche Liedchen zum letzten Mal in Königin Ranavalonas Boudoir gesungen hatte, während ihre schwarze Majestät in höchst ungewöhnlicher Weise den Takt dazu angab.

Das erinnerte mich daran, dass Simla für seine Möglichkeiten zur Zerstreuung berühmt war, und nachdem die Sales diesen Abend Gough und ein kohlfressendes Prinzchen auf Tour durch Indien zu Gast hatten, konnte ich entkommen. Florentia ließ noch den Hinweis fallen, dass ich wieder zu Hause sein sollte, bevor der Milchmann kam. Ich schlenderte auf jenem Pfad den Hügel hinunter, der heute die berühmte Mall ist, genoß die frische Luft gemeinsam mit anderen schicken Spaziergängern, und bewunderte den Sonnenuntergang, die riesigen Rhododendren und Simlas besondere Attraktionen: hunderte verspielter Affen und Dutzende verspielter Frauen. Ganz allein waren die Frauen, ihre Männer hart an der Arbeit unten im Tiefland, und die Wahlmöglichkeiten waren groß: zivile Damen, saftige Infanteristen-Frauen, Kavallerie-Stuten und springlebendige Strohwitwen. Ich ließ meinen Blick über sie hingleiten und blieb an einer ungefähr vierzigjährigen Juno mit fröhlichen Augen und vollen Lippen hängen. Sie schenkte mir ein nachdenkliches Lächeln, bevor sie in ihr Hotel ging, wo ich sie ganz seltsamer Weise wenig später in einer abgeschiedenen Ecke der Teeveranda wiedertraf. Wir unterhielten uns höflich, über das Wetter und die neuesten französischen Novellen (ihr gefiel *The Wandering Jew*, während ich mehr zu den *Drei Musketieren* hinneigte)[10], sie aß ein wenig Eis und begann, unter dem Tisch meine Beine zu betatschen.

Ich mag Frauen, die wissen, was sie wollen, die Frage war nur wo? Und mir fiel nichts Gemütlicheres ein als mein Zimmer im hinteren Teil des Hauses Sale, das mir zugewiesen worden war. Indische Dienstboten haben Augen auf dem Hinterteil, natürlich, aber die Wände waren solide, nicht aus Lehm, und in der beginnenden Dämmerung konnten wir ungesehen durch die französischen Fenster im Garten hineinschleichen. Ihr guter Ruf war anscheinend schon in den 20er Jahren gestorben, denn sie sagte, das sei ein Riesenspaß, und bald darauf schlüpften wir durch die Büsche im Garten der Sales und hielten uns fern von den *Jampan*-Trägern der Gäste, die an der vorderen Veranda hockten. Heftiges Küssen unterbrach einen Moment unseren Weg unter den Deodar-Bäumen, bevor wir die Stiegen zur seitlichen Veranda erklommen – och verdammt, da war Licht in meinem Zimmer! Man hörte das Rascheln und Räuspern eines der Träger! Ich stand verblüfft da, während mein Liebchen (eine Mrs. Madison, glaube ich) an meinem Ohr nagte und meine Knöpfe fast abriss. In diesem Augenblick kam ein weiterer Orientale um die Ecke des Hauses und hustete dabei fürchterlich. Ohne Nachzudenken zog ich sie einfach in das Zimmer, das neben meinem lag, und schloss leise die Türe.

Es war das Billiardzimmer – dunkel, leer, und es roch so muffig wie ein Prediger. Weil meine Gespielin mir inzwischen die Hosen heruntergezogen hatte und deren Inhalt unter-

'eine Art Tragstuhl

suchte, beschloss ich, dass es genügen musste. Die Speisenden würden noch stundenlang bei Tisch sitzen, und Gough sah auch nicht aus wie ein Billiardspieler, aber Vorsicht und Takt verboten es, uns einfach auf den Boden zu legen. Und da waren diese kleinen Vorhänge zwischen den Beinen des Billiardtisches...

Es ist weniger Platz unter einem Billiardtisch, als man glauben mag, aber zusammengekrümmt entledigten wir uns fieberhaft störender Teile unserer Kleidung und begannen unser Spiel so richtig. Mrs. Madison erwies sich als äußerst kundige Mitspielerin, sie kicherte boshaft und zögerte die Dinge ein wenig hinaus, sodass wir wohl überall unter dem Tisch gewesen sein mussten, von einem Ende zum anderen und zurück, bevor ich sie unterhalb der Mittellöcher erwischte und mein Bestes tat. Nachdem sie sich mit zitternden Flüsterlauten entspannte und ich meinen Atem wiederfand, war es sogar recht gemütlich, denken Sie nur. Wir flüsterten und spielten im Dunkeln, ich ein wenig müde und sie kichernd über den großen Spass, den wir trieben. Ich dachte sogar daran, noch einmal von vorne zu beginnen, als Sale plötzlich beschloss, dass er eine Partie Billiard spielen wollte.

Die Tür flog krachend auf, Licht strahlte durch die Vorhänge, Diener eilten herein, um die Tischdecke zu entfernen und die Kerzen zu entzünden, schwere Schritte näherten sich, Männerstimmen lachten und redeten und der alte Bob sagte: „Hier entlang, Sir Hugh... Eure Hoheit. Was wollen wir spielen? Seitenloch oder eine Runde?"

Ihre Beine waren verwischte Schatten hinter den Vorhängen, als ich Mrs. Madison in die Mitte unter dem Tisch schob – und das selbstvergessene Weib schüttelte sich vor Lachen! Ich zischte ihr ins Ohr, und wir lagen halb bekleidet und zitternd, sie vor Lachen und ich vor Angst, während das Gespräch und das Lachen und das Klappern der Queues beängstigend nah über unseren Köpfen erklang. So ein verdammtes Pech! Wir konnten nichts tun außer stillhalten und hoffen, dass keiner von uns niesen musste oder Schluckauf bekam.

Seit damals habe ich ähnliche Erlebnisse gehabt, unter

einem Sofa, auf welchem Lord Cardigan gerade seine zweite Frau umwarb, unter dem Himmelbett eines Präsidenten (so errang ich den San-Serafino-Orden der Reinheit und Wahrheit) und ein schreckliches Mal in Russland, als eine Entdeckung den sicheren Tod bedeutet hätte. Aber das Merkwürdige ist, wenn du auch noch so zitterst, so ertappst du dich doch, wie du lauschst, als ginge es um dein Leben. Ich lag mit einem Ohr auf Mrs. Madisons Busen und das andere fing alles auf. Es ist wert, wiedergegeben zu werden, denn es war Tratsch von der Grenze, von unseren obersten Offizieren. Es wird Ihnen helfen zu verstehen, was danach kam.

Ich wusste gleich, wer alles im Zimmer war. Gough, Sale und ein dünnes, affektiertes Lispeln, das nur dem deutschen Prinzchen gehören konnte, „Totengräber" Havelocks Sonntagspredigerstimme (wer hätte gedacht, dass er sich in Poolzimmern herumtrieb?) und der arrogante schottische Dialekt, der die Anwesenheit meines alten Kameraden aus Afghanistan George Broadfoot verkündete, nun befördert zum Beauftragten für die Nordwest-Grenze[11]. Und wie immer war er dabei, sich zu beschweren.

„…und Kalkutta rügt mich, dass ich mit der Maharani und ihrem betrunkenen Durbar zu streng sei! Ich soll sie nicht provozieren, sagt Hardinge. Tatsächlich, provozieren – während sie Überfälle auf uns durchführen, meine Briefe ignorieren und unsere Sepoys verführen! Die Hälfte der Bordellbesitzer in Ludhiana sind Agenten der Sikhs und sie bieten unseren *Jawans*˙ die doppelte Bezahlung an, wenn sie zur Khalsa desertieren."

„Doppelt für Infanteristen, sechsfach für *Sowars*˙˙", sagte Sale. „Verführerisches Angebot, nicht?[12] Ring oder unmarkiert, Hoheit?"

„Markiert, bitte. Aber desertieren denn viele eurer eingeborenen Soldaten?"

„Ach, ein paar." Das war Gough, in seinem Schweinestalldialekt. „Bedenkt, wenn die Khalsa jemals angreift, weiß Gott allein, wieviele auf das Pferd setzen, das sie für den Gewinner halten. Oder sich weigern gegen ihre Landsleute zu kämpfen."

˙eingeborener Infanterist
˙˙eingeborener Kavallerist

Die Kugeln klickten leise und der Prinz sagte: „Aber die Briten werden immer die Gewinner sein. Ganz Indien hält Eure Armee für unbesiegbar." Nach einer langen Pause sagte Broadfoot:

„Nicht mehr seit Afghanistan. Wir zogen ein wie die Löwen und kamen heraus wie die Schafe – und Indien hat es bemerkt. Wer weiß, was einer Invasion der Sikhs folgen könnte? Aufstand? Es wäre möglich. Eine generelle Revolte…"

„So hört doch auf!", rief der Prinz. „Ein Invasion der Sikhs würde doch sofort zurückgeschlagen werden! Ist es nicht so, Sir Hugh?"

Noch mehr klappernde Kugeln und dann sagte Gough: „Seht es so, Sir. Wenn die Sepoys den Schwanz einziehen – was ich nicht wirklich glaube – so stehe ich mit unseren englischen Regimentern allein gegen 100.000 der besten Kämpfer Indiens, von Europäern ausgebildet, bedenkt das, mit modernen Waffen… Wie viele bekomme ich für diesen Stoß? Könnt Ihr mir das sagen? Zwei? Mutter Gottes, ist es das wert? Na gut." Klick. „Verdammt, meine Augen lassen mich im Stich. Wie ich sagte, Eure Hoheit, allzu viele Fehler kann ich mir nicht leisten, oder?"

„Aber wenn die Gefahr so groß ist, warum marschiert Ihr nicht jetzt in den Pandschab und erstickt sie im Ansatz?"

Ein weiteres langes Schweigen, dann sprach Broadfoot: „Es wäre ein Bruch des Vertrages, wenn wir das täten – und Eroberungen sind in England nicht populär, nicht seit Sind[13]. Kein Zweifel, dass es am Ende dazu kommen wird, und Hardinge weiß das, egal, wie oft er sagt, dass Britisch-Indien schon groß genug ist. Aber die Sikhs müssen zuerst angreifen, und Sir Hugh hat recht – das ist der Augenblick größter Gefahr, wenn sie in Kampfesstärke südlich des Sutlej stehen und unsere eigenen Sepoys sich ihnen vielleicht anschließen. Griffen *wir* zuerst die Khalsa im Pandschab an, Vertrag oder kein Vertrag, würden unsere Aktien bei den Sepoys steigen, sie würden nicht wanken und wir würden mühelos gewinnen. Wir müssten dann bleiben, in einem Gebiet, das London nicht will – aber Indien wäre für immer vor einer muslimischen Invasion sicher.

Ein netter kleiner Teufelkreis, nicht wahr?"

Der Prinz sagte nachdenklich: „Sir Henry Hardinge hat ein Problem, scheint mir."

„Deswegen wartet er," sagte Sale, „in der stillen Hoffnung, dass die gegenwärtige Regierung in Lahore wieder stabile Verhältnisse herstellt."

„Und in der Zwischenzeit rügt er mich und behindert Sir Hugh, damit wir Lahore auf keinen Fall *provozieren. Bewaffnete Beobachtung* – das sollen wir machen", sagte Broadfoot.

Mrs. Madison gab einen leisen Schnarcher von sich, und ich legte blitzartig die Hand über ihren Mund und hielt ihr die Nase zu.

„Was war das?", fragte eine Stimme über mir. „Habt ihr das gehört?"

Es blieb still, während ich am Rande eines Herzinfarkts zitterte. Dann sagte Sale:

„Diese verdammten Geckos. Euer Stoß, Sir Hugh!"

Als wär das nicht genug, legte die nun wache Mrs. Madison ihre Lippen an mein Ohr und flüsterte: „Wann hören die endlich auf? Mir ist *so* kalt." Stumm machte ich verzweifelte Gebärden, und sie steckte ihre Zunge in mein Ohr, sodass ich die nächsten Worte nicht mehr verstand. Aber ich hatte genug gehört – wie friedlich Hardinges Absichten auch sein mochten, der Krieg war ziemlich wahrscheinlich. Ich meine nicht, dass Broadfoot bereit war, ihn selbst zu beginnen, aber er würde jede Chance ergreifen, die die Sikhs ihm bieten würden, und zweifellos dachte unsere gesamte Armee so. Es ist schließlich die Aufgabe eines Soldaten. Und so, wie sich das anhörte, war die Khalsa nur zu bereit, ihm den Gefallen zu tun. Und wenn sie das tat, dann war ich mitten drin, Adjutant eines Generals, der seine Truppen nicht nur von der Front aus anführte, sondern mitten in der verdammten gegnerischen Armee, wenn es nach ihm ging. Der Prinz sprach weiter, ich strengte meine Ohren an und versuchte, Mrs. Madison zu ignorieren, die sich unter mich wand, vermutlich bloß wegen der Wärme.

„Aber könnte Sir Henry nicht Recht haben? Sicherlich gibt

es einen adeligen Sikh, der Ruhe und Ordnung wiederherstellen kann – diese Maharani zum Beispiel... Chunda? Jinda?"

„Jendaan", sagte Broadfoot. „Sie ist eine Houri." Das mussten sie dem Prinzen übersetzen, der sich sehr interessiert zeigte.

„Tatsächlich? Man hört die erstaunlichsten Geschichten. Man sagt, sie ist von unvergleichlicher Schönheit und... äh... unstillbarem Appetit?"

„Ihr habt von Messalina gehört?", fragte Broadfoot. „Nun, die Dame ist dafür bekannt, dass sie in einer Nacht sechs Geliebte verbraucht hat."

Mrs. Madison flüsterte: „Das glaube ich nicht!", und dem Prinzen ging es genauso, denn er rief:

„Ach, Gerüchte machen immer viel mehr daraus. Sechs in einer Nacht! Wie könnt Ihr dessen so sicher sein?"

„Augenzeugen", sagte Broadfoot kurzangebunden, und man konnte den Prinzen beinahe blinzeln hören, als seine Vorstellungskraft dies zu verdauen suchte.

Auch die von jemand anderem fühlte sich dadurch wohl inspiriert. Mrs. Madison, vermutlich angeregt durch das schamlose Gerede, wurde wieder zutraulich, das rücksichtslose Luder. Wie ich auch versuchte, sie zu beruhigen, sie benahm sich so hartnäckig, dass ich überzeugt war, man müsste sie hören, und Havelocks Grabesmiene würde jeden Moment zwischen den Vorhängen auftauchen. Also was hätte ich tun sollen, außer den Atem anzuhalten und ihr Verlangen so leise wie möglich zu stillen. Es ist eine verrückte Sache, kann ich Ihnen sagen, so in völliger Stille und voll Angst vor Entdeckung, aber irgendwie beruhigt es auch sehr. Ich konnte den Gesprächen nicht mehr folgen. Als wir fertig waren und ich fast an meinem Unterhemd erstickte, das ich mir in den Mund gestopft hatte, legten sie endlich ihre Queues weg und verließen den Raum, Gott sei es gedankt. Und dann:

„Einen Augenblick, Broadfoot." Das war Gough, mit gedämpfter Stimme. „Denkt Ihr, Seine Hoheit könnte schwatzen?"

Sicher waren nur noch die beiden im Zimmer. „So sicher wie Vögel überall hinscheißen", antwortete Broadfoot. „Aber es wird für niemanden neu sein. Die Hälfte der Leute in diesem verdammten Land sind Spione und die andere Hälfte sind ihre Agenten. Ich weiß, wie viele Augen und Ohren ich habe, und Lahore hat bestimmt die doppelte Anzahl, da könnt Ihr sicher sein."

„Wahrscheinlich genug", sagte Gough. „Nun ja, Weihnachten wird alles vorbei sein, weiß der Teufel. Aber – was hat mir Sale da über den jungen Flashman erzählt?"

Wieso sie mein plötzliches Zusammenzucken unter dem Tisch nicht wahrnahmen, weiß ich nicht, denn ich fuhr beinahe mit dem Kopf durch die Bretter.

„Ich muss ihn haben, Sir. Ich habe Leech verloren, und Cust wird seinen Platz einnehmen müssen. Es gibt keinen anderen mit politischer Ahnung hier, und ich habe mit Flashman in Afghanistan gearbeitet. Er ist jung, aber er hat sich gut gehalten unter den Gilzai, er spricht Urdu, Pashtu und Pandschabi…"

„Haltet Eure Pferde im Zaum!", antwortete Gough. „Sale versprach ihm eine Stelle beim Stab und der Junge verdient auch eine, keiner mehr als er. Außerdem, er ist ein Soldat, kein Beamter. Wenn er seinen Weg machen soll, dann wird er es tun wie in Jallalabad, zwischen fliegenden Kugeln und kaltem Stahl…"

„Bei allem Respekt, Sir Hugh!", fiel Broadfoot ihm ins Wort, und ich stellte mir vor, wie sich sein roter Bart aufrichtete. „Ein Agent ist kein Beamter. Sammeln und Auswerten von Informationen…"

„Das braucht Ihr mir nicht zu sagen, Major Broadfoot! Ich habe gekämpft und Informationen gesammelt, als Euer Großvater noch ein Kleinkind war. Wir reden hier über einen Krieg und ein Krieg braucht Krieger!" Gott helfe der armen alten Seele, er sprach über mich.

„Ich denke nur an das Wohl der Armee, Sir…"

„Ach, und ich vielleicht nicht?! Verdammt sei Eure schottische Frechheit! Ach zum Teufel, Ihr regt mich wegen gar nichts auf. Nun, George, ich bin ein gerechter Mann, hoffe ich, und so werde ich es machen. Flashman gehört zum Stab –

und Ihr werdet nicht *ein* Wort zu ihm sagen, mallum'? Aber…
die ganze Armee weiß, dass Ihr Leech verloren habt und dass
wir einen weiteren Agenten brauchen. Wenn Flashman es sich
in den Kopf setzt, sich um diese Stelle zu bewerben – schließlich war er bereits einmal Agent, er ist verrückt genug, um alles
zu tun – dann werde ich mich ihm nicht in den Weg stellen.
Aber kein Zwang, hört Ihr? Ist das gerecht?"

„Nein, Sir", sagte George. „Welcher junge Offizier würde
eine Stabsstelle gegen den Nachrichtendienst eintauschen?"

„Jede Menge – Drückeberger und Hyde-Park-Husaren –
nichts gegen Eure eigenen Leute oder gegen den jungen
Flashman. Er wird seine Pflicht tun, wie er es für richtig hält.
Nun, George, das ist mein letztes Wort in dieser Sache. Jetzt
laßt uns Lady Sale unsere Aufwartung machen…"

Hätte ich noch die Kraft gehabt, ich hätte mir Mrs. Madison
gleich noch einmal vorgenommen, aus lauter Dankbarkeit.

„Ich nehme an, Ihr wisst gar nichts über Erbrecht und Wit-
wenrecht?", fragte Broadfoot.

„Nicht eine verdammte Zeile, George", antwortete ich fröhlich. „Nunja, ich kann die Rechtslage zitieren für Wildern und
unerlaubtes Betreten – und ich weiß, dass ein Ehemann nicht
an das Geld seines Weibes kommt, wenn ihr Vater das nicht
will." Elpeths Vater, der verhasste Morrison, hatte mir das beigebracht. Und verdammt viele Moneten hatte er auch noch,
das kleine Reptil.

„Haltet Euren Mund!", sagte Broadfoot. „Dann dient dies
nur Eurer Bildung." Und er schob einen Stoß modriger Wäl-
zer über den Tisch, oben auf lag eine Verordnung: *Inheritance
Act 1833*. So also erneuerte ich meine Bekanntschaft mit dem
politischen Dienst.

Sehen Sie, was ich unter Sales Pooltisch gehört hatte, waren
die Fanfaren der Rettung und ich werde Ihnen sagen, warum.
Normalerweise lief ich meilenweit weg vom Nachrichtendienst – in Niggerfetzen herumlaufen, von Grieß und Schafs-

eingeweiden leben, soviele Läuse haben wie der Hund eines Kesselflickers, steif vor Angst sein, dass man irgendwann „Waltzing Mathilda" pfeift, während man in einer Moschee steht, und am Ende steckt der Kopf auf einem Pfahl, wie bei Burnes und McNaghten. Ich hatte das alles schon miterlebt – aber jetzt würde es einen verdammten *Krieg* geben und in meiner Unwissenheit dachte ich, die Agenten würden sich in ihre Büros zurückziehen, während die Stabsleute unter den Kanonenmündungen ihren Dienst erledigten. Afghanistan war eine dieser gottlosen Ausnahmen gewesen, als niemand mehr sicher war, aber der Feldzug gegen die Sikhs, so stellte ich mir vor, würde ganz gewöhnlich verlaufen. Dummkopf, der ich war.[14]

So dankte ich dem Schicksal, das mich dazu gebracht hatte, Mrs. Madison unter dem grünen Tuch zu besteigen, und erkundigte mich, ob Leech und Cust ihren Dienst in Frieden versehen hatten können. Ich verlor keine Zeit, zufällig mit Broadfoot zusammenzutreffen. Große Begrüßung beiderseits, auch wenn ich ziemlich entsetzt darüber war, wie sehr er sich verändert hatte. Der vitale schottische Gigant, mit seinem roten Bart und seinen dicken Brillengläsern, war ganz eingefallen – seine Leber hatte sich verkleinert, erklärte er mir, deswegen habe er auch sein Büro nach Simla verlegt, wo die Quacksalber leichter an ihn rankämen. Er war auch vom Pferd gefallen, ging deswegen mit einer Krücke und seufzte, wann immer er sich bewegte.

Ich bemitleidete ihn und erzählte ihm von meinen eigenen Schwierigkeiten, verdammte das Pech, das mich in Goughs Stab gebracht hatte („denkt nur, George, wie ein Hündchen hinter ihm herzulaufen und auf Partys seinen Hut zu suchen!") und erinnerte mich schmerzlich an die alten, guten Zeiten, als er und ich auf der Gandamack-Straße den Afridis ausgewichen waren und dabei unendlich viel Spaß hatten. (Jesus, all der Blödsinn, den ich da verzapft habe!) George war ein schlauer Vogel, und ich konnte sehen, wie er sich über den scheinbaren Zufall wunderte, aber wahrscheinlich nahm er an, Gough hätte mir doch einen Hinweis gegeben, denn er bot mir auf der Stelle einen Posten als sein Assistent an.

Also wohnte ich jetzt bei ihm in Crags[*], seinem Bungalow oben am Mount Jacko, ich starrte düster auf die Gesetzesbücher und überlegte mir, dass das der Preis für meine Sicherheit war. Er befahl mir, ich sollte mir den Inhalt aneignen und das auch noch schnell. Das war eine weitere Veränderung in ihm: Er war wesentlich strenger als in Afghanistan, und das lag nicht nur an seiner Krankheit. In Afghanistan war er ein wilder Kumpel gewesen, der sich nicht an die Regeln hielt, aber seine neue Autorität hatte ihn an seine Würde erinnert, und er benahm sich entsprechend von oben herab als Agent. Einmal, nur zum Spaß, nannte ich ihn Major, und er blinzelte noch nicht einmal. Ach was, dachte ich mir, niemand ist so pingelig wie ein hochgekommener Schotte. Gerechtigkeitshalber muss ich sagen, dass er auch bei „George" nicht blinzelte und freundlich genug zu mir war, wenn er mich nicht gerade anfuhr oder mir Befehle erteilte.

„Nächster Punkt", sagte er. „Haben Euch in Umballa viele Leute gesehen?"

„Ich glaube nicht. Warum? Ich schulde niemandem Geld…"

„Je weniger Eingeborene wissen, dass Iflassman, der Soldat, wieder da ist, desto besser", sagte er. „Ihr habt seit Eurer Landung keine Uniform getragen? Gut. Morgen rasiert Ihr Euch euren Schnurrbart und den Backenbart ab – tut es selbst, nicht bei einem *Nappy-wallah*[**] – und ich werde Euch das Haar schneiden, damit Ihr wie ein ordentlicher Zivilist ausseht – vielleicht ein wenig Pomade…"

Die Sonne musste ihn erwischt haben! „Moment, George, ich brauche eine verdammt gute Begründung…"

„Ich sage es Euch, und das ist Begründung genug!", zischte er zurück. Seine Leber meldete sich wohl. Dann lächelte er säuerlich. „Das ist nicht die Art von politischem *Bandobast*[***], die Ihr gewohnt seid. Ihr werdet dieses Mal nicht Badoo, den Reisbauern spielen." Nun, das war doch schon etwas. „Ihr werdet ab sofort ein ordentlicher kleiner Zivilist in einem ordentlichen Anzug mit Kragen und hohem Hut sein, der in einem Tragsessel reist, mit einem *chota-wallah*[****], der ihm seine Akten trägt. Wie es sich für einen Mann der Jurisprudenz gehört, der sich bestens im Witwen-Recht auskennt." Böse grinsend starrte er mich einen langen Augenblick an und freute sich zweifellos an meiner Verwirrung. „Ich denke, Ihr solltet Eure Auftragsorder lesen." Steif erhob er sich und verfluchte sein Bein.

Er führte mich in den kleinen Vorraum, durch eine schmale Türe und über ein paar Stufen hinunter in einen Keller, wo einer seiner Pathanen-Pioniere (in Afghanistan hatte er eine ganze Gruppe von ihnen, furchterregende Kerle, die mit der gleichen Leichtigkeit dir die Kehle durchschnitten oder deine Uhr reparierten) neben einer Lampe hockte und auf drei große, fünf Fuß hohe Krüge starrte, die beinahe den ganzen Platz in dem kleinen Raum brauchten. Zwei davon waren mit Seidenschnüren und roten Siegeln gesichert.

Broadfoot lehnte sich an die Wand, um die Last von seinem Bein zu nehmen, und gab dem Pathanen ein Zeichen. Der entfernte den Deckel von dem unversiegelten Krug und hielt die Lampe so, das sie den Inhalt beleuchtete. Ich schaute hinein und war ziemlich beeindruckt.

„Was soll das, George?", fragte ich. „Traut Ihr Eurer Bank nicht?"

Der Krug war bis an den Rand mit Gold gefüllt, Münzen, die im Licht blinkten. Broadfoot deutete auf sie, und ich nahm ein paar heraus, kalt und schwer, und sie klingelten, als sie in den Krug zurückfielen.

„Ich bin die Bank", sagte er. „Das sind 140.000 Pfund Gold, in Barren, Stücken und Münzen. Seine Verwendung mag wohl von Euch abhängen. *Tik haï*, Mahmud." Er hinkte zurück hinauf, während ich ihm schweigend folgte und mich fragte, wo zum Teufel ich dieses Mal wieder hineingeraten war. Es sah nicht gefährlich aus, dem Himmel sei gedankt. Erleichtert ließ sich Broadfoot auf seinem Stuhl nieder.

„Dieser Schatz", sagte er, „ist das Erbe von Radscha Soochet Singh, einem Prinzen des Pandschab, der vor zwei Jahren starb, als er sechzig Gefolgsleute gegen eine Armee von 20.000 Mann führte." Er schüttelte seinen rothaarigen Kopf. „Ja, das sind tapfere Burschen da oben. Nun, wie die meisten Adeligen des Pandschab hatte er in diesen unruhigen Zeiten seine Reichtümer in die einzig sicheren Hände gelegt – in die der verhassten Briten. Ungläubige sind wir vielleicht, aber wir führen unsere Bücher ehrlich, und das wissen sie. Es sind leicht 20 Millionen Pfund Sterling an pandschabischem Geld, das sich in dieser Minute südlich des Sutlej befindet.

Seit zwei Jahren verlangt der Hof von Lahore, will sagen die Regenten, Jawaheer Singh und diese Schlampe von Schwester, dass wir ihnen das Erbe Soochet Singhs aushändigen, mit der Begründung, er sei ein verurteilter Rebell gewesen. Unsere Antwort lautet mehr oder weniger, dass das Wort *Rebell* ein wenig unbefriedigend sei, weil niemand so wirklich weiß, wer am nächsten Tag die Regierung des Pandschab stellt, und dass das Geld an Soochets Erben, entweder an seine Witwe oder seinen Bruder Radscha Goolab Singh gehen sollte. Wir haben uns lange beraten," sagte er mit todernster Miene, „aber die Sache wird dadurch noch komplizierter, dass man das letzte Mal von der Witwe gehört hat, als sie in Todesangst aus einer belagerten Festung geflohen ist, und dass Goolab, der damals selbst auf den Thron des Pandschab wollte, sich selbst zum König von Kashmir gemacht hat und am oberen Ende der Straße nach Jumoo hinter einem Felsen sitzt und 50.000 Bergbewohner im Rücken hat. Wie auch immer, wir haben die sichere Nachricht, dass sowohl er als auch die Witwe es zufrieden sind, das Geld im Augenblick dort zu belassen, wo es sich befindet – in Sicherheit."

Er machte eine Pause und mir lag „Ist es das nicht?" auf der Zunge, denn mir gefiel gar nicht, was ich da gehört hatte. Gerede über belagerte Festungen und Bergbewohner macht mich nervös, und ich hatte schreckliche Vorstellungen davon, wie Flashy sich durch die Pässe schlich, mit Dokumenten für diese beiden seltsamen Erben, die vielleicht viel zu gefährlich waren, als dass man sie persönlich kennen sollte.

„Eine weitere Komplikation", sagte Broadfoot, „ist die Tatsache, dass Jawaheer droht, diese Erbschaft zum Kriegsgrund zu machen. Wie Ihr wisst, steht der Frieden auf Messers Schneide, diese drei Krüge da unten könnten ihn zum Kippen bringen. Natürlich möchte Sir Hardinge, dass in Lahore neue Verhandlungen über dieses Erbe eröffnet werden – nicht um die Sache zu bereinigen, sondern um Zeit zu gewinnen." Er sah mich über den Rand seiner Brille hinweg an. „Wir sind noch nicht bereit."

Die Sache zu bereinigen oder in den Krieg zu ziehen? Nachdem ich Broadfoot ja belauscht hatte, konnte ich es mir schon denken. Genauso, wie ich plötzlich sehen konnte, mit schrecklicher Klarheit, wer der Verhandler sein würde, an diesem Hof von *bhang*-berauschten* Wilden, wo sie einander mit schöner Regelmäßigkeit umbrachten, gleich nach dem Abendessen. Aber selbst abgesehen davon machte die ganze Sache keinen Sinn.

„Ihr wollt *mich* nach Lahore schicken, aber ich bin kein Anwalt, verdammt noch mal! Ich war in meinem ganzen Leben überhaupt nur zweimal vor Gericht!" Wegen Trunkenheit und Widerstand gegen meine Festnahme und weil ich in einem Haus mit zweifelhaftem Ruf angetroffen wurde, 5 Kröten jedes Mal, nicht dass das eine Rolle spielte.

„Das wissen die aber nicht!"

„Nein? George, ich bin kein Angeber, aber ich bin dort oben nicht unbekannt. Mann Gottes, als wir '42 in der Garnison in Lahore waren, bin ich doch von einem zum anderen herumgereicht worden! Ihr selbst habt doch gerade gesagt, je weniger Leute wissen, dass Iflassman wieder da ist, desto besser! Die wissen doch alle, dass ich ein Soldat bin, oder nicht? Die Blutige Lanze und dieser ganze Quatsch..."

„Wahrscheinlich ja," sagte er ruhig, „aber wer kann denn sagen, dass Ihr in den letzten drei Jahren Eure Mahlzeiten nicht in London in der Middle Temple Hall eingenommen habt? Wenn Hardinge Euch schickt, mit Brief und Siegel, werden sie nicht an Euch zweifeln. Ihr könnt Euch die notwendigen Ausdrücke und soviel Gesetzeskenntnis, wie Ihr brauchen werdet, aus diesen da holen." Er wies auf die Bücher.

„Aber welchen Sinn macht das? Ein richtiger Anwalt kann diese Sache zehnmal besser als ich in die Länge ziehen. Kalkutta ist voll von denen..."

'indischer Hanf

„Aber sie sprechen kein Pandschabi. Sie können in der Festung von Lahore nicht meine Augen und Ohren sein. Sie können diesem Vipernnest von Intriganten nicht auf den Zahn fühlen. Sie sind keine politischen Offiziere, die von Sekundar Burnes ausgebildet wurden. Und wenn es drauf ankommt," triumphierend schlug er auf die Platte seines Schreibtisches, „dann können sie sich nicht in einen Khye-Keen oder Barukzai *Jezzailchi* verwandeln und über den Sutlej zurückschleichen."

Ich sollte also ein Spion sein – in dieser Teufelshöhle. Entsetzt saß ich da und stammelte den ersten Einwand hervor, der mir einfallen wollte.

„Keine Chance werde ich haben, wenn ich mir den Bart abrasieren muss!" Er wischte ihn beiseite.

„Ihr könnt nicht nach Lahore gehen, solange in Eurem Gesicht ‚Soldat' geschrieben steht. Es wird schon nicht dazu kommen, dass Ihr Euch verkleiden oder ähnliche verzweifelte Dinge tun müsst. Ihr werdet ein britischer Diplomat sein, der Gesandte des Generalgouverneurs, immun."

Das war auch McNaghten, wollte ich schreien, das war auch Burnes, das waren Connolly und Stoddart und Tom Cobleigh – es steht auf ihren verfluchten Grabsteinen. Und dann erst enthüllte er mir das Schlimmste an der Sache.

„Diese Immunität wird es Euch möglich machen, in Lahore zu bleiben, nachdem der Krieg ausgebrochen ist... falls er ausbricht. Und dann wird Eure wahre Aufgabe beginnen."

Und dafür hatte ich meinen Platz im Generalstab aufgegeben. Die Aussicht brachte mich beinahe zum Kotzen, aber das wagte ich nicht zu sagen, nicht zu Broadfoot. Irgendwie bekam ich meine Gefühle unter Kontrolle, setzte eine nachdenkliche Miene auf und sagte, ein Diplomat würde in diesem Fall sicher ausgewiesen oder zumindest eingesperrt werden.

„Nicht einen Augenblick lang." Oh, er hatte auf alles eine Antwort, verdammt sollte er sein. „Von dem Tag an, da Ihr in Lahore ankommt, und auch danach, was immer auch passieren wird, werdet Ihr der am meisten geschätzte Mann im Pandschab sein. Es ist so: Es gibt eine Kriegspartei und es gibt eine Friedenspartei, und die Khalsa und die *Panches*, die sie kontrollieren, und eine Gruppe, die *will*, dass wir den Pandschab annektieren, und eine Gruppe, die uns am liebsten aus ganz Indien vertreiben würde, und ein paar, die von einer Seite auf die andere wechseln, und Grüppchen und Cliquen, die nicht wissen, was sie wollen, weil sie zu lasterhaft und betrunken sind, um nachzudenken." Er lehnte sich vor, seine Barthaare vor Begeisterung gesträubt und seine Augen riesengroß hinter dem Flaschenglas seiner Brille. „Aber alle wollen sie am Ende auf der richtigen Seite stehen und die meisten sind noch klar genug im Kopf, um zu wissen, dass das *unsere* Seite sein wird. Oh, sie werden wanken und schwanken und planen und ganz diskret an Euch herantreten mit noch mehr Hinweisen und Plänen und Versicherungen guten Willens, als Ihr zählen könntet. Von Feinden zu den Freunden von morgen und umgekehrt. Und all das werdet Ihr mir insgeheim mitteilen." Zufrieden mit sich selbst lehnte er sich zurück, während ich eine ruhige Miene bewahrte, obwohl mein Herz in meine Hose gerutscht war. „Das ist das Herz dieses Geschäfts. Nun, zu Eurer genaueren Information."

Er zog ein Bündel dünner brauner Pakete hervor, an die ich mich aus Burnes' Büro in Kabul erinnerte. Ich wusste, was sie enthielten: Karten, Namen, Orte, Berichte und Zusammenfassungen, Gesetze und Gebräuche, Lebensgeschichten und Porträtskizzen, Höhen und Entfernungen, Geschichte, Geographie, selbst Gewichte und Maße – alles, was man in Jahren der Spionage und Aufklärungsarbeit über den Pandschab gesammelt hatte, um von mir verdaut und wieder zurückgegeben zu werden. „Wenn Ihr die hier studiert habt und auch die Gesetzesbücher, dann unterhalten wir uns noch einmal länger", sagte er und fragte mich, ob ich irgendwelche Bemerkungen dazu hätte.

Mir wären schon ein paar eingefallen, aber was hätte es gebracht? Ich hatte schon verloren – durch meine eigene Dummheit, wie üblich. Hätte ich nicht dieses lüsterne Weib Madison bestiegen, hätte ich niemals Gough belauscht und mich fröhlich in diesen höllischen politischen Hexenkessel gestürzt – ich wollte darüber gar nicht nachdenken. Alles, was ich tun konnte, war mich willig zu zeigen, um meines kostbaren Heldenruhmes willen, und so fragte ich ihn, wer denn in Lahore wahrscheinlich Freund oder Feind sein würde.

„Wüsste ich das, müsste ich nicht Euch schicken. Oh, ich weiß, wer im Augenblick unsere Gegner oder Sympathisanten sind – aber wo sie nächste Woche stehen werden? Nehmt Goolab Singh, Soochets flüchtigen Erben – er hat geschworen, er würde uns zur Seite stehen, wenn die Khalsa marschiert. Vielleicht tut er das auch, in der Hoffnung, dass wir ihn in Kashmir bestätigen. Aber wenn die Khalsa sich auch nur einmal gegen uns durchsetzt – wo wären Goolab und seine Bergbewohner dann, he? Wären sie loyal oder würden sie an die viele Beute in Delhi denken?"

Ich wusste, wo Flashy sein würde – gestrandet in Lahore zwischen den rasenden Heiden. „Wie soll ich an Euch berichten? Durch den *Vakil*[*]?"

„Auf keinen Fall – er ist ein Eingeborener und kein sehr zuverlässiger. Er kann alle Briefe übernehmen, die Ihr mir wegen des Soochet-Erbes zukommen lassen wollt, aber alles Geheime muss kodiert werden. Die Nachrichten hinterlasst Ihr im Zweiten Thessalonier-Brief auf Eurem Nachttisch in Euren Räumen…"

„Zweiten… was?"

Er sah mich an, als hätte ich laut gefurzt. „In Eurer Bibel, Mann!" Man sah ihm an, dass er sich fragte, ob meine Nachtlektüre nicht ganz anderer Natur war. „Der Kodierschlüssel und genauere Anweisungen sind in den Unterlagen. Eure Nachrichten werden abgeholt werden, macht Euch keine Sorgen."

Also *gab* es einen vertrauenswürdigen Boten am Hof – und die Tatsache, dass er mir nicht sagen wollte, wer es war, war ein weiterer Gedanke, der mich frösteln ließ. Was ich nicht wusste, konnte ich nicht verraten, wenn neugierige Leute mit heißen Eisen auf mich zukamen. „Was, wenn ich Euch eine dringende Botschaft zukommen lassen muss? Wenn zum Beispiel die Khalsa plötzlich losmarschiert?"

„Das werde ich noch vor Euch wissen. Was Ihr herausfinden müsst, ist *warum* sie marschiert. Wer hat es befohlen und zu welchem Zweck? Wenn es Krieg gibt, was steckt dahinter und warum beginnt er? *Das* sind die Dinge, die ich wissen muss." Eindringlich lehnte er sich wieder vor. „Seht, Flashy, wenn man genau weiß, warum der Feind in den Krieg zieht, was er hofft zu gewinnen und fürchtet zu verlieren, ist das die halbe Arbeit für den Sieg. Denkt daran."

Jetzt im Rückblick kann ich sagen, dass das tatsächlich Sinn macht, aber damals war ich nicht in der Verfassung, dieses Wissen zu schätzen. Aber ich nickte pflichtbewusst, mit der grimmigen aufmerksamen Miene, welche ich gelernt habe aufzusetzen, während ich darunter verzweifelt überlege, wie ich da wieder rauskomme.

„Dieses Soochet-Erbe ist also nur der Deckmantel?"

„Aber nein. Es ist die Entschuldigung für Eure Anwesenheit in Lahore, wie ihre klügeren Leute vermuten werden, aber es ist trotzdem eine wichtige Angelegenheit[15], die Ihr mit den offiziellen Stellen besprechen werdet. Möglicherweise sogar vor dem gesamten Durbar mit den Regenten, falls sie gerade nüchtern sind. In diesem Fall seht Euch vor. Jawaheer ist ein ängstlicher, degenerierter Schwächling, und Maharani Jeendan scheint felsenfest entschlossen, sich durch ihre lasterhaften Ausschweifungen zu ruinieren." Er machte eine Pause und fuhr durch seinen Bart. Ich aber merkte auf, wie dieser deutsche Prinz Wieheißternochmal vor einigen Tagen. Stirnrunzelnd fuhr er fort: „Ich bin mir bei ihr nicht sicher. Sie hatte einst außergewöhnlichen Verstand und Fähigkeiten, sonst hätte sie es nicht vom Bordellzimmer bis zum Thron geschafft. Und Mut auch, ohja – wisst Ihr, wie sie einmal einen Mob meuternder, mordlüsterner Soldaten beruhigte?"

Ich sagte, ich hätte keine Ahnung, und wartete atemlos.

„Sie *tanzte*. Ja, sie legte Schleier und Kastagnetten an und tanzte sie zahm, und sie gingen nach Hause wie die Schafe."

Bewundernd schüttelte Broadfoot den Kopf und wünschte sich zweifellos, er wäre dabei gewesen. „Sie hat nur ihr Gewerbe ausgeübt – als Kind hat sie in den Bordellen von Amritsar getanzt, bevor sie Runjeet ins Auge fiel." Angewidert verzog er das Gesicht. „Ja, und was sie dort gelernt hat, hat sie bis heute beschäftigt, bis es ihren Geist verwirrt hat, fürchte ich."

„Das Tanzen?", fragte ich, und er warf mir einen zweifelnden Blick zu – er war ein anständiger Christ, wissen Sie, und wusste außer meinen angeblichen Heldentaten nichts von mir.

„Lasterhaftigkeit, mit Männern." Er schniefte, sein Presbyterianer-Gewissen wollte ohne Zweifel meine jugendliche Seele nicht besudeln. „Sie hat eine unheilbare Lust – was die Mediziner Nymphomanie nennen. Das hat sie zu unaussprechlichen Exzessen getrieben – nicht nur mit jedem Mann von Rang in Lahore, sondern auch mit Sklaven und Dienern. Ihr gegenwärtiger Favorit ist Lal Singh, ein mächtiger General, obwohl ich gehört habe, dass sie ihn vorübergehend verlassen hat für einen Stalljungen, der ihr zehn Lakhs Juwelen gestohlen hat."

Ich war so schockiert, dass ich nicht wusste, was ich sagen sollte, außer: wie gewonnen, so zerronnen.

„Ich glaube nicht, dass der Stalljunge auch so denkt. Er sitzt in einem Käfig über dem Looharree-Tor in diesem Augenblick, ohne Nase, Lippen, Ohren und anderes. So hat man mir gesagt. Das ist es", sagte Broadfoot, „warum ich mir ihrer nicht sicher bin. Lasterhaft oder nicht, diese Dame ist immer noch ernstzunehmen."

Und ich hatte mich schon darauf gefreut, ihr zu begegnen, Flashys Idealbild einer Frau, so hatte sie geklungen – bis auf dieses letzte grauenhafte Detail in dieser ganzen grauenhaften Geschichte.

Nachts in meinem Zimmer in Crags: Nachdem ich mir Broadfoots Päckchen durchgesehen und die Gesetzesbücher in eine Ecke geschleudert hatte, rannte ich auf und ab und zerbrach mir den Kopf nach einem Ausweg, aber ich fand keinen. Ich fühlte mich so niedergeschlagen, dass ich mich dazu entschloss, mein Elend vollständig zu machen und mir meinen Backenbart abzurasieren – so fertig war ich. Als ich es getan hatte und im Spiegel auf meine nackten Backen starrte, hätte ich weinen können, weil ich mich daran erinnerte, wie sehr Elspeth meine Matratze bewunderte und geschworen hatte, dass ich damit ihr mädchenhaftes Herz gewonnen hatte. „Bärtchen-Bärtchen" hatte sie immer verliebt gemurmelt, und schwermütig träumte ich von unserem ersten großartigen Liebeslager in den Büschen am Clyde und den genauso großartigen Spielen im Busch von Madagaskar. Von da führte mich meine Erinnerung zu dem fieberhaften Treiben mit Königin Ranavalona, die meinen Bart überhaupt nicht gemocht hatte, zumindest hatte sie in Momenten der Ekstase immer versucht, ihn samt den Wurzeln auszureißen.

Nun, manche Frauen mochten Bärte und manche nicht. Mir ging der Gedanke durch den Kopf, dass die Maharani Jeendan, die offenbar jeden Moment, in dem sie nicht von Sikhs besprungen wurde, als Zeitverschwendung ansah, wohl eine Vorliebe für Bärte haben musste. Vielleicht wollte sie aber auch einmal etwas Abwechslung. Bei Gott, das würde die schwere diplomatische Bürde erleichtern, kein besserer Ort für Staatsgeheimnisse als das Bett. Aber wenn sie tatsächlich sechs Männer in einer Nacht verbrauchte, dann hatte der Bazaar in Lahore hoffentlich ein großes Lager an Stout-Bier und Austern.

Bloße Gedankenspiele, wie ich schon sagte, aber etwas Ähnliches muss wohl Major Broadfoot, G., Sorgen gemacht haben, denn während ich noch dabei war, mein befehlendes Profil im Spiegel zu betrachten, kam er herein und sah mittelschwer beunruhigt aus, wie mir schien. Er entschuldigte sich für sein Eindringen, ließ sich nieder und stocherte mit seiner Krücke nachdenklich im Teppich herum. Schließlich:

„Flashy, wie alt seid Ihr?" Ich sagte es ihm, 23. Er grunzte. „Ihr seid doch verheiratet?" Verwundert sagte ich, ja, seit fünf Jahren, und er runzelte die Stirn und schüttelte den Kopf.

„Dennoch... mein Lieber, Ihr seid sehr jung für diese Sache in Lahore!" Hoffnung flackerte auf. Er fuhr fort: „Was ich sagen will, ist dass es eine höllisch große Verantwortung ist, die ich Euch da aufbürde. Der Preis des Ruhms, denke ich – Kabul, Mogala, Piper's Fort – Mann, es ist eine heldenhafte Geschichte, und Ihr fast noch ein kleiner Junge, wie meine Großmutter gesagt hätte. Aber das hier...", sagte er todernst, „besser ein älterer... ein Mann von Welt... ja, wenn ich nur irgendeinen anderen hätte…"

Ich weiß, wann ich mir Zeit lassen muss bei einem Stichwort, das kann ich Ihnen sagen. Ich wartete, bis ich sah, dass er fortfahren wollte, und sprach genau dann, langsam und nachdenklich: „George, ich weiß, dass ich noch ein grüner Junge bin, in einigen Dingen. Es ist wahr, ich kenne mich besser mit dem Säbel als mit Chiffrierkodes aus – oder nicht? Ich könnte es mir selbst niemals vergeben, wenn ich Euch enttäuschen würde – gerade Euch, von allen Menschen, alter Junge. Durch Unerfahrenheit, meine ich. Wenn Ihr wirklich einen erfahreneren Mann schicken wollt, gut, dann…" Männlich, den Dienst an der Sache über das eigene Selbst stellend, meine eigene Enttäuschung verbergend. Alles, was es mir brachte, war ein fester Handschlag und ein vornehmes Strahlen aus seinen dicken Brillengläsern.

„Flashy, Ihr seid eine Trumpfkarte. Aber Tatsache, es gibt niemanden Eurer Art für diese Arbeit. Nicht nur, dass Ihr Pandschabi sprecht, oder dass Ihr Ruhe bewahrt und einen kühlen Kopf bewiesen habt – und Einfallsreichtum weit über Eure Jahre hinaus. Ich denke, Ihr werdet in dieser Sache Erfolg haben, weil Ihr eine Begabung habt mit Menschen." Er lachte verunsichert und sah mir nicht in die Augen. „Es ist genau das, was mich beunruhigt, auf eine Art. Männer respektieren Euch, Frauen bewundern Euch… und…"

Er unterbrach sich und stach noch einmal in den Teppich. Ich hätte Reiskörner gegen Gold gewettet, dass seine Gedanken den meinen genau geglichen hatten, bevor er hereingekommen war. Seit damals habe ich mich gefragt, was er wohl getan hätte, hätte ich gesagt: „Nun gut, George, wir vermuten beide, dass diese lüsterne Schlampe meine jugendliche Unschuld besudeln wird, aber wenn ich ihr genug Spaß bereiten kann, nun, dann könnte sich ihr Verstand wirklich verabschieden, was Ihr ja eigentlich erreichen wollt. Und wo soll ich sie dann hinsteuern, George, vorausgesetzt, ich kann es? Was würde Kalkutta gefallen?"

Weil er eben Broadfoot war, hätte er mich wahrscheinlich niedergeschlagen. So ehrlich war er. Wäre er der gleiche

Heuchler gewesen, wie die meisten Menschen, er wäre gar nicht heraufgekommen, um mit mir zu sprechen. Aber er hatte das Gewissen seiner Zeit, bibelfürchtig und der Sünde Feind, und der Gedanke, dass mein Erfolg in Lahore davon abhängen könnte, dass ich mit einer Frau schlief, stellte ihn vor ein ziemliches moralisches Problem. Er konnte es nicht lösen, ich bezweifle, dass Dr. Arnold und Kardinal Newman gemeinsam das gekonnt hätten. („Ich frage, Eure Eminenz, welchen Preis für Flashys Erlösung, wenn er zum Wohle seines Landes das sechste Gebot bricht?" „Das hängt davon ab, Doktor, ob es dem gierigen kleinen Schwein Spaß gemacht hat, oder nicht.") Natürlich, wäre es ums Morden gegangen, nicht um Ehebruch, niemand aus meiner frommen Generation hätte auch nur geblinzelt – die Pflicht des Soldaten, wissen Sie.

Ich an Broadfoots Stelle hätte meinem jungen Botschafter gesagt: „Immer nur los!" und hätte ihm gute Jagd gewünscht – aber ich, ich bin auch ein Schuft.

Aber ich darf mich nicht beschweren über den alten George, denn sein gequältes Gewissen rettete mir die Haut, am Ende. Ich bin sicher, aus wirren Gründen glaubte er mir etwas schuldig zu sein. So bog er seine Pflicht ein wenig, ganz wenig, indem er mir eine Rettungsleine zuwarf, für den Fall, dass die Dinge wirklich schiefgingen. Es war nicht viel, aber es hätte einen anderen seiner Leute in Gefahr bringen können, daher schätze ich es als Wiedergutmachung ziemlich hoch ein.

Als er fertig war mit dem Herumgestottere und Nicht-Sagen, was nicht ausprechbar war, drehte er sich um und wollte gehen, immer noch verunsichert. Dann blieb er stehen, zögerte und rückte dann mit etwas heraus.

„Ich sollte das nicht sagen, aber wenn es wirklich schlimm kommt, was ich nicht glaube, wirklich nicht, und Ihr befindet Euch in Lebensgefahr, dann gibt es eine Sache, die Ihr tun könnt." Er starrte mich an und zerrte an seinem Schnurrbart. „Als allerletzter Ausweg, *mallum*? Es wird Euch seltsam erscheinen, aber es ist ein Wort, ein Passwort. Sprecht es irgendwo innerhalb der Festung von Lahore aus – in einem Gespräch, oder brüllt es von den Dächern, wenn es notwendig sein sollte – und es gibt eine Chance, dass da welche sind, die es weitergeben, und ein Freund wird Euch aufsuchen. Ihr könnt mir folgen? Gut, das Wort lautet: Wisconsin."

Er war todernst.

„Wisconsin", wiederholte ich und er nickte.

„Sprecht es nicht aus, außer, Ihr müsst. Es ist der Name eines Flusses in Nordamerika."

Es hätte auch der Name eines Aborts in Penzance sein können, so hilfreich schien es zu sein. Nun, da habe ich mich geirrt.

Ich bin im Dienste meines Landes öfter ausgezogen, als ich zählen kann, immer nur widerwillig und fast immer voller Sorge, aber wenigstens habe ich meist gewusst, was ich tun sollte und warum. Die Sache mit dem Pandschab war anders. Auf meinem brütend heißen, staubigen Weg nach Ferozepore an der Grenze wurde die ganze Angelegenheit mit jeder Meile unwirklicher. Ich war auf dem Weg in ein Land im Aufstand, dessen meuternde Armee jeden Moment bei uns einfallen konnte. Ich sollte einen Rechtsfall präsentieren, an einem Hof von mörderischen, lüsternen Intriganten, die ich – Krieg oder kein Krieg – auch noch ausspionieren sollte. Zwei Aufgaben, für die ich keineswegs ausgebildet war, was immer Broadfoot auch sagte. Mir war versichert worden, dass meine Arbeit vollkommen ungefährlich sei – und im gleichen Atemzug wurde mir gesagt, dass ich, wenn die Hölle losbrach, bloss „Wisconsin!" brüllen musste und ein Dschinn oder Broadfoots Großmutter oder die Ehrengarde würde aus einer Flasche auftauchen und mich retten. Einfach so. Ich glaubte natürlich kein Wort.

So jung ich auch war, ich kannte den politischen Dienst und die Art von Streichen, in die er verwickelt war, wie zum Beispiel einem Kerl nichts sagen, bis es zu spät war. Zwei furchterregende Möglichkeiten waren meinem misstrauischen Verstand eingefallen: Entweder war ich nur eine Attrappe, die den

Feind von anderen Agenten ablenken sollte, oder ich wurde mitten ins Feindesland geschickt, um geheime Instruktionen zu erhalten, wenn der Krieg begann. In beiden Fällen sah ich fatale Konsequenzen voraus. Um alles noch schlimmer zu machen hatte ich auch noch dunkle Befürchtungen wegen des eingeborenen Assistenten, den Broadfoot mir zugewiesen hatte – der *Chota-wallah*, der meine Tasche tragen sollte. Sein Name war Jassa, und er war *nicht* chota. Ich hatte mit dem üblichen fetten Babu oder mageren Schreiber gerechnet, aber Jassa war ein pockennarbiger, breitschultriger Bösewicht, komplett mit haarigem *Poshteen˙*, Kappe und Khyber-Messer – genau der Mann, den man normalerweise auswählen würde, um sich durch rauhes Gebiet begleiten zu lassen, aber diesem da misstraute ich vom ersten Augenblick an. Einerseits behauptete er, ein Baloochi-Derwisch zu sein, war es aber nicht – ich hielt ihn für einen afghanischen *Chi-chi˙˙*, denn er hatte graue Augen, keinen größeren Spalt zwischen der ersten und der zweiten Zehe als ich und hatte noch ein Kennzeichen, dass es damals an Europäern kaum gab, geschweige denn an Eingeborenen: eine Impfnarbe. Ich sah sie in Ferozepore, als er sich beim Wassertank wusch, aber ich sagte nichts. Schließlich kam er aus Broadfoots Stall und kannte seine Aufgabe genau, was hieß, Assistent, Führer, Schutzschild und Ratgeber in einem zu sein. Trotzdem, ich traute ihm nicht über den Weg.

Ferozepore war damals der letzte britische Außenposten in Indien, ein biestiges Loch, nicht viel mehr als ein Dorf, hinter dem die breite braune Flut des Sutlej lag – und dann die heiße Ebene des Pandschab. Wir hatten gerade erst Baracken gebaut für drei Batallione, ein britisches und zwei eingeborene Infanterieabteilungen, welche die Garnison bildeten. Gott helfe ihnen, denn dort war es heißer als am Pflaster der Hölle. Man wurde gekocht, wenn es regnete, und gebacken, wenn die Sonne schien. Zivilist, der ich nun war, meldete ich mich nicht bei Littler, der den Befehl innehatte, sondern bei Peter Nicolson, Broadfoots Assistent vor Ort. Der litt für sein Land, eingetrocknet und ausgehöhlt durch den schlimmsten Job Indiens – Kindermädchen an der Grenze. Er musste Unterkünfte für

˙Fellmantel
˙˙Mischling

die endlosen Flüchtlingsströme aus dem Pandschab finden, die Provokateure herausfinden, die gesandt worden waren, um unsere Sepoys zu verhetzen und die *Zamindars*˙ zu beeinflussen, jagte Räuberbanden, entwaffnete *Badmashes*˙˙, verwaltete einen Bezirk und hielt den Frieden der Queen aufrecht – und das alles, ohne möglichst eine feindliche Macht zu provozieren, die nur darauf wartete.

„Der Friede kann nicht mehr lange halten", sagte er fröhlich, und ich fragte mich, wie lange *er* noch halten würde, mit dieser unmöglichen Aufgabe und der Quecksilbersäule auf 55 Grad. „Sie warten nur auf eine Ausrede, und wenn ich ihnen keine gebe – na, dann werden sie über den Fluss strömen, sobald das kühlere Wetter kommt, Kavallerie, Infanterie, Artillerie, Ihr werdet schon sehen. Wir sollten jetzt hinübergehen und sie zerschlagen, während sie noch nicht wissen, wie sie mit der Cholera fertig werden – 5.000 Männer der Khalsa sind in Lahore gestorben, aber das Schlimmste ist schon vorbei."

Bei Tagesanbruch brachte er mich zur Fähre. Als ich von den großen Truppenansammlungen erzählte, welche ich oberhalb von Meerut gesehen hatte, lachte er und deutete hinter sich auf das Kantonnement, wo das 62. gerade drillte.Die roten und braunen Figuren sahen im Dunst aus wie Puppen.

„Es ist egal, was auf der Grand Trunk unterwegs ist", sagte er. „Das ist das, was *hier* ist, mein Junge – 7.000 Mann, ein Drittel davon britisch und nur leichte Artillerie. Dort drüben", er zeigte nach Norden, „ist die Khalsa – *einhunderttausend* Mann der besten eingeborenen Armee Asiens, mit schwerem Geschütz. Sie stehen zwei Tagesmärsche weit weg. Unsere nächste Verstärkung sind Gilberts 10.000 in Umballa, eine Woche weit weg, und Wheelers 5.000 in Ludhiana, nur fünf Tagesmärsche entfernt. Seid Ihr gut in Mathematik?"

Ich hatte vage Gespräche über unsere Schwäche an der Grenze in Simla mit angehört, aber es ist ganz anders, wenn man an Ort und Stelle ist und die Zahlen hört. „Aber warum...?" hob ich an. Nicolson kicherte und schüttelte den Kopf.

„...bringt Gough nicht *jetzt* Verstärkung?", äffte er mich

˙Landbesitzer
˙˙Banditen

nach. „Weil das Lahore provozieren würde – meine Güte, es provoziert Lahore schon, wenn einer unserer Sepoys nach Norden zu den Latrinen geht! Ich habe gehört, sie werden fordern, dass wir sogar die Truppen zurückziehen, die wir jetzt hier stehen haben – vielleicht wird das den Krieg auslösen, wenn schon nicht Eure Erbschaftsgeschichte." Er wusste davon und hatte mich damit geneckt, wie ich zu Füßen der „schönen Sultanin" schmachten würde, während ehrliche Soldaten wie er entlang des Flusses Spione jagten.

„Denkt daran, sie könnte bereits abgesetzt sein, wenn Ihr dort ankommt. Gerüchte sagen, dass Prinz Peshora, ein anderer von Runjeets Bastarden, den Thron beanspruchen will. Sie sagen, er hat den größten Teil der Khalsa auf seiner Seite. Was kostet eine Palastrevolution, hmm? Wäre ich an Eurer Stelle, ich würde mich um den Job bewerben."

Eine große Menge an Flüchtlingen kampierte neben dem *Ghat*˙ am Rand des Flusses und als sie Nicolson sahen, heulten und schrieen sie und drängten sich um ihn, die meisten Frauen und magere *Chicos*˙˙, die mit ausgestreckten Händen bettelten. Seine Wache schob sie beiseite, um uns durchzulassen. „Noch ein paar hundert Mäuler mehr zu füttern", seufzte Nicolson, „und das sind noch nicht mal unsrige. Langsam, *Havildar*˙˙˙! Och, *chubbarao*˙˙˙˙, ihr lauten Heiden. Gleich bringt Papa euch Brot und Milch! Aber Gott allein weiß, wo ich sie unterbringen soll – ich habe schon soviel Leinwand aus den Vorräten abgezweigt, wie der Quartiermeister gerade noch zuläßt, fürchte ich."

Die Fähre selbst war eine große Barke mit eingeborener Mannschaft, aber mit einer leichten Kanone am Bug, die von zwei Sepoys bemannt wurde. „Das ist auch eine Provokation", sagte Nicolson. „Wir haben sechzig von diesen Kähnen am Fluss, und die Sikhs haben den Verdacht, wir wollen sie bei einer Invasion als Brücke verwenden. Man weiß ja nie, in diesen Zeiten... Ah, seht dort!" Er beschattete seine Augen und deutete mit seiner Reitgerte über den angeschwollenen Fluss. Über dem anderen Ufer hing noch der Nebel, aber ich konnte eine Gruppe von Reitern erkennen, deren Waffen im Sonnen-

˙Landungsbrücke ˙˙˙Sergeant
˙˙Kinder ˙˙˙˙Seid doch still

licht glänzten.

„Das ist Eure Eskorte, mein Junge! Der *Vakil* hat uns benachrichtigt, dass sie Euch mit allen Ehren nach Lahore begleiten werden. Nichts ist gut genug für einen Gesandten, der nach Geld riecht, hm? Nun, viel Glück wünsche ich Euch!" Als wir ablegten, winkte er und rief: „Es wird alles gut werden, Ihr werdet sehen!"

Ich weiß nicht, warum ich mich an diese Worte erinnere oder an den Anblick, wie ihn diese große Menge an Niggern anschwatzte, während seine Wachen sie zu dem Lager schoben und zogen, wo man sie füttern und sich um sie kümmern würde. Er sah aus wie ein Schulvorsteher, der seine Kinder anführte, seltsam genug, mit einem *Chico* auf seinen Schultern – ich hätte diese verwanzten Kleinen nicht für viel Geld angerührt. Er war ein freundlicher, fröhlicher Kerl, der zwanzig Stunden pro Tag arbeitete und sich um seine Grenze kümmerte. Vier Monate später bekam er zur Belohnung eine Kugel. Ich frage mich, ob sich außer mir noch jemand an ihn erinnert.

Als ich das letzte Mal den Sutlej überschritten hatte, war das vor vier Jahren gewesen, vor mir war eine britische Armee gezogen, und wir hatten Außenposten auf dem ganzen Weg bis Kabul. Nun waren vor mir keine Freunde und niemand, an den ich mich wenden konnte, außer dem Khyber-Banditen Jassa und unserem Haufen von Trägern – die aber nur da waren, weil Broadfoot befohlen hatte, ich sollte in Lahore in einem *Jampan* einziehen, um die Sikhs von meiner Wichtigkeit zu überzeugen. Danke, George, aber ich fühlte mich verdammt unwichtig, als ich meine wartende Eskorte (oder Wächter?) studierte und Jassa tat nichts, was mich beruhigt hätte.

„*Gorracharra*", grunzte er und spuckte aus. „Einfache Reiter – das ist eine Beleidigung für Dich, *Husoor*˙. Dies sollten Männer aus dem Palast sein, p*ukka* Kavallerie. Sie wollen uns beschämen, die Hindu-Schweine."

Ich befahl ihm streng, er sollte auf seine Manieren achten, aber ich sah, was er meinte. Das waren typische eingeborene Reiter, großartige Reiter ohne Zweifel, aber schlecht gekleidet

˙Sir, Herr, Lord

und bewaffnet, mit Lanzen, Bögen, *Tulwars*˙ und alten Donnerbüchsen, teilweise mit Rüstungen und teilweise mit nackten Beinen, die alle freundlich grinsten. Nicht gerade das, was man eine Ehrengarde nennt. Aber genau das waren sie, wie ich erfuhr, als ihr Offizier, ein hübscher junger Sikh in einem glänzenden Gewand aus gelber Seide, mich mit meinem Namen – und meinem Ruhm – begrüßte.

„Sardul Singh, zu Euren Diensten, Flashman *Bahadur*˙˙!", rief er und seine Zähne blitzten durch seinen Bart. „Ich war am Turksalee-Tor, als man Euch aus Jallalabad brachte, und alle Männer kamen, um den *Afghan Kush* zu sehen." So viel also zu Broadfoots Idee, dass es irgendetwas helfen würde, wenn ich mir meinen Backenbart abrasierte, um unerkannt zu bleiben. Es war aber ganz angenehm, mich selbst als den „Afghanentöter" geschildert zu hören, auch wenn es völlig unverdient war. „Als wir hörten, dass Ihr mit dem Buch kommt und nicht mit dem Schwert – möge es ein Zeichen des Friedens für unsere beiden Völker sein – bat ich um das Kommando für Euer Geleit und das hier sind Freiwillige." Er wies auf seine eigenwillige Schar. „Männer, die zu ihrer Zeit dem *Sirkar*˙˙˙ gedient haben, eine bessere Eskorte für die Blutige Lanze als Khalsa-Kavallerie."

Nun, das war ja schon ziemlich großartig, so bedankte ich mich, hob meinen Zivilisten-Hut zum Gruß an seine grinsenden Banditen und sagte: „Salaam, Bhai!"˙˙˙˙, was ihnen gar gut gefiel. Ich nahm die erste Gelegenheit wahr, um Jassa zu sagen, wie sehr er sich getäuscht hatte, aber der knurrige Hund grunzte: „Der Sikh spricht, die Kobra speit – der Unterschied zwischen beiden macht keinen satt." Manche Menschen kann man einfach nicht zufrieden stellen.

Zwischen dem Sutlej und Lahore liegen fünfzig der heißesten, flachesten, dreckigsten Meilen der Welt. Ich nahm an, wir würden sie in einem langen Tagesritt zurücklegen, aber Sardul sagte, wir sollten in einem *Serai*˙˙˙˙˙ ein paar Meilen vor der Stadt übernachten. Dort sei etwas, das er mir zeigen wollte. Nach dem Abendessen führte er mich durch ein kleines Wäldchen zu einem der lieblichsten Plätze, den ich in Indien je

54

˙Sikhschwerter ˙˙˙britisches Gouvernement
˙˙großartiger Krieger, Champion ˙˙˙˙Seid gegrüßt, Brüder
˙˙˙˙˙Gasthaus, Rasthaus

gesehen habe. Völlig unerwartet nach der Hitze und dem Staub der Ebenen, lag ein großer Garten mit kleinen Palästen und Pavillons unter den Bäumen. In der warmen Dämmerung leuchteten ihre bunten Laternen. Bäche wanden sich zwischen Blumenbeeten und Rasenflächen, die Luft war schwer vom Duft der Nachtblüten. Leise Musik erklang aus dem Verborgenen und überall Liebespaare, entweder Hand in Hand schlendernd oder tief in Liebesgeflüster versunken unter den Ästen. Der chinesische Sommerpalast, durch den ich Jahre später spazierte, war irgendwie großartiger, aber über diesem indischen Garten lag eine Magie, die ich nicht beschreiben kann. Man könnte es vollkommenen Frieden nennen, die laue Luft, die die Blätter rauschen ließ, die im Zwielicht blinkenden Lichter. Es war die Art von Ort, wo Scheherazade ihre unendlichen Geschichten erzählt haben mag. Selbst sein Name klang wie eine Zärtlichkeit: Shalamar.[16]

Aber das war nicht der Anblick, den Sardul mir zeigen wollte. *Das* war etwas ganz anderes, und wir sahen es am nächsten Morgen. Wir verließen den *Serai* bei Tagesanbruch, aber anstatt uns nach Lahore zu wenden, das in der Ferne schon gut sichtbar war, ritten wir einige Meilen in Richtung der großen Ebene von Maian Mir. Dort, so versicherte Sardul mir, würde ich das wahre Wunder des Pandschab sehen. Ich kenne den orientalischen Geist, ich konnte mir denken, dass er darauf aus war, den *Feringhee* mit Ehrfurcht zu erfüllen. Und das tat es auch. Wir hörten es, lange bevor wir es sahen. Das dumpfe Donnern der Artillerie zuerst und dann ein unbestimmtes Dröhnen, welches sich zusammensetzte aus dem Trompeten der Elefanten, dem hohen Klang der Hörner, dem Rhythmus der Trommeln und dem Donnern von tausenden von Hufen, die die Erde erzittern ließen. Ich wusste, was es war, bevor wir den Schutz der Bäume verließen und auf einer Anhöhe anhielten, um das atemberaubende Schauspiel zu sehen: der Stolz des Pandschab und Schrecken des friedlichen Indien, die Khalsa.

Nun habe ich zu meiner Zeit einige heidnische Armeen bewundern dürfen. Die Himmlische Heerschar der Tai Ping war größer, die schwarze Flut von Cetewayos Legionen, die sich nach Little Hand ergossen, war sicher beängstigender. Und ein ganz besonderer Platz in meinen Alpträumen ist für den Wald aus Zelten bestimmt, den ich von den Anhöhen des Little Bighorn gesehen habe, fünf Meilen breit. Aber an reiner militärischer Macht habe ich außerhalb Europas nichts gesehen (und verdammt wenig innerhalb!), was der großartigen und disziplinierten Aufstellung von Menschen, Tieren und Metall in Maian Mir gleichkam. Soweit das Auge reichte, war die weite *Maidan`* bedeckt von Reihen von Zelten und wehenden Standarten, zwischen denen Fußsoldaten drillten, Kavallerieregimenter übten und Artillerieeinheiten drillten. Alle waren sie uniformiert und von bester Disziplin, das war das Schlimmste dran. Schwarze, braune und gelbe Armeen jener Tage waren genauso tapfer wie alle anderen, aber niemand hatte ihnen Jahrhunderte alten Drill und taktische Manöver eingeprügelt, weder den Zulus noch Ranavalonas Hova-Wachen. Anders mit der Khalsa. Das war Aldershot mit Turbanen. Das war eine Armee.[17]

Daran sollten Sie denken, wenn irgendein kluger Kerl sich darüber ausläßt, dass unsere imperialen Kriege einseitige Massaker an armen, keulenschwingenden Heiden waren, die von Gatlings niedergemäht wurden. Oh, das war schon passiert, in Ulundi und Washita und Omdurman. Aber viel öfter stand es zehn zu eins gegen unsere Snider und Martini und Brown Bess', in einem Gebiet, wo Schrapnell und schnelles Feuer nicht viel zählten. Der Wilde mit seinem Blasrohr oder Bogen oder *Jezzail``* hinter einem Felsen hat einen großen Vorteil – es ist nämlich *sein* Felsen. Und außerdem erwähnen die Spötter nie Armeen wie die Khalsa, genauso gut bewaffnet und ausgerüstet wie wir. Wie also konnten wir Indien halten?

An diesem Morgen in Maian Mir verschwand meine Zuversicht angesichts unserer Streitkräfte auf der Grand Trunk wie der Nebel des Pandschab. Ich dachte an Littlers armselige 7.000, isoliert in Ferozepore, unsere anderen Truppen verstreut, darauf wartend, häppchenweise von diesem Ungetüm mit 100.000 Mann verschlungen zu werden. Eine Reihe

`Ebene
``Afghanische Muskete

besonders eindringlicher Bilder sind mir bis heute geblieben. Ein Regiment von Sikh Lancers, das während des Angriffs in vollständigem Gleichklang die Richtung wechselte, die glitzernden Lanzenspitzen hoben und senkten sich wie eine einzige Waffe. Ein Batallion von Jat-Infanterie mit Schnurrbärten wie Büffelhörner, weiße Figuren mit schwarzen Kreuzgurten, die sich beim Befehl „Links halt – zur Kompanie formen!" wie ein Uhrwerk bewegten. Leichte Dogra-Infanterie beim schnellen Vorrücken, deren blaue Turbane plötzlich eine geschlossene Reihe bildeten. Die Spitzen der Bajonette fuhren unter wilden „Khalsa-ji"-Rufen in die Sandsäcke. Schwere Artillerie wurde von Elefanten-Mannschaften durch den Staub gezogen, die Kanoniere trimmten ihre Zündschnüre und luden die Munition. Das betäubende Donnern der Salve und verdammt will ich sein, wenn ihre Schüsse nicht alle gemeinsam eine Meile entfernt explodierten, über dem Erdboden. Selbst der Anblick der leichten Geschütze, die ihre Ziele mit Kartätschen in Streifen schnitten, machte mich nicht so krank wie die Präzision der schweren Artillerie. Sie waren so gut wie die Königliche Artillerie – und sie hatten *schwerere* Munition.

Sie bauten auch all ihre Ausrüstung in den Schmieden von Lahore selbst, von Brown Bess' bis zu Haubitzen, alle nach unseren Plänen. Nur einen einzigen Fehler konnte ich bei ihren Kanonieren und der Infanterie finden. Ihr Drill war perfekt, aber langsam. Und ihre Kavallerie... nun, die wäre über Napoleon hinweggeritten.

Sardul gab sich Mühe, mir das alles ganz genau zu zeigen, *„pour encourager les feringhees"*. Wir quatschten mit einigen ihrer höheren Chargen, alle überaus höflich, und kein Wort fiel darüber, dass unsere Armeen zu Weihnachten einander abschlachten würden. Die Sikhs sind ein verdammt stolzes Volk, wissen Sie. Achja, kein europäischer Söldner war mehr zu sehen. Sie hatten die Armee aufgebaut und sich dann aus den besten aller möglichen Gründe zurückgezogen: Abscheu vor den Zuständen im Land und Widerwillen, womöglich gegen die Company kämpfen zu müssen.

Ich sah noch eine andere Seite der Khalsa, als wir Nachmittags nach Lahore aufbrachen. Flashy reiste nun in seinem Jampan, weißer Hut und Fliege. Jassa trat die Träger in den Hintern, damit wir schneller vorankamen. Wir glitten ganz elegant an den Zelten des Hauptquartiers vorbei, als uns vor dem Hauptpavillon eine große Menge an Soldaten auffiel, die irgendeinem *upper rojer*˙ auf einem Podest zuhörten. Sardul hielt an, um zuzuhören. Ich fragte Jassa, was das alles bedeutete, und er spuckte aus und knurrte: „Die *Panchayats*! Wenn der alte Runjeet das erlebt hätte, er hätte sich seinen Bart abgeschnitten!"

Das waren also die berüchtigten militärischen Komitees der Khalsa, von denen wir schon so viel gehört hatten. Sehen Sie, im Feld ist die Disziplin der Khalsa zwar perfekt, aber ihre Politik wurde von den *Panches* bestimmt, wo alles demokratisch abgestimmt wurde. So kann man keine Armee führen, da stimmte ich mit Jassa überein. Kein Wunder, dass sie den Sutlej noch nicht überquert hatten. Dort stand eine wirklich seltsame Mischung: Sepoys mit nackten Beinen, Offiziere in roter Seide, hartäugige Akalis[18] in spitzen blauen Turbanen und goldenen Bartnetzen, ein stattlicher alter *Rissaldar-Major*¨ mit fast einen Fuß langen weißen Schnurrbartspitzen. Irreguläre *Sowars* mit ihren Hummerschwanzhelmen, Dogra-Musketiere in Grün, Pathanen mit langen Kamel-Gewehren. Es schien, als würde sich jede Rasse, Rang und Kaste um den Sprecher drängen, einen prachtvollen Sikh, sechseinhalb Fuß groß, gehüllt in Silberstoff, der brüllen musste, um gehört zu werden.

„Alles, was wir von Attock gehört haben, ist wahr! Der junge Peshora ist tot und Kashmiri Singh ebenfalls, im Schlaf gefangen, nach der Jagd, von Chuttur Singh und Futteh Khan."

„Erzähl uns etwas, was wir noch nicht wissen!", schrie einer dazwischen und der große Kerl hob den Arm, um die zustimmenden Rufe zu unterbrechen.

„Ihr wisst nicht, wie es geschah – die Schande und den schwarzen Verrat! Imam Shah war in der Festung von Attock – laßt ihn erzählen."

Ein bulliger Mann im Kettenhemd, mit einem Gürtel voller Messer mit Elfenbeingriffen um die Hüften, sprang auf das

˙Anführer
¨Sergeant-Major der Kavallerie

Podest und es wurde still.

„Es war eine üble Tat!", krächzte er. „Peshora Singh wusste, seine Zeit war gekommen, denn sie hatten ihn in Eisen gelegt und brachten ihn vor diesen Schakal Chuttur Singh. Peshora sah ihm in die Augen und rief nach einem Schwert. ‚Lass mich sterben wie ein Soldat!', sagte er, aber Chuttur sah ihn nicht an, sondern wackelte nur mit dem Kopf und murmelte Entschuldigungen. Noch einmal verlangte der junge Falke nach einem Schwert. ‚Ihr seid Tausende, ich stehe alleine hier – es kann nur ein Ende geben, aber laßt es ein gutes sein!' Chuttur seufzte und jammerte, drehte sich fort und winkte. ‚Ein gutes Ende, du Feigling!', schrie Peshora, aber sie brachten ihn weg. All das habe ich selbst gesehen. Sie brachten ihn in die Kolboorj-Kerker und erstickten ihn wie einen Dieb mit seinen Ketten. Dann warfen sie ihn in den Fluss. Das habe ich nicht gesehen, es wurde mir erzählt. Gott lasse meine Zunge verdorren, wenn ich lüge!"

Peshora Singh war das beste Pferd im Rennen um den Thron gewesen, wie Nicolson gesagt hatte. So ist eben die Politik. Ich fragte mich, ob sich an der Regierung etwas ändern würde, denn Peshora war der Liebling der Khalsa gewesen. Sein Tod schien zwar keine Neuigkeit mehr zu sein, aber die Art und Weise regte sie doch ziemlich auf. Alle schrien durcheinander, und der große Sikh musste noch einmal brüllen.

„Wir haben das *Parwana˙* in den Palast gesandt. Ihr habt dem zugestimmt. Was können wir anderes tun als warten?"

„Warten, während diese Schlange Jawaheer andere wahre Männer abschlachtet?", kreischte einer. „*Er* ist Peshoras Mörder, auch wenn er sich dahinten im *Kwabagh˙˙* versteckt. Lasst uns ihn besuchen und in den ewigen Schlaf schicken!"

Er erntete wilde Zustimmung, aber andere riefen, dass Jawaheer ihre große Hoffnung sei und unschuldig an Peshoras Tod.

„Wer hat dich bezahlt, das zu sagen?", donnerte der *Rissaldar-Major*, Funken sprühend vor Zorn. „Hat Jawaheer dich mit einer goldenen Kette gekauft, du *Boroowa˙˙˙˙*? Oder hat vielleicht Mai Jeendan für dich getanzt, verhurte Schlampe, die sie ist?" Schreie von „Schande!", „*Shabash*'!" und das pandschabische Gegenstück zu Rufen nach Ordnung ertönten. Einige wiesen daraufhin, dass die Maharani ihnen für den Monat fünfzehn Rupien versprochen hatte, wenn sie gegen die britischen Bastard-Schweine marschieren würden (ihr Zeuge in seinem Jampan zog ganz sacht den Vorhang zu), und Jawaheer war genau der Anführer, den sie brauchten. Ein anderer meinte, dass Jawaheer nur den Zorn der Khalsa von sich ablenken wollte und dass die Maharani eine schreckliche Hure aus zweifelhaftem Elternhaus sei, die gerade erst einem Brahmanen die Nase hatte aufschlitzen lassen, weil er ihre Laster verurteilte. Ein bartloser Junge, schäumend vor Loyalität, bot sich an, die Innereien von jedem aufzufressen, der diese Heilige beleidigte. Es schien, als würde sich das Treffen in einen Aufruhr verwandeln, als ein atemberaubend gekleideter General, das Falkengesicht voll Autorität, auf das Podest stieg und die Tobenden zähmte.

„Ruhe! Seid ihr Soldaten oder Fischweiber? Ihr habt Parthee Singh gehört – das *Parwana* wurde gesandt, Jawaheer muss am 6. Assin zu uns kommen und Rede und Antwort für Peshoras Tod stehen oder seine Unschuld beweisen. Mehr ist dazu nicht zu sagen, außer…" Er verstummte, und man hätte eine Nadel zu Boden fallen hören, als seine kalten Augen einen nach dem anderen anstarrten. „Wir sind die Khalsa, die Reinen, und unsere Treue gilt allein unserem Maharadscha Dalip Singh, möge Gott seine Unschuld schützen! Unsere Schwerter und unser Leben gehören ihm allein!" Donnernder Applaus, dem alten *Rissaldar-Major* rannen die Tränen übers Gesicht. „Ob wir gegen die Briten ziehen... das sollen die *Panchayats* an einem anderen Tag entscheiden. Aber wenn wir ziehen, dann werde ich – General Maka Khan -", er schlug sich an die Brust – „in den Krieg ziehen, weil die Khalsa es so will und nicht wegen wegen der Intrigen einer nackten *Cunchunee*˝ oder eines betrunkenen Tanzjungen!"

Mit dieser Beschreibung des Charakters der beiden Regenten endete die Sache. Ich bemerkte erleichtert, als Sardul uns an den sich zerstreuenden Soldaten vorbeiführte, dass alle

˙Bravo!
˝Tanzmädchen

Blicke in meiner Richtung eher neugierig als feindselig waren. Einer oder zwei salutierten sogar und Sie können sicher sein, dass ich voll Höflichkeit antwortete. Es beruhigte mich ein bisschen, denn es deutete an, dass Broadfoot Recht hatte. Welcher Aufruhr in der Regierung gerade herrschte – und scheinbar war er ziemlich mächtig – der Fremde Flashy würde innerhalb ihrer Tore respektiert werden, welche Meinung sie auch immer über meine Landsleute hatten.

Wir näherten uns Lahore auf einem Umweg, weil wir die eigentliche Stadt umgingen. Sie ist ein dreckiges Labyrinth aus krummen Strassen und Gassen. An der nördlichen Seite dominieren der Palast und die Festung die Stadt. Lahore ist ein beeindruckender Ort, oder war es damals, mehr als eine Meile breit und umgeben von massiven dreißig Fuß hohen Wällen oberhalb eines tiefen Grabens und massiven Erdbefestigungen. Sie sind seither verschwunden, glaube ich. Aber in jenen Tagen war ich wie vom Schlag getroffen von der Zahl und der Pracht der Tore und der Größe der Festung und des Palastes auf ihrem Hügel. Der große achteckige Turm, der *Summum Boorj*, erhob sich wie ein riesiger Finger nahe der nördlichen Befestigungen.

Er ragte über uns auf, als wir durch das Rushnai, das „Leuchtende Tor", hineinzogen, vorbei an den Schwärmen von staubbedeckten Arbeitern, die am Mausoleum des alten Runjeet arbeiteten, hinein in den Hofgarten. Rechts führte eine großartige Treppe hinauf zur Badshai-Moschee, der großen dreifachen Moschee, welcher man nachsagt, sie sei die größte der Welt – nun, die Leute in Samarkand sagen das Gleiche über *ihre* Moschee. Links war das innere Tor zur Festung, einem verwirrenden Ort voller Gegensätze, denn sie enthält nicht nur den Schlaf-Palast, sondern nahebei auch eine Schmiede und ein Arsenal und die wunderbare Perlen-Moschee, die als Schatzhaus verwendet wurde. Auf einem der Tore befand sich eine Figur der Jungfrau Maria, die Shah Dschahan angeblich dorthin hatte setzen lassen, um die portugiesischen Händler glücklich zu machen. Aber es gab noch etwas Seltsameres: Ich hatte mich gerade von Sarduls Eskorte und meinen *Jampan-*

Trägern verabschiedet und wurde zu Fuß von einem gelbgekleideten Offizier der Palastwachen empfangen, als ich eine
außergewöhnliche Figur in einer Nische auf einem Tor sitzen
sah. Er soff aus einem riesigen Krug und brüllte gleichzeitig
Anweisungen an einen Trupp Wachen, welche mit leichten
Geschützen auf dem Wall drillten. Er war ein echter Pathan-
Söldner, mit starrem Bart und einer Nase wie ein Beil, aber er
war von Kopf bis Fuß, *Puggaree*˙, Überwurf und *Pyjamys*, in das
rote Tartan-Muster der 79. Highlander gekleidet! Ich habe auf
Madagaskar Nigger in den Kitteln der Black Watch gesehen,
aber das übertraf wirklich alles. Seltsamer noch, er hielt ein
schweres metallenes Halsband in einer Hand und jedes Mal,
bevor er trank, legte er es sich um den Hals, als würde er
fürchten, der Alkohol könnte aus seinem Adamsapfel heraus-
tropfen.

Ich wollte darüber etwas zu Jassa sagen – und verdammt sei
er, er war verschwunden. Nirgendwo zu sehen. Ich starrte um
mich und fragte den Offizier, wo er hingeraten sein konnte,
aber der hatte Jassa noch nicht einmal gesehen. Am Ende
wurde ich allein weitergeleitet und alle meine früheren
Befürchtungen meldeten sich lautstark zurück.

Sie werden sich wundern, warum? Nur weil mein Adjutant
plötzlich verschwunden war? Stimmt, aber er war genau dann
verschwunden, als wir die Höhle des Löwen betraten, sozusagen. Und die ganze Mission war geheimnisvoll und riskant
genug, und ich bin Gottes eigener Feigling. Und ich roch
Unheil, in diesem Labyrinth aus Höfen und Passagen, mit den
hohen Wällen rund um mich. Ich freute mich noch nicht einmal über die wundervollen Räume, in die ich gebracht wurde.
Sie lagen in einem höheren Stockwerk des Schlaf-Palastes,
zwei luftige, große Räume, die durch einen breiten maurischen
Bogen verbunden waren. Sie hatten Mosaikfliesen und persische Wandteppiche, einen kleinen marmornen Balkon über
einem abgeschiedenen Hof mit einem kleinen Brunnen und
seidenes Bettzeug. Schweigsame Träger verstauten mein
Gepäck, zwei kleine hübsche Dienerinnen liefen hinein- und
hinaus und brachten Wasser, Handtücher und Tee. Ich dachte

˙Turban

nicht einmal daran, ihnen einen Klaps zu geben, was Ihnen sagt, wie nervös ich war. Ein alter *Punkah-Wallah* sorgte für eine kühlende Brise im Durchgang, wenn er gerade nicht schlief, was nicht oft der Fall war. Aus irgendeinem Grund erschien mir gerade dieser Luxus als bedrohlich, als wäre er nur gedacht, um meine Ängste zu beruhigen. Wenigstens gab es zwei Türen, aus jedem Raume eine – ich liebe es zu wissen, dass ich eine Rückzugsmöglichkeit habe.

Ich wusch mich, zog mich um und sorgte mich immer noch wegen Jassas Abwesenheit. Ich wollte mich gerade hinlegen, um meine Nerven ein wenig zu beruhigen, als mein Blick auf das Buch auf dem Nachttisch fiel – und erschrocken setzte ich mich auf. Denn es war eine Bibel, die eine unbekannte Hand dorthin gelegt hatte, nur für den Fall, dass ich meine eigene vergessen hatte, natürlich.

Broadfoot, dachte ich, du bist ein unangenehmer Arbeitgeber, aber bei Gott, du kennst das Geschäft. Es erinnerte mich daran, dass ich nicht ganz abgeschnitten war. Ich stellte fest, dass ich „Wisconsin" vor mich hinmurmelte, dann summte ich es leise zu der Melodie von „My Bonnie is over the ocean". Ein plötzlicher Einfall ließ mich mein Codierbuch herausnehmen – *Crotchet Castle*, die Ausgabe von 1831, falls es Sie interessiert – und eine Nachricht an Broadfoot schreiben, über alles was ich in Maian Mir gehört und gesehen hatte. Ich hatte sie gerade fertiggestellt und vorsichtig zwischen die Seiten des Zweiten Thessalonierbriefes gelegt und dachte ingrimmig über einen Vers nach, der da lautet: „Betet ohne Unterlass!" Verdammt viel nützen würde mir das. Da wurde die Türe aufgerissen, ein Schrei ertönte, der einem das Blut gerinnen lassen konnte, und ein verrückter Zwerg mit einem blitzenden Säbel sprang in den Torbogen. Ich rollte mit einem Angstschrei vom Bett herunter und grapschte nach meiner Pistole, die in meiner offenen Tasche lag, drehte mich, um den Torbogen ins Schussfeld zu bekommen, und hatte den Finger am Abzug...

Im Torbogen stand ein kleiner Junge, nicht mehr als sieben Jahre alt, eine Hand hielt seinen kleinen Säbel, die andere presste er an den Mund und seine Augen strahlten vor Freude. Meine zitternde Pistole senkte sich und das kleine Monster krähte vor Begeisterung und klatschte in die Hände.

„Mangla! Mangla! Komm schnell und schau! Komm schon, Frau – er ist es, der Afghanentöter! Er hat eine große Kanone, Mangla! Und er wollte mich erschießen! Oh, *shabash*, *shabash*!"

„Dir werde ich *shabash* zeigen, du kleiner Hurensohn!", brüllte ich und wollte mich auf ihn stürzen, als eine Frau aus dem Torbogen trat und ihn hochob. Ich blieb wie vom Donner gerührt stehen. Erstens war sie wirklich ein reifer Pfirsich und zweitens blitzte mich der Zwerg wütend an und piepste:

„Nein! Nein! Du darfst mich erschießen, aber wage es nicht, mich zu schlagen! Ich bin ein Maharadscha!"

Ich bin ein paar Mal völlig unerwartet auf königliches Blut getroffen – von Angesicht zu Angesicht mit meinem Zwilling, Carl Gustav, im Kerker von Jotunberg, zitternd in meinen Lumpen vor dem schwarzen Basilisken Ranavalona, sprachlos, als Lakshmibai mich aus ihrer Schaukel anblickte, splitternackt und gefesselt vor der künftigen Kaiserin von China – und hatte Augen nur für diese. Aber im Fall von Dalip Singh, Herr des Pandschab, galt meine Aufmerksamkeit seiner Beschützerin. Sie war ein steiler Zahn, diese Mangla, die wahre kashmirische Schönheit, Cremehaut und vollkommene Züge, groß und wohlgeformt wie Hebe. Mit großen Augen sah sich mich an, als sie den Kleinen an ihren Busen drückte. Hatte der Glück. Er wusste es anscheinend nicht zu schätzen, denn er schlug sie ins Gesicht und schrie: „Setz mich ab, Frau! Wer hat dir befohlen, dich einzumischen? Lass mich los!"

Ich hätte ihn verprügelt, aber nach einem weiteren fragenden Blick zu mir setzte sie ihn ab und trat einen Schritt zurück. Mit einer koketten Bewegung rückte sie ihren Schleier zurecht. Durch meine abklingende Panik hindurch dachte ich: Da ist ja noch eine, der Flashy auf den ersten Blick gefällt. Das undankbare Kind gab ihr auch noch einen Schubs, straffte seine Schultern und verbeugte sich ruckartig vor mir, die Hand auf dem Herzen, wirklich königlich in seinem kleinen Turban mit der Agraffe und dem goldenen Überwurf.

„Ich bin Dalip Singh. Du bist Flashman *Bahadur*, der berühmte Soldat. Lass mich deine Pistole sehen!"

Ich widerstand der Versuchung, ihm den Hintern zu versohlen, und verbeugte mich statt dessen. „Vergebt mir, Maharadscha! Ich hätte sie in Eurer Gegenwart nicht gezogen, aber Ihr habt mich überrascht."

„Nein, habe ich nicht!", rief er grinsend. „Du bewegst dich wie eine zuschlagende Kobra, schneller als das Auge folgen kann! Oh, es war schön, und du musst der tapferste Soldat der Welt sein – und jetzt, deine Pistole!"

„Maharadscha, Ihr vergeßt Euch!" Manglas Stimme klang scharf und gar nicht demütig. „Ihr habt den englischen Sahib nicht richtig begrüßt – und es zeigt schlechte Manieren, ihn so zu überfallen, anstatt ihn im Durbar zu empfangen˙. Was soll er von uns denken?" Was heißen sollte, was denkt er von mir, wenn ich die Blicke der Gazellenaugen richtig verstand. Ich zeigte ihr mein galantes Grinsen und beeilte mich, ihrem Herren zu schmeicheln.

„Seine Majestät ehrt mich. Aber wollt Ihr Euch nicht setzen, Maharaschda, und Eure Dame ebenfalls?"

„Dame?" Er starrte sie an und lachte. „Sie ist eine Sklavin! Oder nicht, Mangla?"

„Die Sklavin Eurer Mutter, Maharadscha", sagte sie kalt, „nicht die Eure."

„Dann geh und warte meiner Mutter auf!", rief der Kleine, aber er sah sie nicht an. „Ich möchte mit Flashman *Bahadur* sprechen."

Es juckte sie in den Fingern, ihm eine Ohrfeige zu geben, das konnte man sehen, aber nach einem Augenblick verbeugte sie sich tief und sah mich ein letztes Mal an, von oben nach unten, was ich auch tat und dabei ihre anmutige Haltung bewunderte, als sie hinausglitt. Die kleine Pest versuchte inzwischen, mich zu entwaffnen. Ich bestand darauf, dass ein Soldat seine Waffe nie an einen anderen übergeben darf, aber

---

˙*Durbar* heißt, so wie Flashman das Wort verwendet, abwechselnd Audienz, den Raum, in dem die Audienz stattfindet, und die Regierung des Pandschab (z.B. Durbar von Lahore) 65

ich würde sie für ihn halten, wenn er mir genauso sein Schwert zeigen würde. Das tat er und dann starrte er mit offenem Mund auf meine Pistole[19].

„Wenn ich ein Mann bin", sagte er, „dann werde ich ein Soldat des Sirkar sein und so eine Pistole haben."

Ich fragte, warum die britische Armee und nicht die Khalsa, und er schüttelte den Kopf. „Die Khalsa sind meuterische Hunde. Außerdem sind die Briten die besten Soldaten der Welt, sagt Zeenan Khan."

„Wer ist Zeenan Khan?"

„Einer meiner Pferdeknechte. Er war Flankenmann-erste-Schwadron-fünfte-bengalische-Kavallerie-General-Sale-Sahib-in-Afghanistan." Es kam in einem Schwall heraus, so wie Zeenan es ihm beigebracht haben musste. Er wies auf mich. „Er sah dich in Jallalabad und erzählte mir, wie du die Muslims getötet hast. Er hat nur mehr einen Arm und keine *Pinshun*."

Nun, das war eine Pension, die wir zahlen sollten, und das rückwirkend, dachte ich. Ein ehemaliger *Sowar* der Bengalischen Kavallerie, der das Ohr eines Königs hat, ist ein paar Kröten im Monat wert. Ich fragte, ob ich Zeenan Khan treffen konnte.

„Wenn du willst, aber er redet sehr viel, und immer über die gleiche Geschichte, von den Ghazi, die er bei Teizin getötet hat. Hast du viele Ghazis getötet? Erzähl mir davon!"

So log ich ein paar Minuten lang, und die blutgierige kleine Bestie freute sich über jede Enthauptung. Seine Augen starrten mich an und sein kleines Gesicht stützte er auf seine Hände. Dann seufzte er und sagte, dass sein Onkel Jawaheer wohl verrückt sein musste.

„Er will gegen die Briten *kämpfen*. Bhai Ram sagt, er ist ein Narr und dass eine Ameise nicht gegen einen Elefanten kämpfen kann. Aber mein Onkel sagt, wir müssen, sonst werdet ihr mir mein Land stehlen."

„Dein Onkel irrt sich", sagte der diplomatische Flashy. „Wenn das wahr wäre, wäre ich in friedlicher Absicht hier? Nein, ich hätte ein Schwert!"

„Du hast eine Pistole", sagte er ernst.

66

„Die ist ein Geschenk", sagte ich inspiriert. „Ich werde sie einem Freund überreichen, wenn ich Lahore verlasse."

„Du hast Freunde in Lahore?", fragte er stirnrunzelnd.

„Jetzt schon!", sagte ich und blinzelte ihm zu. Nach einem Moment fiel seine Kinnlade herunter und er quietschte vor Vergnügen. Gott, tat ich nicht wirklich alles für mein Vaterland?

„Ich werde sie bekommen! Diese Pistole? Oh! Oh!" Er umklammerte seine Schultern und hüpfte auf und ab. „Und wirst du mir auch deinen Kriegsschrei beibringen? Du weißt schon, den Ruf, den du gerade ausgestoßen hast, als ich mit meinem Schwert hereingerannt kam?" Sein Gesicht verzog sich vor Anstrengung. „Wee...ska...see?"

Ich war verwirrt und dann – dämmerte es mir: Wisconsin. Gott, mein Überlebensinstinkt arbeitete gut, wenn ich das geschrieen hatte, ohne es zu bemerken. „Ach, das war nichts, Maharadscha. Aber ich verspreche Euch etwas anderes: ich werde Euch beibringen, wie man schießt."

„Das wirst du tun? Mit dieser Waffe?" Er seufzte verzückt. „Dann kann ich Lal Singh erschießen!"

Ich erinnerte mich an den Namen – ein General, der Liebhaber der Maharani.

„Wer ist Lal Singh, Maharadscha?"

Er zuckte mit den Achseln. „Ach, einer der Bettgefährten meiner Mutter." Und er war erst sieben Jahre alt, bedenken Sie das. „Er hasst mich, aber ich weiß nicht, warum. Alle ihre anderen Bettgefährten mögen mich und schenken mir Süßigkeiten und Spielzeug." Verwundert schüttelte er den Kopf und sprang auf einem Bein herum, ohne Zweifel sollte ihm das beim Nachdenken helfen. „Ich frage mich, warum sie so viele Bettgefährten hat? So viele...?"

„Kalte Füße, würde ich sagen... schaut, mein Junge – Maharadscha, meine ich, solltet Ihr nicht gehen? Mangla wird..."

„Mangla hat auch Bettgefährten", erzählte diese Quelle von Skandalen. „Aber Onkel Jawaheer ist ihr Liebling. Weißt du, was Lady Eneela sagt, dass sie tun?" Er hörte auf zu springen und holte tief Luft. „Lady Eneela sagt, sie..."

Glücklicherweise, bevor mein Schamgefühl einen tödlichen

Schlag erhielt, erschien Mangla plötzlich wieder, vollkommen gefasst, wenn man bedachte, dass sie wahrscheinlich mit dem Ohr am Schlüsselloch gelauscht hatte. Sie informierte Seine widerspenstige Majestät, dass seine Mutter ihn in den Durbar befohlen habe. Er schmollte und ließ sich Zeit, aber schließlich gab er nach, tauschte noch eine Verbeugung mit mir und ließ sich von ihr schließlich in den Durchgang scheuchen. Zu meiner Überraschung folgte sie ihm nicht sofort, sondern schloss die Tür. Sie wandte sich mir zu, ganz kühl – sie wirkte ganz und gar nicht wie ein Sklavenmädchen und sie sprach auch nicht wie eines.

„Scine Majestät spricht, wie Kinder das tun", sagte sie. „Ihr werdet nicht auf ihn hören. Vor allem nicht das, was er über den Wazir Jawaheer Singh sagt."

Kein „Sahib", kein gesenkter Blick oder demütiger Tonfall, fällt Ihnen das auf? Ich sah sie noch einmal genauer an, von den zarten persischen Sandalen und engen Seidenhosen bis zum wohl gefüllten Obergewand und dem ruhigen, lieblichen Gesicht, das von dem durchsichtigen Schleier eingerahmt wurde. Ich trat einen Schritt näher.

„Ich habe kein Interesse an eurem Wazir, kleine Mangla", lächelte ich. „Aber wenn unser kleiner Tyrann die Wahrheit spricht, so... beneide ich ihn."

„Jawaheer ist kein Mann, den man beneiden sollte", sagte sie und sah mich mit diesen frechen Gazellenaugen an. Ein Hauch ihres Parfüms streifte mich – irres Zeug, das diese Sklavenmädchen verwenden. Ich zog eine glänzende schwarze Locke unter dem Schleier hervor, und sie wehrte sich nicht. Ich streichelte ihre Wange damit, und sie lächelte, ihre Lippen teilten sich verführerisch. „Außerdem, Neid ist die letzte Todsünde, welche ich von Flashman *Bahadur* erwarte."

„Aber die erste kennst du, wie?", fragte ich und zog sie sanft an mich, streichelte ihre Brust und ihren Hintern und drückte einen keuschen Kuss auf ihre Lippen. Die schlaue kleine Kreatur antwortete darauf, indem sie ihre Hand zwischen uns hinuntergleiten ließ und zugriff und ihre Zunge fast in meinen Hals stieß – genau dann fing dieses gräßliche Balg Dalip damit an, gegen die Tür zu trommeln und Aufmerksamkeit zu verlangen.

„Zur Hölle mit ihm!", knurrte ich, völlig vertieft, und einen Augenblick lang neckte sie mich noch mit Hand und Zunge, bevor sie ihre bebende Weichheit zurückzog, mit glänzenden Augen und schwer atmend.

„Ja, ich kenne die erste", murmelte sie, „aber dies ist nicht der Zeitpunkt..."

„Ist er das nicht, bei Gott?! Kümmer dich nicht um den Jungen, er wird weggehen, ihm wird langweilig werden..."

„Das ist es nicht." Sie drückte ihre Hände gegen meine Brust, schmollte und schüttelte den Kopf. „Meine Herrin würde mir niemals vergeben."

„Deine Herrin? Was zum Kuckuck...?"

„Ah, Ihr werdet sehen." Sie schüttelte meine Hände ab und zog eine nette, kleine Grimasse, als der jammernde Bengel gegen die Tür trat. „Seid geduldig, Flashman *Bahadur*, erinnert Euch, der Diener isst als Letzter, aber er isst am längsten." Ihre Zunge huschte noch einmal über meine Lippen und dann war sie weg und die Tür schloss sich vor schrillen kindischen Protesten. Sie ließ mich erregt und enttäuscht zurück, aber in einem besseren Zustand, als ich seit Tagen gewesen war. Nichts gleicht einer schnellen Begegnung mit einer willigen Frau, mit der Aussicht auf einen echten Leckerbissen, um einen Mann wieder in Stimmung zu versetzen. Und – wie sich zeigte, Bärte sind nicht alles...

Aber ich hatte nicht viel Zeit, mich lustvollen Überlegungen hinzugeben, denn wer schlich jetzt herein? Der tapfere Jassa, mit finsterstem Gesicht und gar nicht beeindruckt, als ich ihn verdammte und fragte, wo er denn gewesen war. „In deinen Geschäften unterwegs, *Husoor*!", lautete die ganze Antwort, die ich bekam, während er vorsichtig durch die beiden Räume schlich, auf Wandbehänge und Holzverkleidungen klopfte und meinte, dass es diesen Hindu-Schweinen viel zu gut ginge. Dann bedeutete er mir, auf den kleinen Balkon zu treten, sah noch einmal auf und ab und flüsterte: „So hast du also den kleinen Radscha gesehen und die Zuträgerin seiner Mutter?"

„Was zum Teufel meinst du?"

„Sprich leise, *Husoor*. Diese Frau Mangla ist Mai Jeendans Spionin und Komplizin bei allem Bösen. Eine Sklavin, die im Durbar neben dem Purdah ihrer Herrin steht und für sie spricht. Ja, und selbst Politik macht und zur reichsten Frau von Lahore geworden ist. Denk darüber nach, *Husoor*. Sie ist Jawaheers Hure und wird auch ihn verraten. Kein Zweifel, dass sie geschickt wurde, um dich auszuhorchen. Aus welchem Grund auch immer." Er grinste sein böses, pockennarbiges Lächeln und ließ mich nicht zu Wort kommen.

„*Husoor*, wir stecken zusammen in dieser Angelegenheit, du und ich. Wenn ich deutlich werde, dann nimm es nicht übel, sondern lausche. Sie werden auf allen Wegen versuchen, an dich heranzukommen, diese Leute. Wenn einige davon lange Beine und volle Brüste haben, nun… dann nimm dir dein Vergnügen, wenn dir danach ist", sagte der großzügige Bandit, „aber erinnere dich immer daran, wer sie sind. Ich werde hier und dort sein. Bald werden andere kommen, um dich zu umgarnen – leider nicht so schön wie Mangla."

Seine Frechheit sei verdammt – und Gott sei gedankt dafür. Er hatte Recht. Während der nächsten Stunde ging es in Flashys Räumen zu wie auf der London Bridge während der Feiertage.

Erster Ankömmling war ein hochgewachsener, stattlicher und alter Adeliger, der aussah, als wäre er einem persischen Bild entsprungen. Er kam allein, bat kühl um Entschuldigung für sein Eindringen und schien ständig zu lauschen. Verdammt unruhig war er. Sein Name war Dewan Dinanath und ich kannte ihn aus Broadfoots Akten, wo er als einflussreicher Ratgeber des Hofes aufgelistet war. Er neigte zur Friedenspartei, war aber ein Wetterhahn. Seine Fragen waren einfach: Hatte der Sirkar die Absicht, das Soochet-Erbe dem Hof von Lahore auszuhändigen? Ich sagte, das würde niemand wissen, bis ich meinen Bericht nach Kalkutta geschickt hatte, wo die Entscheidung fallen musste. Er sah mich düster an.

„In der Vergangenheit hatte ich das Vertrauen von Major Broadfoot", schnaubte er, „Ihr könnt mir genauso vertrauen." Was beides verdammte Lügen waren. „Dieses Erbe ist groß und seine Rückgabe würde einen Präzedenzfall für anderes Geld aus dem Pandschab bedeuten, das sich zur Zeit in britischer... ähhhh... Obhut befindet. In den Händen unserer Regierung hätten diese Gelder einen stabilisierenden Effekt." Sie würden Jawaheer und Jeendan helfen, die Khalsa ruhig zu halten, hieß das. „Ein Wort zur rechten Zeit an mich, über Hardinge Sahibs Absichten..."

„Es tut mir leid, Si", sagte ich, „ich bin nur ein Anwalt."

„Ein junger Anwalt", schnappte er zurück, „der nicht nur das Recht, sondern auch versöhnliche Gesten studieren sollte. Das Geld soll an Goolab gehen, nicht wahr?"

„Oder an Soochet Singhs Witwe. Oder an die Regierung des Maharadscha. Oder Kalkutta behält es für weitere Zeit ein. Das ist alles, was ich Euch sagen kann, Sir, fürchte ich."

Er mochte mich nicht, das konnte ich sehen, und hätte es mir am liebsten auch gesagt, aber ein Geräusch drang an seine Ohren und er stürzte in mein Schlafgemach wie ein alter Jagdhund. Ich hörte, wie sich die Türe schloss und meine nächsten unerwarteten Gäste ankamen. Zwei weitere würdige Herren: Fakir Azizudeen, ein zähes, schlau aussehendes Schwergewicht, und Bhai Ram Singh, stattlich, freundlich und bebrillt. Treue Anhänger der Friedenspartei, wenn man den Akten glaubte. Bhai Ram war der, der Jawaheer für einen Narren hielt, hatte der kleine Dalip gesagt.

Er eröffnete das Geplänkel mit großen Komplimenten über meine Leistungen in Afghanistan. „Und jetzt kommt Ihr zu uns mit anderer Befähigung... als Advokat. Immer noch in der Armee, aber im Dienst Major Broadfoots." Er blinzelte mir zu und strich über seinen weißen Bart. Nun, vermutlich kannte er auch die Farbe von Georges Unterhosen. Ich erklärte, dass ich zu Hause das Recht studiert hatte...

„An den Gerichtshöfen vielleicht?"

„Nein, Sir, eine kleine Kanzlei in der Chancery Lane. Ich hoffe, eines Tages Verteidiger zu sein."

„Ausgezeichnet", schnurrte Bhai Ram und strahlte. „Ich habe selbst das Recht ein wenig studiert." Ich hätte wetten können, dachte ich, und machte mich auf etwas gefasst. Und da kam es auch schon. „Ich habe mich gefragt, welche Schwierigkeiten in dieser Soochet-Sache entstehen könnten, sollte sich herausstellen, dass die Witwe eine Miterbin hat." Er lächelte mich fragend an. Ich schaute überrascht und fragte, wie das denn die Angelegenheit betreffen konnte.

„Das weiß ich eben nicht, Sir!", sagte er glatt. „Und deswegen frage ich Euch."

„Nun, Sir", sagte ich verwirrt, „die Antwort lautet, dass es gar nicht zutrifft. Wäre die Dame Soochets *Nachkommin* und hätte sie eine Schwester – eine weibliche Verwandte im gleichen Grad der Abstammung, meine ich – dann würden sie zusammen erben. Als Miterben. Aber sie ist seine *Witwe*, daher kann sich die Frage gar nicht stellen." Stopf dir das in deine Pfeife und rauch es, du alter Fuchs, ich war nicht umsonst in Simla mit einem nassen Handtuch um den Kopf gewickelt dagesessen.

Er sah mich traurig an, seufzte und zuckte in Richtung Fakir Azizudeens mit den Schultern. Der explodierte prompt.

„Er ist also ein Rechtsvertreter! Habt Ihr erwartet, Broadfoot würde einen Bauern schicken? Als ob diese Erbschaft irgendeine Bedeutung hätte! Wir wissen, dass sie keine hat, und er weiß es auch!" Dies sagte er mit einer Handbewegung zu mir. Er lehnte sich vor. „Warum seid Ihr hier, Sahib? Wollt Ihr Zeit gewinnen, mit dieser rechtlichen Narretei? Wollt Ihr die Hoffnungen dieses betrunkenen Narren Jawaheer schüren?"

„Langsam, langsam!", rügte Bhai Ram ihn.

„Langsam, am Abgrund des Krieges? Wenn die Fünf Flüsse sich wahrscheinlich rot färben werden?" Zornig wandte er sich zu mir. „Lasst uns in Gottes Namen wie vernünftige Männer sprechen! Was hat der Malki lat˚ vor? Wartet er auf eine Entschuldigung, um seine Bajonette über den Sutlej zu führen? Kann er denn noch bezweifeln, dass er diesen Grund bekommen wird? Warum kommt er dann nicht *jetzt* und löst alles mit einem Schlag? Vergesst diese Erbschaft, Sahib und erklärt uns das!"

Er war wirklich zornig, der erste ehrliche Mann, den ich im Pandschab getroffen hatte. Ich hätte ihn genauso narren können, wie ich es mit Dinanath gemacht hatte, aber es gab keinen

˚Herr des Landes, in diesem Fall Lord Hardinge

Grund dazu. „Hardinge Sahib hofft auf Frieden im Pand-schab", sagte ich.

Wütend starrte er mich an.

„Dann sagt ihm, dass er vergeblich hofft!", zischte er. „Diese Wahnsinnigen in Maian Mir werden schon dafür sorgen! Überzeugt ihn davon, Sahib, dann war Eure Reise wenigstens nicht ganz verschwendet." Mit diesen Worten stapfte er durch mein Schlafgemach hinaus[20]. Bhai Ram seufzte und schüttelte den Kopf.

„Ein ehrlicher Mann, aber ungeduldig. Vergebt seine Abruptheit, Sahib – und meine eigene Frechheit." Er kicherte. „Miterben! Haha! Ich werde Euch nicht bloßstellen, indem ich Eure Erinnerung an Bractons und Blackstones Werk über Erbschaften auffrische." Er zog sich in die Höhe und legte eine schwabbelige Hand auf meinen Arm. „Aber dieses sage ich Euch. Zu welchem Zweck auch immer Ihr hier seid – die Erbschaft, ich weiß, ich weiß! – tut für uns, was Ihr könnt." Ernst sah er mich an. „Am Ende wird der Pandschab britisch sein, das ist ganz sicher. Lasst uns versuchen, dieses Ende mit so wenig Leid wie möglich zu erreichen." Er lächelte traurig. „Es wird Ordnung bringen, aber der Company keinen Profit. Ich bin misstrauisch genug, um mich zu fragen, ob Lord Har-dinge deswegen so zögert."

Auch er ging durch mein Schlafzimmer davon, blieb aber an der Tür noch einmal stehen.

„Vergebt mir, aber Euer pathanischer Adjutant – kennt Ihr ihn schon lange?"

Überrascht sagte ich, nein, nicht lange, aber er war ein aus-gesuchter Mann.

Er nickte. „Einfach so... wäre es sehr aufdringlich von mir, Euch die zusätzlichen Dienste von zweien meiner Männer anzubieten?" Wohlwollend sah er mich über die Brillenränder hinweg an. „Zweifellos eine unnötige Vorsichtsmaßnahme, aber Eure Sicherheit ist äußerst wichtig. Sie wären natürlich sehr diskret."

Das rief sofort alle meine Befürchtungen wieder auf den Plan. Wenn dieser schlaue alte Kerl dachte, ich könnte in

Gefahr sein, dann genügte mir das. Ich war mir sicher, dass er mir nichts Böses wollte. Broadfoot hatte ihn mit A3 markiert. Mit vorgetäuschter Gelassenheit sagte ich, dass ich ihm sehr dankbar wäre, auch wenn ich mich in Lahore genauso sicher fühlte wie in London oder Kalkutta oder gar Wisconsin, haha. Erstaunt sah er mich an, sagte, er würde sich darum kümmern, und ließ mich schweißgebadet zurück. Da kam schon mein letzter Besucher.

Er war ein fetter, salbungsvoller Bösewicht mit schmierigen Augen, ein Tej Singh, der mit ein paar Speichelleckern hereinwatschelte und mich überschwenglich als Kameraden begrüßte. Er trug einen riesigen, juwelenbesetzen Säbel über einem Militärmantel, der nur so von Orden und Borten strotzte, seine Abzeichen als General der Khalsa. Er war voll des Lobes über meine Abenteuer in Afghanistan und bestand darauf, mir eine wunderbare Seidenrobe zu schenken – kein Ehrengewand, wie er sich beeilte mir zu versichern, aber doch viel praktischer in der brütenden Hitze. Er war eine solche Kröte, dass ich mich fragte, ob die Seide wohl vergiftet war. Aber nachdem er sich hinausgeschleimt hatte und mich dabei seiner ewigen Freundschaft und Hochachtung versichert hatte, entschied ich, dass er nur ein wenig Öl dort in Getrieben schütten wollte, wo es nützlich sein konnte. Es war wirklich ein wunderbares Gewand, ich zog mich aus und legte es an und genoss die seidige Kühle, während ich über die Ereignisse des Tages nachdachte.

Broadfoot und Jassa hatten Recht behalten. Mir wurde Aufmerksamkeit von allen Seiten zuteil. Was mich erstaunte, war ihre Ungeduld, offiziell war ich noch nicht einmal hier und würde es auch nicht sein, bis ich im Durbar empfangen worden war, aber sie stießen schon herab wie die Spatzen auf die Krümel. Die meisten Motive waren klar genug, sie durchschauten den Trick mit der Erbschaft und erkannten mich als Broadfoots verlängertes Ohr. Aber es war beruhigend, dass sie mich trotzdem hofierten, vor allem Tej Singh, ein wichtiger Mann der Khalsa. Wenn dieser verdammte Bhai Ram nur nicht so besorgt um meine Sicherheit gewesen wäre, hätte ich direkt fröhlich sein können. Nun, ich hatte noch mehr Nachrichten für Broadfoot, was sie auch wert sein mochten. Wenn das so weiter ging, würde der Zweite Thessalonierbrief viel aushalten müssen. Ich schlenderte hinüber zum Nachttisch, nahm die Bibel in die Hand und ließ sie vor Überraschung gleich wieder fallen.

Die Nachricht, die ich vor nicht ganz zwei Stunden hineingelegt hatte, war verschwunden. Und nachdem ich die Räume nicht verlassen hatte, musste Broadfoots geheimnisvoller Bote einer von jenen gewesen sein, die mich besucht hatten.

Mein erster Gedanke galt Jassa, aber ich verwarf ihn sofort wieder. In diesem Fall hätte George es mir gesagt. Dinanath und Fakir Azizudeen waren beide alleine durch meinen Schlafraum gegangen… aber das war sehr unwahrscheinlich. Tej Singh hatte ich die ganze Zeit gesehen, nicht aber seine Begleiter oder die beiden Dienerinnen. Klein Dalip konnte es nicht sein, Bhai Ram war meinem Bett nicht nahe gekommen und Mangla auch nicht (leider!). Hätte sie sich unbeobachtet hereinschleichen können, als ich mit Dalip im anderen Raum war? Ich ging die ganze Sache durch, als ich ein einsames Abendessen zu mir nahm, hoffte, dass es Mangla gewesen war, und wunderte mich, ob sie wohl bald wiederkommen würde. Das würde eine einsame Nacht werden und ich verfluchte das indische Protokoll, dass mich sozusagen im Purdah hielt, bis ich, vermutlich am nächsten Tag, in den Durbar gerufen wurde.

Jetzt war es draußen dunkel, aber die beiden Dienerinnen (die zu zweit arbeiteten, wahrscheinlich um Belästigungen zu entgehen) hatten die Lampen entzündet und die Motten flatterten gegen die Vorhänge. Ich nahm *Crotchet Castle* zur Hand und las wohl zum hundertsten Mal meine Lieblingsstelle, wo der alte Folliott angesichts der nacktarschigen Venusstatuen ganz aufgeregt wird… was mich wieder auf Mangla brachte. Ich dachte nach, welche der 97 Stellungen, die Fetnab mir gezeigt hatte, ihr wohl am besten gefallen würde, als mir auffiel, dass der *Punkah* sich nicht mehr bewegte.

Der alte Bastard ist wohl wieder eingeschlafen, dachte ich, und rief ihn an – ohne Ergebnis. So erhob ich mich, nahm meine Reitgerte und ging zu ihm, um ihm ein paar überzuziehen. Aber seine Matte war leer, so wie der Durchgang, der sich bis zu den weit entfernten Stiegen hin erstreckte und nur von ein paar Lampen schwach erleuchtet war. Ich rief nach Jassa – nichts antwortete außer einem hohlen Echo. Ich blieb einen Moment stehen, es war verdammt still, nirgendwo ein Laut. Zum ersten Mal fühlte sich mein Seidengewand auf meiner Haut eiskalt an.

Ich ging wieder hinein und lauschte, aber außer dem Flattern der Motten am Vorhang war nichts zu hören. Sicher, der *Kwabagh* war ein großes Gebäude und ich hatte keine Ahnung, wo ich mich befand, aber irgendwelche Geräusche musste es doch geben. Weit entfernte Stimmen, Musik... irgendwas. Ich ging durch den Vorhang auf den kleinen Balkon und schaute über die marmorne Balustrade. Es ging tief hinunter, mindestens vier Stockwerke in den ummauerten Hof, tief genug, dass ich ein Ziehen im Schritt fühlte. Ich konnte gerade noch das leise Rauschen des Brunnens hören und die weißen Bodenfliesen erkennen, aber die Mauern um den Hof waren schwarz, ganz ohne Lichter.

Ich zitterte und es war nicht die Nachtluft. Ich bekam eine Gänsehaut in dieser einsamen, düsteren Dunkelheit und wollte gerade eilig wieder hineingehen, als ich etwas sah, das mir die Nackenhaare aufstellte.

Weit unten im Hof auf dem weißen Marmor um den Brunnen war ein Schatten, der vorher noch nicht dagewesen war. Ich starrte gebannt hinunter und bebte vor Angst, als ich erkannte, dass es ein Mann war, in schwarzen Gewändern, das hinaufgewandte Gesicht durch eine schwarze Kapuze verborgen. Er sah zu meinem Balkon hinauf, dann trat er zurück in die Schatten und der Hof war wieder leer.

In einem Augenblick war ich drinnen und lief durch den Raum. Wenn Sie sagen, ich erschrecke vor Schatten, so stimme ich Ihnen zu, und will nur sagen, dass hinter jedem Schatten etwas steckt, das ihn wirft, und dieser war sicher nicht zu einem Abendspaziergang unterwegs. Ich riß die Türe auf und wollte den Durchgang hinunterlaufen, auf der Suche nach

Gesellschaft und Trost – und mein Fuß war noch nicht über der Schwelle, als ich erstarrte. Am entfernten Ende des Ganges, hinter dem letzten Licht, kamen dunkle Gestalten heran und Stahl glitzerte zwischen ihnen.

Ich sprang zurück, schlug die Türe zu und suchte verzweifelt nach einem Versteck, von dem ich wusste, dass es keines gab. Ich hatte keine Zeit mehr, um meine Pistole zu holen, in einer Sekunde würden sie an der Türe sein – mir blieb nichts anderes übrig, als wieder auf den Balkon zu schlüpfen. Ich lehnte mich eng an die Balustrade, als ich hörte, wie die Türe aufgerissen wurde und Männer hereinstürmten.

In blinder Panik schwang ich mich über die Balustrade, nahe an die Wand, klammerte mich an den Stäben fest, duckte mich zusammen und suchte mit den Zehen nach einem Halt. Unter mir der Abgrund, während aus meinem Raum schwere Schritte und rauhe Stimmen erklangen.

Natürlich war es umsonst. In einer Minute würden sie wütend auf den Balkon stürmen und mich da hängen sehen – ich konnte ihren Triumphschrei hören und den Schmerz fühlen, wenn Stahl meine Finger durchschnitt und mich in einen entsetzlichen Tod fallen ließ. Ich krümmte mich noch mehr zusammen und klapperte mit den Zähnen, wie ein Affe, während ich versuchte, unter den Balkon zu schauen. Gott, ein massiver Steinpfeiler trug ihn, nur wenige Zoll entfernt! Ich hakte ein Bein darüber, rutschte ab und einen entsetzlichen Augenblick lang hing ich voll ausgestreckt da. Verzweifelt grabschte ich nach dem Pfeiler und klebte schließlich daran wie ein Blutegel, hing unter dem Balkon und meine Seidenrobe bauschte sich unter mir.

Habe ich Ihnen schon gesagt, dass ich Höhenangst habe? Dieser gähnende schwarze Abgrund zog mich hinab, wollte mich zwingen, loszulassen, während ich mich mit überkreuzten Knöcheln und schwitzenden Fingern anklammerte. Ich musste mich irgendwie hoch und über den Pfeiler ziehen, aber gerade als ich mich anspannte, ertönte über mir eine Stimme und eine Fußspitze erschien zwischen den Balustraden, wenige Zoll von meinem nach oben gewandten Gesicht entfernt.

Gottseidank hatte der Balkon einen vorstehenden Sims, der mich vor seinen Blicken verbarg, als er nach unten schaute. Aber dann erinnerte ich mich an den verdammten Romeo da unten, der meine akrobatischen Kunststücke beobachtet haben musste …

„Ai, Nurla Bey… wo ist der *Feringhee?*", rief die Stimme über mir in krächzendem Pushtu. Ich konnte meine Muskeln von der entsetzlichen Anspannung krachen hören, als ich darauf wartete, verraten zu werden.

„Er war vor einem Augenblick noch auf dem Balkon, Gurdana Khan", kam die Antwort. Jesus, das klang, als ginge es eine Meile tief nach unten. „Dann ist er wieder hinein gegangen."

Er hatte mich nicht gesehen? Als ich später darüber nachdachte – während man kopfunter an einem Balkon hängt, liegen einem solche Überlegungen fern – kam ich zu dem Schluss, dass er gerade woanders hingeschaut haben musste oder sich erleichtern war, als ich meinen Wahnsinnssprung getan hatte. Meine Seidenrobe war von einem dunklen Grün und verbarg mich vor ihm im tiefen Schatten unter dem Balkon. Ich umarmte den Pfeiler und klapperte leise vor mich hin, während Gurdana Khan bei den sieben Stufen der Hölle schwor, dass ich nicht im Raum war, wo zum Teufel war ich also?

„Vielleicht hat er die Gabe der Unsichtbarkeit", rief der Kerl aus dem Hof hinauf. „Die Engländer sind große Wissenschaftler." Gurdana beschimpfte ihn. Aus keinem logischen Grund fiel mir gerade dann ein, dass dies die Art von Krise war, in der ich, wie Broadfoot gesagt hatte, das Zauberwort „Wisconsin" im Gespräch fallen lassen sollte. Ich wollte die beiden aber wirklich nicht stören. Gurdana stampfte zornig mit dem Fuß auf und schrie seine Leute an.

„Sucht ihn! Durchsucht jeden Winkel und jede Ecke im Palast! Augenblick – er hätte in den Durbar-Saal gehen können!"

„Was – vor Jawaheers Angesicht?", sagte ein anderer ungläubig.

„Das ist seine beste Zuflucht, du Narr! Noch nicht einmal du würdest ihm im Durbar die Kehle durchschneiden, wo es jeder sehen kann. Los und sucht! Nurla, du Idiot – zurück ans Tor!"

Einen Sekundenbruchteil lang sah ich den Ärmel seines Gewandes, als er sich vorbeugte. Und selbst in dem schwachen Licht konnte ich das Muster nicht verwechseln. Es war der Tartan der 79., und Gurdana Khan war der Parthane, den ich an diesem Nachmittag gesehen hatte – Gott helfe mir, die Palastgarde war hinter mir her!

Wie ich mich in diesen letzten muskelzerfetzenden Momenten festhielt, während Krämpfe meine Arme durchliefen, weiß ich nicht. Noch weniger weiß ich, wie ich es geschafft habe, mich auf den Pfeiler hinaufzuziehen. Aber ich schaffte es und dann saß ich zitternd und keuchend in der eisigen Dunkelheit. Sie waren weg und ich musste mich dazu aufraffen, loszulassen und nach den Balkonstreben zu greifen, und irgendwie die Stärke zu finden, um mich in Sicherheit zu bringen. Ich wusste, es war der sichere Tod, es zu versuchen, aber es war genauso der sichere Tod, zu bleiben, wo ich war. Also krümmte ich mich zusammen. Ich hockte auf dem Pfeiler wie so eine verdammte Gargoyle auf einer Kathedrale, lehnte mich hinaus und streckte langsam eine zitternde Hand aus, zu sehr verängstigt, um den Sprung zu machen, der notwendig war.

Ein grässliches Gesicht erschien über der Balustrade und starrte mich an. Ich quietschte vor Entsetzen, mein Fuß rutschte ab, wild ruderte ich in der dünnen Luft, als ich zu fallen begann. Eine Hand wie eine Stahlklammer packte mein Handgelenk und riss beinahe meinen Arm aus der Schulter. Zwei erbärmliche Sekunden lang schwang ich frei in der Luft und jammerte, dann nahm eine andere Hand meinen Unterarm. Ich wurde hoch und über die Balustrade gezogen, und Jassas hässliches Gesicht starrte mich an.

Ich kann mich nicht mehr erinnern, wie unser Gespräch verlief, nachdem ich erst einmal mein Abendessen von mir gegeben hatte. Ich war in einem solchen Zustand von Panik und Schock, wo Reden nicht mehr wirklich zählt, und ich machte ihn auch noch schlimmer. Sobald ich genügend Kraft hatte, um nach innen zu kriechen, trank ich meine Brandyflasche in drei Schlucken leer, während Jassa irgendwelche närrischen Fragen stellte.

Dieser Brandy war ein Fehler. Wäre ich nüchtern gewesen, hätte ich nachgedacht und Jassa hätte mich sicher beruhigen können, aber ich trank ihn bis zum letzten Tropfen aus. Das Ergebnis war, dass Flashy, mit den unsterblichen Worten von Thomas Hughes, tierisch betrunken wurde. Und wenn ich benebelt bin und vor Angst zittere... nun, dann bin ich nicht verantwortungsbewusst. Das Seltsame ist, ich behalte alle meine Fähigkeiten, außer dem gesunden Menschenverstand. Ich sehe und höre alles klar und deutlich, und ich erinnere mich auch. Und ich weiß, dass ich nur mehr an eines dachte, was durch diesen Schurken im Tartan, der mich umbringen wollte, in mein Hirn gebrannt war. „Der Durbar-Saal – seine beste Zuflucht!" Wenn es eine Sache gibt, die ich respektiere, ob nüchtern oder betrunken, dann ist das eine professionelle Ansicht, und wenn meine *Jäger* dachten, ich würde dort in Sicherheit sein, dann konnten weder Jassa noch fünfzig Mann von seiner Sorte mich davon abhalten. Er muss versucht haben, mich zu beruhigen, denn ich glaube, ich packte ihn an der Kehle, um meinen Absichten Nachdruck zu verleihen. Woran ich mich sicher erinnere ist, dass ich den Gang entlang gerannt bin, und noch einen weiteren, eine lange Wendeltreppe hinunter, wo es immer heller wurde, je tiefer ich kam, und Musik immer deutlicher zu hören war. Dann stand ich in einer breiten, mit Teppichen ausgelegten Galerie, wo verschiedene Leute mich neugierig ansahen. Ich sah einen riesigen Kronleuchter mit tausend brennenden Kerzen und darunter einen weiten kreisförmigen Boden, auf dem zwei Männer und eine Frau tanzten, drei funkelnde Gestalten, die hin und herwirbelten. Auch Zuschauer waren dort unten, in Logen mit Vorhängen entlang der Wände, alle in extravaganten Kleidern. Ah, dachte ich, hier also... und auch noch eine Kostümparty im Gange, wunderbar, ich bin eben ein Kerl in grüner Seide mit bloßen Füßen. Alkohol ist eine furchtbare Sache.

„Flashman *Bahadur*! Habt Ihr denn das *Parwana* erhalten?"

Ich drehte mich um, und da kam Mangla die Galerie entlanggeschritten, ein erstauntes Lächeln im Gesicht und am Körper sonst recht wenig. Natürlich war es ein Kostüm und sie war als Tänzerin aus einem besonders guten Bordell verkleidet (ganz so falsch war das ja nicht). Sie trug ein langes schwarzes Tuch um ihre Hüften gebunden, so, das es vorne und hinten bis zu ihren Knöcheln reichte, aber ihre Beine völlig frei ließ. Ihre wunderbare Oberweite steckte in einem durchsichtigen Oberteil aus Gaze, ihr Haar hing in einem langen Zopf bis zu ihrer Taille. Die vielen Reifen an ihren Gliedmaßen funkelten, und an den Fingern hatte sie silberne Kastagnetten. Ein erfreulicher Anblick, kann ich Ihnen sagen, zu jeder Zeit, aber ganz besonders dann, wenn man aus einem Fenster gehangen ist, um seinen Mördern aus dem Weg zu gehen.

„Kein *Parwana*, fürchte ich. Ein äußerst gutsitzendes Kostüm! Nun, ist das dort unten der Durbar-Saal?"

„Ja, natürlich – wollt Ihr die Hoheiten treffen?" Sie kam näher und betrachtete mich genauer. „Geht es Euch gut, *Bahadur*? Ihr zittert ja! Seid Ihr krank?"

„Aber nein!", widersprach ich. „Ich war an der frischen Luft – ein wenig kalt, nicht?" Irgendein Instinkt des Betrunkenen riet mir, über mein Abenteuer auf dem Balkon die Klappe zu halten, zumindest bis ich jemanden mit etwas mehr Macht vor mir hatte. Sie sagte, ich bräuchte etwas, um mich aufzuwärmen, und ein Diener, der die Menschen in der Galerie bediente, drückte mir einen Becher in die Hand. Die Angst und der Brandy hatten mich ausgetrocknet wie einen Kameltreiber, also trank ich ihn sofort aus und gleich noch einen. Trockener roter Wein mit einem seltsam flüchtigen Beigeschmack. Er beruhigte ganz wunderbar, noch ein paar davon, dachte ich, und die Kerle können kommen. Ich nahm noch einen Schluck und Mangla legte mit schelmischem Grinsen die Hand auf meinen Arm.

„Das ist Euer dritter Becher, *Bahadur*. Seid vorsichtig. Der Trank hat starke Wirkung, und die Nacht hat gerade erst begonnen. Ruht Euch ein wenig aus."

Ich hatte nichts dagegen. Unter der Einwirkung des Weins fühlte ich mich bei Licht und Musik sicher und hatte auch noch diese köstliche Houri an meiner Seite. Ich legte einen

Arm um ihre Taille, während wir den Tänzern unten zusahen. Die Gäste lagen in ihren Logen rundherum, klatschten im Takt der Musik und warfen Silberstücke. Andere aßen, tranken und tändelten – es war eine wirklich fröhliche Party, und die meisten Frauen war so spärlich bekleidet wie Mangla. Eine dunkelhäutige Schönheit, nackt bis zur Hüfte, stützte einen Betrunkenen, der durch den Saal wankte. Man hörte aufgeregtes Lachen und schrille Stimmen, und bei einer oder zwei Logen waren die Vorhänge diskret zugezogen. Nicht ein Parthane war zu sehen.

„Ihre Hoheiten sind fröhlich", sagte Mangla. „Zumindest einer der beiden." Die Stimme eines Mannes schrie zornig, aber die Musikanten und die Feiernden ließen sich davon nicht unterbrechen. „Seid unbesorgt, Ihr werdet willkommen geheißen werden – kommt und schließt Euch unserer Unterhaltung an."

Wunderbar, dachte ich, wir unterhalten uns in einer verhängten Loge. So ließ ich mich von ihr eine geschwungene Treppe hinabziehen, die auf einen freien Platz an der Seite führte, wo Tische sich unter Delikatessen und Getränken bogen. Die zornige Stimme des Mannes wurde immer deutlicher, als wir hinabstiegen, und dann sah ich ihn neben den Tischen. Ein hochgewachsener, gut gebauter Kerl mit lockigem Haar und Bart, einem riesigen Turban, besetzt mit Juwelen, auf dem Kopf und nur bauschige Seidenhosen auf dem Rest seines Körpers. Er war hemmungslos betrunken, hielt einen Becher in einer Hand und hatte den anderen Arm auf den Nacken der dunklen Schönheit gelegt, die ihm zuerst durch den Saal geholfen hatte. Vor ihm standen Dinanath und Azizudeen, grimmig und wütend, während er sie beschimpfte und dabei vor Trunkenheit stotterte:

„Sagt ihnen, sie sollen zum Teufel gehen! Glauben sie, der Wazir ist ein *Mujbee*˙, der gelaufen kommt, wenn sie rufen? Sie sollen zu mir kommen – demütig! Khalsa Abschaum! Söhne von Schweinen und Eulen! Glauben sie, sie herrschen hier?"

„Sie wissen, dass sie das tun!", knurrte Azizudeen. „Besteht weiter auf Eurer Narrheit und sie werden es beweisen!"

˙Straßenkehrer

„Verrat!", brüllte der andere und warf den Kelch nach ihm. Er verfehlte ihn um viele Zoll und wäre fast hintenüber gefallen, hätte das dunkle Frauenzimmer ihn nicht gehalten. Er klammerte sich schwankend an ihr fest, Spucke klebte in seinem Bart, und er schrie, er sei der Wazir, das würden sie nicht wagen.

„Und wer soll sie aufhalten?", fragte Azizudeen. „Eure Palastwachen, denen die Khalsa angedroht hat, sie vor Kanonen zu binden, sollten sie Euch entkommen lassen? Versucht es, mein Prinz, und Ihr werdet feststellen, dass Eure Wachen zu Euren Wärtern geworden sind!"

„Lügner!", brüllte der andere. Vom Brüllen und Toben brach er übergangslos in Tränen aus, jammerte, wie gut er sie doch bezahlt hatte, einen halben Lakh für jeden General, und sie würden ihm schon beistehen, während die Khalsa von den Briten bei lebendigem Leib aufgefressen werden würde. „Oh ja, jetzt schon marschieren die Briten auf uns zu!", schrie er. „Wissen diese Narren das nicht?"

„Sie wissen, dass Ihr das sagt, aber dass es nicht wahr ist", sagte Dinanath streng. „Mein Prinz, das ist närrisch. Ihr wisst, Ihr müsst morgen vor die Khalsa treten, um Euch für Peshoras Tod zu verantworten. Wenn Ihr sie überzeugen könnt, dann wird alles gut werden." Er trat näher und sprach ernst und leise auf ihn ein, während der Kerl wimmerte und weinte – und dann, verdammt will ich sein, plötzlich das Interesse verlor und lieber sein dunkles Liebchen befingerte. Das Wichtigste zuerst, schien sein Motto zu sein, und er betatschte sie mit solchem Eifer, dass sie den Halt verloren und in einer trunkenen Umarmung am Fuß der Treppe liegen blieben, während Dinanath und Azizudeen sprachlos dastanden. Der Trunkenbold hob noch einmal den Kopf von ihrem Busen und plapperte zu Dinanath, dass er es nicht wagen würde, hinaus vor die Khalsa zu treten, sie würden ihm etwas antun. Dann wandte er sich seinem eigenen Interesse zu und versuchte, auf sie hinaufzuklettern, während sein Turban immer mehr verrutschte.

Mangla und ich standen nur wenige Stufen über ihnen und

ich dachte mir, in Windsor sieht man so etwas nicht oft. Das Erstaunlichste daran war, dass sonst niemand im Durbar dem Ganzen die geringste Beachtung schenkte. Während der Betrunkene abwechselnd seine Dirne misshandelte und die beiden Ratgeber anknurrte, erreichte der Tanz gerade seinen Höhepunkt. Die Musikanten spielten wunderbar, die Zuschauer klatschten begeistert. Ich warf Mangla einen Blick zu und sie zuckte die Achseln.

„Radscha Jawaheer Singh, der Wazir", sagte sie und deutete auf den Sportsfreund mit Turban. „Wollt Ihr ihm vorgestellt werden?"

Der kämpfte sich gerade wieder auf die Beine und schrie nach Wein, und das dunkle Mädchen hielt ihm den Kelch, während er schluckte und sabberte. Azizudeen wandte sich empört ab, und Dinanath folgte ihm zu einer der Logen. Jawaheer schob den Becher beiseite, taumelte und hielt sich gerade noch am Tisch fest. Er brüllte sie an, zurückzukommen, dann fiel sein dümmlich starrender Blick auf uns,und er kam auf uns zu.

„Mangla!", schrie er. „Mangla, du Hündin! Wer ist das?"

„Das ist der englische Gesandte, Flashman Sahib", sagte sie ganz ruhig.

Blinzelnd gaffte er mich an, und dann huschte ein gerissener Ausdruck über sein Gesicht. Er lachte schallend und schrie, dass er Recht behalten hatte – die Briten waren gekommen, so wie er es gesagt hatte.

„Schau, Dinanath! Schau, Azizudeen! Die Briten sind da!" Er drehte sich taumelnd um, bewegte sich wie in einem verrückten Tanz auf die beiden zu und schüttelte sich vor Lachen. „Ich bin also ein Lügner? Schaut – ihr Spion ist da!" Dinanath und Azizudeen waren vor dem Eingang einer Loge stehengeblieben, und während Jawaheer herumhüpfte und stürzte, führte Mangla mich an das Ende der Treppe. Ich sah, dass Dinanath weiß vor Zorn war – Scham und Gesichtsverlust vor einem Fremden, verstehen Sie? Der Tanz und die Musik hatten aufgehört, Leute drehten sich um und schauten, und Lakaien rannten zu Jawaheer, um ihm zu helfen, aber er schlug auf sie ein, wankte herum und zeigte taumelnd auf mich.

„Britischer Spion! Dreck! Deine Banditen von der Company wollen uns also ausplündern, ja? Diebe, *Wilayati*, Ungeziefer!" Er starrte von mir zu Dinanath. „Ja, die Briten werden kommen – sie werden einen *Grund* haben, zu kommen!", schrie er und deutete auf mich. Und dann brachten sie ihn weg, immer noch schreiend und lachend. Mangla klatschte in die Hände, die Musik begann von neuem, die Leute wandten sich ab und flüsterten hinter vorgehaltener Hand. So wie sie es zu Hause machen, wenn Onkel Percy sich während der Abendmesse wieder einmal schlecht benommen hat.

Ich wage zu sagen, dass ich empört hätte sein sollen, aber mit ein paar Pint gemischt aus Brandy und anderem Zeugs machte es mir kein bisschen aus. Jawaheer war also all das, was die Gerüchte über ihn behauptet hatten, aber ich hatte andere Sorgen. Ich war plötzlich wieder durstig und so geil, dass sogar Lady Sale mit ihrem Rheuma schnell hätte weglaufen müssen, wäre sie vorbeigekommen. Zweifellos war der seltsame Likör, den Mangla mir verabreicht hatte, schuld daran. Nun, jetzt musste sie eben die Konsequenzen ertragen. Da war sie, der köstliche Appetithappen, bei der Loge, wo vor wenigen Augenblicken noch Dinanath und Azizudeen gestanden hatten. Ich taumelte zu ihr hin, aber gerade als ich neben ihr ankam, ertönte hinter den geöffneten Vorhängen eine Frauenstimme.

„Das ist also dein Engländer? Lass mich ihn ansehen!"

Ich drehte mich überrascht um, nicht so sehr wegen der Worte, aber wegen dem abschätzig-arroganten Tonfall. Mangla trat zurück und mit einer kleinen Geste stellte sie mich vor. „Flashman Sahib, *Kunwari*." Der Titel sagte mir, dass ich mich in Gegenwart der berüchtigten Maharani Jeendan befand, Venus von Indien, moderne Messalina und ungekrönte Königin des Pandschab.

Hier und dort habe ich in meinen Memoiren über die Anziehungskraft des weiblichen Geschlechts gesprochen und dass sie nur sehr selten von der Schönheit allein bestimmt wird. Es gibt atemberaubende Frauen wie Elspeth oder Lola oder Yehonala, wo man es nicht erwarten kann, sie hinter ein

---

*Fremde, Ausländer
**Kunwar ist der Sohn eines Maharadschas, Kunwari ist wahrscheinlich die weibliche Form des Ehrentitels

Gebüsch zu ziehen. Da waren klassische Schönheiten wie Angie Burdett-Coutts oder die Kaiserin von Österreich, so spannend wie kalte Suppe, aber ansprechend ästhetisch. Und auch noch ganz einfache Mädels, die trotzdem einen Aufstand in einem Mönchskloster ausgelöst hätten. In jedem Fall, ob Aphrodite oder Gouvernante, ist die Magie eine andere. Immer gibt es einen einmaligen Charakterzug oder eine besondere Anziehung, und sie ist fast nicht definierbar. Aber bei Mai Jeendan war sie eine Meile gegen den Wind sichtbar: sie war ganz einfach die unzüchtigste Schlampe, die ich je in meinem Leben gesehen hatte.

Sehen Sie, wenn eine junge Frau mit den Proportionen einer erotischen indischen Statue vorgefunden wird, wie sie halb nackt und zu drei Vierteln betrunken da liegt und sich von einem gut gebauten Ringer mit Öl einreiben lässt, kann man leicht Schlüsse ziehen. Aber die hier hätte man mit einem Sack bekleidet in die erste Reihe des Kirchenchors stellen können, und sie hätten sie immer noch aus der Stadt gepeitscht. Sie haben sicher von den Wollüstigen gehört, deren Laster sich in ihrem Gesicht widerspiegeln – meines, zum Beispiel, aber ich bin über 80. Sie war etwas mehr als 20 Jahre alt, und Lust stand in jeder Linie ihres Gesichts geschrieben. Die einmal perfekte Schönheit war fleischiger geworden, die lieblichen Schwünge von Mund und Nase verzogen durch Alkohol und Gier zur bemalten Maske eines verruchten Engels. Gott, war sie anziehend. Sie sah aus wie eines dieser sinnenfreudigen Bilder von Jezabel und Delilah, die religiöse Künstler mit solch liebendem Eifer malen. Arnold hätte aus ihr genug Predigten herausholen können, um zufrieden zu sein. Ihre Augen waren groß und glänzend und leicht hervorquellend, mit einem leeren, satten Gesichtsausdruck, der wohl entweder vom Wein oder von den letzten Aufmerksamkeiten des Ringers stammte. Er wirkte auf mich ein wenig zittrig. Aber als ich meine Verbeugung machte, weiteten sich diese Augen und zeigten etwas, das entweder trunkenes Interesse oder gierige Lüsternheit war – so ziemlich das Gleiche bei ihr, eigentlich.

Betrachtete man die Größe ihrer Ausstattung war sie eigentlich ziemlich schmal, hatte die Farbe hellen Kaffees und zarte Knochen unter ihrem glatten Fett. Eine *tung bibi*, wie man so sagte, eine „straffe Dame". Wie Mangla war sie wie eine Tänzerin gekleidet, mit einem purpurnen Hüfttuch aus Seide und durchsichtigem Obergewand, aber statt in Reifen waren ihre Arme und Beine in Gaze gehüllt, die über und über mit kleinen Edelsteinen besetzt war, ihr dunkelrotes Haar wurden von einem juwelenverzierten Netz gehalten.

Wenn man sie so sah, wäre man nie auf den Gedanken gekommen, dass Mai Jeendan eine völlig andere Frau war, wenn sie nicht gerade Alkohol und Männer verschlang. Broadfoot irrte sich, wenn er dachte, dass das Laster ihren Geist verwirrt hatte. Sie war schlau, energisch und rücksichtlos, wenn notwendig. Sie war auch eine großartige Schauspielerin, Talente, die sie entwickelt hatte, als sie die erste Spaßmacherin bei den obszönen privaten Belustigungen des alten Runjeet gewesen war.

Aber jetzt gerade war sie zu betäubt vom Alkohol, um mehr zu tun, als sich auf einem Ellenbogen hochzukämpfen und ihren Masseur wegzuschieben, damit sie einen besseren Blick auf mich hatte. Langsam glitt ihr Blick über mich, hinauf und hinunter – er erinnerte mich an den Sklavenmarkt auf Madagaskar, als niemand mich gekauft hatte, verdammt sollen sie sein. Diesmal, wenn ich von dem betrunkenen Gemurmel der Dame ausging, die sich auf ihre Kissen zurückfallen ließ und mit einer Hand auf mich wies, war mein Marktwert etwas höher.

„Du hattest Recht, Mangla, er ist groß!" Mit trunkenem Gekicher fügte sie noch eine unanständige Bemerkung hinzu, die ich aber nicht übersetzen werde. „Nun, wir müssen es ihm bequem machen, ihn seine Robe ausziehen lassen, komm, setz dich nieder, neben mich. Du – raus!" Dies galt dem Ringer, der sich mit hastigen Salaams zurückzog. „Du auch Mangla. Zieh die Vorhänge zu. Ich möchte mit dem großen Engländer reden."

Und nicht über das Soochet-Erbe schloss ich aus der Art, wie sie auf die Polster klopfte und mich über den Rand ihres Bechers hinweg ansah. Naja, ich hatte schon gehört, wie sie gestrickt war, aber das war wirklich der Gipfel der Informalität. Ich war sehr dafür, das sollte man bedenken, auch wenn sie betrunken war und das Meiste ihres Bechers über ihre Vorderseite schüttete. Wenn irgendein Armleuchter Ihnen erzählen will, dass nichts so widerlich ist wie eine besoffene Schönheit, kann ich dazu nur sagen, dass sie viel interessanter als eine nüchterne Schultante ist. Ich fragte mich, ob ich ihr anbieten sollte, ihr aus ihren nassen Sachen zu helfen, als Mangla mir zuvor kam und nach einem Tuch rief. So hielt ich mich höflich zurück und wurde sehr freundlich von einem großen, jungen Adeligen mit Strahlelächeln begrüßt, der eine hübsche kleine Rede hielt, mich am Hof von Lahore willkommen hieß und hoffte, dass ich einen schönen Aufenthalt haben würde.

Sein Name war Lal Singh, und ich gebe zu, er hatte Stil. Schließlich war er Jeendans Haupt-Geliebter, und da lag seine Mätresse, fluchte wie ein Müllkutscher und ließ sich ihre unaussprechlichen Teile in Gegenwart eines Fremden abtrocknen, den sie gerade hinter die Büsche hatte zerren wollen. Es störte ihn kein bisschen, als er mir zu meinen afghanischen Abenteuern gratulierte und mich in eine Konversation mit Tej Singh verwickelte, dem kleinen dicken Krieger vom Nachmittag. Er war neben Lal Singhs Ellbogen aufgetaucht, grinste mich an und erklärte mir, wie gut mir die geschenkte Seidenrobe stünde. Zu diesem Zeitpunkt war ich selbst schon ein wenig verwirrt, nachdem ich hintereinander einen Mordanschlag überlebt hatte (wie lange das schon wieder her zu sein schien), mit Alkohol und Aphrodisiaka (vermute ich mal) abgefüllt, von einem halbnackten Sklavenmädchen herumgeführt, vom Wazir des Pandschab in aller Öffentlichkeit angegriffen und von seiner Fleischfalle von Schwester unanständig begafft worden war. Nun diskutierte ich, mehr oder weniger zusammenhängend, die Vorzüge der neuesten Congreve-Raketen mit zwei militärisch gut informierten Männern, während ein paar Zoll weiter weg die Königin-Regentin des Pandschab von ihren Dienern abgetrocknet wurde und beschwipst dagegen protestierte. Hinter meinem Rücken wurde von einer Gruppe junger Kerle in Turbanen und bauschigen Hosen auch noch ein lebhaftes Ballett getanzt und das Orchester spielte nach Leibeskräften.

Ich war natürlich neu in Lahore und nicht vertraut mit ihrer leichtlebigen Art. Ich wusste zum Beispiel nicht, dass erst vor kurzem, als Lal Singh und Jawaheer öffentlich gestritten hatten, die Maharani die Sache dadurch beruhigt hatte, dass sie ihnen beiden eine nackte Houri geschenkt und ihnen gesagt hatte, sie sollten ihr Temperament unter Kontrolle bringen, indem sie ihren Geschenken jetzt und sofort ihre Aufmerksamkeit widmeten. Was sie, allen Berichten zu Folge, auch getan hatten. Ich erwähne das nur, falls Sie glauben, mein Bericht wäre übertrieben.

„Wir müssen uns bald länger unterhalten", sagte Lal Singh und nahm meinen Arm. „Ihr seht die traurigen Zustände hier. Es kann nicht so weitergehen, und ich bin sicher, Hardinge Sahib weiß das auch. Er und ich haben ein wenig korrespondiert... durch Euren geschätzten Vorgesetzten, Major Broadfoot." Er schenkte mir ein weiteres Strahlelächeln, ganz Zähne und Bart. „Sie sind beide sehr erfahrene und praktische Männer. Sagt mir, Ihr genießt doch ihr Vertrauen – welchen Preis, nehmt Ihr an, würden sie für angemessen halten für den Pandschab?"

Nun, ich war besoffen und er wusste das. Das war der Grund, warum er diese unmögliche, verräterische Frage stellte, in der Hoffnung, dass meine Reaktion darauf ihm irgendetwas verraten würde. Selbst benebelt war mir klar, dass Lal Singh ein kluger, vielleicht verzweifelter Mann war, und die beste Möglichkeit eine unbeantwortbare Frage zu beantworten ist immer noch eine Gegenfrage. So sagte ich: „Wer will ihn denn verkaufen?" Darauf lächelte er mich lange an. Der kleine Tej hielt den Atem an. Dann schlug Lal Singh mir auf die Schulter.

„Wir werden unsere lange Unterhaltung bei Tag führen", sagte er. „Die Nacht gehört dem Vergnügen. Hättet Ihr gerne ein wenig Opium? Nein? Kashmiri-Opium ist das beste, das man bekommen kann – wie die kashmirischen Frauen. Ich würde Euch eine oder sogar zwei anbieten, aber ich fürchte das Missfallen meiner Herrin Jeendan. Ihr habt auf diesem Gebiet einige Erwartungen geweckt, Mr. Flashman, was Euch sicher schon aufgefallen ist." Sein Lächeln war so freundlich und offen, als hätte sie mich zum Tee gebeten. „Darf ich Euch einen stärkenden Trank anbieten?" Er winkte einem der Diener, und ich bekam einen weiteren Becher von Manglas Feinstem, von dem ich ganz vorsichtig nippte. „Ich sehe, Ihr behandelt ihn mit größerem Respekt als dieser unmögliche Trunkenbold, unser Wazir. Seht ihn Euch, *Bahadur* und habt Mitleid mit uns."

Denn jetzt war Jawaheer wieder da und taumelte lärmend vor Jeendans Loge herum, während sein schwarzes Mädchen verzweifelt versuchte, ihn aufrecht zu halten. Er ließ gerade eine Tirade gegen Dinanath vom Stapel. Jeendan musste durch Manglas Bemühungen ein wenig nüchterner geworden sein, denn sie sagte ihm gerade heraus und fast ohne Schluckauf, dass er sich zusammennehmen und nichts mehr trinken sollte.

„Sei ein Mann", sagte sie und wies auf seine Schlampe. „Übe bei ihr, ein Mann unter Männern zu sein. Na los, bring sie ins Bett! Sei tapfer!"

„Und morgen?", rief er und ließ sich vor ihr auf die Knie fallen. Er hatte einen weiteren Heulanfall, schluchzte und schwankte auf den Knien hin und her.

„Morgen", sagte sie mit trunkener Überlegtheit, „trittst du vor die Khalsa."

„Das kann ich nicht!", quietschte er. „Sie werden mich in Stücke reißen!"

„Du wirst gehen, kleiner Bruder. Und mit ihnen sprechen. Mach deinen Frieden mit ihnen. Alles wird gut werden."

„Du kommst mit mir?", bettelte er. „Du und das Kind?"

„Sei versichert, wir kommen alle. Lal und Tej, Mangla." Ihr schläfriger Blick fiel auf mich. „Der große Engländer auch. Er wird dem *Malki lat* und dem *Jangi lat*˙ berichten, wie die Truppen ihren Wazir gefeiert haben. Ihm zugejubelt haben!" Sie unterstrich ihre Worte mit ihrem Becher und leerte ihn wieder aus. „Dann werden sie wissen, dass in Lahore ein Mann regiert!"

Er starrte ins Leere, sein Gesicht glich dem eines erschrockenen Affen, verschmiert von Tränen. Ich bezweifle, dass er mich sah, denn er lehnte sich näher zu ihr und flüsterte:

„Und dann? Dann marschieren wir gegen die Briten? Und überraschen sie?"

„Wie Gott es will", lächelte sie und sah mich wieder an. Einen Augenblick lang wirkte sie ganz und gar nicht betrunken. Sie streichelte sein Gesicht und sprach zärtlich, wie zu einem verstörten Kind.

„Aber zuerst die Khalsa. Du wirst ihnen Geschenke bringen, Lohn versprechen."

„Aber wie soll ich sie bezahlen? Woher soll ich...?"

„Es gibt viel Geld in Delhi, erinnere dich", sagte sie und sah mich zum dritten Mal an. „Versprich ihnen das."

„Vielleicht sollte ich ihnen lieber *das* geben?" Er suchte in seinem Gürtel und zog ein kleines Etui an einer Kette hervor. „Ich werde ihn morgen tragen."

„Warum nicht? Aber heute Nacht trage ich ihn!" Sie schnappte ihm das Etui weg, lachte und hielt es außer seiner Reichweite. „Nein, nein, warte! Ich brauche ihn für den Tanz! Würde dir das gefallen, kleiner Bruder, der sich wünscht, kein Bruder zu sein? Hmmm?" Sie legte ihre freie Hand auf seinen Nacken und küßte ihn auf die Lippen. „Morgen ist morgen. Jetzt ist heute Nacht, also werden wir uns vergnügen, ja?"

Sie nickte Mangla zu, die in die Hände klatschte. Die Musik erstarb, die Tänzer verließen das Rund, und die meisten Gäste zogen sich zurück. Jawaheer ließ sich neben Jeendan auf die Polster fallen und lehnte seinen Kopf an sie.

„So werden die Regierungsgeschäfte geführt." Lal Singh sprach direkt neben meinem Ohr. „Würde Hardinge Sahib das gut finden? Was denkt Ihr? Bis morgen dann, Flashman Sahib."

Tej Singh grinste noch einmal schmierig und stieß mich an. „Erinnert Euch an das Sprichwort: ‚Südlich des Sutlej gibt es Brüder und Schwestern, nördlich davon nur Rivalen.'" Er machte sich mit Lal Singh davon.

Beim Teufel, ich hatte keine Ahnung, was er meinte, und in meiner wachsenden Trunkenheit war es mir auch egal. All diese schwatzenden Eindringlinge hielten mich von der Gesellschaft dieser großartigen bemalten Nutte fern, die ihre Talente jetzt damit verschwendete, diesen wimmernden Trottel von einem Bruder zu beruhigen. Sie drückte ihn gegen ihren wunderbaren Busen und schüttete Wein in ihn und sich hinein. Ich war ganz begierig nach ihr. Selbst als Mangla kam und mich in die Loge nebenan geleitete, lenkte mich das nicht ab. Ich denke, mein Geschmack ist sehr simpel. Meine Begierde nach der Herrin konnte die Magd nicht stillen, die ohnehin die Vorhänge offen ließ und mich von einem Diener während der beginnenden Unterhaltung weiterhin mit Alkohol versorgen ließ. Wie ich gesagt hatte, waren die meisten Gäste verschwunden und überließen die Maharani und ihre auserwählten Vertrauten ihrem Vergnügen mit den Tänzern.

Da war eine Gruppe von Mädchen aus Kashmir, süße kleine Kreaturen in knappen Silberrüstungen, mit Bögen und Spielzeugschwertern, die in einer Parodie auf den militärischen Drill herumhüpften, die den Generalstab geschockt und dessen Pferde verjagt hätte. Sie waren ein Überbleibsel aus den Tagen Runjeets, sagte mir Mangla. Die Mädchen waren seine Leibwache, mit denen der alte Sünder die Nacht hindurch gekämpft hatte.

Dann kam ein ernstes Zwischenspiel mit indischen Ringern, die außerhalb von Cumberland die besten der Welt sind. Muskulöse junge Böcke, die kämpften wie geölte Blitze, mit Können und Kunst, nicht wie die grunzenden türkischen Ringer oder diese unbeschreiblich vulgären japanischen Kerle. Mir fiel auf, das Jeendan während der Kämpfe aus ihrer Lethargie erwachte, sich unsicher auf ihre Füße erhob und die Würfe beklatschte. Die Sieger rief sie zu sich und ließ sie aus ihrem Becher trinken, während sie sie streichelte und betastete. Inzwischen nahmen Ringerinnen deren Platz ein, gut gebaute Mädels, die nackt kämpften (noch einer von Runjeets Einfällen), während die Ringer und die Kashmiris im Rund am Boden knieten und sie anfeuerten, bis sie auch zu ringen begannen – mit dem unvermeidlichen Ergebnis. Und das Orchester spielte dazu passende Musik. Sekunden später rollten sie überall auf dem Boden herum und behinderten eine Gruppe von Tänzern und Tänzerinnen, die zu einem Rhythmus tanzten, der gegenüber der Polka eine bedeutende Verbesserung darstellte.

Sie werden es vielleicht nicht glauben, aber bei Orgien fühle ich mich eigentlich nicht wohl. Sicher bin ich nicht das, was man prüde nennt, aber ich halte es mit dem Wort, dass eines Engländers Bordell sein Schloss sein sollte. Wo er sich auch entsprechendend benehmen sollte – soviele Schnellschüsse, wie er will, aber keine von diesen Massenorgien, die die Orientalen pflegen. Es ist nicht die Unschicklichkeit, die mich stört, sondern die Gesellschaft von vielen betrunkenen Leuten, die unheimlichen Krach machen, während ich mich konzentrieren und mein Bestes tun möchte. Ein richtiges Bacchanal ist etwas, das man gesehen haben sollte. Aber ich halte es mit diesem scharfsinnigen Froschfresser, der sagte, dass eines davon interessant ist, aber nur ein Prolet daraus eine Gewohnheit machen würde.

Trotzdem, in schlechter Gesellschaft verlernt man die guten Manieren, vor allem wenn man geil ist wie Turveys Stier und voller Liebestrank. Mangla würde schon reichen, dachte ich, wenn ich nicht zu benebelt war, um sie aus diesem Chaos herauszuschaffen. Gerade wollte ich mich nach ihr umsehen, als lärmender, trunkener Jubel ertönte. Jeendan schwankte aus ihrer Loge, zwei ihrer Tanzjungen halfen ihr dabei. Sie stieß sie weg, tat ein paar wackelige Schritte und begann sich zu winden wie eine Bauchtänzerin bei einer türkischen Hochzeit. Sie drehte ihre Hüften, wackelte mit ihrem kleinen dicken Hintern, dass die Ende ihres Hüfttuches nur so tanzten. Sie drehte sich stampfend um und stieß kichernde Laute aus, dann klatschte sie mit hocherhobenen Händen den Takt. Die anderen nahmen den Rhythmus auf, die Tom-Toms schlugen und die Zimbeln klirrten.

Da sah ich das erste Mal den Koh-i-Noor, er glänzte in ihrem Nabel, während sie ihren Bauch tanzen ließ. Aber der Stein interessierte mich nicht lange, denn während sie tanzte, schrie sie etwas über ihre Schulter, und einer der Tanzjungen sprang hinter sie. Er ließ seine Hände auf ihrem Körper hinaufgleiten, öffnete ihr Oberteil, das zu Boden fiel. Er streichelte sie, während sie sich rückwärts tanzend an ihn schmiegte und langsam umwandte, bis sie Gesicht an Gesicht standen. Sie wanden sich aneinander, während die Zuschauer vor Begeisterung schrien und die Musik immer schneller wurde, dann zog er sich langsam von ihr zurück. Der Schweiß rann über seinen Körper und verdammt will ich sein, wenn der Stein nicht plötzlich in seinem Nabel war! Wie zum Teufel sie das angestellt hatten, kann ich mir nicht vorstellen. Der Junge schrie und drehte sich triumphierend. Jeendan taumelte in die Arme eines der Ringer und kicherte, während der sie begrapschte und küsste. Eine der Kashmiris warf sich an den Jungen, packte ihn um die Mitte und begann, sich an ihm zu winden. Verdammt, auch dieses Mal konnte ich nichts erkennen, aber als sie sich von ihm löste, hatte sie den Stein im Nabel und glitt langsam dahin, dass die Zuschauer ihn sehen konnten. Ein weiterer Junge stand vor ihr und die beiden verrenkten sich so sehr, dass es Tote aufwecken konnte, aber entweder war er nicht so gut in diesem Spiel oder etwas anderes interessierte ihn mehr. Der Diamant fiel zwischen ihnen heraus und rollte über den Boden, unter enttäuschten Rufen und Seuzern der Zuschauer.

Ich sah das alles durch einen Schleier aus Alkohol und ungläubigem Staunen, nahm einen weiteren erfrischenden Schluck und dachte: Wartet, bis ich nach Belgravia zurückkomme und ihnen diesen neuen Tanzschritt beibringe. Und als ich wieder hinsah, war Jeendan wieder da. Sie lachte und zappelte wild in den Armen eines weiteren Tanzjungen, und der Stein steckte wieder in ihrem Nabel. Holla, dachte ich, da hat jemand aber nachgeholfen. Sie nahm den Weinbecher des Jungen, trank ihn aus und warf ihn über ihre Schulter. Dann begann sie damit, auf mich zuzutanzen, der gebräunte Körper schimmerte wie geölt, ihre Arme und Beine glitzerten in ihren Hüllen aus Juwelen. Nun schlug sie ihre Flanken im Takt der Tom-Toms, strich mit den Fingern verführerisch von ihren juwelenbesetzten Hüften über ihren Körper, hob ihre vollen

runden Brüste und lachte mich aus diesem bemalten Nutten-
gesicht an.

„Willst du ihn haben, Engländer? Oder soll ich ihn für Lal
oder Jawaheer aufheben? Komm, nimm ihn, *Gora Sahib*, mein
englischer *Bahadur*!"

Sie werden es nicht glauben, aber mir fiel eine Zeile aus
einem Gedicht eines Poeten ein – elisabethanisch, glaube ich –,
der eine ähnliche Vorstellung gesehen haben musste, denn er
schrieb über „ihre tapferen Schwingungen, frei in jede Richtung"[21]. Ich hätte es nicht besser sagen können, dachte ich, tat
einen heroischen Schritt vorwärts auf sie zu und fiel auf alle
Viere. Aber das süße rücksichtsvolle Mädchen sank vor mir auf
die Knie, streckte ihre Arme zur Seite und ließ die Muskeln
von den Fingerspitzen bis zu den Schultern und weiter spielen.
Ihre hübschen Teile wackelten vor mir, und ich ergriff sie mit
einem dankbaren Schrei. Sie quietschte, entweder vor Beigeis-
terung oder weil sie meinte, dass das ein Foul gewesen sei, riss
ihr Hüfttuch herunter, wickelte es um mein Genick und zog
mein Gesicht zu ihrem offenen Mund.

„Nimm ihn, Engländer!", keuchte sie. Dann hatte sie meine
Robe offen, drückte ihren Bauch an mich und küsste mich, als
wäre ich Beefsteak und sie hätte eine Woche gefastet. Und ich
weiß nicht, wer der rücksichtsvolle Kerl war, der die Vorhänge
zuzog, aber plötzlich waren wir allein. Irgendwie kam ich auf
die Beine, während sie sich an mich klammerte, ihre Beine um
meine Hüften geschlungen. Sie stöhnte, als ich sie zurecht-
rückte und mich langsam, im Rhythmus der Tom-Toms
bewegte. Ich fürchte, ich habe die Regeln gebrochen, denn ich
nahm den Stein mit der Hand heraus, bevor er mich verletzen
konnte. Ich bezweifle, dass sie es bemerkte, gesagt hat sie
jedenfalls nichts.

Nun, ich kann mich nicht erinnern, wann mir ein Tänzchen
solchen Spass gemacht hat. Mir scheint, dass wir anschließend
jede Menge tranken und uns unzusammenhängend unterhielten – das meiste habe ich vergessen. Ich bin aber sicher, dass sie
vorschlug, Dalip auf eine englische Schule zu schicken, wenn
er älter war, und ich sagte, großartig, sieh dir doch an, was das

aus mir gemacht hat. Aber zum Teufel mit Oxford, das ist nur ein Nest aus Bücherwürmern und Bestien, und wie zum Kuckuck schaffte sie das Diamantenspielchen mit ihrem Nabel? Sie versuchte es mir beizubringen, kicherte unter den unmöglichsten Verrenkungen, die darin gipfelten, dass sie auf mir landete und sich wand, als wäre ich ein Spitzenpferd kurz vor dem Ziel. Mitten drin rief sie ihre Dienerinnen und zwei von den Kashmiris kamen herein. Sie trieben sie mit Gertenschlägen an – etwas zudringlich ist das, dachte ich mir, aber schließlich war sie hier zu Hause.

Sie schlief sofort ein, nachdem wir den Zielpfosten erreicht hatten, und blieb auf mir liegen. Die Kashmiris grinsten und hörten auf, auf sie einzuschlagen. Ich warf sie hinaus, und wollte eigentlich auch schlafen, nachdem ich sie von mir heruntergewälzt hatte. Aber ich hörte sie vor dem Vorhang schwatzen, und dann schauten sie wieder herein und kicherten. Ihre Herrin würde gleich wieder aufwachen, sagten sie, und es sei ihre Pflicht dafür zu sorgen, dass ich sauber, wach, leicht eingeölt und dienstbereit war. „Haut ab!", sagte ich, aber sie bestanden darauf, bedeckten Jeendan respektvoll mit einem Tuch, und quälten mich weiter. Sie sagten, ich müsste gebadet, gekämmt, parfümiert und präsentabel gemacht werden oder die Hölle würde losbrechen. Ich sah, dass sie keinen Frieden geben würden, stemmte mich also fluchend in die Höhe und warnte sie, dass ihre Herrin kein Glück haben würde, denn ich war ruiniert jenseits jeder Rettung.

„Wartet, bis wir Euch gebadet haben", kicherte eine der Houris, „dann werdet Ihr sie dazu bringen, um Gnade zu rufen!"

Ich bezweifelte das, sagte ihnen aber, dass sie mich stützen sollten, und sie brachten mich, eine an jeder Seite, hinaus, denn ich war immer noch ziemlich benebelt. Hinter dem Vorhang war der Durbar jetzt leer, der große Kronleuchter erloschen, und nur ein paar Kerzen an der Wand erzeugten in dem Halbdunkel noch kleine Lichtinseln. Sie führten mich unter die Treppe, durch eine schlecht erleuchtete Passage und über eine kleine Treppe hinunter zu einem großen Raum aus Stein und Marmor, wie ein türkisches Badehaus. An den Wänden und unter der Decke lagen tiefe Schatten, aber im Zentrum war eine gefliese Fläche, umrahmt von schlanken Säulen, mit einem tief eingelassenen Bad. Das Wasser darin dampfte. Ein Feuerbecken stand nahebei, Handtücher lagen da und überall standen Flakons mit Öl und Seife und Haarshampoo. Es war eine so luxuriöse Suhle, wie man sich nur wünschen konnte. Ich fragte, ob dies das Bad der Maharani war.

„Nicht dieser Maharani", sagte eine, „das hier war das Bad von Lady Chaund Cour, Friede sei ihrer Seele."

„Es ist viel schöner als das unserer Herrin", sagte die andere und lehnte sich näher zu mir. „Es ist für jene reserviert, die sie gerne ehren möchte." Verspielt kitzelte sie mich, und ihre Gefährtin zog mir mein Gewand aus. Sie stieß einen begeisterten Ruf aus: „*Bahadur*, wahrhaft! Oh glückliche Mai Jeendan!"

Sie wird Glück haben, wenn sie aus mir noch irgendwas herausholen kann, nachdem ich mit euch beiden gebadet habe, dachte ich. Ich bewunderte sie, immer noch benebelt, als sie ihre Bögen und Spielzeugschwerter beiseite legten und aus ihren silbernen Röckchen und Brustplatten schlüpften. Liebliche kleine Nymphen waren das, und wir spielten und lachten, als wir uns in das Bad gleiten ließen. Es war ungefähr drei Fuß tief und sieben Fuß im Quadrat, halb gefüllt mit warmem, parfümiertem Wasser, in das ich mich müde hineinsinken ließ. Ich ließ es über meinen erschöpften Körper spülen, während eine der Kashmiris meinen Kopf in ihre Hände nahm. Sanft wusch sie mein Gesicht und das Haar, während die andere bei meinen Füßen begann und sich an meinen Knöcheln und Unterschenkeln hocharbeitete. Ihr seid auf dem richtigen Weg, dachte ich, schloss meine Augen und stellte mir vor, welche wundervolle Zeit Harun al-Rashid gehabt haben musste. Ich fragte mich, ob er jemals davon genug bekam und sich das Leben eines fröhlichen Karrenfahrers oder fleißigen Bauern an der frischen Luft wünschte. Flashy würde man nie dabei erwischen, wie er verkleidet durch die Straßen Bagdads schlich und Abenteuer suchte, nicht solange es zu Hause Seife und Wasser gab.

Das Mädchen unten seifte gerade meine Knie ein, und ich öffnete die Augen und schaute auf die hohe Decke. Gemalte persische Muster mit einem Bild in der Mitte, von einem Kerl mit arroganter Haltung, der unter einem Baldachin saß, und einer Gruppe bärtiger Wallahs, die vor ihm auf den Knien lag. Das wär was für mich, dachte ich, wer immer das auch ist, irgendein Nabob der Sikhs. Das wiederum erinnerte mich an die Namen aus Broadfoots Akten, die ich mir so sorgfältig eingeprägt hatte. Heera Singh und Dehan Singh und Soochet Singh und Irgendwer Singh und Chaund Cour und... Chaund Cour? Wo hatte ich diesen Namen erst vor kurzem gehört? Ja, vor ein paar Augenblicken, von den Houris, das war ihr Bad. Plötzlich wurden meine Gedanken, die ziellos herumgewandert waren, klarer, noch während ich das Rauschen des Wassers hörte und erkannte, dass das Mädchen aufgehört hatte, meine Beine einzuseifen, und sich geschickt über den Rand des Bades schwang. Chaund Cours Bad... *Chaund Cour, die in Stücke zerschlagen worden war, während sie badete!*

Hätte sich das Mädel, welches mein Haar wusch, weniger schnell bewegt, dann wäre ich verloren gewesen. Aber als ihre Gefährtin herauskletterte, ließ sie meinen Kopf fallen, als wäre er ein heißer Ziegel. Ich ging unter und tauchte spuckend wieder auf, sah, wie sie sich gerade herausziehen wollte. Aus dem Augenwinkel bemerkte ich, wie das riesige bunte Bild an der Decke zu zittern begann, und ein grässliches schabendes Geräusch ertönte. Einen Moment war ich erstarrt. Es kann nur mein Instinkt gewesen sein, der meine faulen Muskeln in Bewegung setzte. Ich warf mich aus dem Wasser, drehte mich dabei und griff nach dem Rand des Bades. Meine Hand schloss sich um den Knöchel des Mädchens. Dieser Halt rettete mich vor dem Abrutschen und gab mir die Möglichkeit, mich auf die Fliesen hinauszuziehen. Sie flog zurück ins Wasser, und ihr Angstschrei ging unter im dröhnenden Donner, der dem einer Lawine glich, gefolgt von einem furchtbaren Krach, der das ganze Gebäude zu erschüttern schien und die Fliesen unter meinem Gesicht aus ihrem Bett hob. Ich rollte mich mit einem entsetzten Brüllen davon, blieb auf den Fliesen liegen und starrte ungläubig.

Wo das Bad gewesen war, war nun eine flache Stelle aus rauhem Stein, der die Vertiefung ausfüllte wie ein riesiger Stopfen, gleich hoch wie die ihn umgebenden Fliesen. Von diesem monströsen Steinblock schlängelten sich dicke, rostige Ketten, die hin- und herschwangen, in ein klaffendes Loch in der Decke. Schaum spritzte wie ein Vorhang aus den dünnen Ritzen zwischen dem herabgefallenen Stein und den Seiten des Bades. Wie ein Welle überspülte er mich, und während ich noch entsetzt zusah, rann es weiter heraus, zuerst rosa und dann grässlich scharlachrot. Die zweite Kashmiri presste sich an eine Säule, aus ihrem aufgerissenen Mund drang Schrei auf Schrei. Sie wandte sich ab und rannte, Wassertropfen flogen von ihrem nackten Körper. Plötzlich blieb sie stehen. Ihre Schreie wurden zu einem entsetzten Wimmern.

Drei Männer standen gerade außerhalb der Schatten, Krummsäbel in ihren Händen. Sie trugen nur lockere graue *Pyjamy*-Hosen und große Kapuzen, die ihre Gesichter verbargen. Das Mädchen scheute vor ihnen zurück, weinend und ihr Gesicht bedeckend. Sie rutschte aus und fiel auf die nassen Fliesen. Sie standen da wie graue Statuen, während sie versuchte wegzukriechen. Dann trat einer vor, hob seine Waffe leicht in die Höhe. Sie sprang auf die Füße und kreischte, als sie sich abwandte, um davonzulaufen. Aber bevor sich noch einen Schritt getan hatte, stak die Spitze in ihrem Rücken. Wie eine grässliche silberne Nadel kam sie zwischen ihren Brüsten wieder hervor, und sie fiel leblos nach vorne auf den Steinblock. Dann glitten sie in tödlicher Stille auf mich zu, erfahrene Attentäter, von denen zwei zur Seite wichen, um mich von beiden Richtungen anzugreifen. Der dritte kam direkt auf mich zu, seine blutbefleckte Klinge ausgestreckt. Ich wandte mich zur Flucht, rutschte aus und landete flach auf dem Boden.

Feigheit hat auch ihre guten Seiten. Ich wäre schon lange tot ohne sie, denn sie hat mich dazu getrieben, in blinder Panik Dinge zu versuchen, die kein vernünftiger Mann jemals tun würde. Ein tapferer Mann wäre aufgestanden, um wegzurennen oder sich mit bloßen Händen auf den nächsten Feind zu stürzen. Nur Flashy, der kopfüber auf einem der Haufen landete, wo die Kashmiris ihre Sachen hingelegt hatten, hätte nach dem lächerlichen Spielzeugbogen gegriffen und einen Pfeil aus dem Köcher gerissen. Zitternd legte ich ihn auf die Sehne und schoss auf den Mörder, gerade als er über die Leiche des Mädchens auf mich zusprang und seinen Säbel schwang. Es war nur ein Spielzeug, aber er war fest gespannt, und der Pfeil muss spitz wie ein Meißel gewesen sein, denn er sank bis zu den Federn in seine Körpermitte. Brüllend drehte er sich in der Luft. Sein Säbel fiel vor mir auf die Fliesen. Ich griff ihn mir, auch wenn ich wusste, dass ich erledigt war, denn einer der anderen ging auf mich los. Ich schaffte es, seinen Schlag zu parieren und mich auf die Seite zu werfen. Eigentlich erwartete ich, dass sich die Spitze seines Kumpanen in meinen Rücken bohren würde. Ein Schrei und der Klang von Stahl erklangen hinter mir, als ich auf einer Schulter landete und mich abrollte. Ich schlug blind um mich und schrie wie ein Idiot um Hilfe.

Vergeudeter Atem, denn sie war schon da. Der andere Mörder versuchte verzweifelt, den Schwung eines Khyber-Messers in den Händen eines hochgewachsenen Neuankömmlings abzuwehren. Mit einem Krummsäbel ist das so wie mit einem Blasrohr gegen ein Gewehr. Ein Schlag und der Säbel war ein zerbrochener Stumpf, ein zweiter und der Attentäter lag mit gespaltenem Schädel auf dem Boden. Der Mann, dessen Angriff ich pariert hatte, sprang zurück und rannte wie ein Hase zurück in die Schatten. Die Erscheinung wandte sich ohne Hast von ihrem Opfer ab, machte einen langen Schritt, riss seinen Arm zurück und ließ das Khyber-Messer fliegen. Es drehte sich einmal in der Luft und stak dann im Rücken des Flüchtenden. Er fiel gegen eine Säule, hielt sich mit dem furchtbaren Schlachtmesser im Rücken daran fest und glitt langsam zu Boden. Zwanzig Sekunden vorher waren noch meine Knie gewaschen worden.

Der Mann ging an mir vorbei, holte sein Messer wieder und fluchte, als Blut über seinen Mantel rann. Und erst dann erkannte ich, dass es ein scharlachrotes Gewand im Tartanmuster der 79. war. Er stapfte zurück, hockte sich nieder, um sein Messer in dem Wasser, das über die Fliesen rann, abzuwaschen, und sah sich die Trümmer an, die einmal ein Bad gewesen waren, den großen Stein, der es ausfüllte und die Ketten, an denen er hing.

„Nun, ich will verdammt sein!", sagte er. „So haben sie also die Lady Chaund Cour umgebracht. Kein Wunder, dass wir niemals eine Leiche sahen – sie kann nicht mehr nach viel ausgesehen haben, mit diesem *Ding* auf ihr." Er stand auf und knurrte mich an. „Nun, Sir? Habt Ihr vor, splitterfasernackt hier zu stehen und an Erkältung zu sterben? Oder wollt Ihr vielleicht noch Spuren legen, bis der Leichenbeschauer kommt?"

Die Worte waren Englisch. Der Akzent war reinstes Amerikanisch.

Nachdem ich schon einen Waliser mit Zylinder gesehen hatte, der ein Impi der Zulu anführte, und selbst in Lendentuch und Kriegsbemalung mit einer Horde Apachen mitgeritten bin, hätte ich eigentlich nicht überrascht sein dürfen, dass Gurdana Khan, das Musterbeispiel eines Khyber-Bergbewohners, die Sprache Bruder Jonathan Appleseeds sprach. In diesen Zeiten waren wirklich ein paar seltsamen Gestalten unterwegs, das kann ich Ihnen sagen. Aber die Umstände waren wirklich ungewöhnlich, wie Sie zugeben müssen, und wahrscheinlich stand ich ein paar Sekunden mit offenem Mund da, bevor ich in meine Seidenrobe stieg. Dann kam die Reaktion auf den Kampf, und ich kotzte. Er stand da und schaute finster wie ein Anarchist auf die drei Körper mit Kapuze und die Leiche der armen kleinen Kashmiri-Schlampe, die in einer Lache aus blutigem Wasser lag. Was heißt arme Schlampe – sie hatte ihr Möglichstes getan, mich flacher als eine Flunder zu machen. Der Mann, den ich angeschossen hatte, wand sich am Boden und heulte vor Schmerz.

„Lasst ihn liegen!", sagte Gurdana Khan. „Gewalt gegenüber Frauen ist etwas, das ich nicht vertrage! Kommt endlich."

Er schritt zu einem Stiegenaufgang, der auf der anderen Seite des Bades im Schatten verborgen lag, und scheuchte mich ungeduldig vor sich her. Wir stiegen hinauf, und er jagte mich Meilen endloser verwinkelter Gänge entlang und ignorierte völlig meine unzusammenhängenden Fragen. Dann gingen wir durch den luftigen Vorraum, einen Wachraum, wo seine schwarzgekleideten Männer warteten, und schließlich in ein großes, bequemes Zimmer, das aussah wie eine Junggesellenbude zu Hause. An den Wänden hingen Drucke und Trophäen, Bücherregale und bequeme Lederfauteuils standen herum. Ich zitterte vor Kälte, Furcht und Entsetzen. Er hieß mich niedersetzen, warf eine Decke über meine Beine und goss uns zwei steife Drinks ein – ausgerechnet Malzwhisky. Er legte sein Khyber-Messer beiseite und nahm seinen *Puggaree* ab. Aber er *war* ein Pathane mit dem kurzgeschorenen Haar, den falkenhaften Gesichtszügen und dem grauen Bart, auch wenn er „Slainte" grunzte, als er sein Glas hob, und vorher den seltsamen Eisenring um seine Kehle legte, den ich am Nachmittag gesehen hatte – war das wirklich erst zwölf Stunden her, um Gottes Willen?! Nachdem er getrunken hatte, stand er da und starrte mich böse an, wie ein Oberlehrer einen armen Erstklässler.

„Nun, Mr. Flashman – wo zum Teufel wart Ihr an diesem Abend? Wir haben den ganzen Palast durchsucht und sogar unter Eurem Bett nachgeschaut, verdammt noch mal! Nun, Sir?"

Ich verstand gar nichts mehr – alles was ich wusste war, dass irgendjemand mich umbringen wollte, nur dieser grantige Kerl war es offensichtlich nicht. Also hatte ich aus dem Fenster hängend einen schrecklichen Tod riskiert, während er und seine Leute nach mir gesucht hatten, um mich zu *beschützen*, so wie sich das anhörte! Meine Zähne klapperten gegen das Glas.

„Ich... Ich war... aus. Aber wer bei allen guten Geistern seid Ihr?"

„Alexander Campbell Gardner!", knurrte er. „Früherer Geschützausbilder der Khalsa, derzeit Kommandant der Wache des Maharadscha und zur Zeit zu Eurer Verfügung. Ihr dürft Euch glücklich schätzen!"

„Aber Ihr seid Amerikaner!"

„Das bin ich." Sein Blick schien mich zu durchbohren. „Aus

dem Territorium Wisconsin."

Ich muss das Abbild der Blödheit gewesen sein, denn er legte sich wieder sein Eisending um den Hals, nahm einen Schluck und krächzte:

„Nun, Sir? Ihr habt das Wort in einem Notfall weitergegeben, wie Broadfoot Euch gesagt hat. *Wann*, fragt Ihr? Nun, Ihr sagtet es zu dem kleinen Maharadscha und wieder zum alten Ram Singh! Es erreichte mich – ganz egal wie – und ich kam sofort, um Euch zu helfen, und Ihr wart nicht da! Das nächste, was ich höre, ist, dass Ihr bei der Maharani seid, Teufel und Gretchen spielen!" Er leerte sein Glas, warf seinen Eisenring auf den Tisch und starrte mich zornig an. „Wie zur Hölle habt Ihr überhaupt gewusst, dass er hinter Euch her war?"

Diese Tirade verwirrte mich nur noch mehr. „Ich habe überhaupt nichts dergleichen gewusst! Mr. Gardner, ich habe keine..."

„Colonel Gardner! Warum in aller Götter Namen habt Ihr Alarm gegeben? Jedem, den Ihr trefft, Wisconsin entgegen zu brüllen!"

„Hab ich das? Vielleicht unabsichtlich."

„Unabsichtlich?! Bei meiner Seele, Mr. Flashman!"

„Aber ich verstehe gar nichts. Das ist doch alles verrückt! Warum sollte Jawaheer mich umbringen wollen? Er kennt mich doch gar nicht, ich habe ihn kaum gesehen – und er war steif wie ein Pfosten!" Ein schrecklicher Gedanke kam mir. „Aber, das waren gar nicht seine Leute, das waren die der Maharani! Ihre Sklavinnen! Sie haben mich in dieses verdammte Bad gelockt – sie wussten, was geschehen würde! Also muss sie es ihnen befohlen haben."

„Wie könnt Ihr es wagen, Sir!" Wahrhaftig, das sagte er zu mir. „Anzudeuten, sie würde nach all der Freundlichkeit, die sie Euch erwiesen hat. Das ist doch lächerlich! Ich sage Euch, diese Kashmiris waren von Jawaheer bestochen und gezwungen und nur von Jawaheer. Das war seine Mörderbande dort unten, geschickt um die Mädchen zu töten, nachdem Ihr aus dem Weg geschafft wart! Glaubt Ihr, ich kenne sie nicht? Die Maharani, also wirklich!" Er war tatsächlich höchst empört.

„Ich sage nicht", fuhr er fort, „dass sie ein Mädchen ist, das ich mit nach Hause zu Mama nehmen würde, aber merkt Euch eines, Sir!" Er baute sich vor mir auf. „Mit all ihren Schwächen, die Ihr wahrlich ausgenützt habt – Mai Jeendan ist eine charmante und großzügige Dame und die beste Hoffnung dieses gottverlassenen Landes seit Runjeet Singh! Ihr werdet das beherzigen, zum Donner, wenn Ihr und ich Freunde bleiben wollen!"

In meiner Begeisterung für die fragliche Dame war ich anscheinend nicht allein, auch wenn seine wohl eine eher geistige war. Aber ich verstand immer noch rein gar nichts.

„Gut, Ihr sagt, es war Jawaheer – warum zum Teufel sollte er mich töten wollen?"

„Weil er den Krieg mit den Briten will! Deshalb! Und der sicherste Weg, einen zu beginnen, ist, den britischen Gesandten hier in Lahore verschwinden zu lassen! Mann, Gough wäre mit 50.000 Mann über den Sutlej, bevor man Jack Robinson sagen könnte. Die Company und die Khalsa würden einander an die Kehle gehen, *das* ist es, was Jawaheer will, könnt Ihr das nicht begreifen?"

Tat ich nicht, und das sagte ich auch. „Wenn er einen Krieg will, warum befiehlt er der Khalsa dann nicht einfach, in Indien einzufallen? Sie wollen doch Krieg mit uns, oder nicht?"

„Ja, sicher, aber nicht mit Jawaheer als Anführer! Sie hatten nie etwas für ihn übrig, also ist der einzige Weg, wie er sie auf die Briten hetzen kann, sich angreifen zu lassen. Aber verdammt noch mal, diesen Gefallen werden Eure Leute ihm nicht tun, wie immer er sie auch an der Grenze provoziert. Jawaheer ist inzwischen sehr verzweifelt. Er ist bankrott, die Khalsa hasst ihn und misstraut ihm und würde ihm am liebsten bei lebendigem Leib die Haut abziehen wegen Peshoras Tod. Sie halten ihn in seinem eigenen Palast gefangen, und seine Eier liegen auf dem Hackblock!" Er holte tief Luft. „Wisst Ihr denn gar nichts, Mr. Flashman? Jawaheer *braucht* einen Krieg, *jetzt*, um die Khalsa zu beschäftigen und seine eigene Haut zu retten. Darum wollte er Euch heute Nacht mitsamt dem Badewasser loswerden, ist das so schwierig?"

Nun, so ausgedrückt, ergab es einen Sinn. Jeder wollte diesen verdammten Krieg außer Hardinge und mir. Aber jetzt verstand ich, warum Jawaheers Bedürfnis danach größer war als das der anderen. *Das* hatte er gemeint, bei Gott, als er auf mich zeigte und schrie, dass die Briten einen *Grund* haben würden, um zu kommen – der bösartige, hinterhältige Bastard! Er hatte auf meine Ankunft gewartet. Plötzlich kam mir ein schrecklicher, unfassbarer Verdacht.

„Mein Gott! Hat Broadfoot *gewusst*, dass Jawaheer versuchen würde, mich zu töten? Hat er mich hierher geschickt, damit ich…"

Er lachte bellend. „Na, Ihr habt eine hohe Meinung von Vorgesetzten! Erst Mai Jeendan, jetzt Major Broadfoot! Nein, Sir, das ist nicht seine Art! Wenn er das vorhergesehen hätte…" Er brach ab, runzelte die Stirn und schüttelte den Kopf. „Nein, ich schätze, Jawaheer hat diesen Plan in den letzten paar Stunden ausgebrütet – Eure Ankunft war für ihn eine vom Himmel gesandte Gelegenheit. Es hätte auch geklappt, hätte ich mich nicht an Eure Fersen geheftet von dem Augenblick an, da Ihr den Durbar betreten habt." Ungläubig blies er seine Backen auf. „Ich bin immer noch erschüttert von diesem verdammten Baderaum. Ihr werdet Euch wohl nicht mehr zwischen Schaumblasen aalen, denke ich."

Das war genug, um mich auf die Füße zu bringen und nach seinem Krug zu greifen, ohne auch nur nach Erlaubnis zu fragen. Gott, in welches Tarantelnest hatte Broadfoot mich geschickt! Ich durchschaute immer noch nicht alles, betäubt wie ich war von dem Wirbel der Ereignisse in den letzten Stunden. War ich über der Lektüre von *Crotchet Castle* eingeschlafen und hatte das alles nur geträumt? Meine Turnübungen auf dem Balkon, Mangla, Jawaheer und das betäubende Spektakel im Durbar, die trunkene ekstatische Vereinigung mit Jeendan, der Schrecken der herabfallenden Decke, der wütende blutige Kampf, wo fünf Leben ausgelöscht worden waren in weniger als einer Minute, diese unglaubliche Nemesis im Tartan mit Khybermesser und Yankeedialekt[22], die mich traurig anstarrte, während ich seinen Malzwhisky vernichtete? Verspätet murmelte ich einen Dank und fügte hinzu, dass Broadfoot Glück hatte, einen solchen Agenten in Lahore zu haben. Er riss mir fast den Kopf ab.

„Ich bin nicht sein verfluchter Agent! Ich bin sein Freund – und so weit es meine Pflicht gegenüber dem Maharadscha gestattet, stehe ich den britischen Interessen aufgeschlossen gegenüber. Broadfoot weiß, dass ich helfen werde, deswegen gab er Euch mein Warnwort." Er beherrschte sich nur mühevoll. „Unabsichtlich, Himmelnochmal! Aber das war's, Mr. Flashman. Ihr und ich werden nun unserer unterschiedlichen Wege gehen, Ihr werdet mich hinfort nicht ansprechen oder auch nur zugeben, dass Ihr mich kennt, außer als Gurdana Khan..."

„Hinfort? Aber ich werde zurückgehen – Mann, ich kann doch nicht hier bleiben, mit Jawaheer..."

„Und ob Ihr könnt! Es ist Eure Pflicht, oder nicht? Nur, weil der Krieg nicht morgen beginnen wird, heißt das nicht, dass er gar nicht beginnt. Aber das wird er, und dann braucht Broadfoot Euch hier." Für jemanden, der nicht Broadfoots Mann war, wusste er viel über meine Pflicht. „Außerdem, nach heute Nacht seid Ihr aus dem Schneider. Dieses Badehaus wird seine eigene Geschichte erzählen, jeder wird wissen, dass Jawaheer versucht hat, Euch zu beseitigen, und auch warum. Aber niemand wird auch nur ein Wort darüber verlauten lassen, auch Ihr nicht!" Er sah, dass ich protestieren wollte, und schnitt mir das Wort ab. „Kein Wort! Es könnte einen Skandal verursachen, der Jawaheers Krieg losbrechen lässt, also still, Mr. Flashman. Und macht Euch keine Sorgen, jetzt, wo Ihr unter Mai Jeendans Schutz steht, ist das Schlimmste, was Ihr von Jawaheer zu erwarten habt, ein böser Blick."

So etwas hatte ich schon mal gehört. „Warum zum Himmel sollte sie mich beschützen?"

„Nun spielt mir nicht den Gentleman, Sir!" Er deutete mit einem schlanken Finger auf mich, Uncle Sam mit einem Kandahar-Haarschnitt. „Ihr wisst genau, warum, und so weiß es jeder Schwatzkopf in diesem verfluchten königlichen Bordell!

Achja, natürlich hat sie auch politische Gründe. Nun, haltet einfach Eure Schnauze und seid dankbar." Grimmig nickte er. „Jetzt, wo Ihr Euch erholt habt, bringen wir Euch in Euer Quartier zurück. Und sagt nicht wieder Wisconsin, außer Ihr meint es ernst. *Jemadar, idderao**!"

Wie durch Zauberei erschien ein Unteroffizier, und Gardner befahl ihm, dass ich nun ein paar unauffällige Schatten haben würde. Er fragte, ob mich jemand gesucht hatte, und der *Jemadar* sagte, nur mein Adjutant.

Garner runzelte die Stirn. „Wer ist er? Einer von Broadfoots Pathanen? Ich habe ihn nicht mit Euch ankommen sehen."

Ich erklärte, dass Jassa die Gewohnheit hatte, zu verschwinden, wenn man ihn am meisten brauchte, und dass er kein Pathane war und auch nicht der Derwisch, der er zu sein vorgab.

„Ein Derwisch?" Er schaute nachdenklich. „Wie sieht er aus?"

Ich beschrieb Jassa, eingeschlossen seiner Impfnarbe, und er fluchte überrascht und schaute sich im Zimmer um.

„Das ist doch... Nein, das kann nicht sein! Ich habe seit Jahren nichts mehr von ihm gehört. Und selbst er hätte nicht die Härte... Ihr seid sicher, dass er zu Broadfoots Leuten gehört? Kein Bart? Nun, wir werden sehen! *Jemadar*, finde den Adjutanten, sag ihm, der *Husoor* verlangt nach ihm, schnellstens – und wenn er fragt, so sag ihm, ich sei draußen in Maian Mir. Ihr setzt Euch hin, Mr. Flashman. Ich vermute, das wird Euch interessieren."

Nach den Geschehnissen dieser Nacht bezweifelte ich, ob Lahore noch irgendeine Überraschung für mich bereithalten konnte, aber wissen Sie, was dann passierte, war wahrscheinlich das erstaunlichste Zusammentreffen zwischen zwei Männern, das ich je sah. Und erinnern Sie sich, ich war in Appomatox und sah, wie sich Bismarck und Gully gegenüberstanden, und ich hielt das Gewehr, als Hickock gegen Wesley Hardin antrat. Aber was in Gardners Zimmer geschah, übertraf das alles.

Stumm warteten wir, bis der *Jemadar* anklopfte und Jassa hereinglitt, schleichend wie immer. In dem Moment, als sein

*Leutnant, komm her!

Blick auf die grimmige Gestalt im Tartan fiel, erschrak er, als sei er auf heiße Kohlen getreten, doch er beherrschte sich und sah mich fragend an, während Gardner ihn beinahe bewundernd betrachtete.

„Nicht schlecht, Josiah", sagte er. „Ihr habt wahrscheinlich das schuldigste Gewissen östlich des Suezkanals, aber bei Gott, Ihr habt auch die Nerven, die Ihr dazu braucht. Ich hätte Euch niemals erkannt, ohne Bart." Seine Stimme wurde hart. „Nun – worum geht es in diesem Spiel? Sprecht, *Jildi*!"

„Das geht Euch überhaupt nichts an!", knurrte Jassa. „Ich bin ein politischer Agent in britischen Diensten – fragt ihn, wenn Ihr mir nicht glaubt! Und deswegen könnt Ihr mir nichts, Alick Gardner! Also!"

Hätte er das in Pushtu gesagt, hätte ich es für eine gute Antwort gehalten, unvorsichtig, so wie ich Gardner inzwischen kannte, aber das, was man von einem Khyber-Banditen erwarten konnte. Aber er sprach Englisch – und sein Akzent war noch amerikanischer als Gardners! Ich traute meinen Ohren nicht – ein verdammter Yankee, der in afghanischer Verkleidung herumlief, war schlimm genug, aber zwei? Und der zweite mein eigener Adjutant, Dank sei Broadfoot. Wenn ich mit offenem Mund dagesessen habe, wundert es Sie? Gardner explodierte.

„Britischer Agent, bei meiner Seele! Du betrügerischer Quäker, wenn du für Broadfoot arbeitest, heißt das, dass er keine Ahnung hat, wer du bist! Ich wette, dass er es nicht weiß! Weil du vor seiner Zeit Kabul verlassen hast, bevor die Briten kamen, und Recht hattest du! Sekundar Burnes kannte dich als den doppelgleisigen Schurken, der du bist. Pollock kennt dich auch, er warf dich aus Burma hinaus, nicht wahr? Verdammt will ich sein, wenn es eine Stadt zwischen Rangoon und Basra gibt, wo du noch nicht dein Gepäck zurücklassen musstest! Also spuck's schon aus – worum geht es diesmal?"

„Ich bin Euch keine Antwort schuldig!", sagte Jassa. „Mr. Flashman, wenn es Euch interessieren sollte – mich interessiert es nicht. Ihr wisst, dass ich Major Broadfoots Agent bin..."

„Halt deine Zunge im Zaum oder ich schneide sie dir heraus!", röhrte Gardner. „Ich kann dir nichts, ja? Das werden wir sehen! Ihr kennt diesen Mann als Jassa", sagte er dann zu mir, „ich erlaube mir, ihn ordentlich vorzustellen: Dr. Josiah Harlan aus Philadelphia, früherer Betrüger, Hochstapler, Münzfälscher, Spion, Verräter, Revolutionär und Experte in jeder Art von Schurkerei, die er sich nur ausdenken kann – und denken kann er. Er ist kein gewöhnlicher Söldner, müsst Ihr wissen, er war einmal Prinz von Ghor, oder nicht, Josiah, und der entlassene Gouverneur von Gujarat. Wir wollen gar nicht erwähnen, dass er auch afghanischer Thronprätendent war (obwohl es wahr ist, Flashman!). Wisst Ihr, wie man diesen Kerl da hoch droben in den Bergen nennt? Den Mann, der König sein wollte!" Er tat ein paar Schritte vor, die Daumen in seinen Gürtel gekrallt, und stieß fast mit seinem Kinn an Jassas Nase. „Nun gut, Ihr habt eine Minute, um mir zu sagen, was Ihr in Lahore wollt, Doktor! Und sagt nicht, Ihr seid ein Adjutant, schlicht und einfach, denn Ihr wart niemals das eine oder das andere!"

Jassa bewegte nicht einen Muskel in seinem hässlichen, pockennarbigen Gesicht, aber er wandte sich mit einer kleinen Verbeugung an mich. „Lässt man die Beleidigungen weg, so ist ein Teil dessen, was er sagt, die Wahrheit. Ich war Prinz von Ghor, aber Colonel Gardners Erinnerung trügt ihn. Er hat Euch nicht gesagt, dass Lord Amherst persönlich mich zum Chirurgen der königlich-britischen Streitkräfte während des Feldzuges in Burma ernannt hat…"

„*Assistenz*arzt, der in einem Feldhospital Alkohol gestohlen hat!", schnaubte Gardner.

„…oder dass ich ein hohes militärisches Kommando und das Gouverneursamt über drei Bezirke unter Seiner verblichenen Majestät, Radscha Runjeet Singh, innehatte."

„Der dich wegen Fälschung hinauswarf, du verdammter Schurke! Los, erzähl ihm davon, dass du Gesandter bei Dost Mohammed warst und versucht hast, in Afghanistan eine Revolution anzuzetteln, und ihn öfter verraten hast, als er zählen konnte! Erzähl ihm, wie du Muhammed Khan umgedreht hast, damit er Peshawar an die Sikhs verraten hat! Erzähl ihm, wie du dir deine Börse auf der Kunduz-Expedition gefüllt hast und Reffi Bey betrogen hast! Und auch noch die Stirn hattest, im indischen Kaukasus die amerikanische Flagge zu hissen, verdammt sei deine Frechheit!" Er unterbrach sich, um Atem zu holen, während Jassa kalt wie ein Fisch dastand. „Aber wozu Zeit verschwenden? Erzähl ihm, wie du dich bei Broadfoot eingeschlichen hast. Das würde ich selbst gerne hören!"

Jassa warf ihm einen fragenden Blick zu, als wollte er sichergehen, dass Gardner fertig war, und sprach dann mich an. „Mr. Flashman, ich schulde Euch eine Erklärung, aber keine Entschuldigung. Warum sollte ich Euch etwas erzählen, was Euch Euer eigener Vorgesetzter nicht gesagt hat? Broadfoot hat mich vor etwas mehr als einem Jahr angestellt, wieviel er von meiner Geschichte weiß, kann ich nicht sagen – und es kümmert mich nicht. Er kennt sein Geschäft, und er vertraut mir, oder ich wäre nicht hier. Wenn Ihr nun an mir zweifelt, so schreibt ihm, erzählt ihm, was Ihr heute Nacht über mich gehört habt. Wie jeder, der in diesem Teil der Welt in diplomatischer Mission unterwegs ist, bin ich es gewohnt, dass mein Ruf zerstört wird."

„So sehr zerstört, dass er sich über den gesamten Himalaya verteilt!", zischte Gardner. „Wenn Ihr so besonders vertrauenswürdig seid, wo wart Ihr dann heute Nacht, als Jawaheer versucht hat, Flashman umbringen zu lassen?!"

Er war schon klug, dieser Gardner. So wie er den Mann kannte, musste diese Frage von Anfang an durch seine Gedanken geschwirrt sein, aber er hielt sich zurück, um Jassa zu überraschen. Er hatte Erfolg, Jassas Mund stand offen, sein Blick wanderte von mir zu Gardner und zurück, und er keuchte heiser: „Was zur Hölle will er damit sagen?"

Gardner erklärte es ihm mit ein paar deutlichen Worten und beobachtete ihn mit Luchsaugen. Jassa war aber auch ein Anblick. Seine Tollkühnheit hatte ihn verlassen, alles was er noch tat, war „Jesus!" zu murmeln und seine Wangen zu reiben. Dann wandte er sich fast hilflos an mich.

„Ich... Ich weiß nicht... Ich muss geschlafen haben, Sir! Nachdem ich Euch auf den Balkon gezogen hatte und Ihr zum

110

Durbar unterwegs wart, nahm ich an, Ihr würdet die Nacht dort verbringen." Er wich meinem Blick aus. „Ich ging ins Bett, wachte vor einer Stunde auf und fragte herum, aber niemand hatte Euch gesehen. Dann kam der *Jemadar*. Das ist die Wahrheit." Wieder rieb er sein Gesicht und fing Gardners Blick auf. „Jesus Christus, Ihr glaubt doch nicht...!"

„Nein, das tue ich nicht!", grollte Gardner und schüttelte seinen Kopf. „Was immer Ihr sonst auch seid, und das ist schon verdammt viel, Ihr seid kein Mörder. Und wenn Ihr es wäret, dann läget Ihr in dieser Minute schon in Eisen. Nein, Josiah", sagte er mit grimmiger Befriedigung, „Ihr seid einfach eine lausige Leibwache. Und ich schlage vor, dass Mr. Flashman dies auch an Major Broadfoot berichtet. Bis er eine Antwort bekommt, könnt Ihr in einer Zelle versauern, Doktor..."

„Zur Hölle damit!", schrie Jassa und wandte sich zu mir. „Mr. Flashman, ich weiß nicht, was ich sagen soll, Sir! Ich habe Euch im Stich gelassen, das ist mir klar, und es tut mir leid. Wenn Major Broadfoot mich deswegen zurückrufen möchte, nun, dann soll es so sein. Aber es nicht *seine* Angelegenheit, Sir!" Er wies auf Gardner. „Soweit es ihn betrifft, stehe ich unter britischem Schutz und habe ein Recht auf Immunität. Und bei allem Respekt, Sir, auch wenn ich heute Nacht versagt habe, ich stehe immer noch in Euren Diensten. Ihr dürft mich nicht entlassen, Sir."

Ich hatte einen langen Tag und eine lange Nacht hinter mir. Der Schock der Entdeckung, dass mein afghanischer Adjutant ein amerikanischer Medizinmann[23] war (und zweifellos wirklich solch ein Schurke, wie Gardner sagte), wog nur gering nach allem, was passiert war. Kein größerer Schock als Gardner selbst, ehrlich. Eines war sicher: Jassa oder Josiah war Broadfoots Mann, und er hatte Recht, ich konnte ihn nicht auf Grund von Gardners Verdächtigungen entlassen. Ich sagte das auch, und zu meiner Überraschung brüllte Gardner mich nicht nieder, aber er starrte mich lange und hart an.

„Nachdem, was ich Euch über ihn erzählt habe? Nun, Sir, es ist Eure Entscheidung. Es ist möglich, dass Ihr das nicht bereuen werdet, aber ich bezweifle es." Er wandte sich an

Jassa. „Nun zu Euch, Josiah, ich weiß nicht, was Euch in einer weiteren Eurer Verkleidungen in den Pandschab zurückführt. Ich weiß, dass es bestimmt nicht Jawaheer war oder so etwas Simples wie britische Spionage ist. Nein, es ist irgendeine dreckige Schurkerei, stimmt's? Es ist besser, Ihr vergesst es, Doktor, denn falls Ihr das nicht tut, Immunität oder nicht, schicke ich Euch an Broadfoot zurück, indem ich Euch vor eine Kanone binde und bis nach Simla blase. Darauf könnt Ihr Euch verlassen. Gute Nacht, Mr. Flashman."

Der *Jemadar* führte uns durch ein Labyrinth von Korridoren, das auch nicht verwirrender war als mein Geisteszustand. Ich war hundemüde, immer noch schwer erschüttert und hatte weder die Geistesgegenwart noch den Willen, meinen enttarnten amerikanischen Adjutanten zu befragen. Der murmelte den ganzen Weg lang einen Strom von Entschuldigungen und Erklärungen vor sich hin. Er hätte sich selbst niemals vergeben, wenn mir etwas zugestoßen wäre, und ich musste stante pede an Broadfoot schreiben, um seine Zuverlässigkeit bestätigt zu bekommen. Er würde keine Ruhe geben, bis Gardners Anwürfe entkräftet worden seien.

„Alick meint es nicht böse, wir kennen uns seit Jahren, aber die Wahrheit ist doch, er ist eifersüchtig, wie Ihr sicher erkannt habt. Wir sind beide Amerikaner, und er hat keinen allzu hohen Rang erreicht, während ich Prinz und Botschafter gewesen bin. Natürlich, das Schicksal war mir in letzter Zeit nicht allzu freundlich gesonnen, weswegen ich jede ehrenvolle Stelle angenommen habe, die gerade zur Verfügung stand. Gott, ich habe wirklich keine Worte der Entschuldigung oder Erklärung, Sir, für meinen Fehler heute Nacht. Was müsst Ihr von mir denken, was wird Broadfoot denken? Aber ich hätte gerne, dass er die Wahrheit kennt, warum ich meinen Gouverneursposten verloren habe – es hatte nichts mit Münzfälscherei zu tun, nein, Sir! Ich spiele ein bisschen mit der Chemie herum, wisst Ihr, und da war dieses Experiment, das schief ging..."

Er quasselte immer noch, als wir meine Türe erreichten. Ich war erleichtert, dass dort zwei kräftige Wachen standen, vermutlich von Bhai Ram Singh geschickt. Jassa – mit diesem hässlichen Gesicht und dem afghanischen Gewand konnte ich ihn nicht anders nennen – schwor, er würde auch zur Stelle sein, von diesem Augenblick an, mir näher stehen als ein Bruder, er würde sich sein Bett hier im Durchgang machen...

Ich schloss die Türe, mein Kopf schwamm vor Müdigkeit, und ruhte mich einen Moment in gesegneter Stille und Ruhe aus, bevor ich unsicher durch den Mauerbogen in mein Schlafzimmer wankte. Zwei Lichter glühten schwach auf beiden Seiten des Polsters. Ich blieb stehen, und meine Nackenhaare stellten sich – wieder einmal! – auf. Es war jemand in dem Bett, und ein Hauch von Parfüm lag in der Luft. Bevor ich mich bewegen oder schreien konnte, flüsterte aus dem Halbdunkel eine Frauenstimme.

„Mai Jeendan muss nun genügend gespeist haben", sagte Mangla, „es ist fast schon Morgen."

Ich trat näher und starrte auf sie. Sie lag nackt unter einem durchsichtigen Schleier aus schwarzer Gaze, der wie ein Bettlaken über ihr ausgebreitet war. Im Pandschab müssen sie nichts darüber lernen, wie man sich erotisch darstellt, das kann ich Ihnen sagen. Ich sah sie an und schwankte, als ich ihr eine dämliche Frage stellte: „Was tust du hier?"

„Erinnert Ihr Euch nicht?", murmelte sie, und ich sah ihre Zähne aufblitzen, als sie von unten heraufflächelte. Ihr schwarzes Haar lag wie ein Fächer ausgebreitet. „Nachdem die Herrin gespeist hat, ist die Dienerin an der Reihe."

„Oh mein Gott," sagte ich, „ich bin nicht hungrig."

„Nein?", flüsterte sie. „Dann muss ich Euren Appetit wecken." Und sie setzte sich auf, langsam und geschmeidig. Der durchsichtige Schleier legte sich eng an ihren Körper. Sie zog einen Schmollmund. „Wollt Ihr kosten, *Husoor*?"

Einen Augenblick lang war ich versucht. Völlig ausgelaugt, nur mehr fit für den Schlachter, sehnte ich mich so sehr nach Schlaf wie nach der Erlösung von meinen Sünden. Aber als ich das großartige Wesen betrachtete, dass sich unter dem Schleier bewegte, dachte ich: Sei deinem eigenen Selbst treu! und wies die Versuchung von mir.

„Und ob ich will, meine Liebe!", sagte ich. „Hast du noch etwas von diesem fröhlichen Wein?"

Sie lachte leise und griff nach dem Becher neben dem Bett.

Wenn Sie Robinson Crusoe gelesen haben, werden Sie sich vielleicht an eine Stelle erinnern, wo er seine Leiden auf dem verlassenen Eiland aufwiegt wie ein Buchhalter, schlecht auf einer Seite, gut auf der anderen. Entmutigendes Zeug, hauptsächlich, wo er über seine Einsamkeit jammert, aber zum Schluss kommt, dass die Dinge schlechter stehen könnten und Gott ihn mit etwas Glück schon behüten wird. Verrückter Optimismus, behaupte ich mal, aber ich war auch noch nie schiffbrüchig, nicht so richtig, und Philosophie im Angesicht von Heimsuchungen ist meine Sache nicht. Aber ich habe sein System verwendet, als ich am zweiten Tag in Lahore erwachte, denn so viel war passiert in so kurzer Zeit, dass ich meine Gedanken ordnen musste. Also:

BÖSE	GUT
Ich bin abgeschnitten in einem wilden Land, das bald mit meinem eigenen im Krieg sein wird	*Ich erfreue mich diplomatischer Immunität, was die auch wert sein mag, und ich bin gesund, wenn auch erledigt.*
Ein Versuch wurde unternommen, mich umzubringen. Diese Irren würden eher Leute umbringen, als ihr Abendessen zu sich nehmen.	*Der Versuch ging daneben und ich stehe unter dem Schutz der Bienenkönigin, die bumst wie ein Hase. Auch Gardner wird sich um mich kümmern.*
Mein Adjutant ist anscheinend der größte Schurke seit Dick Turpin und auch noch ein Amerikaner	*Broadfoot hat ihn ausgewählt und weil ich keinen Grund habe anzunehmen, dass er mir feindselig gesinnt ist, werde ich ihn mit Falkenaugen beobachten.*

Verdammt soll Broadfoot sein, der mir diese Suppe eingebrockt hat, wenn ich sicher zu Hause sein und mit Elspeth schlafen könnte.

Quartier und Verpflegung sind 1A und eine nüchterne Mangla ist ein großartiges Erlebnis, wenn sie auch nicht mit einer betrunkenen Jeendan vergleichbar ist.

Wäre ich ein frommer Mann, würde der Allmächtige von mir ein paar gewisse Dinge hören, und das würde mir verdammt wenig bringen.

Nachdem ich ein Heide bin (wenn ich auch offiziell zur Church of England gehöre) und nicht auf göttliche Hilfe rechnen kann, werde ich noch vorsichtiger sein und meine Pistole bei der Hand haben

Das war also meine Bestandsaufnahme, erstellt in der schläfrigen Stunde, nachdem Mangla bei Tagesanbruch wie ein lieblicher Geist davon geschlüpft war. Meine erste Aufgabe musste sein, Jassa oder Josiah eingehender zu befragen, bevor ich seinetwegen eine Notiz an Broadfoot sandte. Also ließ ich ihn hereinkommen, während ich mich rasierte, beobachtete den schlauen Bergbewohner in meinem Spiegel und lauschte dem nicht dazu passenden Yankeegeschwätz, das er von sich gab. Seltsam genug, nach dem, was Gardner über ihn gesagt hatte, war ich bereit, ihm Glauben zu schenken. Sehen Sie, ich bin selbst ein Schuft, und ich weiß, dass wir Schurken nicht *immer* Böses vorhaben. Mir schien, als würde Jassa, der professionelle Glücksritter, in Broadfoots Diensten einfach die Zeit abwarten, bis sich etwas Besseres ergab. Die seltsamsten Fische geraten in die politischen Gewässer, es werden nicht zu viele Fragen gestellt, und ich spürte, dass ich ihn zumindest akzeptieren konnte, wenn ich ihm auch nicht vertraute. Wie Gardner war ich mir sicher, dass er bei dem Anschlag auf mein Leben nicht die Hand im Spiel gehabt hatte. Hätte er mich tot sehen wollen, hätte er mich bloß vom Balkon fallen lassen müssen, anstatt mich zu retten.

Es war auch beruhigend, jemanden meiner eigenen Art um

mich zu haben, jemanden, der auch noch den Pandschab und die Machtspiele hier in- und auswendig kannte. „Aber wie du gehofft hast, unerkannt durchzukommen, verstehe ich nicht", sagte ich. „Wenn du unter Runjeet eine so hohe Position inne hattest, muss dich doch das halbe Land kennen?"

„Das ist sechs Jahre her, und ich hatte einen Vollbart", antwortete er. „Ich rechnete damit, glattrasiert unerkannt zu bleiben, außer bei Alick, aber ich wollte ihm aus dem Weg gehen. Nun, es spielt keine Rolle", fügte er ruhig hinzu, „nirgendwo gibt es Steckbriefe von Joe Harlan."

Er war durch und durch ein Schurke, sodass ich ihn beinahe mochte. Selbst jetzt würde ich nicht sagen, dass ich damit falsch lag. Er hatte ein gute Nase für Politik, und er hatte sie an diesem Morgen in der Festung schon eingesetzt.

„Jawaheer scheint Glück zu haben. Der ganze Palast weiß, dass er versucht hat, Euch zu töten, und die Gerüchte besagten, dass die Maharani ihn verhaften lassen würde. Aber gleich am Morgen hat sie ihn in ihr Boudoir kommen lassen, umarmte ihn lächelnd und trank auf seine Versöhnung mit der Khalsa. Sagten jedenfalls ihre Dienerinnen. Es scheint, dass Dinanath und Azizudeen für ihn Frieden geschlossen haben. Sie waren draußen und haben im Morgengrauen mit den *Panches* gesprochen. Jawaheers Erscheinen an diesem Nachmittag ist nur mehr eine Formalität. Er und die gesamte königliche Familie wird eine Truppenparade abnehmen – auch Ihr werdet eingeladen werden, damit Ihr Broadfoot berichten könnt, dass im Durbar von Lahore alles in Ordnung ist ." Er grinste. „Ja, Sir, Ihr werdet ein ordentliches Paket an Nachrichten für Simla haben. Wie sendet Ihr Eure Codenachrichten – über Mangla?"

„Wie du selbst gesagt hast, Doktor, warum soll ich dir etwas sagen, dass selbst Broadfoot dir nicht erzählt hat? Bist du eigentlich wirklich ein Doktor?"

„Kein Diplom", sagte er ehrlich, „aber ich habe zu Hause in Pennsylvania Chirurgie studiert. Ja, ich wette, es ist Mangla. Die kleine Katze lässt sich von jedermann bezahlen, warum also nicht auch von der Company? Einen Rat habe ich: Schlaft mit ihr, so viel ihr dazu Lust habt, aber traut ihr nicht – auch nicht Mai Jeendan." Und bevor ich ihn noch für seine Frechheit verfluchen konnte, verschwand er, um seine, wie er es nannte, Ausgehuniform anzulegen.

Das bedeutete, sein bestes Gewand, für unseren Auftritt im Durbar zu Mittag, mit Flashy im vollen Ornat, Gehrock und Zylinder. Ich machte meine offizielle Verbeugung vor dem kleinen Dalip auf seinem Thron. Man hätte den lebhaften Zwerg von gestern in der winzigen königlichen Figur in Silber nicht wieder erkannt. Er nickte sehr herablassend mit seinem agraffenbesetzten Turban, als ich von Lal Singh, der auch zweiter Minister war, präsentiert wurde. Jawaheer war nirgends zu sehen, aber Dinanath, Azizudeen und Bhai Ram Singh waren anwesend, ernst wie Priester. Es war schon seltsam, weil alle wussten, dass ihr Wazir versucht hatte, mich zu ermorden, und dass ich es hier, im gleichen Raum, mit ihrer Maharani getrieben hatte. Nicht einmal ein leises Zucken zeigte sich auf den gutaussehenden, bärtigen Gesichtern. Verdammt guten Stil haben sie, diese Sikhs.

Hinter Dalips Thron hing ein kostbarer Spitzenvorhang, der Purdah seiner Mutter, der Maharani. Es war der Brauch hochstehender indischer Damen, sich zu verbergen, wenn sie nicht gerade auf Orgien tanzten. Vor dem Vorhang stand Mangla, unverschleiert, aber züchtig gekleidet, und so formell, als hätten wir uns nie zuvor gesehen. Ihre Pflicht war es, die Worte ihrer Herrin hinter dem Vorhang an uns weiterzugeben. Sie erledigte das ganz korrekt, hieß mich in Lahore willkommen, rief Segen auf meine Arbeit herab und lud mich schließlich dazu ein, Seine Majestät am Nachmittag zu begleiten, wenn er zur Truppenschau ging, wie Jassa es vorhergesagt hatte.

„Du wirst auf einem Elefanten reiten!", quiekte die genannte Majestät und vergaß einen Augenblick lang seine königliche Würde. Unter den vorwurfsvollen Blicken seines Hofstaates versteifte er sich wieder. Ich sagte würdevoll, dass ich mich über alle Maßen geehrt fühlte, er schenkte mir ein kleines scheues Lächeln und dann ging ich rückwärts aus dem Saal. Ich wandte mich erst um und setzte meinen Zylinder wieder auf, nachdem ich den Teppich im Eingang erreicht hatte. Zu meiner Überraschung kam Lal Singh mir nach, nahm lächelnd meinen Arm und bestand darauf, mich im Arsenal und der Waffenschmiede herumzuführen, die nahe dem Schlaf-Palast lagen. Nachdem ich die halbe Nacht mit seiner Geliebten verbracht hatte, fand ich diese Freundlichkeit beunruhigend, bis er ganz offen und ehrlich über sie sprach.

„Mai Jeendan hatte gehofft, aus dem Purdah herauszukommen, um Euch nach dem Durbar zu begrüßen", vertraute er mir an, „aber sie ist ein wenig betrunken von den Toasts auf ihren abscheulichen Bruder. Ein vergeblicher Versuch, ihm Mut einzuflößen. Ihr habt keine Ahnung, welcher Schwächling er ist! Der Gedanke, der Khalsa gegenüberzutreten, entmannt ihn fast. Selbst jetzt, wo alles geregelt ist. Aber sie wird sicher nachher nach Euch senden, sie hat wichtige Botschaften für den Gesandten des Sirkar."

Ich sagte, ich würde Ihrer Majestät zur Verfügung stehen, und er lächelte.

„Das habe ich gehört!" Ich starrte ihn an, und er lachte laut: „Mein lieber Freund, Ihr seht mich an, als wäre ich Euer Rivale! Glaubt mir, bei Mai Jeendan gibt es so etwas nicht! Sie ist ihre eigene Herrin. Lasst uns Glückliche dafür Gott danken. Nun sagt mir Eure Meinung zu diesen Pandschab-Musketen – sind sie nicht genauso gut wie Eure Brown Bess?"

Damals war ich voller Misstrauen, erst später erkannte ich, dass Lal Singh jedes Wort meinte, das er sagte. Und Mai Jeendan war das Letzte, worüber er mit mir an diesem Tag sprechen wollte. Nachdem wir die Handwaffen besichtigt hatten, welche in beeindruckenden Mengen gelagert waren, und die Schmiede und den Guss einer großen weißglühenden Neunpfünder-Kanone und den Regen aus Bleikugeln, der sich in der Munitionshalle in dampfende Fässer ergoss, stimmte ich zu, dass das Arsenal der Khalsa verglichen mit dem unseren gut abschnitt. Er nahm mich ganz vertraulich beim Arm, als wir weitergingen.

„Ihr habt Recht", sagte er, „aber Waffen sind nicht alles. Am Tag der Schlacht liegen Sieg oder Niederlage bei den Generälen. Falls die Khalsa jemals ins Feld zieht, mag das wohl unter meiner und Tej Singhs Führung geschehen." Er seufzte, lächelte und schüttelte den Kopf. „Manches Mal frage ich mich, wie wir uns halten würden gegen einen so erfahrenen Kämpfer wie Euren Sir Hugh Gough. Was denkt Ihr, Flashman Sahib?"

Verwundert sagte ich, dass Gough nicht der größte Stratege seit Napoleon war, aber wahrscheinlich der zäheste. Lal Singh nickte, strich über seinen Bart und lachte dann fröhlich. „Nun, wir müssen darauf hoffen, dass sich diese Frage niemals stellen wird, oder? Wir werden in einer Stunde nach Maian Mir aufbrechen, darf ich Euch vorher eine Erfrischung anbieten?"

Es ist so teuflisch, dieses Volk, dass man nie weiß, was es vorhat. Wollte er andeuten, dass er bereit war zu kämpfen? Versuchte er, mich zu verwirren? Quatschte er einfach zu viel? Was immer auch seine Absicht war, er musste doch wissen, dass nichts, was er sagen konnte, Gough dazu bringen könnte, seine Wachsamkeit zu vernachlässigen. Das war alles ziemlich interessant und ließ mich nachdenken, bis die Hörner erklangen und den Aufbruch des königlichen Zuges nach Maian Mir ankündigten.

Die Prozession war draußen vor dem Leuchtenden Tor aufgestellt, und als ich sie sah, dachte ich: das ist Indien. Es war, als wäre 1001 Nacht zum Leben erwacht: Zwei Bataillone der Palastwache in ihren roten und gelben Seidengewändern und in ihrer Mitte ein halbes Dutzend Elefanten. Sie waren prächtig aufgezäumt mit blaugoldenen Satteldecken, die bis zum Boden reichten, und juwelenbesetztem Geschirr auf ihren Köpfen. Ihre Stoßzähne und sogar die Spitzen der Stäbe ihrer Mahouts waren vergoldet. Die Howdahs sahen aus wie kleine bunte Paläste mit Minaretten und seidenen Dächern. Sie schwankten sanft, als die großen Tiere sich bewegten und trompeteten. Ihre Treiber versuchten sie zu beruhigen, während sie auf ihre königliche Fracht warteten. Reiter in Stahlpanzern, die wie Silber in der Sonne glänzten, ritten mit gezogenen Säbeln die Elefanten-Reihe auf und ab. Wie ein Uhrwerk formierten sie sich zu einer Gasse vor dem Tor für

Träger, die riesige Satteltaschen voller Münzen heranschlepp-
ten. Vor ihnen gingen die Kämmerer, welche die Anbringung
der Taschen auf dem zweiten und dritten Elefanten überwachten. Als einige der Münzen klingelnd in den Staub fielen,
erklang aus der Menge, die sich versammelt hatte, um den
Aufbruch mitanzusehen, ein geseufztes „Oh! Oh!". Zwei oder
drei der Reiter lehnten sich aus ihren Sätteln, hoben die Münzen auf und warfen sie über die Köpfe der steif dastehenden
Wachen in die Menge, die schrie und sich sofort darum raufte.
Für ein Land, das angeblich am Rande der Pleite war, schien es
genug *Pice*ˈ zu geben, um sie den Bettlern hinzuwerfen.

Zwei der Kämmerer bestiegen den dritten Elefanten. Jetzt
kam eine kleine Gruppe von Höflingen, angeführt von Lal
Singh und alle in Grün und Gold gekleidet. Sie bestiegen die
fünfte Howdah. Ein Kämmerer, der Jassa und mich geleitet
hatte, deutete uns an, dass wir den vierten Elefanten nehmen
sollten. Wir kletterten hinauf, ich ließ mich in der Howdah
nieder, und das leise Gemurmel der Menge bekam einen
neuen Unterton. Ich wusste genau, warum. Sie fragten sich,
wer ist dieser Fremde, der Vorrang vor den Höflingen
genießt? Er muss schon ein wichtiger Ungläubiger sein, ohne
Zweifel ein Sohn der englischen Königin oder ein jüdischer
Geldverleiher aus Karatschi. Na gut, lassen wir das ungläubige
Schwein hochleben. Ich zog meinen Zylinder und blickte hinaus über die erstaunliche Szenerie: Vor uns die großen Mam-
muts mit ihren schwankenden Howdahs, auf jeder Seite Reiter,
die gelb gekleideten Wachen und dahinter ein Meer aus braunen Gesichtern. Die Wälle, zu beiden Seiten des Leuchtenden
Tors waren voller Schaulustiger, genau wie die Gebäude dahinter. Und die große Säule des *Summum Boorj* überragte alles.
Der Lärm der Menge stieg an, unter meinem Elefanten gab es
Unruhe. Die gelbe Reihe der Wachen öffnete sich, um eine
wilde Gestalt durchzulassen, die herumsprang und mir zu-
winkte. Es war ein stämmiger Ghazi mit Patronengurt und
Bart bis zum Bauch, der in Pushtu rief:

„Ai-eee! Blutige Lanze! Ich bin es, Shadman Khan! Erinnerst du dich an mich? *Salaam*, Soldat, hipp-hipp-hurrah!"

ˈKupfermünzen

Nun, ich erinnerte mich nicht, aber offensichtlich war er jemand aus den alten Tagen, also hob ich meinen Hut noch einmal und rief: *„Salaam*, Shadman Khan!" Er schrie freudig auf und brüllte auf Englisch: „Haltet aus, 44.!" Für einen Augenblick lang sah ich den blutigen Schnee von Gandamack, als die Überreste des 44. von den Stammeskriegern niedergemacht wurden, die ihre Position überrannt hatten – und ich fragte mich, auf welcher Seite er damals wohl gestanden hatte (Später erinnerte ich mich, dass unter den Schurken, die mich in Gul Shahs Kerker gefangen hielten, ein Shadman Khan gewesen war, und ein weiterer dieses Namens bei jener Gruppe, die uns '57 in Jhansi vor den Thugs rettete und auf dem Weg nach Cawnpore unsere Pferde stahl. Ich frage mich, ob sie alle derselbe Mann waren. Es hat mit meiner derzeitigen Erzählung nichts zu tun, nur ein Vorfall vor dem Leuchtenden Tor. Aber ich glaube, es war derselbe Mann, man wechselte in den alten Tagen ständig die Seiten.)

Plötzlich war es still, nur süße Musik war zu hören und aus dem Tor kam ein Musikantenzug, dem eine kleine goldene Figur auf einem weißen Pony folgte. Ein donnerndes *Salaam* erklang von der Menge: „Maharadscha! Maharadscha!", als der kleine Dalip von einem reichgekleideten Höfling aus dem Sattel gehoben wurde. Voller Schreck erkannte ich Jawaheer Singh. Er schien nüchtern genug zu sein, und ich habe selten einen Mann so eifrig grinsen sehen wie ihn, als er Dalip auf seine Schultern hob und der Menge bedeutete, ihn hochleben zu lassen. Sie brüllten laut genug, aber ich hörte einen unzufriedenen Unterton, der wohl für Jawaheer gedacht war. Er bestieg mit Dalip den ersten Elefanten. Dann stapfte Gardner aus dem Tor und starrte grimmig nach links und rechts. Ihm folgten seine schwarzgekleideten Männer, die einen *Palkï* begleiteten, neben dem die unverschleierte Mangla ging. Sie blieben stehen, Mangla zog die Vorhänge zurück und half der Maharani Jeendan heraus, ganz in schimmerndes Weiß gekleidet. Obwohl sie einen halbdurchsichtigen Purdah-Schleier trug, erkannte ich sie. Diese Figur würde ich überall erkennen. Anscheinend hatte sie ihren Rausch überwunden, denn sie

'Sänfte mit Vorhängen

ging ruhig und sicher zu dem zweiten Elefanten, und Gardner half ihr hinauf, während das begeisterte Geschrei der Menge immer mehr anschwoll – man kann es nicht bezweifeln, jeder liebt Nell Gwynn. Mangla kletterte zu ihr hinauf. Gardner trat zurück und sah sich die Prozession noch einmal an, der gute Leibwächter auf der Suche nach Problemen.

Sein Blick glitt über mich und blieb für einen Augenblick an Jassa hängen. Dann gab er das Signal, die Musikanten spielten einen Marsch, der Elefant trompetete und bewegte sich unter uns, und wir wankten davon unter dem Knarren des Geschirrs und dem Klirren der Reiter. Die Menge schrie noch einmal laut auf, und Staub wirbelte von den Tritten der Wachen auf.

Wir umrundeten die hohen Wälle der Stadt, dicht gepackt mit Menschen, die Blüten auf uns herabwarfen und Segenssprüche für den kleinen Maharadscha riefen. Wie die Ameisen schwärmten sie auf den Rampen des Kashmir-Tores. Dann, als wir gerade um die Mauer unter der riesigen Halbmond-Bastion zogen, hörten wir einen weit entfernten Kanonenschuss und noch einen und noch einen (187 sollen es gewesen sein, auch wenn ich sie damals nicht gezählt habe). Die Elefanten quiekten erschrocken, die Howdahs schwankten so stark hin und her, dass wir uns festhalten mussten, um nicht hinausgeschleudert zu werden. Die Mahouts lagen flach auf den Köpfen ihrer Tiere und beruhigten sie mit Stimme und Stab. Als wir am Delhi-Tor vorbeizogen, hörte das Schießen auf und wurde von einem entfernten Marschtritt ersetzt, Tausende marschierender Männer. Ich lehnte mich vor, als die Prozession sich von der Stadt wegbewegte, und sah ein erstaunliches Schauspiel.

In tadelloser Linie bewegten sich vier Bataillone der Khalsa auf uns zu, eine solide Mauer aus Infanterie, eine halbe Meile breit von Flügelmann zu Flügelmann. Der Staub stieg vor ihnen in einer tiefhängenden Wolke auf. Zuvorderst gingen die Trommler und Standartenträger. Damals wusste ich es nicht, aber sie waren wirklich auf dem Weg nach Lahore, um Jawaheer mit Gewalt zu holen, nach einem Tag des Wartens hatten sie die Geduld verloren. Man konnte den Zweck erkennen in dem grimmigen, unaufhaltbaren Anmarsch dieser disziplinierten Truppe. Die grünen Jacken der Sikh-Infanterie und die blauen Turbane der Dogras waren auf der einen Seite, die scharlachroten Röcke und Tschakos der regulären Fußtruppen auf der rechten Seite.

Unser Zug wurde langsamer und blieb beinahe stehen, aber mit den Howdahs von Jeendan und den Kämmerern vor mir konnte ich nicht erkennen, was mit Jawaheer geschah. Ich konnte ihn aber hören, er rief mit schriller Stimme, und die gepanzerten Reiter formierten sich um seinen Elefanten, während die Wachen einfach weitermarschierten. Unser Zug bewegte sich vorwärts in Richtung des Zentrums der Linie der Khalsa, und als es schien, als müssten wir zusammenstoßen, teilte sich die herankommende Truppe in der Mitte. Ich habe noch nie etwas gesehen, was diesem exakten Drill gleichkam, noch nicht einmal bei den Horse Guards. Ich sah zu, wie sie an unseren gelbgekleideten Wachen vorbeischritten und fragte mich einen Moment lang, ob sie an uns vorbeiziehen wollten, aber ein stämmiger *Rissaldar-Major* brach auf einer Seite hervor, brachte sein Pferd in der Mitte des Zuges zum Stehen, erhob sich in seinen Steigbügeln und brüllte genau im richtigen Moment mit einer Stimme, die man noch in Delhi gehört haben musste: „Bataillone – kehrt Marsch!"

Ein donnernder Eins-Zwei-Drei-Vier-Schritt ertönte, als sie kehrtmachten und dann mit uns in die entgegengesetzte Richtung zogen, eine solide Wand aus zweitausend Mann Infanterie auf jeder Seite, Tschakos und rote Mäntel auf der rechten, blaue und grüne Turbane auf der linken Seite. Nun, dachte ich, ob Jawaheer sie jetzt als Gefangeneneskorte oder als Ehrengarde sieht, er kann sich nicht beklagen, dass sie ihn nicht stilvoll empfangen haben. Ich konnte ihn lobend „Shabash!" rufen hören, und auf dem Elefanten vor uns waren die Kämmerer aufgestanden und schaufelten Rupien aus den Körben. Sie streuten sie über die Köpfe der Wachen in die Reihen der Khalsa. Die Münzen glitzerten wie silberner Regen, als sie zwischen die marschierenden Sikhs fielen – und nicht ein Mann wandte den Blick nach ihnen oder hielt inne. Die Käm merer schaufelten, als ginge es um ihr Leben, sie leerten die Körbe und bedeckten den Staub mit ihren Rupien und riefen den Truppen zu, dass dies die Gabe ihres liebenden Monarchen und seines Wazir Radscha Jawaheer Singh, Gott möge ihn segnen, war. Aber die Khalsa beachteten sie nicht, als wäre es Vogeldreck, der vor ihnen niederfiel. Hinter mir hörte ich Jassa murmeln: „Spar dir deine Dollars, mein Junge, sie kaufen nichts."

Ein weiterer gebrüllter Befehl des *Rissaldar-Major* und die uns eskortierenden Bataillone kamen zum Stillstand, während der Staub um sie herumwirbelte. Unser Zug bewegte sich schwerfällig weiter und drehte nach links, als wir aus den grimmigen Reihen herauskamen. Als unser Tiere den vorderen folgte, war ganz plötzlich an unserer rechten Flanke die gesamte Khalsa zu sehen, zur Musterung aufgestellt, Reiterei, Fußsoldaten und Geschütze, Schwadron nach Schwadron, Bataillon nach Bataillon, so weit das Auge nur reichte.

Ich hatte sie zuvor schon gesehen und war beeindruckt gewesen, was ich jetzt fühlte, war Ehrfurcht. Damals waren sie beim Exerzieren gewesen, jetzt standen sie totenstill in Habt-Acht-Stellung, 80.000 Mann und nicht eine Bewegung außer den Fähnchen an den Lanzen, die sich in der sanften Brise leicht regten, und einem Pferd, das seine Mähne schüttelte. Es ist seltsam: Das Trampeln unserer Wachen und das Knarren der Elefantengeschirre muss laut genug gewesen sein, um Tote aufzuwecken, aber alles, woran ich mich noch erinnern kann, ist die Stille, während wir langsam an der riesigen Armee vorbeizogen.

Eine schrille Stimme erklang plötzlich vom zweiten Elefanten, und verdammt will ich sein, wenn nicht Mangla und Jeendan genauso Bakschisch verteilten wie zuvor die Kämmerer. Sie riefen den Soldaten zu, die Gabe doch anzunehmen, sich ihres Eides an den Maharadscha zu erinnern und um der Ehre der Khalsa willen treu zu ihrem Wort zu stehen. Immer noch bewegte sich kein Mann, und als die Stimmen der Frauen erstarben, fühlte ich ein Schaudern trotz der Hitze der untergehenden Sonne. Irgend jemand rief das Kommando zum

Halten und langsam blieben die Elefanten stehen.

Vor uns, neben dem Führungselefanten, lag eine kleine Gruppe von Zelten und einige höhere Offiziere standen davor. Akalis gingen unseren Zug entlang und riefen den Mahouts zu, uns absteigen zu lassen. Als unser Elefant auf die Knie sank, fühlte ich nur Erleichterung. Man ist verdammt sichtbar in einer Howdah, kann ich Ihnen sagen, vor allem wenn einen 80.000 bärtige, grimmige Gesichter auf Kernschußweite anstarren. Hufe klapperten. Gardner kam zum zweiten Elefanten und befehligte die Diener, welche Jeendan und Mangla herunterhalfen und sie zu einem der Pavillions führten, wo Mägde auf sie warteten. Die hübschen bunten Gestalten in Seide und Gaze waren völlig fehl am Platz vor dem großen, kriegerischen Haufen in Leder, Stahl und Leinen. Gardner fing meinen Blick auf und deutete mit dem Kopf. Ohne auf eine Leiter zu warten, glitt ich zum Boden hinab, mit so viel Würde, wie ich konnte, und hielt meinen Zylinder fest. Jassa folgte mir und ich sah, dass Lal Singh und die Höflinge ebenfalls schon abgestiegen waren. Ich ging zu Gardners Pferd und bemerkte, dass nur noch Jawaheers Elefant stand, er saß in der Howdah, hielt Dalip an sich gedrückt und beschwerte sich schrill bei den Akalis, die seinem Mahout zornig befahlen, das Tier niederknien zu lassen.

Ein weiterer Befehl wurde gebrüllt, und jetzt marschierten die gelbgekleideten Wachen davon, die gepanzerten Reiter vorne weg. Da stand Jawaheer auf und forderte, ihm zu sagen, wo seine Eskorte hinging. Er schrie seinem Mahout zu, den Elefanten nicht knien zu lassen. Er regte sich ziemlich auf, und als er den Kopf wandte, sah ich in der Agraffe seines Turbans den großen Diamanten aufleuchten. Guter Gott, das ist Jeendans Nabelschmuck, der kommt aber wirklich herum, dachte ich. Gardner lehnte sich aus dem Sattel und sprach in schnellem Englisch:

„Geht und helft dem Maharadscha herunter – geht schon, Mann, schnell! Das wird den Truppen gefallen – macht einen guten Eindruck! Holt ihn, Flashman!"

Alles geschah in Sekundenbruchteilen. Da stand ich und

wusste nur, dass Jawaheer sich mächtig aufregte über den Empfang, den man ihm bereitete, dass Gardner mir einen Vorschlag gemacht hatte, der ein exzellenter diplomatischer Gedanke war – der nette englische Gentleman leistet dem heidnischen Prinzchen ein wenig Hilfe vor dessen versammelten Truppen. Aber noch während er sprach, sah ich, dass ein Akali hinauf in die Howdah geklettert war und scheinbar versuchte, Dalip wegzuziehen. Jawaheer schrie, der Akali schlug ihn ins Gesicht, Jawaheer ließ das Kind fallen und duckte sich weg. Hinter meinem Rücken erklang das Zischen von blankgezogenem Stahl. Als ich mich erschreckt umdrehte, hatte mich ein halbes Dutzend Sikhs beinahe erreicht, mit gezogenen *Tulwars* und Mordlust in den Augen.

Ich ließ es sein, Gardner zu sagen, er solle den Maharadscha doch selbst holen. Ich rannte an seinem Pferd vorbei, schnell wie ein Windhund, und genau in den Hintern des Elefanten. Mit einem Entsetzensschrei prallte ich vor den angreifenden Sikhs zurück, drehte mich weg, um unter die herabhängende Satteldecke des Elefanten zu kommen, stolperte, blieb hängen und kämpfte mich wieder frei – und irgend etwas traf mich mit voller Wucht zwischen den Schultern und warf mich auf die Knie. Wild griff ich hinter mich und hatte den kleinen Dalip in meinen Armen, der von oben heruntergefallen war. Ein Mob von rasenden Verrückten stieß mich zur Seite, um an den Elefanten zu kommen.

Von oben kam ein erstickter Schrei, und Jawaheer hing mit ausgestreckten Armen über der Seite der Howdah, einen Speerschaft in der Brust, das Blut rann ihm aus dem Mund und ergoss sich über mich. Die Angreifer schwärmten in die Howdah und schlugen nach ihm, plötzlich war sein Gesicht eine blutende Masse, sein Turban fiel herunter, und die ganze Länge blutgetränkter Seide wickelte sich um mich. Gardners Pferd stieg vor mir in die Höhe, Männer brüllten und Frauen kreischten. Ich hörte das grässliche Geräusch, als die *Tulwars* in Jawaheers Fleisch schnitten. Er schrie immer noch und alles war voll Blut, in meinen Augen, meinem Mund und auf Dalips goldenem Mantel. Ich wollte ihn abschütteln, aber die kleine

Pest hatte sich an meinen Hals geklammert und ließ nicht los. Jemand nahm meinen Arm – Jassa, eine Pistole in der freien Hand. Gardner zwang sein Pferd zwischen uns und die Schlachterei, schlug die Pistole aus Jassas Griff und schrie ihn an, uns wegzubringen. Ich stolperte, immer noch mit dem verflixten Kind um den Hals, auf die Zelte zu. Es hatte keinen Laut von sich gegeben.

Das Turbantuch hatte sich um mein Gesicht geschlungen. Als ich das widerliche Ding weggezogen hatte und auf die Knie sank, hing Dalip immer noch an meiner Hand. In der anderen, tropfnass vom Blut seines Onkels, hielt er den großen Diamanten, der aus Jawaheers Agraffe gefallen war. Wie der Bengel ihn geschnappt hatte, weiß nur Gott allein, aber er war da und füllte beinahe die kleine Hand aus. Dalip starrte mich aus großen runden Augen an und piepste. „Koh-i-Noor! Koh-i-Noor!" Dann wurde er von mir weggezogen, und als ich wieder auf die Füße kam, sah ich, dass seine Mutter ihn in den Armen hielt. Ihr weißer Sari und der Schleier wurden blutig.

„Sohn Gottes!", stöhnte Jassa auf und an ihm vorbei sah ich, wie Jawaheer, von Kopf bis Fuß blutüberströmt, über die Seite der Howdah rutschte und Kopf voran in den Staub stürzte. Das Leben lief mit seinem Blut aus ihm heraus. Immer noch hackten und schlugen diese Irren nach der Leiche, manche schossen sogar ihre Musketen und Pistolen leer, bis die Luft nach Schwarzpulver stank.

Es war Gardner, der uns in eines der kleineren Zelte drängte, während seine schwarzen Wachen Jeendan, Dalip und die kreischenden Frauen umringten und sie zum Hauptzelt führten. Er warf einen raschen Blick auf den Mob, der um Jawaheers Leiche herumtobte, und schloss dann unser Zelt. Er atmete schwer, war aber völlig ruhig.

„Nun, wie gefällt Euch diese Art von Kriegsgerichtsverfahren, Mr. Flashman?" Er lachte leise. „Die Gerechtigkeit der Khalsa – diese verdammten Narren."

Ich zitterte immer noch wegen ihrer schockierend plötzlichen Grausamkeit. „Wusstet Ihr, was geschehen würde?"

„Nein, Sir", sagte er ruhig, „aber nichts in diesem Land kann mich mehr überraschen. Beim Allerhöchsten, Ihr seid vielleicht ein Anblick! Josiah, hol Wasser und hilf ihm, sich zu säubern! Ihr seid doch nicht verwundet? Gut – jetzt verhaltet euch ruhig und bleibt hier, alle beide. Es ist nun mal geschehen, versteht Ihr? Diese verdammten Narren – hört euch das an, sie feiern ihre eigene Beerdigung! Rührt euch nicht von der Stelle, bis ich wiederkomme!"

Er schritt hinaus und ließ uns zurück, um zu Atem und zum Denken zu kommen. Wenn Sie sich fragen, was meine Gedanken waren, während Jassa das Blut von meinem Gesicht und meinen Händen wusch, werde ich es Ihnen sagen. Erleichterung und auch Befriedigung, dass das Kapitel Jawaheer beendet und mir nichts Schlimmeres geschehen war, als dass mein Gehrock ruiniert wurde. Nicht, dass sie hinter mir hergewesen wären, aber wenn man einen Zusammenstoß dieser Art überlebt, dann sollte man das auf Robinson Crusoes „Gut"-Seite schreiben, in Großbuchstaben.

Jassa und ich teilten uns meinen Flachmann. Ungefähr eine halbe Stunde lang saßen wir da und lauschten auf die Rufe und das Gelächter der feiernden Mörder und die Klagen aus dem Zelt nebenan, während ich diesen neuesten von Lahores Schrecken verdaute und mich wunderte, wozu er führen würde.

Ich nehme an, die Zeichen waren am Tag davor schon zu erkennen, im Zorn der *Panches* der Khalsa und Jawaheers Furcht in der letzten Nacht. Auch wenn es diesen Morgen geheißen hatte, dass alles in Ordnung war. Ja, um ihn mit falschen Hoffnungen vor die Khalsa zu locken, in ein Verderben, das bereits feststand. Hatten seine Friedensboten, Azizudeen und Dinanath, gewusst, was geschehen würde? Hatte es seine Schwester gewusst? Hatte Jawaheer es selbst gewusst und war machtlos gewesen, es abzuwenden? Und jetzt, da die Khalsa ihre Zähne gezeigt hatte, würde sie über den Sutlej marschieren? Würde Hardinge, wenn er von einem neuen blutigen Staatsstreich hörte, intervenieren? Oder würde er immer noch warten? Schließlich war das in diesem schrecklichen Land ja nichts Neues.

Ich wusste damals nicht, dass die Ermordung Jawaheers ein

Wendepunkt war. Für die Khalsa war es nur ein weiterer Beweis ihrer Macht, ein weiteres Todesurteil für einen Anführer, der ihnen missfiel. Sie erkannten nicht, dass sie damit die Macht dem rücksichtslosesten Herrscher zugespielt hatten, den der Pandschab seit Runjeet Singh gesehen hatte. Sie war im nächsten Zelt und schrie und klagte so laut und lange, dass der laute Mob draußen schließlich mit dem Feiern und Plündern des Elefantenzuges aufhörte. Das Lachen und Schreien erstarb, nur ihre Stimme war zu hören, sie weinte und schrie abwechselnd. Dann war sie plötzlich nicht mehr in ihrem Zelt, sondern draußen. Gardner schlüpfte durch den Zeltvorhang herein und bedeutete mir, zum Eingang zu kommen. Ich ging und schaute vorsichtig hinaus.

Es war inzwischen völlig dunkel, aber der Platz vor den Zelten war von den Fackeln in den Händen der tausenden Khalsa-Soldaten taghell erleuchtet. Stumm starrten sie auf den Fleck, wo Jawaheers Körper immer noch auf der blutgetränkten Erde lag. Die Elefanten und die Regimenter waren verschwunden. Alles, was blieb, war dieser große Ring aus schweigenden bärtigen Gesichtern (einer davon trug meinen Zylinder, verdammt sei seine Frechheit!), die verkrümmte Leiche und die kleine weißgekleidete Figur der Maharani. In tiefstem Schmerz jammerte sie und trommelte auf die Erde. Ganz nahe, die Augen auf die Khalsa gerichtet und die Hände an den Griffen ihrer Waffen, standen Gardners schwarze Wachen.

Sie warf sich über den Körper, umarmte ihn und rief ihn an. Dann kniete sie sich wieder hin, heulte laut und begann, sich hin- und herzuwiegen. Sie riss an ihrer Kleidung wie ein wildes Tier, bis sie nackt bis zur Taille war. Ihr offenes Haar flog von einer Seite zur anderen. Vor diesem schrecklichen unkontrollierten Gefühlsausbruch wichen die Zuseher einen Schritt zurück, einige wandten sich ab und verbargen das Gesicht in den Händen, einer oder zwei wollten sogar zu ihr gehen, wurden aber von ihren Gefährten zurückgehalten. Dann stand sie plötzlich auf den Beinen, schüttelte ihre kleinen Fäuste und schrie ihren Hass hinaus.

„Abschaum! Ungeziefer! Läuse! Schlächter! Feige Söhne

entehrter Mütter! Hunderttausend von euch gegen einen – ihr tapferen Kämpfer der Khalsa, ihr Helden des Pandschab, ihr nasenlose Bastarde von Eulen und Schweinen, die ihr euch eurer Erfolge gegen die Afghanen und eures Könnens rühmt, das ihr gegen die Engländer zeigen werdet! Ihr, die ihr vor einem englischen Straßenkehrer und einer Hure aus Khabul davonlaufen würdet! Oh, ihr habt den Mut eines Schakalrudels, auf eine arme unbewaffnete Seele loszugehen. Ach, mein Bruder, mein Bruder, mein Jawaheer, mein Prinz!" Jetzt weinte sie wieder, schwankte hin und her, ließ ihr langes Haar über seine Leiche gleiten. Dann bückte sie sich, um das entsetzliche Ding an ihre Brust zu drücken, während ein hoher, zitternder Laut aus ihrer Kehle kam, der nur langsam verstummte. Sie sahen ihr zu, einige grimmig, andere unbeeindruckt, die meisten aber entsetzt und verstört über die Stärke ihres Kummers.

Dann legte sie den Körper wieder nieder, nahm einen *Tulwar* vom Boden auf, kam auf die Füße und fing an, vor ihnen langsam auf und ab zu gehen. Sie wandte ihren Kopf, um ihre Gesichter sehen zu können. Es war ein Anblick, der einen zum Schaudern brachte. Die schmale, anmutige Gestalt, ihr weißer Sari in Fetzen um ihre Hüfte, ihre bloßen Arme und Brüste verschmiert mit dem Blut ihres Bruders, die nackte Waffe in der Hand. Sie sah aus wie eine rächende Furie aus den Legenden, als sie ihr Haar zurückwarf und ihren Blick über den stummen Kreis aus Gesichtern gleiten ließ. Ein beunruhigender Anblick, wenn Sie verstehen, was ich meine. Ich habe einmal ein Bild gesehen, das nach ihr hätte gezeichnet sein können: Klytemnestra nach Agamemnons Tod, kalter Stahl und nackter Busen, verdammt sollt ihr sein. Plötzlich blieb sie neben der Leiche stehen, wandte sich den Männern zu und ihre Stimme war so hart und kalt und klar wie Eis, als ihre leere Hand langsam über ihre Brust, ihren Hals und ihr Gesicht strich.

„Für jeden Tropfen dieses Blutes werdet ihr eine Million Tropfen geben. Ihr, die Khalsa, die Reinen. So rein wie Schweinemist, tapfer wie Mäuse, geehrt wie die Zuhälter am Bazaar, nur geeignet um..." Ich werde ihnen nicht sagen, wofür sie geeignet waren, aber es klang noch viel obszöner, weil es ohne eine Spur von Zorn gesagt wurde. Und sie zuckten davor zurück – oh, es gab zornige Gesichter und Fäuste wurden geschüttelt, aber die meisten von ihnen konnten nur erstarren wie das Kaninchen vor der Schlange. Ich habe Frauen gesehen, meistens königliche, die starke Männer einschüchtern konnten: Ranavalona mit ihrem Basiliskenblick oder Irma (meine zweite Frau, wissen Sie, die Großherzogin) mit ihren befehlenden blauen Augen. Lakshmibai von Jhansi hätte die Khalsa mit einem leichten Heben ihres Kinns zu Eis erstarren lassen. Jede auf ihre eigene Art. Jeendan gelang es, weil sie die Männer völlig verwirrte, ihren nackten Körper zeigte, während sie sie ruhig in der Sprache der Gosse beschimpfte. Endlich hielt es einer von ihnen nicht mehr aus. Ein alter weißbärtiger Sikh warf seine Fackel auf den Boden und rief:

„Nein! Nein! Das war kein Mord, das war der Wille Gottes!"

Einige murmelten zustimmend, andere schrien ihn nieder, und sie wartete, bis es wieder ganz ruhig war.

„Gottes Wille? Ist das eure Entschuldigung? Ihr verhöhnt Gott und versteckt euch hinter seinem Willen? Dann hört meinen Willen, den Willen eurer Maharani, Mutter eures Königs!" Sie schwieg und ließ ihren Blick von einem Ende der Reihen zum anderen wandern. „Ihr werdet mir die Mörder ausliefern, damit sie bezahlen! Ihr werdet sie mir geben, oder im Namen Gottes, mit dessen Willen ihr so großzügig umgeht, werde ich euch zerstören!"

Bei ihrem letzten Wort stieß sie den *Tulwar* in die Erde, wandte sich von ihnen ab und schritt geschwind zu den Zelten – Klytemnestra bis in die Zehenspitzen. Mit einem Unterschied: Während Mrs. Agamemnon nur einen Mord begangen hat, plante sie hunderttausend. Als sie ihr Zelt betrat, fiel das Licht von drinnen voll auf ihr Gesicht und nicht eine Spur von Kummer oder Zorn war zu sehen. Sie lächelte[24].

Wenn es eine Sache gab, die schlimmer war als Jawaheers Ermordung, dann war es sein Begräbnis, als seine Frauen und Sklavinnen zusammen mit der Leiche lebendig verbrannt wurden, wie es der Brauch vorschrieb. Wie viel Bestialisches in der Welt ist auch *Suttee* von der Religion inspiriert, was heißt, dass es weder Vernunft noch Gründe dafür gibt. Ich habe immer noch keinen Inder getroffen, der mir sagen kann, warum es gemacht wird, außer dass es ein heiliges Ritual ist, ähnlich dem, dass man immer noch eine Wache für den Hengst des Duke of Wellington aufstellt, fünfzig Jahre nachdem der alte Kerl das Zeitliche gesegnet hat. Wollen Sie meine Meinung zur Witwenverbrennung hören, dann ist der Hauptgrund, dass es genau die Art von Vorstellung ist, welche dem Mob gefällt, vor allem wenn die Opfer jung und hübsch sind, wie sie bei Jawaheers Leichenfeier waren. Ich hätte sie selbst nicht versäumen wollen, denn es ist ein faszinierender Schrecken – und mir ist in meinen Jahren in Indien aufgefallen, dass die entrüsteten Christen immer in der ersten Reihe stehen.

Nein, ich bin aus praktischen Gründen dagegen, nicht aus moralischen, es ist eine schändliche Verschwendung von Frauen, und es ist nur umso schlimmer, dass die dummen Weiber auch noch dafür sind. Sie wurden in dem Glauben erzogen, dass es richtig und gut ist, gemeinsam mit dem Hausherrn gebraten zu werden. Alick Gardner erzählte mir sogar von einem Begräbnis in Lahore, wo ein armes kleines Mädchen von neun Jahren von der Verbrennung ausgenommen wurde, weil sie zu jung war, und das dumme Ding stürzte sich von einem hohen Gebäude. Das kommt von der Religion und davon, wenn man Frauen keine Bildung gibt. Die gebildetste (und frömmste) indische Frau, die ich je kannte, Rani Lakshmibai, verachtete *Suttee*. Als ich sie fragte, warum sie als Witwe nicht auf den Scheiterhaufen ihres Alten gesprungen war, sah sie mich ungläubig an und fragte: „Warum? Haltet Ihr mich für eine Närrin?"

Sie war keine, aber ihre Schwestern im Pandschab wussten es nicht besser.

Jawaheers Leiche wurde in ein paar Teilen am Tag nach sei-

nem Tod in die Stadt gebracht, und die Prozession zum Ver-
brennungsplatz fand unter einem rötlichen Abendhimmel
statt, vor einer riesigen Menschenmenge. Der kleine Dalip,
Jeendan und die meisten Adeligen knieten vor den *Suttees*,
zwei Frauen, stattliche hübsche Mädchen, und drei Kashmiri-
Sklavenmädchen, die schönsten Dinger, die man je gesehen
hat. Alle trugen ihr bestes Gewand mit Juwelen in den Ohren
und Nasen und goldener Stickerei auf ihren Seidenhosen. Ich
bin kein weicher Mann, aber es hätte auch Ihnen das Herz
gebrochen, diese kleinen Schönheiten, die für Spaß, Liebe und
Lachen geschaffen waren, wie Wachsoldaten zum Scheiterhaufen marschieren zu sehen. Sie hielten die Köpfe hoch,
keine Furcht auf den Gesichtern, ruhig verteilten sie Geld
unter der Menge, wie es der Brauch verlangt. Und Sie würden
auch nicht glauben, welch unaussprechliche Bastarde die Sikh-
Soldaten waren, die sie eigentlich bewachen sollten und ihnen
stattdessen das Geld aus den Händen rissen und sie schmähten
und verhöhnten, als sie protestieren wollten. Als sie zum
Scheiterhaufen kamen, rissen diese Schweine ihnen ihre Juwelen und Ornamente herunter. Das Feuer brannte schon, und
einer dieser Schurken griff durch den Rauch und riss die goldenen Fransen von den Hosen einer Sklavin. Dabei waren sie,
nach den Geboten der Religion, heilige Frauen.

Aus der Menge ertönte Murren, aber niemand wagte es,
etwas gegen das allmächtige Militär zu unternehmen. Und
dann passierte etwas Erstaunliches. Eine der Frauen stand
inmitten der Flammen auf und begann sie zu verfluchen. Ich
kann sie immer noch sehen, ein großes, hübsches Mädchen
ganz in Weiß und Gold, blutig im Gesicht, wo ihr Nasen-
schmuck herausgerissen worden war. Eine Hand hielt ihren
Schleier unter ihrem Kinn, die andere hielt sie hoch, als sie sie
verdammte und vorhersagte, dass das Volk der Sikhs binnen
eines Jahres untergehen würde, ihre Frauen zu Witwen werden würden, ihr Land erobert und verwüstet – und *Suttees*,
wissen Sie, haben angeblich die Gabe der Prophezeiung. Einer
der Verbrecher sprang auf den Scheiterhaufen und schwang
seinen Musketenschaft. Sie fiel zurück in die Flammen, wo die

anderen vier ruhig saßen, während das Feuer höher brannte und über ihnen zusammenschlug. Keine gab einen Laut von sich.[25]

Ich beobachtete das alles von der Mauer aus, der schwarze Rauch stieg in die Höhe und vermischte sich mit den niedrigen Wolken im Abendrot. Ich ging mit einem so brennenden Zorn im Bauch weg, wie ich ihn sonst nur meinetwegen gefühlt hatte. Ja, dachte ich, es soll einen Krieg geben (aber ich halte mich raus), damit wir diese miesen Frauenschlächter plattmachen und diese abscheuliche Sitte beenden können. Ich glaube, ich bin wie Alick Gardner: Ich halte unnötige Grausamkeit gegenüber hübschen Frauen nicht aus. Nicht durch andere Menschen, jedenfalls.

Die Prophezeiung des tapferen Mädchens erfüllte die Menge mit abergläubischer Furcht, aber sie hatte eine noch wichtigere Auswirkung. Sie jagte der Khalsa die Angst vor Gottes Zorn ein und das beeinflusste ihr Schicksal zu einem kritischen Zeitpunkt. Denn nach Jawaheers Tod war sie in einem Zustand der Unsicherheit und Uneinigkeit. Die Heißsporne riefen nach einem Krieg gegen uns, die loyaleren Elemente, welche Jeendans Ansprache in Maian Mir entsetzt hatte, bestanden darauf, dass nichts getan wurde, bis sie ihren Frieden mit ihr gemacht hatten, der Regentin ihres gesetzmäßigen Herrschers. Das Problem war, Frieden zu machen hieß, jene auszuliefern, die den Mord an Jawaheer geplant hatten, und das war eine mächtige Clique. So ging die Debatte unter ihnen hoch her und Jeendan nutzte das gründlich aus, sie weigerte sich, auch nur die Existenz der Khalsa zur Kenntnis zu nehmen, ging täglich an Jawaheers Grab, um dort zu trauern, tief verschleiert und gebeugt vor Gram und gewann die Bewunderung aller. Das Gerücht lief um, dass sie selbst dem Alkohol und der Liebe entsagt hatte – was die Khalsa in einen Zustand ungläubigen Staunens versetzte.

Am Ende gaben sie nach, und als Antwort auf ihre Bitten rief Jeendan sie nicht in den Durbar, sondern auf den Platz vor dem *Summum Boorj*. Sie empfing sie in kaltem Schweigen, während sie verhüllt und in Trauergewändern da saß. Dinanath verkündete ihre Bedingungen. Die waren schon beeindruckend – totale Unterwerfung unter ihren Willen und sofortige Auslieferung der Mörder. In Wahrheit waren sie nur Teil einer komplexen Farce, die Mangla inszeniert hatte. Sie, Lal Singh und einige andere Höflinge waren am Tag des Mordes von der Khalsa gefangen genommen, aber bald danach wieder freigelassen worden. Seit damals hatten sie intensiv mit Dinanath und den *Panches* an einem Kompromiss gearbeitet.

Was herauskam: die Khalsa unterwarf sich Jeendan, gab ein paar Gefangene frei und versprach, Pirthee Singh und die anderen Verschwörer (die, wie alle wussten, längst in die Berge geflüchtet waren) auszuliefern, sobald sie eingefangen worden waren. Inzwischen würde sie bitte der loyalen Khalsa vergeben. War sie so bereitwillig um endlich Krieg gegen die verdammten Briten anzufangen? Sie schworen ihr unsterbliche Loyalität als Königin-Regentin und Mutter aller Sikhs. Darauf erwiderte sie durch Dinanath, auch wenn das kaum genügte, würde sie ihre Unterwerfung annehmen und die paar Gefangenen als Geste des guten Willens zurückgeben (Freudengeschrei und große Überraschung). Nun müssten sie ihr ein wenig Zeit geben, um ihre Trauer zu beenden und sich von dem furchtbaren Schock des Todes ihres Bruders zu erholen. Danach würde sie die Khalsa im Durbar empfangen und solche wichtigen Dinge besprechen, wie die Ernennung eines neuen Wazir und den Krieg gegen die Briten.

Es war genau jene Art von Arrangement, wie es täglich in Westminster abläuft und in den meisten Pfarrkränzchen, niemand lässt sich davon täuschen außer die Volksmenge, und selbst von denen nicht alle.

Sie werden fragen, wo war Flashy während all dieser wichtigen Ereignisse? Die Antwort ist, nachdem ich den Impuls bezwungen hatte, ein Pferd zu stehlen und wie der Teufel zum Sutlej zu reiten, hielt ich mich im Hintergrund. Ich tat das, wozu ich ja angeblich nach Lahore gekommen war, wegen des Socheet-Erbes zu verhandeln. Das beinhaltete, in einem luftigen freundlichen Raum zu sitzen und einige Stunden am Tag, mir unendliche Vorhaltungen von ehrenwerten Regierungsbeamten anzuhören, die Präzedenzfälle aus pandschabischem und britischem Recht, aus der Bibel und dem Koran und aus der *Times* und der *Bombay Gazette* zitierten. Sie waren die unermüdlichsten alten Langweiler, die man sich vorstellen kann, Aktenschichter alle zusammen, und wollten nicht mehr von mir als ein gelegentliches Nicken und eine Anweisung an meinen Babu, zu diesem oder jenem Punkt eine Notiz zu machen. Das machte sie glücklich und reichte für eine weitere Stunde Geschwätz. Nichts davon brachte die Sache auch nur ein Jota vorwärts, aber nachdem die Steuerzahler des Pandschab ihre Gehälter bezahlten und ich damit zufrieden war, unter dem *Punkah* zu sitzen und Brandy mit Soda zu trinken, stand alles zum Besten in der besten aller möglichen Verwaltungen.

In meiner freien Zeit war ich fleißig genug, hauptsächlich schrieb ich chiffrierte Nachrichten an Broadfoot und steckte sie zwischen die Zweiten Thessalonier, aus denen sie mit geheimnisvoller Geschwindigkeit verschwanden. Ich wusste immer noch nicht, wer der Postmann (oder die Postfrau) war, aber es war wirklich ein effizienter Service nach Simla und zurück. Eine Woche nach meiner Notiz über Jassa erschien ein Brief in meiner Bibel, auf dem unter anderem „Nummer 2 A2" stand, was hieß, dass mein Adjutant trotz seiner bunten Vergangenheit im zweiten Grad vertrauenswürdig war. Das hieß, er stand nur eine Stufe unter Broadfoot und seinen Assistenten, mich eingeschlossen. Ich erzählte Jassa das nicht, aber es gelang mir, mit Gardner ein paar Worte zu wechseln, um ihm die frohe Nachricht mitzuteilen. Er grunzte: „Broadfoot muss kranker sein, als ich dachte." Und ging einfach weiter, der grantige Kerl.

Die restlichen Nachrichten Broadfoots beschränkten sich auf ein „Macht weiter, Flash." Die offiziellen Nachrichten aus dem britischen Indien, die mich durch den *Vakil* erreichten, besagten, dass Kalkutta den unzeitgemäßen Tod Wazir Jawaheers bedauerte und darauf vertraute, dass sein Nachfolger mehr Glück haben würde. Zumindest war das der Sinn der Worte, gemeinsam mit der frommen Hoffnung, dass der Panschab nun eine Periode der Ruhe unter Maharadscha Dalip erleben würde, dem einzigen Herrscher, den die britische Macht bereit war anzuerkennen. Die Botschaft war deutlich: Bringt euch um, soviel ihr wollt, aber nur ein Versuch, Dalip abzusetzen und wir werden kommen mit Reiterei, Infanterie und Kanonen.

Das war die Frage der Stunde: Würde Jeendan um ihrer eigenen und Dalips Sicherheit willen dem Wunsch der Khalsa nachgeben und sie über den Sutlej ziehen lassen? Ich konnte mir um keinen Preis vorstellen, warum sie das tun sollte, trotz ihres halben Versprechens an sie. Sie schien in der Lage, mit der Khalsa fertig zu werden, was ihr Bruder niemals gekonnt hatte. Wenn sie die Zügel in der Hand behielt, während sie ihre Regierung des Landes weiter festigte, was sollte ihr ein Krieg dann nutzen?

Die Zeit würde es zeigen. Eine viel wichtigere Sache begann mich zu ärgern, während die erste Woche verging und die zweite begann. Lal Singh hatte mir versichert, dass Jeendan mich unbedingt offiziell und persönlich besser kennenlernen wollte, aber schon fast vierzehn Tage hatte es dafür kein Anzeichen gegeben, und ich wurde langsam ungeduldig. Als der Schrecken der ersten beiden Tage nachließ, wurden die angenehmen Seiten deutlicher, und ich wurde von Erinnerungen an die kleine angemalte Schlampe geplagt, die sich im Durbar unter mir gewunden hatte und in Maian Mir nackt vor ihrer Armee auf- und abstolziert war. Ziemlich anregend waren diese Erinnerungen und schufen eine Leidenschaft, die, wie ich aus Erfahrung wusste, nur von dieser Dame und keiner anderen befriedigt werden konnte. Auf meine Art bin ich eine treue Seele, wissen Sie, und wenn ein neues Liebchen meine Zuneigung gewinnt, wie mir das im Laufe der Jahre ein paar Mal passiert ist, dann werde ich für einige Zeit ziemlich anhänglich. Oh, ich hatte mich höflich um Mangla gekümmert (und die Behandlung wiederholt, als sie drei Nächte später heimlich in mein Zimmer kam), aber das war nur Gesellenarbeit, die nichts dazu beitrug, meine romantische Lust zu stillen, Jeendan wieder zu haben, je eher, desto besser.

Ich kann diese gelegentlichen Verliebtheiten nicht erklären, aber das können die Dichter auch nicht – ungewöhnlich gierig, diese Verseschmiede. In meinem Fall muss ich allerdings zugeben, dass ich besonders für gekrönte Häupter empfänglich bin – Kaiserinnen und Königinnen und Großherzoginnen und so weiter, von denen ich mehr als nur ein paar getroffen habe. Ich glaube, mein Sinn für Luxus und Stil hatte etwas damit zu tun und das Wissen, das alle Rechnungen vom Schatzamt bezahlt werden würden, aber das ist nicht die ganze Geschichte. Wäre ich ein deutscher Philosoph, würde ich wahrscheinlich über Supermanns Unterwerfung der ultimativen Verkörperung des Weiblichen nachdenken. Aber da ich das nicht bin, kann ich nur schließen, dass ich ein echter Snob bin. Auf jeden Fall gibt es eine besondere Befriedigung, Majestäten zu besteigen, das kann ich Ihnen sagen, und wenn sie auch noch Jeendans Übung und Neigungen besitzen, dann macht es noch mehr Spaß.

Wie andere viel beschäftigte königliche Frauen hatte sie die Angewohnheit, das Vergnügen mit der Politik zu verbinden, und gestaltete unser nächstes Zusammentreffen so, dass es beides verband. Am Tag ihres sehnsüchtig erwarteten Erscheinens im Durbar, um die Khalsa-*Panches* zu treffen. Ich lag faul in meinen Räumen und bereitete mich auf eine weitere langweilige Nachmittagssitzung mit den Soochet-Wallahs vor, als Mangla unangekündigt eintrat. Erst dachte ich, sie wollte wieder einmal ein wenig spielen, aber sie erklärte, ich sei zu der königlichen Audienz gerufen worden und sollte ihr ruhig und ohne Fragen zu stellen folgen. Erwartungsvoll ließ ich mich von ihr führen und war ziemlich bestürzt, als sie mich in eine Kinderstube brachte, wo Dalip von ein paar Kinderfrauen betreut gerade ein Massaker unter seinen Spielzeugsoldaten anrichtete. Er sprang bei meinem Anblick auf und strahlte. Dann blieb er kurz stehen, um sich zu fassen, bevor er auf mich zukam. Er verbeugte sich ernst und streckte mir seine Hand entgegen.

„Ich muss mich bei Euch bedanken, Flashman *Bahadur*", sagte er, „für Eure Sorge um mich an jenem... jenem Nachmittag..." Plötzlich begann er zu weinen, mit gesenktem Kopf, dann stampfte er zornig auf und wischte seine Tränen fort. „Ich muss Euch danken für Eure Fürsorge...", begann er, schluckte und sah Mangla an.

„... und für den großen Dienst...", sagte sie ihm vor.

„... und für den großen Dienst, den Ihr mir und meinem Land erwiesen habt!" Er brachte es ganz gut heraus, mit erhobenem Kopf und bebenden Lippen. „Wir sind für immer in Eurer Schuld. *Salaam, Bahadur.*"

Ich schüttelte seine Hand und sagte, dass ich froh sei, zu Diensten gewesen zu sein, und er nickte ernst, warf den Frauen einen vorsichtigen Blick zu und murmelte: „Ich hatte solche Angst."

„Nun, Ihr saht aber nicht so aus, Maharadscha", sagte ich, was nur die reine Wahrheit war. „Ich hatte auch Angst."

„Doch nicht Ihr?", rief er. „Ihr seid ein Soldat!"

„Der Soldat, der niemals Angst hat, ist nur ein halber Soldat", sagte ich. „Und wisst Ihr, wer das zu mir gesagt hat? Der größte Soldat der Welt. Sein Name ist Wellington. Eines Tages werdet Ihr noch von ihm hören."

Verwundert schüttelte er seinen Kopf. Ich entschied, dass ein wenig Schmeichelei nicht schaden könnte und fragte, ob er mir sein Spielzeug zeigen würde. Er quietschte vor Freude, aber Mangla sagte, zu einem anderen Zeitpunkt, denn ich müsste mich um wichtige Dinge kümmern. Er trat seine Burg um und schmollte, aber als ich mich verbeugte, tat er etwas ganz Seltsames. Er rannte zu mir und umarmte mich. Dann ging er zurück zu seinen Kindermädchen und winkte zum Abschied. Mangla sah mich seltsam an, als sie die Türe hinter uns schloss, und fragte, ob ich selbst Kinder hätte. Ich sagte, nein, keine.

„Ich glaube, jetzt habt Ihr eines", sagte sie.

Ich nahm an, dass sei das Ende der Audienz, aber jetzt führte sich mich durch das Labyrinth der Palastgänge, bis ich völlig verwirrt war. Aus ihrer Hast und vorsichtigen Art, wie sie an den Ecken stehenblieb und sich umsah, dachte ich, aha, wir gehen in eine geheime Ecke, wo sie ihre Spielchen mit mir machen wird. Ihr nettes kleines Hinterteil tanzte auf und ab vor mir, und der Gedanke daran störte mich gar nicht. Es wäre mir nur lieber gewesen, wenn Jeendan vor mir hergelaufen wäre. Als sie mich in ein hübsches Boudoir, verhängt mit rosenfarbener Seide und mit einem großen Diwan ausgestattet, einließ, verlor ich keine Zeit und griff zu. Sie hielt einen Augenblick still und schlüpfte dann weg. Ich sollte warten. Sie zog den Vorhang vor einer kleinen Nische zurück und drückte auf eine Feder. Ein Wandpanel glitt lautlos zurück und enthüllte eine enge Stiege, die nach unten führte. Aus der Tiefe ertönten Stimmen. Nachdem ich inzwischen die Panschab-Architektur kannte, zögerte ich, aber sie zog mich heran und hielt einen Finger an die Lippen.

„Wir dürfen kein Geräusch machen", flüsterte sie. „Die Maharani hält den Durbar ab."

„Wunderbar!", sagte ich und knetete ihre Rückseite mit beiden Händen. „Lass uns doch auch einen Durbar abhalten!" „Nicht jetzt!", wisperte sie und versuchte, sich freizuzappeln. „Nein! Ihr Befehl lautet, Ihr sollt zusehen und zuhören … bitte nicht! Sie dürfen uns nicht hören. Folgt mir und macht kein Geräusch." Nun, sie war im Nachteil, also hielt ich sie fest und spielte ein bisschen, bis sie zu zittern begann und auf ihre Lippe biss und leise stöhnte, ich sollte aufhören oder man würde uns bemerken. Als ich sie so richtig schön erregt hatte, ließ ich sie gehen und erinnerte sie daran, dass wir so leise wie Mäuse sein mussten. Ich werde dich lehren, mich unter Vorspiegelung falscher Tatsachen in ein Boudoir zun locken, dachte ich. Sie atmete ein paar Mal hastig ein und aus und sah mich mit einem Blick an, der Glas hätte zersplittern lassen. Dann führte sie mich vorsichtig hinab.

Es war eine düstere steile Wendeltreppe, dick mit Teppichen ausgelegt, um Geräusche zu verhindern. Als wir hinunterstiegen, wurde das Murmeln der Stimmen immer lauter, es klang wie eine Sitzung, bevor der Vorsitzende zur Tagesordnung ruft. Am Fuß der Stiege war eine schmale Plattform und in der Wand dahinter eine Öffnung, geformt wie eine horizontale Schießluke, sehr eng auf unserer Seite und nach außen immer

breiter werdend, so dass man den Raum darunter voll über-
blicken konnte.

Wir sahen hinab in den Durbar-Saal, von einem Punkt
direkt über dem Purdah-Vorhang, der einen Teil des Raumes
abtrennte. Rechts, im größeren Teil des Raumes vor dem
Thron und dem leeren Podest stand eine große, unruhige
Menschenmenge, hunderte Männer – die *Panches* der Khalsa,
so wie ich sie in Maian Mir am ersten Tag gesehen hatte: Soldaten jeden Ranges und Regiments, von Offizieren in Brokat-
mänteln und agraffenbesetzten Turbanen bis zu barfüßigen
Infanteristen. Selbst in unserem Versteck fühlten wir die Hitze
und Ungeduld der dicht gepackten Menge, die schob, die
Köpfe hob und mit einander murmelte. Ein halbes Dutzend
ihrer Sprecher stand vorne: Maka Khan, der beeindruckende
alte General, der die Ansprache in Maian Mir gehalten hatte,
der stämmige Imam Shah, der Peshoras Tod beschrieben
hatte, mein *Rissaldar-Major* mit dem unglaublichen Bart und
eine Gruppe hochgewachsener, junger Sikhs, die ich nicht
erkannte. Maka Khan redete laut und irritiert. Ich denke, man
fühlt sich wie ein Idiot, wenn man mit mehreren Quadratme-
tern Stickerei spricht.

Links unter uns, von den Blicken durch den großen Vorhang
verborgen und überhaupt nicht auf Maka Khan achtend,
machte die Königin-Regentin und Mutter aller Sikhs ihre
erzwungene Abstinenz von Alkohol und frivolem Leben wett.
Zwei Wochen lang war sie in der Öffentlichkeit nüchtern,
gramzerstört und im Trauergewand erschienen. Nun machte
sie ausgedehnt und erfreut Toilette. Sie lehnte mit einem
Kelch in der Hand an einem Tisch, der mit Kosmetika und
Krims-Krams überladen war. Ihre Mädchen schwirrten lautlos
um sie herum und legten letzte Hand an eine Erscheinung, die
ganz offensichtlich darauf abzielte, ihr Publikum zu bezaubern, wenn sie erst hervorkam. Ich fragte mich, ob sie nüchtern genug sein würde, als sie ihren Kelch austrank und neu
füllen ließ. Falls nicht, würde der Khalsa eine seltene Belohnung entgehen.

Aus dem Trauergewand war sie ins andere Extrem geschlüpft. Sie trug das Kostüm eines Tanzmädchens, das sie in jeder zivilisierten Gesellschaft ins Gefängnis gebracht hätte, weil es einen Aufstand verursachen würde. Es war nicht übertrieben spärlich, ihre roten Seidenhosen mit silberner Spitze an den Rändern bedeckten sie von der Hüfte bis zum Knöchel, und ihr goldenes Oberteil war bescheiden undurchsichtig. Aber beide Kleidungsstücke waren wohl für eine gutgebaute Zwergin angefertigt worden. Ich konnte mich nur wundern, wie sie sich da hineingequetscht hatte, ohne die Nähte zu sprengen. Sie trug auch noch einen Schleier, der von einem silbernen Reif über ihren Brauen gehalten wurde und eine Unmenge von Ringen und Armbändern. Das liebliche eigenwillige Gesicht war mit Rouge und Khol betont worden, und eine ihrer Sklavinnen bemalte ihre Lippen mit Scharlachrot, während eine andere einen Spiegel hielt und zwei weitere ihre Finger- und Zehennägel vergoldeten.

Sie waren alle so eifrig an der Arbeit wie ein Maler vor der Leinwand. Jeendan schmollte kritisch in den Spiegel und wies das Mädchen an, ihren Mundwinkel zu betonen. Dann traten alle zurück, um das Ergebnis zu bewundern, bevor ihnen noch etwas einfiel. Die ganze Zeit hustete und wartete und bewegte sich ihre Armee vor dem Purdah, und Maka Khan hielt seine Rede.

„Drei Divisionen haben sich für Goolab Singh als Wazir entschieden!", rief er. „Courts, Avitabiles und die Povinda. Sie wünschen, dass der Durbar ihn mit aller Eile aus Kashmir herbeiruft."

Jeendan fuhr fort, ihren Mund im Spiegel zu betrachten, sie öffnete und schloss die Lippen. Zufrieden trank sie einen Schluck und winkte ohne hinzusehen ihrer Kammerfrau, die darauf hin rief: „Was sagen die anderen Divisionen der Khalsa?"

Maka Khan zögerte kurz. „Sie haben sich noch nicht entschieden..."

„Nicht für Goolab Singh!", schrie der *Rissaldar-Major*. „Wir wollen keinen Rebellen als Wazir und zum Teufel mit Courts und den Povinda!" Laute Rufe der Zustimmung ertönten und

Maka Khan versuchte, sich wieder Gehör zu verschaffen. Jeendan nahm noch einen Schluck und flüsterte mit der Kammerfrau, die sagte: „Es gibt also keine Mehrheit für Goolab Singh?"

Ein lauter Aufschrei „Nein!" und andere Schreie „Radscha Goolab!". Ihre Anführer versuchten, sie zu beruhigen. Einer der jungen Sikhs schrie, dass seine Division den Mann akzeptieren würde, den die Maharani auswählte, was mit begeisterten Rufen und einigem Gemurre aufgenommen wurde, zum Amüsement Jeendans und der Freude ihrer Mädchen. Sie hielten nun drei lange Spiegel, sodass sie sich von allen Seiten betrachten konnte. Sie drehte sich und posierte, leerte ihren Kelch, zog ihren Hosenbund ein Stückchen tiefer, blinzelte ihrer Kammerfrau zu und hob dann einen Finger, als Maka Khan heiser rief:

„Wir können gar nichts tun, bis die *Kunwari* uns ihre Gedanken mitteilt! Wird sie Goolab Singh wollen oder nicht?"

Es wurde still und Jeedan flüsterte mit ihrer Kammerfrau. Die unterdrückte einen Lachanfall und rief zurück:

„Die Maharani ist nur eine Frau und kann sich nicht entscheiden. Wie soll sie wählen können, wenn die große Khalsa es nicht kann?"

Das brachte die Menge in lautstarke Verwirrung, und die Mädchen zum Kichern. Eine von ihnen brachte etwas vom Tisch auf einem kleinen Samtpolster und zu meiner großen Überraschung sah ich, dass es der Koh-i-Noor war, den ich zuletzt glitschig von Blut in Dalips Hand gesehen hatte. Jeendan nahm ihn, lachte ihre Mädchen fragend an und die frivolen Dinger nickten alle eifrig und bildeten einen Kreis um sie, während die Khalsa draußen stritt und kochte, und einer der jungen Sikhs rief:

„Wir haben sie aufgefordert zu wählen! Einige sagen, sie bevorzugt Lal Singh!" Lautes Gemurre. „Sie soll zu uns herauskommen und sagen, was sie will!"

„Es ist nicht ziemlich, dass Ihre Majestät vor euch tritt!", rief die Kammerfrau. „Sie ist nicht darauf vorbereitet!" Und das, während Ihre Majestät, den Diamanten nun an ihrem Bauch bewegte, um ihn zum Glitzern zu bringen. Die Mädchen verkrampften sich vor Lachen, kicherten und trieben sie auch noch an. „Es ist schändlich, sie zu fragen, im Durbar ihren Purdah zu brechen. Wo ist euer Respekt für sie, der ihr Gehorsam geschworen habt?"

Darauf folgte ein noch größerer Aufschrei, einige riefen, ihr Wunsch sei Befehl und sie solle bleiben, wo sie sei, andere, dass sie sie schon früher gesehen hatten und nichts geschehen wäre. Die älteren Männer runzelten die Stirn und schüttelten die Köpfe, aber die jüngeren bettelten beinahe, dass sie herauskommen sollte. Ein ganz mutiger Kopf verlangte sogar, dass sie für sie tanzen sollte, wie sie das in der Vergangenheit schon getan hatte. Einer stimmte ein Lied an über ein Mädchen aus Kashmir, das die Fransen ihrer Hose schwang und dadurch die Welt erschütterte. Ganz hinten begannen sie zu rufen: „Jeendan! Jeendan!" Die Konservativen protestierten fluchend gegen dieses ungehörige Verhalten. Ein großer schlanker Akali mit Augen wie Kohlen und langen Haaren sprang aus den vordersten Reihen und schrie, dass sie ein Pack von Hurenhändlern und Leichtfüßen seien, die sich von ihren Künsten hatten verführen lassen, und dass die Kinder des Unsterblichen Gottes (womit er seine eigene Sekte meinte) das nicht länger dulden würden.

„Ja, lasst sie herauskommen!", bellte er. „Lasst sie demütig heraustreten, wie es sich für eine Frau geziemt, und ihrem skandalösen Leben abschwören, das im ganzen Land bekannt ist. Sie soll einen Wazir nach unserer Zustimmung ernennen, der uns gegen die Fremden zu Ruhm führen wird, die Afghanen und die Engländer..."

In dem Pandämonium, das ausbrach, war der Rest nicht mehr zu verstehen. Einige nahmen seinen Ruf nach Krieg auf, andere schrien ihn nieder. Maka Khan und die Sprecher waren hilflos in diesem Lärm. Der Akali, Schaum vor dem Mund, sprang auf das Podest und brüllte sie alle nieder. Sie seien Narren, wenn sie einer Frau Gehorsam erwiesen, noch dazu einer losen Frau. Sie solle einen passenden Gatten nehmen und die Angelegenheiten der Männer den Männern überlassen, wie es richtig und passend war. Und hinter dem Purdah nickte Jeendan ihrer Kammerfrau zu, wand sich einen silbernen Schal über den Arm, warf einen letzten Blick auf ihr Spiegelbild und schritt schnell und ziemlich gerade um das Ende des Vorhangs herum.

Fachlich gesprochen war sie bestenfalls halb angetrunken, aber trunken oder nüchtern, sie kannte ihr Geschäft. Sie glitt nicht und posierte nicht und verwendete keinen ihrer Kurtisanen-Tricks, sondern tat ein paar Schritte, blieb stehen und sah den Akali an. Die Menge gab bei ihrem Erscheinen ein erschrockenes Aufseufzen von sich – verdammt noch mal, sie hätte genauso gut vollkommen nackt, mit vergoldeter Oberweite und von den Hüften abwärts scharlachrot bemalt sein können. Es herrschte Totenstille – und dann verließ der Akali das Podest wie ein Automat. Ohne einen weiteren Blick ging sie zum Thron, ließ sich ohne Hast darauf nieder, legte ihren Schal so zurecht, dass er auf der Armlehne ihren Ellenbogen abstützte, lehnte sich bequem zurück, legte einen Finger an die Wange und sah sie alle mit einem kühlen kleinen Lächeln an.

„Es sind viele Fragen, die sofort behandelt werden müssen." Ihr Sprache war leicht undeutlich, aber gut genug zu verstehen. „Welche wollt Ihr zuerst besprechen, General?" Sie sprach über den Akali hinweg, der zornig starrte. Maka Khan sah so aus, als hätte er gewünscht, sie bliebe außer Sicht, aber er richtete sich auf und verbeugte sich dann.

„Es wird gesagt, *Kunwari*, dass Ihr Lal Singh zum Wazir machen wollt. Einige sagen, er ist dazu nicht geeignet…"

„Aber andere haben ihr Wort gegeben, meine Wahl anzunehmen", erinnerte sie ihn. „Nun gut, dann ist es Lal Singh."

Das ließ den Akali wieder aufwachen. Anklagend streckte er einen Arm aus. „Dein Gespiele! Dein Liebhaber!", bellte er. „Deine männliche Hure!"

Schreie des Zorns erklangen und einige wollten über ihn herfallen, aber sie hielt sie mit einem erhobenen Finger zurück und antwortete dem Akali mit der gleichen ruhigen Stimme.

„Du würdest einen Wazir bevorzugen, der *nicht* mit mir im Bett war? Dann kann es Goolab Singh auch nicht sein, unter anderen. Aber wenn du dich selbst ernennen möchtest, dann kann ich für dich garantieren."

Einen Augenblick war es ganz still, dann keuchten einige
schockiert auf – und dann brachen sie in lautes Lachen aus.
Der Akali wurde mit Beleidigungen und obszönen Witzen
überhäuft, seine Lippen bewegten sich wortlos, und er schüttelte die Fäuste. Die besonders Frechen hinten im Raum
begannen zu stampfen und zu jubeln. Maka Khan und die älteren Männer standen, als hätte sie der Blitz getroffen. Als der
Tumult immer größer wurde, raffte sich der alte Soldat auf
und schritt an dem Akali vorbei zum Fuß des Podests. Trotz
des Lärms konnten wir durch das kunstvolle Spionloch jedes
Wort verstehen.

„*Kunwari*, dies ist nicht geziemend! Es ist einè Schande. Es
beschämt den Durbar. Ich bitte Euch, zieht Euch zurück. Wir
können auf einen anderen Tag warten…"

„Ihr habt dieses Ding nicht gebeten, sich zurückzuziehen, als
er mich mit seinem Schmutz bewarf", sagte sie und wies auf
den Akali. Als die Menge bemerkte, dass sie sprechen wollte,
erstarb der Lärm augenblicklich. „Wovor habt Ihr Angst,
Maka Khan – vor der Wahrheit, die jeder kennt? Maka Khan,
was seid Ihr nur für ein alter Heuchler!" Sie lachte ihn an.
„Eure Soldaten sind keine Kinder! Oder seid ihr es?" Ihre
Stimme war lauter geworden, und natürlich brüllte die Menge
ein ohrenbetäubendes „Nein!" und applaudierte ihr.

„Also lasst ihn sagen, was er sagen will." Sie machte eine
Handbewegung zu dem Akali. „Danach werde ich sprechen."

Maka Khan schaute verzweifelt drein, aber andere riefen ihm
zu zu verschwinden. Er konnte sich nur zurückziehen, und sie
richtete ihr gemaltes Lächeln an den Akali. „Du beschuldigst
mich wegen meiner Liebhaber – meiner männlichen Huren,
wie du sie nennst. Nun gut…" Sie sah wieder auf die Menge
und hob ihre rauchige Stimme erneut. „Jeder Mann, der noch
nie ein Bordell betreten hat, soll vortreten!"

Meine Bewunderung war grenzenlos. Der unschuldigste
Bartlose dort unten würde seine Unkenntnis nicht vor seinen
Kameraden gestehen, vor allem nicht, während diese spot-
tende Jezabel zusah. Selbst Tom Brown hätte gezögert, bevor

er vorgetreten wäre, um die Ehre der Schule zu retten. Der Akali, der nicht die Vorzüge von Arnolds christlichen Erziehungsmaßnahmen genossen hatte, war einfach zu betäubt, um etwas zu sagen. Sie macht das genau richtig, sah ihn fragend von oben bis unten an, und maulte, bevor er seine Gedanken zusammengerafft hatte:

„Da steht er, mit dem Boden verwachsen wie der Hindukush! Nun, wenigstens ist er ehrlich, dieses vom rechten Weg abgekommene Kind Gottes, des Unsterblichen. Aber er ist nicht in der Position, um mich wegen meiner Schwäche zu rügen."

In diesem Augenblick hatte sie sie alle in der Tasche. War das Gelächter vorher schon laut gewesen, klang es nun wie Donnern. Selbst Maka Khans Lippen zuckten und der *Rissaldar-Major* trampelte vor Vergnügen und schloss sich dem Chor der Spötter an. Alles was der beschämte Akali noch tun konnte war, gegen sie zu toben, sie schamlos zu nennen und ihr Aussehen zu geißeln, das er mit dem einer Hure auf der Suche nach Freiern verglich. Er war ein mutigerer Mann als ich es gewesen wäre, unter diesen schönen Augen, die ihn regungslos und grausam ansahen. Ich erinnerte mich an die Geschichte von dem Brahmanen, dem die Nase abgeschnitten worden war, weil er ihr Verhalten gerügt hatte. Als ich sie ansah, bezweifelte ich das nicht mehr.

Die Akalis sind eine privilegierte Sekte, und ganz sicher verließ er sich darauf. „Verschwinde!", bellte er. „Du bist nicht anständig! Es tut dem Auge weh, dich ansehen zu müssen!"

„Dann wende deine Augen ab, solange du sie noch hast", sagte sie, und als er stumm einen Schritt zurückwich, stand sie auf. Sie hielt sich am Thron fest, um nicht zu schwanken. Ganz gerade stand sie da und posierte ein wenig, damit alle sie betrachten konnten. „In meinen Räumen kleide ich mich, wie es mir gefällt. Ich wäre nicht herausgekommen, aber ihr habt mich gerufen. Wenn mein Anblick euch missfällt, so sagt das und ich werde mich zurückziehen."

Sie schrien, dass sie bleiben sollte, unbedingt, was auch ganz gut war, denn ohne den Thron, auf den sie sich stützte, wäre sie wahrscheinlich zu Boden gefallen. Sie wankte gefährlich, aber es gelang ihr, sich mit Würde wieder niederzulassen. Einige der jüngeren Männer wollten den Akali hinausdrängen, aber sie hielt sie auf.

„Einen Augenblick. Du hast von einem passenden Gatten für mich gesprochen. Hast du an jemand bestimmten gedacht?"

Der Akali fiel darauf herein. Er schüttelte die Hände ab, die ihn festhielten und grollte: „Nachdem du anscheinend ohne Mann nicht auskommst, wähle einen – aber lass es wenigstens einen *Sirdar·* sein oder einen weisen Mann oder ein Kind Gottes des Unsterblichen!"

„Einen Akali?" Mit gespielter Überraschung starrte sie ihn an und klatschte dann in die Hände. „Du machst mir einen Antrag? Oh, ich bin verwirrt. Das gehört sich nicht, im öffentlichen Durbar, einer armen Witwe!" Schamvoll wandte sie ihren Kopf ab, und natürlich brüllte die Menge vor Lachen. „Ah, nein, Akali, ich kann meine Unschuld nicht einem geben, der offen zugibt, dass er in Bordelle geht und die kleinen Mädchen des Barbiers jagt. Ich würde ja nie wissen, wo du gerade herkommst! Aber ich danke dir für deine Galanterie." Sie schenkte ihm eine kleine ironische Verbeugung, und ihr Lächeln hätte die Medusa erschreckt. „Du darfst deine Schafsaugen also behalten – dieses Mal."

Er war froh, in die spottende Menge zu entkommen. Nachdem sie die Männer damit unterhalten hatte, hintereinander das Liebchen, die Närrin und die Tyrannin zu spielen, wartete sie, bis sie wieder ihre Aufmerksamkeit hatte und hielt dann ihre Thronrede, vorsichtig, um nicht zu stottern.

„Einige von euch rufen nach Goolab Singh als Wazir. Ich will ihn nicht haben, und ich werde euch sagen, warum. Oh, ich könnte ihn einfach lächerlich machen, indem ich euch sage, dass er ein genauso guter Staatsmann ist wie Liebhaber und dass ihr mit Baloo dem Clown besser bedient wärt." Die jüngeren lachten und gröhlten, die älteren Männer schauten böse und wandten den Blick ab. „Aber das wäre nicht wahr. Goolab ist ein guter Soldat, stark, tapfer und schlau – zu schlau, denn er wechselt Briefe mit den Briten. Ich kann sie

·Häuptling, Anführer

euch zeigen, wenn ihr wollt, aber viele wissen das. Wollt ihr diesen Mann – einen Verräter der euch für die Herrschaft in Kashmir an den *Malki lat* verkaufen würde? Ist das der Mann, der euch über den Sutlej führen soll?"

Das brachte eine Saite zum Klingen, die sie alle hören wollten, und sie brüllten „*Khalsa-ji!*" und „*Wa Guru-ji ko Futteh!*" und wollten wissen, wann der Befehl zum Marsch kommen würde.

„Zur richtigen Zeit!", versicherte sie ihnen. „Lasst mich über Goolab fertig sprechen. Ich habe euch gesagt, warum er nicht der Mann für euch ist. Nun sage ich euch, warum er nicht der Mann für mich ist. Er ist ehrgeizig. Macht ihn zum Wazir, macht ihn zum Befehlshaber der Khalsa, und er wird nicht ruhen, bis er mich beiseite geschoben und den Thron meines Sohnes bestiegen hat. Ich liebe meine Macht viel zu sehr, um das jemals geschehen zu lassen." Sie lehnte sich gemütlich zurück, voll Selbstvertrauen, und lächelte ein wenig, als ihr Blick über die Menge glitt. „Mit Lal Singh wird das niemals geschehen, denn den habe ich hier." Sie hob ihre kleine Hand, Handfläche nach oben, und ballte sie zur Faust. „Er ist heute nicht hier, weil ich es so befohlen habe, aber ihr könnt ihm erzählen, was ich gesagt habe, wenn ihr das wollt und wenn ihr es für richtig haltet. Ihr seht, ich bin ehrlich zu euch. Ich wähle Lal Singh, weil ich dann meinen Willen bekomme und er euch auf meinen Befehl führen wird." Sie unterbrach sich, setzte sich gerade auf und hielt den Kopf hoch. „Wohin es mir auch gefällt, euch zu senden!"

Das bedeutete für sie nur eins, und wieder brach ein Tumult aus. Die Versammlung brüllte „*Khalsa-ji!*" und „*Jeendan!*" Sie drängten nach vorne an den Fuß des Podests und schoben ihre Sprecher vor sich her. Das Dach erzitterte unter ihren Rufen und dem Applaus, und ich dachte, bei Gott, ich sehe etwas ganz Neues. Eine Frau so schamlos, mit dem Mut laut zu sagen, was sie ist und was sie denkt, die ihre Lust und ihre Macht und ihren Ehrgeiz herausruft, und sich um nichts schert. Keine Entschuldigungen, keine schönen Politikerphrasen, sondern eine einfache, arrogante Aussage: Ich bin ein selbstsüchtiges, unmoralisches Weib, ich habe nur meine Interessen im Kopf und es kümmert mich nicht, wer das weiß. Und weil ich es geradeheraus sage, betet ihr mich an.

Und das taten sie. Hätte sie ihnen keinen Krieg versprochen, wäre das eine ganz andere Sache gewesen. Aber das hatte sie, und sie hatte es gut gemacht. Sie kannte die Männer und wusste genau, dass für jeden, der vor ihr zurückwich voll Ärger, Widerwillen und Hass über die Schande, die sie ihnen antat, es zehn gab, die sie loben und bewundern würden und einander erzählen, was für ein Teufelsweib sie doch war, und nach ihr gierten. Das war ihr Geheimnis. Starke kluge Frauen nutzen ihre Wirkung auf Männer auf hundert Arten. Jeendan verwendete die ihre, um an ihre dunkleren Seiten zu rühren und das Schlechteste in ihnen wachzurufen. Was natürlich genau das ist, was man mit einer Armee tun muss. Sie kannte die Stimmung der Khalsa auf einen Inch genau. Sie wusste, wie sie sie schockieren, mit ihnen flirten, ihnen Angst machen, sie lieben und sie beherrschen musste. Und alles nur aus einem Grund: Wenn sie mit ihnen fertig war, dann würden sie ihr vertrauen.

Ich sah es geschehen, und wenn Sie eine Bestätigung wollen, dann werden sie diese in Broadfoots Berichten finden und in Nicolsons und bei allen anderen, die vom Jahr 1845 in Lahore berichteten. Keiner von jenen lobte sie dafür, außer Gardner, für den sie einfach nichts falsch machen konnte. Aber Sie werden zumindest das wahre Bild einer außergewöhnlichen Frau erkennen.[26]

Endlich wurde die Ordnung wiederhergestellt und ihr Misstrauen gegen Lal Singh war vergessen durch die Versicherung, dass *sie* sie führen würde. Es gab nur mehr eine wichtige Frage, und Maka Khan sprach sie aus.

„Wann, *Kunwari*? Wann marschieren wir nach Indien?"

„Wenn ihr so weit seid", sagte sie, „nach dem *Dasahra*."

Enttäuschtes Murren und Rufe, dass sie schon bereit waren, antworteten ihr. Aber sie brachte sie mit einer Frage zum Verstummen.

„Ihr seid bereit? Wie viele Schuss pro Mann hat die Povinda-Division? Welche Ersatzpferde gibt es für die *Gorra-*

’Das zehntägige Fest im Oktober, nach dem die Sikhs normalerweise zu Feldzügen aufbrachen.

charra? Wieviel Nachschub für die Artillerie? Das wisst ihr nicht? Ich sage es euch: zehn Patronen pro Mann, keine Ersatzpferde, Nachschub für fünf Tage." Alick Gardner hat dich gut vorbereitet, dachte ich. Die Männer waren still, und sie fuhr fort:

„Damit kommt ihr nicht weit über den Sutlej, und noch weniger könnt ihr die Armee des Sirkar schlagen. Wir brauchen Zeit und Geld – und ihr habt den Schatz aufgefressen, meine hungrige Khalsa." Sie lächelte, um die Rüge abzumildern. „Also müsst ihr für eine Jahreszeit die Divisionen im Land verteilen und davon leben, was ihr findet. Das wird eine gute Motivation für den Tag, an dem ihr nach Delhi kommt und in die reichen Länder des Südens!"

Das freute die Männer – sie sagte ihnen, sie sollten ihr eigenes Land ausplündern, was sie sechs Jahre lang getan hatten, wie Sie vielleicht wissen. Inzwischen würden sie und der neue Wazir dafür sorgen, dass genügend Waffen und Vorräte für den großen Tag herangeschafft wurden. Nur ein paar der älteren hatten noch Zweifel.

„Aber wenn wir uns verteilen, *Kunwari*, dann liegt das Land offen da!", sagte der stämmige Imam Shah. „Die Briten können einen *Chapao* machen und in Lahore stehen, während wir zerstreut sind!"

„Die Briten werden sich nicht rühren", sagte sie selbstsicher. „Im Gegenteil, wenn sie sehen, dass die Khalsa sich zerstreut, werden sie Gott danken und in ihrer Wachsamkeit nachlassen, wie immer. Ist das nicht so, Maka Khan?"

Der alte Junge hatte Zweifel. „Schon, *Kunwari*, aber sie sind keine Narren. Sie haben unter uns Spione. Einer ist jetzt an Eurem Hof..." Er zögerte und wollte ihr nicht in die Augen sehen. „Dieser Iflassman aus der Armee des Sirkar, der sich hinter einem närrischen Auftrag versteckt, obwohl die ganze Welt weiß, dass er die rechte Hand des ungläubigen Schwarzrocks*** ist. Was, wenn er erfährt, was heute hier geschehen ist? Was, wenn unter uns ein Verräter ist, der es ihm erzählt?"

„Unter der Khalsa?" Sie war voll Verachtung. „Ihr tut euren Kameraden wenig Ehre an, General. Was diesen Engländer

* plötzlicher Angriff
** afghanischer Spitzname für Broadfoot

betrifft, er erfährt, was ich möchte, dass er erfährt, nicht mehr und nicht weniger. Es wird seine Herren nicht erschrecken."

Sie hatte eine Art, schlampenhaft zu sprechen, dass die lüsternen Bestien in unanständiges Gelächter ausbrachen. Aber es war seltsam, sie sprechen zu hören, als wäre ich Meilen entfernt. Wo sie doch wusste, dass ich jedes Wort hören konnte. Nun, ohne Zweifel würde ich irgendwann entdecken, worauf sie hinaus wollte. Ich warf Mangla einen Blick zu. Die lächelte nur geheimnisvoll und bedeutete mir, zu schweigen, so dass ich sitzen und nachdenken musste, während dieser aufregende Durbar zu Ende ging mit neuerlichen Hochrufen und enthusiastischen Beschreibungen, was sie mit der Company tun würden, wenn die Zeit gekommen war. Danach gingen sie alle frohgemut hinaus, mit einem letzten Hochruf auf die kleine in Gold und Rot gekleidete Gestalt einsam auf ihrem Thron, die mit ihrem silbernen Schal spielte.

Mangla führte mich wieder hinauf in das rosenfarbene Boudoir, ließ das Wandpanel offen und beschäftigte sich damit, Wein in einen Becher zu gießen, der fast ein Quart fassen konnte. Sie kannte die Bedürfnisse ihrer Herrin genau, denn stolpernde Schritte und gemurmelte Flüche auf der Treppe kündigten die Ankunft der Mutter aller Sikhs an, die unanständig schön und unglaublich durstig war. Sie leerte den Becher ohne sich hinzusetzen, tat einen Seufzer, der sie von Kopf bis Fuß ganz entzückend erbeben ließ und sank dankbar auf den Diwan.

„Füll ihn noch einmal. Einen Augenblick länger und ich wäre gestorben! Oh, wie sie gestunken haben!" Gierig trank sie. „Habe ich das gut gemacht, Mangla?"

„Sehr gut, *Kunwari*! Sie gehören Euch, jeder einzelne Mann."

„Ja, für den Moment. Meine Zunge ist nicht gestolpert? Bist du sicher? Meine Beine hingegen…" Sie kicherte und trank. „Ich weiß, ich trinke zu viel – aber glaubst du, ich hätte ihnen nüchtern entgegentreten können? Denkst du, sie haben es bemerkt?"

„Sie haben bemerkt, was Ihr sie merken lassen wolltet", sagte Mangla trocken.

„Unsinn! Dennoch stimmt es. Männer!" Sie lachte ihr heiseres Lachen, hob ein schimmerndes Bein und bewunderte seine schöne Form. „Selbst diese Bestie von einem Akali konnte nicht genug starren. Der Himmel helfe dem armen Weibsstück, an dem er heute Nacht seine Frömmigkeit auslässt! War er nicht ein Gottesgeschenk? Ich sollte ihm dankbar sein. Ich frage mich, ob…" Sie schnalzte mit der Zunge, trank noch mehr und schien mich zum ersten Mal zu sehen. „Hat unser hochgewachsener Besucher alles gehört?"

„Jedes Wort, *Kunwari*."

„Und war er auch aufmerksam? Gut." Sie sah mich über den Rand ihres Bechers an, stellte ihn auf die Seite und streckte sich wie eine Katze. Dabei beobachtete sie meine Reaktion darauf, dass all ihre Schönheit beinahe aus der engen Seide herausplatzte. Mein Gesichtsausdruck muss ihr gefallen haben, denn sie lachte wieder. „Gut. Dann haben wir viel, über das wir reden können, wenn ich die Erinnerung an diese meine verschwitzten Krieger abgewaschen habe. Ihr seht auch aus, als ob Euch heiß wäre, Engländer. Zeig ihm, wo er baden kann, Mangla – und lass deine Hände von ihm, hörst du?"

„Aber *Kunwari*!"

„Kein ‚Aber *Kunwari*'! Hier, knöpf mein Oberteil auf." Sie lachte und hatte Schluckauf und blickte über ihre Schulter, als Mangla sich an ihrem Rücken zu schaffen machte. „Sie ist eine gierige Schlampe, unsere Mangla. Oder nicht, meine Liebe? Einsam auch, jetzt, wo Jawaheer nicht mehr da ist – nicht dass sie jemals mehr als zwei *Pice* für ihn gegeben hätte." Sie lächelte mich mit ihrem Delilah-Lächeln an. „Hat sie dir Spaß gemacht, Engländer? Du hast ihr Spaß gemacht. Sie ist 31, das alte Weib – fünf Jahre älter als ich und doppelt so sündig, also sei vorsichtig mit ihr."

Sie griff noch einmal nach ihrem Becher, warf ihn um und der Wein floss über ihren Bauch. Sie fluchte lästerlich und nahm den Diamanten aus ihrem Nabel. „Mangla, nimm ihn. Er mag ihn nicht, und den Trick wird er niemals lernen." Sie stand auf, nicht allzu standfest und winkte Mangla ungeduldig zu. „Los, Frau – zeig ihm, wo er sich waschen kann, richte das

Öl her und dann verschwinde. Und vergiß nicht Rai und der Python zu sagen, dass sie in Hörweite bleiben sollen, für den Fall, dass ich sie brauche."

Während ich mich in einem winzigen Nebengemach hastig wusch, fragte ich mich, ob ich jemals eine solche Nutte erlebt hatte. Ranavalona, natürlich, aber von einem weiblichen Affen erwartet man auch keinen koketten Flirt. Montez war auch keine gewesen, die auf langes Zeremoniell bestand. Sie rief: „Bewaffnet Euch!" und winkte mit ihrer Haarbürste. Und Mrs. Leo Lade konnte einem die Hose mit einem einzigen Seitenblick herunterreißen, aber keine von ihnen hatte ihre dunklen Gelüste so zur Schau gestellt, wie diese beschwipste kleine Houri. Man muss sich halt nach den Sitten des Landes richten, also trocknete ich mich in fiebriger Eile ab und kam heraus, wie die Natur mich geschaffen hatte, eifrig darauf bedacht, sie zu überraschen, wenn sie aus ihrem Bad kam – aber sie war schon vor mir da.

Sie lehnte auf einer großen seidenen Decke und trug nur ihren Schleier und ihre Armbänder. Und ich hatte mich schon darauf gefreut, sie aus diesen Hosen zu schälen. Wie üblich stärkte sie sich gerade mit ihrem Weinbecher und mir kam der Gedanke, dass ich ohne Zögern an die Arbeit gehen sollte, bevor sie zu benebelt war, um noch viel mitzumachen. Aber sie konnte immer noch sehen und sprechen, denn sie beäugte mich mit glasigem Blick, leckte ihre Lippen und sagte:

„Du bist ungeduldig, wie ich sehe. Nein, warte, lass mich dich ansehen. Hmmm. Nun komm her und leg dich zu mir und warte. Ich sagte, wir müssen miteinander reden, erinnerst du dich? Es gibt Dinge, die du wissen musst, um sie Broadfoot Sahib und dem *Malki lat* zu berichten." Noch ein Schluck von dem Zeugs und ein trunkenes Kichern. „Wie ihr Engländer sagt, erst die Arbeit, dann das Vergnügen."

Ich brannte vor Eifer, ihr das Gegenteil zu beweisen, aber wie mir schon aufgefallen war, waren Königinnen eben anders – und diese hier hatte Mangla gesagt, dass Rai und die Python in der Nähe bleiben sollten. Wohl nicht ihre Hofdamen, dachte ich. Außerdem, wenn sie etwas für Hardinge hatte, dann musste ich das wissen. So streckte ich mich also aus und platzte fast bei Anblick des Überflusses in meiner Reichweite. Die boshafte Schlampe ließ sie auch noch mit einer Hand auf und ab tanzen, währen sie sich mit der anderen ein paar Schluck Wein genehmigte. Dann stellte sie den Becher weg, tauchte ihre Hand in eine tiefe Porzellanschale voller Öl und kniete sich über mich. Sie ließ das Öl auf meine männliche Brust tropfen und begann es einzureiben, ganz sanft, mit den Fingerspitzen, über meinen ganzen Oberkörper, und murmelte mir zu, still zu liegen, während ich die Zähne zusammenbiss und mich zu erinnern versuchte, was ein Ablativus Absolutus war. Ich musste ihr zu Gefallen sein, aber mit dem geschminkten Hurengesicht über mir, das mir den Alkoholdunst warm ins Gesicht blies, und diesen großartigen Dingern, die da über mir neckisch baumelten und den Fingern, die mich streichelten... Nun es war sehr ablenkend. Um die Sache noch schlimmer zu machen, flüsterte sie mit heiserer Stimme, und ich musste versuchen, aufmerksam zu sein.

Jeendan: Das ist es, was Runjeet Singh umgebracht hat, weißt du das? Ich brauchte eine volle Schale Öl... Und dann starb er lächelnd.

Flashy (etwas heiser): Was Ihr nicht sagt! Irgendwelche letzte Worte?

J: Es war meine Pflicht, das Öl aufzutragen, während wir die Staatsgeschäfte besprachen. Es erleichterte die Langeweile dabei, sagte er, und erinnerte ihn daran, dass nicht alles im Leben Politik ist.

F (nachdenklich): Kein Wunder, dass das Land vor die Hunde geht. Ah, macht weiter! Oh Gott! Staatsgeschäfte, ja? Schau, schau...

J: Du findest das... anregend? Es ist ein Brauch aus Persien. Die Brautpaare machen das in der Nacht ihrer Hochzeit, um ihre Scheu zu verlieren und die Freude aneinander zu vergrößern.

F (mit zusammengebissenen Zähnen): Man lernt wirklich nie aus! Oh, heiliger Moses! Möchtet Ihr selbst nicht auch ein bisschen Öl? Nach Eurem Bad, meine ich. Ihr dürft Euch ja nicht erkälten! Ich würde gerne...

J: Vielleicht später. Was für starke Muskeln du hast, mein Engländer.

F: Übung und ein sauberes Leben... oh Gott! Schaut her, *Kunwari*, ich denke, das genügt mir jetzt...

J: Ich kann das besser beurteilen als du. Sei still und höre zu. Du hast alles gehört, was in meinem Durbar geschehen ist? Dann kannst du Broadfoot Sahib versichern, dass alles in Ordnung ist, der Tod meines Bruders ist vergessen, und ich halte die Khalsa in meiner hohlen Hand. Nein, nein, sei still! Ich wollte dich nur necken! Sag ihm auch, dass ich dem Sirkar die freundschaftlichsten Gefühle entgegenbringe und nichts zu befürchten ist. Verstehst du?

F (winselnd): Absolut. Wo wir von freundschaftlichen Gefühlen sprechen...

J: Noch ein bisschen mehr Öl, denke ich. Aber du musst ihn warnen, keine Truppen vom Sutlej abzuziehen, ist das klar? Die Regimenter müssen in voller Stärke dort bleiben. So wie du, mein mächtiger englischer Elefant. Gut, jetzt habe ich dich lange genug geneckt. Du musst für deine Geduld belohnt werden. (Hört auf und lehnt sich zurück, um etwas zu trinken)

F: Gerade noch rechtzeitig...

J (ihn abwehrend): Nein, nein. Du bist dran mit dem Öl! Nicht zu viel und beginn bei meinen Fingerspitzen. Ganz sanft. Streich es in meine Hände. Gut. Nun die Handgelenke. Du wirst Broadfoot Sahib sagen, dass die Khalsa bis nach dem *Dasahra* zerstreut sein wird, dann werde ich die Astrologen anweisen, einen guten Tag für den Beginn des Krieges zu wählen. Nun meine Ellenbogen. Aber kein Tag wird viele Wochen lang glückbringend sein. Dafür werde ich sorgen. Langsam zu meinen Schultern, sanfter, ein wenig mehr Öl. Ja, ich weiß, wie man verschiebt und verzögert. Der Sirkar wird Zeit genug haben, sich auf alles vorzubereiten, was da kommen mag. Die Schultern, habe ich gesagt! Nun gut, du warst geduldig, also warum nicht? Mehr Öl und beide Hände... mehr... ah, wie schön! Aber langsam, es gibt noch mehr Neuigkeiten für Broadfoot Sahib..."

F (wild am Einölen): Zum Teufel mit Broadfoot!

J: Geduld, mein Lieber, du bist zu schnell. Ein zu schnelles Vergnügen ist ein verschwendetes Vergnügen. Sag ihm, Lal Singh und Tej Singh werden die Khalsa kommandieren – hörst du zu? Lal und Tej, vergiss die Namen nicht. So, jetzt habe ich dir alles gesagt. Leg dich wieder nieder, mein Elefant und erwarte die Befehle deines Mahout. So. Oh Götter... Ah..h..h..h! Warte, halt still und sieh dir dieses Stundenglas an, es zeigt die Viertelstunden. Es muss leer sein, bevor du es bist, hörst du? So, langsam, langsam... Du erinnerst dich an die Namen? Lal und Tej, Lal und Tej, Lal und..."

Junge Kerle, die sich selbst für meisterhaft halten, werden es nicht glauben, aber diese anspruchsvollen Damen, die darauf bestehen, den Ton anzugeben, können einem mehr Vergnügen verschaffen als eine unterwürfige Sklavin, wenn man sie richtig behandelt. Wenn sie die Prinzessin spielen wollen, die den armen Bauern herumkommandiert, dann lass sie. Es macht sie glücklich und erspart einem jede Menge harter Arbeit. Ich kannte jede Menge dieser hochherrschaftlichen Weiber, und das Geheimnis ist, sie das Tempo bestimmen zu lassen, sich zurückzuhalten, bis sie ihr Pulver verschossen haben, und ihnen dann mehr zu geben, als sie je verlangt haben.

Weil ich Jeendans unmäßigen Appetit kannte, dachte ich, es würde mir schwerfallen, nach Plan vorzugehen. Aber jetzt war ich nüchtern, was ich bei unserem ersten Zusammentreffen nicht war, und es war so leicht wie von einem Baumstamm zu fallen. Was sie auch tat, wenn Sie mich verstehen, nach kaum fünf Minuten und schluchzend vor Freude. Also hob ich sie hoch und ritt sie durch das Zimmer, bis sie nach ihrer Mama rief. Dann ließ ich ihr eine Minute Pause zwischen zwei Runden, während der ich sie liebevoll einölte und dann wieder loslegte. Dazwischen drehte ich noch das Stundenglas um und zeigte es ihr. Aber ich glaube, vor lauter Alkohol und Ekstase hatte sie es nicht gesehen. Sie wimmerte, ich sollte sie in Ruhe lassen, also brachte ich die Sache so gemütlich wie möglich zu Ende und verdammt will ich sein, wenn sie nicht ohnmächtig wurde – entweder deswegen oder vom Alkohol.

Nach einer Weile wachte sie wieder auf und rief schwach nach Wein, also gab ich ihr ein paar Schluck, während ich überlegte, ob ich sie verprügeln sollte oder lieber ein Schlaflied singen. Das erste schien nicht ratsam, so weit weg von zu Hause, also trug ich sie herum und summte „Rockabye, baby". Tatsächlich schlief sie ein und kuschelte sich an mich. Ich legte sie auf den Diwan, dachte mir, das gibt mit Zeit, meine Energie zu erneuern, und ging in den Waschraum, um das Öl loszuwerden. Ich wusste, das geile Frauen seltsame Geschmäcker haben: Birkenruten, Sporen, Haarbürsten, Pfauenfedern, Bäder, Handschellen, Gott weiß was, aber Jeendan war die einzige Fettliebhaberin, an die ich mich erinnern kann.

Ich schrubbte vor mich hin und summte „Drink, puppy, drink", als ich im Boudoir eine silberne Handglocke läuten hörte. Du wirst noch eine Weile warten müssen, meine Liebe, dachte ich. Aber dann hörte ich Stimmen und erkannte, dass sie Mangla gerufen hatte und ihr mit träumerischem, erschöpften Flüstern Anweisungen gab.

„Du kannst Rai und die Python wegschicken", murmelte sie. „Ich werde sie heute nicht brauchen. Morgen vielleicht auch nicht."

Das glaubte ich auch. Also sang ich „Rule, Britannia".

Wenn Sie die Papiere von Sir Henry Hardinge und George Broadfoot zum Oktober 1845 studieren (nicht, dass ich sie als leichten Lesestoff empfehlen würde), dann werden Sie am Monatsbeginn drei wichtige Einträge finden: Mai Jeendans Hof begab sich nach Amritsar, Hardinge verließ Kalkutta und ging zur Grenze am Sutlej, und Broadfoot hatte eine medizinische Untersuchung und besuchte danach alle seine Außenposten. Kurz gesagt, die drei Hauptakteure der Krise am Sutlej hatten eine Atempause – was hieß, dass es in diesem Herbst keinen Krieg gab. Gute Nachrichten für jeden, außer der im Land verstreuten Khalsa, die in ihren weit verstreuten Lagern maulten und unbedingt kämpfen wollten.

Meine eigene Erleichterung war körperlich. Jeendans Abreise geschah gerade noch rechtzeitig, denn noch ein Liebeskampf mit ihr hätte mich für immer ruiniert. So etwas habe ich selten erlebt: man hätte gedacht, nach der wilden Geschichte, die ich gerade beschrieben habe, wäre sie eine Zeitlang zufrieden gewesen, aber nein. Ein paar Stunden Schlaf, eine Pint voll Alkohol und dann den Hengst wieder aufzäumen, das war ihr Stil. Ich bezweifle, dass ich in den nächsten drei Tagen das Tageslicht sah, ich glaube, es waren drei, man verliert einfach jedes Zeitgefühl, wissen Sie. Wir könnten einen Rekord aufgestellt haben, aber ich habe nicht mitgezählt (außerdem würde sich sowieso irgendein Yankee vordrängen). Sicher weiß ich, dass mein Gewicht unter 152 Pfund sank, was für einen Kerl meiner Größe nicht wirklich gesund ist. Ich war derjenige, der eine medizinische Untersuchung brauchte und nicht Broadfoot!

Und am vierten Morgen, als ich nur noch die leere Hülle eines Mannes war und mich fragte, ob irgendwo in der Nähe ein Kloster lag, was tat sie da? Sie ließ einen Kerl kommen, der mein Porträt malen sollte. Zuerst, als er seine Leinwand und Farben in das Boudoir schleppte und mit seinem Pinsel zu winken begann, dachte ich, das wäre eine weitere ihrer abartigen Verrücktheiten und sie wollte uns malen lassen, während wir in vollem Galopp waren. Zum Teufel damit, sagte ich mir, wenn ich in der Royal Academy des Pandschab ausgestellt werden soll, dann nur mit meinen Hosen und gekämmten Haaren. Aber es sollte eine ordentliche Sitzung werden. Flashy vollständig bekleidet mit romantischer, einheimischer Kleidung wie Lord Byron, vornehm dreinschauend mit einer Hukah in der Hand und einer Schale voller Früchte im Vordergrund. Jeendan lümmelte neben dem Künstler und trieb ihn an, während Mangla hilfreiche Bemerkungen machte. Zwischen den beiden war er ganz schön arm dran, aber er schaffte ein großartiges Porträt von mir in kürzester Zeit – ich glaube, jetzt hängt es in der Galerie in Kalkutta und heißt *Offizier der Company in Sikhgewandung* oder so. *Hirsch bei der Flucht gestellt* trifft es eher.

„Damit ich mich an meinen englischen *Bahadur* erinnern kann!", sagte Jeendan und grinste obszön, als ich sie fragte, was sie damit wollte. Ich fasste das als Kompliment auf und fragte mich, ob es meine Entlassung aus ihren Diensten bedeutete. Denn gleichzeitig teilte sie mir mit, dass sie den kleinen Dalip nach Amritsar bringen würde, in die Heilige Stadt der Sikhs, zur Feier des *Dasahra*, und einige Wochen fernbleiben würde. Ich spielte den Traurigen und verbarg die Tatsache, dass sie mich in einen Zustand gebracht hatte, in dem es mir egal war, ob ich jemals wieder eine Frau sah.

Nachdem ich in mein Quartier zurückgetaumelt war, kritzelte ich einen Bericht über den Durbar und das Gespräch danach und ließ ihn in den Zweiten Thessaloniern verschwinden. Dieser Bericht war es, der Hardinge und Broadfoot davon überzeugte, dass sie genügend Zeit hatten: kein Krieg vor dem Winter. Damit hatte ich Recht. Glücklicherweise behielt ich meine weitere Ansicht für mich, dass es gar keinen Krieg geben würde.

Sehen Sie, ich war davon überzeugt, dass Jeendan keinen Krieg wollte. Falls sie glaubte, dass die Khalsa uns schlagen und sie zur Königin von ganz Indien machen konnte, hätte sie die Armee inzwischen schon über den Sutlej geschickt. Indem sie ihnen diese Verzögerung aufzwang, hatte sie ihre beste Chance ruiniert, nämlich die Invasion zu beginnen, solange das heiße Wetter anhielt und unsere Truppen am schwächsten waren. In den kühlen Monaten würden unsere Kranken wieder auf die Beine kommen. Trockenes Wetter und niedrige Wasserstände würden unsere Transporte und Truppenbewegungen unerstützen. Eisige Nächte, für uns nur unangenehm, würden die Khalsa entsetzlich plagen. Auch trieb sie ein Doppelspiel, indem sie uns warnte, wachsam zu bleiben, und rechtzeitige Vorwarnung versprach, wenn sie trotz ihrer Wünsche doch losbrechen sollten.

Na, werden Sie sagen, das ist ein kluges Mädchen, die weiß, wie man sich mit beiden Seiten gutstellt – und beide betrügt, wenn es ihr gefällt. Aber sie hatte bereits dafür gesorgt, dass alle Vorteile bei uns lagen, falls es zum Krieg kommen würde – *sie* hätte keinen Vorteil davon gehabt, geschlagen zu werden.

Abgesehen davon glaubte ich nicht, dass Krieg zu ihrem Charakter passte. Oh, ich wusste, sie war eine schlaue Politikerin, wenn sie sich zusammennahm, und ohne Zweifel genauso grausam und rücksichtslos wie jeder andere indische Herrscher. Aber ich musste immer an das plumpe, freudentrunkene Gesicht denken, das da auf den Polstern döste, zu antriebslos für irgend etwas außer Alkohol und Ausschweifungen. Der Gedanke daran, dass sie einen Krieg planen, ja ihn sogar leiten würde, lag einfach zu fern. Bei der Liebe Gottes, sie war selten nüchtern genug, um mehr zu planen als unser nächstes erotisches Experiment. Nein, wenn Sie sie gesehen hätten wie ich, träge vom Wein und der Liebe, Sie hätten zugegeben, dass Broadfoot Recht hatte, und sie nur eine Hure war, die sich selbst langsam umbrachte, schon zu weit hinüber, um irgendetwas Großes zu unternehmen.

So dachte ich – ich habe sie falsch beurteilt, vor allem die Stärke ihres Hasses. Ich habe auch die Khalsa falsch beurteilt. Ich leide nicht allzu sehr unter Schuldgefühlen deswegen. Es scheint eine Verschwörung gegeben zu haben, um Flashy damals im Ungewissen zu lassen – Jeendan, Mangla, Gardner, Jassa und sogar die Generäle der Sikhs planten mit mir, als sie ihre finsteren Ziele verfolgten, aber ich konnte das nicht wissen.

Wahrlich, ich fühlte mich sogar ziemlich gut an jenem Morgen, als der Hof nach Amritsar abreiste. Ich ging hinaus, um meinen Hut zu ziehen, als der Zug sich durch das Kashmir-Tor wand. Der kleine Dalip saß ganz vorne auf seinem Elefanten. Er nahm die Hochrufe der Menge ganz kühl entgegen, aber er blinzelte freundlich und winkte mir fröhlich zu, als er mich sah. Lal Singh, tapfer wie ein Pfau, ritt mit besitzergreifender Miene neben Jeendans *Palki*, er blinzelte nicht. Aber als sie nickte und lächelte, um meinen Gruß zu erwidern, grinste er mich zufrieden an, als wollte er sagen: Zurück an die Seitenlinie, Ungläubiger, jetzt bin ich dran. Mir ist es nur Recht, dachte ich, reichlich chinesischen Ingwer und Rhinozerospulver und du wirst es vielleicht überleben. Mangla, die in der nächsten Sänfte folgte, war die einzige, der es anscheinend Leid tat, mich zurück zu lassen. Sie winkte und sah mich an, bis sie in der Menge verschwand.

Der lange Zug aus Tieren, Dienern, Wachen und Musikanten war immer noch in Sicht, als Jassa und ich uns abwandten und zum Rushnai-Tor ritten. Ein fröhliches *Dasahra* in Amritsar euch allen, dachte ich. Und wenn ihr zurückkommt, wird Gough die Grenze verstärkt haben. Hardinge wird hier sein, um von Angesicht zu Angesicht zu sprechen. Wir werden die Khalsa schon zähmen. Alles wird sich friedlich regeln lassen und ich kann nach Hause gehen. Das sagte ich auch zu Jassa, und er gab nur sein Yankee-Pathanen-Grunzen von sich.

„Das glaubt Ihr? Wenn ich Ihr wäre, Leutnant, würde ich das nicht sagen, bevor ich nicht wieder unter einem Eisengitter bin˙.“

„Warum nicht - hast du irgend etwas gehört?“

„Nur den *Barra choop*“, sagte er und grinste über sein ganzes hässliches Gesicht.

„Was zum Teufel soll das sein?“

„Das wisst Ihr nicht – ein alter Khyber-Kämpfer wie Ihr? *Barra choop* – die Ruhe vor dem Sturm.“ Er legte seinen Kopf schief. „Ja, Sir, ich kann ihn tatsächlich hören.“

„Ach zur Hölle mit deinen Unkenrufen! Himmel noch mal, Mann, die Khalsa ist über das ganze Land verteilt und wenn sie sich wieder gesammelt hat, wird Gough 50.000 Bajonette am Fluss stehen haben…“

„Wenn er das tut, ist das ein rotes Tuch für den Stier des Pandschab“, sagte der verdammte Pessimist. „Dann werden sie *sicher* sein, dass er angreifen will. Außerdem hat Eure Freundin der Khalsa für kommenden November einen Krieg versprochen – sie werden ziemlich sauer sein, wenn sie den nicht bekommen.“

„Sie werden noch viel saurer sein, wenn sie ihn bekommen!“

„Das wisst Ihr – sie wissen das vielleicht nicht.“ Er drehte sich im Sattel um, hielt die Hand über die Augen wegen der Sonne und sah dem langen Zug nach, der sich auf der Straße nach Amritsar bewegte. Als er wieder sprach, tat er es in

*An Bord eines Indien-Schiffes, die Anspielung bezieht sich auf die Flagge der Company.

Pushtu. „Seht, *Husoor*, wir haben im Pandschab die zwei großen Zutaten für Unfug: eine Armee, die das Land durchstreift, und eine Frau im Haus, die ihrer Zunge freien Lauf lässt." Er spuckte aus. „Man kann nicht wissen, was beide zusammen anstellen werden."

Ziemlich scharf befahl ich ihm, seine Sprichwörter für sich zu behalten. Wenn es eine Sorte Mensch gibt, die ich nicht mag, dann sind es Schwarzseher, die mich beunruhigen, vor allem wenn es üble Schurken sind, die sich auskennen. Naja, ich fragte mich schon, ob er sich wirklich auskannte, denn jetzt, nach den Schrecken und Ereignissen meiner ersten Wochen in Lahore, kam eine lange Zeit, wo sich gar nichts tat. Wir verhandelten täglich wegen des Soochet-Erbes, und das war verdammt langweilig. Der *Inheritance Act* von 1833 ist noch eintöniger als die *Police Gazette*, und nach Wochen, in denen ich dem Unfug eines nach Knoblauch stinkenden alten Knackers mit Stahlbrille der genauen Bedeutung von „universum jus" und „seisin" zuhören musste, war mir in einem Ausmaß langweilig, dass ich beinahe an Elspeth geschrieben hätte. *Barra choop*, wahrhaftig.

Auch wenn es kein Anzeichen für den von Jassa vorhergesagten Sturm gab, so herrschte doch kein Mangel an Gerüchten. Als das *Dasahra* vorbeiging und der Oktober zum November wurde, summte der Bazaar vom Gerede über die britische Truppenkonzentration am Sutlej. Ausgerechnet Dinanath behauptete öffentlich, dass die Company Ländereien der Sikh südlich des Sutlej annektieren wollte. Es wurde auch berichtet, er habe gesagt „die Maharani sei bereit zum Krieg, um die nationale Ehre zu verteidigen". Aber, das hatten wir schon früher gehört. Die letzte sichere Nachricht war, dass sie von Amritsar nach Shalamar gezogen war und dort die Nächte mit Lal durchfeierte. Ich war überrascht, dass er immer noch durchhielt, ohne Zweifel lösten ihn Rai und die Python gelegentlich ab.

Dann, spät im November, begannen Dinge zu geschehen, die mich widerwillig dazu zwangen, aufmerksam zu werden. Die Khalsa versammelte sich wieder in Maian Mir, Lal wurde als Wazir bestätigt und Tej als Oberkommandierender. Beide hielten feurige Reden und die führenden Generäle legten ihre Eide auf den Granth ab und schworen mit ihren Händen auf Runjeets Grab unsterbliche Treue für den kleinen Dalip. Sie können sicher sein, dass ich nichts davon als Augenzeuge sah. Ich hielt mich weit in Deckung, aber Jassa erzählte mir alles und freute sich über jede neue alarmierende Nachricht, verflucht soll er sein.

„Sie warten nur noch auf die Astrologen, die den Tag bestimmen sollen", sagte er. „Sogar die Marschorder ist schon ausgestellt – Tej Singh soll nach Ferozepore gehen mit 42.000 Mann Infanterie, während Lal weiter nördlich über den Fluss setzt, mit 20.000 *Gorracharra*. Ja, Sir, sie haben die Hand schon am Abzug."

Ich wollte ihm nicht glauben und wies darauf hin, dass die strategische Position nicht besser war als zwei Monate zuvor.

„Außer, dass in der Perlen-Moschee keine einzige Rupie mehr liegt und nichts mehr da ist, um die Truppen zu bezahlen. Entweder sie marschieren oder sie explodieren. Ich hoffe nur, Gough ist bereit. Was sagt Broadfoot?"

Das war das Beunruhigendste – seit zwei Wochen hatte ich keine Zeile mehr aus Simla erhalten. Ich hatte Nachrichten chiffriert, bis die Zweiten Thessalonier schon Eselsohren hatten, und keine Antworten erhalten. Das sagte ich Jassa nicht, aber ich erinnerte ihn daran, dass das letzte Wort bei Jeendan lag. Sie hatte die Khalsa schon einmal dazu überredet zu warten, sie konnte das auch ein zweites Mal tun.

„Ich setze zehn Chips˙, dass sie es nicht kann", sagte er. „Wenn die Astrologen erstmal freie Bahn geben, könnte es sie ihren hübschen Kopf kosten, falls sie noch einmal versucht, sie zurück zu halten. Wenn die Sterne sagen ‚Los!‘, muss sie ihnen ihren Willen lassen – und Gott helfe Ferozepore!"

Er verlor seine Wette. „Ich werde den Astrologen sagen, was sie tun sollen," hatte sie gesagt und wohl auch getan, denn als die weisen Männer einen Blick auf die Planeten warfen, kannten sie sich überhaupt nicht mehr aus. Endlich gaben sie zu, dass der glückverheißende Tag deutlich genug zu erkennen

˙Rupien

war, aber leider sei der letzte Woche gewesen und sie hätten es nicht gesehen, so ein Pech. Das ließen sich die *Panches* nicht bieten. Sie bestanden darauf, dass ein anderer Tag gefunden würde, und das schnell. Die Astrologen berieten und meinten dann, dass ein recht guter Tag in zwei Wochen kommen würde, so weit sie das beurteilen konnten. Das gefiel den Soldaten auch nicht, und sie waren kurz davor, die Astrologen aufzuhängen. Die besannen sich und sagten, morgen sei der Tag! Kein Zweifel, sie konnten sich nicht vorstellen, wie sie das bisher nicht hatten erkennen können. Ihre Glaubwürdigkeit war mittlerweile ziemlich gering. Obwohl die *Gorracharra* den Abmarschbefehl von Lahore erhielten, brachte Lal sie nur ein kleines Stück hinter Shalamar, bevor er in die Stadt zurück in Jeendans Arme eilte, die in die Festung zurückgekehrt war. Tej sandte die einzelnen Divisionen der Infanterie los, blieb aber selbst zu Hause, und der Marsch verzögerte sich, wie Jassa berichtete.

Ich tat einen Seufzer der Erleichterung, offensichtlich wollte Jeendan zu ihrem Wort stehen. Jetzt, da sie wieder unter dem selben Dach mit mir war, überlegte ich mir, ein Gespräch mit ihr zu suchen, sah aber dann davon ab. Nichts wäre schlimmer gewesen als Gerüchte im Bazaar, dass sie sich mit einem englischen Offizier beraten hätte. Also setzte ich mich hin, um eine Nachricht an Broadfoot zu verfassen, beschrieb die Verwirrung, welche die Astrologen angerichtet hatten, und wie die Khalsa ohne ihre Kommandanten ziellos herumirrte. „In alledem (so schloss ich) erkennen wir die zarte Hand einer gewissen Dame im Pandschab." Elegante Briefe schrieben wir Politiker damals. Manches Mal waren sie zu elegant für unser eigenes Wohl.

Ich sandte den Brief wie gewöhnlich durch die Bibel ab und schlug Jassa vor, er sollte Gardner ausfragen, wie das Spiel stand. Gardner war mit Jeendan zurückgekehrt, aber mein Adjutant weigerte sich und wies mich darauf hin, dass er der letzte Mensch war, dem Gardner jemals etwas anvertrauen würde. „Und wenn der eifersüchtige Hurensohn auf den Gedanken kommt, ich spioniere herum, dann könnte mir was zustoßen. Oh, sicher ist er Broadfoots Freund, aber er steht in Dalips und Mai Jeendans Diensten. Vergesst das nicht. Wenn es zum Krieg kommt, kann er nicht auf unserer Seite stehen."

Dessen war ich mir nicht so sicher, aber ich konnte nichts tun außer warten – auf Nachrichten von den Absichten der Khalsa und ein Wort von Broadfoot. Drei Tage vergingen, eine Woche verstrich, während Lahore vor Gerüchten summte. Die Khalsa marschierte, die Briten waren eingefallen, Goolab Singh hatte sich erst für die eine Seite erklärt, dann für die andere, der Radscha von Nabla hatte angekündigt, er sei die elfte Inkarnation Vishnus und würde einen Heiligen Krieg beginnen, um die Fremden aus Indien zu jagen – all der übliche Schwachsinn, widerlegt, sobald er ausgesprochen war. Und ich konnte nichts anderes tun als bei Tag das Soochet-Erbe zu ertragen, am Abend ungeduldig auf meinem Balkon auf- und abzurennen und zuzusehen, wie der rote Abendhimmel purpurn wurde. Sterne erfüllten die Nacht über dem Brunnenhof. Ich lauschte dem entfernten Murmeln der Stadt, die wie ich auf Krieg oder Frieden wartete.

Es war nervend und einsam und dann, in der siebenten Nacht, als ich gerade ins Bett geklettert war, wer kam da hereingeschlichen, unangekündigt? Natürlich Mangla. Endlich Neuigkeiten, dachte ich mir, und fragte danach, als ich die Lampe stärker aufdrehte. Aber ihre ganze Antwort bestand daraus, vorwurfsvoll zu schmollen, ihr Kleid beiseite zu werfen und zu mir ins Bett zu hüpfen.

„Nach sechs Wochen bin ich nicht gekommen, um über Politik zu sprechen", sagte sie und rieb ihre Oberweite über mein Gesicht. „Ah, kostet doch, Bahadur, und esst, bis Ihr satt seid! Habt Ihr mich vermisst?"

„Wie? Ja, furchtbar!", sagte ich und nahm einen höflichen Bissen. „Aber welche Neuigkeiten gibt es? Hast du eine Botschaft von deiner Herrin? Was tut sie?"

„Dies und das und jenes", sagte sie und neckte mich eifrig. „Mit Lal Singh. Sie frischt seine Manneskraft auf. Ob für sich selbst oder für die Grenze – wer weiß? Seid Ihr eifersüchtig auf Ihn? Bin ich ein so schlechter Ersatz?"

„Nein, verdammt! Halt still, ja? Frau, um Himmels willen, was geschieht? Einmal höre ich, die Khalsa marschiert, dann wieder, dass sie zurückgerufen wurde – ist nun Krieg oder Frieden? Sie schwor, dass sie uns warnen würde – nein, nimm sie nicht weg! Aber ich muss es wissen, verstehst du nicht, damit ich eine Nachricht schicken kann..."

„Ist es wirklich wichtig?", murmelte die kleine Schlampe. „In diesem Augenblick – ist es wirklich wichtig?"

Natürlich hatte sie Recht, für alles gibt es einen richtigen Zeitpunkt. Während der nächsten Stunde erinnerte sie mich daran, dass das Leben nicht nur aus Politik besteht, wie der alte Runjeet gesagt hatte, bevor er friedlich gestorben war. Ich war auch dazu bereit, denn seit meinem längeren Zwischenspiel mit Jeendan hatte ich keinen Rock mehr gesehen außer meinen beiden kleinen Dienerinnen, und sie waren es nicht wert, dass ich mich nach ihnen umdrehte.

Nachher aber, als wir schläfrig und Wein trinkend unter dem *Punkah* lagen, konnte ich nicht den kleinsten Splitter Neuigkeiten aus ihr herausholen. Auf alle meine Fragen zuckte sie nur ihre hübschen Schultern und sagte, sie wüßte es nicht. Die Khalsa lägen immer noch an der Leine, aber was Jeendan dachte, konnte niemand sagen. Ich glaubte ihr nicht, sie musste doch eine Nachricht für mich haben.

„Dann hat sie mir nichts gesagt", sagte Mangla und knabberte an meinem Ohr. „Ich glaube, wir reden zu viel von Jeendan – und eigentlich kümmert sie Euch nicht, das weiß ich. Alle Männer hören damit auf. Sie ist zu gierig. Deswegen hat sie keine Liebhaber, nur Bettgespielen. Selbst Lal Singh nimmt sie nur, weil er Angst hat und ehrgeizig ist. Aber ich", sagte das süße Stück, „habe echte Liebhaber, weil es mir genauso Spaß macht, Freude zu geben wie zu nehmen – vor allem meinem englischen *Bahadur*. Oder nicht?"

Und wissen Sie was? Sie hatte schon wieder Recht. Ich hatte genug für ein ganzes Leben von den königlichen Hoheiten des Pandschab, und sie hatte ihren zarten Finger auf einen wunden Punkt gelegt: Mit Jeendan war es, als liebte man eine Dampfmaschine. Aber trotzdem musste ich wissen, was in ihrem teuflischen indischen Geist steckte. Weil Mangla weiter darauf bestand, nichts zu wissen, wurde ich wütend und drohte, es aus ihr herauszuprügeln. Sie klatschte bloß in die Hände und schlug vor, meinen Gürtel zu holen.

So ging die Nacht vorbei, und wir hatten eine fröhliche Zeit, mit nur einer Unterbrechung, als Mangla sich wegen des kalten Luftzuges beschwerte. Ich rief dem *Punkah-Wallah* zu, doch aufzupassen. Aber durch die geschlossene Türe konnte er mich nicht hören, also stand ich fluchend auf. Es war nicht der übliche alte Mann, sondern ein anderer Idiot – sie sind alle gleich, schlafen tief und fest, wenn du eine Abkühlung brauchst, und lassen dich erfrieren wie beim Nordwester in den Nachtstunden. Ich verabreichte ihm ein paar Schläge und lief zurück zu etwas mehr kashmirischer Kultur. Das war anstrengende Arbeit und als ich erwachte, war es schon morgen und Mangla war gegangen. Und in den Zweiten Thessaloniern wartete eine Nachricht von Broadfoot auf mich.

Also hatte Jassa Recht behalten, Mangla war wirklich der geheime Kurier. Dieses kleine Mäuschen! Sie vermischte Geschäft und Vergnügen. Ich hatte mich schon am ersten Tag gefragt, ob sie es gewesen war. Sie war der perfekte Zwischenträger, wenn man darüber nachdachte. Sie konnte im Palast gehen und kommen wie sie wollte. Das Sklavenmädchen, das die reichste Frau in Lahore war – es war leicht für sie, die anderen Kuriere zu bestechen oder ihnen Befehle zu erteilen. Einer von ihnen musste sie vertreten haben, während sie in Amritsar gewesen war. Aber wie hatte Broadfoot sie rekrutiert? Mein Respekt für meinen Chef war schon immer hoch, aber jetzt verdoppelte er sich, das kann ich Ihnen sagen.

Das war auch gut so, denn wenn irgendetwas meinen Glauben erschüttern konnte, dann war es der Inhalt dieser Botschaft. Als ich sie dekodiert hatte, starrte ich das Papier einige Minuten lang an, und übersetzte von neuem, um sicher zu gehen, dass ich mich nicht geirrt hatte. Kein Zweifel, es war pukka, und der Schweiß tropfte mir von der Stirn, als ich es zum zehnten Mal las:

Äußerst wichtig und nur für Nummer Eins. In der ersten Nacht nach Erhalt geht in einheimischem Gewand zu Theater der französischen Soldaten zwischen dem Shah Boorj und dem Buttee-Tor. Verwendet die Signale und wartet auf Nachricht von Bibi Kalil. Sagt nichts davon zu Eurem Adjutanten.

Nicht einmal ein „Ich verbleibe" oder ein „Vertraut mir und handelt". Das war alles.

Das Problem des Nachrichtendienstes ist es, dass sie Wahrheit nicht von Lüge unterscheiden können. Selbst Parlamentsmitglieder wissen, wenn sie lügen, was sie die meiste Zeit tun, aber Männer wie Broadfoot bemerken ihre eigenen Ausreden nicht. Es geschieht alles für das Wohl des Dienstes, also muss es auch wahr sein. Das macht es für ehrliche Schurken wie mich so schwer zu erkennen, wann wir tiefer in der Scheiße sitzen als das Hinterteil eines Affen. Ich hatte das Schlimmste befürchtet, wie Sie sich erinnern werden, als er sagte „es würde nicht zur Notwendigkeit kommen, mich verkleiden zu müssen oder sonst etwas Verzweifeltes zu tun". Oh, nein, George, das doch nicht! Ehrlich, man ist sicherer, wenn man es mit Anwälten zu tun hat.

Und jetzt war es soweit, meine schlimmsten Ängste wurden wahr. Flashy wurde ins Feld hinaus geschickt, auch noch glatt rasiert und ohne Schlupfloch oder Freund in der Not. Kommen Sie, werden Sie sagen, was ist daran so schlimm – es handelt sich doch sicher nur um ein Treffen in Verkleidung? Na klar... und dann? Wer zum Teufel war Bibi Kalil – der Name konnte jede bezeichnen, von der Prinzessin bis zur Hure, und in welche Schrecken würde sie mich auf Broadfoots Geheiß hin führen? Ich würde es bald genug herausfinden.

Die Verkleidung war noch das Leichteste. Ich hatte einen *Poshteen* in meinem Koffer und ein paar Dinge zusammengetragen, seit ich in Lahore war. Persische Stiefel, einen *Pyjamys* mit Gürtel für mehr Bequemlichkeit an heißen Tagen, solche Dinge eben. Mein eigenes Hemd würde reichen, wenn ich ein paar Mal darauf herumgetrampelt war, und einen *Puggaree* konnte ich aus ein paar Handtüchern basteln. Normalerweise hätte ich mir Jassas Ausrüstung geborgt, aber er durfte ja nichts davon wissen. Das war es, was mich an dieser Nachricht mittelschwer beunruhigte. Der letzte Satz war unnötig, denn das Wort „allein" zu Beginn bedeutete ja schon, dass die ganze Sache geheim und nur für mich bestimmt war. Vielleicht wollte George nur „ganz sicher gehen", wie er immer sagte.

Die Festung zu verlassen war weniger einfach. Ich war ein- oder zweimal am Abend spazieren gegangen, aber niemals weiter als bis zum Markt am Hazooree-Tor an der inneren Mauer. Das war der bessere Bazaar für die Häuser der Reichen, die südlich der Festung lagen, bevor man die eigentliche Stadt erreichte. Ich wagte es nicht, meine Verkleidung schon im Palast anzulegen, also stopfte ich alles in eine kleine Tasche. Alles, außer meinen Stiefeln, die ich unter meinen Unaussprechlichen[*] unterbrachte. Dann musste ich nur noch darauf achten, dass Jassa nicht in der Nähe war, und nach Einbruch der Dunkelheit durch die Gärten davon schleichen. Wenige Menschen waren unterwegs, und schnell war ich hinter einem Busch, stolperte mit einem Bein in der Hose herum und verfluchte Broadfoot und die Moskitos. Ich wickelte den *Puggaree* tief über die Stirn, schmierte mein Gesicht mit Dreck voll und versteckte die Tasche mit meiner zivilen Kleidung in einem Mauerspalt. Ich betete, dass ich zurückkommen würde, um sie wieder zu holen. Dann ging ich los.

Ich bin öfter als ich zählen kann „zum Einheimischen geworden", und es ist alles nur eine Sache des Selbstvertrauens. Ein Amateur verrät sich, weil er sicher ist, dass jeder seine Verkleidung durchschaut und sich auch so benimmt. Natürlich tut das niemand. Einerseits interessiert es keinen, und wenn man einfach weitergeht und nicht zaudert, dann passiert auch nichts. Ich werde nie vergessen, wie ich mich mit T.H. Kavanaugh aus Lucknow geschlichen habe während der Belagerung[**]. Er war ein großer irischer Kerl ohne Vernunft und ohne ein Wort Hindi, angezogen wie der schlimmste Theaterpascha, dem der Lampenruß von den fetten roten Wangen rann und der die ganze Zeit in seinem grässlichen Dialekt

[*]*Zivilistenhosen*
[**]*Flashman im großen Spiel*

fluchte – aber kaum ein Meuterer warf ihm einen zweiten Blick zu. Jetzt waren meine bartlosen Wangen meine größte Sorge, aber ich bin braungebrannt genug und ein böses Gesicht hilft auch ganz gut weiter.

Ich hatte meine Pistole, aber ich kaufte mir noch einen Gürtel und ein kashmirisches Kurzschwert auf dem Markt, zur größeren Sicherheit und um mein Aussehen und meine Sprache zu testen. Ich bin am besten, wenn ich den bösen Pathanen spiele, der Pushtu spricht oder, in diesem Fall, schlechtes Pandschabi. Also spuckte ich oft aus, knurrte tief im Hals und handelte den Standbesitzer auf die Hälfte des Preises herunter. Er hatte nichts bemerkt, also blieb ich bei einem anderen Stand für ein *Chapatti* und ein bisschen Tratsch stehen, um ein Gefühl für die Lage zu bekommen und eventuell ein paar Gerüchte aufzufangen. Die Burschen im Dorf sprachen nur über den bevorstehenden Krieg und dass die *Gorracharra* den Sutlej ohne Widerstand am Harree *Ghat* überschritten hatten und die Briten Ludhiana aufgegeben hatten – was aber nicht stimmte.

„Sie haben ihre Nerven verloren", sagte ein Alleswisser, „Afghanistan hat sie ihnen genommen."

„Afghanistan nimmt sie jedem", sagte ein anderer. „Mein Onkel ist in Jallalabad gestorben, Friede sei mit ihm."

„Im Krieg der Briten?"

„Nein, er war der Koch in einer Pferdekarawane und ein Bazaarmädchen hat ihn angesteckt. Er bekam Medizin von einem *Hakim*', aber die half ihm nichts, denn seine Nase fiel ab, und er starb im Wahn. Meine Tante sagte, es wäre die Medizin gewesen. Wer weiß, bei einem afghanischen *Hakim*?"

„So sollten wir die Briten umbringen!", kicherte ein alter Mann. „Schickt die Maharani, um sie anzustecken! Hihi, inzwischen muss sie doch schon verfault sein!"

Das hörte ich gar nicht gerne und ein stämmiger Kerl in einem Kavalleriemantel auch nicht. „Benimm dich, du Schwein! Sie ist die Mutter des Königs, der auf dem Thron der Stadt London sitzen wird, wenn wir die Armee des Sirkar verschlungen haben!"

'Apotheker

„Hört euch das an!", spottete der alte Spaßmacher. „Die Khalsa wird also übers Meer marschieren, um nach London zu kommen?"

„Welchen *Ozean*, du Narr? London liegt doch nur ein paar *Cos*˙ hinter Meerut."

„So weit?", fragte ich und spielte den Dummen. „Warst du schon dort?"

„Ich selbst nicht", gestand der Vogel von der Khalsa. „Aber mein *Havildar* war dort, als Kameltreiber. Es ist ein armer Ort, nach allen Berichten, nicht so reich wie Lahore."

„Aber nein!", schrie der eine mit dem Onkel. „Die Häuser in London sind alle mit Gold überzogen und sogar die öffentlichen Aborte haben Türen aus Silber. Das wurde mir berichtet."

„Das war vor dem Krieg mit Afghanistan", sagte der erstklassige Lügner von der Khalsa, dessen Stil ich langsam zu bewundern begann. „Er hat die Briten arm gemacht, und jetzt haben sie Schulden bei den Juden, sogar Wellesley Sahib, der Tippoo und die Maharattas geschlagen hat, bekommt keinen Kredit mehr, und die junge Königin und ihre Mägde verkaufen sich auf der Straße. Sagt mein *Havildar*, er hat eine von ihnen gehabt."

„Hat er noch seine Nase?", rief ein anderer und alle lachten.

„Lacht nur!", rief der Alte. „Aber wenn London arm geworden ist, wo ist dann all die Beute, von der wir fett werden sollen, wenn ihr Helden von den Reinen sie nach Hause gebracht habt?"

„Gott gebe ihm Verstand! Natürlich in Kalkutta in den Tresoren der jüdischen Geldverleiher. Dort werden wir hinmarschieren, wenn wir London erobert haben und Glash-ka, wo sie Tabak anpflanzen und eiserne Schiffe bauen."

Genauso gut informiert wie unsere Öffentlichkeit über Indien, sehen Sie. Ich blieb noch eine Weile, bis ich sogar auf Pandschabi dachte, und dann machte ich mich mit dem wohlbekannten hohlen Gefühl in meinen Innereien zögernd auf den Weg.

Der *Shah Boorj* liegt in der südwestlichen Ecke von Lahore, weniger als eine Meile entfernt, aber doch fast zwei, wenn man

*Cos = eineinhalb Meilen

seinen Weg durch die gewundenen Straßen der Altstadt suchen muss. Schlechte Wege waren das, schmutzige Brühe floss an ärmlichen Hütten vorbei, die von hässlichem Bettelvolk bewohnt wurden, das aus seinen Türen starrte oder sich mit Ratten und streunenden Hunden um Abfälle raufte. Die Luft war so vergiftet, dass ich meinen *Puggaree* über den Mund wickelte, um den bestialischen Gestank zu ertragen, während ich meinen Weg an Pfützen voll verrottendem Mist vorbei suchte. Ein paar Feuer zwischen den Dunghaufen spendeten das wenige Licht, und überall waren böse Augen, menschliche und tierische, die verschwanden, wenn ich näher kam. Ich ging schneller, um von diesem höllischen Ort weg zu kommen, aber ständig stellte ich mir grässliche Gestalten vor, die mir folgten. Mir ging es wie dem Kerl in dem Gedicht, der es nicht wagt zurück zu blicken, weil er weiß, dass ihm ein schrecklicher Kobold auf den Fersen ist.

Endlich wurde der Weg besser, zwischen hohen Wohnhäusern und Lagerhäusern, und nur ein paar finstere Gestalten eilten vorbei. In der Nähe der Südmauer waren die Straßen breiter, hinter den Mauern standen anständige Häuser, ein paar *Palkis* wurden vorbeigetragen, schwankend zwischen ihren Trägern, und sogar ein *Chowkidar*˙ drehte mit Stab und Laterne seine Runden. Aber ich fühlte mich immer noch verdammt einsam in dem dreckigen, feindlichen Labyrinth zwischen mir und meinem Zuhause – so dachte ich inzwischen über die Festung, die ich vor einigen Monaten mit solchen Ängsten betreten hatte. Wir sind sehr anpassungsfähig, wir Feiglinge.

Das Theater der französischen Soldaten lag nahe dem Buttee-Tor und wenn die Frosch-Söldner, deren grobe Bildnisse die Wände schmückten, es gesehen hätten, dann wären sie zu Gericht gegangen und hätten geklagt. Sie blinzelten aus ihren Rahmen auf einen großen, lauten, stinkenden Raum – Ventura, Allard, Court und sogar mein alter Kumpel Avitabile, der mit seinem spitzen Bart und der Quastenkappe wie der italienische Bandit aussah, der er ja auch war. In diesem Moment hätte ich euch gerne an meiner Seite, dachte ich, als ich mir die

˙Polizist, Nachtwächter

Gesellschaft ansah: schurkische Zwei-Rupien-Banditen, bemalte Harpyien, die eigentlich auf Bäumen sitzen sollten, eine dreckige Musikanten-Truppe mit Flöte und Tom-Tom, die ein Paar herumstolpernde Weiber begleitete, die man nicht einmal mit einem langen Stock angreifen konnte, und Sikh-Branntwein, der ein Loch in einen eisernen Kübel fressen konnte. Ich werde nie wieder etwas gegen Boodle's sagen, dort muss man wenigstens nicht mit dem Rücken zur Wand sitzen.

Ich fand einen Stuhl zwischen zwei Schönheiten, die offensichtlich in einem Kamelstall übernachtet hatten, kaufte ein Glas Arrak, das ich ganz sicher nicht trinken würde, knurrte unfreundlich, wenn ich angesprochen wurde, und saß da wie ein braver Agent, der seine Signale kennt. Ich hielt meinen Daumen zwischen Zeige- und Mittelfinger und kratzte mich hin und wieder in der rechten Achselhöhle. Die Hälfte des Publikums tat das Gleiche und aus gutem Grund, was mich sehr beunruhigte, aber grimmig hielt ich durch und wünschte mir, ich hätte das Gelübde abgelegt. Ich ignorierte die Verführungskünste mehrerer Schreckschrauben von der Sorte, die man normalerweise für vier Pence bekommt und dazu noch ein Pint Bier und ein Schafssteak, das man aber auch nicht essen sollte, weil das Fleisch bestimmt schlecht ist. Sie schmollten oder knurrten, je nach dem, aber die letzte, eine hennageschminkte Banshee mit schlechten Zähnen, sagte, ich sei sehr heikel und wen hätte ich hier denn erwartet – etwa Bibi Kalil?

Es herrschte solcher Lärm, dass ich bezweifelte, ob jemand ihre Worte gehört hatte, aber ich wartete, bis sie davon trippelte, und zur Sicherheit noch einmal gut zehn Minuten. Dann stand ich auf und bahnte mir den Weg zur Türe. Ich ließ mir Zeit, aber sie wartete natürlich im Schatten der Veranda. Ohne ein Wort führte sie mich eine Gasse entlang, und ich folgte ihr dicht auf, mit klopfendem Herzen und eine Hand auf der Pistole unter meinem *Poshteen*, während ich angestrengt den Weg vor mir absuchte. Wir gingen ein paar verwinkelte Wege entlang, bis sie vor einer hohen Mauer mit einer offenen Seitenpforte stehen blieb. „Durch den Garten und um das Haus herum. Dein Freund wartet", flüsterte sie und verschwand im Dunkel.

Ich sah mich nach Fluchtwegen um und ging dann vorsichtig hinein. Eine kleine dichte Hecke umgab ein großes Haus in gutem Zustand. Unmittelbar vor mir führte eine steile Treppe zu einem Vorbau im oberen Stockwerk, hinter dem ein schlecht beleuchtetes Tor zu sehen war. Um die linke Hausecke schien Licht aus einem ebenerdigen Raum, den ich nicht einsehen konnte. Dort musste ich entlang, aber gerade als ich losgehen wollte, wurde das Licht im Stock oberhalb heller, und die Türe ging auf. Eine Frau trat leise in den kleinen Vorraum. Sie stand da und schaute sich im Garten um, aber da war ich schon hinter den Büschen und überlegte.

Ich schielte durch die Blätter hinauf und hatte einen guten Ausblick. Wenn das Bibi Kalil war, dann störte es mich gar nicht. Sie war groß, hatte die feinen Gesichtszüge einer Afghanin, schwere Brüste und breite Hüften, bedeckt von fransenbesetzter Hose und Jacke, ein matronenhaftes Schwergewicht und genau mein Geschmack. Dann ging sie wieder hinein, und weil meine unmittelbare Aufgabe um die Ecke im Erdgeschoss lag (leider!), seufzte ich und wandte mich dorthin. Und blieb erstarrt stehen, als mir ein Wort einfiel, das meine Führerin benutzt hatte.

Freund? Das war kein Agentenausdruck. Für gewöhnlich hieß es „Bruder" oder „Schwester". Je nach dem, wer der Auftraggeber war, er hätte ihr die genauen Worte mitgeteilt. Mir fiel wieder eine seltsame Phrase in Broadfoots Nachricht ein „Sagt Eurem Adjutanten nichts..." Das war auch nicht ganz *pukka* gewesen. Es waren nur zwei Kleinigkeiten, aber plötzlich war die Nacht stiller und die Dunkelheit tiefer. Der Instinkt eines Feiglings, wenn Sie so wollen. Aber wenn ich immer noch lebendig und ganz gesund bin, bis auf gereizte Nieren und den Drang zu furzen, dann deswegen, weil ich vor Motten erschrecke, von Lichtstrahlen gar nicht zu reden. Und ich gehe nirgendwo einfach hinein, wenn ich mich zuerst in Ruhe umschauen kann. Also ging ich nicht, wie angewiesen, offen um das Haus herum, sondern schlich hinter den Büschen um die Ecke, bis ich durch das Blattwerk in den hellerleuchteten Raum mit den offenen Fenstern sehen konnte. Und einen kleinen ruhigen Herzanfall bekam, dass ich mich an einem Ast festhalten musste.

Ein halbes Dutzend Männer war in dem Zimmer, bewaffnet und wartend. Unter anderen General Maka Khan, sein Messer tragender Mitläufer Imam Shah und der verrückte Akali, der Jeendan im Durbar beschimpft hatte. Die führenden Männer der Khalsa, geschworene Feinde des Sirkar, die nur auf den alten Flash warteten! *Freunde*, bei Gott! Und ich sollte glauben, dass Broadfoot mich zu *ihnen* geschickt hatte?

Das tat ich nicht, nicht einen Augenblick lang. Solange brauchte ich, um zu erkennen, dass irgendetwas höllisch, schrecklich falsch war. Das war eine Falle, und mein Kopf steckte fast schon darin. Ich konnte nichts tun, außer sofort zu fliehen. In Zeiten wie diesen hält man nicht inne, um nachzudenken – man beißt die Zähne zusammen, damit sie nicht klappern, und kriecht mit zitternden Eingeweiden langsam rückwärts durch die Büsche, vorsichtig, um nicht mit den Blättern zu rascheln, bis man ganz nahe beim Tor ist. Dann bildet man sich ein, leise Geräusche in der Gasse draußen zu hören, erschrickt furchtbar, tritt auf einen Ast, der mit dem donnernden Geräusch einer Haubitze zerbricht, quiekt auf und springt drei Fuß hoch in die Luft – und wenn man Glück hat, erscheint ein barmherziger Engel in fransenbesetzten Hosen oben im Stock und zischt: „Flashman Sahib! Hierher, schnell!"

Ich rannte so schnell die Stiege hinauf wie ein Fuchs mit einer Ladung Schrot im Hintern, stolperte auf der obersten Stufe und fiel Kopf voran an der Frau vorbei in die Arme eines alten Schurken, der geschickt aus der Türe humpelte. Ich sah ganz kurz einen großen weißen Bart und aufgerissene Augen unter einem schwarzen Turban. Aber bevor ich noch schreien konnte, legte sich eine Bärenpranke über meinen Mund.

„*Chub'rao*! *Khabadar*!",grollte er. „Tausend Höllen – nimm deinen ungläubigen Fuß von meinen Zehen! Wisst ihr Engländer nicht, was es heißt, Gicht zu haben?" Und zu der Frau: „Haben die etwas gehört?"

Vorsichtig!

Sie stand einen Augenblick in dem Vorraum, lauschte und glitt dann herein. Leise schloss sie die Türe. „Es sind Männer in der Gasse und Geräusche im Gartenzimmer!" Ihre Stimme war tief und heiser, und in dem schwachen Licht konnte ich sehen, wie ihre Oberweite vor Aufregung schaukelte.

„Der Schaitan soll sie holen!", knurrte er. „Jetzt oder nie! Hinunter, *Chabelï*, über die geheime Treppe – schau nach Donkal und den Pferden!" Er schubste mich ins Zimmer. „Beeile dich, Frau!"

„Er wird noch nicht da sein!", flüsterte die Frau. „Wegen ihrer Späher in der Gasse muss er wahrscheinlich warten!" Sie warf mir einen schnellen Blick zu und leckte sich über die Lippen. „Außerdem fürchte ich mich im Dunkeln. Du gehst und ich warte hier mit ihm."

„Gott, sie wird noch am Tor der Hölle flirten!", schimpfte der alte Bock. „Hast du keinen Sinn für das Richtige, wenn das Haus voller Feinde ist und mein Fuß kurz vor dem Platzen? Geh und schau aus dem Straßenfenster, sage ich! Du kannst ihn ein anderes Mal vernaschen!"

Sie schaute böse, aber sie ging und glitt durch das düstere Zimmer zu einer Türe am anderen Ende, während er meinen Arm festhielt und den großen, weißbärtigen Kopf erhoben hatte, um zu lauschen. Aber die einzigen Geräusche kamen von meinem hämmernden Herzen und seinem eigenen schweren Atem. Er sah mich an und sprach heiser und leise.

„Flashman, der Afghanentöter – ja, Ihr seht wirklich so aus. Sie sind dort unten, die Ratten von der Khalsa, und warten auf Euch..."

„Ich weiß, ich habe sie gesehen! Wie...?"

„Ihr wurdet mit einer falschen Nachricht angelockt. Schlaue Kerle, das."

Entsetzt starrte ich ihn an. „Aber das ist unmöglich! Sie kann nicht falsch sein! Niemand kann..."

„Achja, dann seid Ihr ja nicht hier und die dort auch nicht!", sagte er und grinste wild. „Wartet, bis Ihre Folterknechte Hand an Euch legen, Ihr Narr, dann werdet Ihr Eure Meinung schon ändern! Seid Ihr bewaffnet?"

Ich zeigte es ihm. Er bewunderte meine Pistole. „So dreht sie sich? Sechs Schüsse, sagt Ihr? Ein Wunder! Mit einer von diesen, wer braucht dann noch Steuereintreiber? Bei Gott, wenn es sein muss, dann brechen wir durch, Ihr mit euren Schüssen und ich mit meinem Stahl! Der Teufel hole diese Frau, wo ist sie? Wahrscheinlich starrt sie einem Kerl nach! Ah, mein armer Fuß – man sagt, Alkohol macht es schlimmer, aber ich glaube, es kommt davon, wenn man beim Beten kniet! Ach, warum bin ich heute nur aus meinem Bett aufgestanden?"

All das in halblautem Geflüster im Dunkeln und ich vor Angst außer mir. Ich hatte keine Ahnung, was zum Teufel los war, außer dass die Horden der Midianiter hinter mir her waren, und ich scheinbar zwei seltsame Freunde gefunden hatte, Gott sei Dank. Wer immer sie auch waren, sie waren keine gewöhnlichen Leute. Zu solchen Zeiten passt man nicht besonders gut auf, aber selbst im Würgegriff der Angst war mir klar, dass die Dame vielleicht ein loses Benehmen hatte, aber wie eine Sultana sprach. Der kleine Raum war so verschwenderisch wie ein Palast, mit schwachen Lämpchen, die auf Silber und Seide schienen. Und der gichtige alte Sportsfreund konnte nur jemand besonders Wichtiger sein. Autorität lag in jeder Bewegung der stämmigen, kraftvollen Gestalt, der gekrümmten großen Nase und dem dichten Bart. Er war gekleidet wie ein kämpfender Radscha – einen großen Rubin im Turban, silberne Knöpfe auf seiner Lederjacke, schwarze seidene *Pyjamys*, die in hohen Stiefeln steckten und ein Schwert mit juwelenbesetztem Griff im Gürtel. Wer bei allen Göttern war er? Mit leiser Stimme fragte ich ihn, und er schnalzte mit der Zunge und antwortete in grollendem Flüstern, die Augen auf die Türe gerichtet.

„Ihr erratet es nicht? Soviel zu Ruhm! Ah, aber Ihr kennt mich gut, Flashman Sahib – und dieses süße Weibchen, dessen Langsamkeit uns in Gefahr bringt. Ja, Ihr wart sehr eifrig mit unseren Geschäften befasst, in den letzten beiden Monaten!" Er grinste über meine Verwirrung. „Bibi Kalil ist nur ihr Spitzname – sie ist die Witwe meines Bruders, Soochet Singh, Friede sei mit ihm. Und ich bin Goolab Singh."

Wenn ich überrascht dreinschaute, dann nicht, weil ich ihm nicht glaubte. Alles passte zu der Beschreibung aus Broadfoots Papieren, sogar seine Gicht. Aber Goolab Singh, einst Anwärter auf den Thron, der Rebell, der sich selbst zum König von Kashmir gemacht hatte, gegen den Willen des Durbar, sollte eigentlich „irgendwo hinter einem Felsen auf der Straße nach Jumoo sein, mit 50.000 Hügelleuten", wie George sich ausgedrückt hatte. Er musste der meistgesuchte Mann in ganz Lahore sein. Obwohl einige in der Khalsa ihn zum Wazir hatten machen wollen, hatte Jeendan ihn doch als britischen Spion enttarnt – was mir zwar ganz Recht war, aber seine Anwesenheit nicht erklärte.

„Lasst es erklären", sagte er, als Bibi Kalil aus der niedrigen Tür trat. „Dies ist ihr Haus, und die hübsche Witwe hat Bewunderer..." Er zeigte hinunter. „Von hohem Rang in den *Panches* der Khalsa. Sie heißt sie hier willkommen, sie sprechen ganz frei und ich, der ich mich in diesen schwierigen Zeiten ganz in der Nähe von Lahore aufhalte, höre alles von ihr. Als sie also einen Plan ausheckten, um Euch zu fangen... Nun, hier bin ich, trotz meiner Gicht, um den Diener des Sirkar zu retten und meine Treue zu zeigen,"

„Was zum Teufel wollen sie von mir?"

„Mit Euch reden. Über einem kleinen Feuer hängend, glaube ich. Nun, kleine Jujube, was ist mit Donkal?"

„Kein Zeichen von ihm. Goolab, es sind Männer in der Straße und im Garten!" Ihre Stimme zitterte, und ihre Augen waren weit geöffnet vor Angst, aber sie war keine, die so leicht in Ohnmacht fiel. „Ich hörte, wie Imam Shah nach dem Weib rief, das Euch gebracht hat", fügte sie an mich gerichtet hinzu.

„Ja, das Warten hat ein Ende", sagte Goolab fröhlich. „Sie wird ihnen sagen, dass Ihr hereingekommen seid, sie werden den Garten durchsuchen, und dann hier oben..." Er legte den Kopf schief, als Stimmen aus dem Garten heraufdrangen. „Maka Khan wird ungeduldig. Haltet Eure Pistole bereit, Engländer!"

Bibi Kalil keuchte ein bisschen und lehnte sich zitternd an mich, aber ich war nicht in der Stimmung, mich darüber zu freuen. Sie legte einen Arm um mich, und ich hielt sie instinktiv fest – aus Sicherheit, nicht aus Lust, das kann ich Ihnen versichern. Die Fragen, die sich in meinen Gedanken überschlagen hatten: Wie ich in diesem vergoldeten Höllenloch in die Falle geraten war, wie diese Schweine von der Khalsa gewusst haben konnten, dass ich kommen würde, warum Goolab und dieser zitternde Armvoll Frauenzimmer an Ort und Stelle waren, um mir zu helfen, alles das spielte keine Rolle gegen die entsetzlichen Worte „kleines Feuer", die der verrückte alte Bandit so gelassen ausgesprochen hatte. Und dann gefror mein Blut, und ich umklammerte die Witwe als Stütze, denn auf der Treppe draußen erklangen Schritte.

Sie umklammerte mich auch, und Goolabs Hand fiel auf den Griff seiner Waffe. Wir warteten, still wie der Tod, bis lautes Klopfen ertönte. Ein Augenblick Stille und dann die Stimme eines Mannes:

„Meine Dame? Seid Ihr da?"

Sie wandte mir hilflos ihre schönen Augen zu, und Goolab trat zu ihr und legte seine Lippen an ihr Ohr: „Wer ist das? Kennst du ihn?"

Ihre Antwort war ein schwacher parfümierter Atemzug. „Sefreen Singh. Adjutant von Maka Khan."

„Ein Bewunderer?" Der alte Teufel steckte voller Unfug, selbst jetzt noch, und es dauerte einen Augenblick, bis sie mit den Achseln zuckte und flüsterte: „Nur aus der Entfernung."

Weiteres Klopfen. „Meine Dame?"

„Frag ihn, was er will", wisperte Goolab.

Ich fühlte, wie sie bebte, aber sie machte das gut, rief mit schläfriger Stimme. „Wer ist da?"

„Sefreen Singh, meine Dame". Pause. „Seid Ihr... Vergebt mir. Seid Ihr allein?"

Sie wartete und rief dann. „Ich schlafe. Was soll das? Natürlich bin ich alleine." Goolab schnitt über ihren Kopf weg eine Grimasse – dem machte das auch noch Spaß, verflucht soll er sein!

„Ich bitte tausend Mal um Vergebung, meine Dame." Die Stimme war ganz zerknirscht. „Ich habe den Befehl, alles zu durchsuchen. Ein *Badmash* treibt sich hier herum. Wenn es Euch gefallen würde, aufzumachen..."

„Nun, hier ist er nicht...", begann sie, aber Goolab flüsterte wieder in ihr Ohr.

„Wir müssen ihn hineinlassen! Aber verwirr ihn ein bisschen." Er blinzelte. „Wenn er mit gezückter Waffe eintreten will, dann soll es keine aus Stahl sein!"

Sie funkelte ihn an, nickte aber und warf mir ein schmelzendes Lächeln zu, als sie ihre rechte Brust aus meinem unabsichtlichen Griff entfernte und ungeduldig ausrief: „Oh, nun gut... Einen Augenblick..."

Goolab zog geräuschlos seinen Säbel, reichte ihn mir und nahm das Kurzschwert aus meinem Gürtel. Er erprobte seine Schärfe an seinem Daumen. „Er gehört mir. Falls ich ihn verfehle, schlagt ihm den Kopf ab." Er humpelte geschwind zur Seite der Tür, wo sich der Riegel befand und bedeutete mir, dahinter stehen zu bleiben. Dann nickte er der Witwe zu. Sie legte ihre Hand auf den Riegel und sprach leise:

„Sefreen Singh, seid *Ihr* alleine?" Nicht nur Butter wäre bei diesen Worten geschmolzen.

„Warum? Ja, meine Dame!"

„Seid Ihr sicher?" Sie lachte ganz sanft. „In diesem Fall, wenn Ihr mir versprecht, eine Weile zu bleiben... Ihr mögt hereinkommen..."

Sie schob den Riegel beiseite, öffnete die Türe und wandte sich ab. Sie warf einen Blick über ihre Schulter zurück, und herein trat Barnacle Bill, sein Glück nicht fassend. Goolabs hochgereckte Klinge fuhr ihm durch sein bärtiges Kinn, bevor er noch einen Schritt getan hatte. Ein wilder, genauer Stoß mitten ins Gehirn, und er fiel ohne einen Laut. Goolab fing ihn auf. Nachdem ich die Türe mit zitternden Händen wieder verriegelt hatte, wischte der alte Gauner die Klinge am Hemd des toten Mannes ab.

„Zweiundachtzig", grinste er, und Bibi Kalil tat einen langen, bebenden Seufzer zwischen zusammengebissenen Zähnen. Ihre Augen leuchteten vor Aufregung. Jaja, das ist Indien.

„Weg jetzt!", zischte Goolab. „Das erkauft uns höchstens

Augenblicke. Zeig ihm den Weg nach unten, *Chabeli*! Ich warte hier, bis ihr beim Tor zur Straße seid..."

„Warum?", rief die Witwe.

„Ach, um meine Ruhe zu haben!", knurrte er. „Falls andere kommen und anklopfen, du gedankenlose Kuh! Kann ich denn mithalten, wenn mein Fuß brennt? Aber ich kann diese Türe verteidigen. Oder verhandeln, vielleicht. Sie werden es sich zweimal überlegen, ob sie ein Stück Stahl in Goolab Singh stecken!" Er stieß uns weg. „Raus mit ihm, Frau, dass er die Arbeit dieser Nacht bei Hardinge Sahib loben kann! Geh! Ich komme schon nach, keine Sorge!"

Aber erst umarmte sie ihn, und er lachte und küsste sie und sagte, sie sei eine Schwägerin, auf die man stolz sein könne. Dann hatte sie mich an der Hand, und wir liefen durch die niedrige Türe und die Steinstufen hinunter bis zu einem Gang, der an einem eisernen Gitter endete. Dahinter lag eine dunkle und verlassene Gasse. Sie schreckte zurück und sagte, wir müssten warten. Zwischen der Gefahr hinter mir und den unbekannten Gefahren dort draußen konnte ich mich ohnehin nicht entscheiden, und einen Augenblick später kam Goolab heruntergehumpelt und quiekte bei jedem Schritt.

„Ich hörte sie auf der Außentreppe! Bei der Liebe Gottes, wenn mir diese Nacht nicht das Siegel der Weißen Königin für Kashmirs Thron einbringt, dann gibt es keine Dankbarkeit! Was, eine leere Straße! Leer oder nicht, wir können nicht warten. Meinen Säbel, Flashman – wir dicken Leute brauchen eine große Reichweite! Hört – Rücken an Rücken, wenn wir müssen, aber wenn es zu heiß wird, dann kümmert sich jeder um sich selbst!"

„Ich werde Euch nicht verlassen, mein Herr!", rief Bibi Kalil.

„Du wirst tun, was ich dir sage, Ungehorsame! Er muss um jeden Preis davonkommen, oder all unsere Arbeit war umsonst! An meine Seite und öffnet leise das Tor."

„Aber Donkal ist nicht gekommen!", jammerte die Witwe.

„Donkal soll verdammt sein! Wir haben zwar nur fünf Füße, aber uns werden drei Köpfe fehlen, wenn wir noch warten! Los!"

Wir stolperten in die Gasse. Die Witwe und ich stützten sein gewaltiges Gewicht und stolperten vorwärts in die Dunkelheit. Ich in blinder Panik, Bibi Kalil jammerte leise, und der Herr Kashmirs keuchte gotteslästerliche Flüche und trieb uns an. Alles, was wir noch brauchten, war eine Nussschale, um damit in See zu stechen. Aus dem Haus hinter uns hörten wir laute Stimmen. Jemand hämmerte gegen die Türe und rief nach Sefreen Singh. Wir erreichten das Ende der Gasse, und Bibi Kalil rannte voraus, um zu spähen. Goolab hing keuchend an meiner Schulter.

„Ja, Sefreen, steh auf und lass sie herein!", krächzte er. „Alles in Ordnung, meine Süße? Ihre dicken Beinchen seien gesegnet. Wenn wir nach Jumoo zurückkehren, soll sie jeden Tag einen neuen Smaragd bekommen und Singmädchen, die ihr Geschichten erzählen – ja, und zwanzig tapfere Kerle als Leibwachen... Los, los, schnell! Was gäbe ich nicht für fünf gesunde Zehen!"

Wir stolperten um die Ecke und auf einen kleinen Platz, wo vier Straßen aufeinander trafen. Eine Fackel flackerte in einer Halterung über uns und warf tanzende Schatten. Bibi Kalil eilte zu einer der Straßen. Plötzlich schrie sie auf und sprang zurück. Goolab stieß mit seinem wehen Fuß an und stolperte fluchend zu Boden. Während ich ihn wieder auf die Beine zog, kamen zwei Männer aus der Gasse gerannt und fielen über uns her.

Hätten sie uns töten wollen, wären wir erledigt gewesen. Ich zog gerade an dem liegenden Goolab – aber sie wollten uns gefangen nehmen. Der erste wollte meinen Schwertarm packen und bekam die Spitze meiner Waffe in die Schulter, zum Dank für seine Anstrengungen. „*Shabash*, Afghanentöter!", röhrte Goolab, immer noch auf den Knien, und rammte ihm seine Waffe in den Leib. Aber während der Kerl noch fiel, stürzte sich der zweite auf Goolab und riss ihn wieder um. Der triumphierende Schrei „Dreiundachtzig!" brach ab. Bibi Kalil rannte herbei, schrie und kratzte den Angreifer mit ihren Fingernägeln, während ich kreischend herumhüpfte und auf eine Gelegenheit wartete, ihn zu töten – bis mir einfiel, dass ich meine Zeit besser nutzen konnte und wie der Blitz in der nächsten Straße verschwand.

Goolab hatte gesagt, jeder sollte sich um sich selbst kümmern. Ich will nicht behaupten, dass ich jemals eine Erlaubnis gebraucht habe, um abzuhauen. Ich hatte das kostbare Geschenk des Lebens nicht erhalten, um es in einer dunklen Gasse wegzuwerfen, weil ich für dicke Radschas und geile Witwen kämpfte. Ich rannte wie ein aufgescheuchtes Reh und freute mich an meiner Jugend, als ich das Licht von Fackeln vor mir sah und mit Schrecken erkannte, dass um die nächste Ecke Männer auf mich zugerannt kamen. Das geschieht dir Recht, du Dummkopf, weil du deine Kumpels in der Scheiße hast sitzen lassen, jetzt bekommst du dein Fett weg. Aber wir geübten Davonläufer geben nicht so schnell auf, das kann ich Ihnen versichern. Rutschend kam ich zum Stehen, und als die Mächte der Dunkelheit voller Zorn und Eifer in mein Blickfeld kamen, stand ich stocksteif und zeigte auf den kleinen Platz zurück, wo Goolab und die Witwe zu sehen waren, wie sie gerade den zweiten Banditen abschlachteten, der sich dies nicht wortlos gefallen ließ.

„Hier sind sie, Brüder!", schrie ich. „Los, los, nehmt sie gefangen! Sie gehören uns!"

Ich wandte mich sogar wieder in Richtung des Platzes um und stolperte kunstvoll, um mich einholen zu lassen. Falls Sie denken, dass das eine verzweifelte Strategie war – das war sie auch, aber sie geht selten daneben. Es hätte auch geklappt, hätte ich die Geistesgegenwart besessen, ihnen einen oder zwei Yards nachzulaufen, als sie an mir vorbei waren. Aber ich drehte mich zu schnell wieder um. Einer von ihnen musste mich aus dem Augenwinkel gesehen haben und erkannte, dass der laute *Badmash* nicht zu ihrer Bande gehörte. Er blieb schreiend stehen und lief dann hinter mir her. Ich behielt meinen Vorsprung um zwei Ecken herum, sah eine geeignete Öffnung und duckte mich hinein. Keuchend kauerte ich mich in den Schatten, während die Verfolger vorbeiliefen. Ich lehnte mich gegen die Mauer, ausgepumpt vor Angst und Anstrengung, und holte erstmal wieder Atem. Als ich einen vorsichtigen Blick hinaus warf, kam mir die Gegend bekannt vor. Die kleine Pforte in der Maueröffnung, ich kreischte laut, wirbelte herum. Vor mir lag die Außentreppe zu dem kleinen Vorraum, und zwei Kerle trugen gerade die sterblichen Überreste von Sefreen Singh herunter. Aus verschiedenen Teilen von Bibi Kalils Garten starrten mich ungefähr ein Dutzend bärtige Gesichter überrascht an. Unter ihnen, die Arme vorgestreckt und das Gesicht zornig wie ein Steuerbeamter, befand sich Maka Khan und neben ihm, von unheiliger Freude erfüllt, der fanatische Akali.

Ich sagte, dass ich nicht leicht aufgebe, und ich erinnere mich mit Stolz daran, dass ich in die Gasse hinausstolperte und davonlief. Ich rief nach der Polizei, aber nach fünf Yards hatten sie mich eingeholt und trugen mich in den Garten zurück. Ich brüllte mit voller Lautstärke, wer ich war und was das für Konsequenzen haben würde, bis sie mir einen Knebel in den Mund stopften. Sie schleppten mich bis in das Gartenzimmer und warfen mich auf einen Stuhl. Zwei hielten meine Arme, der dritte hatte mich an den Haaren gepackt. Das waren Straßenräuber, aber die anderen, die hereinkamen, gehörten alle zur Khalsa, einige sogar in Uniform. Außer Maka Khan und dem Akali waren da Sikh-Offiziere, ein stämmiger *Naik*[*] der Artillerie mit einem grässlich vernarbten Gesicht und Imam Shah mit seinen Messern. Er warf mein blutverschmiertes Schwert auf den Tisch.

„Zwei liegen tot auf der Straße, General", sagte er. „Und Euer Adjutant, Sefreen Singh. Die anderen, die bei ihm waren, haben wir noch nicht gefunden…"

„Dann hört auf zu suchen!", sagte Maka Khan. „Wir haben, wen wir wollten. Und wenn einer der anderen der ist, den ich vermute… Je weniger wir von ihm sehen, desto besser."

„Und die Witwe?", schrie der Akali. „Diese Schlampe, die uns verraten hat?"

„Lasst sie beide gehen! Lebendig können sie uns weniger schaden, als wenn wir uns für ihren Tod verantworten müssten." Er zeigte auf mich. „Entfernt den Knebel."

Das taten sie, ich würgte meine Angst hinunter und begann mit meinem Diplomatensermon, verlangte meine Freilassung, sicheres Geleit, Immunität und den ganzen Rest. Aber ich war

[*] Korporal

185

noch nicht einmal bei der Drohung angelangt, welche Konsequenzen ein Angriff auf einen offiziellen Gesandten haben konnte, als Maka Khan mich einfach unterbrach.

„Du bist kein Gesandter, du hast vergessen, was es heißt, ein Soldat zu sein!", bellte er. „Du bist ein Mörder und ein Spion!"

„Das ist eine Lüge! Ich habe ihn nicht getötet, ich schwöre es! Das war Goolab Singh! Verdammt sollt ihr alle sein, lasst mich sofort frei, ihr Schurken, oder es ergeht euch schlecht! Ich bin ein Diener Sir Henry Hardinges…"

„Du bist ein Agent von Schwarzrock Broadfoot!", brüllte der Akali und schüttelte die Fäuste. „Du schickst kodierte Nachrichten und verrätst die Geheimnisse unseres Durbar! Du steckst sie in das Heilige Buch bei deinem Bett – du lästerst deinen eigenen widerlichen Glauben! – von wo sie dein alter *Punkah-Wallah* zu einem Kurier nach Simla brachte! Ja, bis wir es vor zwei Wochen herausfanden und ihn befragt haben. Deine Schuld ist erwiesen! Ja, starr mich nur an, du Spion! Wir wissen *alles*!" Er glühte förmlich vor Schadenfreude.

Natürlich starrte ich dumm, teilweise wegen der Neuigkeit, dass der geheimnisvolle Bote der Zweiten Thessalonier nicht Mangla gewesen war, wie ich vermutet hatte, sondern der dürre Alte, der meinen Fächer so schlecht bedient hatte. Und der verschwunden war, ohne dass ich es bemerkt hatte, um durch den ersetzt zu werden, den ich erst letzte Nacht verprügelt hatte. Aber sie blufften nur, sie konnten den alten Esel befragt haben, bis zu Hölle zufror – die Kodierung musste für ihn so unbekannt wie Griechisch sein und für jeden anderen auch – außer Broadfoot und mir. Ich dachte nicht allzu klar, verstehen Sie, aber ich ahnte, wie ich argumentieren musste.

„General Maka Khan!", rief ich in empörtem Falsett. „Das ist ungeheuerlich! Ich verlange, auf der Stelle freigelassen zu werden! Natürlich sende ich kodierte Nachrichten an meinen Chef, das tut jeder Botschafter und das wisst Ihr! Aber anzudeuten, dass sie irgendwelche Nachrichten aus dem Durbar enthalten, das ist eine verdammte Beleidigung! Das waren meine vertraulichen Ansichten über das Soochet-Erbe, für Sir Henry und seine Berater…"

„Einschließlich deiner Ansicht, dass das Versagen der Astrologen, einen geeigneten Tag für unseren Aufbruch zu finden von *der zarten Hand einer gewissen Dame im Pandschab* verursacht wurde?", fragte er streng. „Ja, Mr. Flashman, wir haben diese Nachricht gelesen und auch jede andere, die Ihr in den letzten zehn Tagen verschickt habt, sowie auch diejenigen die von Simla zu Euch unterwegs waren." Deswegen war also die Korrespondenz mit George versiegt.

„Wir haben genug, um dich zu hängen, Spion!", schrie der Akali und besprühte mich mit seinem Speichel. „Aber zuerst wollen wir wissen, was du noch alles verraten hast – und du wirst es uns erzählen, du schleichender Hund!"

Entweder hörte ich nicht recht oder sie logen. Sie mochten Botschaften abgefangen haben, aber sie konnten sie nicht entziffert haben, nicht in hundert Jahren. Aber Maka Khan hatte gerade meine eigenen Worte an Broadfoot zitiert. Und Goolab hatte von falschen Nachrichten gesprochen, die mich in die Falle locken sollten. Ich hatte keine Zeit, darüber nachzudenken. Nein, es konnte einfach nicht sein! Der Schlüssel zu diesem Kode beruhte auf zufälligen Worten in einer englischen Novelle, von der sie niemals etwas gehört haben konnten. Und selbst wenn, wäre sie für sie genauso nutzlos gewesen wie ein Safe, zu dem sie die Kombination nicht kannten.

„Das ist alles falsch, sage ich euch!", stammelte ich. „General, ich appelliere an Euch! Diese Botschaften waren ganz unverdächtig, bei meiner Ehre!"

Er starrte mich lange kalt an, während ich vor mich hin brabbelte, und dann rief er das seltsamste Trio herein – ein bebrilltes dünnes Rohr von einem *Chi-Chi* in einem europäischen Anzug und zwei fette Babus, die alle in der Gesellschaft der rauhen Militärs unsicher grinsten. Der *Chi-Chi* trug einen Stapel Papier, den er mir auf ein Zeichen Maka Khans unter die Nase hielt. Mein Herz setzte ein paar Schläge lang aus. Denn es war ein Manuskript in Englisch, eine exakte Kopie, Zeile für Zeile, Wort für Wort und das oberste Blatt trug die unglaublichen Worte:

„*Crotchet Castle*. Von Thomas Love Peacock."

Und unterhalb des Titels, von der Hand eines indischen Schreibers in Englisch geschrieben, standen präzise Anweisungen, wie das Buch zum Kodieren von Nachrichten zu verwenden war.

Wenn ich auf meine Karriere in Indien zurückblicke, dann muss ich sagen, dass von allen Wundern, die ich dort gesehen habe, dieses das größte war. Ich wage zu sagen, dass man auf alles vorbereitet sein muss in einem Land, wo ein ungebildetes Bauernmädchen einem die Quadratwurzel einer sechsstelligen Zahl sagen kann. Aber wenn ich über das Geschick und die Geschwindigkeit dieser Kopisten nachdenke, und das analytische Genie, das den Code durchbrechen konnte, nun es raubt mir immer noch den Atem. Aber nicht so sehr wie damals.

„Dein Punkah-Wallah gestand, dass du den Code mit Hilfe eines Buches niedergeschrieben hast", spottete der Akali. „Es wurde in deiner Abwesenheit kopiert und von diesen Männern mit den abgefangenen Briefen verglichen. Sie sind sehr geschickt in Kryptographie. Eine indische Erfindung, wie Major Broadfoot hätte wissen müssen!"

„Ohja, tatsächlich! Eine seeehr einfache Kodierung", piepste der *Chi-Chi*, während die Babus strahlten und nickten. „Sehr, sehr simpel, eigentlich, Seitenzahlen, Tage des christlichen Kalenders, Anfangsbuchstaben von abwechselnden Zeilen…"

„Das reicht!", sagte Maka Khan und entließ sie, aber einer der Babus konnte es nicht lassen und spottete: „Doktor Folliot und Mr. McQuedy sind wirklich sehr lustig!" Dann watschelte er hinaus, so schnell er konnte.

Ich saß da und zitterte. Kein Wunder, dass sie eine Nachricht fälschen konnten, um mich in die Falle zu locken – mit einem einzigen kleinen stilistischen Irrtum, den ich Narr ignoriert hatte. Was zum Teufel hatte ich in meinen Botschaften geschrieben? Sie hatten die Anspielung auf Jeendan erkannt, aber ich hatte ihren Namen nicht genannt. Was hatte ich noch gesagt?

„Seht Ihr?", fragte Maka Khan. „Was Ihr in letzter Zeit geschrieben habt, wissen wir. Was habt Ihr noch in Erfahrung gebracht, in der Festung dort oben?"

„Nichts, Gott ist mein Zeuge!", blökte ich. „General, bei meiner Ehre, Sir! Ich protestiere... Eure Kryptographen irren sich... Oder sie lügen! Ja, das ist es!", rief ich. „Es ist eine grausame Verschwörung, um mich unglaubwürdig zu machen! Um Euch einen Anlass für den Krieg zu geben! Aber das wird nichts nützen, ihr Schufte! Was? Ja, es wird, ich meine... Ihr werdet schnell genug lernen..."

„Bringt ihn nach unten!", zischte der Akali. „Er wird genauso schnell sprechen, wie seine Kreatur es tat." Sie grollten ihre Zustimmung, und ich wieherte beinahe vor Angst.

„Was meint ihr damit, verdammt sollt ihr sein? Ich bin ein britischer Offizier und wenn ihr mir auch nur ein Haar krümmt..." Sie stopften mir wieder den Knebel in den Mund, und ich konnte nur entsetzt zuhören, als der Akali schimpfte, dass sie keine Zeit mehr hatten und je schneller sie mich folterten, desto besser. Sie stritten hin und her, bis Maka Khan sie alle aus dem Zimmer schickte, bis auf meine drei Wachen und den pockennarbigen *Naik*. Sein Gesicht ließ mich schaudern, aber es beruhigte mich ein wenig, dass Maka Khan sich selbst um die Angelegenheit kümmern wollte. Er war verdammt unhöflich gewesen, als er mich „Spion" und „Mörder" nannte, aber schließlich war er ein Gentleman und ein Soldat, und gleich und gleich gesellt sich gern. So wie er da stand, hochgewachsen und aufrecht, hätte er ohne seinen Turban ein Colonel der Horse Guards sein können. Noch besser, er sprach mich in Englisch an, so dass die anderen nichts verstehen konnten.

„Ihr habt vom Krieg gesprochen", sagte er, „der hat bereits begonnen. Die Vorhut hat den Sutlej bereits überquert[27]. In ein paar Tagen wird es zum großen Zusammenstoß zwischen der Khalsa und der Armee der Company unter Sir Hugh Gough kommen. Ich sage Euch das, damit Ihr Eure Situation besser begreift. Aus Simla wird keine Hilfe mehr kommen."

Also war es endlich soweit, und ich war ein Kriegsgefangener. Nun, besser hier als dort – hier war ich wenigstens nicht in Gefahr.

„Nein, Ihr seid kein Gefangener!", bellte Maka Khan. „Ihr seid ein Spion! Seid still!" Er wandte sich um und starrte mich grimmig an. „Wir von der Khalsa wissen jetzt, dass die Regentin eine Verräterin ist. Wir glauben auch nicht mehr an die Treue unseres Wazir Lal Singh und unseres Kommandanten Tej Singh. Ihr wart Mai Jeendans Vertrauter – ihr Liebhaber. Wir wissen, dass sie Broadfoot durch Euch Versprechen gemacht hat. Soviel geht aus den letzten Nachrichten hervor. Aber was genau hat sie verraten von unserem Kriegsplan – Zahlen, Aufstellung, die Marschlinie, Ziele, Ausrüstung?" Er machte eine Pause und seine schwarzen Augen bohrten sich in meine. „Eure einzige Hoffnung liegt in einem vollen Geständnis, Flashman. Sofort."

„Aber ich weiß nichts! Gar nichts! Ich habe kein Wort gehört über Pläne oder Ziele oder dergleichen! Ich habe Mai Jeendan seit Wochen nicht gesehen…"

„Ihre Vertraute Mangla hat Euch letzte Nacht besucht!" Seine Worte kamen schnell wie Schüsse. „Ihr habt viele Stunden zusammen verbracht. Was hat sie euch erzählt? Wie habt Ihr es nach Simla weitergeleitet? Durch sie? Oder durch Harlan, der Euren Adjutanten mimt? Oder durch welche anderen Mittel? Wir wissen, dass Ihr heute keinen chiffrierten Brief verfasst habt."

„Gott ist mein Zeuge, das ist nicht wahr! Sie hat mir nichts erzählt!"

„Warum hat sie Euch dann besucht?"

„Warum…Warum…Weil wir… Freunde geworden sind, wisst Ihr das nicht? Ich meine… Wir unterhalten uns… Aber kein Wort über Politik, ich schwöre es! Wir… unterhalten uns einfach und… und…"

Gott, klang das lahm, wie es die Wahrheit meistens tut, und es machte ihn furchtbar wütend. „Entweder seid Ihr ein Narr oder Ihr haltet mich für einen!", tobte er. „Nun gut, ich werde keine Zeit mehr verschwenden! Euer *Punkah-Wallah* sprach unter der Folter, unter unaussprechlichen Schmerzen, die ich

Euch ersparen wollte. Ihr habt die Wahl, sprecht jetzt zu mir, in diesem Zimmer. Oder zu diesem Kerl..." Er zeigte auf den pockennarbigen *Naik*, der mit finsterem Gesicht einen Schritt vorwärts tat. „... unten im Keller."

Einen Augenblick lang traute ich meinen Ohren nicht. Oh, ich war schon früher mit Folter bedroht worden, von Wilden wie Gul Shah und diesen tierischen Malagassies, aber das hier war ein Mann von Ehre, ein General, ein Aristokrat! Ich wollte das nicht glauben, nicht von jemandem, der Cardigans Bruder hätte sein können, verdammt noch mal!

„Das könnt Ihr nicht meinen!", quiekte ich. „Ich glaube Euch nicht, das ist ein Trick, ein gemeiner, feiger Trick! Ihr würdet es nicht wagen! Ihr versucht mir Angst einzujagen, verdammt!"

„Ja, das tue ich." Sein Augen und seine Stimme waren kalt. „Aber es ist keine leere Drohung. Zu viel steht auf dem Spiel. Wir sind über diplomatische Nettigkeiten hinaus oder über die Gesetze des Krieges. Bald werden hunderte, vielleicht tausende Männer jenseits des Sutlej sterben, Briten und Inder gleichermaßen. Ich kann es mir nicht leisten, Euch zu verschonen, wenn der Ausgang des Krieges davon abhängen könnte, was Ihr mir erzählt."

Bei Gott, er meinte es *tatsächlich* so! Vor seinem eisigen Blick brach ich völlig zusammen, ich weinte und bettelte ihn an, mir zu glauben.

„Aber ich weiß gar nichts! Um Christi willen, das ist die Wahrheit! Jaja, sie verrät euch! Sie versprach uns zu warnen und ja, sie hat alles immer wieder verzögert und die Astrologen gezwungen, es zu versauen..."

„Ihr sagt mir, was ich bereits weiß!", rief er ungeduldig.

„Aber es ist alles, was *ich* weiß, verdammt! Sie sprach kein Wort von Plänen, niemals – hätte sie es getan, würde ich es Euch sagen! Bitte, Sir, habt Mitleid, sie dürfen mich nicht foltern! Ich ertrage das nicht. Und es würde Euch nichts nützen, Ihr grausamer alter Bastard, weil ich nichts zu gestehen habe! Oh Gott, oh Gott, wenn ich etwas wüsste, ich würde es Euch sagen, wenn ich könnte..."

„Das bezweifle ich. Nein, ich bin sogar sicher, Ihr würdet das nicht tun", sagte er, und vor diesen Worten und diesem Tonfall hörte ich auf zu plappern und starrte ihn an. Er stand hoch aufgerichtet, weder angewidert noch voller Verachtung über mein Gebrabbel. Wenn überhaupt, dann schaute er bedauernd, mit ein wenig verletztem Adel. Ich konnte das nicht verstehen, bis er, zu meinem entsetzen Erstaunen, mit der gleichen ruhigen Stimme fortfuhr. „Ihr spielt die Rolle des Feiglings viel zu gut, Mr. Flashman. Ihr wollt mich glauben machen, Ihr seid ein verzweifeltes gebrochenes Wesen, ohne Ehre, ein Hund, der alles gestehen, alle verraten würde, bei einer bloßen Drohung. Bei dem daher Folter eine Verschwendung wäre." Er schüttelte den Kopf. „Major Broadfoot hat keine solchen Männer in seinen Diensten. Und Euer eigener Ruf straft Euch Lügen. Nein, Ihr werdet gar nichts sagen, bis der Schmerz Euch die Vernunft raubt. Ihr kennt Eure Pflicht, wie ich die meine. Sie treibt uns beide zu schmachvollen Dingen – mich zur Barbarei, um meines Landes willen, Euch zum Verhalten eines Feiglings – ein legitimer Trick eines Agenten, aber nicht sehr überzeugend bei dem Mann, der Piper's Fort gehalten hat. Es tut mir leid." In seinem Gesicht arbeitete es, und ich hätte schwören können, dass eine Träne in seinen verdammten Augen stand. „Ich kann Euch eine Stunde Zeit geben, bevor sie beginnen. Verwendet sie, um Vernunft anzunehmen, um Gottes willen! Bringt ihn hinunter!"

Er wandte sich ab wie ein starker Mann, der litt. „Vorspielen!", kreischte ich, als sie mich aus dem Stuhl hochzogen. „Du verdammter alter Idiot, es ist wahr! Ich spiele nichts vor, verdammt noch mal! Ich schwöre es! Ich kann Euch nichts sagen! Oh Jesus. Bitte, bitte, lasst mich! Gnade, du alter Irrer! Siehst du nicht, dass ich die Wahrheit sage!"

Da schleppten sie mich schon durch den Garten auf die Rückseite des Hauses, drängten mich durch ein niedriges eisenbeschlagenes Tor und eine endlos lange Treppe hinunter in einen tiefen Keller, ein dumpfes Grab aus rauen Steinwänden mit nur einem winzigen Fenster hoch oben in der gegenüberliegenden Wand. Ein erstickender ätzender Gestank stieg mir in die Nase. Als der *Naik* eine brennende Fackel in eine

Halterung bei der Stiege steckte, wurde die Ursache dieses Gestanks schrecklich klar.

„Bist du müde, *Daghabazi Sahib*?", rief er. „Schau, wir haben ein feines Bett für dich!"

Ich schaute und fiel beinahe in Ohnmacht. In der Mitte des Lehmbodens lag eine große rechteckige Schale, in der Kohle unter einer dicken Ascheschicht vor sich hin glimmte. Ungefähr drei Fuß darüber war ein rostiger Eisengrill wie ein Bettgestell, mit Fesseln für Hände und Füße. Der Naik sah mein Gesicht und lachte krächzend. Er nahm einen langen Schürhaken, ging nach vorne und öffnete zwei kleine Ventile auf beiden Seiten der Schale. Die Kohle nahe den Ventilen glühte ein wenig heller.

„Sanft bläst die Luft", grölte er, „und langsam steigt die Hitze." Er legte eine Hand auf den Grill. „Nur ein bisschen warm... Aber in einer Stunde wird er wärmer sein. *Daghabazi Sahib* wird es dann spüren. Vielleicht findet er dann auch seine Zunge." Er warf den Schürhaken zur Seite. „Bringt ihn ins Bett!"

Ich kann den Schrecken nicht beschreiben. Ich konnte noch nicht einmal schreien, als sie mich vorwärts stießen und mich auf das teuflische Eisengitter warfen. Sie schlossen die Hand- und Fußschellen um meine Gelenke, so dass ich ausgestreckt da lag und nicht mehr tun konnte, als mich auf den rostigen Stäben zu winden. Und dann nahm der pockennarbige Teufel einen Blasebalg vom Boden auf und grinste in wilder Freude.

„Ihr werdet ein wenig Unbehagen empfinden, wenn wir wiederkommen, *Daghabazi Sahib*! Dann werden wir die Ventile noch ein wenig mehr öffnen – Euer *Punkah-Wallah* kochte ganz langsam, viele Stunden lang – nicht, Jan? Oh, er sprach lange, bevor er gebraten wurde. Das kam erst nachher, obwohl er nichts mehr zu sagen hatte." Er beugte sich hinunter und lachte mir ins Gesicht. „Und wenn Ihr die Sache zu langwierig findet, dann können wir sie ein wenig beschleunigen... so!"

Er steckte den Blasebalg unter das Fußende des Eisenrostes, pumpte einmal und ein plötzlicher Hitzestoß traf meine Schenkel. Ich fand meine Zunge wieder, zu einem Schrei, der

¹Daghabazi = Verrat

meine Kehle zerriss, wieder und wieder, während ich hilflos strampelte. Sie krümmten sich vor Lachen, diese Teufel, während ich vor Angst und eingebildetem Schmerz wütete. Ich schwor, dass ich nichts zu sagen hatte, bettelte um Gnade und versprach ihnen alles – ein Vermögen, wenn sie mich gehen ließen, Rupien und Mohurs in Lakhs, Gott allein weiß was noch. Dann wurde ich vielleicht wirklich ohnmächtig, denn alles, woran ich mich noch erinnere, ist die spottende Stimme des *Naik* aus großer Entfernung: „In einer Stunde! Ruht sanft, *Daghabazi Sahib*!" Dann das Knallen der eisenbeschlagenen Türe.

Falls Sie das nicht wissen, gibt es fünf Grade der Folter, wie die Spanische Inquisition sie festgelegt hat. Und ich litt nun unter dem vierten, dem letzten, bevor die körperliche Qual unerträglich wird. Wie ich bei Verstand blieb, ist mir ein Rätsel. Ich glaube, dass ich für kurze Zeit verrückt wurde, denn ich wachte aus meiner Ohnmacht auf und brabbelte: „Nein, nein, Dawson, ich schwöre, ich habe nicht getratscht! Ich war es nicht – es war Speedicut! Er quatschte über dich mit ihrem Vater – nicht ich! Ich schwöre es, oh bitte, Dawson, bitte, brat mich nicht!" Ich konnte das fette Mondgesicht mit dem Schnurrbart sehen, das mich anstarrte, als er mich vor dem Feuer im Klassenzimmer festhielt und schwor, er würde mich backen, bis ich Blasen warf. Ich weiß jetzt, dass die Braterei damals in Rugby wegen des körperlichen Schmerzes schlimmer war als meine Folter in Lahore. Aber wenigstens hatte ich damals gewusst, dass Dawson irgendwann aufhören musste, während ich in Bibi Kalils Keller sicher war, als die langsam steigende Hitze meinen Rücken und meine Beine prickeln ließ und mir Ströme von Schweiß herunterrannen, dass es weitergehen würde, heißer und heißer, bis zum unaussprechlichen Ende. Das ist der Schrecken des vierten Grades wie die Inquisitoren wussten. Aber ihre Häretiker und religiösen Narren konnten immer noch davon kommen, indem sie den verdammten Folterern das sagten, was die hören wollten. Ich konnte das nicht. *Ich wusste nichts.*

Der menschliche Geist ist seltsam. Ich war an diesen widerlichen Grill gebunden und begann zu *brennen* und strengte mich an, meinen Körper von den Stangen wegzubiegen, bis ich wieder ohnmächtig wurde. Ich kam wieder zu mir, mir war nur unangenehm warm, bis mir einfiel, wo ich war, und dann fingen meine Kleider Feuer, die Flammen versengten mein Fleisch, und ich kreischte, bis ich ins Vergessen fiel. Aber all das war nur in meinem Kopf, meine Kleidung war noch nicht einmal richtig versengt, während Dawson meinen Hosenboden verbrannt hatte, das fette Schwein, und ich eine Woche lang nicht sitzen konnte.

Ich weiß nicht, wie lange es dauerte, bevor ich erkannte, dass ich noch nicht in Flammen aufgegangen war, auch wenn es heißer und heißer wurde und der Rauch mich fast erstickte. Diese Entdeckung stärkte mich genug, dass ich mit meinem unzusammenhängenden Kreischen und Weinen aufhörte und stattdessen etwas verständlicher tobte. Ich schrie meinen Namen, Rang und diplomatischen Status mit voller Kraft heraus, in der schwachen Hoffnung, dass es durch das kleine Fenster hinaus auf die weit entfernten Gassen um das Haus dringen mochte und die Aufmerksamkeit eines Vorbeigehenden wecken würde. Eines mutigen Abenteurers, wissen Sie, oder eines umherziehenden Ritters, der sich nichts dabei dachte, in ein Haus voller Khalsa-Schurken einzudringen und einen ihm völlig Fremden zu retten, der im Keller langsam vor sich hin röstete.

Ja, lachen Sie nur, aber das hat mich gerettet und zeigte mir wieder, welch Unsinn stoisches Schweigen ist. Wäre ich Dick Champion gewesen, der die Zähne zusammenbiss und jeden Laut verweigerte, wäre ich zu Asche verbrannt worden. Aber meine Feigheit herauszubrüllen half, gerade noch rechtzeitig. Denn mein Schreien wurde langsam zu einem heiseren Wimmern, und die wachsende Hitze unter mir zwang mich, mich ständig herumzudrehen – als ich das Geräusch hörte. Erst konnte ich es nicht erkennen… Ein weit entferntes Kratzen, zu laut für Ratten, von hoch oben . Ich zwang mich still zu liegen und keuchte. Da war es wieder! Dann hörte es auf und ein anderes Geräusch folgte. Einen schrecklichen Moment lang war ich sicher, dass ich wahnsinnig geworden *war* in diesem höllischen Kerker. Das war doch nicht möglich, das konnte nur eine Wahnvorstellung sein, denn in dem Dunkel über mir pfiff jemand ganz, ganz leise „Drink, puppy, drink".

Plötzlich wusste ich, es war echt. Ich war bei Sinnen, wandte mich auf dem Rost und keuchte nach Luft, aber da war es wieder, schwach aber deutlich von außerhalb des kleinen Fensters, das kleine Jagdlied, das ich mein ganzes Leben gepfiffen habe – „Harrys Kampflied" nennt Elspeth es immer. Jemand verwendete es, um ein Zeichen zu geben. Ich versuchte meine ausgetrockneten Lippen mit meiner ledrigen Zunge zu befeuchten. Es ging nicht, und ich begann verzweifelt zu krächzen:

> *Denn aus ihm wird mal ein Hund,*
> *und die Flasche, die geht rund,*
> *und wir singen Hipp und Holla!*[28]

Stille – außer meinem Keuchen und Stöhnen, dann ein kratzendes Rutschen, ein dumpfer Aufprall und durch den erstickenden Rauch sah ich eine Gestalt über mir und ein schreckliches Gesicht starrte mich an.

„Heiliger Jesus!", schrie Jassa – und der Riegel an der Tür glitt zurück. Er warf sich förmlich zur Seite und verbarg sich in den Schatten und dem Müll an der Wand. Die Tür schwang auf, und der *Naik* erschien auf der Türschwelle. Einen langen, schrecklichen Moment stand er da und starrte auf mich herab, wie ich keuchte und mich auf dem Grill wand – voll fürchterlicher Angst, dass er Jassa gesehen hatte, dass die angekündigte Stunde um war. Dann sagte er:

„Gefällt dir dein Bett, *Daghabazi Sahib*? Was, dir ist noch nicht warm genug? Oh, Geduld, nur noch ein paar Augenblicke!"

Er grölte über seinen eigenen, unbezahlbaren Scherz und ging wieder hinaus. Die Tür blieb offen stehen. Und da war Jassa, der fürchterliche Flüche murmelte, während er an meinen Fesseln arbeitete. Es waren einfache Bolzen und er hatte sie schnell gelockert. Ich wälzte mich von dem höllischen

Eisenrost und lag mit dem Gesicht nach unten auf der kühlen Erde, keuchte und würgte. Jassa kniete neben mir und drängte mich zur Eile. Ich zwang mich hoch, meine Beine und mein Rücken glühten, aber sie fühlten sich nicht an, als wären sie schlimm verbrannt. Der *Naik* konnte jeden Augenblick zurückkommen, also wollte ich dringend weg.

„Könnt Ihr klettern?", fragte Jassa leise, und ich sah, dass ein Kamelseil von dem Fenster fünfzehn Fuß über uns herabhing. „Ich gehe zuerst – wenn Ihr es nicht schafft, dann ziehen wir Euch hoch!" Er nahm das Seil und kletterte die Wand hinauf wie ein Akrobat, bis er seine Beine über das Fenstersims gelegt hatte. „Rauf – schnell!", zischte er, und ich lehnte mich eine Sekunde an die Mauer, um zu Atem und Besinnung zu kommen, rieb Dreck in meine Hände und ergriff das Seil.

Ich bin vielleicht nicht tapfer, aber ich bin stark. So erschöpft wie ich war, kletterte ich nur mit den Händen und zog mein totes Gewicht Hand über Hand hoch. Ich schrammte und kratzte an der Mauer entlang – nichts für einen Schwächling, aber meine Todesangst war so groß, dass ich es auch mit Heinrich VIII. auf dem Rücken geschafft hätte. Hinauf kletterte ich, krank vor Hoffnung, und das Fenstersims war nur noch ein Yard entfernt, als ich hörte, wie die Tür in der Zelle unten gegen die Wand knallte.

Fast ließ ich in meiner Verzweiflung los, aber gerade als von der Zellentür ein Schrei ertönte, packte Jassas Hand mich am Hemdkragen und zog mich mit aller Kraft in die Höhe. Ich bekam einen Ellenbogen auf das Sims, schaute hinunter und sah, wie der *Naik* die Stufen hinunterrannte, seine Leute auf den Fersen. Jassa war schon aus dem Fenster und zog an mir. Ich warf ein Bein über das Sims und sah aus dem Augenwinkel, dass einer der Schurken unten seinen Arm zurückschwang. Stahl blitzte auf, und ich zuckte zurück, als das Wurfmesser Funken aus der Mauer schlug. Jassas Pistole entlud sich ohrenbetäubend vor meinem Gesicht, ich sah, wie der *Naik* stolperte und fiel. Ich brüllte auf vor Freude, und dann war ich über dem Sims. „Springt!", schrie Jassa, und ich fiel ungefähr 10 Fuß und landete mit einem Aufprall, der stechende Schmerzen durch meinen rechten Knöchel sandte. Ich tat einen Schritt und fiel jammernd wieder um. Jassa ließ sich neben mir fallen und half mir wieder auf die Beine.

Mein ganzes Mitgefühl galt in diesem Augenblick Goolab Singh und seinem gichtigen Fuß, als ich dachte: gebrochen, bei Gott, und nur noch ein Bein zum Laufen. Jassa hatte mich bei den Schultern genommen, er stieß einen schrillen Pfiff aus. Plötzlich war da ein Mann an meiner anderen Seite und bückte sich unter meinen Arm. Zu zweit trugen sie mich weg. Ich heulte bei jedem Schritt. Zwei Schüsse erklangen von irgendwo links von mir. Ich sah das Aufblitzen des Mündungsfeuers, Leute schrien, Äste schlugen mir ins Gesicht, als wir weiterstolperten. Dann waren wir in einer Gasse, ein berittener Mann war da, und Jassa hob mich hinter ihn auf das Pferd. Ich umklammerte die Hüften des Reiters und wandte mich um. Da war Bibi Kalils Tor, eine verhüllte schwarze Gestalt schlug auf jemanden mit einem Säbel ein und rannte dann hinter uns her.

Die Gasse schien voller Reiter zu sein, aber es waren nur vier. Stimmen schrien hinter uns, Schritte waren zu hören, eine Fackel flammte im Torweg auf, und dann waren wir um die Ecke.

"Langsam, langsam!", sagte Jassa neben mir. „Sie haben keine Pferde. Euch geht es gut, Leutnant? Rechts, *Jemadar*, im Schritt – los!" Er drängte sein Pferd an uns vorbei, und wir folgten ihm.

Wie immer er auch hierher gekommen war, unser Knochensäger aus Philadelphia verhielt sich großartig. Auf mich allein gestellt, wäre ich einfach losgestürmt, keine Ahnung wohin und sicher in mein nächstes Unglück. Jassa aber wusste, wohin er wollte und wieviel Zeit er hatte. Wir trabten um eine Ecke auf einen kleinen Platz und ich erkannte den Ort, wo Goolab und ich den Kampf eröffnet hatten. Ho! Dort standen zwei weitere Reiter auf Posten, und zu meiner Überraschung erkannte ich in ihnen und meinen Rettern Gardners schwarzgekleidete Wachen. Nun, bestimmt würde mir bald alles erklärt werden. Sie führten uns einen langen Weg hinauf. Am

Ende hielt Jassa an, um einen Blick zurückzuwerfen. Bei Gott, Fackeln erschienen blitzschnell am unteren Ende, knappe fünfzig Schritte hinter uns! Plötzlich verschwand all mein Schmerz und meine Angst und Verwirrung unter blinder Wut (wie es mir oft geschieht, wenn ich mich gefürchtet habe und mich dann in Sicherheit glaube). Bei allen Heiligen, ich würde sie bitter bezahlen lassen, diese widerlichen folternden Schurken. Eine Pistole stak im Sattelholster meines Pferdes, brüllend riss ich sie heraus, während Jassa wissen wollte, was zum Teufel ich vorhatte.

„Ich werde diese mörderischen Bastarde umbringen!", tobte ich. „Mich anzufassen, dieses verseuchte Ungeziefer! Mich auf einem verdammten Grill zu rösten! Nehmt das, ihr Hurensöhne!" Ich feuerte und sah zu meiner Freude, wie die Fackeln auseinanderstoben, wenn auch keine fiel.

„Na, wenn das sie nicht erschreckt hat!", rief Jassa. „Geht es Euch jetzt besser, Leutnant? Seid Ihr sicher? Ihr wollt nicht zurückgehen und ihnen das Haus über dem Kopf anzünden? Gut… *achha, Jemadar, jildi jao!*"

Das taten wir auch, in einem stetigen Trab in den breiteren Straßen und im Schritt in den engen Gassen. Während wir ritten, erfuhr ich von Jassa, was meine Retter fünf vor zwölf zu mir gebracht hatte.

Er schien mich seit Wochen genauer beobachtet zu haben, als ich je vermutet hätte. Er hatte mich gesehen, wie ich die Festung verlassen hatte, und war mir gefolgt, erst zum französischen Theater und dann zu Bibi Kalils Haus. Verborgen im Schatten sah er, wie ich von der Witwe empfangen wurde, und in seinem lästerlichen Hirn dachte er, ich hätte mich für diese Nacht gut gebettet. Glücklicherweise hatte er noch ein wenig länger herumgelungert, hatte die Khalsa-Großköpfe im unteren Stockwerk gesehen und daraus geschlossen, dass irgendetwas Böses im Gange war. Er entschied, dass er alleine nichts tun konnte, war in die Festung zurückgerannt und direkt zu Gardner gegangen.

„Ich rechnete mir aus, dass Ihr in der Falle wart und ein paar Helfer brauchtet. Alick war meine einzige Hoffnung, er mag mich nicht wirklich lieben, aber als ich ihm sagte, dass Ihr unter dem selben Dach seid wie Maka Khan und der Akali, riss es ihn doch vom Stuhl. Er selbst konnte nicht kommen – schlechte Politik, die Khalsa hereinzulegen, oder? Aber er gab mir den *Jemadar* und seinen Trupp, und wir sprangen in die Sättel. Ich durchsuchte das Haus, aber kein Zeichen von Euch. Im Garten spazierten ein paar Wachen herum, und dann hörte ich Euch auf der Rückseite des Hauses schreien. Ich kroch nach hinten und merkte mir das Fenster, aus dem Eure Rufe kamen – Ihr seid wirklich ein gut verständlicher Soldat! Nachher schalteten zwei von den Leuten des *Jemadars* die Wachen aus und bezogen Posten, während er und ich zum Fenster schlichen… Und da ward Ihr nun. Sie sind wirklich fähig, Gardners Jungs, kein Zweifel. Aber was brachte Euch in die Höhle des Bären und was im Namen der Schöpfung taten sie mit Euch?"

Ich sagte ihm nichts. Die Ereignisse der Nacht waren immer noch ein schreckliches Durcheinander in meinem Kopf, und die Reaktion darauf hatte mich in ihren Klauen. Ich zitterte so sehr, dass ich kaum im Sattel bleiben konnte. Ich wollte kotzen, und mein Knöchel pochte vor Schmerz. Wieder war Lahore zu einem Albtraum geworden, überall um mich nur Feinde – das einzig Gute daran war, dass es auch genügend gute Seelen gab, die mich wieder aus dem Kochtopf fischten. Gott segne Amerika, wenn Sie so wollen. Unter großen Risiken, denn wenn die Khalsa herausfand, dass Gardner Staatsfeinden half, dann steckte er in einer argen Klemme.

„Macht Euch keine Sorgen um Alick!", schnaubte Jassa. „Er hat mehr Leben als eine Katze und mehr Eisen im Feuer, als Ihr zählen könnt. Er ist Dalips Mann und Jeendans Mann und Broadfoots bester Kumpel und Goolab Singhs Agent in Lahore und…"

Goolab Singh! Das war noch einer, der ein ungewöhnliches Interesse an Flashys Wohlergehen hatte. Ich füllte mich wie ein Fußball, der über das Spielfeld getrieben wurde, mit geplatzten Nähten während die Füllung herausrieselte. Zum Teufel damit, ich hatte genug. Ich hielt an und fragte Jassa scharf, wohin wir ritten. Ich hatte bemerkt, dass wir uns unseren Weg durch die Gassen entlang der südlichen Mauer suchten. Ein oder zwei Mal waren wir direkt an der Mauer gewesen, wir waren am großen Looharree-Tor und an der Halbmond-Batterie vorbeigekommen. Jetzt waren wir auf der Höhe der Shah Alumnee, was bedeutete, dass wir uns nach Osten bewegten und der Festung nicht näher kamen. Das war mir ganz recht.

„Denn dorthin gehe ich nicht zurück, das kann ich dir sagen! Broadfoot kann sein Zeugs selbst zusammensuchen und von mir aus zum Teufel gehen! Der verdammte Ort ist nicht sicher…"

„Das hat Gardner auch gesagt!", unterbrach mich Jassa. „Er denkt, Ihr sollt Euch ins britische Territorium aufmachen. Ihr wisst, dass der Krieg begonnen hat? Ja, Sir, die Khalsa ist an einem halben Dutzend Stellen über den Fluss gegangen zwischen Harree-ke-puttan und Ferozepore – 80.000 Mann Infanterie, Reiter und Artillerie auf einer Front von dreißig Meilen Breite. Gott allein weiß, wo Gough ist. Auf halbem Weg nach Delhi mit eingeklemmtem Schwanz, wenn man dem Bazaar Glauben schenkt, aber das bezweifle ich."

Siebentausend in Ferozepore, dachte ich. Mit Littler war es vorbei. Mit Wheeler auch, mit seinen kümmerlichen Fünftausend in Ludhiana. Außer es war Gough gelungen, Verstärkung zu schicken. Ich hatte seit Wochen keine sicheren Nachrichten, aber es schien unmöglich, dass er genug Leute hatte zusammenziehen können, um der überwältigenden Flut an Sikhs standzuhalten, die sich über den Sutlej ergoss. Ich dachte an das riesige Heer, das ich in Maian Mir gesehen hatte, die versammelten Bataillone, die endlosen Schwadronen der Reiterei, die großartige Artillerie… Und Gough bei jeder Bewegung behindert von diesem Esel Hardinge. Unsere Sepoys am Rande der Desertion oder Meuterei, unsere Garnisonen langgezogen am Sutlej und an der Straße nach Meerut. Jetzt war es geschehen, wie ein Hammerschlag, und hatte uns wie üblich mit heruntergelassenen Hosen erwischt. Hoffentlich war Gott auf Goughs Seite, denn falls nicht… Leb wohl, Indien.

Was mich weniger störte, als dass ich ein Flüchtling mit

kaputtem Knöchel inmitten der Feinde war. Soviel zu Broadfoots idiotischen Vorstellungen, ich wäre während der Feind-
seligkeiten in Lahore sicher! Verdammt viel Schutz konnte
Jeendan mir jetzt noch geben, wenn die Khalsa von ihrem Verrat wusste. Ein *Tulwar* und kein Diamant würde ihren hübschen Nabel bald schmücken.

„Moochee-Tor", sagte Jassa, und über den Dächern der niedrigen Hütten sah ich die Türme rechts vor uns. Wir kamen
auf eine breite Straße, die durch das Tor führte. Das Ende war
voller Menschen, selbst zu dieser späten Stunde, die alle die
Hälse reckten, um besser zu sehen: Musikanten spielten einen
mitreißenden Marsch, das stetige Trampeln von Füßen war zu
hören und entlang der Straße zum Tor kamen drei Regimenter
der Khalsa-Infanterie – tapfere Musketiere in Weiß, schwarze
gekreuzte Patronengurte, ihre Waffen mit aufgepflanzten
Bajonetten über der Schulter. Dann leichte Dogra-Infanterie
in Grün, mit weißen Hosen, Musketen in der Hand. Ein
Bataillon von Speerkämpfern in weißen fließenden Roben, in
ihren Gürteln staken Pistolen, ihre breiten Turbane waren um
Stahlkappen gewunden, aus denen oben grüne Federn ragten.
Sie marschierten mit solcher Festigkeit, dass mein Herz sank.
Die flackernden Lichter an den Mauern spiegelten sich in diesem Meer aus Stahl, als sie durch das Tor zogen, die Mädchen
bewarfen sie mit Blütenblättern, die Kinder liefen nebenher
und kreischten vor Freude – halb Lahore schien in dieser
Nacht auf den Beinen zu sein, um die Truppen abziehen zu
sehen, die ihren Kameraden am Fluss folgten.

Jedes durch das Tor schreitende Regiment brach in Hochrufe aus. Ich dankte Gott für die tiefen Schatten, als ich eine
Gruppe von berittenen Offizieren in wundervollen Mänteln
sah, die rundliche Gestalt von Tej Singh an ihrer Spitze. Er
trug ein *Puggaree* so groß wie er selbst und genügend Juwelen,
um damit einen Laden aufzumachen. Er schwang einen *Tulwar*
in der Scheide über seinem Kopf als Antwort auf die präsen-
tierten Waffen der Truppe. Sie riefen: *„Khalsa-ji! Wa Guru-ji
ko Futteh!* Nach Delhi! Nach London! Sieg!"

Nach ihnen kam die Kavallerie, reguläre Einheiten, Lancer

in Weiß und Dragoner in Rot ritten klirrend vorbei, danach noch ein Versorgungszug mit Kamelen. Tej hörte auf zu salutieren, die Musik erstarb, und die Menschen wandten sich zu den Ständen und Weinläden um. Jassa befahl dem *Jemadar*, dass die Reiter uns einzeln folgen sollten. Mein Reiter stieg ab, und Jassa führte mein Tier zum Tor.

„Halt mal!", sagte ich. „Wohin jetzt?"

„Das ist Euer Weg nach Hause, oder nicht?", sagte er, und als ich ihn daran erinnerte, dass ich völlig erledigt, ausgetrocknet, halb verhungert und am Fuß verletzt war, grinste er über sein ganzes hässliches Gesicht und sagte, darum würde man sich bald kümmern. Also ließ ich mich von ihm durch den großen Torbogen führen, vorbei an den Speerträgern in ihren Panzern und Helmen, die Wache standen. Mein *Puggaree* war samt meinem Schwert und meiner Pistole irgendwann im Laufe des Abends verschwunden, aber einer der Reiter hatte mir seinen Mantel mit Kapuze geliehen, den ich dicht um mich zog – keiner schaute uns auch nur ein zweites Mal an.

Hinter dem Tor lagen die üblichen Elendshütten und Unterstände der Bettler, aber weiter draußen auf der *Maidan* leuchteten ein paar Lagerfeuer. Jassa steuerte eines bei einer Gruppe weißer Pappeln an. Dort stand ein kleines Zelt, mit ein paar Pferden ganz in der Nähe angepflockt. Der Morgen graute im Osten und ließ die Silhouetten der Kamele und Wagen auf der Straße nach Süden hervortreten. Die Nachtluft war trocken und bitterkalt, und ich zitterte, als wir das Feuer erreichten. Ein Mann, der daneben auf einem Teppich kauerte, erhob sich bei unserer Ankunft. Bevor ich noch sein Gesicht sehen konnte, erkannte ich an der kräftigen Statur Gardner. Er nickte mir kurz zu und fragte Jassa, ob es Schwierigkeiten oder Verfolger gegeben hatte.

„Aber, Alick, Ihr kennt mich doch!", rief dieser ehrenwerte Mann, und Gardner knurrte, dass er ihn tatsächlich kannte und wieviele Unterschriften er dieses Mal gefälscht hatte. Der gleiche freundliche Gurdana Khan! Eindeutig. Aber der Anblick der feurigen Augen und der scharfen Nase sorgten dafür, dass ich mich zum ersten Mal in dieser Nacht sicher fühlte.

„Was ist mit Eurem Fuß los?", fragte er mich böse, als ich mit schmerzverzerrter Miene herunterkletterte und mich auf Jassas Schulter stützte. Ich sagte es ihm, und er fluchte.

„Ihr habt wirklich eine einzigartige Begabung, alles schwieriger zu machen! Lasst mich sehen!" Er klopfte darauf, und ich schrie auf. „Verdammnis! Das braucht Tage, um zu heilen! Nun gut, *Doktor* Harlan, in der *Chatti* ist kaltes Wasser – zeigt uns Euer medizinisches Können, von dem ganz Pennsylvania gesprochen hat! In der Pfanne ist Curry und auf dem Feuer steht Kaffee."

Er pflockte das Pferd an, während ich Curry und *Chapattis* hinunterschlang. Jassa verband meinen Knöchel mit einem nassen, kalten Tuch. Er war bös verstaucht und angeschwollen wie ein Fußball, aber Jassa hatte eine beruhigende Hand, und er fühlte sich bald besser an. Gardner kam zurück, ließ sich mit gekreuzten Beinen am Feuer nieder, trank Kaffee und starrte mich säuerlich an. Er hatte sein auffälliges Tartangewand nicht an, sicher um keine Aufmerksamkeit zu erregen, und trug eine schwarze Robe mit Kapuze. Sein Khyber-Messer lag über seinen Knien, das war ein verdammt entmutigender Anblick, und die Fragen passten dazu.

„Nun, Mr. Flashman!", grollte er. „Erklärt Euch. Welcher Wahnsinn trieb Euch mitten unter die Khalsa. Und auch noch zu dieser Zeit? Nun, Sir, was habt Ihr in diesem Haus getan?"

Ich wusste, meine Reise nach Hause würde von ihm abhängen, also erzählte ich ihm alles, von der falschen Botschaft bis zu meiner Rettung durch Jassa, und er hörte mir mit steinernem Gesicht zu. Die einzige Unterbrechung kam von Jassa, als ich mein Zusammentreffen mit Goolab Singh erwähnte.

„Das gibt es nicht! Das alte Goldene Huhn! Was tut er nur so weit von Kashmir?" Gardner ging auf ihn los.

„Er kümmert sich um seine eigenen verdammten Angelegenheiten! Und Ihr tut besser das Gleiche, Josiah, versteht Ihr mich? Kein Wort über ihn! Ja, wenn ich so darüber nachdenke, dann begebt Euch besser außer Hörweite."

„Das muss mir Mr. Flashman sagen", gab Jassa zurück.

„Mr. Flashman stimmt mir zu!", bellte Gardner und starrte

mich kalt an, so dass ich nickte und Jassa verstimmt davon-
schlich. „Er hat Euch heute Nacht gerettet", sagte Gardner,
„aber ich traue ihm immer noch nicht weiter, als ich ihn sehen
kann. Fahrt fort."

Ich beendete meine Erzählung, und er stellte mit grimmiger
Befriedigung fest, dass alles zum Besten geworden war. Ich
sagte, ich wäre froh zu hören, dass er so dachte, aber es sei
schließlich nicht sein Hintern gewesen, der über einem schwachen Feuer gegrillt worden war. Er grunzte nur.

„Maka Khan hätte das niemals durchgezogen. Er hat versucht, Euch Angst zu machen, aber Folter ist nicht sein Stil."

„Zum Teufel, ist es doch! Guter Gott, Mann, ich war schon
halb durch, das sage ich Euch! Diese Schweine hätten um
nichts aufgehört! Sie haben doch auch meinen *Punkah-Wallah*
zu Tode geröstet…"

„Das haben sie Euch gesagt. Selbst wenn sie es getan haben,
ein unwichtiger Nigger ist eine Sache, ein weißer Offizier eine
andere. Außerdem, Ihr hattet Glück, dank Josiah. Ja, und
Dank Goolab Singh."

Ich fragte ihn, warum Goolab Singh und die Witwe meinetwegen ein solches Risiko eingegangen waren, und er starrte
mich an, als wäre ich ein Halbtrottel.

„Er hat es Euch doch deutlich genug gesagt! Je mehr Gutes
er den Briten tut, desto mehr mögen sie ihn! Er hat versprochen, im Krieg auf ihrer Seite zu stehen, aber Euch zu
beschützen, ist doch tausend Mal mehr wert. Er zählt auf
Euch, ihn bei Hardinge ins rechte Licht zu setzen – und das
werdet Ihr auch tun, hört Ihr? Goolab ist ein alter Fuchs, aber
er ist ein tapferer Mann und ein starker Herrscher, und er verdient, dass Eure Leute ihn als König von Kashmir bestätigen,
wenn dieser Krieg vorüber ist."

Er war sehr optimistisch, wenn er dachte, wir wären in der
Position, *irgendjemanden* in Kashmir zu bestätigen, wenn die
Khalsa mit uns fertig war. Aber das wollte ich vor einem Yankee nicht sagen, also entgegnete ich einfach: „Ihr glaubt also,
wir werden die Khalsa ohne Mühen schlagen?"

„In der Festung von Lahore wird es einige verdammt lange

Gesichter geben, wenn ihr das nicht tut", sagte er, und bevor ich ihn noch bitten konnte, diese verwirrende Bemerkung zu erklären, fügte er hinzu: „Aber Ihr werdet den Kampf direkt von der Seitenlinie aus beobachten können, bevor diese Woche zu Ende ist."

„Das glaube ich nicht!", sagte ich. „Ich stimme zu, dass ich nicht in Lahore bleiben kann, aber ich bin nicht in dem Zustand, dass ich schnell an die Grenze reiten kann – nicht mit diesem verfluchten Bein. Ich meine, selbst in Verkleidung, man weiß ja nie… Es könnte sein, dass ich schnell wegrennen muss, und dazu hätte ich lieber zwei gesunde Treter." Also finde mir bitte einen sicheren, bequemen Platz, wo ich mich inzwischen verstecken kann, das war, wozu ich seine Zustimmung hören wollte. Aber die gab er nicht.

„Wir können nicht warten, bis Euer Bein geheilt ist! Dieser Krieg wird in ein paar Tagen gewonnen oder verloren sein. Was heißt, dass Ihr ohne Verzögerung über den Sutlej müsst, und wenn man Euch tragen muss!" Er funkelte mich mit aufgestellten Barthaaren an. „Das Schicksal Indiens mag davon abhängen, Mr. Flashman!"

Die Sonne konnte ihn nicht erwischt haben, nicht im Dezember, und er war auch nicht betrunken. Voller Takt fragte ich ihn, was denn das Schicksal Indiens damit zu tun haben könnte, da ich doch keine wichtigen Neuigkeiten hatte, die ich überbringen müsste. Und meine Kampfkraft der Company hinzuzufügen, war sicher ungeheuer wichtig, aber doch keinesfalls entscheidend.

„Beim Unterrock meiner Tante! Kampfkraft der Company!", zischte er. „Ihr geht mit der Khalsa!"

Wenn das Leben mich irgendetwas gelehrt hat, dann wie ich meine Fassung bewahre in der Gegenwart starker, autoritärer Männer, deren rechtmäßiger Platz eigentlich eine Gummizelle ist. Zu meinem Schaden habe ich eine ganze Menge von ihnen gekannt, und Alick Gardner ist eigentlich nur eine Nebenfigur auf einer Liste, die Männer wie Bismarck, Palmerston, Lincoln, Gordon, John Charity Spring, M.A., George Custer und den Weißen Radscha einschließt. Da habe ich noch gar nicht meinen geliebten Mentor erwähnt, Dr. Arnold, und meinen Alten (der sein Leben wirklich in einer Pflegestation beschloss, Gott segne ihn). Viele von ihnen waren Männer von großem Geist, kein Zweifel, aber alle teilten sie die gleiche Illusion, dass sie irgendeinen Vorschlag, wie verrückt er auch sein mochte, dem jungen Flashy vorlegten und ihm schmackhaft machen konnten. Mit solchen Leuten kann man natürlich nicht diskutieren. Alles was man tun kann, ist zu nicken und zu sagen: „Nun, Sir, das ist eine interessante Idee, sicherlich – bevor Ihr mir mehr davon erzählt, würdet Ihr mich kurz entschuldigen?" Und sobald man um die Ecke ist, haut man so schnell wie möglich ab. Diese Möglichkeit hatte ich nur ganz selten. Unglücklicherweise. Meistens bleibt dann nichts anderes übrig, als mit dem Ausdruck aufmerksamer Trottelhaftigkeit sitzen zu bleiben und nachzudenken, wie man da wieder herauskommt. Was ich auch bei Gardner tat, während er seinen monströsen Vorschlag erläuterte.

„Ihr geht mit der Khalsa", sagte er, „um ihre Niederlage sicher zu stellen. Sie sind schon verloren und verdammt, Dank sei Mai Jeendan, aber Ihr könnt das zur Gewissheit machen."

Sie verstehen, was ich meine – der Mann war eindeutig *must*, *doolali*, von Allah heimgesucht, schon viel zu lange in den Bergen gewesen. Aber so etwas sagt man natürlich nicht, nicht zu einem Kerl, der Hosen mit Tartanmuster trägt und ein Khyber-Messer über den Knien liegen hat. So wich ich also dem wichtigsten Punkt aus und fragte etwas anderes.

„Ich verstehe Euch nicht ganz, Gardner, mein alter Freund. Ihr sagt, die Khalsa ist verloren... Und *Jeendan* soll das fertiggebracht haben? Aber sie wollte diesen Krieg doch nie, das müsst Ihr doch wissen. Sie hat versucht, ihn zu verhindern, hat die Khalsa gebremst, verzögert und zurückgehalten. Und das wissen sie auch, Maka Khan hat es mir gesagt. Und jetzt sind sie losgebrochen, trotz ihrer Versuche..."

„Trotz ihrer... Ihr Riesenesel!", rief er und funkelte mich an.

'*Must* nennt man den Wahnsinn eines wilden Elefanten. Doolali = verrückt, kommt von Camp Deolali, landeinwärts von Bombay gelegen, wo Generationen von britischen Soldaten (auch der Herausgeber) in Indien empfangen und angeblich durch Sonnenstich geschädigt wurden.

„Sie hat ihn *begonnen*! Versteht Ihr das nicht? Sie hat diesen Krieg seit Monaten geplant! Warum? Natürlich um die Khalsa zu zerstören, sie ausgerottet zu sehen mit Stumpf und Stiel! Ja, sie hat sie zurückgehalten, bis das kalte Wetter begann, bis sie es geschafft hat, ihnen die schlechtesten Befehlshaber zu geben, bis Gough mehr als genug Zeit gehabt hat! Aber nicht um den Krieg zu *vermeiden*, nein, Sir! Sondern um sicher zu gehen, dass die Khalsa verprügelt wird wie ein Pack räudiger Hunde. Wusstet Ihr das nicht?"

„Redet doch vernünftig! Warum sollte sie ihre eigene Armee zerstören wollen?"

„Weil, wenn sie es nicht tut, dann diese Armee am Ende *sie* zerstören wird!" Er holte tief Luft. „Seht, die Khalsa ist doch schon viel zu mächtig geworden. Seit sechs Jahren zerstört sie den Pandschab, verhöhnt die Regierung und tut, was immer ihr gefällt."

„Das weiß ich alles, aber..."

„Versteht doch, die herrschende Clique – Jeendan und die Adeligen – musste mitansehen, wie ihre Macht und ihr Reichtum zerstört wurde. Natürlich wollen sie die Khalsa zertreten sehen – und die einzige Macht auf der Erde, die das tun kann, ist die Company. Deswegen haben sie versucht, einen Krieg zu provozieren, deswegen wollte Jawaheer ihn! Aber sie haben ihn ermordet – und das ist eine weitere Rechnung, die Mai Jeendan noch begleichen will. Ihr erinnert Euch an die Nacht in Maian Mir, oder? Damals hat sie die Khalsa verurteilt, jetzt führt sie die Exekution durch!"

Ich erinnerte mich an ihren tobenden Hass vor Jawaheers Leiche, aber was Gardner sagte, ergab immer noch keinen Sinn. „Verdammt, wenn die Khalsa untergeht, dann wird sie doch mitgerissen!", protestierte ich. „Sie ist ihre Königin, und Ihr sagt, sie hat sie losgeschickt. Wenn die Khalsa verliert, ist sie am Ende, oder nicht?"

Er seufzte und schüttelte den Kopf. „Sohn, das wird nicht *ein* Haar in ihrer Frisur zerraufen. Wenn die Khalsa *verliert*, hat sie *gewonnen*. Überlegt doch – England will den Pandschab gar nicht erobern – viel zu viel Ärger. England will nur, dass er ruhig und friedlich ist, ohne wilde Khalsa, mit einer stabilen Regierung, die tut, was Hardinge ihr sagt. Also, wenn die Khalsa geschlagen ist, werden Eure Vorgesetzten den Pandschab nicht annektieren – nein, Sir! Sie werden es praktischer finden, den kleinen Dalip auf dem Thron zu belassen und Jeendan als Regentin, was heißt, dass sie und die Adeligen wieder den Saft aus dem Land quetschen, wie in der guten alten Zeit, und ohne störende Khalsa."

„Halt! Wollt Ihr sagen, dass dieser Krieg eine ausgemachte Sache ist? Dass die in Simla *wissen*, dass Jeendan hofft, wir zerstören ihre Armee für sie, zu ihrem Vorteil? Das glaube ich einfach nicht! Das... Das wäre eine Verschwörung, Missbrauch... Unterstützung..."

„Nichts da! Oh, in Simla wissen sie schon, was Jeendan will – zumindest vermuten sie es. Aber was sollen sie dagegen tun? Der Khalsa den Weg nach Delhi freimachen?" Er schnaubte. „Hardinge *muss* kämpfen, ob er will oder nicht! Und wenn ihm der Krieg auch nicht willkommen sein mag, es gibt jede Menge Männer, die an die *Vorwärts*-Politik glauben, wie Broadfoot. Aber das heißt deswegen nicht, dass sie mit Mai Jeendan unter einer Decke stecken – so, wie sie es angestellt hat, müssen sie das auch gar nicht!"

Ich saß schweigend da und versuchte das alles zu verstehen – und fühlte mich wie der größte Narr. Offensichtlich hatte ich die Dame falsch beurteilt. Ich hatte mir schon gedacht, dass da Stahl war unter der Oberfläche meiner kleinen, trunkenen und gierigen Houri, aber doch nicht ein Charakter, der tausende von Männern abschlachten ließ, nur für ihre eigene politische und persönliche Bequemlichkeit. Aber welche anderen Gründe haben Prinzen und Staatsmänner denn sonst, um Kriege zu beginnen, wenn man all die Verbrämung rund herum weglässt? Achja, und sie musste auch noch ihren Trunkenbold von Bruder rächen. Aber ich fragte mich, ob ihre Berechnungen stimmten. Ich sah zumindest eine große Unwägbarkeit, und ich musste das Gardner einfach sagen, ob ich jetzt nun wie ein Verräter klang oder nicht.

„Aber mal angenommen, wir schlagen die Khalsa nicht? Wie

kann sie so sicher sein, dass es uns gelingen wird? Es gibt verdammt viele von ihnen, und wir sind sehr dünn gesät. Moment mal! Maka Khan hat sich fürchterliche Sorgen gemacht, dass sie die Pläne für den Feldzug verraten hat! Hat sie das?"

Gardner schüttelte den Kopf. „Sie hat etwas Besseres getan. Sie hat die Kriegsführung in die Hände von Lal Singh, ihrem Wazir und Geliebten, gelegt. Und Tej Singh ist der Oberkommandierende. Er würde sogar seine Mutter verbrennen, nur damit er es warm hat." Er nickte grimmig. „Sie werden schon dafür sorgen, dass Gough keine allzu großen Schwierigkeiten hat."

Plötzlich erinnerte ich mich an Lal Singhs Worte: *Ich frage mich, wie wir uns schlagen würden gegen einen solche erfahrenen Feldherrn wie Sir Hugh Gough…"*

„Mein Gott", sagte ich voller Bewunderung, „heißt das, sie sind wirklich bereit, es auf ein Unentschieden ankommen zu lassen? Absichtlich zu verlieren? Weiß Gough das? Ich meine, haben sie das mit ihm ausgemacht?"

„Nein, Sir. Das ist Eure Aufgabe. Deswegen müsst Ihr Euch der Khalsa anschließen." Er lehnte sich nach vorne, sein Falkengesicht dicht an meinem. „Ihr geht zu Lal Singh. Morgen wird er vor Ferozepore stehen, mit 20.000 Mann *Gorracharra*. Er wird Euch seine und Tej Singhs Pläne mitteilen, Zahlen, Bewaffnung, Aufstellung, Absichten, alles. Und Ihr werdet das Sir Hugh und Hardinge berichten. Sollte ein interessanter kleiner Krieg werden, oder? Was ist?"

Während dieser schrecklichen Aufzählung hatte ich um Worte gekämpft, aber als ich endlich welche fand, war es nicht, um zu protestieren oder zu streiten oder auch nur zu schreien, sondern ich stellte eine komplizierte militärische Frage:

„Bei allen Glocken der Hölle! Sie können Pläne verraten, ein paar Regimenter an den falschen Ort schicken, eine Schlacht mit Absicht verlieren. Aber, Mann Gottes, wie soll man eine Armee von 100.000 Mann verraten? Ich meine, *wie verrät man einen ganzen Krieg?"*

„Es wird einige Anstrengung kosten, daran zweifle ich nicht. Wie ich sagte, ein interessanter kleiner Krieg." Er warf ein weiteres Holzscheit ins Feuer und stand auf. „Wenn er vorbei ist und Ihr mit der englischen Friedensdelegation nach Lahore zurückgekehrt seid, dann könnt Ihr mir alles darüber erzählen."

Ich saß am Feuer, die Hände vor das Gesicht geschlagen, und mein erster Gedanke war: Das hat Broadfoot mir angetan. Er hat dieses ganze entsetzliche Ding geplant, vom Anfang bis zum Ende, und mir bis zum letzten Augenblick nichts gesagt, dieser verräterische, gemeine, hinterhältige, *schottische* Agent! Ich tat ihm Unrecht, dieses eine Mal war George unschuldig. Der Krieg mochte ihm willkommen sein, wie Gardner gesagt hatte, und wahrscheinlich konnte er sich auch denken, dass Jeendan die Khalsa losgelassen, um sie zu zerstören. Aber weder er noch sonst jemand in Simla wusste, dass die beiden führenden Offiziere der Sikh den Befehl hatten, alles zu verraten. Und er konnte auch nicht ahnen, welch erbärmliche Verwendung sein bester Agent, Leutnant Flashman, zuletzt bei den 11. Husaren, in dieser Stunde der Not erfuhr.

Der Gedanke, ich sollte der Bote des Verrats sein, war eine weitere Inspiration Jeendans, wie Gardner sagte. Wie lange sie schon für mich die Rolle des Zwischenträgers vorgesehen hatte, wusste er nicht. Sie hatte es ihm erst am vorigen Tag anvertraut, und er und Mangla hätten mir in dieser Nacht meine Marschorder bringen sollen – wäre ich nicht zum Spiel bei der Khalsa, Goolab und der lustigen Witwe gewesen. Hier saß ich nun, mein Knöchel war kaputt, in meinen Eingeweide gärte die Angst, gerade der Richtige, um für diese degenerierte königliche Kurtisane die Kastanien aus dem Feuer zu holen. Und weit und breit kein Ausweg in Sicht.

Ich versuchte es, da können Sie sicher sein, schob meinen Knöchel vor und dass ich von niemand anderem als meinen Vorgesetzten Befehle annehmen durfte. Dass es Irrsinn sei, mich unter jene Feinde zu begeben, die mich gerade hatten braten wollen. Gardner beantwortete jeden Einwurf mit dem plumpen Faktum, dass irgend jemand Lals Pläne zu Gough bringen musste und niemand anderer meine Qualifikationen besaß. Es sei meine Pflicht, sagte er. Wenn Sie sich wundern, dass ich mich seiner Autorität beugte, dann schauen Sie sich mal sein Porträt in seinen *Memoirs* an. Das sollte auch Sie überzeugen.

Ich bin mir immer noch nicht sicher, wo genau seine Loyalität lag. Bei Dalip und Jeendan, ganz sicher, was sie befahl, das führte er aus. Aber er trieb sein Spiel auch zu unserem Vorteil und zu dem Goolab Singhs. Als ich es wagte, ihn zu fragen, wo er stand, sah er mich über seinen Schnabel von Nase an und schnappte: „Auf meinen beiden Füßen!" Also bitte.

Er kannte Jeendans infernalischen Plan genau, und nachdem ich ein paar Stunden geschlafen und Jassa meinen geschwollenen Knöchel ein weiteres Mal verbunden hatte, legte er ihn mir dar. Verdammt riskant klang das.

„Ihr reitet von hier geradewegs zu Lals Lager südlich des Sutlej, vier meiner Männer werden Euch als Eskorte begleiten, ihr alle als *Gorracharra* verkleidet. Ganpat hier wird der Anführer und Sprecher sein, er ist vertrauenswürdig." Das war sein *Jemadar*, ein schlanker Punjabi mit einem ungeheuren Schnurrbart. Er und ein weiteres halbes Dutzend Reiter waren mittlerweile aus der Stadt nachgekommen. Sie lümmelten rund um das Feuer, kauten Betel und spuckten, während Gardner mir außer ihrer Hörweite zusetzte.

„Ihr werdet bei Nacht ankommen und Euch als Boten des Durbar ausgeben, das wird Euch zu Lal bringen. Er wird Euch erwarten, eine mündliche Botschaft geht heute noch von Jeendan an ihn."

„Angenommen, Maka Khan oder dieser verfluchte Akali tauchen auf – sie werden mich sofort erkennen."

„Sie werden nicht einmal in der Nähe sein! Sie sind Infanteristen – Lal kommandiert nur die Kavallerie und die von Pferden gezogene Artillerie. Außerdem wird Euch in der Ausrüstung eines *Gorracharra* niemand erkennen, und Ihr werdet nicht lange genug in ihrem Lager sein, um aufzufallen. Höchstens ein paar Stunden, lange genug um zu erfahren, was Lal und Tej vorhaben."

„Sie werden Ferozepore einnehmen", sagte ich. „Das ist offensichtlich. Sie müssen Littler ausschalten, bevor Gough ihn entsetzen kann."

Er knurrte ungeduldig. „Das würden sie tun, wenn sie diesen verdammten Krieg *gewinnen* wollten! Das wollen sie aber nicht! Aber ihre Brigadiere und Colonels wollen, also muss es so *aussehen*, als würden sie alles versuchen! Lal muss schon ein verdammt guter Grund einfallen, warum er Ferozepore *nicht* stürmen sollte, und weil er ein Versager als Soldat und ein Feigling ist, bekommt er wahrscheinlich Probleme, wenn einer seiner Untergebenen einen guten Plan vorlegt. Was noch?"

„Das geht nicht!", blökte ich. „Maka Khan sagte mir, dass die Khalsa sie schon als Verräter verdächtigt. Beim Himmel, wenn Lal auch nur eine Bewegung macht oder einen Befehl gibt, der falsch riecht, dann werden sie sofort wissen, dass er in seinen eigenen Garten pinkelt!"

„Werden sie das? Wer soll schon sagen, ob der Befehl richtig ist oder warum er gegeben wurde? Ihr wart in Afghanistan – wie oft hat Elphinstone das Vernünftige getan? Könnt Ihr mir das sagen? Er hat sich *immer* geirrt, verflucht!"

„Ja, aber das war Verblödung, nicht Verrat!"

„Und wer erkennt den Unterschied, verdammt noch mal? Ihr habt getan, was Euch befohlen wurde, und das werden auch die Colonels der Khalsa tun. Was wissen sie schon, wenn ihnen gesagt wird, sie sollen von A nach B marschieren, sich von C zurückziehen und in D ein Bonbongeschäft aufmachen? Sie können nicht den ganzen Plan sehen, nur ihre kleine Ecke davon. Ja, sie wissen sicher, dass Lal und Tej feige Schufte sind, die schneller davonlaufen als sie schlucken können, aber sie sind immer noch zum Gehorsam verpflichtet." Er kaute an seinem Schnurrbart und grollte. „Ich sagte, es würde einige Anstrengung kosten, von Lal und Tej und auch von Gough, sobald er von Euch erfährt, was sie vorhaben." Er stach mit einem knochigen Finger nach mir. „Von *Euch* – das ist ja gerade der Punkt! Wenn Lal einen eingeborenen Agenten geschickt hätte, der Verrat verspricht, hätte Gough ihm nicht einmal gesagt, wie spät es ist. Aber er kennt Euch und weiss, dass er Euch vertrauen kann!"

Und das würde ihm auch etwas helfen, denn wie auch immer Lal und Tej die Khalsa in die Irre führten, sie konnten nichts gegen den Eifer der Offiziere, die Qualität der Soldaten und die Größe der Kanonen tun. Sie konnten Gough mit allen Nachrichten versorgen, aber er musste die Schlacht immer noch annehmen und eine disziplinierte Armee von 100.000 Mann schlagen, während die Streitkräfte der Company bestensfalls ein Drittel dieser Größe hatten und auch noch die kleineren Kanonen. Ich hätte keine zwei *Pice* auf seine Chancen gewettet.

Aber, wissen Sie, ich kannte ihn nicht. Ich wusste auch nicht allzu viel über Krieg. Afghanistan war eine Katastrophe gewesen, kein Feldzug, und Borneo ein Lehrstück über Piraterie. Ich hatte noch nie eine pukka Schlacht gesehen oder die Art, wie ein erfahrener Kommandant (selbst ein dämlicher wie Paddy Gough) eine Armee führen kann. Welchen Effekt Jahrhunderte von Training und Disziplin haben können. Außerdem das Phänomen, das ich immer noch nicht verstehe, aber schon zu oft miterlebt habe: Der englische Bauer schaut dem Tod ins Gesicht, schnallt seinen Gürtel enger und wartet.

Meine größte Sorge war natürlich ins Herz der Khalsa vorzudringen und mit einer Viper wie Lal Singh zusammen zu arbeiten – mit einem kaputten Bein, das mich daran hindern würde, schnellstens davon zu rennen, wenn etwas schiefging. Was natürlich geschehen würde. Selbst auf einem Pferd zu sitzen tat weh, und um alles noch schlimmer zu machen, hatte Gardner gesagt, dass Jassa zurückbleiben musste. Ich konnte nichts dagegen sagen, der halbe Pandschab kannte den schlauen Kerl und wusste, er war mein Adjutant. Aber er hatte mich inzwischen zweimal gerettet, und ich würde mich nackt fühlen ohne ihn.

„Broadfoot braucht auch hier noch einen Fuß in der Türe", sagte Gardner. „Keine Sorge, der liebe Josiah wird völlig sicher sein unter meinen Flügeln – und meinen Augen. Während der Krieg andauert, soll ich der Gouverneur von Lahore sein, was zwischen uns gesagt heißt, dass ich Mai Jeendan schützen soll, wenn ihre enttäuschten Soldaten über den Fluss zurückströmen. Ja, Sir, wir verdienen uns unser Geld!" Er sah mich gründlich an in meiner *Gorracharra*-Ausrüstung, deren wichtigster Teil ein Stahlhelm war, wie die eines Roundheads, mit langen Wangenteilen, die halfen, mein Gesicht zu verbergen. „Es wird gehen. Lasst Euren Bart wachsen und überlasst das Reden Ganpat. Heute Nachmittag werdet ihr Kussoor erreichen, verbergt euch dort und geht erst zum Fluss-*Ghat*, wenn es dunkel geworden ist. Dann solltet Ihr morgen vor Sonnenaufgang auf Lal Singh treffen. Ich werde Euch ein Stück begleiten."

Wir zogen gegen zehn Uhr los, wir sechs, und ritten parallel zur Straße nach Süden. Sie war verstopft mit Transporten für die Khalsa, Gepäck und Karren mit Rationen, Munitionswagen, sogar einzelne Artilleriemannschaften mit ihren Geschützen, denn wir ritten mit der Nachhut der Armee. Ein riesiges Heer breitete sich über die staubige Ebene aus und bewegte sich langsam nach Südosten. Vor uns würde der *Doab*[*] voll sein mit dem Hauptteil der Armee, bis zum Sutlej. Über dem Fluss war Lal Singhs Kavallerie bereits dabei, Ferozepore auszukundschaften, und Tej Singhs Infanterie würde vorrücken nach… Ja, wohin? Wir ritten in schnellem Trab, was meinen Knöchel schmerzen ließ, aber Gardner bestand darauf, so schnell vorwärts zu kommen, damit ich Lal Singh noch rechtzeitig erreichte.

„Er ist jetzt schon zwei Tage über dem Sutlej. Gough muss sich inzwischen bewegt haben, und Lal muss jetzt ganz schnell ein paar Befehle geben, oder seine Offiziere werden wissen wollen, warum er es nicht tut. Ich hoffe ja nur", sagte Gardner grimmig, „dass dieser zitterbeinige Hurensohn nicht davonläuft – in diesem Fall könnte die *Gorrachara* unter das Kommando von jemandem geraten, der weiß, was er tut."

Je länger ich darüber nachdachte, desto verrückter erschien mir das ganze Ding, aber der verrückteste Teil sollte erst noch kommen. Zu Mittag machten wir unseren geplanten Halt, und Gardner wandte sich wieder nach Lahore zurück, aber zuerst ritt er mit mir noch ein Stück beiseite, um sicherzugehen, dass

[*]Doab nennt man die Landstriche zwischen den Flüssen des Pandschab

215

ich mich auskannte. Wir waren auf einem kleinen Hügel, ein paar Yards von der Straße entfernt, auf der ein Bataillon der Infanterie marschierte. Hochgewachsene in Olivgrün, ihr Colonel ritt voraus, die Fahnen wehten, die Trommeln schlugen und die Hörner bliesen aufpeitschende Musik. Gardner mag irgendetwas gesagt haben, was mich fragen ließ:

„Ich weiß, die Khalsa hat nach diesem Kampf gedrängt, aber wenn sie wissen, dass ihre eigene Maharani mit dem Feind konspiriert und ihre eigenen Befehlshaber verdächtig sind… Sogar die einfachen Mannschaften müssen eine Ahnung davon haben, dass ihre Herrscher sie geschlagen sehen wollen. Warum lassen sie sich dann überhaupt in den Krieg schicken?"

Er dachte darüber nach und lächelte dann eines seiner seltenen, kalten Lächeln. „Sie glauben wirklich, die Company schlagen zu können. Wer auch immer sie verkauft hat oder verrät, es macht nichts. Sie glauben, sie können Sieger über England sein. In diesem Fall sind sie auch die Herren von Hindustan, mit einem großen Reich, das sie plündern können. Vielleicht denkt Mai Jeendan auch an diese Möglichkeit und glaubt, sie gewinnt in jedem Fall. Ach, sie könnte sie so bezaubern, dass sie ihren Verdacht vergessen, die meisten beten sie immer noch an. Einen weiterer Grund zu marschieren ist, dass Sie glauben, die Briten werden früher oder später einfallen, also schlagen sie lieber vorher zu."

Er schwieg einen Augenblick und runzelte die Stirn. Dann sagte er: „Aber das ist noch nicht einmal die Hälfte. Sie ziehen in den Krieg, weil sie einen Eid auf Dalip Singh abgelegt haben, und in seinem Namen wurden sie ausgesandt, ganz egal, wer ihm die Worte in den Mund gelegt hat. Selbst wenn sie jenseits jeden Zweifels wüssten, dass sie verloren sind, sie würden sich opfern." Er sah mich an. „Ihr kennt die Sikhs nicht, Sir. Ich schon. Sie würden den ganzen Weg bis zur Hölle und zurück kämpfen – für diesen kleinen Jungen. Und für ihre Ehre."

Er schaute lange in die Ebene hinaus, wo das Bataillon in den Hitzeschleiern verschwand. Die Sonne glitzerte auf den Bajonetten und der Klang der Hörner erstarb. Er schirmte

216

seine Augen ab, und es war, als würde er zu sich selbst sprechen.

„Und wenn die Khalsa geschlagen ist und Jeendan und ihre noble Clique wieder fest im Sattel sitzen und der Pandschab ruhig ist unter Britanniens wohlwollendem Auge und der kleine Dalip in Eton seinen Hosenboden straffgezogen bekommt, dann…" Er wies zu der Straße. „Ja, dann, Sir, wird die Company feststellen, dass sie 100.000 der besten Rekruten hat, die bereit sind, für die Weiße Königin zu kämpfen. Weil das ihr Geschäft ist. Und alles wird sich für alle zum Besten wenden, denke ich. Viele gute Männer werden dafür zuerst sterben müssen. Sikhs. Inder. Briten." Er warf mir einen Blick zu und nickte. „Deswegen hat Hardinge sich die ganze Zeit zurückgehalten. Er ist wahrscheinlich der einzige Mann in ganz Indien, der denkt, dass dieser Preis zu hoch ist. Jetzt wird er bezahlt werden."

Er war schon ein seltsamer Kauz, die meiste Zeit laut und zornig, dann wieder ruhig und philosophisch, was überhaupt nicht zu seinem Ghazi-Aussehen passen wollte. Er schnalzte mit den Zügeln und wandte sein Pferd um. „Viel Glück, Soldat. Überbringt meine *Salaams* dem alten Georgie Broadfoot."

Ich war nie begeistert davon, bei fremden Streitkräften zu dienen. Bestenfalls ist es ungewohnt und unbequem, und die Essensrationen bringen die Innereien durcheinander. Die amerikanischen Konföderierten waren nicht so schlimm, außer dass sie die Angewohnheit hatten, auf Teppiche zu spucken. Das Schlechteste, was ich über die Yankees sagen kann, ist, dass sie das Soldatendasein einfach zu ernst nahmen und glaubten, sie hätten es erfunden. Aber die Malagassi-Armee, wo ich Sergeant-General war, war einfach widerlich, die Apachen stinken und haben überhaupt keine Ahnung von Lagerdisziplin. Kein Mensch in der Fremdenlegion spricht ein vernünftiges Französisch, die Stiefel passen nicht, und die Bajonettscheide ist ein klirrendes Stück Abfall. Kurz gesagt, die einzigen Fremden, in deren militärischem Dienst ich glücklich war, waren die Himmelblauen Wölfe von Khokand, wahrscheinlich deswegen, weil ich voller Hashish war, das mir die Mätresse des Generals verabreicht hatte, nachdem ich es mit ihr in seiner Abwesenheit getrieben hatte. Bei der Khalsa war das einzig Gute an meiner Dienstzeit, dass sie sehr kurz war.

Ich rechne diese Zeitspanne von dem Augenblick an, als wir nach Süden aufbrachen, wir sechs in einer Zweierreihe, eindeutig *Gorracharra* mit unseren zusammengestückelten Rüstungen und seltsamen Waffen. Gardner hatte mich mit zwei Pistolen und einem Säbel ausgestattet. Auch wenn ich das Ganze sofort gegen meine alte Pistole getauscht hätte, beruhigte ich mich damit, dass ich sie wahrscheinlich nie würde benutzen müssen.

Ich war mit mir selbst nicht ganz einig, während wir in Richtung Loolianee trabten. Einerseits war ich absolut froh, die Schrecken von Lahore hinter mir zu lassen. Wenn ich an den höllischen Eisenrost dachte und an Chaund Cours Bad und das schreckliche Ende von Jawaheer, erschreckte mich noch nicht einmal der Gedanke, dass ich ins Herz der Khalsa unterwegs war. Ein Blick auf den zornigen unrasierten Banditen, der mir aus Gardners Taschenspiegel entgegenstarrte, hatte mich davon überzeugt, dass ich nicht fürchten musste, erkannt zu werden. Ich konnte direkt aus dem Peshawar-Tal gekommen sein. Lal Singh, der bis zum Hals im Verrat steckte, würde mich sicherlich so schnell wie möglich loswerden wollen. Spätestens in zwei Tagen würde ich wieder bei meinen Leuten sein – und auch noch jede Menge Lorbeeren ernten, als der Mann, der die Neuigkeiten brachte, welche die Armee gerettet haben. Falls sie sie retteten…

Das war die andere Seite der Medaille, und während wir in die Mitte der Invasionsarmee vorstießen, kamen all meine alten Befürchtungen wieder hervor. Wir hielten uns fern von der Straße, die mit den Transportzügen hemmungslos verstopft war, aber selbst im *Doab* ritten wir durch Regiment nach Regiment, die in offener Marschordnung über die weite sonnenverbrannte Ebene zogen. Wie Sie wissen, habe ich die

Khalsa zwei Mal beobachtet, aber nun hatte ich das Gefühl, ich hätte erst die Hälfte gesehen. Sie bedeckten das Land bis zum Horizont, Männer, Wagen, Pferde, Kamele, Elefanten, die den roten Staub aufwirbelten, der in der unbewegten Hitze über uns hing. Der Mittag sah aus wie Sonnenuntergang, und der Dreck drang in Augen, Nase und Lunge. Als wir am späten Nachmittag nach Kussoor kamen, war der Ort ein einziges Artilleriedepot, Reihe an Reihe schwere Kanonen, 32- und 48-Pfünder. Ich dachte an unsere armseligen 12- und 16-Pfünder und die Pferdemannschaften, und fragte mich, ob Lals Verrat da irgendetwas helfen konnte. Was immer auch geschah, ich musste mein lahmes Bein eben benutzen, so gut es ging, und mich aus allem heraushalten.

Es gibt übrigens große Diskussionen, wie groß die Khalsa war und wie lange sie brauchte, um den Sutlej zu überqueren. Tatsache ist, dass es nicht einmal die Sikhs selbst wissen. Ich schätzte, dass ungefähr 100.000 Mann von Lahore unterwegs zum Fluss waren. *Heute* weiß ich, dass sie ein paar Tage in großen Einheiten übergesetzt und schon 50.000 Mann auf der anderen Seite hatten, während Gough und Hardinge versuchten, ihre verstreuten 30.000 einzusammeln. Aber Musterlisten gewinnen keine Kriege. Konzentration der Kräfte tut es – und der schnelle Einsatz *am rechten Ort*. Das ist das Geheimnis – und wenn Sie jemals mit Lars Porsena[29] zusammentreffen, wird er der erste sein, der es ihnen sagt.

Zu jener Zeit wusste ich nur, was ich sah – ein weites blinkendes Meer von Lagerfeuern rund um uns, als wir in der Nacht zum *Ghat* von Ferozepore kamen. Selbst jetzt in den Nachtstunden schwärmten sie in einer endlosen Flut über die Fähre. Große brennende Fackeln auf hohen Stangen beiderseits der Ufer warfen ein rotes Licht auf 300 Yards öliges Wasser. Männer, Kanonen und Tiere wurden hinübergestakt auf allem, das schwimmen konnte – Barken und Flößen und sogar Ruderbooten. Ganze Regimenter warteten im Dunkeln darauf, dass sie an die Reihe kamen. Am *Ghat* selbst war die Hölle los, aber Ganpat ritt einfach durch und brüllte, dass wir Kuriere des Durbar wären. Uns wurde eine Passage in einem

Fischerboot zugewiesen, das einen General und seinen Stab beförderte. Sie ignorierten uns arme *Gorracharra*. Irgendwann landeten wir dann im lauten Durcheinander der Südseite und fragten uns nach dem Hauptquartier des Wazir durch.

Ferozepore selbst lag ein paar Meilen vom Fluss entfernt. Dazwischen waren die Sikhs, und wie weit sich ihre Lager flussaufwärts erstreckten, weiß Gott allein. Der entfernteste Übergang lag bei Hurree-ke, und ich nehme an, dass sie einen Brückenkopf von 30 Meilen Breite errichtet hatten, aber ich bin nicht sicher. Soweit ich es berechnen konnte, lag Lals Hauptquartier ungefähr zwei Meilen nördlich von Ferozepore, aber es war immer noch dunkel, als wir durch die von Fackeln erhellten Zeltreihen ritten. Der größte Teil seiner Streitkräfte bestand aus *Gorracharra* wie wir, und ich erinnere mich an bärtige Gesicher und Stahlhelme, Pferde, die im Dunkeln stampften, und das stetige Gedröhne der Trommeln, das die ganze Nacht anhielt. Sicherlich um Littler in seinem belagerten Außenposten Mut zu machen.

Lals Quartier bestand aus einem Pavillion, groß genug, dass Astleys Zirkus drin Platz gehabt hätte – es standen sogar kleinere Zelte darin, in denen er und sein Gefolge aus Stabsleuten, Dienern und Leibwachen untergebracht waren. Diese Leibwachen waren riesenhafte Schurken mit Helmen aus langen Ketten, und sie hatten Schleifen auf ihren Musketen. Sie verstellten uns den Weg, bis Ganpat unseren Auftrag erklärt hatte, worauf hektisches Gerenne unter den Kämmerern und Dienstboten ausbrach. Es war die Letzte Wache, und der große General schlief noch, aber es wurde beschlossen, ihn sofort zu wecken. Wir warteten nicht einmal eine Stunde, bevor wir in sein Schlafzelt geführt wurden, ein seidenes Refugium, das eingerichtet war wie ein Bordell. Lal saß nackt im Bett, ein Mädchen kämmte sein Haar und bürstete seinen Bart, ein weiteres besprühte ihn mit Parfüm und ein drittes versorgte ihn mit ausgesuchten Bissen und Getränken.

Ich habe in meinem ganzen Leben noch keinen so ängstlichen Mann gesehen. Bei unseren früheren Treffen war er so ruhig, weltmännisch und gebildet gewesen wie ein junger adeliger Sikh nur sein kann, jetzt wirkte er wie eine Jungfrau in Wallungen. Er warf mir einen schreckerfüllten Blick zu und sah gleich wieder weg, während die Mädchen seine Toilette beendeten. Als eine von ihnen seinen Kamm fallen ließ, quietschte er wie ein verwöhntes Kind, schlug sie und trieb sie alle mit schrillen Flüchen hinaus. Ganpat folgte ihnen, und kaum war er draußen, sprang Lal aus dem Bett, raffte seine Robe um sich und flüsterte heiser und schnell auf mich ein:

„Gott sei gepriesen, dass Ihr endlich hier seid! Ich dachte schon, Ihr würdet nie kommen! Was muss getan werden?" Er zitterte sichtlich vor Angst. „Ich bin seit zwei Tagen am Ende aller Einfälle – und Tej Singh ist auch keine Hilfe, das Schwein! Er sitzt in Arufka, gibt vor, dass er die Aufstellung überwachen muss, und läßt mich hier allein! Jeder wartet auf meine Befehle – was im Namen Gottes soll ich ihnen sagen?"

„Was habt Ihr ihnen denn schon gesagt?"

„Natürlich dass wir warten müssen! Was kann ich denn sonst sagen? Aber wir können nicht ewig warten! Sie sagen mir ständig, dass wir Ferozepore pflücken können wie eine reife Frucht, wenn ich nur den Befehl dazu gebe! Und was soll ich darauf antworten? Wie soll ich eine Verzögerung rechtfertigen? Ich habe keine Ahnung!" Er packte mein Handgelenk. „Ihr seid ein Soldat – Euch fallen Gründe ein! Was soll ich ihnen sagen?"

Damit hatte ich nicht gerechnet. Ich hatte mich immer für den größten Feigling unter der Sonne gehalten, aber dieser Kerl überholte mich spielend und gewann um Längen. Gardner hatte mich davor gewarnt und auch davor, dass Lal Schwierigkeiten haben könnte, Gründe zu finden, warum er Ferozepore nicht angriff, aber ich hatte nicht erwartet, ihn so völlig am Boden zerstört vorzufinden. Dieser Mann war am Rande der Hysterie, und das erste, was ich tun musste, war ihn zu beruhigen (möglichst bevor er mich ansteckte) und herauszufinden, wie die Lage war. Ich begann damit, ihn darauf hinzuweisen, dass ich behindert war. Ich hatte nur mit Hilfe eines Stockes zu ihm hinken können – und dass ich als erstes Essen, Wasser und einen Arzt für meinen Knöchel brauchte. Das wirkte sofort – es wirkt immer, wenn man einen Orientalen an seine Manieren erinnert. Seine Frauen wurden gerufen, um mir Erfrischungen zu bringen, und ein kleiner *Hakim* besah sich meinen geschwollenen Knöchel und gluckste besorgt, dass ich eine Woche das Bett hüten sollte. Was sie dabei dachten, dass ein haariger *Sowar* der *Gorrachara* von ihrem Wazir so bevorzugt behandelt wurde, weiß ich nicht. Lal lief nervös auf und ab, er konnte es kaum erwarten, sie wieder hinauszuwerfen, und noch einmal um Anweisungen zu betteln.

Inzwischen hatte ich meine Gedanken wieder geordnet, zumindest was das Dilemma von Ferozepore betraf. Es gibt immer hundert gute Gründe nichts zu tun, und ein paar waren mir eingefallen, aber zuerst brauchte ich Informationen. Ich fragte ihn, wieviele Männer er abmarschbereit hatte.

„Zur Zeit 22.000 Mann Kavallerie, und sie stehen kaum eine Meile vor Ferozepore, die feindlichen Linien im Blickfeld! Littler Sahib hat bloß 7.000, ein britisches Regiment, der Rest sind Sepoys, die zu uns desertieren würden! Das wissen wir von einigen, die bereits übergelaufen sind!" Hastig trank er aus seinem Becher und seine Zähne schlugen gegen den Rand. „Wir könnten ihn in einer Stunde überrennen! Sogar ein Kind begreift das!"

„Habt Ihr Boten zum ihm geschickt?"

„Als ob ich das wagen würde! Wem könnte ich denn vertrauen? Diese Bastarde von der Khalsa starren mich schon fragend an – wenn sie nur den Verdacht haben, dass ich mit dem Feind in Verbindung stehe, dann…" Er rollte mit den Augen und warf zornig seinen Becher weg. „Und diese betrunkene Schlampe in Lahore hilft mir nicht, gibt mir keine Befehle! Während sie es mit ihren Stallknechten treibt, warte ich darauf, geschlachtet zu werden wie Jawaheer!"

„Wartet doch, Wazir!", sagte ich grob, denn sein Jammern brachte mich langsam zum Zittern. „Nehmt Euch zusammen, hört Ihr? So verzweifelt ist Eure Lage gar nicht!"

„Ihr seht einen Ausweg?", fragte er bebend und hielt sich an mir fest. „Oh, mein lieber Freund, ich wusste, Ihr würdet mich nicht enttäuschen. Sagt es mir, sagt es mir und lasst Euch umarmen!"

„Bleibt weg von mir!", sagte ich. „Was tut Littler?"

„Er verstärkt seine Linien. Gestern kam er mit der gesamten Garnison heraus, und wir dachten, er wolle uns angreifen. Aber meine Colonels sagen, das war nur eine List, um Zeit zu gewinnen, und dass ich die Gräben stürmen müsste! Oh Gott, was soll…?"

„Moment – er hat Gräben, sagt Ihr? Gräbt er immer noch? Wunderbar, Ihr könnt Euren Colonels sagen, dass er seine Verteidigungslinien mit Minen versieht!"

„Aber werden sie mir das glauben?" Er rang die Hände. „Was ist, wenn die Deserteure mir widersprechen?"

„Warum solltet Ihr desertierenden Sepoys vertrauen? Wie könnt Ihr wissen, ob Littler sie nicht mit falschen Berichten über seine Stärke zu Euch geschickt hat, um Euch zum Angriff zu verleiten? Ferozepore ist eine reife Frucht, ja? Kommt, Radscha, Ihr kennt die Briten – schlaue Bastarde, jeder einzelne von uns! Verdammt seltsam, dass wir eine schwache Garnison so abgeschnitten lassen, die nur darauf wartet, angegriffen zu werden?"

Er starrte mich mit großen Augen an. „Ist das wahr?"

„Ich bezweifle es, aber das wisst Ihr nicht", sagte ich. Ich erwärmte mich langsam für mein Tun. „Außerdem ist es ein verdammt guter Grund für Eure Colonels, nicht Hals über Kopf anzugreifen. Welche Streitkräfte hat Tej Singh und wo?"

„30.000 Mann Infanterie, mit schweren Geschützen, hinter uns entlang des Flusses." Er schauderte. „Gott sei es gedankt, dass ich nur leichte Artillerie habe – mit schweren Kanonen hätte ich keinen Grund mehr, Littlers Position nicht in kleine Stücke zu schießen."

„Vergeßt Littler! Was ist mit Gough?"

„Vor zwei Tagen war er in Lutwalla, hundert Meilen von hier! Er wird in zwei Tagen hier sein, aber es heißt, dass er kaum 10.000 Mann hat und nur die Hälfte Briten sind. Wenn er kommt, dann werden wir ihn sicher schlagen!" Er weinte fast, riss an seinem Bartnetz und zitterte wie in hohem Fieber. „Was kann ich tun, um das zu verhindern? Selbst wenn ich

Gründe finde, Ferozepore nicht einzunehmen, kann ich doch einer Schlacht mit dem *Jangi lat* nicht ausweichen. Helft mir, Flashman *Bahadur*! Sagt mir, was ich tun muss!"

Na, das war ja wirklich das Schlimmste. Gardner war trotz seiner schlechten Meinung über Lal sicher gewesen, dass er und Tej irgendeinen Plan hätten, um ihre Armee in den Untergang zu führen – deswegen war ich hier, verdammt noch mal, um diesen Plan Gough zu überbringen! Und es war so klar wie die Sonne, dass sie keinen hatten. Und Lal erwartete von mir, einem jungen Offizier, seine Niederlage zu planen! Als ich den zitternden, hilflosen Clown anstarrte, kam mir die grässliche Gewissheit, dass es niemand tun würde, wenn ich es nicht tat.

Das ist nicht die Art Problem, mit dem man täglich konfrontiert wird. Ich bezweifle, dass es auf der Stabsschule jemals angesprochen wurde... „Also, Mr. Flashman, Sie kommandieren eine Armee mit 50.000 Mann, schweren Geschützen, gut ausgerüstet, die Kommunikationslinien durch einen Fluss bestens geschützt. Gegen Sie steht eine Streitmacht von nur 10.000, mit leichten Geschützen, erschöpft nach einer Woche schnellem Marsch, knapp an Rationen und Futter und fast schon sterbend vor Durst. Und jetzt sagen Sie mir, Sir, schnell, ohne Überlegung – wie *verlieren* Sie? Los, los, Sie haben gerade einen exzellenten Grund gefunden, eine Stadt nicht anzugreifen, die Ihrer Gnade völlig ausgeliefert ist! Das sollte doch ein Kinderspiel für einen Mann mit Ihrer gottgegebenen Begabung für Katastrophen sein! Nun, Sir?"

Lal klapperte vor mir, seine Augen voll bittender Angst, und ich wusste, wenn ich jetzt zögerte, dann war es aus mit ihm. Er würde zusammenbrechen, und seine Colonels würden ihn entweder hängen oder absetzen und einen ordentlichen Soldaten an seine Stelle setzen – genau das, was Gardner befürchtet hatte. Und das wäre das Ende für Goughs vorrückende Streitmacht, vielleicht auch für den Krieg und für Britisch-Indien. Und sicher auch meines. Aber wenn ich dieses rückgratlose Wrack wieder auf die Beine brachte und mir ein Plan einfiel, der seine Colonels zufriedenstellte und gleichzeitig die Khalsa in den Untergang führte...

Um Zeit zu gewinnen fragte ich nach einer Karte. Er kramte in seiner Ausrüstung und brachte mir ein großartig bebildertes Ding mit allen Festungen in Rot und den Flüssen in Türkis und kleinen bärtigen Wallahs mit *Tulwars*, die einander auf Elefanten am Rand herum jagten. Ich studierte es, versuchte zu denken und klammerte mich an meinen Gürtel, um nicht zu zittern.

Ich habe Ihnen gesagt, ich wusste nicht viel über Krieg, in jenen Tagen. Taktisch war ich ein Neuling, der ein simples Flankenmanöver so völlig in den Sand setzen konnte wie nicht mal der schlechteste Offizier. Aber Strategie ist eine andere Sache. Einfach gesprochen ist sie eine Angelegenheit des gesunden Menschenverstandes. Und wenn der erste Krieg gegen die Sikhs irgendetwas war, dann war er einfach, Gott sei es gedankt. Außerdem hat Strategie nur selten etwas mit eigenem Risiko zu tun. Also prägte ich mir die Karte ein, wog die Fakten ab, die Lal mir gegeben hatte, und wandte die uralten Gesetze an, die man schon auf dem Spielplatz der Grundschule lernt.

Um zu *gewinnen*, musste die Khalsa bloss Ferozepore einnehmen und darauf warten, dass Gough kam, um von überwältigenden Kräften und dicken Kanonen abgeschlachtet zu werden. Um zu *verlieren*, musste sie geteilt werden. Der schwächere Teil Gough entgegen und mit möglichst wenig Artillerie versehen. Wenn es mir gelang, dass die erste Schlacht zwischen gleichstarken Gegnern oder besser noch in einem Verhältnis von Drei zu Zwei stattfand, konnte ich Gough einen Sieg auf dem Präsentierteller überreichen. Dumm mochte er sein, aber er konnte immer noch jeden Sikh-Kommandanten ausmanövrieren. Und wenn sie keine großen Kanonen dabei hatten, würde die britische Kavallerie und Infanterie ihre Arbeit schon machen. Gough glaubte an das Bajonett, gib ihm eine Chance, es zu verwenden, und die Khalsa war geschlagen – in der ersten Schlacht zumindest. Danach musste sich Paddy selbst um den Krieg kümmern.

So plante ich, kalten Schweiß auf der Haut, mein Knöchel schmerzte höllisch, und Lal hing schon fast an meinem Arm.

Wissen Sie, das half mir wirklich – jemanden zu treffen, der ein noch größerer Feigling war als ich. So oft ist das nicht geschehen. Ich sagte ihm:

„Ruft Euren Stab zusammen – Generäle und Brigadiere, keine Colonels. Auch Tej Singh. Sagt Ihnen, dass Ihr Ferozepore nicht angreifen werdet, weil es vermint ist, Ihr den Deserteueren ihre Geschichte über Littlers Schwäche nicht glaubt und es als Wazir unter Eurer Würde liegt, die Schlacht mit irgendjemand anderem als dem *Jangi lat* zu führen. Auch ist es ein Risiko, dass Gough kommt, während Ihr noch im Gefecht mit Littler liegt, und Ihr dann zwischen zwei Feuer geratet. Lasst sie nicht argumentieren. Sagt, dass Ferozepore einfach nicht wichtig ist, es kann warten, bis Ihr Gough geschlagen habt. Sagt ihnen, was sie zu tun haben, ganz von oben herab."

Er nickte, rieb sein Gesicht und biss auf seine Knöchel – er war so fix und fertig, dass ich schwöre, hätte ich ihm gesagt, er solle nach Ceylon marschieren, hätte er Amen gesagt und es getan.

„Eure *Gorracharra* sind bereits in Position – schickt sie gegen Gough mit den leichten Geschützen. Weist darauf hin, dass sie ihm Zwei zu Eins überlegen sind. Ihr werdet irgendwo zwischen hier und Woodnee auf ihn treffen, und wenn Ihr noch einige Leute abstellt, um sie bei Ferozeshah oder Sultan Khan Wallah festzusetzen, dann reduziert Ihr die Überlegenheit noch weiter. Gough wird den Rest erledigen."

„Aber Tej Singh?", blökte er. „Der hat 30.000 Mann Infanterie und die schweren Kanonen."

„Er soll hier in Stellung gehen und Littler bewachen, statt Eurer *Gorracharra*. Jaja, ich weiß, dazu braucht man keine 30.000 Mann. Auch er muss seine Streitkräfte aufteilen, hier bleiben genug, um Ferozepore zu bewachen, der Rest folgt Euch so langsam, wie Tej es nur irgend anstellen kann. Es wird einige Zeit dauern, sie vom Fluss hierher zu bringen, und wenn er es richtig anstellt, dann kann er fast eine Woche verplempern."

„Aber die Khalsa zu teilen!" Er glotzte mich an. „Das ist

doch sicher keine gute Strategie? Die Generäle werden es nicht erlauben."

„Zur Hölle mit den Generälen!", rief ich. „Ihr seid der Wazir! Es ist eine verdammt gute Strategie, Eure mobilsten Truppen gegen den *Jangi lat* zu schicken, wenn er es am wenigsten erwartet und seine eigenen Männer so geschwächt sind, dass sie schon auf dem Zahnfleisch kriechen! Tej Singh wird Euch unterstützen, wenn Ihr ihn vorher einweiht."

„Aber angenommen... Angenommen, wir schlagen den *Jangi lat*. Er hat nur 10.000 Mann wie Ihr sagt, sie sind müde."

„Müde oder nicht, sie werden die *Gorracharra* in Stücke reißen, wenn sie nicht zu unterlegen sind! Und ich glaube auch nicht, dass Gough so schwach ist, wie Ihr glaubt. Guter Gott, Mann, er hat noch ungefähr 20.000 irgendwo zwischen Ludhiana und Umballa – er schickt sie sicher nicht auf Urlaub! Und die Khalsa wird in drei Teile aufgeteilt sein. Keiner dieser drei Teile ist ein ernsthafter Gegner für Paddy Goughs Jungs, das kann ich Euch versichern!"

Ich glaubte es einfach und wenn ich nicht so ganz Recht hatte damit, dann nur, weil mir die Erfahrung fehlte. Ich vertraute der alten Maxime, dass ein britischer Soldat immer zwei Nigger wert ist. Es ist eine gute Faustregel, aber jetzt schaue ich auf meine militärische Karriere zurück und zähle vier Ausnahmen, die den Jungs wirklich Arbeit abverlangt haben für das Geld, das sie bekamen. Drei davon waren der Zulu-, der Ghurka-Krieg und Fuzzy-wuzzy. Damals wusste ich noch nicht, dass der vierte der Sikh-Krieg war.

Es dauerte noch eine Stunde an Erklärungen und Überredungskunst, bis Lal überzeugt war, dass mein Plan seine einzige Hoffnung war, seine Armee ordentlich zu dezimieren. Es war Schwerarbeit, denn er war jene Art von Feigling, die sich noch nicht einmal an einen Strohhalm klammert – völlig unverständlich für mich. Am Ende gab ich ihm Jeendans Rezept für Jawaheer: Er sollte sich eines von den Mädchen schnappen, um wieder in Kampfstimmung zu kommen. Ob er es tat oder nicht, weiß ich nicht, denn ich kippte in einer Ecke seines Pavillions um und schlief bis Mittag. Da war dann Tej

Singh schon angekommen, immer noch so fett wie Butter und auch so zuverlässig, nach der schaumgebremsten Begrüßung, die er mir zuteil weden ließ. Aber wenn er auch genauso feige war wie Lal, war er doch ein bisschen klüger. Sobald ihm der Flashman-Plan erklärt worden war, nannte er ihn ein Meisterstück. Tejs Ansicht war, wenn sie meinen Anweisungen folgten, würde Gough die Khalsa binnen Kürze aussehen lassen wie den Rucksack eines Franzosen. Ich glaube, was meinen Plan für ihn wirklich so annehmbar machte, war die Tatsache, dass er weit weg vom Kampf sein würde. Aber er zeigte ein gutes Auge für Details und schlug einige wirklich kluge Dinge vor. Ich erinnere mich daran, dass er riet, seine Kräfte westlich und nördlich von Ferozepore zu halten, damit Littler ohne Schwierigkeiten zu Gough durchbrechen konnte, sollte er das wollen. Das stellte sich als Sache von allerhöchster Wichtigkeit heraus, wie Sie sehen werden. Ich denke, Tej hat sich allein dafür eine Ferozeshah-Medaille verdient, wenn jeder das bekommen hätte, was ihm zusteht.

Sie müssen sich unsere Unterhaltung vorstellen, die wir mit leisen Stimmen in Lals Schlafzelt führten, welch seltsames Trio! Unser tapferer Wazir machte sich selbst Mut mit großen Dosen Schnupftabak aus Peshawar, der wahrscheinlich eine Menge mehr enthielt als nur parfümierten Tabak, wenn er nicht gerade hinausschielte, ob es auch wirklich keine Lauscher gab. Tej Singhs Vertrauen schien ihn zu stärken. Der lief in dem Zelt herum wie Napoleon vor Marengo, schob seinen Bauch vor sich her, stolperte über seinen Säbel und erklärte mir in höhnischem Flüsterton, wie die Khalsa schon bei der ersten Schlappe in völliger Unordnung fliehen würde. Ich lag da, pflegte meinen Knöchel und betete, dass Lal Singh seinen Stab zu Gehorsam zwingen konnte, bevor der Effekt des Schnupftabaks verraucht war. Ich frage mich, ob es in der Geschichte des Krieges jemals eine solche Verschwörung gegeben hat. Zwei Generale mit der festen Absicht, ihre eigene Armee zu ruinieren, konferierten *sotto voce* mit einem feindlichen Agenten, während draußen ihre Offiziere (ungeduldig) auf den Befehl warteten, der sie (mit etwas Glück) in den Ruin führen würde: Man sollte glauben nein, aber ich kenne die Menschen und den militärischen Geist, deshalb würde ich nicht darauf wetten.

Ich hielt mich verborgen, als Lal und Tej am Nachmittag hinausgingen, um den Divisionskommandanten ihre Absichten mitzuteilen. Lal war tapfer in seiner silbernen Rüstung, mit einem verzweifelten Glitzern in den Augen, halb Angst, halb Hashisch, würde ich sagen. Sie hielten ihre Besprechung auf den Rücken ihrer Pferde ab und Ferozepore lag vor ihnen. Tej erzählte mir später, dass der Wazir in großartiger Verfassung gewesen sei, meinen Plan dargelegt wie ein Drillsergeant und jeden Widerspruch sofort niedergemacht hatte. Allerdings gab es weniger Widerspruch, als ich befürchtet hatte. Tatsache ist, dass die Strategie vernünftig genug klang, aber was sie am meisten beeindruckte, war Lals Weigerung, sich mit irgendeinem anderen außer Gough selbst anzulegen. Das sprach von Stolz und Selbstvertrauen, und sie ließen ihn hochleben und konnten es gar nicht mehr erwarten die Hucke vollzukriegen. Die *Gorracharra* ritten noch vor dem Sonnenuntergang gegen Osten. Tej, nach seinem eigenen Bericht, zog eine riesige Show ab. Er sandte Befehle, um seine Fußtruppen und Artillerie in Marsch zu setzen, Boten ritten in alle Richtungen, die Hörner bliesen und der Oberkommandierende zog sich schließlich in Lals Zelt zurück. Er hatte Befehle ausgegeben, bei denen es tagelang dauern würde, einen Sinn darin zu finden.

Die letzte Szene der Komödie fand in dieser Nacht statt, bevor ich wegritt. Lal wollte unbedingt, dass ich sofort zu Gough gehen sollte, um ihm zu sagen, welch brave Jungs Lal und Tej waren, weil sie ihm die Khalsa zur Vernichtung darboten. Aber das wollte ich nicht. Gough konnte irgendwo hinter dem östlichen Horizont sein, und ich hatte nicht die Absicht, ihn in einem Landstrich zu suchen, in dem es von *Gorracharra* nur so wimmelte. Viel besser, sagte ich, wenn ich die paar Meilen bis Ferozepore ritt, wo Littler dafür sorgen würde, dass Gough die Nachricht rechtzeitig erhielt (und Flashy endlich seine wohlverdiente Ruhe genießen konnte). Tej stimmte zu und sagte, ich sollte mit einer Parlamentärsflagge gehen, angeblich mit der letzten Aufforderung des Wazir an Littler, sich zu ergeben. Lal bockte zuerst, aber Tej wurde ganz aufgeregt und wies ihn darauf hin, welches Risiko es wäre, würde ich versuchen, unbeobachtet zu Littler zu gelangen.

„Stellt Euch vor, er wird von einer Wache erschossen?", quiekte er und wackelte mit seinen dicken Händchen. „Dann würde der *Jangi lat* niemals von unseren guten Absichten hören und den Plänen, die wir zur Vernichtung dieser Schweine geschmiedet haben! Und unser lieber Freund" – das war ich – „wäre ganz umsonst gestorben! Das darf man noch nicht einmal denken!" Ich mochte Tej von Minute zu Minute mehr.

„Werden die Offiziere nicht Verrat vermuten, wenn sie sehen, dass ein Bote zu Littler Sahib gesandt wird?", rief Lal. Der Stoff hatte mittlerweile keine Wirkung mehr, und er lag erschöpft auf seinem seidenen Bett und machte sich selbst fertig.

„Sie werden es noch nicht einmal wissen!", widersprach Tej. „Und denkt doch nach – sobald unser lieber *Bahadur* mit Littler Sahib gesprochen hat, sind wir für den Sirkar glaubwürdig! Was immer auch geschehen wird, unsere Freundschaft wird offenkundig sein!"

Das war ihm das Wichtigste – mit Simla auf gutem Fuß zu stehen, egal, was aus der Khalsa wurde. Er schlug sogar vor, dass ich eine schriftliche Nachricht mitnehmen sollte, die Lals unsterbliche Loyalität zum Sirkar beschwor. Es wäre so viel überzeugender als nur eine mündliche Botschaft. Das erschreckte Lal so sehr, dass er sich beinahe unter der Bettdecke versteckte.

„Eine schriftliche Nachricht? Seid ihr wahnsinnig? Was, wenn sie in die falschen Hände fällt? Soll ich mein eigenes Todesurteil unterschreiben?" Aufgeregt warf er sich herum. „Dann schreibt doch Ihr sie! Verkündet *Euren* Verrat, mit *Eurer* Unterschrift! Warum auch nicht, Ihr seid schließlich der Oberbefehlshaber, Ihr fetter Sack Dung."

„Ihr seid der Wazir!", gab Tej zurück. „Das ist eine wichtige politische Affäre, und was bin ich anderes als ein Soldat?" Er zuckte ungerührt mit den Schultern. „Ihr müsstet ja nichts über militärische Dinge schreiben, ein bloßer Ausdruck der Freundschaft würde genügen."

Lal sagte, erst wolle er ihn in der Hölle sehen und sie knurrten und jammerten, Lal weinte und riss an seinem Bettzeug. Endlich gab er nach und schrieb die folgende bemerkenswerte Notiz an Nicolson, den politischen Agenten: „Ich bin mit der Khalsa gekommen. Ihr kennt meine Freundschaft zu den Briten. Sagt mir, was ich tun soll."[30] Aber er weigerte sich zu unterschreiben, und nach noch mehr schrillem Gestreite wandte sich Tej an mich.

„Es wird genügen müssen. Sagt Nicolson Sahib, es ist vom Wazir!"

„Von uns beiden, du schmieriger Bastard!", kreischte Lal. „Macht das klar, Flashman *Bahadur*! Von uns *beiden*! Und sagt ihnen, in Gottes Namen, dass wir und die *Bibi Sahiba*˙ ihre loyalen Freunde sind und dass wir sie anbetteln, die *Badmashes* und *Burchas*¨ der Khalsa zu zerstückeln und uns alle von diesem Bösen zu befreien! Sagt ihnen das!"

So kam es, dass zu später Nachtstunde ein *Gorracharra* mit einem lahmen Bein und einer weißen Flagge an seiner Lanze aus den Reihen der Khalsa in Richtung Ferozepore ritt. Hinter sich ließ er zwei Generäle der Sikhs, einer fett und ängstlich und der andere hysterisch mit einem Kissen über seinem Gesicht und beide der Ansicht, ihre Pflicht gut erfüllt zu haben. Ich ritt eine halbe Meile und setzte mich dann unter einen Dornbusch, um auf die Morgendämmerung zu warten. Einerseits wollte ich jetzt, da ich der Sicherheit so nahe war, einen Augenblick nachdenken, wie ich den meisten Profit aus den folgenschweren Nachrichten und meiner unerwarteten Ankunft schlagen konnte. Andererseits, weiße Fahne oder nicht, ich wollte im Halbdunkel keine Kugel von einem nervösen Sepoy riskieren. Ich war hundemüde, vor Schlafmangel, Angst und körperlichen Schmerzen, aber ich war ein glücklicher Mann. Noch viel glücklicher war ich drei Stunden später, nachdem ein Wachposten des 62. mich eingelassen hatte, dessen Whitechapel-Dialekt Musik für meine Ohren war, und ich schmerzvoll zu Peter Nicolson humpelte, der mich drei

Monate zuvor am Sutlej verabschiedet hatte.

Zuerst erkannte er mich gar nicht, und dann sprang er auf und stützte mich, als ich kunstvoll stolperte, brav die Zähne gegen den Schmerz in meinem Knöchel zusammenbeißend (der sich inzwischen eigentlich viel besser anfühlte).

„Flashman! Was um Himmels willen tut Ihr hier? Guter Gott, Mann, Ihr sei ja total fertig – seid Ihr verwundet?"

„Das spielt jetzt keine Rolle!", keuchte ich und sank auf seine Liege. „Ein kleines Erinnerungsstück an den Kerker der Khalsa. Schnell, Peter! Wir haben keine Zeit zu verlieren!" Ich schob ihm Lals Briefchen in die Hand und erzählte ihm das Wichtigste in ein paar kurzen Sätzen. Ich bestand darauf, dass sofort ein Melder zu Gough aufbrechen und ihm sagen musste, dass die Philister gekommen waren, bereit sich zerschmettern zu lassen. Ich fügte nicht hinzu „Dank H. Flashman", das war eine Sache, auf die sie selbst kommen würden.

Er war ein kluger Politischer, dieser Nicolson. Er verstand sofort, brüllte seinen Adjutanten an, Colonel Van Cordtlandt zu holen, schüttelte mir hoch erfreut kräftig die Hand und sagte, er könne es kaum glauben, aber das sei das beste Stück Arbeit, von dem er je gehört hatte. Ich war verkleidet durch die Khalsa gekommen, war bei Lal und Tej gewesen, hatte sie dazu gebracht, ihre Streitkräfte aufzuteilen und war mit ihren Plänen hierher gekommen? Guter Gott, so etwas hatte er noch nie gehört usw. usw.

Wie in Jallalabad, dachte ich befriedigt und während er hinauseilte und schrie, dass sofort ein Reiter zu Littler aufbrechen musste, der sich auf einem Inspektionsgang befand, erhob ich mich, um einen *Blick* in den Spiegel über seiner Waschschüssel zu werfen: Gott, ich sah aus wie der letzte Überlebende aus Fort Nirgendwo! Großartig! Ich ließ mich auf die Liege zurücksinken und musste mit Brandy wiederbelebt werden, als Nicolson und Van Cordtlandt ankamen, voller Fragen. Ich riss mich tapfer zusammen und beschrieb detailliert, was ich Lal und Tej gesagt hatte, dass sie tun sollten. Van Cordtlandt, von dem ich schon gehört hatte, er war ein Söldner in Diesten Runjeet Singhs gewesen und kannte sich bestens aus, nickte nur grimmig, während Nicolson sich auf die Stirn schlug.

„Hat es jemals ein Paar solcher Schurken gegeben? Ihre eigenen Kameraden zu verraten, diese Widerlinge! Meine Sterne, das ist ja kaum zu glauben!"

„Doch, ist es", sagte Van Cordtlandt. „Es passt genau zu unseren Informationen, dass der Durbar die Khalsa vernichtet sehen will, und zu allem, was ich von Lal Singh weiß." Stirnrunzelnd sah er mich an. „Wann habt Ihr erfahren, dass die beiden sich an uns verkaufen wollten? Sind sie in Lahore an Euch herangetreten?"

Das war der richtige Moment für mein müdes jungenhaftes Grinsen, mit einem kleinen Aufstöhnen, als ich mein Bein bewegte. Ich hätte ihnen die ganze schlimme Geschichte erzählen können, dass ihnen die Haare zu Berge gestanden wären, aber so macht man das nicht. Nebenbei und lakonisch, das ist die richtige Art, und ihre Vorstellungskraft erledigt den Rest. Ich schüttelte den Kopf, als wäre ich sehr müde.

„Nein, Sir, ich bin zu ihnen ... Erst vor ein paar Stunden, in ihrem Lager dort hinten. Ich hatte vor zwei Nächten in Lahore erfahren, dass sie bereit waren, zu Verrätern zu werden."

„Wer hat Euch das gesagt?", fragte Van Cortlandt.

„Vielleicht sollte ich das jetzt besser noch nicht sagen, Sir. Noch nicht." Ich ließ mich lieber erschießen, als Gardner den Verdienst zukommen zu lassen, wenn ich die ganze verdammte Arbeit gemacht hatte! „Ich beschloss, zu Lal zu gehen, um herauszufinden, was er vorhatte. Aber es war ein wenig schwierig, aus Lahore herauszukommen. Tatsache ist, wenn der alte Goolab Singh nicht im richtigen Moment zur Stelle gewesen wäre ..."

„Goolab Singh!", rief er ungläubig.

„Ja, warum? Wir mussten uns den Weg freikämpfen, aber er ist nicht mehr so schnell, wie er einmal war. Ich war die Nachhut, sozusagen, und ... Die Bulldoggen von der Khalsa haben mich erwischt."

„Ihr habt etwas über einen Kerker gesagt!", rief Nicolson.

„Hab ich das? Ohja ..." Ich winkte ab und biss mir dann auf

die Lippe, weil ich meinen Fuß bewegen musste. „Nein, nein, Peter, keine Aufregung. Ich glaube nicht, dass er gebrochen ist. Hielt mich nur ein bisschen auf... ach!" Ich biss die Zähne zusammen, erholte mich wieder und sprach dringlich auf Van Cordtlandt ein. „Aber, seht, Sir, was in Lahore geschehen ist, spielt keine Rolle, oder wie ich zu Lal gekommen bin! Das, was er und Tej *jetzt* tun, das ist wichtig! Sir Hugh Gough muss gewarnt werden."

„Das wird er auch, sorgt euch nicht!", sagte Van Cordtlandt und sah ganz kühn und nobel drein. „Flashman..." Er zögerte, nickte und schlug mir auf die Schulter. „Legt Euch hin, junger Freund. Nicolson, wir müssen zu Littler, sobald er wieder da ist. Haltet *zwei* Boten bereit. Das ist eine Botschaft, die nicht verloren gehen darf! Schauen wir uns die Karte an. Wenn Gough gerade auf Maulah zumarschiert und die Sikhs Ferozeshah erreicht haben, dann werden sie bei Moodkee aufeinander treffen. In ein paar Stunden! Klopft besser auf Holz! In der Zwischenzeit, junger Flashman, werden wir dieses Bein versorgen lassen. Guter Gott, er ist eingeschlafen!"

Pause. „Männer tun das oft, wenn sie eine schlimme Zeit hinter sich haben", sagte Nicolson besorgt. „Gott weiß, was ihm widerfahren ist. Wäre es möglich, dass diese Schweine ihn gefoltert haben? Ich meine, er hat zwar nichts gesagt, aber..."

„Er gehört nicht zu der Sorte, die so etwas sagen würde, nach allem, was ich gehört habe", sagte Van Cordtlandt. „Sale hat mir erzählt, dass sie nach der Sache mit Piper's Fort aus ihm kein Wort herausgebracht haben, nicht über sich selbst. Nur über seine Männer. Himmel, er ist doch noch ein Junge!"

„Broadfoot sagt, er ist der tapferste Mann, den er je getroffen hat."

„Na eben. Kommt, wir müssen Littler finden."

Verstehen Sie, was ich meine? In einer Stunde würde es das ganze Lager wissen und bald danach die Armee. Der gute alte Flashy hat es wieder geschafft. Und dieses Mal, sagte ich mir selbst, habe ich mir ihre gute Meinung wirklich verdient, auch wenn ich die ganze Zeit Angst bis in die Knochen gehabt hatte. Ich fühlte mich richtig tugendhaft und zeigte mich ganz tapfer, versuchte auf die Beine zu kommen und musste mich davon abbringen lassen, als sie kurz danach mit Littler zurückkamen. Er war ein drahtiges altes Stück Teakholz und sah aus, als hätte er einen Schürhaken verschluckt, äußerst ordentlich in einer fleckenlosen Uniform, Kinn vorgereckt und Hände hinter dem Rücken verschränkt, während er mich scharf musterte. Noch mehr Komplimente, dachte ich, bis er in einem kalten ruhigen Ton sprach:

„Damit ich nichts falsch verstanden habe. Ihr sagt, 20.000 Mann Kavallerie der Sikhs werden unseren Oberkommandierenden angreifen. Und das auf Euren Ratschlag hin? Ich verstehe." Er holte einen tiefen Atemzug durch seine dünne Nase, und ich hatte schon Kobras mit freundlicheren Augen gesehen. „Ihr, ein niederrangiger politischer Offizier, habt es auf Euch genommen, den Verlauf des Krieges zu bestimmen. Ihr saht keine Notwendigkeit, obwohl Ihr wusstet, dass diese beiden Verräter unbedingt verlieren wollten, eine Nachricht zu senden oder selbst zu kommen, um den Rat des nächsten Generals einzuholen – meinen? Damit die Aktionen vielleicht von jemandem mit nicht so eingeschränkter militärischer Erfahrung gesteuert würden?" Er machte eine Pause, sein Mund schloss sich wie eine Mausefalle. „Nun, Sir?"

Ich weiß nicht, was ich dachte, nur was ich sagte, sobald ich mich vom Schreck über den eisigen Sarkasmus dieses Hurensohns erholt hatte. Er kam so unerwartet, dass ich einfach herausplatzte: „Es war nicht genügend Zeit, Sir! Lal Singh war verzweifelt – hätte ich ihm nicht irgendetwas gesagt, Gott allein weiß, was er getan hätte!" Nicolson stand stumm da, Van Cordtlandt runzelte die Stirn. „Ich… Ich habe so gehandelt, wie ich dachte, dass es am besten sei, Sir!" Ich hätte in Tränen ausbrechen können.

„Soso." Das klang wie ein Schlag rechts und links mit einem Säbel. „Und mit Eurem großen Schatz an politischer Erfahrung seid Ihr felsenfest davon überzeugt, dass die Verzweiflung des Wazir echt war und dass er tatsächlich nach Euren genialen Anweisungen gehandelt hat? Er hätte Euch natürlich nicht täuschen können und vielleicht ganz andere Maßnahmen mit seiner Armee treffen?"

„Bei allem Respekt, Sir", unterbrach Van Cordtland, „ich bin mir ganz sicher…"

„Danke, Colonel Van Cordtlandt. Ich anerkenne Eure Besorgnis um einen Offizierskameraden. Eure Gewissheit ist aber nicht in Frage gestellt. Ich bin besorgt um die Mr. Flashmans."

„Jesus! Ja, ich bin sicher."

„Ihr werdet in meiner Gegenwart nicht lästern, Sir." Seine stählerne Stimme wurde um keinen Ton lauter. Überlegt fuhr er fort: „Gut. Wir müssen hoffen, dass Ihr Recht hattet. Wir müssen uns mit der Tatsache zufriedengeben, dass das Schicksal der Armee vom strategischen Können eines selbstzufriedenen Subalternen abhängt. Eines ausgezeichneten, auf seine Weise." Er warf mir einen letzten vernichtenden Blick zu. „Unglücklicherweise kam diese Auszeichnung nicht durch das Befehligen einer größeren Einheit als einer Kavallerietruppe zustande."

Ich verlor den Kopf und die Kontrolle über mein Temperament. Ich kann es nicht erklären, denn ich bin der Letzte, der sich einer Autorität widersetzt. Vielleicht war es die spöttische Stimme oder der herablassende Blick oder der Gegensatz zur Freundlichkeit Van Cordtlandts und Nicolsons. Oder es war all die Angst und der Schmerz und die Müdigkeit der letzten Wochen, die hochkochten. Oder die schiere Ungerechtigkeit, da ich einmal mein Bestes gegeben und meine Pflicht getan hatte (auch wenn ich keine andere Wahl gehabt hatte, das gebe ich zu) und das der Dank war, den ich dafür bekam! Es war eindeutig unerträglich, und ich hob mich halb aus dem Bett und weinte beinahe vor Zorn und Empörung.

„Verdammt!", schrie ich. „Gut – Sir! Was hätte ich denn tun sollen? Es ist noch nicht zu spät, wisst Ihr! Sagt mir, was *Ihr* getan hättet, und ich reite noch in dieser Minute zu Lal Singh zurück! Ich wette, er versteckt sich immer noch in seinem Bett, keine zwei verdammten Meilen entfernt! Er wird froh sein, seine Befehle ändern zu dürfen – wenn er weiß, dass sie von *Euch* kommen, *Sir*!"

Ich wusste, selbst in meinem kindischen Zorn, dass es keine

Chance gab, mich bei meinem Wort zu nehmen. Sonst hätte ich mich aufs Maulen beschränkt, da können Sie sicher sein. Nicolson hielt meinen Arm und bettelte, ich sollte mich beruhigen. Van Cordtlandt versuchte Entschuldigungen für mich zu finden.

Littler verzog keine Miene. Er wartete, bis Nicolson mich beruhigt hatte. Dann:

„Ich bezweifle, dass das klug wäre", sagte er ruhig. „Nein. Wir können nur warten, was passiert. Ob unser Bote Sir Hugh jetzt findet oder nicht, er wird auf jeden Fall die Schlacht schlagen müssen, die Ihr, Mr. Flashman, unvermeidlich gemacht habt." Er trat ein Stück vor und schaute mich an. Sein Gesicht war wie aus Stein gemeißelt. „Wenn alles gut geht, werden er und seine Armee, verdienter Weise, den Ruhm dafür ernten. Wenn er andererseits geschlagen wird, dann werdet Ihr, Sir –" er neigte den Kopf in meine Richtung „– ganz sicher die Schuld alleine tragen. Ihr werdet sicher entlassen, möglicherweise eingesperrt, vielleicht sogar erschossen." Er machte eine Pause. „Missversteht mich nicht, Mr. Flashman. Die Fragen, welche ich Euch gestellt habe, sind dieselben, die auch ein Kriegsgericht stellen würde. Sollte es je dazu kommen, versichere ich Euch, dass ich auf Eurer Seite sein werde, um zu bezeugen, dass Ihr, meines Erachtens, Eure Pflicht erfüllt habt mit vorbildlichem Mut und Einfallsreichtum und nach den besten Traditionen des militärischen Dienstes."

Ungewöhnlicher Kerl, dieser Littler, und nicht nur, weil er aus Cheshire kam. Ich kann mich an keinen Mann erinnern, der mich so bis in die Knochen erschreckt hat und trotzdem so beruhigend war, alles auf einmal. Denn er hatte Recht, wissen Sie. Ich *hatte* das Richtige getan, und ich hatte es gut gemacht – und viel würde mir das nicht nützen, was immer auch geschah. Wenn Gough ausgelöscht wurde, brauchten sie einen Sündenbock, und wer war da praktischer als einer dieser frechen Geheimagenten, die der Rest der Armee verabscheute?

Andererseits, wenn die Khalsa geschlagen wurde, war das letzte, was John Bull hören wollte, dass dieser Sieg durch ein schmutziges Geschäft mit zwei verräterischen Generälen der Sikhs zustande gekommen war. Wo wäre denn da der Ruhm für Britanniens Armee? Also würde das ganze unter den Teppich gekehrt werden. Und das ist auch geschehen, bis zum heutigen Tag.

Sie werden sich vielleicht fragen, was mich dann beruhigte an Littlers Tirade. Nun, der Gedanke, diesen unverrückbaren Eisberg auf meiner Seite zu haben, wenn es zu einem Kriegsgerichtsverfahren kam, war entschieden beruhigend. Ich war selbst mal Vertreter der Anklage, und Gott sei gedankt, dass ich nie einen solchen Zeugen der Verteidigung vor mir hatte. Broadfoot würde mir beistehen, und Van Cordtlandt. Und mein Ruf wegen Afghanistan würde für mich sprechen. Eine Ahnung davon bekam ich später am Tag, als ich mein Bein pflegte und auf der Veranda nach dem Essen an meinen Nägeln kaute und Littlers drei Brigadekommandeure in der Messe sprechen hörte. Nicolson musste meine Erlebnisse herumerzählt haben, und sie waren ganz erfüllt davon.

„Die Sikhs tun, was Flashman ihnen gesagt hat? Aus seinem eigenen Kopf? Verdammt will ich sein! Die Nerven dieser politischen Agenten kennen wirklich keine Grenzen."

„Flashman bestimmt nicht. Fragt irgendeine Frau in Simla."

„Oh? Auch noch hinter Unterröcken her? Seltsam, seine Frau ist wirklich eine echte Schönheit. Hab sie gesehen. Blonde Haare, blaue Augen …"

„Das klingt wirklich gut."

„Sie ist wundervoll."

„Der Ruf einer Dame! Nicht hier in der Messe."

„Ich habe ihren Namen nicht erwähnt. Nur, dass sie eine Schönheit ist. Geld hat sie auch, wie man mir erzählt hat."

„Kerle wie Flashman kriegen anscheinend immer beides. Ist mir schon aufgefallen."

„Beliebter Kerl."

„Nicht bei Cardigan. Warf ihn aus den Kirschenpflückern."

„Das spricht aber für den Jungen. Warum?"

„Kann mich nicht erinnern. Bei einem Kerl wie ihm kann es alles Mögliche gewesen sein."

„Wohl wahr. Gott helfe ihm, wenn Gough daneben haut."

„Gott wird ihm helfen, Ihr werdet sehen. Sie können nicht den Mann kaputt machen, der Jallalabad gerettet hat."

„Wann hat Cardigan das getan?"

„Nicht er. Flashman war's, '42. Ihr wart in Tenasserim."

„War ich das? Ah, ja, jetzt erinnere ich mich. Er hat irgendeine Festung gehalten. Ja, an den kommen sie nicht ran."

„Das glaub ich auch nicht. Die Öffentlichkeit würde das nicht dulden."

„Nicht, wenn seine Frau eine Schönheit ist."

Das war alles sehr ermutigend, obwohl es mir gar nicht gefiel, dass über Elspeth so lose geredet wurde. Aber es war immer noch ein langer Tag, den ich in den Stellungen von Ferozepore mit Warten in brütender Hitze verbrachte. Das 62. schwitzte in seinen roten Jacken in den Gräben, und die Sepoy-Kanoniere lagen mit ihren blauen Jacken im Schatten ihrer Geschütze. Nur zwei Meilen entfernt spiegelte sich die Sonne in den Waffen von Tej Singhs mächtiger Streitmacht. Littler und sein Stab verbrachten den ganzen Tag im Sattel, sie ritten nach Südosten, um die dunstige Ferne zu beobachten: Gough war da irgendwo draußen und marschierte den *Gorracharra* entgegen, die Lal gegen ihn geschickt hatte. *Wenn* er sie geschickt hatte. Angenommen nicht! Angenommen er hatte meinen Plan ignoriert oder ihn versaut? Angenommen, Littlers Befürchtungen waren begründet, und Lal hatte mich hereingelegt! Nein, das konnte nicht sein, der Kerl war am Ende seiner Nerven gewesen. Er musste vorrücken, um Gough zu treffen. Aber würde er sich daran erinnern, was ich ihm gesagt hatte, Regimenter entlang des Weges abzustellen, damit das Verhältnis ausgeglichener wurde? Angenommen… Angenommen… Alles was ich tun konnte, war warten, mich aus Littlers Blickfeld halten, tapfer in der Messe herumhumpeln und mich nicht daran stören, wieviele Augen auf mich gerichtet waren.

Es war ungefähr vier und die Sonne sank langsam, als wir das erste Grollen aus dem Osten hörten. Huthwaite, der Colonel der Artillerie, stand stocksteif mit offenem Mund auf der Veranda, lauschte und rief dann: „Das sind Riesendinger! 48er! Ganz sicher die Sikhs!"

„Wie weit entfernt?", fragte jemand.

„Kann ich nicht sagen. Mindestens zwanzig Meilen, können auch dreißig sein."

„Das ist dann in Moodkee!"

Huthwaite hatte die Augen geschlossen. „Das sind jetzt Haubitzen![31] Das ist Gough!"

Und er war es auch, weißer Kampfmantel und alles, mit einer erschöpften, schlecht ernährten, halb verdursteten Armee hinter sich, ohne Ordnung, die Artillerie unterlegen, aber Gott sei gedankt nicht in der Zahl der Männer. Er ging auf den Feind im einzigen Stil los, den er kannte, wie der Bulle auf das Tuch, ohne Rücksicht auf Konsequenzen. Davon wussten wir zu dieser Zeit nichts. Wir konnten nur auf der Veranda stehen, und die Motten sammelten sich um die Lampen. Wir lauschten der weit entfernten Kanonade, die Stunde um Stunde anhielt, bis lange nach Sonnenuntergang, bis wir sogar die Mündungsblitze am Nachthimmel reflektiert sahen. Bis einer der Scouts von Harriotts Leichter Kavallerie zurückkam, hatten wir keine Ahnung, was in dieser erstaunlichen Schlacht passierte, der ersten im großen Krieg gegen die Sikhs: Mitternacht Moodkee.

Wenn ich bei verschiedenen Gelegenheiten meine Ausgehuniform trage, habe ich Medaillen für einige Schlachten: von *Kabul 42* bis *Khedive Sudan 96*. Aber nicht für diese eine, die Schlacht, die ich begonnen habe. Es macht mir nicht aus, ich war nicht dort, gepriesen sei Gott, und es war kein berühmter Sieg für irgendjemanden. Aber ich glaube, ich habe verhindert, dass es eine Katastrophe wurde. Goughs Armee, die von einer gut organisierten Khalsa einfach durch ihre Größe erdrückt worden wäre, überlebte diesen Tag, weil ich ihre Chancen verbessert hatte – und weil es keine bessere Kavallerie auf der Welt gibt als die Leichte Brigade.

Hardinge und Gough schafften es beinahe, die Sache in den Sand zu setzen. Der eine durch seine Altweiber-Vorsicht, der andere durch seine irische Rücksichtslosigkeit. Dank Hardinge waren wir schlecht auf den Krieg vorbereitet, Regimenter waren nicht an die Front geschickt worden, es gab auf der Marschroute keine ordentlichen Versorgungsstationen (so dass Broadfoot und seine Agenten gezwungen waren, das Land auszuplündern, um irgend etwas zu improvisieren). Es war noch nicht einmal ein Feldhospital eingerichtet. Paddy, der mit seiner Kampftruppe gezwungen war, schnellstens vorzurücken, erzwang Dreißig-Meilen-Märsche pro Tag, und der Teufel sollte die Transporte und Hilfstruppen holen, die den ganzen Weg bis Umballa hinter ihm herzockelten. Inzwischen hatte Hardinge beschlossen, damit aufzuhören General-Gouverneur zu sein und stattdessen wieder Soldat zu werden. Er rannte nach Ludhiana und brachte die dortige Garnison mit, um sich Gough anzuschließen. Als sie Moodkee erreichten, hatten sie ungefähr 12.000 ziemlich erschöpfte Männer, die den ganzen Tag marschiert waren. Und dort warteten Lals *Gorracharra* auf sie, 10.000 Mann, und ein paar Tausend Infanteristen.

Jetzt war Paddy dran. Die Sikhs hatten ihre Infanterie und Artillerie im Dschungel aufgestellt, und Gough, statt darauf zu warten, dass sie zu ihm herauskamen, ging ihnen an die Gurgel, damit sie ihm nicht entkamen – das war alles, was *er* kannte. Die Artillerie duellierte sich und wirbelte Unmengen von Staub auf. Hardinges Sohn erzählte mir später, es war, als kämpfte man im Londoner Nebel. Tatsache ist, dass keine zwei Berichte von dieser Schlacht übereinstimmen, weil die meiste Zeit niemand auch nur irgendetwas sah. Ganz sicher waren die Gorracharra zahlenmäßig so stark, dass sie uns beinahe überflügelt hätten, aber unsere Kavallerie fiel ihnen in die Flanken, auf beiden Seiten, und trieb sie vor sich her. Die 3. Leichte Brigade ritt zwischen Artillerie und Infanterie der Sikhs, aber als Paddy einen Frontalangriff der Infanterie begann, liefen sie in einen Hagelsturm aus Schrot. Eine Zeit lang stand alles auf Messers Schneide, denn als sie den Dschungel erreichten, schossen die Sikhs aus allen Rohren und zwischen den Bäumen gab es schreckliche Kämpfe. Inzwischen war es dunkel geworden, und Kerle schossen auf ihre Kameraden, einige unserer Sepoy-Regimenter schossen einfach in die Luft. Auf beiden Seiten herrschte größte Verwirrung – und dann zogen sich die Sikhs zurück und ließen siebzehn Kanonen stehen. Wir hatten 200 Tote und dreimal soviele Verletzte, die Verluste der Sikhs waren größer, hat man mir gesagt, aber niemand weiß es genau.

Man könnte diese Schlacht ein Unentschieden mit leichten Vorteilen für uns nennen[32], aber sie stellte ein paar Dinge klar. Wir hatten das Schlachtfeld und die Kanonen erobert, also konnte die Khalsa geschlagen werden. Aber um einen hohen Preis, denn sie kämpften zwischen den Bäumen wie die Tiger und machten keine Gefangenen. Unsere Sepoys hatten etwas von ihrer Furcht vor den Sikhs verloren, und unsere Kavallerie, britische und indische, hatte die *Gorracharra* in die Flucht geschlagen. Wenn Gough schnell genug die Verfolgung aufnahm und den Rest von Lals Streitmacht erledigte, die bei Ferozesha stand, *bevor* sie Verstärkung von Tej erhielt, hatten wir den Krieg so gut wie für uns entschieden. Aber falls sich die Khalsa wieder vereinigte, war das eine andere Geschichte.

Einiges davon war schon am nächsten Morgen klar, aber da hatte ich andere Sorgen. Einer der Boten, die Littler mit der Nachricht von meiner Absprache mit Lal und Tej an Gough geschickt hatte, erreichte ihn auf dem Höhepunkt der Schlacht. Es war ein erstaunlicher Anblick, 20.000 Mann Kavallerie, Infanterie und Artillerie prügelten unterm Sternenlicht auf einander ein, und der alte Irre war überaus zornig, weil er selbst nicht persönlich am Angriff der 3. Leichten teilnehmen konnte: „Es ist verdammt, das ist es! Hier bin ich und dort sind sie, und ich könnte genauso gut in meinem Bett sein! Los, Jungs, los – und verpasst ihnen auch eine für mich – hurrah!"

Der Bote entschied weise, dass dies nicht der richtige Zeitpunkt für Vernunft war. Es war schon beinahe Mitternacht, als der Kampf vorüber war und die Nachricht endlich an Gough und Hardinge überbracht wurde, die mit Broadfoot im Schlepptau das Kampfgebiet verließen. Der Bote sagte, es war wie in einem seltsamen Traum. Ein riesiger Mond schien auf die mit

Büschen bestandene Ebene und den Dschungel. Um die Kanonen der Sikhs lagen ihre toten Bedienungsmannschaften in Haufen. Die verstümmelten Körper unserer leichten Dragoner und indischen Lancer kennzeichneten den Weg ihres Angriffs auf das Herz der Khalsa-Stellungen. Die große Anzahl von Männern, Pferden und Kamelen, die tot oder sterbend über die Ebene verstreut waren, das Jammern der Verwundeten und die Rufe unserer Leute, die unter den Gefallenen ihre Kameraden suchten. Der Berg an Leichen, aufgetürmt wie ein Grabhügel, wo Harry Smith auf seinem Araber Jim Crow vorwärts geritten war und die Fahne der Queen's Own vor der Spitze der Khalsa-Formation in den Boden gepflanzt und dann unseren Jungs zugerufen hatte, sie sollten kommen und sie holen – was die auch taten. Gough und Hardinge standen ein wenig abseits, sich leise im Mondlicht unterhaltend. Endlich gab Gough dem Boten seine Antwort und fügte die Worte hinzu, die mein Herz schneller schlagen ließen:

„Meine Grüße an Sir John Littler, und richtet ihm aus, er wird in Kürze von mir hören – und ich wäre ihm verpflichtet, wenn er den jungen Flashman so bald wie möglich zu mir schicken könnte. Mit dem habe ich ein Wort zu reden."

Es war aber nichts Schlimmes, im Gegenteil, das Erste, was er sagte, als ich in das große Messezelt in Moodkee gehumpelt kam, war: „Was ist mit Eurem Bein los, mein Junge? Setzt Euch, und Baxu besorgt Euch ein Glas Bier. Reiten macht wirklich durstig, diese Tage!"

Zuerst aber musste ich Hardinge vorgestellt werden, der mit ihm beim Dinner saß, einem unauffälligen, schweigsamen, nüchternen Mann. Der leere Ärmel, wo seine linke Hand fehlte, stak im Mantel. Ich mochte ihn auf den ersten Blick nicht, und die Abneigung war gegenseitig. Er schenkte mir nur ein frostiges Nicken, aber Broadfoot war da, mit einem breiten Grinsen und einem herzlichen Händedruck. Er war mir höchstwillkommen, glauben Sie mir. Der Dreißig-Meilen-Ritt von Ferozepore, im großen Bogen über den Süden ausweichend wegen der Späher der *Gorracharra* und mit nur sechs *Sowars* als Eskorte, hatte mir entsetzliche Angst gemacht und meinem geschundenen Knöchel nicht gut getan. Und als wir Moodkee erreichten, erlebte ich einen schrecklichen Schock. Wir kamen bei Sonnenuntergang aus dem Süden und sahen nichts vom Schlachtfeld, aber sie beerdigten gerade die Toten. Zufällig fiel mein Blick durch eine offene Zeltklappe, und dort, eingewickelt in einen Mantel, lag der Körper des alten Bob Sale.

Das erschütterte mich zutiefst. Er war solch eine herzliche, liebevolle Seele gewesen – ich sah ihn vor mir, wie er sich an meinem Bett in Jallalabad die gerührten Tränen von der Wange wischte, wie er über Florentias ärgere Ausrutscher an der Abendtafel grinste und wie er sich auf die Knie schlug: „Aus Lahore wird es keinen Rückzug geben!" Jetzt bliesen sie den Rückzug für ihn, *Fightin' Bob Sale*. Ein Schrapnell hatte ihn erwischt, als sie in den Dschungel gestürmt waren – der Generalquartiermeister hatte mit der Infanterie angegriffen! Ich dankte Gott, dass nicht ich es war, der Florentia die Nachricht überbringen musste.

Aber der arme alte Bob war bald vergessen in der Gegenwart des Generalgouverneurs und des Oberkommandierenden, denn nun musste ich meine Geschichte noch einmal erzählen, vor diesem ehrenwerten Publikum. Thackwell, der Befehlshaber der Kavallerie, war da. Hardinges Sohn Charlie und der junge Gough, Paddys Neffe, aber nur drei Gesichter zählten: das kalte und ruhige von Hardinge, der einen Finger an die Wange gelegt hatte. Gough hatte sich vorgelehnt, sein braunes, immer noch ansehnliches Gesicht lebendig vor Neugier, er zog ständig an seinem weißen Schnurrbart. Und Broadfoot, samt rotem Bart und dicken Brillengläsern, der beobachtete, wie sie die Geschichte aufnahmen, wie ein Lehrer, während sein Meisterschüler vorträgt. Die Geschichte klang gut, und ich erzählte sie gerade heraus, ohne falsche Bescheidenheit, die hier verschwendet gewesen wäre, wie ich wohl wusste: falsche Nachricht – Goolab Singh – Maka Khan – Eisenrost – Flucht

244

– Gardners Eingreifen (ich wagte nicht, ihn wegzulassen, weil George da war) – mein Zusammentreffen mit Lal und Tej. Als ich fertig war, herrschte Stille, die von George gebrochen wurde. Er gab den Kurs vor.

„Darf ich sofort sagen, Exzellenz, dass ich alle Handlungen Mr. Flashmans ohne Einschränkung gutheiße. Sie entsprechen genau jenen, die ich mir von ihm gewünscht hätte."

„Hört, hört!", sagte Gough und klopfte auf den Tisch. „Braver Junge."

Hardinge passte das gar nicht. Ich nahm an, er dachte wie Littler: dass ich viel zu viel auf meine Kappe genommen hatte. Aber ungleich Littler war er nicht bereit zuzugeben, dass ich Recht gehabt hatte.

„Glücklicherweise scheint daraus kein Schaden entstanden zu sein", sagte er kalt. „Wie auch immer, je weniger davon gesprochen wird, desto besser ist es. Ihr werdet mir zustimmen, Major Broadfoot, dass jede Öffentlichmachung der Verräterei der Sikhs die schwersten Konsequenzen haben könnte." Ohne auf Georges Antwort zu warten fuhr er fort, an mich gewandt: „Und ich wünsche nicht, dass über Eure schwere Prüfung unter den Händen der Feinde geredet wird. Es war eine schreckliche Sache –" seinem Ton nach hätte er gerade über das Wetter sprechen können – „und ich beglückwünsche Euch zu Eurer Rettung, aber würde das bekannt werden, würde es die Stimmung aufheizen und das würde keinem guten Ende dienen." Egal, welch aufheizenden Effekt es an *meinem* Ende gehabt hatte. Selbst mitten im Krieg machte er sich Gedanken über unsere harmonischen Beziehungen zum Pandschab, wenn alles vorüber war. Flashys angesengter Hintern durfte die Aussichten einfach nicht trüben. Ich hatte Henry Hardinge schon vorher nicht gemocht, aber mittlerweile hasste ich ihn. Also stimme ich ihm sofort zu, wie ein guter kleiner Schleimer, und Gough, der schon ungeduldig herumgerutscht war, kam endlich zum Reden.

„Sagt mir das, mein Junge – und wenn Ihr Euch irrt, werde ich es Euch nicht vorhalten. Dieser Tej Singh – Ihr kennt den Mann. Können wir uns darauf verlassen, dass er das für seine

Seite Schlechteste tut?"

„Ja, Sir", sagte ich. „Ich glaube schon. Er würde bis in alle Ewigkeit vor Ferozepore sitzen. Aber seine Generäle könnten ihn zwingen, tätig zu werden."

„Ich denke, Sir Hugh", murrte Hardinge, „dass es weiser wäre, an Stelle von Mr. Flashmans Meinung die Tatsachen zu berücksichtigen."

Gough gefiel der Tonfall nicht, aber er nickte. „Zweifellos, Sir Henry. Aber wie auch immer, es muss Ferozeshah sein. Und so bald wie möglich."

Danach wurde ich entlassen, aber nicht bevor Gough auf meine Gesundheit getrunken hatte – Hardinge hob kaum sein Glas von der Tafel. Zur Hölle mit ihm, ich war zu müde, um mich deswegen aufzuregen und wollte eigentlich nur noch ein Jahr lang schlafen, aber bekam ich diese Chance? Ich hatte kaum meine Stiefel ausgezogen und meinen Fuß in kaltes Wasser gestellt, als Broadfoot in mein Zelt eindrang. Er trug eine Flasche und war voller Stolz und Glückwünsche, auch an sich selbst, weil er so verdammt klug gewesen war, mich überhaupt nach Lahore zu schicken. Ich sagte, dass Hardinge nicht so zu denken schien. Er schnaubte und meinte Hardinge sei ein Esel und ein aufgeblasener Snob, der nichts übrig hatte für die Politischen. Aber das sei egal, ich sollte ihm alles über Lahore erzählen, jedes Wort. Und er ließ sich mit glänzenden Brillengläsern auf mein *Charpoy*˙ fallen, um alles zu hören.

Nun, Sie kennen das ja schon alles, und um Mitternacht er auch – außer den fröhlichen Teilen mit Jeendan und Mangla, wo ich zuviel Schamgefühl besaß, um sie zu erzählen. Ich betonte sehr meine Freundschaft mit dem kleinen Dalip, sprach in bewundernden Tönen von Gardner und legte auch ein gutes Wort für Jassa ein. Stellen Sie sich vor, er hatte die ganze Zeit über die wahre Identität dieses Schurken Bescheid gewusst, aber mir aus Prinzip nichts gesagt. Als ich zu Ende war, rieb er voll Zufriedenheit seine Hände.

„All das wird von größtem Wert sein. Was natürlich wichtig ist, ist das Vertrauen des jungen Maharadscha. Und seiner Mutter." Er sah mich scharf an, und ich erwiderte seinen Blick

*Bett

246

mit jungenhafter Unschuld. Da wurde er rot und rieb an seinen Gläsern herum. „Natürlich auch Goolab Singh. Diese drei werden die Hauptfiguren sein, wenn alles vorüber ist. Ja…" Er verfiel für einen Augenblick in eine seiner keltischen Trancen und riss sich dann wieder zusammen.

„Flashy – ich muss Euch um eine ziemlich schwere Sache bitten. Ihr werdet das gar nicht mögen, aber es muss getan werden. Versteht Ihr?"

Oh Jesus, dachte ich, was denn jetzt?! Er will, dass ich nach Burma gehe oder meine Haare grün färbe oder den König von Afghanistan kidnappe. Zur Hölle damit! Ich bin meine Strecke schon gelaufen und verdammt soll er sein! Also fragte ich ihn natürlich voller Eifer, was es denn wäre, und er schaute auf meinen Knöchel, immer noch rot und geschwollen, den ich auf ein nasses Handtuch gelegt hatte.

„Immer noch sehr schmerzhaft, wie? Aber das hielt Euch nicht davon ab, heute dreißig Meilen zu reiten – und wenn es morgen einen Kavallerieangriff gegen die Khalsa gibt, dann würdet Ihr mitgehen und wenn es Euch umbringt! Stimmt's?"

„Das will ich doch verdammt hoffen!", rief ich. Das Herz sank mir in die Hose bei dem bloßen Gedanken, und er schüttelte voller Bewunderung den Kopf.

„Ich wusste es! Kaum aus der Pfanne, schon wieder unterwegs zum Feuer. Es war das Gleiche mit Euch beim Rückzug aus Kabul." Er schlug mir auf die Schulter. „Nun, es tut mir Leid, mein Junge, aber daraus wird nichts. *Ich möchte morgen nicht, dass Ihr auch nur einen Schritt gehen könnt* und schon gar nicht ein Pferd reiten. Habt Ihr mich verstanden?"

Nein, aber hier stank irgendetwas fürchterlich.

„Es ist so", sagte er ernst, „dass letzte Nacht der schwierigste Kampf stattfand, den ich je gesehen habe. Diese Sikhs sind die mutigsten, tapfersten Kerle der Welt – zwei Ghazis wert, jeder einzelne von ihnen. Vier habe ich selbst getötet, und ich kann Euch sagen, Flashy, sie starben schwer. Ja, das taten sie." Er unterbrach sich und runzelte die Stirn. „Ist Euch jemals aufgefallen, wie *weich* der Kopf eines Mannes ist?[33] Nun gut, was wir letzte Nacht getan haben, werden wir in Kürze wieder tun.

247

Gough muss Lals Hälfte der Khalsa bei Ferozeshah zerstören – und wenn ich nicht ganz falsch liege, wird das der blutigste Tag, den Indien je gesehen hat." Er wackelte mit dem Finger. „Es könnte diesen Krieg entscheiden."

„Ja, Ja!", rief ich eifrig und fühlte mich reif zum Kotzen. „Aber was soll dieser Unsinn, dass ich nicht gehen kann?"

„Ihr müsst um jeden Preis aus den Kämpfen herausgehalten werden", sagte er bestimmt. „Ein Grund ist die Glaubwürdigkeit und das Vertrauen, das Ihr bei den Leuten errungen habt, die nächstes Jahr den Pandschab unter unserem Daumen regieren werden. Die sind viel zu wertvoll, als dass man sie riskieren dürfte. Ich werde es nicht erlauben. Also, wenn Gough morgen nach einem Adjutanten fragt – und ich weiß, dass er das tun wird – Euch kann er nicht bekommen. Aber ich werde ihm nicht sagen, warum, denn er hat nicht mehr politisches Verständnis als die Katze des Außenministers und würde es nicht begreifen. Also müssen wir ihn täuschen und auch den Rest der Armee, und Euer lahmes Bein wird uns dabei helfen." Er legte mir eine Hand auf die Schulter und starrte mich mit Eulenaugen an. „Es ist keine schöne Sache, aber es ist zum Wohl des Dienstes. Ich weiß, ich verlange ziemlich viel, dass Ihr Euch zurückhalten sollt, wenn alle anderen angreifen, aber... Was sagt Ihr, alter Kamerad?"

Sie können sich meine Gemütslage vorstellen. Das ist das Schöne an einem heldenhaften Ruf – aber man muss wissen, wie man damit umgeht. Ich nahm den richtigen Gesichtsausdruck schmerzlicher, verwirrter Empörung an und ließ meine Stimme fast stocken.

„George!", sagte ich, als hätte er gerade die Queen geschlagen. „Ihr sagt mir, ich soll mich... *drücken!* Ja, genau das tut Ihr! Ich habe die Arbeit in Lahore für Euch getan – verdiene ich nicht die Chance, wieder ein Soldat zu sein? Außerdem –" rief ich höchst aufgeregt, „ – bin ich diesen Bastarden noch etwas schuldig! Und Ihr erwartet, dass ich mich zurückhalte?"

Sein Gesichtsausdruck war männlich-mitfühlend. „Ich sagte, es ist eine schwere Sache."

„Schwer? Verdammt, es... Es ist... Es ist unerträglich!

Nein, George, das werde ich nicht tun! Mich krank stellen – den lieben alten Paddy täuschen! Von allen feigen Gedanken…" Ich unterbrach mich, rot im Gesicht, und ängstlich, falls ich zu sehr übertrieb und er nachgab. „Warum bin ich denn so verflucht wertvoll? Wenn der Krieg vorüber ist, ist es doch ganz egal, wer in Lahore die Politik macht."

„Ich sagte, das sei ein Grund!", unterbrach er mich. „Es gibt noch einen. Ich brauche *Euch* jetzt in Lahore! Oder zumindest sobald als möglich. Während alles in Schwebe hängt, brauche ich jemanden nahe am Sitz der Macht – und Ihr seid der Mann dafür. Das ist der Plan, den ich für Euch eigentlich hatte, erinnert Ihr Euch? Aber Eure Rückkehr muss ein Geheimnis sein, dass nur Ihr, ich und Hardinge kennen. Wenn Ihr krank seid, wird sich niemand wundern, dass man Euch schont." Zufrieden grinste er. „Ach, ich weiß, ich bin ein schlauer Schurke! Ich muss es sein. Also geht Ihr morgen früh mit einer Krücke und lasst Euren Bart wachsen. Wenn Ihr wieder nach Norden geht, dann dieses Mal als Badoo der *Badmash* – Ihr könnt wohl kaum als Mr. Flashman um Einlass in die Festung von Lahore bitten, oder?"

Vielleicht zu meinem Glück war ich sprachlos. Ich starrte einfach diese rotbärtige Bestie an, und er nahm mein Schweigen als Zustimmung, obwohl es in Wahrheit noch nicht einmal Begreifen bedeutete. Die ganze Sache war zu monströs für Worte und während ich mit offenem Mund da saß, lachte er und schlug mir auf die Schulter.

„Das stellt die Sache in ein ganz anderes Licht, oder nicht? Ihr werdet Euch in die Höhle des Löwen *drücken*, also müsst Ihr uns nicht um unseren kleinen Kampf bei Ferozeshah beneiden!" Er stand auf. „Ich spreche jetzt mit Hardinge, und in einem oder zwei Tagen erkläre ich Euch in allen Einzelheiten, was Ihr zu tun habt, wenn Ihr in Lahore seid. Bis dahin kümmert Euch um Euren Knöchel, ja? Schlaft gut, Badoo!" Er blinzelte heftig, zog die Zeltklappe auf und blieb stehen. „Ah, Harry Smith hat mir heute einen guten Scherz erzählt! Warum ist ein Soldat der Khalsa das Gleiche wie ein Bettler? Wisst Ihr es? Gebt Ihr auf?"

„Ich gebe auf, George", sagte ich und bei Gott, ich meinte es auch so.

„Weil er arm ist – er kämpft gegen uns!"* rief er. „Kapiert? Arm!" Er lachte breit. „Nicht schlecht, wie? Gute Nacht, alter Freund!"

Kichernd ging er weg. „Arm ist er!" Das waren die letzten Worte, die ich ihn je sprechen hörte.

Sie werden Schwierigkeiten haben, Ferozeshah (oder Pheeroo Shah, wie wir Pandschabi-Puristen es nennen) heutzutage im Atlas zu finden. Es ist ein dreckiges kleines Dorf auf halbem Weg zwischen Ferozepore und Moodkee, aber auf seine Art ist es ein besserer Platz als Delhi oder Kalkutta oder Bombay, denn dort entschied sich das Schicksal Indiens – passenderweise durch Verrat, Verrücktheit und idiotischen, unglaublichen Mut. Und vor allem, durch blindes Glück.

Dort hatte Lal Singh, meinem Rat folgend, seine halbe Streitmacht gelassen, als er Gough entgegen gezogen war, und dorthin zog sich seine geschlagene Vorhut von Moodkee zurück. Also war er nun 20.000 Mann stark mit 100 großartigen Kanonen, alle in besten Stellungen und sicher wie in Mutters Schoß. Und Gough musste ihn sofort angreifen, denn wer konnte schon sagen, wann Tej Singh, der nur ein paar Meilen entfernt vor Ferozepore herumtrödelte, von seinen Offizieren gezwungen wurde, das einzig Vernünftige zu tun und sich Lal anzuschließen. Dann stünden Paddy 50.000 Mann der Khalsa entgegen und wären uns mehr als Drei zu Eins überlegen.

Also hieß es am nächsten Tag, hastig von Moodkee aufzubrechen, die letzten Toten wurden schnell begraben, die eingeborene Infanterie bereitete sich auf einen Nachtmarsch vor. Das 29. stieß dazu, von Umballa kommend. Ihre roten Jacken waren vom ständigen Staub so gelb wie ihre Gesichter. Die Musikanten spielten *Royal Windsor*, die Elefanten quiekten, während sie die schwere Artillerie heranschafften. Kamele schrien, Menschen brüllten und winkten aus jeder Zeltöffnung

*Der Scherz ist ein unübersetzbares Wortspiel aus dem Englischen: „a Sikh in Arms" klingt so wie „a-seekin' alms", um Almosen betteln.

mit Papieren. Die Munitionswagen rollten durch, und Gough saß mit hochgerollten Ärmeln an einem Tisch im Freien, während sein Stab um ihn herumsprang. Und das genau beobachtende Auge hätte auch eine tapfere Gestalt bemerkt, die mit einem Bein, eingebunden bis zum Knie, auf einem *Charpoy* lag und sein Unglück verfluchte, das ihn von dem ganzen Spaß fernhielt.

„Schau mal, Cust!", rief Abbott. „Hast du das gesehen? Flashy hat die Gicht! Er muss jetzt zweimal am Tag Tee trinken und Medizin nehmen und *Kameela*-Umschläge machen!"

„Das kommt vom Saufen mit Maharanis in Lahore, sage ich!" Das war Cust. „Der Rest von uns armen Politischen muss für seinen Unterhalt hart arbeiten."

„Wann haben Politische jemals etwas gearbeitet?", fragte Hore. „Du bleibst, wo du bist, Flashy, und bleib aus der Sonne, hörst du? Wenn die Sache eng wird, dann schleppen wir dich hin und du winkst den Sikhs mit deiner Krücke!"

„Wartet, bis ich wieder gehen kann und mit mehr winke als einer Krücke!", rief ich. „Ihr Kerle haltet euch für klug, ihr werdet sehen, ich bin noch vor euch dort!" Worauf sie mich alle verspotteten und mir versprachen, mir ein paar verwundete Sikhs übrig zu lassen, die ich dann aufschlitzen dürfte. Wirklich eine fröhliche Unterhaltung. Broadfoot selbst hatte erklärt, ich sei *hors de combat*, und ich erhielt auch Bekundungen des Mitgefühls trotz all dem üblichen Spott. Aber Gough bestand darauf, dass ich nach Ferozeshah mitgeschleppt wurde, um mich um Verlustberichte zu kümmern, die mit ziemlicher Sicherheit erwartet wurden. „Wenn er nicht reiten kann, so kann er zumindest schreiben", sagte Paddy. „Außerdem, so wie ich den Jungen kenne, wird er wieder bis zum Hals in der Sache stecken, bevor alles vorbei ist." Hoffnung ist etwas Wundervolles, alter Paddy, dachte ich. Ich hatte erwartet, mit den Verwundeten in Moodkee zurückzubleiben, aber wenigstens würde ich im vorgeschobenen Hauptquartier weit weg vom Schuss sein, während der Rest von ihnen sich mit der ernsten Arbeit beschäftigte.

Broadfoot und seine Afghanen waren den ganzen Tag unterwegs, sie kundschafteten die Positionen der Sikhs aus, sodass ich ihn nicht sah. Mir wurde abwechselnd heiß und kalt, wenn ich an die schrecklichen Aussichten dachte, die er mir letzte Nacht dargelegt hatte – in Verkleidung zurück nach Lahore zu schleichen, verräterische Botschaften für Jeendan im Gepäck, ein Auge auf sie und ihre Schlangengrube von Hof. Wie zum Teufel sollte das gehen und warum? Aber ich würde es bald genug herausfinden.

Nach einem turbulenten Tag voll verwirrender Vorbereitungen marschierten wir in den eiskalten Nachtstunden, die Armee in Marschordnung und Ihr bescheidener Erzähler in einem *Dooli*, das von Dienern getragen wurde. Das amüsierte die Stabsleute natürlich ohne Ende, immer wieder kamen sie vorbei und fragten, ob ich vielleicht einen Brei brauchte oder heiße Ziegelsteine, um meine Zehen zu wärmen. Ich antwortete mit bissigen Bemerkungen und bemerkte, dass die Komödianten stiller wurden, je länger der Marsch dauerte. Bald nach der Morgendämmerung kamen wir in Hörweite der Sikh-Trommeln. Um neun stellten wir uns in Sichtweite von Ferozeshah auf. Ich befahl meinen *Dooli*-Trägern, mich bei einer kleinen Baumgruppe nicht weit vom Hauptquartier abzustellen, um aus der Hitze zu sein. Das brachte interessante Ergebnisse, wie Sie sehen werden. Denn wenn ich auch das Meiste, was ich von diesem Tag erzähle, vom Hörensagen weiß, so spielte sich ein wichtiger Vorfall doch direkt vor meiner Nase ab. Das ist es, was geschah:

Die Späher hatten berichtet, dass der Platz auf allen Seiten schwer befestigt war, ungefähr eine Meile im Quadrat um das Dorf. Die schweren Kanonen der Sikhs standen in den Hügeln und Gräben, die es einschlossen. Auf drei Seiten war Dschungel, der unsere Attacke behindern würde, aber auf der Ostseite, uns gegenüber, war flache *Maidan*, und Gough, der ehrliche Mann, kannte nur einen Weg. Das Feuer mit den Kanonen eröffnen und dann direkt hinein. Er vertraute auf die Bajonette unserer 12.000 gegen 20.000 Mann der Khalsa. Während der Nacht war Littler mit beinahe seinen gesamten 7.000 Mann aus Ferozepore hinausgeschlüpft. Er ließ Tej

*Tragbahre

252

zurück, der nun eine leere Stadt bewachte. Paddys Idee mag gewesen sein, die Sikhs aus Ferozeshah hinaus und in Littlers Arme zu treiben, aber das weiß ich nicht mit Sicherheit.

Die ganze Zeit lag ich auf meinem *Dooli*, aß Fleisch und Armeebrot und hustete zufrieden über meiner Zigarre. Ich bewunderte den Anblick unserer Armee in Stellung vor mir und fühlte mich ganz patriotisch, als es in 50 Yards Entfernung eine ziemliche Aufregung gab, dort, wo der Stab des Hauptquartiers beim Frühstück saß. Wahrscheinlich versucht Hardinge wieder, sich die Marmelade unter den Nagel zu reißen, dachte ich, aber als ich wieder hinsah, kam der Mann selbst mit ernstem Gesicht auf meine Baumgruppe zu. Fünf Yards hinter ihm war Paddy Gough mit fliegendem weißem Mantel und Mordlust in den Augen. Hardinge blieb innerhalb der Baumgruppe stehen und sagte: „Nun, Sir Hugh?"

„*Nun*, Sir Henry!", rief Paddy, vor Wut mit tiefstem irischem Akzent. „Ich sage es Euch noch einmal – Ihr habt vor Euch den schönsten Sieg, der jemals in Indien errungen wurde, bei Gott, und…"

„Und ich sage Euch, Sir Hugh, daran kann man nicht einmal denken! Sie sind Euch Zwei zu Eins überlegen und noch mehr bei der Artillerie – und sie liegen in Deckung, Sir!"

„Weiß ich das nicht selbst? Ich sage trotzdem, zu Mittag ist Ferozeshah in unserer Hand! Mein lieber Mann, unsere Infanteristen sind schließlich keine Portugiesen!"

Das war ein Seitenhieb gegen Hardinge, der bei den Portugänsen in Spanien gedient hatte. Sein Ton ließ das Wasser gefrieren, als er antwortete: „Ich kann das nicht zulassen. Ihr müsst auf Littler warten."

„Und wenn ich solange warte, laufen schon die Kaninchen durch Ferozeshah! Heute ist der kürzeste Tag des Jahres, Mann! Und würdet Ihr mir jetzt ganz offen sagen, wer denn nun die Armee kommandiert?"

„Ihr!", gab Hardinge scharf zurück.

„Und habt Ihr mir nicht Eure Dienste als Soldat angeboten, in welcher Kapazität auch immer? Ja, das habt Ihr! Und ich habe es dankbar angenommen. Aber es scheint, als wolltet Ihr meinen Befehlen nicht nachkommen..."

„Auf dem Schlachtfeld, Sir, gehorche ich Euch selbstverständlich! Aber als Generalgouverneur werde ich, wenn notwendig, meine Autorität über den Oberkommandierenden wahren. Und ich werde die Armee nicht einem solchen Risiko aussetzen! Ach, mein lieber Sir Hugh..." Er änderte den Tonfall, um die Wogen zu glätten, aber Paddy war dafür nicht zu haben.

„Kurz gesagt, Sir Henry, Ihr stellt mein militärisches Urteil in Frage!"

„Ich bin genauso lange Soldat wie Ihr, Sir Hugh."

„Das weiß ich! Ich weiß aber auch, dass Ihr seit Waterloo kein Pulver mehr gerochen habt und alle Stabsschulenlektionen der Welt schaffen keinen General für ein Schlachtfeld!"

Hardinge kam aus der Stabsschule, Paddy, wie Sie wahrscheinlich schon ahnen, nicht.

„Das ist unziemlich, Sir!", sagte Hardinge. „Unsere Meinungen sind verschieden. Als Generalgouverneur untersage ich ausdrücklich jeden Angriff, bis ihr Unterstützung durch Sir John Littler habt. Das ist mein letztes Wort, Sir."

„Und das ist meines, Sir – aber später werde ich noch etwas zu sagen haben!", schrie Paddy. „Wenn wir dadurch in Unordnung geraten, wenn unsere Jungs in der Dunkelheit aufeinander schießen, wie es in Moodkee passiert ist – nun, Sir, ich werde mich dieser Verantwortung nicht stellen, außer ich bin dafür verantwortlich!"

„Danke, Sir Hugh!"

„Danke, Sir Henry!"

Und sie stapften davon, nach einer Beratung, die ziemlich einmalig in der Militärgeschichte sein dürfte[34]. Wer nun Recht hatte, weiß Gott allein. Einerseits musste Hardinge an ganz Indien denken, und die Verhältnisse machten ihm Angst. Dagegen war Paddy der Kämpfer – dumm wie Bohnenstroh, zugegeben, aber er kannte Männer und Schlachtfelder und den Geruch von Sieg oder Niederlage. Kopf oder Zahl, wenn Sie mich fragen.

Also ging es nach Hardinges Willen, und die Armee setzte

254

sich wieder in Marsch nach Südwesten, Littler entgegen. Sie kreuzte die Front der Sikhs mit einer Flanke so offen wie ein Scheunentor, wenn sie herausgekommen und über uns hergefallen wären. Das taten sie nicht, Dank sei Lal Singh, der jede Bewegung verweigerte, auch wenn sich sein Stab wegen der verpassten Gelegenheit die Haare ausriss. Littler kam in Shukoor in Sicht und unsere Streitmacht, jetzt 18.000 Mann stark, wandte sich wieder nach Norden und stürmte Ferozeshah.

Den Kampf sah ich nicht, denn ich war in einer Hütte in Misreewallah, über eine Meile entfernt, umgeben von Schreibern und Läufern und meinen Grog trinkend, während ich auf die Rechnung der Schlacht wartete. Daher werde ich über die Fakten nichts sagen, Sie können den ganzen Schrecken in den offiziellen Berichten nachlesen, wenn Sie neugierig sind. Aber ich *hörte* sie und sah das Ergebnis, und das war mir genug.

Auf beiden Seiten sind furchtbare Fehler passiert. Gough musste seine Streitmacht in einem Frontalangriff gegen die südlichen und westlichen Gräben führen, die am stärksten befestigt waren, als die Sonne schon tief im Westen stand. Unsere Jungs wurden von einem Geschosshagel empfangen, unter ihnen explodierten Minen, aber sie stürmten mit dem Bajonett hinein und trieben die Sikhs aus ihrem Lager und dem Dorf dahinter. Genau zu Beginn der Dämmerung explodierte das Magazin der Sikhs und bald brannten überall Feuer. Es war ein Gemetzel, aber in der Dunkelheit herrschte solche Verwirrung, dass ganze Regimenter sich verliefen. Harry Smith war wie üblich weit vor dem Rest. Gough entschied, neu zu formieren – und es wurde zum Rückzug geblasen. Unsere Jungs hatten Ferozeshah *schon in den Händen* und kamen wieder heraus. Die Sikhs zogen wieder hinein und besetzten erneut die Gräben, die wir um einen schrecklichen Preis erobert hatten. Und da fragten sich manche, warum Leute zur See fahren. Also waren wir wieder dort, wo wir angefangen hatten, in der eiskalten Nacht. Die Scharfschützen der Khalsa beschossen unsere Biwaks und Brunnen. Ohja, und Lumley, der Generaladjutant, drehte durch, rannte herum und sagte jedem, wir sollten uns nach Ferozepore zurückziehen. Glücklicherweise hörte keiner auf ihn.

Meine Erinnerungen an diese Nacht sind eine Mischung aus verwirrten Bildern: Ferozeshah, zwei Meilen entfernt, sah aus wie eine Vision der Hölle, ein Meer von Flammen unter roten Wolken, überall Explosionen. Männer stolperten aus der Dunkelheit und trugen verwundete Kameraden. Die lange dunkle Reihe unserer Biwaks in offenem Gelände, die unaufhörlichen Schreie und das Stöhnen der Verwundeten während der ganzen Nacht. Blutige Hände, die unter dem Licht der Sturmlaterne mir blutige Papiere entgegenhielten. Ich kann mich erinnern, Littler hatte in nur zehn Minuten 185 Mann verloren. Das Krachen unserer Artillerie gegen die Scharfschützen. Hardinge ohne Hut und mit Blut auf seinem Mantel rief: „Charles, wo ist das 9.? Ich muss all meine alten Kameraden aus Spanien besuchen! Schauen, ob sie in der Barracke eine Frau versteckt haben, was?"[35] Ein Korporal des 62. mit blutgetränkten Hosen saß in der Tür meiner Hütte und stopfte sorgfältig einen Riss im weißen Überzug seines Hutes. Hörner dröhnten plötzlich, und Trommeln schlugen den Alarm, als ein Regiment sich aufstellte, um einen Ausfall gegen eine Artilleriestellung der Sikhs zu machen. Ein Leichter Dragoner, das Gesicht schwarz gefärbt vom Pulver und ein magerer kleiner *Bhistĩ*, Eimer in den Händen. Der Dragoner rief, wer mit ihnen einen Ausfall zum Brunnen machen würde, denn Bill brauchte Wasser, und die *Chaggles*** waren leer. Der deutsche Prinz, der Billiard gespielt hatte, während ich mich mit Mrs. Madison beschäftigt hatte, steckte seinen Kopf herein und fragte überaus höflich, ob Dr. Hoffmeister auf meinen Listen stand, von dem ich nie etwas gehört hatte. Stand er nicht, aber tot war er trotzdem. Eine heisere Stimme sang leise im Dunkeln *Tarpaulin Jacket*.

Ich humpelte auf meiner unnötigen Krücke hinüber ins Hauptquartier, um herauszufinden, woher der Wind wehte. Es war eine große leere *Basha****, auf dem Boden lagen viele Jungs zusammengerollt und schliefen. Am entfernten Ende saßen Gough und Hardinge, eine Karte auf den Knien, und ein Adjutant hielt eine Lampe. An der Türe packten Baxu, der

Butler, und der junge Charlie Hardinge eine Tasche. Ich fragte, was sie gerade taten.

„Zurück nach Moodkee", sagte Charlie.

„Was – ist etwa alles vorbei?"

„Schwer zu sagen. Flashy, habt Ihr diesen Kohlesser gesehen, Prinz Waldemar? Ich soll ihn hier herausbringen, verdammt soll er sein! Widerliche Zivilisten", sagte Charlie, der doch selbst einer war und nur Sekretär seines Papas, „scheinen zu glauben, der Krieg ist eine Reise zu Sehenswürdigkeiten!" Baxu gab ihm ein Schwert, und Charlie lachte kurz.

„Danke, Baxu – das darf ich natürlich nicht vergessen!"

„Nein, Sahib – Wellesley Sahib wäre sehr enttäuscht!"

Charlie schob es unter seinen Mantel. „Hätte nichts dagegen, wenn sein Eigentümer in dieser Minute bei der Türe hereinkäme."

„Wer ist denn das?", fragte ich.

„Napoleon. Wellington gab es meinem Alten nach Waterloo. Das darf der Khalsa natürlich nicht in die Hände fallen."

Das gefiel mir gar nicht – wenn die Großköpfe ihre Wertsachen in Sicherheit brachten, mochte Gott uns anderen helfen. Ich fragte Abbott, der rauchend bei der Türe stand und seinen Arm in einer blutigen Schlinge trug, was vorging.

„Bei Sonnenaufgang gehen wir noch einmal rein. Bleibt uns nichts anderes übrig, nur noch Kanonenmunition für einen halben Tag. Entweder Ferozeshah – oder sechs Fuß Erde über uns. Einige Esel reden von Verhandlungen oder Rückzug nach Ferozepore, aber der Generalgouverneur und Paddy haben ihnen Bescheid gesagt." Er senkte die Stimme. „Aber ehrlich, ich weiß nicht, ob wir noch so einen Tag aushalten. Was sagt die Pensionistenliste?"

Er meinte unsere Verluste. „Ich kann raten: einer von zehn.

„Könnte schlimmer sein, aber im Stab gibt es keinen heilen Mann mehr. Oh, hast du das schon gehört? Georgie Broadfoot ist tot."

Erst begriff ich gar nichts. Ich hörte die Worte, aber sie bedeuteten zuerst nichts. Und ich stand einfach da und starrte ihn an, während er fortfuhr: „Es tut mir leid – er war dein

Freund, oder? Ich war bei ihm – verdammt noch mal! Ich war getroffen –" er wies auf seine Schlinge „und dachte, das war's, als Georgie vorbeiritt und rief: ‚Steh auf, Sandy! Du kannst jetzt nicht schlafengehen!' Also sprang ich auf, und dann fiel Georgie aus dem Sattel, ins Bein getroffen, aber er stand sofort wieder auf und sagte zu mir: ‚Das geht schon! Los!' Es regnete förmlich Kugeln von den südlichen Gräben her, und eine Sekunde später lag er wieder am Boden. Ich schrie: ‚Los, George! Selbst eine Schlafmütze!' " Er griff unter sein Hemd. „Und... Und das ist er jetzt auch, für immer. Willst du die da? Hier, nimm sie!"

Es waren Georges Brillen, ein Glas war gebrochen. Ich nahm sie und konnte es immer noch nicht glauben. Den toten Sale zu sehen, war schlimm genug gewesen, aber – Broadfoot! Der große rothaarige Gigant, immer fleißig, immer voller Intrigen – den konnte doch nichts umbringen? Nein, er würde gleich hereinkommen und irgendjemanden verfluchen, vermutlich mich. Aus keinem bestimmten Grund schaute ich durch das verbliebende Glas und konnte nichts mehr erkennen. Und dann ging mir auf, dass mich niemand mehr nach Lahore schicken konnte, wenn er tot war, und es auch keinen Grund gab! Welchen Plan auch immer er ausgeheckt hatte, er war mit ihm gestorben, denn selbst Hardinge würde die Einzelheiten nicht kennen! Also war ich in Sicherheit, und Erleichterung überflutete mich. Ich begann zu zittern und erstickte beinahe zwischen Weinen und Lachen.

„Nein, nicht doch!", rief Abbott und packte mein Handgelenk. „Keine Sorge, Flashy, für George wird bezahlt werden, du wirst schon sehen! Denn falls nicht, dann wird sein Geist uns heimsuchen, der alte Schurke, mit leuchtendem Totenkopf! Wir sind gezwungen, Ferozeshah einzunehmen!"

Und das taten sie auch, ein zweites Mal. Sie gingen hinein, Briten und Sepoys, in krummen roten Reihen, während sich der Morgennebel hob. Die Kanonen donnerten über sie hinweg und die Gräben der Khalsa waren voller Flammen. Die Kanoniere der Sikhs schossen die vorrückenden Regimenter zusammen und suchten sich unsere Munitionswagen heraus, sodass unsere Reihen zwischen feurigen Wolkensäulen hindurch zu marschieren schienen. Die weißen Rauchfahnen unserer Congreves zeichneten sich im schwarzen Rauch der Feuer deutlich ab. Das ist doch der letzte Irrsinn, dachte ich, während ich ehrfurchtsvoll von weit hinten zusah. Eigentlich konnten sie nicht mehr auf den Füßen zu stehen oder gar in diesen Hagelsturm aus Metall marschieren, erschöpft, halbverhungert, steifgefroren und durstig, wie sie waren. Hardinge ritt voraus, den leeren Ärmel in den Gürtel gesteckt. Er sagte seinen Adjutanten, so etwas hätte er seit Spanien nicht mehr gesehen. Gough befehligte die rechte Seite und hielt die Schöße seines weißen Mantels weit auseinander, damit man ihn besser sah. Dann verschwanden sie in dem Rauch, den Reihen aus Vogelscheuchen, zerrissenen Standarten und die blinkenden Kavalleriesäbeln. Ich dankte Gott, dass ich hier war und nicht dort, während ich die Raketenmannschaften zu drei Hochrufen auf unsere tapferen Kameraden anspornte. Dann trug man mich zurück zu einem wohlverdienten Frühstück aus Brot und Brandy.

Weil ich in diesem Geschäft noch neu war, erwartete ich, dass sie bald zurückkommen würden. In blutiger Verwirrung, aber außerhalb unserer Sicht stürmten sie wieder die Verteidigungsstellungen und marschierten durch Ferozeshah wie eine eiserne Faust. Zu Mittag war kein einziger lebender Pandschabi mehr auf seiner Position, und wir hatten 70 Kanonen erobert. Fragen Sie mich nicht wie, man sagt, einige der Khalsa wären in der Nacht geflohen, und der Rest wusste nicht, was er tun sollte, weil Lal und seine Vertrauten abgehauen waren, während die Akalis nach seinem Blut schrien. Aber das erklärt es nicht, nicht für mich. Sie waren immer noch zahlenmäßig überlegen und hatten die strategisch besseren Stellungen und schossen bis zum Schluss mit ihren Kanonen – wie also konnten wir sie schlagen? Ich weiß es nicht, ich war nicht dort, aber ich verstehe auch Alma und Balaklava und Cawnpore immer noch nicht, und dort war ich dabei. Gott helfe mir, aber es war nicht meine Schuld.

Ich bin kein Hurra-Patriot, und ich werde nicht schwören,

dass der britische Soldat tapferer ist als alle anderen oder auch nur, wie Charlie Gordon sagte, länger tapfer als alle anderen. Aber ich beschwöre jederzeit, dass es sonst keinen Soldaten auf der Welt gibt, der so sehr an den Mut der Männer neben ihm glaubt – und das ist jedes Mal eine Extra-Division wert. Vorausgesetzt, sie stehen nicht neben *mir*.

Den ganzen Morgen kamen Verwundete zurück, aber es waren weit weniger als gestern, und dieses Mal jubelten sie. Zweimal hatten sie gegen jede Chance die Khalsa geschlagen, und es würde kein drittes Ferozeshah geben, weil Lals Streitmacht zum Sutlej floh und unsere Kavallerie ihren Rückzug beobachtete.

„*Tik hai*, Johnnie!", röhrte ein Sergeant des 29., der mit einem *Naik* der Eingeborenen-Infanterie herbeihumpelte. Gemeinsam hatten sie zwei gesunde Beine, und sie verwendeten ihre Musketen als Krücken. „Habt ihr einen Tropfen Rum für meinen Johnnie? Er hat in Moodkee weit daneben geschossen, aber dieses Mal hast du dir deine *Chapattis* verdient, was, du kleiner schwarzer Kerl?" Und alle brüllten und jubelten und halfen ihnen, dem hellhaarigen, rotgesichtigen Kerl und dem schlanken braunen Bengali, die beide mit demselben wilden Licht in ihren Augen grinsten. Das ist Sieg – es war in all ihren Augen, selbst in denen eines bleichen jungen Fähnrichs vom 3., dem der Arm ab dem Ellenbogen fehlte und der tobte, als sie ihn im Laufschritt vorbeitrugen. Und in denen eines einfachen Soldaten mit einer Wunde von einem *Tulwar* auf der Wange, der bei jedem Wort Blut spuckte, während er mir erzählte, wie Gough sich für den Fall einer Gegenattacke in den Gräben der Sikh verschanzt hatte, aber es würde keine kommen.

„Wir haben sie geschafft, Sir!", rief er, und seine gelben Streifen waren von seinem eigenen Blut so rot wie seine Jacke. „Die bleiben bis Lahore nicht stehen, schätze ich! Ihr solltet hören, wie sie Daddy Gough zujubeln, aber er ist auch ein Kerl, oder?" Er sah mich genauer an und presste ein dreckiges Tuch an seine Wunde. „Äh, geht es Euch gut, Sir? Ihr seht ziemlich mitgenommen aus, wenn ich das sagen darf."

Es stimmte – ich, der ich dem Kampf nicht einmal nahe gekommen war und so gesund war wie ein Fisch im Wasser fühlte mich, als würde ich jeden Moment umfallen. Es war nicht die Hitze und auch nicht die Aufregung oder der Anblick seiner Zähne durch das Loch in seiner Wange (das Blut anderer Leute stört mich nicht), oder das Schreien aus der Spitals-Basha oder der Geruch von geronnenem Blut und beißendem Rauch vom Schlachtfeld oder der dumpfe Schmerz in meinem Knöchel – es war nichts davon.

Ich glaube, es war das Wissen, dass endlich alles vorbei war und ich der tödlichen Müdigkeit nachgeben konnte, die während der schlimmsten Woche meines Lebens entstanden war. Ich hatte von acht Nächten gerade mal eine geschlafen, in der ersten hatten Mangla und ich uns *unterhalten*, dann war da mein Abenteuer mit der Khalsa, die Überquerung des Sutlej, der Ritt von Lal und Tej nach Ferozepore, die Nachtwache, als wir den Kanonen von Moodkee lauschten, der unruhige Schlummer, nachdem Broadfoot mir seine schlechten Neuigkeiten mitgeteilt hatte, der eisige Marsch nach Misreewallah und schließlich die erste Nacht in Ferozeshah. Oh, ich hatte mehr Glück als viele andere, aber ich war am Boden zerstört. Jetzt war es vorbei, und ich war in Sicherheit – ich konnte von meinem Stuhl weghumpeln und Gesicht voran auf mein *Charpoy* fallen, tot für die Welt.

Wenn ich vom Schock hundemüde bin, habe ich Albträume, die sich sehen lassen können, aber dieser eine übertraf sie alle. Ich fiel langsam durch das *Charpoy*, in ein Bad mit warmem Wasser, und als ich mich umdrehte, sah ich oben an der Decke ein Bild mit Gough, Hardinge und Broadfoot. Sie waren gekleidet wie persische Prinzen und hatten Dinner mit Mrs. Madison, die ihr Glas neigte und Öl über mich leerte. Das machte mich so glitschig, dass ich nicht hoffen konnte, das gesamte Soochet-Erbe Münze für Münze von meinem Nabel in den Königin Ranavalonas zu schaffen, als sie mich auf einem kochendheißen Billardtisch niederdrückte. Dann haute und schüttelte sie mich, und ich wusste, sie wollte, dass ich aufstehe, weil Gough mich sehen wollte. Als ich sagte, ich könne wegen meines Knöchels nicht aufstehen, kam der verstorbene, tief betrauerte Dr. Arnold, der einen großen Tartan-*Puggaree* trug, auf einem Elefanten geritten und rief, dass er mich mitnehmen würde, weil der Kommandant auf der Stelle eine griechische Übersetzung von *Crotchet Castle* brauchte, und wenn ich die nicht zu Tej Singh brachte, würde Elspeth *Suttee* begehen. Dann folgte ich ihm, über eine große staubige Ebene fliegend, wo es überall nach Rauch und Feuern stank und schmutzige Asche so dicht wie Schnee fiel. Da waren schreckliche bärtige Gesichter von toten Männern, verschmiert mit Blut, und Leichen überall um uns herum, mit grässlichen Wunden, aus denen die Eingeweide auf einen Erdboden quollen, der dunkelrot war von Blut. Und große Kanonen lagen umgestürzt auf der Seite oder in Gruben, und überall standen die verkohlten Reste von Zelten, Wägen und Hütten, von denen einige noch brannten.

Großer Tumult brach los, Kanonaden dröhnten, das Kreischen und Krachen von einschlagenden Geschossen, Musketengeknatter und das Trompeten der Hörner. Auf allen Seiten brüllten Stimmen Befehle wild durcheinander: „Abteilung – rechts – Maarsch – los!" und „Bataillon haaaaaalt! In Reihe – links – schwenkt!" und „Trupp Sieben – links – vorwärts – Marsch!" Aber Arnold wollte nicht stehenbleiben, obwohl ich es ihm zuschrie, und ich konnte nicht sehen, wo die Truppen waren, denn das Pferd, das ich ritt, war viel zu schnell und die Sonne schien mir in die Augen. Ich hob meine linke Hand, um sie zu schützen, aber die Sonnenstrahlen brannten noch viel stärker und verursachten mir solche Schmerzen, dass ich aufschrie, denn sie brannten ein Loch in meine Handfläche. Ich klammerte mich mit der anderen Hand an Arnold, der sich plötzlich in den verrückten Charlie West verwandelte. Der packte mich an den Schultern und brüllte mir zu, mich festzuhalten. Aus meiner linken Hand strömte Blut aus einem ausgefransten Loch nahe dem Daumen, das mir höllische Schmerzen verursachte. Und um mich herum brach die Hölle los.

Das war der Augenblick, als ich erkannte, dass ich nicht mehr träumte.

Ein bekannter Doktor hat seit damals erklärt, dass Erschöpfung und Anstrengung einen tranceartigen Zustand ausgelöst hatten, als ich auf das *Charpoy* gesunken war. Und während sich mein Albtraum in Realität verwandelte, war ich nicht richtig zu mir gekommen, bis ich an der Hand verwundet wurde. Das ist der am schnellsten Schmerz verspürende Punkt des menschlichen Körpers, und ich muss es wissen, denn ich bin auch an den meisten anderen getroffen worden. Dazwischen hatte der verrückte Charlie mich geweckt und mir auf ein Pferd geholfen (trotz meines Knöchels), und wir waren in Windeseile über das Schlachtfeld des letzten Kampfes zu Goughs Stellung hinter dem Dorf von Ferozeshah geritten. Alles, was ich davon mitbekommen hatte, waren die unzusammenhängenden Bilder, welche ich gerade beschrieben habe. Die Knochenflicker haben dafür einen sehr beeindruckenden medizinischen Namen, aber ich glaube nicht, dass es einen für das Gefühl gibt, das ich hatte, als ich meine verwundete Hand zusammenpresste, um den Schmerz zu vertreiben und die Szenerie rund um mich betrachtete.

Direkt vor mir waren zwei Gruppen von Eingeborenen-Pferde-Artillerie, die so schnell feuerten, wie sie laden konnten. Die kleinen braunen Kanoniere sprangen zur Seite, um dem Rückstoß auszuweichen. Das Krachen der Salve brachte mein Pferd durch seine schiere Lautstärke ins Taumeln. Links von mir war ein ungerelmäßiges Quadrat britischer Infanterie, das 9., denn ich sah das Penny-Abzeichen auf ihren Tschakos. Hinter ihnen standen andere, Sepoys und Briten, einige knieten. Noch weiter hinten waren die Reserveeinheiten. Rechts war es das Gleiche, noch mehr Quadrate, in leichtem Bogen zurückfallend. Ihre Standarten hatten sie in die Mitte genommen, wie auf einem Gemälde von Waterloo.

Rote Quadrate, um die herum der Staub kochte, Geschosse, die über sie hinwegpfiffen oder mit Donnerschlägen mitten in die Reihen fuhren. Männer fielen, manchmal einzeln, manches Mal wurden sie beiseite geschleudert, wenn ein Schuss mitten in den Reihen einschlug. Ich sah eine große Schneise, sechs Reihen breit, die ein Schrapnell in die Ecke des Quadrats des

9. gerissen hatte. Blutiger Schaum flog durch die Luft. Vor mir stellte sich eine Kanone plötzlich auf ihr hinteres Ende. Ihre Mündung war geborsten wie ein Stengel Sellerie. Dann krachte sie auf ein höllisches Durcheinander von gefallenen Männern und Pferden herunter. Es war, als würde ein Sturmregen aus eisernen Hagelgeschoßen auf die Regimenter niederprasseln. Gott allein weiß woher er kam, denn Staub und dichter Qualm hüllten uns ein. Der verrückte Charlie riss an meinem Zügel und zog uns hindurch.

Es gibt da keinen Augenblick, an dem Angst und Schmerz keine Rolle spielen, aber manchmal ist der Schock so schlimm, dass man nicht an sie denkt. Ein solcher Zeitpunkt ist gekommen, wenn man aufwacht und feststellt, dass gute Kanoniere sich auf dich eingeschossen haben und dich zu Stücken zermalmen. Du kannst gar nichts tun, du hast nicht einmal Zeit zu hoffen, dass du nicht getroffen wirst. Und du kannst dich noch nicht einmal zu Boden werfen und dort schreiend verstecken, nicht wenn du merkst, dass du neben Paddy Gough selbst stehst und er sein Halstuch herunterreißt und dir sagt, du sollst es um deine Flosse wickeln und aufpassen.

„Legt Euren Finger auf den Knoten, Mann! Dort – schaut und merkt Euch genau, was Ihr seht!"

Er zog den Verband enger und deutete nach vorne. Durch Tränen des Schmerzes und der Angst starrte ich in Richtung der Wolken aus niedersinkendem Staub.

Nicht einmal eine halbe Meile entfernt wimmelte die Ebene von Reitern. Die Artillerie, die uns beschossen hatte, leichte und schwere Kanonen, drehten um und fuhren durch die vorrückenden Reihen einer Flut von Kavallerie, die in schnellem Gang Knie an Knie auf uns zugeritten kam. Es müssen 500 Yards von Flügel zu Flügel gewesen sein, mit Lancerregimentern an den Flanken. Im Zentrum sah ich die schweren Schwadronen mit roten und weißen Tuniken, die *Tulwars* über die Schultern gelegt. Die niedrig stehende Sonne glitzerte auf polierten Helmen, von denen steife Federbüsche hochstanden wie scharlachrote Kämme. Als ich mich an die gleichen Federbüsche in Maian Mir erinnerte, erkannte ich den ganzen

Schrecken, der mir gegenüber antrabte. Das war die reguläre Kavallerie der Sikhs, und betäubt und halbwach wie ich war, wusste ich doch, dass das nur eins bedeuten konnte. Auch wenn es unmöglich war: Wir standen vor der Armee von Tej Singh, den Besten der Khalsa, 30.000 Mann stark. Eigentlich hätten sie Meilen entfernt bei ihrer sinnlosen Wache vor Ferozepore sein müssen. Jetzt waren sie da – hinter dem herankommenden Reitersturm sah ich die geballten Reihen der Infanterie, Regiment auf Regiment, mit den großen von Elefanten gezogenen Kanonen vor ihnen. Und wir waren knapp 10.000, schwach vor Erschöpfung nach drei Schlachten, die uns dezimiert hatten, und hatten weder Essen noch Wasser oder Munition.

Historiker sagen, dass auf diesem einen Moment, als wir die Speerspitze der Khalsa an der Kehle verspürten, dreihundert Jahre britischer Geschichte in Indien ruhten. Vielleicht. Es war ganz sicher der Augenblick, in dem Goughs geschwächter Armee Tod und Zerstörung ins Gesicht starrten. Was auch immer unser Schicksal später gewesen wäre, ein Mann wendete es! Ohne ihn wären wir (und ja, vielleicht ganz Indien) in blutigem Ruin untergegangen. Ich wette, Sie haben noch nie von ihm gehört, dem vergessenen Brigadier Mickey White.

Es geschah in Sekundenbruchteilen. Während ich mir den Schweiß aus den Augen wischte und noch einmal hinsah, ertönten Hörner entlang der heranrollenden Reihen der Kavallerie. Die *Tulwars* hoben sich in einer Welle aus Stahl, und der Wald aus Lanzenspitzen senkte sich, als der schnelle Trab zum Galopp wurde. Gough brüllte unseren Männern zu, noch nicht zu feuern, und ich hörte, wie Huthwaite schrie, dass unsere Kanonen noch Munition für einen Schuss hatten. Die Musketen der Infanterie wurden zu einem unregelmäßigen Wall aus Bajonetten, der von dieser großen Welle aus Männern und Pferden einfach umgeritten werden musste. Ich habe in meinem Leben nichts gesehen, was dem gleichkam. Ich, der ich den großen Angriff gegen Campbells Highlander in Balaklava gesehen habe. Aber das waren nur Russen, während uns hier die Väter der Guides und Probyns und Bengal-

Lancer gegenüberstanden. Und das einzige, um sie in ihrem vollen Schwung anzuhalten, waren Reiter so gut wie sie.

Und sie kamen. Ein paar Sekunden mehr, und der Galopp wäre inAngriff umgeschlagen. Aber jetzt ertönte rechts eine Trompete, und der klägliche Rest unserer eigenen Reiterei, die blauen Tuniken und Säbel der 3. Leichten und die schwarzen Feze und Lanzen der Eingeborenen-Reiterei, stürmte vor unsere Reihen. Sie warfen sich gegen die Flanke des Feindes. Sie waren zu wenige, und sie hatten auch nicht die nötige Wucht: Männer und Tiere waren völlig erschöpft, aber sie hatten den perfekten Moment gewählt. Sekundenbruchteile später brach der Angriff der Khalsa in einem wirren Durcheinander von hochsteigenden Pferden, fallenden Reitern und dem Blitzen von Stahl zusammen, als die Leichte ins Herz der Kavallerie vorstieß und die *Sowars* durch ihre Frontreihe hindurchfuhren.[36]

Meine weiblichen oder zivilen Leser werden sich fragen, wie das geschehen konnte, dass eine kleine Streitmacht von Reitern eine viel größere zum Scheitern bringen konnte. Nun, das ist das Schöne an einer Flankenattacke – denken Sie an sechs mutige Kerle, die nebeneinander vorwärts rasen, und ein großartiger Reiter kracht von der Seite in den außen Reitenden. Sie kommen aus dem Trab, stolpern gegeneinander, fünf von ihnen können gegen den Angreifer nichts unternehmen. Im besten Fall kann ein guter Flankenangriff den Feind wie eine Jalousie *aufrollen*, und auch wenn Whites Angriff das nicht fertig brachte, so brachte er sie doch aus dem Kurs. Wenn das einer Kavallerie in Formation passiert, dann ist ihre Beschleunigung weg, und gute Reiter können ihnen die Hölle heiß machen.

Was da also vor unseren Nasen geschah, war ein Albtraum von einem Kampf. Auch wenn Whites Pferd fiel, war er am Boden wie eine Wildkatze, die Leichten schlossen einen Kreis um ihn und schwangen die Säbel. Gough stellte sich in den Steigbügeln auf und brüllte: „Jawohl, Mickey! So geht das, mein Junge! Und wer –" brüllte er mich an – „wer sind die Kerle, bitte schön?"

Ich rief, dass sie reguläre Kavallerie der Khalsa waren, nicht *Gorracharra* – Moutons und Foulkes Regimenter, ganz sicher, und Gordons vielleicht auch, obwohl ich das nicht genau wusste.

„Das sind dann also ihre Besten!", grollte er. „Nun, White hat ihnen einen Floh in den Pelz gesetzt, das hat er! Nehmt dieses Glas und erzählt mir etwas über ihre Infanterie! West, schreibt mit!"

Während also der Kavalleriezusammenstoß sich langsam auflöste und die Reiter der Khalsa sich zurückzogen, humpelten unsere eigenen Jungs, die Hälfte zu Fuß, zu unseren Reihen zurück, um sich neu zu formieren. Ich betrachtete die Massen der Infanterie mit schwererem Herzen und rief West ihre Namen zu: Allards, Courts, Avitabiles, Delusts, Alvarines und der ganze Rest der Divisionen. Die Standarten waren so leicht zu erkennen wie die grimmigen bärtigen Gesichter. Mein Glas war scharf, ich konnte sogar die silbernen Schnallen an den Kreuzgurten, die Agraffen auf den Turbanen und die Knöpfe auf den Tuniken sehen, weiß und rot und blau und grün, genauso wie ich sie in Maian Mir gesehen hatte. Wie zum Teufel kamen sie hierher – hatten Tejs Offiziere die Geduld verloren und ihn gezwungen loszumarschieren? Das musste es sein, und nun hatte White unsere letzte Karte ausgespielt. Wir konnten nur noch warten, dass sie vorrückten und uns schluckten. Der Sieg von Ferozeshah war zur Todesfalle geworden. Und ich erinnerte mich an Gardners Worte: „Sie glauben, dass sie die Company schlagen können!" Und nun konnte die Company in ihren zerschossenen Reihen mit leeren Beuteln und Magazinen kaum mehr stehen. Unsere Kanonen waren verstummt, unsere Kavallerie lahm, und wir hatten nur noch die Bajonette.

Quer über die Ebene flackerten Flämmchen entlang der Batterien der Khalsa, gefolgt vom Donnern der Schüsse, dem Heulen der heranfliegenden Geschosse und dem grässlichen Krachen und Kreischen, als unsere Reihen unter ihnen auseinanderbrachen. Sie wollten sichergehen, die Bastarde, uns zuerst in den Boden stampfen, bevor sie ihre Infanterie schickten, um die Reste zu vernichten. Wieder kochte der Staub hoch, und Schrapnell und Kugeln zogen Spuren der Verwüstung durch die Befestigungen. Wir konnten standhalten oder wir konnten davon rennen. Die Company beschloss, stehen zu bleiben, Gott allein weiß warum. Ich stand so knapp hinter Gough, wie ich gerade noch konnte, und war zu verängstigt zum Beten. Es war eine schlechte Positionswahl. Denn als das Bombardement seinen Höhepunkt erreichte, die Quadrate in wirbelnden roten Staubwolken verschwanden und unsere Armee Zoll für Zoll starb, fielen die Männer wie die Fliegen. Das Blut rann unter den Hufen unserer Pferde und irgendein heldenhafter Esel schrie: „Sterbt langsam, Queen's Own!" Da fragte Flashy sich, ob er nicht lieber abhauen sollte, auch wenn sein Kommandant zusah, und wusste gleichzeitig, dass er sich das nicht traute. Selbst meine Wunde vergaß ich, während der tödliche Hagel auf uns niederging. Plötzlich riss Gough sein Pferd herum, schaute links und rechts auf die Reste seiner Armee, und ich schwöre, der Kerl weinte! Dann warf er seinen Hut weg, und ich hörte ihn grollen:

„Ich bin noch nie geschlagen worden, und ich werde nie geschlagen werden! West, Flashman, folgt mir!"

Und er wandte sein Pferd herum und galoppierte hinaus auf die Ebene.

Stürz dich doch in dein verdammtes Schwert, Paddy, wenn du unbedingt willst, dachte ich, und ich wäre stehengeblieben oder, besser gesagt, hätte mich auf den Boden geworfen, aber Charley stürmte los wie eine Gewehrkugel, und mein Pferd folgte ihm, blödes Kavalleriebiest. Ich umklammerte mit meiner durchlöcherten Hand die Zügel, wurde vom Schmerz fast ohnmächtig und fand mich in vollem Galopp hinter ihnen. Einen Augenblick lang dachte ich, der alte Kerl ist übergeschnappt und wollte die Khalsa ganz allein angreifen, aber er ritt nach rechts weg zum Flankenregiment. Als er an dem vorbei war, sein Pferd so plötzlich zum Stehen brachte, dass es auf die Hinterhand stieg, und er sich mit ausgebreiteten Armen in den Steigbügeln erhob, da wusste ich, was er vorhatte.

Ganz Indien kannte Goughs weißen Überrock, den berühmten *Kampfmantel*, den der irre alte Hurensohn fünfzig Jahre lang vor seinen Feinden spazierengetragen hatte, von Süd-afrika und Spanien bis an die Nordwestgrenze. Jetzt verwen-dete er ihn, um das Feuer von seiner Armee auf sich selbst zu ziehen (und auf die beiden unglückseligen Helfer, die das selbstsüchtige Schwein mitgerissen hatte). Es war der verrück-teste Trick, den man je gesehen hatte – und verdammt, er funktionierte! Ich sehe ihn immer noch, wie er die Mantel-schöße weghielt und die Zähne zeigte, sein weißes Haar flat-terte im Wind, und die Erde um ihn herum explodierte, denn die Kanoniere der Sikhs schnappten nach dem Köder und beschossen uns mit allem, was sie hatten. Natürlich wurden wir nicht getroffen – versuchen Sie mal, Ihre Batterien auf drei Männer in 1000 Yards Entfernung zu justieren, Sie werden schon sehen, wieviel Sie treffen.[37]

Aber man rechnet keine mathematischen Möglichkeiten aus, während ein Hurrikan aus Geschossen einem um den Kopf schwirrt. Ich zwang mein Pferd an seine Seite und rief:

„Sir Hugh, Ihr müsst Euch zurückziehen! Die Armee kann nicht auf Euch verzichten, Sir!" Was wirklich inspiriert war, aber völlig verschwendet bei diesem irischen Idioten. Er rief irgendetwas, das ich nicht verstand... Und dann geschah das Wunder. Und wenn Sie's nicht glauben wollen, dann lesen Sie in den Berichten nach.

Ganz plötzlich erstarb das Feuer, und Hörner dröhnten über die Ebene. Trommeln wurden geschlagen, die großen golde-nen Fahnen erhoben sich in den Strahlen der untergehenden Sonne, und die Khalsa setzte sich in Bewegung. Sie bewegte sich in Kolonne nach Regimentern geordnet, eine Reihe aus Jat-Infanteristen, grün gekleidete Gestalten mit gesenkten Waffen, an vorderster Stelle. Auf einmal rief Charlie West:

„Schaut, Sir Hugh! Unsere Kavallerie! Die Kanonen – mein Gott, sie ziehen sich zurück!"

Gerade noch rechtzeitig, dachte ich, obwohl es mich schock-ierte, das kann ich Ihnen sagen. Denn er hatte Recht. Wo wir standen, vielleicht ein paar Yards vor unserer rechten Flanke, hatten wir einen klaren Überblick über den erbärmlichen Rest unserer Armee. Das Dutzend zusammengeschlagener roter

Quadrate mit großen Löchern in den Reihen, die Fahnen der Regimenter, die sich sanft im Abendwind bewegten, die Leichen auf den Wällen der Befestigungen, die Ebene davor gesprenkelt mit toten und sterbenden Männern und Pferden, die gesamte grässliche Szene unscharf vom Staub und Qualm aus den verkohlten Hütten.

Und die Kavallerie, das, was davon übrig war, trottete nach Süden davon, vor unseren Reihen auf der linken Seite, die in leichtem Bogen nach hinten standen. Sie hatten sie zu Kolonnen nach Truppen formiert, eingeborene Lancer und irreguläre Reiterei, die 3. Leichte und die Artilleriemannschaften mit ihren Kanonen, die am hinteren Ende einher rollten.

„Sie – sie können doch nicht davon laufen!", rief West. „Sir Hugh – soll ich zu ihnen reiten, Sir? Das muss doch ein Irrtum sein!"

Gough starrte ihnen nach, als hätte er einen Geist gesehen. Ich glaube, das war etwas, das er in einem halben Jahrhundert noch nicht gesehen hatte – Reiterei und Kanonen, die die Infanterie ihrem Schicksal überließen. Aber er starrte nicht länger als einen Moment.

„Hinter ihnen her, West! Bringt sie zurück!", donnerte er, und der verrückte Charlie war auf und davon, Kopf gebeugt und Knie angezogen. Er wirbelte den Staub auf, während Gough sich wieder umwandte und zur näher rückenden Khalsa hinübersah.

Die war inzwischen schon nah der Ebene, ein großartiger Anblick, die Infanterie im Zentrum mit den leichten Kanonen zwischen sich, die Kavallerie an den Flügeln. Gough bewegte die Hand, und wir trotteten zurück zu unseren Stellungen. Zum ersten Mal sah ich Hardinge, mit einer kleinen Gruppe von Offizieren, vor der ersten Reihe unserer Regimenter auf der rechten Seite. Er schaute durch ein Glas und wandte den Kopf, um einen Befehl zu rufen. Die knienden Reihen standen auf, und die Männer rückten näher zusammen, mit vorgereckten Waffen. Die sterbende Sonne glühte auf den Bajonetten. Gough hielt an.

„Hier ist ein genauso guter Platz wie anderswo", sagte er und beschattete seine Augen, um über die Ebene zu schauen. „Mann, ist das nicht ein schöner Anblick? Er erfreut das Herz eines Soldaten. Nun, auf sie… Und auf uns." Er nickte mir zu. „Ich danke dir, mein Sohn." Er schlug den Mantelschoß zurück, lockerte seinen Säbel und ließ die Scheide auf den Boden fallen.

„Ich glaube, wir gehen alle nach Hause", sagte er.

Ich warf einen Blick über meine Schulter. Hinter mir war die Ebene auf unserer rechten Flanke völllig frei, der Dschungel war keine Meile entfernt. Mein Pferd war weder erschöpft noch lahm, und verdammt sollte ich sein, wenn ich hier wartete, um von dem Monster abgeschlachtet zu werden, das unweigerlich immer näher rückte. Der Lärm ihrer heidnischen Musik dröhnte vor ihnen und der Marschtritt von 40.000 Füßen. Aus unseren Reihen kamen heisere Befehle. Ich warf noch einen verstohlenen Blick auf den nahen Dschungel, meine gesunde Hand griff fester in die Zügel…

„Guter Gott!", rief Gough, und ich zuckte schuldbewusst zusammen. Und was ich sah, das war noch eine weitere Unmöglichkeit, aber sie geschah.

Die Khalsa war stehengeblieben. Der Staub stieg vor der ersten Reihe von Jats auf, die sich umgewandt hatten, um auf den Hauptteil zurück zu schauen. Wir hörten Stimmen, Befehle rufen, und die Musik erstarb im üblen Missklang. Die großen Standarten zitterten, die ganze große Armee bewegte sich wie ein Schwarm aus Insekten. Eine einzelne große Trommel wurde geschlagen, und ihr Rhythmus dann von Regiment nach Regiment wiederholt. Es war, als ob ein Vorhang sich kurz über die Armee senkte und wieder hob – das waren die Reihen, die sich umwandten und dabei den Staub aufwirbelten. Und dann bewegten sie sich von uns weg. Die Khalsa befand sich im Rückzug.

Aus unseren Reihen kam kein Geräusch. Irgendwo hinter mir lachte ein Mann, und eine Stimme verlangte zornig Ruhe. Das ist das einzige Geräusch, an das ich mich erinnern kann, aber ich gab auch nicht wirklich Acht. Ich konnte nur in völliger Verwirrung zusehen, wie 20.000 Mann der besten Eingeborenen-Armee der Welt ihrem erschöpften, hilflosen Feind den Rücken zuwandten. Und uns den Sieg überließen.

Gough saß wie eine Statue auf seinem Pferd und starrte ihnen hinterher. Eine volle Minute verging, bevor er mit den Zügeln schnalzte und sein Pferd wendete. Als er an mir vorbei auf unsere Reihen zuritt, nickte er und sagte:

„Ihr kümmert Euch um Eure Hand, habt Ihr verstanden? Und wenn Ihr damit fertig seid, würde ich mich freuen, mein Halstuch zurück zu bekommen."

Das war Ferozeshah, wie ich es erlebt habe – das indische „Waterloo", die blutigste Schlacht, die wir im Orient je gefochten hatten, und die seltsamste. Und wenn auch andere Berichte in Kleinigkeiten nicht mit mir übereinstimmen (oder miteinander), so sind sich doch alle über das Wichtigste einig. Wir nahmen Ferozeshah nach zweitägigem Kampf um einen entsetzlichen Preis, und waren am Ende unserer Möglichkeiten, als Tej Singh mit einer überwältigenden Streitmacht vor uns auftauchte und dann abzog, als er uns eigentlich hätte zum Abendessen verdrücken können.

Die große Streitfrage lautet, warum tat er das? Sie wissen warum, weil ich es Ihnen erzählt habe – er hielt sein Wort und betrog seine Armee und sein Land. Und doch gibt es respektable Historiker, die das nicht glauben wollen, bis heute nicht. Einige, weil sie behaupten, die Beweislage wäre zu schwach, andere, weil sie einfach nicht glauben wollen, dass irgendetwas anderes außer reiner britischer Tapferkeit den Sieg errungen hat. Die spielte schon ihre Rolle, bei Gott, aber Tatsache ist, sie alleine hätte nicht gereicht ohne Tejs Verrat.

Eine Sache, die die Historiker verwirrt, ist Tej selbst, der selbst den Teufel noch Lügen hätten strafen können, wenn er gewollt hätte. Er erzählte hinterher so viele verschiedene Geschichten. Er versicherte Henry Lawrence, dass er den Angriff nicht vollendet hätte, weil er sicher gewesen sei, dass er scheitern würde. Aber er hatte die Verluste gesehen, die wir bei der Einnahme Ferozeshas erlitten hatten! Und er entschied, dass es ein hoffnungsloser Angriff geworden wäre, jetzt, wo wir es verteidigten. Die selbe Geschichte erzählte er Sandy Abbott. Ich weiß es besser: Er kannte seine Stärke, und er wusste, dass wir aus dem letzten Loch pfiffen.

Eine weitere Lüge, die er auch Alick Gardner erzählte, war, dass er fortgeritten war, um die Reserven zu sammeln. Wenn das so war und er gar nicht anwesend war, wer hatte dann der Khalsa den Befehl zum Rückzug erteilt?

Ich glaube, die Wahrheit ist das, was er mir viele Jahre später erzählte. Er wäre vor Ferozepore geblieben, bis der Sutlej zugefroren wäre, wenn ihn seine Offiziere nicht zum Abmarsch gezwungen hätten. In Sichtweite von Ferozeshah steckte er in der Klemme, denn er konnte sehen, dass er den Sieg nur einzukassieren brauchte. Er musste sich eine verdammt gute Ausrede einfallen lassen, warum er uns nicht schlug, und der Zufall bot sie ihm, im letzten Moment, als unsere Kanonen und die Kavallerie abzogen und unsere Infanterie so allein wie einen Polizisten in Herne Bay zurückließen. „Jetzt ist der Zeitpunkt, Tej!", rief die Khalsa. „Gib den Befehl und der Tag gehört uns!" „Aber nicht doch!", sagte der schlaue Tej. „Diese ausgefuchsten Bastarde ziehen sich gar nicht zurück, die umkreisen uns nur, um uns in die Flanke und in den Rücken zu fallen! Zurück zum Sutlej, Jungs! Ich zeige euch den Weg!" Und die Khalsa tat, wie ihr befohlen.

Sie werden verstehen, warum. Die drei Tage von Moodkee und Ferozeshah hatten den einfachen Soldaten Respekt vor uns eingeflößt. Sie erkannten nicht, in welch schlechtem Zustand wir waren oder dass der Rückzug unserer Artillerie und Kavallerie in Wahrheit ein fataler Fehler war. Es *sah* so *aus*, als verfolgten wir damit irgendeine finstere Absicht, wie Tej sie glauben machte. Und während sie seinen Mut und seinen Charakter in Zweifel zogen (sehr zu Recht), so wussten sie aber auch, dass er kein schlechter Soldat war und doch einmal Recht haben konnte. Also gehorchten sie ihm, und wir wurden gerettet, als wir eigentlich hätten massakriert werden müssen.

Sie werden fragen, warum unsere Kanonen und unsere

Kavallerie plötzlich im blauen Dunst verschwanden und damit Tej seine Ausrede für den Rückzug lieferten. Nun, das war ein Geschenk der Götter. Ich habe Ihnen erzählt, dass Lumley, der Generalsadjutant, am ersten Tag der Kämpfe leicht verrückt geworden war und die ganze Zeit gesagt hatte, wir sollten uns sofort nach Ferozepore zurückziehen. Am zweiten Tag lockerten sich dann auch noch seine restlichen Schrauben, er hatte nur Ferozepore im Kopf. Auf dem Höhepunkt der Schlacht befahl er den Abzug unserer Artillerie und der Kavallerie – in Hardinges Namen, auch das noch. Also zogen sie los mit dem total Irren, der sie auch noch zur Eile antrieb. So war das – Mickey White, Tej Singh und Lumley, sie alle hatten ihren kleinen Beitrag geleistet.[38] Seltsame Sache, der Krieg.

Wir hatten 700 Tote und 2000 Verwundete, eingeschlossen den Schreiber dieser Erzählung, der die Nacht frierend und hungernd mit den Resten von Hardinges Stab unter einem Baum verbrachte. An Schlaf war nicht zu denken, weil in meiner Hand der Schmerz tobte. Aber ich wagte es nicht, mich zu beklagen, denn Abbott neben mir hatte drei Wunden und war so fröhlich, dass einem schlecht werden konnte. In der Morgendämmerung brachte Baxu, der Butler, einige Chapattis und Milch. Nachdem wir die hinuntergewürgt hatten und Hardinge ein bisschen gebetet hatte, krochen wir alle auf einen Elefanten und schleppten uns nach Ferozepore, das ab sofort der Sitz unserer Verwaltung werden sollte. Gough und der Großteil der Armee kampierten bei Ferozeshah. Es war ein langer Zug von Verwundeten und Gepäck, den ganzen langen Weg nach Ferozepore, und als wir die Befestigungen erreichten, wer tauchte da auf? Die Kavallerie und die Kanonen, welche im schlimmsten Moment das sinkende Schiff verlassen hatten. Voller Wut verlangte Hardinge zu wissen, warum. Einer der *Binky-Nabobs** versicherte ihm, sie hätten es auf dringenden Befehl von Hardinge selbst getan, den der Generalsadjutant überbracht hatte.

Jetzt rief er nach Lumley, und dieser kam nach kurzer Zeit, sehr schnell und mit wildem Glitzern in den Augen. Er wedelte mit einer Fliegenklatsche herum und stieß kleine

*Artilleriekommandanten

schrille Schreie aus, er trug *Pyjamys* und einen Strohhut und war offensichtlich komplett hinüber. Hardinge fragte ihn, warum er die Kanonen fortgeschickt hatte, und Lumley schaute böse und sagte, sie hätten frische Munition gebraucht, und er wolle verdammt sein, wenn er gewusst hätte, wo außer in Ferozepore sie welche bekommen könnten. Er klang ziemlich empört.

„Zwölf Meilen weit weg?", rief Hardinge ungläubig. „Welchen Nutzen hätte es dann noch, falls sie sich hätten versorgen können?"

Lumley biss zurück, so viel wie sie in Ferozeshah hätten tun können, ohne einen Schuss Munition. Er schien ziemlich zufrieden mit sich zu sein, lachte laut und schlug nach den Fliegen, während Hardinge puterrot anlief. „Und die Kavallerie? Warum hat Ihr der den Rückzug befohlen?", schrie er.

„Als Eskorte", sagte Lumley und klaubte eingebildete Mäuse von seinem Hemd. „Ich kann doch die Kanonen nicht unbewacht herumfahren lassen. Böse Leute – überall. Sikhs – oder wisst Ihr das etwa nicht? Kommen, fallen uns an und schleppen sie davon, kann ich Euch versichern. Außerdem brauchte die Kavallerie eine Ruhepause. War ja völlig erledigt."

„Und das habt Ihr in meinem Namen getan?", schrie Hardinge. „Ohne meinen Befehl?"

Lumley sagte ungeduldig, hätte er das nicht getan, hätte ja niemand auf ihn gehört. Er wurde richtig aufgeregt, als er beschrieb, wie er Harry Smith in der ersten Nacht zum Rückzug aufgefordert und der ihn zur Hölle geschickt hatte. „Mit ganz üblen Worten, Sir! ‚Die Befehle sollen verdammt sein!' - seine genauen Worte, obwohl ich sagte, es wäre in Eurem Namen, die Schlacht sei verloren, und wir müssten die Sikhs kaufen, wenn wir da rauskommen wollten. Er wollte nicht auf mich hören!", sagte Lumley am Rande der Tränen.

Jeder außer Hardinge konnte sehen, dass der Kerl bald aus seinen Zehen Türmatten flechten würde, aber unser pompöser Generalgouverneur wollte ihn nicht in Ruhe lassen. Er fragte sogar, warum Lumley ungehöriger Weise in *Pyjamys* gekleidet war statt in seine Uniform? Lumley lachte auf und sagte: „Ach,

Sir, wisst Ihr, meine Uniform steckte so voller Musketenkugeln, dass sie mir einfach herunterfiel!"[39]

Sie schickten ihn nach Hause, und ich fragte mich, ob er wirklich so *tap'* war wie er tat, denn wenigstens kam er hier raus, während der Rest von uns weiter Soldat sein und auf Paddy warten musste, der sein nächstes Blutbad plante. Ich hoffte, mich da raushalten zu können mit meiner zerschossenen Hand und meinem angeblich verletzten Bein, aber als wir erst in Ferozepore waren und Bestandsaufnahme machten, war ich zu meinem Pech der fitteste jüngere Offizier in Sichtweite. Munro, Somerset und Hore aus Hardinges Stab waren tot, Grant und Becher waren verwundet, Abbott würde sich wochenlang erholen müssen. Der Blutzoll unter den Politischen war furchtbar. Broadfoot und Nicolson waren tot, Mills und Lake schwerst verletzt. Es ist ein verdammt gefährliches Spiel, auf Feldzug zu gehen, vor allem wenn man dabei so fröhlich herzlosen Knochenflickern wie dem alten Billy McGregor ausgeliefert ist. „Mann, das ist ja ein großartiges Loch in Ihrer Hand!", rief er. „Keine Blutvergiftung und keine gebrochenen Knochen – innerhalb einer Woche könnt Ihr wieder ein Glas oder ein Gewehr halten! Euer Knöchel? Ach, dem geht es gut – Ihr könntet diese Minute Tempelhüpfen spielen!"

Nicht gerade das, was ich von meinem Mediziner in Kriegszeiten hören möchte. Ich hatte eigentlich auf eine Fahrkarte nach Meerut gehofft, mindestens. Aber es gab so wenig Politische, dass keinerlei Hoffnung bestand. Und als der heilige Henry Lawrence erschien, um Broadfoots Platz einzunehmen, kam ich dran. Neben anderen Pflichten musste ich mich darum kümmern, dass unsere Elefanten gegen die Winterkälte Fellstiefel bekamen. Großartig, dachte ich, das ist der richtige Weg, diesen Krieg bequem zu verbringen.

Denn eine Sache war jetzt offensichtlich: Die Khalsa konnte die Company nicht schlagen. Dieses Schreckgespenst war in Ferozeshah zur Ruhe gebettet worden. Indien war sicher, auch wenn sie noch in großer Zahl auf der anderen Seite des Flusses standen. Es blieb nur noch, sie zu einer letzten Schlacht zu

*übergeschnappt, üblicherweise durch Sonnenstich

verleiten, um sie ein für alle Mal zu brechen. Also saßen wir erst einmal da und beobachteten sie. Gough wartete auf eine Chance, um zuzuschlagen, Hardinge wandte seine Gedanken schon wieder Staatsgeschäften und politischen Vereinbarungen zu. Lawrence, der den Pandschab sogar besser als Broadfoot kannte, war ständig an seiner Seite.

Er war schockierend christlich, dieser Lawrence, aber trotzdem ein 1 A Politischer. Er holte alles über Lahore aus mir heraus und wollte mich auf bei allen wichtigen Beratungen dabei haben, aber Hardinge sagte, dazu sei ich ein viel zu junger Offizier und auch noch *übereifrig*. In Wahrheit konnte er mich nicht ausstehen und wollte vergessen, dass es mich gab. Und das ist der Grund:

Es war damals verdammt eng geworden für uns in Indien, und das war Hardinges Fehler. Er hatte versagt, die Grenze zu sichern, weil er viel zu leise aufgetreten war und Gough behindert hatte. Die nackte Wahrheit ist, als es dann wirklich schlimm wurde, haben zwei Männer die Lage gerettet, Gough und ich. Ich prahle nicht, Sie wissen, dass ich das nicht tue (außer vielleicht bei Pferden und Frauen, aber nie wegen unwichtiger Dinge). Ich hatte Lals und Tejs Verrat orchestriert, und Paddy hatte die traurigen Reste seiner Armee zusammengehalten, sie rechtzeitig an den richtigen Ort gebracht und seine Schlachten gewonnen. Oh, diese Siege waren teuer erkauft, und er hatte mit dem Kopf voran gekämpft und einige höllische Risiken auf sich genommen. Aber er hatte die Sache so erledigt, wie es sonst nur wenige gekonnt hätten. Hardinge zum Beispiel nicht. Aber so sah Hardinge die Sache nicht. Er behauptete, er hätte Paddy daran gehindert, bei Ferozeshah die Armee wegzuwerfen, und von da war es nur ein kleiner Schritt, bis er der Retter ganz Indiens war. Nun, Generalgouverneur war er ja wirklich, und Indien war gerettet worden. Q.E.D.

Tatsächlich schien er zu denken, es sei ihm *trotz* Gough gelungen – und nach nicht einmal einer Woche schrieb er an Peel in London und drängte darauf, dass Paddy geschasst wurde. Ich sah den Brief zufällig, als ich die Sachen Seiner

277

Exzellenz nach Zigarren durchsuchte, und er war ziemlich übel. Paddy war nicht fähig genug, dass man ihm den Krieg überlassen könnte, die Armee war *unbefriedigend*, er hatte keinen Kopf für *Bandobast*, er formulierte seine Befehle nicht ordentlich und so weiter und so fort. Na, da soll mich doch, dachte ich, das ist Dankbarkeit. Befehle formulieren, Himmel noch mal – ohne Zweifel verletzte ein ‚Los, Mickey, gib ihnen von mir auch eine!' Hardinges sensibles Stabsschulen-Gewissen. Aber er hätte auch an einen anderen General aus seiner Bekanntschaft denken können, dessen Stil gar nicht so unterschiedlich war: „Steht auf, Guards! Jetzt, Maitland, jetzt ist Euer Augenblick!" Wäre ich ein echter Mann, ich hätte es auf seinen kostbaren Brief gekritzelt.

Es war klar, warum er bei Peel tratschte. Er wollte die Schuld für die hohen Verluste und die Beinahe-Katastrophe auf Gough schieben, dann würde keiner mehr an die Inkompetenz und die Angst denken, die den Krieg überhaupt ausgelöst und, verdammt noch mal, beinahe verloren hatten. Er war wirklich gut verfasst, mit einer deutlichen Erwähnung von Paddys Kraft und Mut – man konnte richtig sehen, wie Peel bei dem Namen Gough zusammenzuckte und Gott dankte, dass Hardinge in der Nähe gewesen war.

Verstehen Sie mich nicht falsch. Ich bin kein Anhänger des alten Iren, der ein blutdürstiger Wilder war und dem man besser aus dem Weg ging – aber ich mochte ihn, weil er keine Vorurteile hatte und fröhlich war und ständig die hohen Militärs beleidigte, indem er aus einfachen Soldaten Offiziere machte. Ja, und weil er mit seiner *Tipperary-Taktik* auch noch Kriege gewann. Vielleicht war das sein schlimmstes Vergehen. Ja, Hardinge war ein ehrenwerter Mann, der in seinem ganzen Leben keine Schachtel Streichhölzer gestohlen hat, und das Meiste, was er über Paddy sagte, war die Wahrheit. Darum geht es gar nicht. Dieser Brief wäre schäbig gewesen, wenn *ich* ihn geschrieben hätte, verflucht. Dass ein Mann von Ehre ihn verfassen konnte, ist unverzeihlich. Aber es zeigte mir, woher der Wind wehte, und ich war nicht überrascht, während ich tiefer in Hardinges Sachen wühlte (die Zigarren versteckte er wirklich gut), einen Eintrag in seinem Tagebuch zu finden: „Die Politischen erfüllen keinen echten Zweck." Na bitte. Flashy würde also auch keine Lorbeeren bekommen, meine Arbeit mit Lal und Tej würde bequemer Weise vergessen werden. Nun, danke schön, Sir Henry, und ich hoffe, Euer Karnickel stirbt und Ihr könnt den Stall nicht verkaufen![40]

Ich dachte darüber nach, ob ich Paddy nicht anonym informieren sollte, dass ihm jemand ans Bein pinkelte. Aber ich entschied mich dagegen. Unfug ist ja recht nett, aber wer weiß, wo es dann wieder endet. Also hielt ich mich zurück und besorgte Botendienste für Lawrence. Er war eine magere, schlecht gelaunte Vogelscheuche, aber er hatte mich in Afghanistan gekannt und dachte, ich sei ein heldenhafter Schurke wie er selbst, also kamen wir ganz gut zurecht. Er hatte in Broadfoots Papieren gelesen, dass George mich wieder nach Lahore schicken wollte, „aber ich kann mir nicht denken, warum, wisst Ihr etwas? Außerdem bezweifle ich, dass der Generalgouverneur zustimmen würde, er glaubt, Ihr habt Euch schon mehr als genug in die Politik des Pandschab eingemischt. Aber Ihr solltet Euren Bart wieder wachsen lassen, für alle Fälle."

Das tat ich, und die Wochen vergingen, während wir darauf warteten, dass die Khalsa sich bewegte. Unsere eigene Armee erholte sich und wurde zahlenmäßig stärker. Wir feierten Weihnachten mit dem ersten geschmückten Baum, den ich je sah[41], einer großen Fichte aus den Bergen, die mit Mehl bestreut war, um Schnee zu simulieren. Unsere Schotten tranken und sangen das Neue Jahr mit lauter Fröhlichkeit und unbeschreiblichen Liedern herbei. Aus Umballa trafen Verstärkungen ein, und wir sahen das Scharlachrot und Blau der britischen Lanzenregimenter und das Grün der kleinen Gurkhas, die mit auf- und abhüpfenden Messern an uns vorüberstolzierten. Das 10. Infanterieregiment kam mit Musik und wehenden Standarten und alle liefen aus den Zelten, um sie mit einem Lied zu begrüßen:

Dies mir Freude macht
in einer strahlenden Nacht
in der schönsten Zeit im Jahr!

Dahinter kamen Eingeborenen-Kavallerie und marschierende Bataillone von Sepoys, mit Sappeuren und Artillerie – Paddy hatte jetzt 15.000 Mann, und die jungen Lancer-Böcke spazierten herum und räusperten sich und fragten, wann denn endlich diese Sikh Wallahs uns ein bisschen Unterhaltung liefern würden. Gott, ich liebe Neuankömmlinge im Reich der bald Toten, und wie! Da war aber auch ein stiller Lancer, eine schwarzbärtige schottische Nemesis, der nie ein Wort sprach und in seiner Freizeit die Fiedel spielte. Er fiel mir damals auf und dann wieder fünfzehn Jahre später, als er den Marsch auf Peking anführte, der mörderischste Gentleman, den ich je sah: Hope Grant.

Da waren wir also, die Gewehre geladen und bereit zum Schuss, und auf der anderen Seite des Flusses wackelte der Thron des kleinen Dalip, auch wenn wir nichts davon wussten. Es stand auf Messers Schneide, ob die Khalsa, wütend über Niederlage und Verrat, gegen uns kämpfen oder nach Lahore marschieren und ihren Zorn an Jeendan und dem Durbar kühlen würde. Sie hätten Lal Singh gehängt, wenn sie ihn erwischt hätten, aber er hatte sich nach Ferozeshah in einem Heuhaufen versteckt und dann im Ofen eines Bäckers, bevor er sich nach Lahore zurückschlich, wo Jeendan ihn verspottete und misshandelte, wenn sie nüchtern war, und es mit ihm trieb, wenn sie getrunken hatte. Dazwischen sandte sie ermutigende Botschaften an ihre meuternde Armee, sagte ihnen, sie sollten nicht aufgeben, sondern marschieren und erobern. Gleichzeitig ließ sie die Tore der Stadt vor den Flüchtlingen aus Lals Streitmacht schließen. Diese desertierten zu Tausenden. Sie befahl Gardner sogar, eine Muslimbrigade von der Grenze zurückzurufen, die sie beschützen sollte, wenn die Sikhs der Khalsa nach ihr suchen sollten. Ein einfallsreiches Mädchen, das seine Armee vorwärts trieb, während sie gleichzeitig ihre Stadt in ein bewaffnetes Lager gegen diese Armee verwandelte.

Goolab Singh spielte in Kashmir das gleiche Spiel. Die Khalsa bettelte, er sollte seine Hügelleute an ihrer Seite in den Krieg führen, und bot ihm sogar an, ihn zum Maharadscha zu machen. Aber der alte Fuchs erkannte, dass wir diese Runde gewonnen hatten, und speiste sie mit Versprechungen ab, dass er sich ihnen anschließen würde, wenn der Feldzug richtig losging. Einstweilen schickte er ihnen großartig Versorgungszüge, die nur zu einem Viertel mit Waren beladen waren und sich im Schneckentempo bewegten.

Tej Singh plante inzwischen, wie er die Khalsa in die endgültige Vernichtung locken konnte. Er hatte den größten Teil in seiner Hand, sie waren uns Drei zu Eins überlegen, und er musste irgendetwas tun, bevor sie die Geduld mit ihm verloren. Also ließ er bei Sobraon eine Bootsbrücke über den Sutlej legen und baute eine starke Befestigung in einer Flussbiegung am Südufer, wo Paddy ihn ohne schwere Geschütze, die uns immer noch fehlten, nicht angreifen konnte. Gleichzeitig überquerte eine andere Armee der Sikhs weiter oben den Fluss und bedrohte Ludhiana und unsere Kommunikationslinien. Also begab sich Gough nach Norden, um Tejs Brückenkopf abzuriegeln und sandte Harry Smith, sich um den Einfall bei Ludhiana zu kümmern. Smith, wagemutig und kühn wie immer, verfolgte die Eindringlinge in der letzten Woche des Januar von einem Ort zum anderen und bereitete ihnen dann bei Aliwal eine fürchterliche Niederlage. 5.000 Mann fielen und 50 Kanonen wurden erobert. Und *das* erschütterte die Khalsa wirklich, denn der geschlagene Kommandant, Runjoor Singh, war ein erstklassiger Mann, und Smith hatte ihn mit einer kleineren Streitmacht vernichtet. Und dieses Mal war kein Verrat im Spiel gewesen.

Ich war in Goughs Lager vor Sobraon, als die Neuigkeit uns erreichte, denn Hardinge hatte die Gewohnheit, alle paar Tage die zwanzig Meilen von Ferozepore mit seinem neuen Stab von Schmeichlern zu reiten, um Goughs Anordnungen zu beschnüffeln und zu kritisieren[42]. Lawrence kam immer mit und so auch Ihr Berichterstatter als Anhängsel. Freudengebrüll ging durch die Reihen, und Paddy tanzte beinahe vor Glück, dann eilte er in sein Zelt, um zu beten. Lawrence und die anderen Heiligen taten es ihm nach, und ich war gerade dabei, mich ins Messezelt zu verdrücken, als ich neben mir lautes Stöhnen hörte – und wer war da? Der alte Totengräber

Havelock. Er hatte seine knochigen Hände bittend gefaltet und sah aus wie Thomas Carlyle mit Rheuma. Ich sah diesen Mann niemals, ohne dass er gerade Gott wegen irgendetwas belästigte. Vielleicht war mein Anblick daran Schuld. Er hatte in Jallalabad wie ein irrer Mönch über mir gebetet, aber das letzte Mal hatte ich nur seine Stiefel gesehen, vor dem Billard-Tisch, unter dem ich mich gerade mit Mrs. Madison beschäftigte.

„Amen!", rief er und ließ davon ab, den Himmel anzurufen. Stattdessen drückte er meine Hand und glotzte ganz glücklich. „Flashman! Mein Junge, wie lange ist das her, dass ich Euch gesehen habe!"

„Sales Billardzimmer in Simla", sagte ich ohne nachzudenken. Er runzelte die Stirn und sagte, an dem Abend sei ich doch gar nicht dort gewesen, oder?

„Natürlich nicht!", sagte ich hastig. „Muss irgendjemand anders gewesen sein. Also wann haben wir uns das letzte Mal getroffen? In irgendeiner Kirche?"

„Ich habe seit Afghanistan so oft an Euch gedacht!", rief er und misshandelte immer noch meine Flosse. „Ah, wir rochen den Kampf von weitem, das Donnern der Reiter und die Schreie!"

„Ja, so war es wohl. Ahja. Nun…"

„Aber kommt – wollt Ihr Euer Gebet nicht dem Eures Kommandanten anschließen, in Dankbarkeit für Ihn, der uns diesen Sieg geschenkt hat?"

„Ja, gerne. Aber Ihr müsst mir beistehen, Tot… Ähhhh. Ich will sagen, Ihr macht das immer so schön… Das Beten, meine ich." Was ihm natürlich furchtbar gut gefiel. Zwei Sekunden später lagen wir vor Goughs Zelt auf den Knien. Als ich sie ansah – den alten Paddy, Havelock, Lawrence, Edwardes, Bagot und ich glaube, Hope Grant war auch dort, wurde mir klar, dass ich noch nie eine solche Bande von geborenen Blutvergießern beim Beten gesehen hatte. Es ist eine seltsame Sache mit tödlichen Männern. Alle hängen sie entweder Gott oder dem Teufel an, und ich bin mir nicht sicher, ob die Heiligen nicht die Gefährlicheren davon sind.

Aber hauptsächlich erinnere ich mich an dieses improvisierte

Gebet, weil es mich an Elspeth denken ließ, als Havelock einen Segensspruch von sich gab, nicht nur für unsere gefallenen Kameraden, „sondern auch für jene, die in den kommenden Schlachten fallen werden und für die geliebten, weit entfernten Heime, die von Trauer verdunkelt werden von den Flügeln des Todesengels". Amen, dachte ich, aber halt ihn fern von Brook Street 13A, lieber Gott, wenn es dir nichts ausmacht. Während ich dem Totengräber zuhörte, konnte ich mir die Szene bildhaft vorstellen – der schwarze Kranz an unserer Türe, die herabgelassenen Jalousien, mein Schwiegervater, der über die Kosten für den schwarzen Trauerstoff jammerte... Und meine liebliche goldhaarige Elspeth, ihre blauen Augen trüb von Tränen, mit ihrem schwarzen Schleier und schwarzen Handschuhen und zarten Schühchen aus schwarzem Satin, den langen gestrickten Strümpfen mit den purpurnen Rosetten auf den Strumpfbändern, dem glänzenden französischen Korsett mit dem Patentverschluss, den man nur einmal berühren musste, und schon platzte die ganze Herrlichkeit heraus.

„Ich glaube, Flashman war sehr gerührt", sagte Havelock nachher, und das war ich auch, beim Gedanken an all die schönen Weichteile, so weit weg und ganz unbenutzt – zumindest hoffte ich das, aber ich hatte meine Zweifel. Der Himmel allein mochte wissen, mit wie vielen diese schmelzende Unschuld in meiner Abwesenheit die Matratze zerdrückt hatte. Darüber brütete ich während des Abendessens und fand keinen Trost im Portwein oder meinen freundlichen Erinnerungen an Jeendan und Mangla und Mrs. Madison. Ich wurde so richtig eifersüchtig und hungrig nach der blonden Schönheit auf der anderen Seite der Welt.

Es war Zeit für einen Spaziergang in der kühlen Nachtluft. Wir waren in Goughs Lager bei Sobraon, damit die beiden über das nächste Manöver streiten konnten. Ich lief in frostiger Dunkelheit unsere Linien entlang und hörte, wie unsere Artillerie zur Feier des Sieges von Aliwal Salut schoss. Kaum eine Meile entfernt sah ich die Wachfeuer der Khalsa in ihren Befestigungen in der Biegung des Sutlej. Als das Donnern unserer Kanonen erstarb, was taten sie da? Gehängt will ich sein, wenn sie nicht mit einem ebenso großartigen Salut antworteten und ihre Musikanten spielen ließen. Irgendwie war das wirklich das seltsamste Ding in diesem seltsamen Feldzug. Die Stille auf unserer Seite, während der Qualm der Kanonen in die Höhe stieg, der goldene Mond tief am purpurroten Himmel, der auf die Zeltreihen und die weit entfernten Feuer schien, und über die dunkle Ebene dazwischen drangen die ernsten Töne von *God Save the Queen*! Ich hatte es noch nie so schön gespielt gehört wie von der Khalsa, und bis zum heutigen Tag kann ich, und ginge es um mein Leben, nicht sagen, ob sie es als Salut oder aus Verachtung spielten – bei Sikhs weiß man das nie.

Darüber dachte ich nach und dass man nie wirklich wissen konnte, was hinter indischen Stirnen vorging und wie sehr ich mich bei allen geirrt hatte (vor allem bei Jeendan). Mit etwas Glück würde ich bald nichts mehr von ihnen sehen, dem Himmel sei gedankt. Genau in diesem Augenblick kam ein Adjutant angelaufen und sagte, Major Lawrence lasse grüßen und ob ich vielleicht auf der Stelle dem Generalgouverneur zur Verfügung stehen könne?

Hatten meine Gedanken etwa das Schicksal versucht? Und während ich in dem leeren Vorzelt wartete, dass Hardinge als Vorzimmer zu seinem Pavillon diente, verspürte ich nur leise Neugier, was er von mir wohl wollte. Stimmen ertönten im inneren Heiligtum, aber zuerst achtete ich nicht auf sie. Hardinge sagte, dass irgendetwas eine sehr ernste Sache sei, und Lawrence antwortete, dass man keine Zeit verlieren durfte. Dann Goughs Stimme:

„Dann eben eine fliegende Kolonne! Im Schutz der Dunkelheit und schnell wie der Blitz! Schickt Hope Grant mit zwei Schwadronen der 9., und er ist dort und wieder zurück, bevor es jemand bemerkt."

„Nein, nein, Sir Hugh!", rief Hardinge. „Wenn das überhaupt getan werden muss, dann im Geheimen. Darauf bestehen sie, wenn wir diesem Kerl tatsächlich glauben wollen. Angenommen, es ist irgendein infernalisches Komplott. Ach Charles, bringt ihn wieder herein! Und findet heraus, was aus

Flashman geworden ist! Ich sage euch, es beunruhigt mich, dass in dieser Sache sein Name fällt..."

Jetzt hörte ich gespannt zu. Dann kam der junge Charlie Hardinge heraus, rief, dass ich ohnehin da war, und schob mich hinein. Hardinge sagte, dass das alles sehr, sehr kompliziert war und keine Arbeit für einen jungen Mann, der sich als so eigenwillig erwiesen hatte. Immerhin hatte er soviel Takt, bei meinem Anblick zu verstummen und betreten dreinzuschauen. Lawrence und Van Cordtlandt, den ich seit Moodkee nicht gesehen hatte, standen hinter ihm. Der alte Paddy, der in seinem Mantel auf einem Feldhocker zitterte, wünschte mir einen guten Abend, aber niemand sonst sprach, und man konnte die Anspannung fühlen. Dann kam Charlie wieder, und er schob eine Gestalt vor sich her, deren unerwartetes Auftauchen meine Eingeweide in namenlosem Grauen zusammenkrampfte. Er stapfte herein, keinesfalls eingeschüchtert durch die hochlöbliche Gesellschaft, und trug seine afghanischen Fetzen, als wären sie aus Hermelin. Sein hässliches Gesicht verzog sich zu einem Grinsen, als er mich sah.

„Ja, hallo, Leutnant!", sagte Jassa. „Wie geht's, wie steht's?"

„Stellt Euch hierher, unter diese Lampe, seid so freundlich!", blaffte Hardinge ihn an. „Flashman, kennt Ihr diesen Mann?"

Jassa grinste noch breiter, und an den Blicken zwischen Lawrence und Van Cordtlandt erkannte ich, dass sie ihn schon längst identifiziert hatten, aber Hardinge ging wie immer streng nach Vorschrift vor. Ich sagte, ja, er sei Dr. Harlan, ein Agent Broadfoots, zuletzt mein Adjutant und früher im Dienste Ihrer Majestät in Burma. Jassa schaute zufrieden.

„Daran erinnert Ihr Euch! Danke, Sir, das ist wirklich nett!"

„Das genügt!", sagte Hardinge. „Ihr könnt gehen!"

„Aber wieso, Sir?", fragte Jassa. „Sollte ich nicht lieber bleiben? Ich meine, wenn der Leutnant wieder..."

„Das genügt!!", sagte Hardinge noch lauter und ganz von oben herab, also zuckte Jassa die Achseln und murmelte, als er an mir vorbei kam, dass es schließlich nicht *seine* verdammte Beratung sei, und schlurfte hinaus. Irritiert rief Hardinge :

„Wie kam Broadfoot dazu, eine solche Person einzustellen?

Er ist ein Amerikaner!" Er sagte das so, als wäre Jassa ein gefallenes Mädchen.

„Ja, und ein ziemlich windiger dazu", sagte Van Cordtlandt. „Zu meiner Zeit hatte er im Pandschab einen ziemlich schlechten Ruf. Aber wenn er von Gardner kommt…"

„Das ist eben die Frage, oder nicht?" Lawrence war brüsk. Er drückte mir ein schlichtes versiegeltes Blatt Papier in die Hand. „Harlan hat das gebracht, für Euch, von Colonel Gardner in Lahore. Sagt, es wird seine Glaubwürdigkeit beweisen. Das Siegel ist unberührt."

Ich wunderte mich, was zum Teufel denn los war, brach das Siegel und hatte eine plötzliche Vorahnung, was da geschrieben stehen würde. Natürlich hatte ich Recht, es war ein Wort: Wisconsin.

„Er kommt von Gardner", sagte ich, und sie sahen das Blatt der Reihe nach an. Ich erklärte, dass es ein Passwort war, das nur Gardner und ich kannten. Hardinge schnaubte.

„Noch ein Amerikaner! Sollen wir uns auf einen fremden Söldner im Dienst des Feindes verlassen?"

„Auf diesen Söldner ja!", sagte Van Cordtlandt kurz angebunden. „Er ist ein Freund! Ohne ihn hätte Flashman Lahore nicht lebend verlassen." Das hilft Gardners Ansehen gar nicht, dachte ich. Hardinge hob die Augenbrauen und lehnte sich zurück. Lawrence wandte sich zu mir.

„Harlan kam vor einer Stunde an. Es sind schlechte Nachrichten aus Lahore. Gardner sagt, dass die Maharani und ihr Sohn in großer Gefahr sind, durch ihre eigene Armee. Es gibt Gerüchte über Verschwörungen – um sie umzubringen, den kleinen Maharadscha zu entführen und ihn mitten unter die Khalsa zu bringen, sodass die *Panches* in seinem Namen tun können, was ihnen gerade gefällt. Das wäre das Ende von Tej Singh und bedeutete die Ernennung eines vertrauenswürdigen Generals, der uns wohl einen langen Krieg bescherte." Er musste nicht hinzufügen, dass es ein schrecklicher Krieg werden konnte für uns. Die Khalsa war immer noch von überwältigender Stärke, und wenn sie einen Anführer hatte, der wusste, was er damit tun musste…

„Der Junge ist der Schlüssel", sagte Lawrence. „Wer ihn hat, hat die Macht. Die Khalsa weiß das und seine Mutter ebenso. Sie will ihn aus Lahore und unter unseren Schutz bringen. Sofort. Es wird mindestens eine Woche dauern, bis wir die Khalsa in einer Schlacht besiegt haben."

„Eher zehn Tage!", sagte Gough.

„Soviel Zeit haben die Verschwörer, um zuzuschlagen." Lawrence machte eine Pause, und mein Mund wurde ganz trocken, als ich erkannte, dass alle mich anstarrten. Gough und Van Cordtlandt offen, Hardinge mit grimmiger Missbilligung.

„Die Maharani will, dass Ihr ihn heimlich herausholt", sagte Lawrence. „Das sind ihre Worte, von Gardner an Harlan übermittelt."

Ganz ruhig, dachte ich, ich darf nicht kotzen oder zu heulen beginnen. Mach ein freundliches Gesicht und denk daran, das Letzte, was Hardinge will, ist ein Flashy, der wieder im Suppentopf des Pandschab rumrührt. Das ist deine beste Karte, mein Junge, wenn dieser schreckliche Vorschlag scheitern soll. So verzog ich das Gesicht, es sollte nachdenklich aussehen, würgte mein Nachtmahl wieder hinunter und sagte gerade heraus:

„Sehr gut, Sir! Ich habe freie Hand?"

Das brachte es wirklich, Hardinge sprang auf wie vom wilden Affen gebissen. „Nein, Sir, das habt Ihr nicht! Nein, auf keinen Fall! Ihr werdet Euch zurückhalten, bis…" Erschrocken starrte er von Lawrence zu Gough. „Sir Hugh, ich weiß nicht, was ich denken soll! Dieser Plan erfüllt mich mit Unruhe. Was wissen wir schon von diesen… diesen Amerikanern. Und dieser Maharani? Wenn das eine Verschwörung ist, um uns zu diskreditieren…"

„Nicht mit Gardner!", bellte Van Cordtlandt.

„Die Maharani hat jeden Grund, um die Sicherheit ihres Sohnes zu fürchten", sagte Lawrence. „Und um ihre eigene. Sollte ihnen irgendetwas geschehen, hätten wir es mit einem Staat in Anarchie zu tun. Sie und der Junge sind unsere einzige Hoffnung auf eine gute politische Lösung."

Gough mischte sich ein. „Und wenn wir keine finden, dann

müssen wir den Pandschab erobern. Ich sage Euch, Sir Henry, dazu haben wir nicht die Mittel."

Hardinge trommelte mit den Fingern und zögerte. „Ich kann das nicht gut heißen. Angenommen, es würde so dargestellt werden, als hätten wir den Jungen entführt. Man könnte uns vorwerfen, dass wir gegen Kinder Krieg führen."

„Nein, niemals!", rief Lawrence. „Wir beschützen ihn. Aber wenn wir nichts tun und die Khalsa greift ihn sich, bringt ihn vielleicht sogar um, ihn und seine Mutter, das könnte unserem Ruf wirklich schaden, glaube ich."

Ich hätte ihn treten können! Er war über das beste Argument gestolpert, dass Hardinge zu diesem Irrsinn verleiten konnte. Unser Ruf, das war es! Was würde London denken? Was würde die *Times* schreiben? Man konnte sehen, wie sich unser Herr Generalgouverneur den Aufschrei vorstellte, wenn durch unsere Nachlässigkeit dem verdammten kleinen Dalip die Gurgel durchgeschnitten wurde. Er wurde bleich, dann klärte sich seine Miene, während er so tat, als müsse er nachdenken.

„Ganz bestimmt ist die Sicherheit des Kindes für uns von hoher Bedeutung", sagte er ernst. „Menschlichkeit und Politik verlangen das beide … Sir Hugh, wie denkt Ihr?"

„Holt ihn da raus!", sagte Paddy. „Ihr könnt nichts anderes tun."

Selbst da musste Hardinge noch seine Show abziehen, sorgfältig abwägen und stumm die Stirne runzeln, während mir das Herz in die Hose sank. Dann seufzte er. „Also muss es wohl sein. Wir müssen beten, dass wir nicht Opfer einer ausgefuchsten Intrige sind. Aber ich bestehe darauf, Lawrence, dass entweder Ihr oder Van Cordtlandt die Aufgabe übernehmt." Er warf mir einen vorwurfsvollen Blick zu. „Ein reiferer Mann…"

„Mit Eurer Erlaubnis, Sir!", sagte Lawrence. „Flashman, seid so freundlich und wartet in meinem Zelt auf mich. Ich werde gleich bei Euch sein."

Also ging ich ganz gehorsam – und rannte wie ein ängstlicher Hase um Hardinges Zelt herum, stolperte über die Schnüre und rutschte in der eisigen Dunkelheit aus, bevor ich mich in den Schatten verbarg und ein Ohr unter den dünnen

Mousselin-Vorhang des Zeltfensters hielt. Der Mann schüttete gerade sein Herz aus und ich fing die letzten Worte auf.

„... weniger geeigneten kann ich mir nicht vorstellen! Sein Verhalten bei den Generälen der Sikhs war in hohem Maß unverantwortlich – er hat es auf sich genommen, die Politik zu bestimmen, bloß ein untergeordneter politischer Offizier, aufgeblasen von seiner Selbsteinschätzung..."

„Gott sei gedankt, dass er es tat!", rief der gute alte Paddy.

„Nun gut, Sir Hugh! Das Glück war auf unserer Seite, aber sein Verhalten hätte uns auch eine Katastrophe bescheren können! Ich sage Euch, der Mann ist ein Prahlhans! Nein", sagte dieser großartige und weitsichtige Staatsmann, „Flashman wird nicht nach Lahore gehen!"

„Er muss!", erwiderte Lawrence, für den ich langsam eine mörderische Abneigung entwickelte. „Wer sonst kann sich als Eingeborener ausgeben, spricht Pandschabi und kennt die Geheimnisse der Festung von Lahore? Und Harlan sagt mir, dass der kleine Maharadscha ihn anbetet." Er machte eine Pause. „Außerdem hat Maharani Jeendan namentlich nach ihm verlangt."

„Was soll das?", rief Hardinge. „Wenn sie ihr Kind in Sicherheit bringen will, ist es doch nebensächlich, wen wir schicken!"

„Vielleicht nicht, Sir. Sie kennt Flashman und..." Lawrence zögerte. „Tatsache ist, dass es in den Bazaars ein Gerücht gibt, dass sie eine Beziehung zu ihm aufgebaut hat, während er in Lahore war." Er räusperte sich kräftig. „Wie Ihr wisst, Sir, ist sie eine äußerst liebliche junge Frau von leidenschaftlicher Natur, nach allen Berichten..."

„Guter Gott!", rief Hardinge. „Ihr wollt doch nicht sagen, dass..."

„Der junge Teufel!", kicherte Paddy. „Oh, natürlich muss er gehen!"

„Wir sollten besser nichts außer Acht lassen, das uns ihr Wohlwollen einbringt", sagte Van Cordtlandt, verdammt soll er sein. „Und wie Lawrence gesagt hat, wir haben niemand anderen."

Während ich ängstlich lauschte, füllte sich mein Kopf mit grässlichen Aussichten auf Lahore und seine Eisenroste und grässlichen Badezimmer und fanatischen Akalis und mörderischen Schwertkämpfer. Ich dachte daran, dass Broadfoot genau wie diese berechnenden Mistkerle mit meinem männlichen Charme kalkuliert hatte. Wirklich schlimm, aber wenn man für das schöne Geschlecht so verführerisch ist wie die Sünde, was soll man machen?

Ich zweifle nicht, dass es genau das war, was diesen frömmelnden Heuchler Hardinge überzeugte. Seine Gedanken richteten sich schon auf politische Vereinbarungen nach dem Krieg. Soll Flashy halt das Weibsbild aufheitern, während er ihr verdammtes Kind in Sicherheit brachte, dann wäre sie uns verpflichtet, oder nicht? Er sagte das natürlich nicht, als er seine widerwillige Zustimmung erteilte.

„Aber hört mich an, Lawrence – Flashman muss vollkommen bewusst sein, dass er strikt nach Euren Befehlen vorzugehen hat. Man darf ihm keinen Raum für irgendwelche unabhängigen Aktionen lassen – ist das klar? Dieser Kerl Harlan hat Anweisungen gebracht von, wie heißt er noch, Gardner? Eine ganz üble Sache, wenn wir uns auf solche Leute verlassen müssen, noch dazu diesen schwachsinnigen Politischen! Ihr müsst Harlan genau befragen, wie die Sache vor sich gehen soll. Vor allem darf dem jungen Prinzen kein Leid geschehen. Flashman muss das begreifen – und auch die Konsequenzen, sollte er scheitern."

„Ich glaube nicht, Sir, dass man ihm die Konsequenzen noch vor Augen führen muss", sagte Lawrence ganz ruhig. „Für alles andere werde ich ihm genaue Befehle erteilen."

„Nun gut. Ich werde Euch für alles verantwortlich machen. Ihr habt noch eine Anmerkung zu machen, Sir Hugh?"

„Äh – wie? Nein, nein, Sir Henry, nichts von Wichtigkeit. Ich dachte nur", kicherte der alte Paddy, „dass ich mir wünsche, ich wäre wieder jung und spräche Pandschabi."

Man sollte niemals sagen, dass man irgendetwas zum letzten Mal gesehen hat. Ich hätte eine Million zu Eins gewettet, dass ich nicht zu der kleinen Baumgruppe aus weißen Pappeln südlich des Moochee-Tores zurückkehren würde, wo ich mit Gardner am Feuer gesessen hatte. Aber da war ich wieder, nur ein paar Wochen später, und die Flammen knisterten unter der Kaffeekanne, die auf dem selben roten Stein mit dem Sprung stand. Rechts von uns war die Straße voll mit Leuten, die bei Tagesanbruch ihren Geschäften nachgingen. Unter dem großen Torbogen waren die Türflügel zurückgeschwungen, sie löschten gerade die Fackeln aus, und die Wache wechselte. Mir schien sie ungewöhnlich zahlreich zu sein, denn ich zählte zwanzig Helme in und um den Torbogen. Seit unserer Ankunft in den finstersten Stunden der Nacht hatte es endlose Patrouillen der Kavallerie gegeben, die die Stadt umkreisten, rote Lancer mit grünen *Puggarees*. Auf den Wällen standen Schützen mit Flinten.

„Die Muslimbrigade!", sagte Jassa. „Ja, Sir, sie hat die alte Stadt fester verschlossen als Jemima ihren Strumpfbandgürtel. Zeitverschwendung, weil mögliche Verschwörer schon *in* der Stadt sind. Wahrscheinlich in der Festung selbst, unter ihren eigenen Leuten. Ich wette, Alick Gardner schläft nicht gut!"

Das war unser dritter Tag unterwegs, denn wir hatten einen weiten Umweg nach Süden gemacht und den Sutlej bei einem *Ghat* nahe Mundole überquert, um feindlichen Beobachtern an den Hauptnachschublinien der Khalsa auf der oberen Straße von Pettee nach Sobraon auszuweichen. Wir waren vorsichtig Teilstücken geritten, Jassa, ich und ein vertrauenswürdiger Pathane aus Broadfoots alter afghanischer Leibwache, Ahmed Shah. Gough hatte eine Eingeborenen-Schwadron als *Gorracharra* verkleidet schicken wollen, aber Lawrence hatte das glatt abgelehnt. Er meinte, dass die sich einfach verraten mussten, und wenn alles gut ging, dann waren drei genug. Ging alles schief, war eine Brigade zuwenig. Niemand würde auf drei afghanische Pferdehändler mit ihren Tieren achten, und bis jetzt hatte das auch niemand getan.

Ich werde Sie nicht ermüden mit meinen Emotionen, während wir in der kalten Morgendämmerung an unserem Feuer warteten und ich zitterte. Ich sage nur, dass ich zusätzlich zu der blinden Panik, die mich beim Anblick von Lahores drohenden Toren und Türmen überkam, auch noch schwere Bedenken wegen des Planes hatte, nach dem wir den jungen Dalip aus diesem Kobranest herausholen sollten. Es war Gardners Einfall, genauestens an Jassa weitergegeben, der ihn vor Lawrence und Van Cordtlandt wiederholt hatte, während Flashy nur am Schlucken war. Und weil unser Pathane im Tartan nicht da war und man mit ihm nicht argumentieren konnte, war es ein Fall von nimm es oder lass es. Ich weiß, was ich getan hätte, aber Lawrence sagte, das würde wunderbar funktionieren – er war es ja nicht, der sich im Licht des hellen Tages in die Festung von Lahore hinein- und wieder hinausschleichen musste.

Das war wirklich unnötiger Irrsinn. Warum zum Teufel konnte Gardner mit seiner Macht als Gouverneur sich nichts einfallen lassen, um das Balg zu uns herauszuschmuggeln? Jassa hatte erklärt, dass die Stadt bei Nacht so verschlossen wie ein Tresor war und die Spione der *Panches* Dalip den ganzen Tag überwachten. Die einzige Möglichkeit, ihn zu holen, war seine Zubettgehzeit. Dann nichts wie weg, bevor die Sperrstunde begann, und die ganze Nacht als Vorsprung zu haben. Und dazu mussten wir in die Festung, denn seine Mutter hatte keine Ruhe, bis sie ihn unter meinen schützenden Flügeln wusste (Keiner hatte mir dabei in die Augen sehen wollen). Wie wir in die Festung hinein und wieder hinaus kämen, darum würde sich Gardner kümmern. Wir sollten nur an diesem, dem dritten Tag, zu Mittag in der Nähe von Runjeets Grab sein.

Also stellen Sie sich drei Hirten aus Kabul vor, die ihre Tiere durch den Staub und das geschäftige Treiben am Rushnai-Tor führen und sie auf dem überfüllten Platz bei der Buggywalla Doudy mittags zum Verkauf anbieten. Ahmed Shah betätigte sich als Verkäufer, er verlangte unverschämte Preise, denn wir wollten unsere Transportmittel natürlich nicht verkaufen. Ich hielt die Zügel der Tiere, spuckte aus und sah böse drein. Ich

betete, dass niemand Jassa erkennen würde, mit der Augen-
klappe und seinem orangerot gefärbten Haar und Fünftages-
bart. Er hatte solche Bedenken nicht, sondern hing mit anderen Faulpelzen herum und tratschte. Wie er sagte, gibt es kein
besseres Versteck als die Öffentlichkeit.

Ich sah das Treffen nicht, aber kurz darauf schlenderte er
davon. Ich drückte Ahmed die Leinen in die Hand und folgte
ihm über den großen Platz, vorbei an der marmornen Barra
Deree zu dem Palasteingang, wo ich Gardner vor Monaten das
erste Mal gesehen hatte. Auf den Mauern waren jetzt keine
Palastwachen, nur grüngekleidete Muslim-Musketiere mit
großen gekräuselten Schnurrbärten, so wachsam wie Geier,
die böse auf die Menschenmassen auf dem Platz herunterstarr-
ten. Es mussten ein paar Tausend versammelt sein, dazwischen
genügend Khalsa-Mäntel, um meine Innereien zum Zittern zu
bringen. Sie taten nichts anderes als die Mauern hinaufzustar-
ren und miteinander zu murmeln, aber man fühlte die dumpfe
Feindseligkeit wie eine Wolke über dem Platz hängen.

„Bei diesem Wetter kommt sie wohl nicht heraus, schätze
ich", murmelte Jassa, als ich ihn neben dem Eingang einholte.
„Ja, hier befindet sich eine große republikanische Mehrheit.
Unser Führer ist direkt hinter uns, in dem *Palki*, wenn ich
nicke, tragen wir ihn durch das Tor."

Ich warf einen Blick über meine Schulter, da war ein *Palki*,
der mit zugezogenen Vorhängen vor der Mauer stand. Träger
waren keine in Sicht. So also sollten wir an den Palastwachen
vorbeikommen, die alle Ankömmlinge kontrollierten. Selbst
unter meinem *Poshteen* fühlte ich eiskalten Schweiß auf der
Haut. Zum zwanzigsten Mal befingerte ich meine in der
Schärpe verborgene Cooper – nicht, das sechs Schüsse allzu
viel Ellenbogenfreiheit verschaffen konnten, wenn es wirklich
eng wurde.

Plötzlich wurde aus dem Murmeln der Menge ein Schwatzen und dann ein Gebrüll. Sie wichen zurück, um Platz für
eine Gruppe von Männern zu machen, die vom Hazooree-Tor
auf der Stadtseite über den Platz vorrückten. Fast ausschließlich Sikhs, gut die Hälfte aus den Divisonen der Khalsa, einige

von ihnen mit Verbänden über ihren Wunden und Spuren von verbranntem Pulver auf ihren Mänteln. Aber sie liefen wie auf einer Parade hinter ihrer goldenen Standarte her, die zu meiner Überraschung der alte *Rissaldar-Major* trug, den ich zuerst in Maian Mir und dann bei Jeendans Durbar gesehen hatte. Und Gott helfe mir, er weinte, die Tränen rannen in seinen Bart, während seine Augen starr nach vorne blickten. Hinter ihm war Imam Shah, mit den Elfenbeinmessern, barhäuptig und den Arm in einer Schlinge. Ich war ganz schnell hinter Jassas Rücken verschwunden, das kann ich Ihnen sagen.

Die Menge tobte, winkte und jammerte und schrie: „*Khalsaji! Khalsa ji!*" Sie bewarfen sie mit Blumenblüten, während sie vorbeimarschierten, aber keiner schaute zur Seite. Sie gingen ruhig, in Viererreihen, unter dem Eingangstor hindurch, während hinter ihnen der Mob dagegenbrandete und in einen neuen Ruf ausbrach: „Nach Delhi! Nach Delhi, Helden der Khalsa! *Wa Guru-ji* – nach Delhi, nach London!"

„Wer zum Teufel sind die?", flüsterte Jassa. „Ich glaube, wir kommen gerade noch rechtzeitig – ich hoffe es! Los!"

Wir schulterten den *Palki* und drängten uns durch die Menge zum Eingang, wo ein *Subedar** der Muslims uns aufhielt und sich herabbeugte, um mit dem Passagier zu sprechen. Ich hörte eine Frauenstimme, schnell und undeutlich, und dann winkte er uns weiter, und wir trugen den *Palki* durch das Tor. Trotz meiner Angst, diese schreckliche Höhle wieder betreten zu müssen, fühlte ich mich plötzlich an Stumps Harrowell in Rugby erinnert, als ich ein Junge gewesen war. Wie wir ihm nachgerannt waren und auf seine unglaublich fetten Unterschenkel geschlagen hatten, während er nur wütend in dem Tragegestell toben konnte. Jetzt solltest du deinen Quälgeist sehen, Stumps, dachte ich, er trägt gerade seinen eigenen *Palki*.

Unser Passagier rief Jassa Anweisungen zu, der am vorderen Ende ging. Kurz darauf landeten wir in einem kleinen abgeschlossenen Hof, und sie sprang heraus. Schnell ging sie zu einer niedrigen Türe, sperrte sie auf und bedeutete uns zu folgen. Sie führte uns eine langen düsteren Gang, einige endlose

*höherrangiger Unteroffizier

Treppen und noch mehr Gänge hinauf – und dann wusste ich, wo ich war. Auf genau diesem Weg war ich in Jeendans Rosenboudoir geführt worden, und ich kannte den hübschen kleinen Hintern, der sich da unter dem engen Sari bewegte ...

„Mangla!", rief ich, aber sie ging ungerührt weiter, in einen kleinen schlecht ausgestatteten Raum, in dem ich noch nie gewesen war. Erst als sie die Türe geschlossen hatte, warf sie ihren Schleier zurück, und ich sah wieder das liebliche Kashmiri-Gesicht mit den schrägen Gazellenaugen – aber jetzt war in ihnen keine Frechheit, sondern Angst.

„Was ist passiert?", bellte Jassa, der die Katastrophe roch.

„Ihr habt diese Männer von der Khalsa gesehen? Die Fünfhundert?" Ihre Stimme war fest genug, aber sie sprach hastig vor Angst. „Sie sind Abgesandte von Tejs Armee, Männer aus Moodkee und Ferozeshah. Sie sind gekommen, um die Rani um Waffen und Nahrung für die Armee zu bitten und um einen Führer, der Tejs Platz einnehmen soll, damit wir immer noch den *Jangi lat* bis zu den Toren von Delhi treiben können!" So, wie sie das sagte, musste man sich fragen, auf wessen Seite sie stand. Sogar Verräter haben Nationalstolz. „Aber sie sollten erst morgen im Durbar empfangen werden – sie sind vor ihrer Zeit gekommen!"

„Na und?", fragte ich. „Sie kann sie doch wieder auflaufen lassen – das hat sie doch schon früher getan!"

„Damals waren sie keine geschlagene Armee. Sie waren nicht von Tej und Lal in Niederlagen geführt worden. Oder sie haben inzwischen gelernt, Mai Jeendan zu misstrauen. Wenn sie in den Durbar kommen und sich von muslimischen Musketen umgeben sehen und sie um Hilfe bitten, die sie ihnen nicht gewähren kann – was dann? Es sind hungrige Männer und verzweifelt." Sie zuckte mit den Achseln. „Ihr sagt, sie hat sie früher schon herumgekriegt, ja, aber jetzt findet sie keine sanften Worte mehr. Sie hat Angst um Dalip und sich selbst, sie hasst die Khalsa um Jawaheers willen und sie nährt ihren Zorn mit Wein. Wahrscheinlich beantwortet sie ihr meuterisches Geschrei mit Beleidigungen. Wer weiß, was sie tun werden, wenn sie sie provoziert?"

Glatten Mord, wahrscheinlich – und dann kommt ein anderer an Tej Singhs Platz und führt sie zu einem neuen Schlag gegen uns. Und da war ich nun, im Maul des Löwen, dank Gardners idiotischen Plänen. Sollte ich besser gleich aufgeben und bis Indien rennen? Oder konnten wir Dalip noch herausholen, bevor die Hölle losbrach?

„Wann findet der Durbar statt?"

„In zwei Stunden, ungefähr."

„Kann Gardner den Jungen vorher zu uns bringen? Jetzt?"

„Bei Tageslicht abhauen?", rief Jassa. „Das schaffen wir nie!"

Mangla schüttelte den Kopf. „Der Maharadscha muss während des Durbar zu sehen sein. Wer weiß, Mai Jeendan könnte ihnen zufriedenstellende Antworten geben… Falls nicht, könnten sie immer noch ruhig bleiben, von tausend Muslims umgeben, die auf ein Wort Gurdana Khans über sie herfallen würden. Dann, wenn Ihr Mai Jeendan gesehen habt…"

„Ich muss sie nicht sehen und niemand anderen, außer ihrem verflixten Sohn! Sag Gardner…"

„Na, wenn das keine Veränderung ist!", lachte sie und war ganz die alte Mangla. „Einst wart Ihr ganz begierig darauf. Nun, sie wünscht Euch zu sehen, Flashman *Bahadur*, und sie bekommt, was sie will."

„Wozu zum Teufel?"

„Staatsangelegenheiten, denke ich." Sie lächelte ihr freches laszives Lächeln. „In der Zwischenzeit müsst Ihr warten, hier seid Ihr sicher. Ich werde Gurdana Khan Bescheid sagen und Euch dann berichten, wann der Durbar beginnt."

Sie schlüpfte hinaus und hatte meinen Ängsten auch noch Verwirrung hinzugefügt. Was konnte Jeendan von mir wollen? Ich fand es schon seltsam genug, dass sie darauf bestanden hatte, ich sollte Dalips Retter sein. Sicher, das Kind mochte mich, aber sie hatte mich zur Bedingung für den ganzen Plan gemacht, zu Paddy Goughs zweifelhafter Erheiterung. Grobschlächtiger alter Mann. Aber *das* konnte es doch nicht sein! Nicht in solchen Zeiten! Naja, bei gewissen Frauen kann man das nie sagen, vor allem, wenn sie betrunken sind.

Aber das waren alles Kleinigkeiten im Vergleich zu der

Bedrohung durch die Abgesandten der Khalsa. Konnte sie sie noch einmal bequatschen, indem sie ihren Charme spielen ließ und sie mit süßen Worten und schönen Versprechungen täuschte?

Sie *versuchte* es noch nicht einmal, wie wir sahen, als Mangla nach zwei Stunden nervösen Wartens zurückkam und uns zu dem selben Spionloch führte, durch das ich schon einmal den Durbar beobachtet hatte. Dieser war eine ganz andere *Indaba**, damals hatte es Lärm gegeben, Lachen und gute Laune, aber nun hörten wir das zornige Gemurmel der Abgesandten und ihre schrillen Antworten, schon bevor wir das Guckloch erreichten. Ich sah auf einen Blick, dass dies eine hässliche Angelegenheit war. Die *Mutter Aller Sikhs* trug den Kopf sehr hoch erhoben, ohne Rücksicht auf Konsequenzen.

Die Fünfhundert befanden sich tobend im Hauptteil der Halle vor dem Vorhang, aber sie hielten ihre Plätze streng ein, und es war leicht zu erkennen, warum. Sie trugen ihre *Tulwars*, aber entlang der Wände des Raumes stand ein volles Bataillon von muslimischen Musketenschützen, mit angelegten, schussbereiten Waffen. Imam Shah stand ganz vorne und sprach, der alte *Rissaldar-Major* stand einen Schritt hinter ihm. Die goldene Standarte lag vor dem Thron, auf dem der kleine Dalip einsam und verlassen saß. Die kleine Gestalt trug leuchtendes Rot, und der Koh-i-Noor blitzte in seiner Agraffe.

Hinter dem Purdah waren noch mehr Muslims entlang der Wände, und vor ihnen stand Gardner in seinem Tartangewand, die Spitze seines blanken Säbels zwischen seinen Füßen. Nahe am Vorhang lief Jeendan auf und ab, hin und wieder blieb sie stehen, um zuzuhören, dann stapfte sie weiter wie ein gereizter Tiger im Käfig. Sie war unglaublich wütend und schon ziemlich betrunken. Sie trug einen Becher in der Hand, und auf dem Tisch stand eine Kanne, aber dieses eine Mal war sie geziemend bekleidet, so geziemend halt, wie eine wohlgeformte Puppe in einem engen Sari aus purpurner Seide eben sein kann. Ihr rotes Haar hing offen auf ihre Schultern herab, und ihr Delilah-Gesicht war unverschleiert.

Imam Shah beklagte sich heftig, er schrie den Vorhang an.

*Sache, Angelegenheit

„Drei Tage lang hat Eure treue Khalsa von Korn und rohen Karotten gelebt – sie verhungern, *Kunwari*. Sie sind ganz erschöpft von Kälte und Not. Wenn Ihr ihnen die Nahrung und Munition schickt, die Ihr ihnen versprochen habt, so werden sie den *Jangi lat*...“

„Davonjagen? So wie sie ihn bei Ferozeshah und Moodkee davongejagt haben?", rief Jeendan. „Ohja, das war eine schöne Jagd – das hätten meine Kammerfrauen genauso gut gemacht!" Mit zurückgeworfenem Kopf wartete sie auf die Wirkung dieser Worte. Imam schwieg in stummem Zorn und sie fuhr fort. „Goolab hat euch genug Nachschub gesandt – jeder einzelne Getreideträger in Kashmir ist schwer beladen auf der Straße von Jumoo zum Fluss..."

Ihre Worte gingen in einem spöttischen Aufbrüllen unter. Imam trat einen Schritt vor, um seine Antwort herauszuschreien. „Ja, einzeln hintereinander, unter Drohungen des Goldenen Huhns, der großes Aufsehen um seine Hilfsbereitschaft macht, aber nicht genügend Vorräte für das Frühstück eines Vogels schickt! *Chiria-ki-hazri*! Das bekommen wir von Goolab Singh! Wenn er uns wohl will, soll er kommen und uns anführen, an Stelle der Fettblase, die Ihr zu unserem General gemacht habt! Befehlt ihm zu kommen, *Kunwari* – ein Wort von Euch, und er sitzt im Sattel auf dem Weg nach Sobraon!"

Neuerliches Geschrei folgte. „Goolab! Goolab! Gebt uns den Dogra als General!" Aber sie blieben immer noch auf ihren Plätzen.

„Goolab ist unter dem Daumen des *Malki lat* und das wisst ihr!", keifte Jeendan. „Auch wenn nicht, so sind unter euch genug, die ihn zum Maharadscha machen würden – meine treue Khalsa!" Sofort wurde es ganz still. „Ihr habt ihm Boten geschickt, sagt man mir – ihr habt euren Heiligen Eid gebrochen! Einerseits jammert ihr nach Essen und andererseits plant ihr Verrat – ihr, die Khalsa, die Reinen..." Und sie beschimpfte sie mit Ausdrücken, derer sich ein Fischweib geschämt hätte, bis Gardner blitzschnell vortrat und ihren Arm nahm. Sie schüttelte ihn ab, begriff aber seinen Hinweis – keine Sekunde zu früh, denn vor dem Vorhang befingerten die

Fünfhundert die Griffe ihrer Waffen, und Imam war purpur-
rot vor Zorn.

„Das ist eine Lüge, *Kunwari*! Kein Mann hier würde Goolab
als Maharadscha wollen, aber er kann kämpfen, bei Gott! Er
verkriecht sich nicht in seinem Zelt, wie Tej, oder läuft davon,
wie Euer Gespiele Lal! Er kann führen – also lasst ihn uns führen! Nach Delhi! Zum Sieg!"

Sie wartete, bis das Geschrei verstummte, und sprach in
einem kalten Ton, in dem Verachtung mitschwang. „Ich habe
gesagt, ich will Goolab Singh nicht haben – und er will euch
nicht haben! Und wer soll es ihm vorwerfen? Seid ihr es wert,
dass man euch haben will, ihr Helden, die ihr in die Schlacht
zieht mit euren Standarten und tapferen Liedern – und
zurückgekrochen kommt und wimmert, dass ihr hungrig seid?
Könnt ihr nichts anderes außer euch beklagen?"

„Wir können kämpfen!", brüllte eine Stimme, und einen
Augenblick später hatten die anderen den Ruf aufgenommen,
bewegten sich nach vorne und schüttelten die Fäuste, und
einige weinten ganz offen. Sie waren wegen Nachschub
gekommen, und was sie erhielten, waren Beleidigungen.
Sprich in höflichen Worten mit ihnen, oder kannst du das
nicht, flüsterte ich, denn es war klar, sie hatten genug von
ihren bösen Worten. „Gib uns Gewehre! Gib uns Kugeln und
Pulver!"

„Kugeln und Pulver?", rief Jeendan, und einen Augenblick
lang dachte ich, sie würde sich durch den Vorhang auf sie stürzen. „Hab ich euch nicht von beidem gegeben und mehr als
genug davon? Waffen und Lebensmittel und große Kanonen –
nie hat man in Hindustan eine solche Armee gesehen! Und
was habt ihr daraus gemacht? Die Lebensmittel habt ihr verschlungen, die Briten haben eure großen Kanonen und die
Waffen habt ihr weggeworfen, wahrscheinlich als ihr wie die
Hasen davongelaufen seid – vor wem? Vor einem müden alten
Mann in einem weißen Mantel, einer Handvoll rotgesichtiger
Ungläubiger und bengalischer Straßenkehrer!"

Ihre Stimme wurde immer schriller. Sie stand hinter dem
Vorhang mit geballten Fäusten und hässlich verkrampftem

Gesicht und stampfte mit dem Fuß auf. Neben mir keuchte Jassa auf, und Mangla schluchzte, als wir sahen, wie sich die Reihen der Fünfhundert vorwärts bewegten, in denen der Stahl glitzerte. Sie war zu weit gegangen, die betrunkene Schlampe. Imam Shah stand schon auf dem Podest, die Khalsa drängten hinter ihm heran und brüllten vor Wut. Gardner war dabei, sich umzuwenden und Befehle zu rufen. Die Muslime legten ihre Musketen an, und Jeendan fummelte unter ihrem Rock herum, sie fluchte wie eine Harpye. Man hörte Stoff reißen und Sekunden später hatte sie ihren Unterrock zu einem Ball zusammengerollt und ihn über den Vorhang geschleudert. Er fiel auf die Füße Imams und wickelte sich um seine Stiefel – es gab keinen Zweifel, was das war. Und in der geschockten Stille ertönte ihre Stimme.

„Tragt das, ihr Feiglinge! Tragt es, sage ich! Oder ich gehe in Hosen und kämpfe selbst!"

Es war, als hätte sich ein Zauber über sie gelegt. Volle zehn Sekunden lang hörte man kein Geräusch. Ich sehe sie immer noch – einen Akali, das Schwert halb gezogen, in der Bewegung erstarrt zum Bild eines Gladiators. Imam Shah, der auf den scharlachroten Unterrock starrte. Der alte *Rissaldar-Major*, mit offenem Mund und verzweifelt erhobenen Händen. Der kleine Dalip, still wie eine Statue auf seinem Thron. Die Masse der Männer, still wie der Tod, den Vorhang anstarrend – und dann hob Imam Shah die goldene Standarte auf, hielt sie hoch und schrie mit Donnerstimme:

„Dalip Singh Maharadscha! Wir gehen, um für Euer Königreich zu sterben! Wir gehen, um für *Khalsa-ji* zu sterben!" Dann fügte er in einem Flüsterton, der dennoch die ganze Halle ausfüllte, hinzu: „Wir gehen, um uns zu opfern."

Er drückte dem *Rissaldar-Major* die Standarte in die Hand – und in diesem Augenblick, ohne einen Hinweis von irgend jemandem, stand der kleine Dalip auf. Eine sekundenlange Pause, und dann brüllten alle Fünfhundert: „Maharadscha! Maharadscha! *Khalsa-ji*!" Dann wandten sie sich um wie ein Mann und marschierten durch die offenen Doppeltüren hinaus. Gardner stand mit vier schnellen Schritten an der Ecke des Vorhangs und starrte ihnen nach. Dann kam er hervor und nahm Dalips Hand. Hinter dem Purdah gähnte Jeendan, schüttelte ihr rotes Haar und bewegte ihre Schultern, wie um einen Krampf zu lockern. Sie nahm einen tiefen Schluck und begann, ihren Sari zurecht zu rücken.

Das ist es, was ich gesehen habe, und so auch Alick Gardner, wie seine Memoiren bezeugen – und keiner von uns kann es erklären. Diese fanatischen Khalsa, durch ihre Beleidigungen zum Wahnsinn getrieben, wären hinter den Purdah gestürmt, hätten sie niedergestochen und wären dann von den Muslims abgeschlachtet worden, dessen bin ich sicher. Gott allein weiß, was danach geschehen wäre. Aber sie warf ihren Unterrock nach ihnen, und sie gingen hinaus wie die Lämmer, bereit zu siegen oder zu sterben. Gardner nennt es ihre *Intuition*, was auch immer, es hat die Sache erledigt. Und sehen Sie, der kleine Dalip stand genau im richtigen Moment auf.[43]

Jassa atmete erleichtert auf, und Mangla lächelte. Unter uns ertönte donnerndes Gekrache, als die Muslims ihre Waffen sicherten und aus der Halle marschierten. Der kleine Dalip war hinter dem Vorhang und wurde von seiner trunkenen Mutter umarmt, aber Gardner war verschwunden. Mangla berührte meinen Arm und bedeutete Jassa, zu warten. Sie führte mich zum Rosenboudoir – ich fühlte mich schon bei dessen Anblick erschöpft – und durch den Gang dahinter in einen kleinen Raum, der das Schulzimmer von Dalip und seinen Spielgefährten sein musste, denn es standen eines halbes Dutzend kleine Schreibtische herum, eine Tafel und sogar ein Globus. An der Wand hingen Märchenbilder. Dort verließ sie mich, und einen Augenblick später trat Gardner herein, voller Feuer und Bewunderung.

„Ihr habt das mit angesehen? Gott verdamme mich, aber diese Frau hat die Nerven eines Tigers – eines Tigers, Sir! Unterröcke, zum Donner! Ich hätte es nicht geglaubt! Manchmal denke ich …" Er machte eine Pause und sah mich fragend an. „Ich denke, sie ist ein wenig verrückt, vom Alkohol und von … Spielt keine Rolle. Und George Broadfoot ist tot? Ihr habt es gesehen? Das ist eine traurige Nachricht. Nun, Ihr habt einen genauso guten Mann mit Henry Lawrence, das kann ich Euch versichern. Vielleicht sogar besser, als Agent. Kein besserer *Mann*, meine ich. Nein, Sir, bessere als den ungläubigen Schwarzrock gibt es nicht."

Er stand, die Arme vom Körper weghaltend und starrte auf den Boden. Ich konnte seine Verstörtheit fühlen, nicht, weil er mich nicht begrüßt oder auf meine letzten Abenteuer angespielt hatte, das war nicht seine Art. Aber irgendetwas beunruhigte ihn, auch wenn er es durch sein energisches Verhalten überdecken wollte.

„Es ist nach vier Uhr. Ihr und Josiah müsst vor sechs Uhr aus dem Tor sein. Ihr geht, wie ihr gekommen seid, als *Palki*-Träger, aber dieses Mal ist Dalip euer Passagier, als Mädchen verkleidet. Mein *Subedar* wird Torwache haben, also kommt ihr auch hinaus. Sobald ihr das Rushnai-Tor passiert habt, reitet durch den *Doab*, genau nach Südosten. Bei Sonnenaufgang solltet ihr in Jupindar sein – das sind ungefähr 40 Meilen. Es ist auf der Karte nicht verzeichnet, aber Ihr werdet es schon erkennen. Es ist ein großer Haufen schwarzer Steine zwischen niedrigen Hügeln, den einzigen in einem Umkreis von vielen Meilen. Dort werdet ihr mit Leuten zusammentreffen…"

„Welchen? Unseren? Gough wollte…"

„Sicheren Leuten." Er starrte mich durchdringend an. „Alles, was Ihr tun müsst, ist dahin zu kommen. Ich muss Euch nicht sagen, dass Ihr den Pandschab auf Eurem Rücken tragt. Wer auch immer den Jungen bekommt, es darf nicht die Khalsa sein, *mallum*? Er ist ein guter kleiner Reiter, also könnt Ihr ruhig ein flottes Tempo einhalten. Bei Sonnenaufgang in Jupindar, denkt daran. Genau nach Südosten und Ihr stolpert praktisch darüber."

Zum ersten Mal fühlte ich eher Aufregung als Furcht. Er hatte an alles gedacht, und es würde funktionieren. Wir würden es schaffen.

„Was noch?", fragte er. „Ah, ja, noch eine Sache… Dr. Josiah Harlan. Ich habe ihn vor Euch schlecht gemacht, und er hat jedes Wort verdient. Aber ich gestehe zu, dass er dieses Mal aufrichtig gehandelt hat, und ich neige dazu, meine Meinung zu revidieren. Nachdem das so ist, rate ich Euch, ihn genauer im Auge zu behalten als jemals zuvor. Das ist alles, denke ich…" Er unterbrach sich, vermied aber meinen Blick. „Nachdem Ihr der Maharani Euren Respekt erwiesen habt, könnt Ihr los."

Da *war* doch irgend etwas im Busch. Ein unruhiger Gardner war ein Anblick, den ich mir nie vorgestellt hatte, aber er kratzte seinen grauen Bart und hielt sein Gesicht abgewandt. Ich spürte eine seltsame Vorahnung. Er räusperte sich.

„Ah… hat Mangla Euch nichts gesagt?" Jetzt sah er mir voll ins Gesicht. „Mai Jeendan möchte Euch heiraten! So, jetzt ist es heraus."

Der Himmel weiß warum, meine erste Reaktion war ein Blick in den Spiegel an der Wand des Klassenzimmers. Ein glutäugiger Khyberie-Bandit starrte zurück, was keine Hilfe war. Es half auch nichts, wenn ich mich daran erinnerte, wie ich zivilisiert aussah. Und vielleicht hatte der Pandschab meine Fähigkeit, überrascht zu sein, erschöpft. Denn sobald der erste Schreck über dieses erstaunliche Angebot vergangen war, fühlte ich nichts außer immenser Dankbarkeit. Es ist eine Sache, das Herz einer Maid zu gewinnen und wirklich schön, aber wenn eine Männerfresserin, die die Besten zwischen Peshawar und Poona probiert hat, *Eureka!* ruft, dann ist es kein Wunder, wenn man einen Blick in den Spiegel wirft. Andererseits war es doch sehr ungewöhnlich, und meine ersten Worte waren instinktiv:

„Jesus, sie ist doch nicht etwa schwanger, oder?"

„Wie zum Teufel soll ich das wissen?", rief Gardner erstaunt. „Bei meinem Wort! Sir, ich habe es Euch gesagt! Also wisst Ihr Bescheid."

„Das geht nicht. Ich bin verheiratet, verdammt noch mal!"

„Das weiß ich – aber sie weiß es nicht, und das ist auch besser so – für den Augenblick." Er funkelte mich an und ging im Raum auf und ab, während ich mich auf einen Kindersessel sinken ließ, der unter mir nachgab. Gardner fluchte, riss mich auf die Beine und warf mich in den Sessel des Lehrers.

„Seht, Mr. Flashman", sagte er, „so ist es nun einmal. Mai

Jeendan ist eine Frau von seltsamem Charakter und sehr ungewöhnlichen Gewohnheiten, wie Ihr sehr gut wisst, aber sie ist keine Närrin. Seit Jahren hat sie überlegt, einen britischen Offizier zu heiraten, als Sicherstellung für sich und den Thron ihres Sohnes. Das ist politisch nur vernünftig, vor allem jetzt, wo Großbritanniens Hand auf dem Pandschab liegt. Seit Monaten – das ist die reine Wahrheit – haben ihre Agenten in Indien Porträts von in Frage kommenden Männern gesandt. Sie hatte sogar ein Bild des jungen Hardinge in ihrem Boudoir, so wahr mir Gott helfe! Wie Ihr wisst, hat sie auch eines von Euch, es war das Einzige, das sie nach Amritsar mitgenommen hat, und der Rest (eine ganze Menge) verstaubt inzwischen irgendwo."

Darauf konnte ich nichts erwidern. Ich hielt mein Miene ruhig und er baute sich vor mir auf, ziemlich streng.

„Nun gut, es ist unmöglich. Ihr habt eine Frau und selbst wenn Ihr keine hättet, so wage ich doch zu sagen, dass Ihr Eure Tage nicht als Gefährte einer Königin des Orients verbringen wollt. Ich selbst, auch wenn ich ihre vielen guten Eigenschaften bewundere", sagte er mit viel Gefühl, „würde mich mit Jeendan nicht für alle Baumwolle von Dixieland zusammentun, weiß Gott. Aber sie hat eine tiefe Zuneigung zu Euch – und jetzt ist nicht der Zeitpunkt, diese Zuneigung zu enttäuschen! Nordindien hängt in der Schwebe und sie ist das Zünglein an der Waage – stark genug, aber sie sollte nicht verstört werden, auf keinen Fall." Plötzlich unterbrach er sich und packte mein Handgelenk, sah mir tief in die Augen, so grimmig wie ein Frostriese. „Also, wenn Ihr sie in Kürze sehen werdet, werdet Ihr ihre Hoffnungen nicht enttäuschen. Ach, sie wird Euch keinen direkten Antrag machen – das ist nicht der Stil der Könige des Pandschab. Aber sie wird Euch aushorchen, Euch vielleicht anbieten, in die Dienste der Sikhs zu treten, nach dem Krieg, mit deutlichen Anspielungen auf ihre Absichten. Ihr stimmt am besten allem eifrig zu, um unser aller Willen, vor allem für Euch selbst. Entfesselt nicht den Zorn der Hölle, denkt daran." Er ließ los und richtete sich wieder auf. „Ich denke, Ihr wisst, wie Ihr..."

„Wie ich mit ihr umgehen muss? Ohja, bei Gott. Es ist trotzdem keine gute Sache. Was ist, wenn sie hinterher herausfindet, dass ich es gar nicht so gemeint habe?"

„Dann wird der Krieg vorbei sein und die Sache bedeutungslos", sagte er düster. „Ich denke, sie wird darüber hinwegkommen. Schmutziges Spiel, die Politik... Sie ist eine großartige Frau, trotz Alkohol und Laster. Ihr solltet Euch geehrt fühlen. Achja, habt Ihr eigentlich irgendwelche adeligen Verwandten?"

„Meine Mutter war eine Paget."

„Ist das etwas Besonderes? Macht lieber eine Herzogin aus ihr. Mai Jeendan liebt es, zu glauben, dass Ihr ein Lord seid, schließlich war sie einst mit einem Maharadscha verheiratet."[44]

Es stellte sich aber heraus, dass im Rosenboudoir meine Abstammung, aristokratisch oder nicht, gar nicht besprochen wurde, einfach, weil dafür keine Zeit war. Als Gardner davon geredet hatte, sie nicht zu enttäuschen, nahm ich an (und er ohne Zweifel auch), dass ich nicht ihre Hoffnung zerstören sollte, Mrs. Flashman zu werden. Daher trat ich ein, vorbereitet auf einen Austausch von Kopfnicken, zarten Hinweisen und schüchternen roten Wangen ihrerseits und feurigen Beteuerungen meinerseits. Erst als ich im Dunkeln blinzelnd dastand und zwei rundliche Arme sich von hinten um mich legten, das gewohnte angetrunkene Kichern neben meinem Ohr erklang und sie die Lampe stärker aufdrehte, um zu zeigen, dass sie nichts als Öl und Armbänder trug, kam mir der Verdacht, dass neue Beweise meiner Ergebenheit gefordert wurden. „Rasiert hast du mir besser gefallen", flüsterte sie (was meine alte Frage klärte) und Dalip oder kein Dalip, mir blieb nicht anderes übrig, als meine eifrige Zustimmung zu geben, wie Gardner es ausgedrückt hatte. Glücklichweise zog sie den wichtigen Teil des Aktes nicht zu sehr in die Länge, wie ich wusste. Ich musste noch nicht einmal meine Stiefel ausziehen. Ein schneller Ritt durch den Raum, und sie quietschte ihre Seele heraus. Dann ging es zurück zum Weinbecher und ekstatischen Seufzern, gemischt mit besäuseltem Gemurmel, wie einsam doch die Witwenschaft war und wie schön es wäre, wieder einen Mann im Haus zu haben... Ziemlich unzusammenhängend, müssen Sie wissen, aber doch unmissverständlich. Also antwortete ich mit begeisterten Beteuerungen.

„Du wirst für immer bei mir bleiben?", flüsterte sie und kuschelte sich an mich, und ich sagte, es solle nur jemand versuchen, mich aufzuhalten. Liebte ich sie wirklich? Natürlich tat ich das. Sie murmelte irgendetwas davon, dass sie Hardinge schreiben würde, und ich dachte, beim Himmel, das würde ihm sein Frühstück versauen, ganz bestimmt. Sie flüsterte noch ein paar trunkene Liebkosungen und küsste mich ausdauernd, dann wandte sie sich um und begann zu schnarchen.

So weit so gut, du hast deine Pflicht getan, dachte ich, während ich meine Kleider ordnete und hinausschlüpfte – mit einem letzten Blick auf ihren hübschen Körper, der im Licht der Lampe glitzerte. Ich dachte, ich würde sie das letzte Mal sehen, und ich mag, nette Erinnerungen. Aber zwanzig Minuten später, als Jassa und ich ungeduldig im Klassenzimmer herumliefen, und Gardner Manglas Trödelei verdammte, die den jungen Dalip bringen sollte, kam ein Kammerfrau herein und sagte, dass die *Kunwari* und der Maharadscha uns im Salon erwarteten. Das war ein schöner Raum nahe dem Boudoir, und dort saß die Mutter Aller Sikhs feierlich in ihrem Lehnstuhl. Eine respektable junge Matrone, wie man sie sich nur vorstellen kann, und ziemlich betrunken. Wie zum Teufel sie das in dieser kurzen Zeit geschafft hatte, ging über meinen Verstand.

Sie beruhigte den kleinen Dalip, der voll Zorn in einen Kindersari gehüllt neben ihr stand, komplett mit Schleier, Armbändern und Seidenschal um seine schmalen Schultern.

„Schaut mich nicht an!", rief er und wandte sein Gesicht ab. Sie streichelte ihn und küsste seine Tränen weg und flüsterte, dass er ein Maharadscha sein musste, denn er würde zu den Soldaten der Weißen Königin gehen und müsste seinem Haus und seinem Volk Ehre machen.

„Und dies hier begleitet dich, das Symbol deiner Herrschaft", sagte sie und hielt ein silbernes Juwelenkästchen vor sich, in dem der große Koh-i-Noor auf einem Bett aus Samt glitzerte. Sie schloss das Kästchen und hing die Kette um seinen Hals. „Bewache ihn gut, mein Lieber, er war der Schatz deines Vaters und hält die Ehre deines Volkes."

„Mit meinem Leben, Mama!", schluchzte er und hing an ihrem Hals. Sie weinte ein bisschen und drückte ihn eng an sich, dann stand sie auf und führte ihn zu mir.

„Flashman Sahib wird sich um dich kümmern", sagte sie, „also denke daran, ihm in allen Dingen zu gehorchen. Lebe wohl, mein kleiner Prinz, mein Liebling." Sie küsste ihn und legte seine Hand in meine. „Gott schütze Euch, Sahib – bis wir uns wiedersehen." Sie streckte ihre Hand aus, und ich küsste sie. Sie warf mir einen warmen, glasigen Blick zu und verzog ihren Mund ein bisschen. Dann schwankte sie leicht und ihre Kammerfrauen sprangen herbei, um sie zu stützen.

Schnell brachte Gardner uns fort. Jassa trug Dalip, damit wir schneller vorankamen. Wir eilten in den kleinen Hof, wo der *Palki* wartete. Mangla lief neben mir her und bestand darauf, dass Seine Majestät keine Orangen essen durfte, weil er davon Durchfall bekam, und da war noch eine Salbe für den Ausschlag auf seinem Arm und ein Brief an die Gouvernante, die für ihn in Indien engagiert werden sollte – „eine kashmirische Dame, sanft und belesen, wenn so jemand gefunden werden kann, keine strenge englische Mem-Sahib, denn er ist ja noch so klein. Ich habe Anweisungen für seine Ernährung und seinen Unterricht aufgeschrieben." Kidnapping ist eben nicht nur das Kind klauen. Gardner knurrte, dass die Tore in einer halben Stunde geschlossen würden. Wir stopften Dalip in den *Palki*. Jetzt jammerte er, dass er nicht gehen wollte, und klammerte sich an Mangla. Gardner begann zu kochen, während zwei seiner Schwarzen Wachen den Weg vor uns sicherten. Jassa und ich nahmen die Tragestangen auf. Mangla gab mir einen geschwinden Kuss auf die Wange und hinterließ einen leisen Hauch von Parfüm, als sie davon eilte. Im nachlassenden Tageslicht wandte Gardner sich an mich.

„Genau Süd-Ost, 40 Meilen, Jupindar-Felsen", grollte er. „Ich nehme an, wir werden Euch in Lahore nicht mehr wiedersehen, Mr. Flashman. Wäre ich Ihr, würde ich mich die nächsten 50 Jahre weit südlich des Sutlej aufhalten. Und das gilt doppelt für Euch, Josiah – Ihr habt Euer Glück sehr strapaziert, Doktor. Kommt mir noch einmal in die Nähe und ich könnte dafür sorgen, dass es Euch im Stich lässt. *Jao!*"

„Ja, Ihr und der gesamte Kongress!", erwiderte Jassa. „Geht und tauscht Eure Wachen aus, Gardner, das könnt Ihr."

„*Jao*, habe ich gesagt!", donnerte Gardner, und das Letzte, woran ich mich von ihm erinnere, ist das braune Falkengesicht mit dem wilden Schnurrbart, zu einem sauren Lächeln verzogen unter dem Tartan-*Puggaree*.

Wir kamen hinunter zur Buggywalla Doudy, gerade als die Sonne hinter der Badshai Musjit Moschee unterging, durch geschäftige, laute Menschenmassen, die keine Ahnung hatten, dass die beiden braven *Palki*-Träger ihren Herrscher zu ihren Feinden entführten. Der saß hinter seinen Vorhängen in Sari und Armbändern, leise vor sich hinweinend. Ahmed Shah war in ganz schlechter Laune, weil er zwei unserer Tiere hatte verkaufen müssen, was hieß, dass wir außer unseren eigenen Biestern nur noch fünf hatten. Jeder hatte also nur ein Ersatzpferd. Wir befestigten den *Palki* zwischen zweien der angeleinten Pferde. Ich steckte meinen Kopf hinein, um zu sehen, wie es Dalip ging, und er jammerte Mitleid erregend.

„Oh, Flashman Sahib – wann kann ich endlich diese schändlichen Kleider ablegen? Seht, Mangla hat meine Männerkleidung in diese Tasche gepackt und auch Kuchen und Süßigkeiten! Sie denkt immer daran..." Er streckte die Unterlippe vor. „Warum kann sie nicht mit uns kommen? Jetzt habe ich niemanden, der für mich singt, wenn ich schlafen gehe." Er begann zu weinen. „Ich möchte, dass Mangla hier ist!"

Mangla, wie Sie bemerken, nicht Mama. Nun, ich hätte sie auch nicht fortgeschickt. „Seht, Maharadscha", flüsterte ich, „Ihr könnt Eure Kleidung gleich anlegen und mit uns reiten wie ein Soldat, aber jetzt müsst Ihr ruhig und leise sein. Und wenn wir am Ziel unserer Reise ankommen, schaut, was ich da für Euch habe!" Ich war weit genug in den *Palki* hineingebeugt, um die Cooper für einen Augenblick aus meiner Schärpe zu ziehen, und er quiekte und ließ sich in die Polster zurückfallen, vor Freude die Hände über die Augen gelegt.

Gerade als die *Chowkidars* die Sperrstunde ausriefen, trabten wir unter dem Rushnai-Torbogen hindurch und umrundeten die Wälle zu dem kleinen Pappel-Wäldchen. Sie leuchteten rot in den letzten Strahlen der Sonne. Durch das Zwielicht waren wir außer Sichtweite des Tores, und ich verlor keine Zeit, Dalip aus seiner Sänfte herauszuholen. Ich wollte ihn so schnell wie möglich im Sattel haben und den mühseligen *Palki* zurücklassen, um viele Meilen zwischen uns und Lahore zu legen.

Er sprang eifrig heraus und riss sich Sari und Schleier herunter, die Armbänder verstreute er mit kindischen Flüchen. Er zitterte in seinem Hemd, während Jassa ihm in seine kleinen Jodhpurs half. Aus der zunehmenden Düsternis kam ein Trupp von *Gorracharra* geritten, der in aller Eile zu den Stadttoren unterwegs war, bevor sie für die Nacht schlossen. Es blieb keine Zeit, den Zwerg zu verstecken, wir mussten ruhig stehenbleiben, während sie vorbeitrabten. Und dann hielt ihr Offizier an und starrte auf das halbbekleidete Kind und die drei ungepflegten Pferdehändler, die es umgaben.

„Wohin wollt ihr um diese Zeit, Pferdeverkäufer?", rief er.

Ich antwortete schnell, in der Hoffnung, ihn fernzuhalten, denn selbst in dem schwachen Licht standen die Chancen Zehn zu Eins, dass er seinen Herrscher erkannte, wenn er noch näher kam.

„Nach Amritsar, Captain Sahib!", sagte ich. „Wir bringen den Sohn unseres Herrn zu seiner Großmutter, die krank ist und nach ihm verlangt. Beeil dich, Yakub, sonst erkältet sich das Kind noch!" Das galt Jassa, der Dalip in seinen Mantel half und ihn in den Sattel setzte. Ich sprang auf meinen mit klopfendem Herzen, ignorierte den Offizier und betete, der neugierige Kerl würde seiner Truppe nachreiten, die im Zwielicht verschwunden war.

„Wartet!" Er lehnte sich vor und starrte noch genauer hin – und entsetzt erkannte ich, dass Dalips Mantel das zeremonielle Ding aus Goldstoff war, das diese hirnlose Mangla eingepackt hatte. Selbst in diesem unsicheren Licht war er damit ein sehr unwahrscheinlicher Gefährte für drei abgerissene Banditen. „Der Sohn deines Herrn, sagst du? Ich will ihn mir ansehen!"

Er trieb sein Pferd zu uns, seine Hand fiel auf den Griff seiner Pistole – und wir drei handelten wie einer.

Jassa sprang in den Sattel und packte Dalips Zügel, im gleichen Augenblick schlug ich meine über den Rumpf des Pferdes. Ahmed Schah setzte seine Fersen ein und ritt genau in den herankommenden Sikh hinein, der aus dem Sattel fiel. Dann eilten wir über die *Maidan* davon, Dalip und Jassa voraus, mit Ahmed und mir hinterdrein, die reiterlosen Pferde donnerten neben uns einher. Aus dem Dunkel ertönte erst ein Schrei und dann das Krachen eines Schusses, und der kleine Dalip quietschte vor Freude und riss Jassa seine Zügel aus der Hand. „Ich kann reiten, Kerl! Lass mich allein! Ai-ee, *shabash*, *shabash*!"

Wir hätten nichts anderes tun können, er wäre sicher erkannt worden. Ich zog meinen Kompass heraus und brüllte Jassa zu, den Kurs nach backbord zu ändern. Wahrscheinlich war kein großer Schaden entstanden, dachte ich. Wir saßen auf frischen Pferden, während die *Gorracharra* den ganzen Tag im Sattel gewesen waren. Es würde Zeit brauchen, um irgendeine Verfolgertruppe in der Stadt auf die Beine zu stellen – falls sie es überhaupt für notwendig hielten, weil die Nacht hereinbrach. Es war gut möglich, dass sie erst nachfragen würden, ob das Kind einer reichen Familie vermisst wurde. Ich war mir sicher, der Offizier hatte uns für ganz normale Kidnapper gehalten, er hätte es niemals riskiert, auf uns zu schießen, hätte er gewusst, wer Dalip war. Und falls, durch irgendein unglaubliches Pech, herauskam, dass der Maharadscha sich abgeseilt hatte – dann wären wir schon über dem Fluss und weit weg.

Ich befahl nach ein paar Meilen einen ersten Halt, um die Gurte richtig festzuziehen, Bestandsaufnahme zu machen und zu sehen, wo wir waren. Danach ritten wir etwas langsamer weiter. Inzwischen war es pechschwarze Nacht. Auf der Straße hätten wir einen flotten Trab riskieren können, aber im offenen Gelände mussten wir uns auf schnellen Schritt beschränken. Der Mond würde erst in sechs oder sieben Stunden aufgehen, also mussten wir uns mit der Gewissheit zufrieden geben, dass die Dunkelheit unser Freund war und uns kein Verfolger finden konnte. Mittlerweile ging es geradewegs nach Südosten,

Dalip schlief in meiner Armbeuge. Kummer und Aufregung hatten ihn ganz erschöpft, kein Wunder, und mit *Tom Bowling* in den Schlaf gesungen zu werden, an Stelle von Manglas süßer Stimme, hatte ihn gar nicht gestört.

„Schlafen Soldaten so?", gähnte er. „Dann müsst Ihr mich wecken, wenn ich dran bin, Wache zu reiten, und Ihr ausruhen könnt…"

Es war eine mühselige Reise und kalt dazu, Stunde nach Stunde in der eisigen Dunkelheit, aber wenigstens ohne Störung. Als wir zwanzig Meilen hinter uns gebracht hatten, war ich überzeugt davon, dass es keine Verfolgung geben würde. Ungefähr um Mitternacht hielten wir, um die Pferde aus einem Bach trinken zu lassen und ein wenig Wärme in unsere erfrorenen Gliedmassen zu schütteln und zu stampfen. Über dem *Doab* lag schwaches Sternenlicht, und ich sagte gerade zu Jassa, dass wir jetzt wohl etwas schneller vorankommen würden, als Ahmed Shah uns rief.

Er hockte vor einem dicken Baumstamm und hatte seinen Säbel knapp über dem Boden hineingetrieben und den Finger auf die Klinge gelegt. Ich erinnerte mich an diesen alten Trick von Gentleman Jim Skinner, auf der Straße nach Gandamack. Und tatsächlich, nach einem Augenblick schüttelte Ahmed grimmig den Kopf.

„Reiter, *Husoor*. Zwanzig, vielleicht dreißig, Richtung Süden. Sie sind noch knappe fünf *Cos* hinter uns."

Ich bin ein überzeugter Anhänger kopfloser Flucht, vielleicht weil ich in meinem Leben schon so viele schreckliche Verfolger kennengelernt habe: Apachen in der Jornada, Udloko Zulus auf dem Veldt, Kosaken entlang dem Bogen des Arabat, Amazonen im Dschungel von Dahomey, chinesische Halsabschneider in den Straßen von Singapur… Kein Wunder, wenn meine Haare weiß sind. Aber es gibt Zeiten, wo man innehalten und nachdenken sollte, und das war eine davon. Niemand ritt in dieser Nacht im Bari *Doab* aus Spaß an der

Freude, also war es eine sichere Sache, dass unser neugieriger Offizier herausgefunden hatte, wer das kostbar gekleidete Kind gewesen war, und dass jeder Reiter der Garnison von Lahore das Land zwischen Kussoor und Amritsar absuchte. Gut, wir hatten Ersatzpferde, also war ein verlorenes Eisen oder ein verstauchter Fuß kein wirkliches Problem, unsere Verfolger mussten blind dahinreiten, denn nicht einmal ein australischer Buschmann hätte unserer Fährte auf diesem Boden folgen können. Sieben Meilen sind ein großer Vorsprung, wenn man nur noch 15 zu reiten hat und am Ziel Freunde warten. Trotzdem, dass man verfolgt wird, macht einen nervös, und wir beeilten uns die nächsten Meilen und hielten noch nicht einmal an, um zu lauschen, sondern ritten genau nach Südosten.

Als der Mond aufging, wechselten wir auf unsere Ersatzpferde. Ahmeds Ohr am Boden entdeckte gar nichts, und auf der Ebene hinter uns bewegte sich nichts. Wir waren jetzt in ziemlich offenem Land, mit ein paar schäbigen Büschen, gelegentlichen Flecken von Dschungel und hin und wieder einem kleinen Dorf. Als ich dachte, dass wir nur noch fünf Meilen vor uns hatten, verlangsamten wir zum Schritt, denn Dalip war aufgewacht und wollte etwas essen. Nachdem wir eine Weile gehalten und etwas zu uns genommen hatten, waren immer noch keine Verfolger zu hören, also war es nur vernünftig, eine Gangart zu wählen, die ihn weiterschlafen ließ. Natürlich wollte er das gar nicht, sondern stellte die ganze Zeit Fragen oder plauderte so viel, dass ich schon versucht war, ihm eine Kopfnuss zu verpassen. Tat ich natürlich nicht, es zahlt sich nicht aus, Hoheiten zu beleidigen, egal wie klein sie sind. Die werden auch mal groß.

Die Felsen von Jupindar waren immer noch nicht zu sehen, also dachte ich mir, dass wir ein oder zwei Grad vom Kurs abgekommen waren. Ich kletterte auf den erstbesten hohen Baum, um mich einmal umzusehen. Das Mondlicht erlaubte klare und meilenweite Sicht rundherum. Drei Meilen links von uns, erstreckte sich ein langgezogener Hügel mit einer Spitze aus verworrenen Steinbrocken – Jupindar, ganz sicher.

Gerade als ich herunterklettern wollte, fiel mein Blick auf den Weg, den wir gekommen waren – und ich fiel beinahe vom Baum.

Wir hatten gerade einen Dschungelstreifen durchquert, hinter dem der *Doab* bis zum Horizont so flach wie ein Brett war. Nicht ganz eine Meile entfernt kam eine Reihe von Reitern angetrabt, eine ganze Truppe und ordentlich auseinandergezogen, also eindeutig auf der Suche. Nur reguläre Kavallerie reitet so.

Wie ein erschreckter Affe kam ich vom Baum herunter und alarmierte Jassa, der Wache hielt, während der kleine Dalip hinter einem Busch hockte – der kleine Bastard musste doch irgendwo eine Orange erwischt haben, das war schon das dritte Mal seit Mitternacht. Eine kostbare Minute ging verloren, während er sich wieder anzog und blökte, dass er noch nicht fertig gewesen war. Jassa warf ihn beinahe in den Sattel, dann ging es davon mit trommelnden Pferdehufen auf die fernen Felsen zu, wo Freunde auf uns warteten, wenn Gardner nicht gelogen hatte.

Buschland und Bäume zogen sich eine Meile weit, bis wir die Felsen sehen konnten, auf der Spitze eines langgestreckten Abhanges voller kleiner Sandhügel – und dort, an unserer Flanke, kam der erste der Verfolger aus dem Dschungel. Ein schwacher Ruf ertönte in der frostigen Luft. Jetzt blieb nur noch ein Wettrennen nach Jupindar, bevor sie uns den Weg abschneiden konnten.

Es würde knapp werden, sehr knapp, denn unser südöstlicher Kurs hatte uns ein wenig zu weit geführt. Wir mussten im Winkel zurückreiten, während der Verfolgertrupp einfach nur vorwärts eilte. Die Entfernung spielte keine Rolle mehr, der beste Reiter würde der erste am Ziel sein – und das waren Lancer, ich konnte die langen Stangen sehen.

Gott sei es gedankt, der kleine Dalip konnte reiten. Sieben Jahre alt, verwöhnt, quengelig und von empfindlichem Gedärm mochte er sein, aber er hätte jederzeit bei einem Rennen meine Farben tragen dürfen. Er lag flach auf dem Pferderücken und sprach auf das Tier ein, wenn er nicht vor Aufregung kreischte. Sein langes Haar flog, als er über die trockenen kleinen Nullahs auf unserem Weg sprang. Er war mir eine Länge voraus, Jassa und Ahmed ganz knapp hinter mir. Als wir am Abhang angelangt waren, hatte sich unser Vorsprung vergrößert, aber in den Felsen, die drohend über uns aufragten, war kein Lebenszeichen zu sehen. Mein Gott, hatten sich Gardners Leute zum Rendezvous verspätet? Ich feuerte mit meiner Cooper einen Warnschuss ab. Im gleichen Augenblick stolperte Dalips Pferd. Ich dachte, er sei verloren, aber irgendwie musste er einen Tropfen Comanchenblut in den Adern haben. Er ließ die Zügel los und hielt sich an der Mähne fest, das Tier taumelte und stand dann wieder auf den Beinen, allerdings war es lahm und humpelte. Als ich vorbeiritt, hob ich ihn an seiner Schärpe aus dem Sattel und ließ ihn vor mir auf mein Pferd fallen. Aus dem Augenwinkel sah ich, wie die Lancer nicht weit hinter uns ebenfalls den Abhang hinaufritten. Jassas Pistole krachte – und gerade vor uns, ein großartiger Anblick, rasten Reiter von den Felsen von Jupindar herunter, zwei lange Trupps in vollem Galopp. Sie wichen uns aus, der eine Trupp bildete hinter uns eine Linie, der andere schwang in großem Bogen herum und kreiste unsere Verfolger ein.

Ich habe dieses Manöver noch nie besser ausgeführt gesehen. Es waren ungefähr 500 von ihnen, *Gorracharra*, so wie sie aussahen, die sich bewegten wie der Blitz. Schreie der Verwirrung erklangen hinter uns. Ich verlangsamte meinen Ritt und schaute zurück. Die Lancer wurden in ziemlicher Unordnung gegeneinander gedrängt, geschnappt wie die Katze im Sack von den beiden Reihen von Reitern, die sie vorne, hinten und an beiden Flanken umschlossen. Ein wunderbares Treffen im Mondenschein, dachte ich, Ihr habt doch wirklich fähige Freunde, Gardner. Der kleine Dalip hatte sich vor mir aufgerichtet, klatschte und jubelte, so laut er konnte, und Jassa und Ahmed kamen neben uns zum Stehen.

Ein Ruf erschallte über uns, und ich sah einen schmalen Spalt in den Felsen. An seinem Eingang stand eine Gruppe von Reitern in Rüstung und mit fähnchenbesetzten Lanzen. Über ihnen flatterte eine Standarte. Ganz vorne saß ein stämmiger alter Kerl in Helm und Stahlhemd, der die Hand hob und einen Gruß brüllte:

„Salaam, Maharadscha! Salaam Flashman *Bahadur*! *Sat-sree-akal*!"

Seine Gefährten nahmen den Ruf auf und kamen uns entgegen, aber ich hatte nur Augen für ihren Anführer, der über das ganze rötliche Gesicht und den weißen Backenbart grinste. Locker saß er auf seinem Pony, auch wenn er nur einen Fuß im Steigbügel hatte, weil der andere dick verbunden in einer seidenen Schlinge hing, die am Sattelhorn befestigt war.

„Ein frohes Wiedersehen, Afghanen-Töter!", rief Goolab Singh.

Vertrauenswürdige Leute würden uns treffen, hatte Gardner gesagt, und wie ein Einfaltspinsel hatte ich sein Wort akzeptiert, ohne nachzudenken. Er war ein so aufrichtiger weißer Mann, und ich war es gewohnt, ihn als treuen Verbündeten und Freund zu sehen – er hatte zweimal meinen Hals gerettet – dass ich glatt übersehen hatte, dass er im Verwirrspiel pandschabischer Politik noch andere Interessen vertrat. Na, er hatte mich wirklich hereingelegt – und Hardinge und Lawrence. Wir hatten Dalip Singh nur aus Lahore herausgeholt, damit er dem bärtigen alten Banditen in den Schoß fallen konnte, der mich von der anderen Seite des Feuers breit angrinste.

„Denkt nicht schlecht von Gurdana Khan", sagte er beruhigend. „Er hat Euch nicht verraten, auch nicht den *Malki lat*, er hat Euch eher einen Dienst erwiesen."

„Ich sehe schon, wie ich versuche, Sir Henry Hardinge davon zu überzeugen!", antwortete ich. „Unter all den doppelzüngigen Yankee-Schwindlern…"

„Nein, nein! Überlegt doch: Mai Jeendan, die Grund hat, um die Sicherheit ihres Sohnes zu fürchten, wollte ihn unter britischen Schutz schicken – gut! Für sie hat Gurdana Khan die Sache mit Euren Leuten ins Rollen gebracht – gut! Aber dann dachte mein Freund, dass das Kind viel besser unter mei-

315

nem Schutz aufgehoben wäre. Warum? Wenn die Khalsa erst gehört hätte, dass ihr König bei den Briten ist, hätten sie Verrat gewittert – ja, sie hätten Mai Jeendan vielleicht sogar ihre hübsche Kehle durchgeschnitten und einen neuen Maharadscha auf den Thron gesetzt, der diesen lästigen Krieg auf Jahre hinaus fortsetzen würde." Er schüttelte sein Haupt und sah ganz selbstzufrieden drein. „Aber, wenn sie erfahren, dass ich, der bewunderte Goolab, das Kind habe, werden sie nichts Böses denken. Sie haben mir erst vor kurzem den Thron und den Wazir-Titel angeboten und den Befehl über die Khalsa und was weiß ich noch alles, so sehr respektieren sie mich. Aber solchen Ehrgeiz habe ich nicht – über Lahore zu herrschen und ein schnelles Ende zu finden, wie Jawaheer und all die anderen glücklichen Besitzer dieses Schlangenthrones? Nicht ich, mein Freund! Kashmir genügt mir – und die Briten werden mich dort bestätigen, in Lahore aber niemals."

„Glaubt Ihr, dass sie das tun werden – nach dem hier? Ihr habt uns benutzt, und Gardner hat Euch dabei geholfen und Euch unterstützt…"

„Und welcher Schaden ist entstanden? Das Kind ist bei mir so sicher wie im Schoß seiner Mutter – sicherer, bei Gott, denn in meinem ist weniger los. Und wenn dieser Krieg vorbei ist, dann werde ich das Verdienst haben, ihn an der Hand zum *Malki lat* zu führen!", krähte der alte Schurke. „Ich werde meine Loyalität sowohl zu meinem Maharadscha wie auch zu den Briten beweisen!"

Und ich war unter Lebensgefahr durch die Festung von Lahore geschlichen, hatte ein Kind entführt und war von den Lancern der Khalsa gejagt worden, damit diese ältliche Zumutung am Ende gut dastand.

„Warum zum Teufel hat uns Gardner denn da überhaupt hineingezogen? Hättet Ihr den Jungen nicht selbst entführen können?"

„Mai Jeendan hätte es niemals erlaubt. Sie vertraut mir nicht!", sagte er und zuckte in völliger Unschuld die Achseln. "Nur an Flashman *Bahadur* wollte sie ihr kostbares Lämmchen übergeben. Ah, wie schön ist es, wenn man jung und hübsch und in vollem Saft ist und ein Brite!" Er zwinkerte mir zu und schüttelte sich vor Lachen. Dann füllte er meinen Becher erneut mit Brandy. „Auf Euer Wohl, Soldat! Wir sind zusammen gestanden und haben den kalten Stahl nicht gefürchtet! Ihr könnt dem alten Goolab doch nicht die Chance neiden, sich gut mit Euren Herren zu stellen!"

Das war doch das Letzte! Erstens hatte ich gar keine Wahl, und Faktum war, dass er mit Dalip, dem einzigen Maharadscha, der für alle Parteien akzeptabel war, die Trumpfkarte in der Hand hielt. Er hatte seit Monaten mit uns Kontakt gehabt und gleichzeitig bei der Khalsa den Anschein gewahrt. Jetzt waren die Würfel wohl endgültig zu unseren Gunsten gefallen, und er stellte sicher, dass er seine Bedingungen diktieren konnte. Und Hardinge konnte das nur schlucken und gute Miene machen – aber warum sollte er das nicht? Dalip und Jeendan fest im Sattel in Lahore und Goolab als Herr von Kashmir – das würde die Nordwestgrenze so sicher wie nie zuvor machen.

„Und es wird auch höchstens einen oder zwei Tage dauern", fuhr er fort. „Dann lege ich Dalip Maharadscha in die Arme des Sirkar. Ja, Flashman, der Krieg ist vorbei. Die Khalsa ist verraten und verkauft und nicht nur von Tej Singh. Sie fühlen sich sicher in ihrer starken Stellung in Sobraon, wo selbst der *Jangi lat* sie kaum angreifen kann und seien seine Kanonen noch so groß. Sie träumen nur noch davon, bis Delhi durchzubrechen!" Er lehnte sich vor und grinste wie ein fetter Tiger. „Aber gerade jetzt sind Pläne von dieser feinen Festung unterwegs zu Weißmantel Gough. Morgen werden eure Ingenieure jeden Graben und jeden Turm, jede Rampe und jede Kanonenstellung kennen, in dieser schönen Falle, die die Khalsa sich selbst gebaut hat. Ihre Festung? Es wird eher ihr Grab werden! Denn nicht ein Mann wird entkommen, und die Khalsa wird nichts mehr sein als eine böse Erinnerung!" Er füllte seinen Becher erneut, trank und leckte seine Lippen, Pickwick mit einem *Puggaree*. Wohlwollend nickte er mir zu. „Das ist meine Gabe an Eure Regierung, Bahadur? Denkt Ihr, es wird genug sein? Wird sie mir Kashmir erkaufen?"[45]

Es gibt einen Punkt, wo Verrat so vollständig und ohne jede Scham ist, dass man ihn Staatskunst nennt. Hätte das Glück uns verlassen, in Moodkee oder Ferozeshah, hätte dieser alte, geniale Barbar die Khalsa mit Herz und Seele bis nach Delhi angeführt, ohne jeden Zweifel. So, wie die Sache jetzt war, stellte er sicher, dass sie abgeschlachtet wurde, und freute sich noch darüber, wie der grausame Wilde, der er ja auch war. Ich wünsche mir oft, ich hätte ihn Bismarck vorstellen können, ein feines Paar hätten die beiden abgegeben.

Er hatte seine Glaubwürdigkeit für unsere Seite mehrfach bestätigt, und jetzt hatte er zu allem Überfluss auch noch Klein-Dalip. Das war seine Angelegenheit, und ich wünschte ihm viel Spaß dabei. Meine eigene Sorge war, dass ich meine eigentliche Mission verfehlt hatte, dank ihm und Gardner. Was würde Hardinge sagen?

„Nun, dass Ihr das Kind schon beinahe in Sicherheit hattet, die Reiter der Khalsa Euch aber hart auf den Fersen waren, und im letzten Augenblick kam der treue Goolab und rettete Euch und ihn! Das ist doch schließlich die Wahrheit, oder nicht? Und zwangsweise musstet Ihr den Jungen bei Goolab lassen, der sich einfach nicht von ihm trennen wollte, weil er für seine Sicherheit fürchtete, mit all diesen Khalsa-Banditen auf der Suche nach ihm!" Er grinste, trank noch einmal und wischte sich den Bart. Ich habe niemals einen Schurken gesehen, der so zufrieden mit sich selbst war. „Das wird eine heldenhafte Geschichte, wenn Ihr sie richtig erzählt!" Er starrte mich bedeutungsschwer an. „Wir werden alle etwas davon haben, Flashman Sahib."

Ich fragte, ziemlich sauer, was ich wohl davon haben würde, und er sah mich staunend an. „Was würdet Ihr Euch wünschen, das der König von Kashmir Euch geben kann, wenn er erst einmal seinen Thron bestiegen hat? Wenn Ihr es wünscht, gibt es gut bezahlte Arbeit dort oben. Ja, und ein herzliches Willkommen von der lustigen Witwe, meiner Schwägerin. Denkt darüber nach, *Bahadur*..."

Ironisch war das irgendwie – eine Königin hoffte mich zu heiraten, ein König bot mir goldene Berge, und alle meine weltlichen Wünsche bestanden darin, vom Colaba Causeway an Bord eines Indienfahrers zu gehen und nie wieder dieses dreckige, gefährliche Land zu sehen. Ich konnte nur meinem guten Stern danken, dass ich es so weit geschafft hatte, in dieses bequeme Lager am Felsen von Jupindar, wo ich mich an Goolabs Feuer ausruhte und betrank. Der kleine Dalip schlief fest in einem Zelt nebenan (Goolab war vor ihm fast auf dem Bauch gerutscht, aber der königliche Zwerg war zu fertig gewesen, um mehr zu tun, als es kühl anzunehmen und sich zusammenzurollen). Die Lancer der Khalsa waren entwaffnet und unter Bewachung, sie hatten es ohne viele Worte hingenommen, sobald sie entdeckt hatten, wer ihr Fänger war. Soweit war ich in Sicherheit, und alles, was ich noch tun konnte, war mich über den Fluss zu schleichen und meinen Fehlschlag Hardinge zu berichten – *das* würde ihn wirklich freuen.

Zu meiner eigenen Überraschung schlief ich tief und fest. Nach Mittag musste ich dann Dalip die Neuigkeit überbringen, dass er doch nicht mit mir zur Armee des Sirkar kommen würde, sondern eine Weile bei seinem Verwandten Goolab bleiben musste, bis es sicher genug war, dass er nach Hause zu seiner Mama zurückkehren konnte. Ich erwartete einen königlichen Wutanfall, aber er nahm es hin, ohne auch nur mit den Wimpern der großen braunen Augen zu zucken und nickte ernst, während er das Lager betrachtete, in dem es nur so von Goolabs Leuten wimmelte.

„Ja, ich verstehe schon. Sie sind viele, und ihr seid nur drei", sagte er. „Kann ich jetzt meine Pistole haben, Flashman *Bahadur?*"

Ich gestehe, das traf mich tief. Da stand er, noch nicht einmal so hoch wie zwei Nachttöpfe übereinander, war in Verkleidung aus dem Palast seiner Mutter geführt worden, man hatte ihm hinterhergeschossen und ihn durch die Nacht verfolgt, und jetzt war er in den Händen eines Schurken, von dem er nichts Gutes gehört haben konnte – aber alles, was ihm Sorgen machte, war die versprochene Pistole. Ohne Zweifel waren Sindiawalla-Prinzen an Aufregung und Ausflüge aus dem Kinderzimmer gewöhnt, und Gott allein weiß, was Kinder wirklich verstehen. Welche Fehler auch immer Dalip in späteren Jahren haben mochte, Feigheit wäre nicht darunter. Richtig Ehrfurcht gebietend war er.

Wir standen ein Stück entfernt von den anderen, während Goolab auf einem Teppich vor seinem Zelt seinen Morgentrunk zu sich nahm und uns aus dem Augenwinkel beobachtete. Jassa und Ahmed lümmelten bei den Pferden herum. Ich winkte Ahmed herbei und zog die Cooper aus meiner Schärpe. Dalip beobachtete mich mit großen Augen, als ich die Ladung herausnahm. Ich zeigte ihm den Mechanismus und legte die Waffe in seine kleine Hand. Er musste sie hoch oben auf den Griff legen, um den Abzug erreichen zu können.

„Ahmed Shah wird diese Munition für Euch aufbewahren, Maharadscha", sagte ich, „und für Euch laden, wenn es notwendig ist."

„Ich kann selbst laden!", sagte die Majestät und kämpfte tapfer mit dem Zylinder. „Und ich wünsche, dass die Pistole geladen wird – ich kann Diebe und *Badmashes* nicht mit einem leeren Spielzeug erschießen!"

Ich versicherte ihm, dass es hier keine Diebe gab, und er sah mich an, als wäre er vierzig Jahre alt. „Und der fette Bärtige dort drüben, der Dogra, den Ihr meinen Verwandten nennt? Mangla sagt, er würde einer Ziege ihren Kot stehlen!"

Das bedeutete nichts Gutes für Goolabs Beschützerrolle, ohje. „Nun, seht, Maharadscha, Radscha Goolab ist Euer Freund und wird Euch beschützen, bis Ihr nach Lahore zurückkehrt, was bald der Fall sein wird. Und Ahmed Shah hier wird bei Euch bleiben. Er ist ein Soldat des Sirkar und mein Kamerad, also müsst Ihr ihm in allen Dingen gehorchen." Da übertrieb ich ein wenig, denn ich kannte Ahmed kaum, aber er war ein Pathane Broadfoots und das Einzige, was ich tun konnte. Zu ihm sagte ich: „Bei deinem Leben, Yusufzai!", und er nickte und tippte an den Griff seiner Waffe. Dalip schaute ihn misstrauisch an.

„Kann er mir helfen, in der Not die Pistole abzufeuern? Nun gut, dann soll es so sein. Aber der große Bauch dort drüben ist trotzdem ein Dieb. Ich werde bei ihm bleiben und auf ihn hören, aber ich werde ihm nicht vertrauen. Er mag mich bewachen und mich dennoch berauben, weil ich noch klein bin."

Er untersuchte die Cooper, während er, im Flüsterton, dieses Urteil über Goolab Singhs Charakter abgab. Dann steckte er die Cooper in seine Schärpe und sprach mit klarer schriller Stimme.

„Eine Gabe für eine Gabe, *Bahadur*! Beugt Euer Haupt."

Verwundert trat ich zu ihm hin, und zu meinem Erstaunen nahm er das schwere silberne Kästchen von seinem Hals und warf die Kette mir über den Kopf. Einen Augenblick lang hielten mich seine kleinen Arme ganz fest, und ich fühlte, wie er zitterte, und seine Tränen netzten mein Gesicht. „Ich werde tapfer sein! Ich werde tapfer sein, *Bahadur*!", flüsterte er schluchzend. „Aber Ihr müsst ihn für mich aufbewahren, bis Ihr wieder nach Lahore kommt!" Dann setzte ich ihn ab und er rieb sich zornig die Augen. Goolab humpelte herbei, entschuldigte sich dafür, dass er Seine Majestät störte, und meinte, dass es Zeit für uns alle war, uns auf unsere verschiedenen Wege zu machen.

Ich fragte, wohin er den Maharadscha bringen würde, und er sagte, nicht weiter als bis Pettee, ein paar Meilen weiter, wo seine Kämpfer sich versammelten. Er hatte 40.000 aus Jumoo mitgebracht „falls der *Jangi lat* Hilfe gegen diese rebellischen Hunde von der Khalsa braucht, vielleicht können wir sie abschlachten, wenn sie aus Sobraon fliehen! Dann müssen wir sehen", er verbeugte sich so tief, wie sein Bauch es gerade noch zuließ, „dass Eure Majestät eine neue Armee bekommt, aus treuen Männern." Dalip nahm dies gnädig auf, was immer er auch wirklich denken mochte.

Es war Zeit zu gehen, und Jassa stieg neben mir auf. In diesem Augenblick wusste ich, dass er an Gardners kleiner Verschwörung nicht beteiligt gewesen war. Er schien so erstaunt wie ich gewesen zu sein, Goolab in Jupindar zu sehen. Aber das hätte auch Verstellung sein können – die Tatsache, dass er mit mir zu Hardinge zurückritt, war der Beweis für seine Unschuld. Ich salutierte ein letztes Mal vor Dalip, der klein und gefasst weit weg vom alten Goolab stand, dann ritten Jassa und ich von Jupindar nach Süden – den Schwanz zwischen die Beine geklemmt, wenn Sie so wollen. Und kristallisiertem Kohlenstoff im Wert von zwei Millionen Pfund um meinen Hals.

Er war ein schlaues Kind, der junge Dalip, weit über sein Alter hinaus, oder nicht? Er wusste, Goolab würde es nicht wagen, ihm etwas anzutun, aber sein Eigentum war eine ganz andere Sache. Hätte der alte Fuchs erraten, dass der Koh-i-Noor in seiner Reichweite war, dann hätte dieser wunderbare Schatz ganz bestimmt den Weg nach Kashmir gefunden. Und in seiner kindlichen Unschuld hatte Dalip ihn mir gegeben, damit ich ihn sicher aufbewahrte.

Ich brütete darüber nach, während wir an dem nebligen Nachmittag über den *Doab* nach Süden trabten. Langsam verschwand Jupindar hinter uns, und vor uns zeigte sich das weitentfernte Grün, wo der Sutlej verlief. Eigentlich hätte ich entscheiden sollen, wo wir übersetzen würden und wie weit wir von Sobraon entfernt waren, wo bald die Hölle losbrechen würde. Aber wenn das kostbarste Ding der Welt gegen den Bauch schlägt, hat man andere Gedanken. Und nicht nur wegen der riesenhaften Verantwortung. Alle Arten verrückter Fantasien flitzen durch den Kopf, nichts, was man ernst nehmen müsste, einfach nur wilde Gedanken – wie zum Beispiel das Haar zu bleichen und sich unter dem Namen Butterworth auf den Weg nach Valparaiso zu machen und nie wieder auch nur in die Nähe Englands zu kommen. Zwei Millionen Kröten, Gott helfe mir! Ja, aber wie wird man einen Diamanten von der Größe einer Mandarine wieder los? Nicht in Amsterdam. Höchstwahrscheinlich an irgendeinen betrügerischen Hai, der mich danach in eine Falle locken würde. Ich konnte mir vorstellen, wie ich in einem Verschlag langsam wahnsinnig wurde, aus Furcht vor einem Schatz, den ich aus lauter Angst nicht verkaufen konnte. Aber wenn man könnte... Und dann verschwand... Gott, das Leben, das man führen konnte – Ländereien, Paläste, Luxus im Überfluss, goldene Zigarrenschachteln und seidene Unterhosen, Trupps von Sklaven und Bataillone williger Frauen, Visionen von Xanadu und Babylon und grenzenlosem Rausch und Laster …

Nie wieder Kidney Pie – und nie wieder Elspeth. Keine sonnigen Tage bei Lord's, keine Spaziergänge über den Heymarket, keine Jagdausflüge, keine Spielhallen, kein englischer Regen, keine Horse Guards, keine Gläser voll Selbstgebrautem … Ah, was würde ich nicht für Elspeth nackt und fröhlich und ein Glas Oktoberbier und Brot mit Käse neben dem Bett geben! Alle Juwelen Golkondas können das nicht erkaufen, vorausgesetzt man hätte den Mut, mit ihnen zu fliehen, und ich wusste, ich hatte ihn nicht. Nein, den Koh-i-Noor verschwinden zu lassen, ist das Gleiche wie den Cricketschläger für den Gegner zu verwenden – man tut das nicht, aber es gibt keinen Grund, warum man darüber nicht nachdenken sollte.

„Wo wollt Ihr den Fluss überqueren, Leutnant?", fragte Jassa, und ich erkannte, dass er seit Jupindar nicht aufgehört hatte zu quatschen, voller Wut auf Gardner, und ich hatte kaum ein Wort mitbekommen. Ich fragte ihn, wo wir denn waren.

„Ungefähr fünf Meilen nordöstlich von der Furt von Nuggur. Das *Ghat* von Sobraon liegt kaum zehn Meilen im Osten – seht, der Rauch dort stammt sicher von den Linien der Sikhs." Er wies nach links, und am Horizont, über dem entfernten Grün, konnte man ihn hängen sehen wie dunklen Nebel. „Wir können uns Nuggur anschauen, und wenn die Furt nicht frei ist, können wir noch ein Stück flussabwärts gehen." Er machte eine Pause. „Zumindest könnt *Ihr* das."

Irgendetwas in seinem Ton ließ mich herumfahren – und ich sah in die sechs Läufe seiner Pistole. Er hatte ungefähr zehn Fuß hinter mir angehalten, ein hartes, starres Grinsen auf seinem hässlichen Gesicht.

„Was zur Hölle hast du vor?", rief ich. „Steck das verdammte Ding weg!"

„Nein, Sir", sagte er, „Ihr bleibt jetzt ganz still sitzen, denn ich will Euch nicht verletzen. Nein, Ihr werdet auch nicht toben und brüllen! Nehmt einfach das Kästchen und die Kette ab und werft sie mir zu – aber plötzlich!"

Einen Augenblick lang hatte ich gar nichts verstanden – ich hatte vergessen, wissen Sie, dass er ja dabei gewesen war, als Jeendan Dalip den Stein gezeigt und um den Hals gehängt hatte und auch, als Dalip mir den Behälter übergeben hatte. Dann:

„Du verdammter Narr!", rief ich, halb lachend. „*Das* kannst du nicht stehlen!"

„Ich würde nicht darauf wetten! Nun tut schon, was ich Euch gesagt habe!"

Ich ritt Ahmed Shahs Stute, zwei lange Pferdepistolen steckten in den Sattelhalftern, aber ich dachte nicht daran, nach ihnen zu greifen. Das war doch wirklich irre – hatte ich in der letzten halben Stunde nicht, ganz theoretisch, über das Gleiche nachgedacht?

„Harlan, du bist dumm!", sagte ich. „Mann, steck die Pistole weg und nimm Vernunft an! Das ist der Koh-i-Noor, und wir sind im Pandschab! Du kommst keine zwanzig Meilen weit, du steckst deinen Hals in die Schlinge."

„Mr. Flashman, seid still!", sagte er, und sein hartes Gesicht mit dem abstoßenden orangen Bart sah aus wie das eines erschreckten Affen. „Nun, Sir, werdet Ihr mir das Ding sofort überreichen, oder –"

„Halt!", sagte ich und nahm das polierte silberne Kästchen in die Hand. „Hör mir einen Augenblick zu. Ich weiß nicht, wieviele Karat dieses Ding hat oder wie du dir vorstellst, es in Geld zu verwandeln – selbst wenn du den Sikhs und erst recht der britischen Armee entkommst! Guter Gott, Mann, irgendjemand sieht ihn, und du wirst in Eisen gelegt – du kannst nicht hoffen, ihn zu verkaufen…"

„Ihr fordert meine Geduld heraus, mein Herr! Und Ihr vergesst, dass ich dieses Land kenne, tausend Meilen im Umkreis, besser als jeder andere lebendige Mensch! Ich kenne Juden in jeder Stadt von Prome bis Buchara, die dieses Stück Stein in zwanzig Teile spalten, schneller als Ihr spucken könnt!" Er schob seinen *Puggaree* zurück und hob die Waffe noch ein Stück höher. Trotz seiner Prahlerei zitterte seine Hand. „Ich will Euch nicht aus dem Sattel schießen, aber ich werde es tun, bei allem, was mir heilig ist!"

„Würdest du das?", fragte ich. „Gardner sagte, du würdest niemanden ermorden, aber er hatte Recht – du bist ein Dieb."

„Ja, er hatte Recht!", rief er. „Und hättet Ihr auf ihn gehört, dann würdet Ihr meine Geschichte verstehen!" Er grinste wie ein Wahnsinniger. „Ich bin ein halbes Leben lang dem Glück nachgelaufen und habe jede Gelegenheit ergriffen, die sich geboten hat! Ich werde sicher nicht die beste versäumen! Und Ihr könnt mir die Briten *und* den Pandschab auf den Hals hetzen, erst muss ein Krieg beendet werden, und es gibt mehr leere Pfade zwischen Kabul, Katmandu und Quetta, als je ein Mensch kennen kann – außer mir! Ich zähle bis drei."

Seine Knöchel um den Abzug waren weiß geworden, also zog ich die Kette über den Kopf, wog das Kästchen einen Augenblick in meiner Hand und warf es ihm dann zu. Er schnappte es an der Kette, sein fiebriger Blick wich nicht eine Sekunde von mir, und ließ es in seinen Stiefel gleiten. Seine Brust hob und senkte sich, und er leckte sich nervös die Lippen – Straßenraub war nicht wirklich sein Geschäft, das konnte man sehen.

„Nun steigt ab und haltet Eure Hände weit von diesen Knallbüchsen!" Ich stieg ab, er ließ sein Pferd tänzeln und nahm meine Zügel.

„Ihr lasst mich hier nicht ohne Pferd und unbewaffnet zurück, um Gottes Willen!", rief ich, und er ließ sein Pferd zurückgehen und zog meines mit, die Pistole immer noch auf mich gerichtet.

„Ihr seid weniger als zwei Stunden vom Fluss entfernt", sagte er und grinste ein wenig entspannter. „Nun, Leutnant, wir hatten unsere Hochs und Tiefs, aber ich trage Euch nichts nach. Tatsache ist, es tut mir fast Leid, mich von Euch zu trennen – Ihr seid von meiner Art, wisst Ihr." Er lachte schrill. „Deswegen biete ich Euch auch keine Partnerschaft bei Koh-i-Noor Unlimited an!"

„Ich würde auch nicht annehmen. Wie lange hast du das schon geplant?"

„Ungefähr zwanzig Minuten. Hier – fangt auf!" Er band die

Chaggle von Ahmeds Sattel los und warf sie mir zu. „Heißer Tag heute – trinkt einen Schluck auf mich!"

Er wandte sein Pferd herum und galoppierte davon, Richtung Norden. Mein Pferd nahm er mit und ließ mich allein im *Doab*. Ich wartete, bis der Busch ihn vor meiner Sicht verbarg, und rannte dann mit voller Kraft Richtung Nuggur-Furt. Ein Streifen Dschungel lag auf meinem Weg, und ich wollte in Deckung kommen. Während ich rannte, hielt ich die Hand auf meine Seite gelegt und fühlte die beruhigende Beule des Koh-i-Noor unter meiner Schärpe. Hin und wieder mag ich ja ein Idiot sein, aber wenn ich in der Gesellschaft von Leuten wie Dr. Josiah Harlan unbezahlbare Kostbarkeiten mit mir herumtrage, dann verstecke ich sie in den ersten fünf Minuten, da können Sie sicher sein.

Hätte er die Geistesgegenwart gehabt, das Kästchen zu öffnen – das wäre dann eine andere Geschichte gewesen. Aber wäre er so schlau gewesen, wäre es nie dazu gekommen, dass er überhaupt für Broadfoot den Botenjungen machen musste. Tatsache ist, trotz all seiner Erfahrung in Schurkereien war Jassa doch nur ein Pfuscher. Der Mann, der König sein wollte, es aber nie war…

Erst gestern sagte meine Großnichte Selina – die Hübsche, deren loses Benehmen mich beinahe dazu brachte, in der Baker Street einen Mord zu begehen, aber das ist eine andere Geschichte – dass sie Dickens nicht leiden mag, weil seine Bücher voller zufälliger Zusammentreffen sind. Ich antwortete ihr, indem ich ihr die Geschichte von dem Kerl erzählte, der in Frankreich sein Gewehr verlor und zwanzig Jahre später in Westafrika darüber stolperte[46]. Und hinzu fügte ich noch einen Bericht über mein seltsames Erlebnis, nachdem ich mich im *Doab* von Harlan getrennt hatte. Auch das war ein unglaubliches Zusammentreffen, wenn man so will, und verdammt komisches Glück, denn auch wenn es mir vielleicht das Leben gerettet hat, so führte es mich doch mitten in den letzten Akt des Krieges im Pandschab.

Sobald ich den Dschungelstreifen erreicht hatte, verbarg ich mich. Ich lachte die ganze Zeit in mich hinein, wenn ich an Jassa dachte, der sicher bald anhalten würde, um sich an seiner Beute zu freuen. Selbst wenn er herausfand, dass ich ihn hereingelegt hatte, würde er es niemals wagen, mich zu verfolgen. Also entschied ich mich, auszuruhen und den Fluss erst zu überqueren, wenn es Nacht geworden war. In meiner Kabuli-Verkleidung mochte ich als *Gorrachar* durchgehen, aber je weniger man von mir sah, desto besser war das. Ich plante, mein Dschungelnest ein paar Stunden vor dem Dunkelwerden zu verlassen, zum Fluss hinunterzulaufen und hinüberzuschwimmen. Er war keine 400 Yards breit. Am anderen Ufer konnte ich dann auf das Tageslicht warten.

Gegen Abend begann es heftig zu regnen, ich war froh über meinen Unterschlupf. Erst als das Licht langsam erlosch, kam ich heraus, auf einem ausgetretenen Pfad, der hinunter zum Sutlej führte. Er verlief durch einen kleinen Wald, und ich schritt kühn hindurch, weil ich schon begierig war, einen Blick auf den Fluss zu erhaschen. Da kam ich um eine Wegbiegung, und keine zwanzig Yards vor mir stand ein Trupp regulärer Khalsa-Kavallerie, die Pferde ordentlich angeleint, um ein Lagerfeuer versammelt. Es war zu spät zur Umkehr, also ging ich weiter, darauf vorbereitet, mir etwas ausdenken zu müssen. Erst als ich sie beinahe erreicht hatte, sah ich die sechs oder sieben Leichen, die von den Bäumen des Wäldchens hingen. Natürlich blieb ich vor Schreck stehen – und das war ein fataler Fehler. Sie sahen schon zu mir hin, und jetzt brüllte jemand einen Befehl. Bevor ich wusste, wie mir geschah, packten mich ein paar grinsende *Sowars* und schleppten mich vor einen bulligen *Daffadar*, der beim Feuer stand, sein Essgeschirr in der Hand und die Jacke offen. Böswillig sah er mich an und bürstete sich Krümel aus dem Bart.

„Noch einer von denen!", grollte er. „Ein *Gorrachar* bist du? Ja, dieser treulose Haufen! Und welche Geschichte willst du uns erzählen?"

„Welche Geschichte, *Daffadar* Sahib?", fragte ich verwirrt.

---

*Kavalleriekommandant von 10 Mann

"Keine! Ich …"

„Das ist aber eine Abwechslung! Die meisten von euch haben kranke Mütter!" Die Kerle brüllten vor Lachen. „Nun, *Gorrachchar*, wo ist dein Pferd? Deine Waffen? Dein Regiment?" Plötzlich warf er sein Essgeschirr beiseite und schlug mir links und rechts ins Gesicht. „Du feiger Abschaum!"

Für einen Augenblick verschlug es mir die Sinne, und ich begann, eine Geschichte von Räubern unterwegs zu erzählen. Er schlug mich wieder.

„Beraubt wurdest du? Und das haben sie dir gelassen?" Er riss das persische Messer mit dem Silbergriff aus meinem Stiefel. „Lügner! Du bist ein Deserteur! Wie diese Schweine dort!" Er wies mit dem Daumen auf die baumelnden Leichen, und ich sah, dass die meisten Überreste von Uniformen trugen. „Nun, du kannst dich ihnen wieder anschließen, du Aas! Hängt ihn auf!"

Es geschah so furchtbar plötzlich, es war so unmöglich – ich konnte nicht wissen, dass sie seit Wochen Jagd auf Deserteure aus fast allen Regimentern der Khalsa machten und sie auf der Stelle hängten, ohne jede Verhandlung oder Anhörung. Sie schleppten mich schon zu den Bäumen, als ich wieder zur Besinnung kam, und es gab nur einen Weg, um sie aufzuhalten.

„*Daffadar*!", brüllte ich. „Du stehst unter Arrest! Wegen Angriffs auf einen übergeordneten Offizier und versuchten Mordes! Ich bin Katte Khan, Captain und Adjutant des Sirdar Hera Sing Topi aus Courts Division." Das war ein Name, den ich vor Monaten einmal gehört hatte, der einzige, der mir einfallen wollte. „Du!", donnerte ich den gaffenden *Sowar* an, der meinen linken Arm hielt. „Nimm deine dreckigen Pfoten weg oder ich lasse dich erschießen! Ich werde euch beibringen, Hand an mich zu legen, ihr verdammten Povinda-Briganten!"

Sie waren gelähmt – was autoritäres Verhalten immer auslöst. Blitzschnell ließen sie mich los. Der *Daffadar* stand mit offenem Mund da und begann sogar damit, seine Jacke zuzuknöpfen. „Wir sind nicht von der Povinda-Division …"

„Schweig! Wo ist euer Offizier?"

„Im Dorf", sagte er widerspenstig und nur halb überzeugt.

„Wenn Ihr seid, was Ihr sagt…"

„Wenn? Willst du mich einen Lügner heißen?" Statt zu brüllen, flüsterte ich jetzt, was sie immer fertig macht. „*Daffadar*, ich gebe keine Erklärungen an Abschaum von der Straße! Hol deinen Offizier – *jao!*"

Jetzt war er überzeugt. „Ich bringe Euch zu ihm, Captain Sahib…"

„Du wirst ihn holen!", tobte ich, und er sprang ein paar Schritte zurück. Einer der *Sowars* eilte in schnellstem Galopp davon. Ich wandte ihnen den Rücken zu und wartete, damit sie nicht sahen, dass ich wie Espenlaub zitterte. Es war alles so schnell gegangen – sorgenlos in einer Minute und zum Tod verdammt in der nächsten – ich hatte keine Zeit für Angst gehabt, aber jetzt stand ich kurz vor einer Ohnmacht. Was sollte ich dem Offizier sagen? Ich zermarterte mir den Kopf – da hörte ich auch schon das Trommeln von Hufen und wandte mich um. Die zufällige Begegnung kam auf mich zu.

Es war ein hochgewachsener, gut aussehender Sikh. Seine gelbe Uniform wies den Dreck der letzten Wochen im Feld auf. Er hielt an und fragte den *Daffadar*, was zum Teufel denn los war. Dann schwang er sich aus dem Sattel und schritt auf mich zu – und zu meinem Erschrecken erkannte ich ihn, und jede Hoffnung, ich könnte meine Tarnung aufrecht erhalten, verschwand. Es war sehr wahrscheinlich, dass er mich auch erkannte, und wenn er das tat… Plötzlich schoss mir ein wilder Plan durch den Kopf. Bevor er noch ein Wort sagen konnte, hatte ich mich aufgerichtet, meine schönste Verbeugung gemacht und ihn im höflichsten Ton darum gebeten, seine Männer außer Hörweite zu schicken. Meine Art musste ihn beeindruckt haben, denn er winkte sie fort.

„Sardul Singh!", sagte ich leise, und er erschrak. „Ich bin Flashman. Vor sechs Monaten habt Ihr mich von Ferozepore nach Lahore geleitet. Es ist lebensnotwendig, dass diese Männer nie erfahren, dass ich ein britischer Offizier bin."

Er keuchte, trat näher und sah mich in der zunehmenden Dunkelheit genauer an. „Was zum Teufel tut Ihr hier?"

Ich holte tief Atem und betete. „Ich komme aus Lahore, von

der Maharani. An diesem Morgen war ich bei Radscha Goolab Singh, der jetzt in Pettee steht, mit seiner Armee. Ich war auf dem Weg zum *Malki lat*, mit Nachrichten von höchster Wichtigkeit, als zu meinem Unglück diese Kerle mich für einen Deserteuer hielten. Gott sei gedankt, dass Ihr es seid, der…"

„Wartet, wartet!", unterbrach er mich. „Ihr kommt aus Lahore – als Bote? Warum dann diese Verkleidung? Warum…?"

„Gesandte reisen in diesen Tagen nicht in Uniform", sagte ich und verlieh meinen Worten einen dringlichen Klang, so gut ich konnte. „Hört, ich sollte Euch das nicht sagen, aber ich muss – es laufen geheime Verhandlungen! Ich darf es nicht erklären, aber die gesamte Zukunft dieses Staates hängt davon ab! Ich muss ohne Verzögerung über den Fluss – die Angelegenheit ist besonders heikel, und meine Botschaften…"

„Wo habt Ihr die?"

„Wo? Häh? Oh, beim Herrn im Himmel, sie sind nicht niedergeschrieben. Hier sind sie!" Ich tippte mir an die Stirn, was sicher eine passende Geste war, wie Sie mir zustimmen werden.

„Aber Ihr habt doch sicher irgendein Dokument?"

„Nein, nein… Ich trage nichts bei mir, das mich verraten könnte. Das ist eine höchst vertrauliche Angelegenheit. Glaubt mir, Sardul Singh, jeder Augenblick ist kostbar. Ich muss insgeheim über den Fluss…"

„Einen Augenblick!", sagte er, und mein Herz wurde schwer. In seiner Miene war kein Misstrauen zu lesen, aber er war verdammt klug. „Wenn Ihr ungesehen reisen wolltet, warum seid Ihr dann unserer Armee so nahe gekommen? Warum nicht über Hurree-ke oder südlicher, bei Ferozepore?"

„Weil Hardinge Sahib mit der britischen Armee vor Sobraon steht! Ich musste diesen Weg nehmen!"

„Dennoch hättet Ihr außerhalb unserer Patrouillen den Fluss überqueren können und dadurch nur wenig Zeit verloren." Stirnrunzelnd sah er mich an. „Vergebt mir, aber Ihr könntet ein Spion sein. Es waren schon viele hier, die unsere Stellungen auskundschaften wollten."

„Ich gebe Euch mein Wort als Ehrenmann, dass ich kein

330

Spion bin! Was ich sage, ist die Wahrheit. Wenn Ihr mich hier festhaltet, könntet Ihr Eure Armee zum Untergang verdammen – wie auch die meine – und Euer Land zum Ruin."

Bei Gott, ich trug dick auf, aber meine einzige Hoffnung war, dass er, hochgebildeter Aristokrat, der er war, von den verzweifelten Intrigen und Ränken wusste, die mit diesem Krieg verwoben waren. Und wenn er mir glaubte, dann musste er schon ein verdammt kühner kleiner Offizier sein, der einen diplomatischen Kurier bei einer solch wichtigen Mission behinderte. Leider folgen die Gedanken kleiner Offiziere jedoch festen Bahnen, und seine waren keine Ausnahme. Im Angesicht einer schwierigen Entscheidung verwandelte sich meine kühne Eskorte auf der Straße nach Lahore in einen Sklaven der Pflicht und der Sicherheit.

„Das geht über meine Befugnis hinaus!" Er schüttelte seinen ansehnlichen Kopf. „Es mag so sein, wie Ihr sagt, aber ich kann Euch nicht gehen lassen! Ich habe nicht die Autorität. Mein Colonel wird entscheiden müssen."

Ich unternahm einen letzten verzweifelten Versuch. „Das wäre fatal! Wenn ein Wort über diese Verhandlungen bekannt wird, müssen sie scheitern!"

„Seid unbesorgt – mein Colonel ist ein sicherer Mann. Und er wird wissen, was zu tun ist." Erleichterung überkam ihn beim Gedanken, diese Last einer höheren Autorität übergeben zu können. „Ja, das wird das Beste sein – ich werde selbst zu ihm gehen, sobald unsere Wache beendet ist! Ihr könnt hier bleiben. Falls er entscheidet, Euch gehen zu lassen, werdet Ihr kaum Zeit verloren haben."

Ich versuchte es noch einmal, bestand darauf, wie wichtig jede Minute war, und bat ihn inständig, mir zu vertrauen, aber es hatte keinen Zweck. Der Colonel musste die Sache übernehmen. Während er zurück zu seinem Wachtposten im Dorf trottete, musste ich in Gesellschaft des *Daffadar* und seiner böse dreinblickenden Gesellen warten, ergeben in meine Gefangenschaft. Dieses infernalische Pech, so kurz vor dem Ziel! Es interessierte nicht die Bohne, ob sein Colonel meine abenteuerliche Geschichte glaubte – er würde mich niemals ziehen lassen, ohne die Angelegenheit noch höheren Orts vorzutragen, und Gott allein mochte wissen, wohin das noch führen würde. Sie würden es kaum wagen, mich schlecht zu behandeln, falls die Geschichte doch stimmte. Selbst wenn sie mir nicht glaubten, waren sie kaum so irre, mich als Spion zu erschießen, in dieser Phase des Krieges… Nunja, einige dieser Akalis waren blutdürstig genug…

Mit solch fröhlichen Überlegungen ließ ich mich in dem durchnässten Lager nieder. Es regnete inzwischen wieder heftig, und entweder war der Colonel ohne Erlaubnis verschwunden, oder Sardul hatte unglaublich lange gebraucht, vor Unsicherheit an seinen Fingernägeln zu kauen, denn es war schon tief in der Nacht, als er endlich zurückkam. Da war ich, erschöpft von Nässe und Verzweiflung, eingenickt. Als ich zu mir kam, weil Sardul mich an der Schulter schüttelte, wusste ich einen Augenblick lang gar nicht, wo ich war.

„Alles ist gut!", rief er. Eine gesegnete Sekunde lang glaubte ich, er würde mich so schnell wie möglich losschicken. „Ich habe mit dem Colonel Sahib gesprochen und ihm von Eurer diplomatischen Aufgabe erzählt." Er senkte die Stimme und starrte im Flackerlicht des Feuers unsicher um sich. „Der Colonel Sahib denkt, es ist das Beste, wenn er Euch gar nicht selbst sieht." Offensichtlich ein weiterer todesmutiger Schafskopf, der eigentlich auf die Stabsschule gehörte. „Er sagt, dies ist eine hochpolitische Angelegenheit. Deswegen soll ich Euch zu Tej Singh bringen. Kommt, ich habe ein Pferd für Euch!"

Hätte er mir gesagt, sie würden mich auf einen Jagdausflug nach Ooti schicken, wäre ich weniger erstaunt gewesen, aber seine nächsten Worte boten eine Erklärung.

„Der Colonel Sahib sagt, dass Tej Singh als Oberkommandierender sicher von diesen geheimen Verhandlungen weiß und entscheiden kann, was getan werden muss. Und weil er im Lager vor Sobraon ist, wird er in der Lage sein, Euch schnellstens zum *Malki lat* zu senden. Tatsächlich werdet Ihr früher bei ihm sein, als wenn ich Euch jetzt gehen ließe."

Das also hatte mir mein Gerede eingebracht! Sobraon, das Herz der zum Untergang verdammten Khalsa. Was hätte ich aber sonst tun sollen? Wenn man nur mehr eine Handbreit vom Aufhängen entfernt ist, sagt man eben das Nächstbeste, das einem einfällt. Zumindest würde ich bei Tej sicher sein, und er würde mich schnell genug zu Hardinge schicken. Eine Waffenstillstandsfahne, ein schneller Lauf zwischen den Stellungen, und ich wäre zum Frühstück zu Hause. Ja, falls die Hunde des Krieges in der Zwischenzeit nicht aus ihrem Zwinger ausbrachen. Was hatte Goolab gesagt? „Ein oder höchstens zwei Tage", bevor Gough in der letzten großen Schlacht die Stellungen der Khalsa stürmen würde.

„Dann nichts wie los!", rief ich und sprang in den Sattel. „Je früher, desto besser! Wie weit ist es – können wir beim ersten Licht dort sein?" Er sagte, es seien nur ein paar Meilen entlang dem Flussufer, aber weil dieser Weg vom Militär benutzt würde, sei es besser, einen kleinen Umweg um ihre Stellungen zu machen (und den bösen Flashy daran hindern, genau diese Stellungen auszuspionieren). Dennoch sollten wir kurz nach der Morgendämmerung dort ankommen.

Wir ritten los im regennassen Dunkel, der ganze Trupp – er wollte kein Risiko eingehen, dass ich ihm vielleicht doch noch durchging, meine Zügel waren fest am Sattel des *Daffadar* angebunden. Es war so schwarz wie die Sünde, und bei diesem Wetter würde es auch kein Mondlicht geben, also waren wir nicht viel schneller als zu Fuß. Bald hatte ich jede Orientierung verloren. Es war meine zweite Nacht im Sattel, ich war müde und wund und tropfnass und voller Angst. Alle paar Augenblicke nickte ich ein, nur um wieder hochzuschrecken und mich an der Mähne festzuhalten, damit ich nicht aus dem Sattel fiel. Wie weit wir kamen, bevor der mächtige Regenguss nachließ und der Himmel langsam heller wurde, weiß ich nicht mehr, aber bald sahen wir den *Doab* um uns herum, wo die Nebelschwaden schwer über dem Busch hingen. Vor uns schimmerten schwach ein paar Lichter, und Sardul hielt an. „Sobraon!"

˙Aber es war nur das Dorf dieses Namens, das eine oder zwei Meilen nördlich des Flusses liegt. Als wir es erreichten, mussten wir uns scharf rechts halten, um zu den Reservestellungen der Khalsa am nördlichen Ufer zu gelangen. Von dort überspannte die Bootsbrücke den Sutlej zu den Hauptbefestigungen am südlichen Ufer, die von Goughs Armee umringt waren. Als wir uns hinunter wandten und die Rückseite der Reservestellungen ansteuerten, flackerten Feuer und tanzten riesige Schatten im Nebel. Jetzt konnten wir die Grabensysteme auf beiden Flanken sehen, mit schweren Artilleriestellungen, die den Fluss bestreichen konnten, der immer noch vor uns außer Sicht lag. Als wir durch ein Meer aus aufgewühltem Schlamm zu den Linien trabten, ertönte aus den Trompeten das *Habt Acht!*, die Trommeln der Sikhs begannen zu dröhnen, Truppen schwärmten in die Gräben hinein, und von überall um uns herum kamen der Lärm und die Hektik einer sich in Bewegung setztenden Armee. Ein Riese, der aus dem Schlaf erwachte.

Ich wusste es nicht, und sie wussten es auch nicht, als Trommeln und Trompeten sie riefen, dass die Khalsa dem letzten Reveille antwortete. Gerade als wir uns durch die hinterste Linie bewegten, kam von irgendwoher jenseits der grauen Decke, die das Nordufer vor uns verhüllte, ein anderes Geräusch, betäubend durch seine Plötzlichkeit: Das Donnern der Kanonenschüsse im Tal des Sutlej, das den Boden unter unseren Füßen zum Erzittern brachte und durch den Morgennebel vibrierte. Außerhalb unserer Sicht, am südlichen Ufer, schlug ein alter Ire in einem weißen Mantel seinen Spazierstock ans Tor der Khalsa. Mein Herz sank mir in die Hose, als ich erkannte, dass ich eine knappe Stunde zu spät gekommen war. Die Schlacht von Sobraon hatte begonnen.

Der beste Ort, den Zusammenstoß zweier Armeen zu beobachten, ist an Bord eines Heißluftballons, nicht nur kann man genau sehen, was geschieht, sondern man ist auch sicher und außerhalb der Schussweite. Einmal habe ich das getan, in Paraguay, und es gibt nichts Besseres, vorausgesetzt, kein eifersüchtiges Schwein von einem Ehemann geht mit einer Axt auf das Kabel los. Der nächstbeste Platz ist eine Erhebung, wie die Sapoune in Balaklava oder die Hügel oberhalb des Little Bighorn. Wenn ich mit großem Sachwissen über diese beiden Gefechte sprechen kann, dann nicht deshalb, weil ich mittendrin war, sondern die Gelegenheit hatte, die Schlachtfelder unter mir zu betrachten.

Sobraon war genauso. Das nördliche Ufer des Sutlej ist höher als das südliche, man hat einen weiten Blick über das gesamte Schlachtfeld und noch viele Meilen dahinter. Ich sah allerdings eine weitere Stunde gar nichts, denn als die Kanonade begann, befahl Sardul einen Halt und ließ mich in der Obhut seines Trupps zurück. Er stob davon, um zu sehen, was im Gange war. Wir warteten in der nasskalten Dämmerung, während die Hilfstruppen der Sikhs in den Gräben und Artilleriestellungen habt Acht standen und die Kanoniere die Schürzen von ihren schweren Geschützen nahmen. Sie stapelten die Ladungen und rollten die großen 48-pfündigen Geschosse auf ihre Tragen, alles bereit zum Laden. Sie waren tapfere Leute, diese Artilleristen, bemannten ihre Stellungen ruhig und ordentlich, und ihre braunen bärtigen Gesichter starrten auf den Nebel über dem Fluss, der den Beschuss vor ihren Augen verbarg.

Sardul kam zurückgeeilt, er war toll vor Aufregung. Goughs Batterien hämmerten auf die Befestigungen am südlichen Ufer ein, allerdings ohne viel Schaden anzurichten, und die Kanonen der Sikhs antworteten Schuss für Schuss.

„Bald wird er angreifen und zurückgeworfen werden!", rief Sardul jubelnd. „Diese Stellung ist sicher, und wir können ungestört zu Tej Singh hinunter gehen. Kommt, *Bahadur*, es ist ein wundervoller Anblick! Einhundertfünfzig große Kanonen donnern gegeneinander – aber Euer *Jangi lat* hat einen schweren Fehler gemacht! Seine Reichweite ist zu groß, und er verschwendet sein Pulver! Kommt und seht!"

Ich glaubte ihm. Ich kannte Gough, er donnerte wahrscheinlich nur darauf los, um Hardinge zu gefallen, sicher konnte er kaum den Augenblick erwarten, an dem er seine Bajonette losschicken würde. Das würde bald sein, so wie es klang. Selbst wenn er das gesamte Magazin von Umballa mitgebracht hatte, konnte er diesen Beschuss nicht lange aufrecht erhalten.

„Noch nie hat es in Indien einen Kampf so schwerer Geschütze gegeben!", rief Sardul. „Ihr Rauch ist wie der einer brennenden Stadt! Oh welch ein Tag! Welch ein Tag!"

Er benahm sich wie ein Kind auf dem Jahrmarkt, als er mich den Weg zwischen den schweigenden Artilleriestellungen hinunter führte. Bald kamen wir zu einem kleinen flachen Landvorsprung, wo eine Gruppe von Stabsoffizieren der Sikh auf ihren Pferden saß. Sie sahen sehr tapfer aus in ihren Paradeuniformen. Nicht einmal einen Blick warfen sie uns zu, denn in diesem Augenblick hob sich der Nebel über dem Fluss, und ein erstaunlicher Anblick bot sich unseren Augen dar.

Zwanzig Fuß unterhalb des Vorsprungs wirbelten die öligen Fluten des Sutlej vorbei, die Blasen werfende braune Oberfläche war voller Treibgut, das sich an der großen Bootsbrücke sammelte, 400 Yards lang und mit massiven Ketten verankert, die den Fluss zum südlichen Ufer überspannte. In einem eine Meile breiten Halbmond, lagen die Khalsa in drei großen konzentrischen Halbkreisen aus Rampen, Gräben und Bastionen in Stellung. 30.000 kämpfende Sikhs standen dort unten, die Besten des Pandschab, mit dem Rücken zum Fluss und ihre siebzig großen Geschütze donnerten ihre Antwort in Richtung unserer Artilleriestellungen, die 1.000 Yards enfernt waren. Über der gesamten Festungsanlage hing schwarzer Pulverrauch, und über dem weit auseinandergezogenen Bogen unserer Stellungen stand er auch, aber dünner und sich schneller auflösend. Denn während ihre Batterien in der eine Meile breiten Festung konzentriert waren, lagen unsere sechzig Geschütze in einer Bogenlinie, die doppelt so lang war. Und Sardul hatte Recht – ihre Reichweite war zu groß. Ich sah, wie unsere Mörsergranaten hoch über den Stellungen der Sikhs zerbarsten – die schweren Kugeln rissen Fontänen von roter Erde in die Höhe, richteten aber sonst kaum Schaden an. Weit rechts schoss eine Raketenbatterie, ihre weißen Raufahnen durchkreuzten die schwarzen Wolken. An diesem Ende der Linien der Sikhs brannten ein paar Feuer, aber im gesamten vorderen Bereich der Befestigungen konnten ihre Kanoniere in aller Ruhe laden und schießen – Paddy würde diesen Wettkampf nicht gewinnen, das war sicher.

Selbst in dem Lärm der Kanonade hörten wir sie in ihren Gräben jenseits des Flusses jubeln, der blecherne Klang ihrer Militärmusik drang durch das Trommeln und den metallenen Klang der Zimbeln. Dann erstarben die Salven der britischen Kanonen, und der Rauch über unseren Stellungen verzog sich. Die Trompeten im Lager der Sikhs forderten zum Einstellen des Feuers auf. Bald verschwanden auch die letzten Schwaden über ihren Stellungen, und die Khalsa und die Company sahen einander in die Augen, getrennt durch eine halbe Meile buschbestandener Ebene und einzelne Dschungelflecken. Wie zwei Boxer, deren Sekundanten und Helfer gerade aufgehört haben, sie anzufeuern, schien jeder einen besseren Stand zu suchen und die Hände zu ballen, kurz bevor der Kampf losging.

Weil der Feind bequem hinter seinen Befestigungen lag, musste Gough den ersten Zug machen, und er tat es in klassischem Stil, mit einer geraden Linken. Ganz am Ende unserer rechten Flanke blitzte Stahl durch die letzten Reste des Nebels. Sardul hatte ein kleines Fernglas ans Auge gedrückt, das er mir jetzt gab. Mein Herz machte einen Sprung, als ich die weißen Mützendeckel und die roten Jacken plötzlich so nah sah. Die aufgesteckten Bajonette blinkten im ersten Sonnenlicht, vorne weg die Offiziere und die Trommler, die Fahne bewegte sich in der Brise – ich konnte sogar das eingestickte "X" erkennen, aber es musste meine Einbildungskraft sein, die mich die Pfeifen hören ließ.

Das 10. Lincoln-Regiment rückte in gerader Linie vor, die Waffen voran, während ihre Pferdeartillerie an ihrer Flanke vorbeizog. Die Tschakos und weißen Gürtel der Eingeborenen-Infanterie begleiteten sie. Dahinter kam ein weiteres britisches Regiment, aber ich konnte nicht erkennen welches. Unsere Kanonen begannen erneut zu donnern, weil Paddy seine letzten Ladungen als Deckungsfeuer über ihre Köpfe hinwegschießen ließ, und der Staub stieg in einer großen Wolke an der rechten Flanke der Khalsa auf.

Die Batterien der Sikh explodierten in Feuerstürmen, und ich sah, wie unsere Linien wankten, sich wieder fingen und weiter marschierten, bevor die Wolken aus Staub und Rauch sie vor unseren Blicken verbargen. Ganz außen rechts brach eine gewaltige Masse an Reitern aus den Befestigungen hervor, die in weitem Bogen unsere Raketenstellungen angriff, deren Geschosse oberhalb der vorrückenden Infanterie durch den Himmel rasten und in den Brustwehren explodierten. Die Reiter der Sikhs wichen unserer Flanke aus und gingen auf die Raketenstellung los wie ein Ire an einem Feiertag. Aber der Batteriekommandant musste die Gefahr erkannt und befohlen haben, die Raketenwerfer neu auszurichten. Er ließ sie bis auf kürzeste Distanz herankommen und löste dann sämtliche Raketen auf einmal aus. Sie zerbarsten mitten zwischen den Reitern, und ihr Angriff löste sich in einer Wolke aus weißem Rauch und roten Flammen auf.

Die Stabsleute schrien und deuteten plötzlich. Während Goughs linker Flügel sich durch den Rauch um die rechte Flanke der Sikhs schloss, bewegte sich etwas in den Hitzeschleiern draußen in der Ebene, noch vor den Büschen und dem Dschungel. Kleine Gestalten in Rot, Blau und Grün kamen in Sicht, lange auseinandergezogene Reihen, mit der Pferdeartillerie in regelmäßigen Abständen dazwischen. Ich wandte mein Glas ihnen zu, und da waren die gelben Streifen des 29., dort das Graubraun des 31., überall die roten Jacken und gekreuzten Gürtel der Eingeborenen-Infanterie. Das Rot und Blau der Queen's Own. An der Flanke die dunklen Gestalten der 9. Lancer und die blauen Mäntel und *Puggarees* der bengalischen Reiter. Die dunkelrot gestreiften Federn des 3. Leichten, die zwergenhaften Gurkhas, die laufen mussten, um mithalten zu können. Während ich sie noch betrachtete, lief eine silberne Welle durch ihre Reihen, als die großen blattförmigen Messer hervorkamen. Unsere gesamte Armee bewegte sich auf das Zentrum und die linke Seite der Stellungen der Khalsa zu – 20.000 Briten, Eingeborene, Infanterie, Reiterei und Artillerie, die bei einem Verhältnis von Zwei zu Drei angriffen. Die schweren Geschosse der Sikhs regneten auf sie herab und ließen Staubfahnen entlang des großen Angriffsbogens hochsteigen.

Alle vorderen Befestigungen explodierten und überschütteten das Feld mit einem Hagel von Kugeln und Schrot, die Szenerie wurde verborgen von dicken Schleiern aus Staub und Rauch. Mir blieb vor Entsetzen der Atem weg, denn es war wieder wie in Ferozeshah: Der wahnsinnige alte Kartoffelfresser riskierte alles im Kampf Mann gegen Mann. Aber damals waren die Sikhs noch müde von Moodkee gewesen, in Stellungen, die hastig gebaut und bemannt worden waren, während sie hier in einem kleinen Torres Vedras saßen. Die Wall- und Grabenanlagen waren zwanzig Fuß hoch, im Schussfeld von mörderischen drehbaren Geschützen und dicht gepackt mit *Tulwar*-schwingenden Fanatikern, die geradezu darauf brannten, für ihren Guru zu sterben. Das kannst du nicht machen, Paddy, dachte ich, dieses Mal geht es nicht auf, du rennst dir deinen sturen irischen Schädel an dieser Festung aus Stahl und Kugeln ein. Deine Armee wird in kleine Streifen zerfetzt, und du verlierst den Krieg und siehst Tipperary nie wieder, du umnachteter alter Moorkriecher.

„Kommt!", rief Sardul, und ich sah weg von dem aufsteigenden Rauch, hinter dem unsere Armee in den sicheren Tod vorrückte. Ich folgte ihm den matschigen Hang hinunter zur Bootsbrücke. Es waren große Barken, die Ruderbank an Ruderbank mit einander vertäut und mit schweren Baumstämmen gepflastert worden waren, um eine Straße zu schaffen, die so gerade und solide war wie trockener Boden. Hallo, dachte ich, an diesem Holzhaufen erkennt man die Hand eines weißen Mannes, Gott verdamme ihn, denn das hat kein Pandschabi gebaut. Wir donnerten über die Brücke mit unserem Begleittrupp und kamen im Rücken der Linien der Khalsa heraus. Ihre letzte Verteidigungslinie, wo der Generalstab die Operationen leitete. Adjutanten rannten zwischen den Zelten und Hütten hin und her, Karren mit Verwundeten rollten in Richtung der Brücke, und alles war in Aufregung und eifriger Tätitgkeit – aber es war ein diszipliniertes Durcheinander, wie mir auffiel, trotz des betäubenden Krachens von Geschützen und Musketen von den Kampflinien.

Eine kleine Gruppe aus höherrangigen Männern stand um

ein großes Modell der Befestigungsanlagen – ich sah nur einen winzigen Ausschnitt davon, aber es muss gut zwanzig Fuß groß gewesen sein, und jeder Graben, jeder Wall und jede Geschützstellung genau verzeichnet. Ein großartiger weißbärtiger Sirdar mit einer Kettenrüstung über seinem seidenen Hemd stieß mit einem langen Stab darauf ein und brüllte über den Lärm seine Befehle. Seine Zuhörer sandten Boten in den schwefeligen Rauch, der nach fünfzig Yards alles unsichtbar und das Atmen fast unmöglich machte. Das war ganz sicher das Oberkommando, aber kein Zeichen von Tej Singh, General und leitender Geist der Khalsa. Bis ich seine Stimme hörte, die in schrillem Kreischen den Lärm noch übertönte.

„Dreihundert und dreiunddreißig lange Reiskörner?", schrie er. „Dann hol sie, du Idiot! Bin ich ein Lebensmittelhändler? Hol einen Sack aus der Küche – lauf, du perverser Sohn einer schamlosen Mutter!"

Nahe dem Brückenkopf stand ein seltsames Ding wie ein großer Bienenstock, zehn Fuß hoch und aus Steinblöcken errichtet. Davor stand in voller Ausrüstung, mit goldenem Mantel, Helm mit Turban und juwelenbesetztem Schwertgürtel Tej selbst. Er war keine zehn Yards von der Stabsversammlung entfernt, aber er hätte in Bombay sein können, so wenig Beachtung schenkten sie einander. Vor ihm krümmten sich einige Gefolgsleute, ein *Chico* hielt einen bunten Schirm über seinen Kopf, und an einem Tisch in der Nähe des Eingangs in den Bienenstock saß ein uralter Wallah mit einem riesigen *Puggaree* und studierte Karten mit Hilfe eines Vergrößerungsglases. Dabei machte er sich Notizen. Mit einiger Belustigung beobachtete ein Europäer mit Keppi, langärmligem Hemd und Ziegenbärtchen die Szene.

Das ist es, was ich sah, durch den wirbelnden Rauch und all die Verwirrung, das Folgende ist, was ich durch den Donner der großen Schlacht, in der Indien gewonnen oder verloren wurde, hörte – und es ist die reine Wahrheit.

Alter Mann: Der innere Umfang ist zu schmal! Den Sternen nach muss er dreizehn und ein halbes Mal dem Bauchumfang Eurer Exzellenz entsprechen.

340

Tej: Mein Bauch? Was in Gottes Namen hat mein Bauch damit zu tun?

A.M.: Es ist der Unterschlupf Eurer Exzellenz und muss daher in Beziehung zu den Proportionen Eurer Exzellenz erbaut werden, oder der Einfluss Eurer Sterne wird ihn nicht schützen. Ich muss Euren Umfang kennen, genau über dem Nabel gemessen.

Europäer (zieht einen Zollmaßstock heraus): Mindestens eineinhalb Meter. Hier, man kann es in englischen Inches ablesen.

Tej: Ich soll jetzt meinen Bauch abmessen?

Europäer: Habt Ihr etwas anderes zu tun? Die Sirdars kümmern sich um die Verteidigung, und meine Befestigungen werden nicht überrannt werden, solange sie ordentlich bemannt sind. Nebenbei, dreihundertdreiunddreißig lange Reiskörner messen ungefähr dreieinviertel englische Yards.

A.M.: Die Messungen müssen ganz genau sein!

Europäer: Ein Reiskorn mag in den Sternen genau sein, aber nicht auf der Erde. Außerdem, Steine in der Stärke von drei Yards halten jedes Geschoss auf, dass uns die Briten entgegenschleudern können.

A.M.: Nicht, wenn der Umfang zu gering ist! Er muss vergrößert werden.

Europäer (achselzuckend): Oder der General muss abnehmen.

Tej (ziemlich wütend): Verdammt sollt Ihr sein, Hurbon… Und wer in Satans Namen seid ihr, und was wollt ihr?

Denn inzwischen stand Sardul Singh vor ihm, salutierte und flüsterte eindringlich. Tej zuckte zusammen und wandte mir einen Blick voll ungläubigen Staunens zu, als wäre ich ein Geist. Dann erholte er sich, winkte mir energisch und tauchte in den Bienenstock ab[47]. Ich folgte ihm und fand mich in einem winzigen kreisrunden Zimmer wieder, stickig und stinkend vom Rauch einer einzigen Öllampe. Tej warf die Türe zu, und der Lärm der Schlacht erstarb zu einem entfernten Murmeln. Er warf sich mir beinahe an den Hals, und seine dicken Wangen bebten.

„Seid Ihr es wirklich, lieber Freund? Ah, Gott sei gedankt! Ist es wahr? Gibt es wirklich geheime Verhandlungen?"

Ich sagte ihm, dass es keine gebe, dass es nur eine Lüge war, die ich Sardul in der Eingebung des Augenblicks erzählt hatte. Er ließ einen langen traurigen Seufzer hören.

„Was soll ich dann tun? Ich kann diese Wahnsinnigen nicht kontrollieren! Ihr habt sie draußen selbst gesehen – sie tun so, als ob ich nicht existiere, und reißen mein Kommando an sich, die meuterischen Schweine! Sham Singh befehligt die Verteidigung, und Eure Armee wird in Stücke zerschlagen werden! Ich habe diesen Kampf nicht gesucht!" Er begann zu toben und zu fluchen und schlug mit den Fäusten auf die Steine ein. „Wenn der *Jangi lat* geschlagen wird, was wird dann aus mir? Ich bin verloren! Ich bin verloren!" Und er ließ sich zu Boden sinken, zitterndes Fett in einem goldenen Mantel, weinte und tobte gegen Gough und Sham Sing und Jeendan und Lal Singh und jeden, der ihm einfallen wollte.

Ich störte ihn nicht dabei. Es mag die plötzliche Stille in dem kleinen Unterschlupf gewesen sein, aber zum ersten Mal seit Stunden war ich in der Lage klar zu denken und sank in tiefe angstvolle Überlegungen. Hier stand ich, durch eine seltsame Laune des Schicksals, ein Gefangener im Herzen des gegnerischen Lagers, im Augenblick der höchsten Krise des Empire, als noch alles in Schwebe hing – und eine kleine Stimme in meiner feigen Seele sagte mir, was zu tun war. Nur an das Risiko zu denken brachte mich zum Zittern. Außerdem, alles hing von einer Sache ab. Ich wartete, bis Tejs Gejammer wirklich laut wurde, glitt leise aus dem Bienenkorb, schloss die Türe und sah mich mit klopfendem Herzen um.

Überall herrschte dichtgedrängte Verwirrung, die Sicht lag bei armseligen zwanzig Yards, aber um die Kommandogruppe drängten sich jubelnde Sikhs, die tanzten und ihre *Tulwars* schwangen – also war unser erster Angriff fehlgeschlagen, obwohl das Dröhnen der Waffen so betäubend war wie vorher. Eine Pferdeartillerie-Mannschaft kam von der Brücke angerollt, ein verwundeter Offizier, sein blauer Mantel blutgetränkt, wurde von Dienern vorbeigetragen, der Europäer, Hurbon, bestieg gerade ein Pony[48] und ritt durch den Rauch davon. Der alte Astrologe murmelte immer noch über seinen

Sternkarten, aber das Eine, worauf ich gehofft hatte, war tatsächlich geschehen. Sardul Singh und sein Trupp, die ihre Pflicht getan und mich abgeliefert hatten, waren gegangen. Und weil die gesamte Aufmerksamkeit aller dem Todeskampf vor uns galt, kümmerte sich niemand um den großen Kabuli *Badmash*, der sich vor dem Versteck ihres Oberkommandierenden scheu herumdrückte.

Es war meine gottgegebene Chance, der Eingebung zu folgen, die mir gekommen war, während Tej zu meinen Füßen heulte. Ich straffte mich, flüsterte ein stilles Gebet, lief ein Dutzend langer Schritte und wurde immer schneller dabei. Mit einem letzten wilden Sprung warf ich mich vom Ufer in die kochenden Fluten des Sutlej.

Glaubt man der *Morning Post* oder dem *Keswick Reminder*, ich habe vergessen, welches Blatt es war (es könnte auch der *Lincoln, Rutland and Stamford Mercury* gewesen sein) wurde ich „von einer Horde wütender Feinde verfolgt, deren Schüsse das Wasser um mein Haupt herum aufspritzen ließen". Aber in Wahrheit sah niemand „meinen mutigen Sprung in die Freiheit", außer ein paar Dhobi-Wallahs, die in den Untiefen Wäsche wuschen (mutige Leute – Wäsche zu waschen, während die Schlacht tobte), was nur beweist, dass niemand dem vertrauen sollte, was er in der Presse liest. Ja, sie haben mir sogar nachgesagt, ich „hätte meine Bande zerrissen" und im Laufe meiner Flucht „aus den Klauen der Sikh-Khalsa" ein paar „kräftige Feinde" niedergestochen – ich habe das nie behauptet. Die Fakten sind so, wie ich sie erzählt habe, und wenn ich sie für Henry Lawrence ein wenig ausgeschmückt habe, so waren doch diese sensationslüsternen Presseberichte der pure Unsinn. Aber es ist ein Gesetz der Journalisten, dass Helden niemals etwas Gewöhnliches tun dürfen. Wenn Flashy, der Hektor von Afghanistan, höchst widerwillig den Rückzug antritt, dann muss ihm eine heulende Armee auf den Fersen sein, oder die Abonennten kündigen.

Sie, die Sie die Wahrheit über mein unrühmliches Entkommen kennen, werden vielleicht vor Abscheu aufschreien, dass ich in der Stunde der Not desertiert bin – ich wünsche Ihnen viel Spass dabei. Ich werde noch nicht einmal sagen, dass es keinen Zweck gehabt hätte zu bleiben, oder vorgeben, dass ich eine Bombe auf das Oberkommando der Khalsa geworfen hätte, falls eine zur Hand gewesen wäre, bevor ich abgehauen bin. Ich wollte einfach nur fliehen. Der Sutlej rief mich. Als ich hastig vom Südufer fortschwamm, war ich darauf vorbereitet, mich den ganzen Weg bis Ferozepore treiben zu lassen und freute mich darüber, dass die Flut mich über Feind und Freund gleichermaßen hinweg trug. Und das hätte sie auch getan, wenn der Fluss nicht sieben Fuß über seinem Normalpegel angeschwollen gewesen wäre. Es hatte sich eine Strömung entwickelt, die mich fast diagonal zum nördlichen Ufer hinzog, so sehr ich auch strampelte, ich konnte einfach nicht in der Mitte des Flusses schwimmen. Ein schrecklicher Wirbel wollte mich in die Tiefe ziehen. Ich bin ein guter Schwimmer, aber ein angeschwollener Fluss ist eine furchterregende Sache, und ich war halb ertrunken, als ich plötzlich in den nördlichen Untiefen war und mich spuckend und keuchend auf das lehmige Ufer hinaufkämpfte.

Ich lag dort ein paar Minuten und schnappte nach Luft. Als ich zwischen dem Schilf hindurch sah, lag das äußerste Ende der Befestigungen vor mir, und die Bootsbrücke war bestenfalls eine halbe Meile weiter flussaufwärts. Das bedeutete, über mir lagen die Reservebatterien, an denen wir auf dem Weg herunter vorbei gekommen waren, und wenn ein gelangweilter Kanonier zufällig nach unten sah, lag ich wie ein Fisch auf dem Servierteller.

Ich glitt durch das Schilf und verfluchte mein Pech, während ich an den Fuß des Steilabhangs kroch. Über mir, gerade unterhalb des überhängenden Randes lag etwas, das aussah wie ein sandiger Sims. Wenn ich dort hinaufklettern konnte, wäre ich gegen Blicke von oben und unten geschützt, also begann ich, den Abhang hinauf zu klettern. In dem feuchten Lehm fand ich Halt für Finger und Zehen. Es war schwierig, aber meine größte Angst war, dass jeden Moment ein dunkler Kopf über dem Rand erscheinen und mich anrufen konnte. Nahe dem oberen Ende konnte ich sie in ihren Stellungen schwatzen hören, die glücklicherweise ungefähr zwanzig Yards vom Rand entfernt lagen. Ich kletterte die letzten Yards, und das Herz schlug mir bis zum Hals, dann war ich auf dem Sims und stellte hocherfreut fest, dass es etwa ein Yard unter den Überhang zurückreichte. Sekunden später lag ich flach, sicher verborgen, aber mit einem guten Ausblick eine Meile den Fluss hinauf und hinüber auf die Stellungen der Khalsa am südlichen Ufer. Und dort, vor meinen Augen, fand die große Schlacht von Sobraon statt.

Jeder Soldat wird Ihnen sagen, dass sich in der Hitze des Gefechts Augenblicke und Geräusche so ins Gedächtnis einprägen, dass sie fünfzig Jahre und mehr lebendig bleiben, aber man verliert jedes Zeitgefühl. Ich *sehe* immer noch George Pagets Zigarre zwischen seinen Zähnen, als er sich aus dem Sattel lehnte, um mich in der Stellung von Balaklava wieder auf die Füße zu ziehen. Ich *höre* Custers seltsames leises Husten, als er rückwärts taumelte, während ihm das Blut aus dem Mund tropfte – aber wie lange diese Geschehnisse dauerten, weiß Gott allein. Balaklava dauerte zwanzig Minuten, wie man mir sagte, und Greasy Grass ungefähr fünfzehn – ich war bei beiden von Anfang bis Ende dabei, und ich hätte sie auf mindestens eine Stunde geschätzt. In Sobraon, wo ich zugegebenermaßen mehr Zuschauer als Handelnder war, war es genau umgekehrt. Von dem Augenblick an, als Sardul und ich über die Brücke ritten, bis zu dem Zeitpunkt, als ich mich auf das Sims zog, hätte ich gedacht, es sei eine halbe Stunde vergangen. Tatsächlich waren es zwei bis drei Stunden, und in diesem Zeitraum hatte Tej über die Größe seines Verstecks gestritten, ich das Wasser des Sutlej gallonenweise getrunken und Sobraon war gewonnen und verloren worden. Und so lief es ab.

Der Angriff unseres linken Flügels, dessen Zeuge ich geworden war, war unter schweren Verlusten zurückgeschlagen worden. Unser Vorrücken auf das Zentrum und die andere Flanke war nur als Finte beabsichtigt gewesen, aber als Paddy sah, dass unsere Linke zusammenbrach, änderte er die Finte in einen *pukka* Angriff, durch einen mörderischen Geschosshagel. Irgendwie überlebten unserer Männer ihn und stürmten die Verteidigungsstellungen entlang fast der gesamten gebogenen Frontlinie von zweieinhalb Meilen. Beinahe eine Stunde dauerte das grässliche Gemetzel in den Gräben und auf Wällen. Unsere Leute wurden wieder und wieder zurückgeschlagen, aber sie griffen immer weiter an, britische und indische Bajonette und Gurkha-Messer gegen die *Tulwars*, ein einziges furchtbares Schlachten, weder Manövrieren noch taktischer Kampf, sondern Kampf Mann gegen Mann – das war Kämpfen, wie Paddy Gough es verstand. Und anscheinend waren die Sikhs nur zu glücklich, ihm den Gefallen zu tun.

Sie kämpften wie Wahnsinnige – und das war vielleicht ihr Untergang, denn wann immer eine unserer Attacken zurückgeschlagen wurde, sprangen sie in die Gräben, um unsere Verwundeten zu verstümmeln. Nun, das tut man nicht mit Engländern, Sepoys und Gurkhas, wenn man weiß, was gut für einen ist – unsere Leute stürmten mit blanker Mordlust gegen sie an, und wenn die Sturmleitern nicht lang genug waren, dann stiegen sie einander auf die Schultern und auf die Haufen der Toten. Sie holten die Sikhs wie mit Heugabeln aus ihren vordersten Gräben, beinahe ohne einen Schuss abzugeben. Gute Bajonettkämpfer schlagen Schwert- und Speerkämpfer fast immer. Sie drängten die Sikhs über zwanzig Yards zurück, bis zu deren zweiter Linie, wo ihre Artillerie sich zum Standhalten entschlossen hatte. Jetzt zeigte Paddy, dass er auch ein General war und nicht nur ein Wilder.

Von meinem Beobachtungspunkt aus war die zweite Linie der Sikhs eine knappe halbe Meile entfernt, und ich sah ihre Kanoniere ganz deutlich, denn der Wind trieb den Rauch flussabwärts davon. Sie schossen mit ihren Feldgeschützen, den drehbaren Kanonen und ihren Musketen, bis sie rotglühend waren. Die Linie sah aus, als würde alles brennen, so beständig ertönte das Donnern der Ladungen, die das Feld bestrichen und in einem Staubsturm beinahe die vordersten Gräben verbargen, über die unsere Infanterie und die Pferdeartillerie vordrang. Zwischen der zweiten Linie der Sikhs und dem Fluss formierten sich Infanterie und Kavallerie der Khalsa neu und bereiteten sich auf einen Gegenangriff vor, sollten sie dazu eine Chance bekommen. Gough stellte sicher, dass dies nicht geschah.

Unmittelbar mir gegenüber gab es plötzlich eine furchtbare Explosion in den Gräben an den Flanken der zweiten Linie. Körper flogen wie Puppen durch die Luft, ein Feldgeschütz wirbelte über den Boden, und eine hohe Säule aus Staub stieg auf, wie ein Dschinn aus der Flasche. Als sie sich endlich verzogen hatte, sah ich, dass unsere Sappeure einen großen Riss in die Wälle gesprengt hatten – und wer kam da durchgetrabt? Niemand anderer als der alte Joe Thackwell, so gemütlich wie auf der Rennbahn, mit einem einzigen Trupp der 3. Leichten, die sofort eine Linie bildeten, als sie die Wälle hinter sich gebracht hatten. Hinter ihnen kamen die blauen *Puggarees* und weißen Hosen der bengalischen Irregulären. Bevor die Sikhs wussten, wie ihnen geschah, stellte sich Joe in seinen Steigbügeln auf, schwenkte seinen Säbel, und das 3. Leichte fiel den Kanonieren in den *Rücken*. Sie schoben die unterstützende Infanterie einfach beiseite, ritten und schlugen alles in ihrem Weg nieder. In einem kurzen Augenblick verwandelte sich die zweite Linie in ein Durcheinander aus Männern und Pferden und blitzenden Säbeln, und da hinein stürzten sich die Bengalis wie ein Donnerschlag. Weiter unten überschwemmte unsere Infanterie die Wälle, eine Welle aus roten Jacken und Bajonetten. In Minuten brach die gesamte Linie zusammen. Die Bataillone der Khalsa ließen sich in die dritte Linie, nur wenige Yards vom Fluss, zurückfallen. Aber sie rannten nicht, sie zogen sich zurück wie Wachen und schossen Salve nach Salve auf unsere vorrückenden Männer. Die Bengalis und Dragoner griffen sie von vorne und von den Seiten an, und unsere Pferdeartillerie rollte durch die äußeren Linien, um ihre Geschütze auf die zum Untergang verurteile Armee der Sikhs abzufeuern.

Jetzt war es vorbei. Fest wie ein Felsen sahen sie aus, wie sie da standen, im Bogen des Flusses, nach Regimentern und Schwadronen geordnet, mit aufgerichteten Standarten. Vor ihnen lagen die Haufen ihrer Toten, und sie waren eingekesselt von einem Feind, der das Verhältnis von Drei zu Zwei durch schiere Sturheit überwunden hatte, und sie hatten ihre Artillerie verloren. Jetzt, als die Pferdeartillerie und die Feldgeschütze große Löcher in ihre Reihen rissen, konnten sie nur mit Musketen und Stahl die Angriffe unserer Kavallerie und das stetige Vorrücken der Infanterie beantworten. Sie wankten und fielen zurück, beinahe Schritt für Schritt, kämpfend um jeden Fußbreit Boden – und ich wartete darauf, dass die Standarten fielen als Zeichen der Aufgabe. Aber das taten sie nicht. Die Khalsa, die Reinen, starben in ihren Stiefeln. Ihre Sirdars und Generäle kletterten auf die berstenden Wälle und hießen sie auszuhalten. Ich sah sogar die hochgewachsene Gestalt des alten Schlachtrosses, das das Oberkommando geführt hatte. Er stand auf einer zerbrochenen Lafette, seine weißen Gewänder leuchteten im Sonnenlicht. Am Arm trug er seinen Schild, und sein *Tulwar* war hoch erhoben, er sah aus wie die Verkörperung des Geistes der Khalsa. Dann verhüllte Rauch ihn vor meinem Blick, und als der sich verzog, war er verschwunden.[49]

Dann brachen sie zusammen. Es war, als würde ein Damm brechen. Erst rannte eine Handvoll Männer in Richtung des Flusses, dann gab der Hauptteil der Armee nach, und plötzlich hatte sich die großartige Armee, welche ich in Maian Mir bewundert hatte, in eine Masse von Flüchtlingen verwandelt, die zu der Bootsbrücke zurückrannten. Auf beiden Seiten der Brücke stürzten Männer in den Fluss. Sie versuchten auch entlang des Flussufers in beide Richtungen zu entkommen. In wenigen Augenblicken war die Brücke verstopft mit kämpfenden Männern und Pferden, und selbst Geschütz-Mannschaften, die vergeblich versuchten, auf die andere Seite zu kommen. Das pure Gewicht und die Kraft des Flusses verbogen die lange Reihe von Barken flussabwärts wie einen gigantischen Bogen, der zum Zerreißen gespannt wurde. Sie schwankte hin und her, schon halb unter Wasser, und dann zerbrach sie, die beiden Enden trieben auseinander und die aneinandergedrängten tausenden Männer wurden in die Fluten geschleudert.

Die gesamte Breite des Flusses unter mir war bedeckt von Männern, Pferden und Trümmerstücken, die schnell vorbeitrieben. Es war wie beim Holzeinschlag, wenn man das Wasser nicht mehr sehen kann, wegen der treibenden Baumstämme, aber hier waren es Menschen und Tiere und Ausrüstungsteile, die von der Kraft der Strömung immer stärker ineinander verstrickt wurden. Umgedrehte Barken, schwarz von Männern, die sich an sie klammerten, stießen zusammen, rollten herum und verloren sich in der Gischt oder wurden auf die Schlammbänke geworfen. Zum ersten Mal hörte ich über dem Krachen der Schüsse auch menschliche Geräusche, die Schreie der Verwundeten und Ertrinkenden. Einige mögen diesen ersten furchtbaren Mahlstrom überlebt haben, als die Brücke nachgab, aber nicht viele, denn während sie noch von der Strömung flussabwärts gerissen wurden, erreichte unsere Pferdeartillerie das Flussufer, richtete ihre Geschütze aus, feuerte, was das Zeug hielt, über die ganze Breite des Flusses mit Kartätschen und verwandelte ihn in ein schäumendes Schlachthaus. Die Yankees sprechen davon, *Fische in einem Faß* zu erschießen – das war das Schicksal der Khalsa, treibend und hilflos im Sutlej. Oberhalb der Brücke war das Schlachten sogar noch schlimmer, denn dort war das Wasser flacher. Als die große dichtgedrängte Masse an Flüchtlingen sich durch die Furt kämpfte, geriet sie ins Kreuzfeuer von Musketen und Artillerie. Selbst jene, denen es gelang, das Nordufer zu erreichen, wurden vom tödlichen Hagel der Kartätschen erreicht, während sie sich das Ufer hinaufschleppten. Wie man mir sagte, gelang es nur wenigen, sich in Sicherheit zu bringen.

Unter mir trieben Körper, teilweise still, teilweise noch zappelnd vorbei oder wurden ans Ufer geschwemmt von einer braunen Flut, die von grässlichen roten Streifen durchzogen war. Nahe am Ufer, wo die Strömung am stärksten war, hatten sich die Wasser des Sutlej in Blut verwandelt.

Genau gegenüber von meiner Stellung sah ich die roten Jacken unserer Infanterie, Briten und Inder, entlang der Flussufer. Sie schossen so schnell, wie sie laden konnten. Unter ihnen waren Pferdeartillerie und eroberte Drehgeschütze, die ihr Feuer auf den zerschlagenen Rest der Armee richteten. Schüsse schlugen in dem Ufer unter mir ein. Ich kroch sofort zurück in mein Versteck, flach auf dem Boden und krallte mich in die Erde, als wollte ich mich eingraben. Wie lange es dauerte, kann ich nicht sagen, zehn Minuten vielleicht, und dann ließ diese höllische Kanonade nach. Eine Trompete auf der anderen Seite blies den Befehl zum Feuereinstellen. Langsam schwiegen die Geschütze, und das einzige Geräusch in meinen halb tauben Ohren war der vorbeiströmende Fluss.

Ich lag dort eine gute halbe Stunde, zu erschüttert um mich von Mutter Erdes Busen zu lösen, dann kroch ich auf dem Sims nach vorne und blickte nach unten. Unter mir, soweit ich sehen konnte, war das Ufer dicht bepackt mit Leichen, einige auf den Ufern selbst, andere schaukelten sanft im scharlachroten flachen Wasser. Noch mehr trieben in der Strömung vorbei. Draußen im Fluss waren die niedrigen Schlammbänke bedeckt von ihnen. Hier und dort bewegten sich ein paar, aber ich erinnere mich nicht daran, auch nur einen einzigen Schrei gehört zu haben. Das war der unheimliche Teil, denn auf jedem anderen Schlachtfeld, das ich je gesehen habe, übertönte der ununterbrochene Chor von Schreien und Gejammer das leise Stöhnen der Verwundeten und Sterbenden. Hier war nichts außer dem Plätschern des Flusses im Schilf. Ich lag und starrte im grellen Mittagslicht hinunter, zu erschöpft, um mich zu bewegen, und langsam, langsam trieben keine Körper mehr von der oberen Furt, der zerbrochenen Brücke und den rauchenden Linien von Sobraon vorbei. Dann kamen die Geier, aber davon wollen Sie bestimmt nichts hören, so wenig wie ich zusehen wollte. Ich schloss meine brennenden Augen und legte den Kopf auf die Arme. Ich hörte das weit entfernte Krachen von Explosionen vom anderen Ufer, als die Feuer in den Linien der Sikhs die aufgegebenen Magazine erreichten. Die Hütten an den Brückenköpfen brannten auch, und der Rauch hing tief über dem Fluss.

Wenn Sie sich wundern, warum ich einfach liegenblieb, es war teilweise Erschöpfung, aber größtenteils Vorsicht. Ich wusste, es musste auf meiner Seite des Flusses Überlebende geben, zweifellos voller Hass und Zorn, und ich hatte nicht den Wunsch, sie zu treffen. Aus den Reservestellungen hinter mir kam kein Laut, und ich konnte mir vorstellen, dass sich die Artilleristen der Sikhs verabschiedet hatten. Aber ich bewegte mich nicht, bis ich sicher war, dass die Gegend ruhig und Freunde bei der Hand waren. Ich bezweifelte, dass unsere Leute heute noch über den Fluss setzen würden. Die Kompanie war sicher hundemüde und würde ihre Wunden verbinden, die Stiefel ausziehen und Gott danken, dass es zu Ende war.

Denn jetzt war es zu Ende, keine Frage. Wissen Sie, in den meisten Kriegen ist das Töten nur das Mittel für den politischen Zweck, aber in dem Feldzug am Sutlej war es selbst der Zweck. Dieser Krieg war ausgefochten worden, um die Khalsa auszurotten, mit Stumpf und Stiel, und das Ergebnis lag in ungezählten Tausenden an den Ufern unterhalb von Sobraon. Die Herrscher und Anführer der Sikhs hatten ihn geplant, die Company hatte ihn ausgeführt, und die Khalsa war zum Opfer geschritten. *Salaam Khalsa-ji. Sat-sree-askal.* Höchste Zeit war es.

„Für diesen kleinen Jungen. Für ihre Ehre." Gardners Worte kamen wieder, als ich auf dem sandigen Sims lag und ließen die Bilder der Erinnerung an mir vorbeiziehen, wie am Rande des Schlafes. Die bärtigen Gesichter dieser großartigen Bataillone, bei der Musterung in Maian Mir und wie sie durch das Moochee-Tor in den Krieg zogen. Imam Shah, der auf den Unterrock auf seinen Stiefeln starrte, Maka Khan grimmig und aufrecht, während die *Panches* hinter ihm brüllten: „Nach Delhi! Nach London!" Jener rasende Akali, den Arm ausgestreckt in wilden Anschuldigungen, Sardul Singh, der vor Aufregung schrie, als wir zum Fluss hinabritten, der alte *Rissaldar-Major*, dem Tränen übers Gesicht strömten …

Und eine rote und goldene Houri, die in ihrem Durbar ihren Lastern nachging, sie betrunken herausforderte, beschwor und gewann. Wie sie halb nackt über der blutenden Leiche ihres Bruders stand, das blanke Schwert in der Hand: „Ich werde euch zerstören, im Namen Gottes, mit dessen Willen ihr so freizügig umgeht!" Sie hatte es getan. Für Jawaheer war bezahlt worden.

Und wenn Sie mich fragen, was sie gedacht hätte, hätte sie an diesem Tag durch einen magischen Kristall das Ergebnis ihres Tuns an den Ufern des Sutlej sehen können, ich schätze, sie hätte gelächelt, noch einen Becher getrunken, sich gestreckt und nach Rai und der Python gerufen.

Man sagt, 10.000 Männer der Khalsa starben im Sutlej. Mir machte es damals nichts aus und heute noch immer nicht. Sie haben damit angefangen, und die Hölle wird sich ihrer annehmen, wie der alte Colin Campbell zu sagen pflegte. Und wenn Sie mir sagen, dass der Tod jedes einzelnen Mannes auch mir schadet, dann sage ich Ihnen, dass er ihm bestimmt noch mehr schadet, und wenn er ein Sikh der Khalsa ist, dann geschieht es ihm Recht.

Wenn Sie mich kennen, werden Sie sich über meine Hartherzigkeit nicht wundern, aber vielleicht fragen Sie sich, warum Paddy Gough, ein freundlicher alter Knochen, so gnadenlos auf sie eingeschlagen hat, nachdem sie schon längst geschlagen und auf der Flucht waren. Nun, er hatte gute Gründe. Einer davon war, dass man einen tapferen Feind nicht in Ruhe lässt, bis er um Gnade bettelt, was die Sikhs auf keinen Fall getan hätten. Ich hätte ihnen auch nicht getraut, wenn sie es getan hätten. Man hat auch nicht viel Nächstenliebe für einen Feind übrig, der keine Gefangenen macht und nichts lieber tut, als Verwundete abzuschlachten, wie es sowohl in Ferozeshah als auch in Sobraon geschehen war. Selbst wenn Gough das Schlachten hätte beenden wollen, bezweifle ich, dass irgend jemand auf ihn gehört hätte.[50]

Aber die beste Begründung, die Khalsa zu töten, war, wenn zu viele von ihnen entkommen wären, dass die ganze grässliche Angelegenheit noch einmal von vorne losging und wieder das Leben von Briten und Sepoys gefordert hätte. Das ist etwas, dass die Moralisten übersehen (oder was sie wahrscheinlich keinen Deut kümmert), wenn sie schreien: „Gnade für den geschlagenen Feind!" Was sie damit tatsächlich sagen, ist: „Bringt unsere Leute morgen um, statt heute unsere Feinde." Aber sie mögen es nicht, wenn man das ihnen so sagt, sie wollen ihre Kriege sauber und ordentlich gewonnen haben, mit einem reinen Gewissen (Offensichtlich sind ihre Gewissen viel kostbarer als die Leben ihrer Soldaten). Nun, das mag schon recht nett sein, wenn man im Liberal Club sitzt und sich nach einem ordentlichen Dinner den Bauch mit Portwein füllt. Aber würde man die Glocke läuten und statt einem Steward antwortete ein Akali mit einem *Tulwar*, dann würde man seine Meinung vielleicht ändern. Entfernung führt immer zu erleuchteten Einsichten, wie ich festgestellt habe.

Weil ich selbst der Sache so nahe war, war meine einzige Sorge, nachdem ich die Nacht irgendwie verschlafen hatte, sicher davon zu kommen und mich wieder der Armee anzuschließen. Die Schwierigkeit war aber, dass ich, als ich aus meinem Versteck hervorkroch und aufstand, wieder umfiel und beinahe über den Rand des Simses gestürzt wäre. Ich versuchte es noch einmal, mit dem gleichen Ergebnis, und dann fiel mir auf, dass mein Kopf schmerzte, ich mich ziemlich schlecht und krank fühlte, ich schwitzte wie ein Husky in der Wüste, und irgendein infernalischer Sutlej-Bazillus tanzte in meinen Eingeweiden Polka. Es war die Ruhr, die von einem verdammten Ärgernis bis zu einer tödlichen Krankheit alles sein kann, einen aber selbst im besten Fall so schwach wie eine Ratte macht. Das ist sehr unpraktisch, wenn die nächste Hilfe zwanzig Meilen weit weg ist. Auch wenn ich unsere Hörner *Charlie, Charlie across the River* spielen hören konnte, war ich doch zu schwach, um mehr als ein Wimmern hervorzubringen oder gar zu schwimmen.

Indem ich mich größtenteils auf Händen und Knien bewegte, untersuchte ich vorsichtig die Artilleriestellungen auf meinem Ufer. Glücklicherweise waren sie leer, die Reserve der Sikhs war abgezogen und hatte ihre Kanonen mitgenommen. Aber das war nur ein kleiner Trost, und ich überlegte ernsthaft, hinunter zum leichenbedeckten Flussufer zu kriechen, ein Stück Holz zu finden und mich bis zum *Ghat* von Ferozepore treiben zu lassen. Doch aus dem Nebel der Morgendämmerung tauchte der hübscheste Anblick auf, den ich in diesem Jahr gesehen hatte: die blauen Uniformen und roten *Puggarees* einer Truppe einheimischer Kavallerie, mit einem kleinen weißen Fähnrich an der Spitze. Ich winkte und jaulte schwach, und nachdem ich ihn davon überzeugt hatte, dass ich kein flüchtender *Gorrachar* war und die unvermeidliche, herzerwärmende Antwort („Nicht *der Flashman* – der Flashman von Afghanistan?! Na, so etwas!") erhalten hatte, kamen wir ausgezeichnet miteinander aus.

Sie waren vom 8. Leichten Kavallerieregiment von Grays Division, das bei Attaree den Fluss bewacht hatte und dann herbeibefohlen worden war, sobald Gough davon überzeugt war, dass er die Schlacht gewonnen hatte. Noch mehr von unseren Truppen überschritten den Fluss beim *Ghat* von Ferozepore und bei der Furt von Nuggur, denn Paddy hatte es eilig damit, das nördliche Flussufer zu sichern und mit den Überresten der Khalsa aufzuräumen, bevor ihnen irgendein Unsinn einfiel. 10.000 waren aus Sobraon entkommen, mit all ihrer Reserveartillerie, und angeblich waren noch einmal 20.000 irgendwo auf der Straße von Amritsar wie auch in den Festungen auf den Hügeln – viel mehr Leute, als wir selbst im Feld stehen hatten.

„Aber die sind keine Bohne mehr wert!", rief der weißhäutige Junge. „Das Gerücht besagt, dass ihre Sirdars abgehauen sind und sie weder Munition noch Lebensmittel haben. Und die Hiebe, die sie gestern bekommen haben, haben ihnen bestimmt die Flausen ausgetrieben!" Bedauern war in seiner Stimme. „Wart Ihr mitten drin? Gott, ich wünschte, ich hätte so viel Glück gehabt wie Ihr! So ein Pech zu haben, am Fluss auf und ab zu latschen und noch nicht einmal einen Sikh zu riechen in der ganzen Zeit! Was würde ich nicht dafür geben, die Schurken einmal aufschlitzen zu können!"

Durch dieses Geschwätz und weil ich jede halbe Meile in die Büsche taumeln musste, während der Trupp taktvoll in die andere Richtung schaute, war ich in ziemlich schlechtem Zustand, als wir die Furt von Nuggur erreichten. Dort steckten sie mich in eine Hängematte in einer improvisierten *Basha*, und ein eingeborener Hilfsmediziner füllte mich mit Zeug ab. Ich gab meinem kleinen Feuerfresser eine kurze Notiz für

Lawrence mit, wo immer der auch sein mochte, in der ich meinen Aufenthaltsort bekanntgab und in welchem Zustand ich war. Nach einigen Tagen in dieser schimmeligen Hütte, während ich den Eidechsen zusah, wie sie auf den verrottenden Balken hin- und herhuschten, und mir wünschte, ich wäre tot, erhielt ich die folgende Antwort:

Politisches Department
Lager, Kussoor
13. Februar 1846

> Mein lieber Flashman – ich freue mich, Euch in Sicherheit zu wissen, und vertraue darauf, dass Ihr bei Erhalt dieses Schreibens so weit wiederhergestellt seid, dass Ihr Euch mir ohne Verzögerung wieder anschließen könnt. Die Angelegenheit ist dringend.
>
> **H.M. Lawrence**

Das freute mich überhaupt nicht, das kann ich Ihnen sagen. *Dringende Angelegenheiten* waren das Letzte, was ich noch brauchte. Aber die Nachricht war auch beruhigend, denn es stand kein Wort über mein Fiasco mit Dalip darin. Ich war mir sicher, dass Goolab keine Zeit verloren hatte, Hardinge und Lawrence zu sagen, dass er sich um den Jungen kümmerte wie eine Mutterhenne um ihr Küken. Trotzdem hatte ich mich nicht gerade mit Ruhm bedeckt, und weil ich wusste, wie wenig Hardinge mich mochte, erstaunte es mich, dass ich so dringend gebraucht wurde. Ich hätte eher gedacht, er würde mich auf Abstand halten, bis die Friedensverhandlungen abgeschlossen waren. Ich wusste, für die innere Ruhe aller Beteiligten, über diesen ganzen pandschabischen Irrsinn viel zu viel. Jetzt würden sie alles zu gegenseitiger Zufriedenheit und allseitigem Gewinn regeln, mit vielen schönen unsinnigen Worten. Keine der beiden Seiten wollte daran erinnert werden, welche Intrigen und Schurkereien in Moodkee, Ferozeshah und Sobraon abgelaufen waren. Alles würde für alle leichter sein, wenn der Hauptdarsteller der Geschichte nicht mit wissendem Lächeln in einer Ecke des Durbar-Zeltes herumstand, während der Friedensvertrag unterzeichnet wurde.

Und es war ja nicht nur so, dass ich eine Fliege in der politischen Festtagssuppe war. Ich vermutete, Hardinges Abneigung hing damit zusammen, dass ich das ganze Bild verdarb, dass er gerne vom Krieg gegen die Sikhs gehabt hätte. Mein Gesicht passte ihm da nicht hinein, es war ein schwarzer Fleck in der Landschaft, der um so schlimmer wurde, weil er wusste, dass ich einfach dazugehörte. Ich glaube, er träumte von einem edlen Bild, dass in der großen historischen Galerie der öffentlichen Zustimmung ausgestellt werden sollte – einem Bild, das der Wahrheit nahe genug kam, von britischem Heldenmut und Treue bis in den Tod angesichts unüberwindlicher Schwierigkeiten, und von der Tapferkeit dieser sturen Feinde, die im Sutlej gestorben waren. Sie wissen, was ich von Heldenmut und Tapferkeit halte, aber ich erkenne sie, wie das nur ein geborener Feigling tun kann. Sie wären zu Recht auf diesem Bild, neben dem strengen und vorausschauenden Hardinge, der seinen Stiefel auf einen toten Sikh stellte und einen reuigen Dalip an der Hand hielt. Gough war irgendwo seitlich davon, betete mit hocherhobenem Schwert zum Himmel, vor einem Hintergrund aus Kanonenrauch und britischen Bajonetten, die Nigger abschlachteten. Und darüber schwebten Vater Mars und Mutter India in wallenden Gewändern. Toll.

Ein Spektakel wie dieses kann man doch nicht mit einem Cartoon wie aus dem *Punch* stören, auf dem Flashy es mit dunkelhäutigen Damen treibt, spioniert und dreckige Geschäfte mit Lal und Tej abschließt, oder?

Wie auch immer, ich musste Lawrence' Aufforderung gehorchen, also erhob ich mich mühselig von meinem Schmerzenslager, rasierte mir den Bart ab, besorgte mir zivile Kleidung und eilte mit einer Flussbarke nach Ferozepore. Dort machte ich mich auf den Weg nach Kussoor, mit einem Polster auf meinem Sattel, und sah bleich und ziemlich angegriffen aus.

Während ich mit meinem schmerzhaften Durchfall darnieder lag, hatten Gough und Hardinge eifrig den Frieden verfolgt. Paddy hatte drei Tage nach Sobraon die gesamte Armee auf die nördliche Seite des Sutlej geschafft. Lawrence hatte sich mit Goolab in Verbindung gesetzt, der jetzt annahm, er könne ohne Schwierigkeiten das Amt des Wazirs übernehmen, das sie ihm schon die längste Zeit aufgedrängt hatten, und für sie verhandeln. Es standen noch immer über 30.000 von ihnen unter Waffen, und Hardinge hatte es sehr eilig, die Sache zu beenden, bevor sie noch einmal auf seltsame Gedanken kommen konnten. Es war schon eine verzwickte Situation. Wir hatten weder die Mittel noch die Leute, wie Paddy immer gesagt hatte, um den Pandschab zu erobern. Was wir brauchten, war ein Vertrag, der uns die Kontrolle sicherte, die letzten Reste der Khalsa auflöste und Goolab, Jeendan und den Rest der adeligen Plünderer zufriedenstellte. Also hatte Hardinge mit einem Eifer und einer Schnelligkeit, die Monate zuvor äußerst nützlich gewesen wäre, schon fünf Tage nach der letzten Schlacht seine Bedingungen fix und fertig, um sie Goolab in den Rachen zu schieben.

Kussoor liegt kaum dreißig Meilen von Lahore entfernt. Hardinge und sein Stab waren in Zelten nahe der Altstadt untergebracht, die Armee schlug auf der Ebene rundherum ihre Lager auf. Während ich durch die Linien trabte, konnte ich die Art von zufriedener, gehobener Stimmung fühlen, die das Ende jeden Feldzuges begleitet. Die Männer sind müde und würden gerne ein Jahr schlafen, aber sie wollen das warme Gefühl nicht verpassen, überlebt zu haben und Kameraden zu sein, also liegen sie blinzelnd in der Sonne oder rappeln sich zu Späßen auf. Ich erinnere mich daran, die Lancer beim Baseball gesehen zu haben und einen jungen Artilleristen, der auf einer Lafette saß, seinen Bleistift benetzte und nach dem Diktat eines Sergeanten schrieb, der den Arm in der Schlinge trug: „... und sagt Sammy, sein Daddy hat ein Sikh-Schwert, das er ihm geben wird, und einen Seidenschal für seine Mama – halt, schreibt lieber: seine liebste Mama, meinem besten Mädchen ..." Sepoys waren beim Drill. Gruppen von Kerlen in Westen und Uniformhosen kochten an den Lagerfeuern ihr Essen, die langen Zeltreihen dösten in der Hitze. In der Ferne klangen die Hörner, der Geruch von indischem Essen zog vom

Lagertross herüber. 50.000 waren es, und sie lagerten noch hinter der abgestellten Artillerie. Irgendwo brüllte ein Regimentssergeant in voller Lautstärke, und ein rothaariger Schlingel mit einem blauen Auge war am Rad einer Kanone festgebunden worden – Feldbestrafung. Gutmütige Witze gingen zwischen ihm und seinen Kameraden hin und her. Ich hielt einen Augenblick an, um mit dem Sappeur Bob Napier[51] zu sprechen, der seine Staffelei aufgestellt hatte und einen bengalischen *Sowar* malte, der geduldig in voller Uniform aus blauer Jacke, roter Schärpe und weißer Hose schwitzte. Vorsichtig wich ich Totengräber Havelock aus, der vor seinem Zelt saß und las (vermutlich das Buch Hiob). Alles war ruhig und faul, nach sechzig Tagen voll Feuer und Wut, in denen sie die Tore Indiens verteidigt hatten, hatte die Armee vom Sutlej endlich Frieden.

Sie hatten ihn sich verdient. Sie waren um 1.400 weniger als zu Beginn, und 5.000 Verwundete lagen in den Baracken von Ferozepore. Dagegen hatten sie 16.000 Pandschabis getötet und die beste Armee jenseits des Suez geschlagen. Nebenbei, es gab zu Hause einen großen Aufschrei wegen unserer Verluste. Ich hatte die Wildheit von zwei der vier Schlachten mit angesehen und wusste, wie gut der Feind war. Eigentlich hatten wir Glück, um so einen geringen Preis davongekommen zu sein. Wenn man bedenkt, dass Paddy das Kommando gehabt hatte, war es eigentlich ein Wunder.

Wenn unter der Truppe eine ziemlich lockere Stimmung herrschte, dann ging es im Hauptquartier zu wie bei den Horse Guards während eines Feueralarms. Hardinge hatte gerade die Proklamation verlautbart, dass der Krieg zu Ende war. Alles war die Schuld der Sikhs gewesen, wir wünschten keine Erweiterung unseres Territoriums und platzten beinahe vor friedfertiger Vergebung, aber wenn die örtlichen Machthaber nicht mit uns zusammenarbeiten würden, um den Staat vor der Anarchie zu retten, dann würde der Gouverneur Ihrer Majestät *andere Maßnahmen* treffen müssen, also bitte. Jetzt eilten die Boten, schwitzten die Schreiber, Armeen von Dienstboten rannten herum mit allem Möglichen, von Erfrischungen bis zu Möbelstücken, und Gruppen von neuen jungen Adjutanten lungerten herum und sahen gelangweilt aus. Zweifellos bin ich unbarmherzig, aber mir ist aufgefallen, sobald der letzte Schuss abgefeuert worden ist, tauchen ganze Schwadronen von diesen besonderen Leuten wie durch Zauberei auf. Sie haben kaum etwas zu tun, lachen viel zu laut, verpanschen den Gin, um daraus *Cocktails* zu machen und stinken nach Pomade. Ein paar lümmelten vor Lawrence' Zelt herum, ganz schallendes Gelächter und geistvolle Bemerkungen.

„Hey, Kerl – Ihr könnt da nicht hineingehen. Der Major empfängt heute keine Zivilisten!", sagte einer.

„Oh, bitte, Sir", antwortete ich und nahm meinen Hut ab, „es ist äußerst wichtig!"

„Wenn Ihr Alkohol verkauft", sagte er, „dann geht zum – wie nennen sie ihn, Tommy? Ahja, *Khansamah* – das heißt Butler für Euch, mein Freund."

„Und was soll ich ihm sagen, wer mich schickt?", fragte ich. „Major Lawrence' Türsteher?"

„Werdet nicht frech, Mann!", rief er. „Wer seid Ihr überhaupt?"

„Flashman", sagte ich und freute mich, dass ihnen der Mund offenblieb. „Nein, nein, steht nicht auf – Ihr könntet auf Eurem Hintern landen. Und wenn wir schon von Butlern sprechen, warum geht Ihr nicht und helft Baxu, die silbernen Löffel zu polieren?"

Danach fühlte ich mich besser, und noch besser ging es mir, als Lawrence bei meinem Anblick sofort seine Büro-Wallahs hinausschickte und mir die Hand schüttelte. Er war noch magerer und hektischer als zuvor und stand in Hemdsärmeln vor einem mit Papieren und Karten überladenen Tisch, aber er hörte aufmerksam meinem Bericht von meinen Abenteuern zu (in dem ich Jassa überhaupt nicht erwähnte). Dass ich Dalip nicht mitgebracht hatte, war überhaupt nicht wichtig. „Das war nicht Eure Schuld", knurrte er, in seiner brüsken Art. „Goolab schreibt, dass es dem Jungen gut geht – das ist alles, was zählt. Außerdem ist das Vergangenheit, und meine Sorge gilt der Zukunft. Was ich Euch zu sagen habe, ist mehr als geheim. Klar?" Er fixierte mich mit seinem starren Blick, streckte sein markantes Kinn vor und begann.

„Sir Henry Hardinge mag Euch nicht, Flashman. Er hält Euch für einen Windbeutel, viel zu unabhängig und ungehorsam. Euer Verhalten während des Krieges, mit dem ich sehr zufrieden bin, das will ich Euch sagen, hat *ihm* gar nicht gefallen. *Broadfoot-Methoden*, Ihr versteht. Als er erfuhr, dass Goolab den Jungen hat, sprach er davon, Euch vor ein Kriegsgericht zu bringen. Er fragte sich sogar, ob Ihr mit Gardner zusammengearbeitet habt. Das ist der Fluch der indischen Politik, jeder verdächtigt jeden. Aber das habe ich ihm schnell ausgeredet." Ich schwöre, einen Augenblick lang hatte sein trauriges Pferdegesicht einen triumphierenden Ausdruck, aber dann schaute er streng wie immer. „Jedenfalls mag er Euch nicht und hält Euch nicht für zuverlässig."

Genau das dachte ich auch über Hardinge, aber ich hielt den Mund.

„Nun, Goolab Singh kommt morgen hierher, um die Bedingungen für den Vertrag zu erfahren – und ich schicke Euch, um ihn zu treffen und ihn ins Lager zu führen. Deswegen habe ich Euch kommen lassen. Ihr habt das Vertrauen dieses alten Fuchses, wenn es irgend jemand hat, und ich wünsche, dass man das sieht und weiß. Vor allem Sir Henry. Es mag ihm nicht gefallen, aber ich will, dass er begreift, wie notwendig Ihr seid. Ist das klar?"

Ich sagte ja, aber warum?

„Wenn der Vertrag unterzeichnet ist – ich kann Euch die Bedingungen nicht nennen, sie sind geheim, bis Goolab sie hört – wird in Lahore eine britische Vertretung notwendig werden, mit einem Residenten, der den Durbar unter Kontrolle hält. Ich werde der Resident sein – und ich will Euch als meinen Hauptassistenten."

Weil es vom großen Henry kam, war es wahrscheinlich ein ebenso wertvolles Kompliment wie Wellingtons Händedruck oder Elspeths ekstatische Seufzer. Aber es war so unerwartet und lächerlich, dass ich fast laut aufgelacht hätte.

„Deswegen schiebe ich Euch jetzt in die erste Reihe. Goolab

wird die graue Eminenz im Hintergrund sein, und wenn man sieht, dass er Euch respektiert und traut, wird es helfen, den Generalgouverneur von Eurer Ernennung zu überzeugen." Er lächelte sauer. „Sie nennen uns nicht umsonst Politische. Ich werde auch Currie überzeugen müssen und den Rest der Wallahs in Kalkutta. Aber das schaffe ich schon."

Wenn ich an die große Zahl bedeutender Männer – und Frauen – denke, die eine hohe Meinung von meinem Charakter und meinen Fähigkeiten hatten, zittere ich um die Zukunft meines Landes. Ich meine, wenn sie mich schon nicht als Falschgeld erkennen, wen erkennen sie dann? Trotzdem, es ist nett, wenn die Leute gut von einem denken, und das hat mein Glück gemacht, um den Preis einiger höllischer Gefahren und kleinerer Schwierigkeiten, wie zum Beispiel Henry Lawrence bestimmt, aber deutlich zu erklären, dass ich sein widerliches Angebot noch nicht einmal mit einer Feuerzange berühren würde. Der Hauptgrund war, dass ich Indien gründlich satt hatte, und den Militärdienst, die Sikhs, blutige Kämpfe, tödliche Gefahren, herumgeschubst, gequält und benutzt zu werden. Alles, was ich wollte, waren die heimatlichen Fleischtöpfe, Elspeth und zivilisierte Frauen zum Spaß haben und mich nie wieder aus England fort zu begeben. Das konnte ich ihm natürlich nicht sagen, aber glücklicherweise hatte ich einen Ausweg.

„Das ist äußerst großzügig von Euch, Sir", sagte ich, „ich fühle mich wirklich geehrt. In der Tat. Aber ich fürchte, ich muss ablehnen."

„Was sagt Ihr da?" Sofort stellte er die Stacheln auf. H.M.L. hätte auch gegen seinen eigenen Schatten gekämpft, hätte der es gewagt, ihm zu widersprechen.

„Ich kann nicht im Pandschab bleiben, Sir. Und jetzt, wo der Krieg zu Ende ist, möchte ich nach Hause gehen."

„Wollt Ihr das? Und darf ich fragen warum?" Er war kurz vor dem Überkochen.

„Es ist nicht leicht zu erklären, Sir. Ich würde es als großen Gefallen betrachten, wenn Ihr mir gestatten würdet, abzulehnen – mit großem Bedauern, das kann ich Euch versichern."

„Das werde ich nicht tun! Kann nicht im Pandschab bleiben, so etwas." Plötzlich beruhigte er sich und sah mich genau an. „Geht es um Hardinge?"

„Nein, Sir, ganz und gar nicht. Ich bitte nur darum, nach Hause gehen zu dürfen."

Er lehnte sich zurück und klopfte mit dem Finger auf den Tisch. „Ihr habt Euch nie gedrückt, also muss es einen guten Grund geben für diesen… diesen Unsinn! Los, Mann, was ist es? Heraus damit!"

„Nun gut, Sir, nachdem Ihr mich dazu zwingt." Ich dachte, es war Zeit, meine Bombe hochgehen zu lassen. „Tatsache ist, Ihr seid nicht der einzige Mensch, der mich in Lahore haben will. Dort ist eine Dame… die Absichten hat… vollkommen ehrenhafte, natürlich… und… nun… das geht nicht. Sie…"

„Guter Gott!" Ich bin wahrscheinlich der einzige Mann, der Henry Lawrence dazu brachte, den Namen des Herren unnötig in den Mund zu nehmen. „Doch nicht die Maharani?"

„Doch, Sir. Sie hat keinen Zweifel daran gelassen. Und ich bin verheiratet, wie Ihr wisst." Aus irgendeinem Grund, Gott allein weiß warum, fügte ich hinzu: „Mrs. Flashman würde das überhaupt nicht gefallen."

Drei Minuten lang sagte er gar nichts. Ich bin sicher, der Mistkerl fragte sich, welchen Vorteil es bringen könnte, wenn die Königin-Mutter des Pandschab seinem Assistenten nachlief. Sie sind doch alle gleich, diese elenden Politischen. Schließlich schüttelte er den Kopf und sagte, er würde mich verstehen, aber wenn ich deswegen schon nicht nach Lahore gehen konnte, gab es doch keinen Grund, dass ich nicht anderswo…

„Nein, Sir", sagte ich fest, „ich gehe nach Hause. Wenn es notwendig ist, dann kaufe ich mich frei." Vielleicht war ich noch nicht über meine Erkrankung hinweg, aber ich war krank und müde und bereit zu kämpfen, wenn es sein musste. Ich denke, er fühlte das, denn er wurde ganz vernünftig und sagte, er würde sich darum kümmern. Er war kein schlechter Kerl und fast menschlich, wie er am Ende unserer Unterhaltung bewies.

„Ich sehe schon, Ihr könntet mich mit Material für eine romantische Erzählung ausstatten", sagte er und grinste verschmitzt. „Sagt mir: Ist die Dame wirklich so anziehend, wie alle sagen?"

Er war nicht der Einzige, der mir so eine Frage gestellt hat. Es war mein Schicksal, die Bekanntschaft mehrerer geheimnisvoller Schönheiten zu machen, die das lüsterne Interesse meiner Vorgesetzten auf sich zogen. Ich erinnere mich daran, dass Elgin ziemlich rote Backen bekam vor Neugier über die Kaiserin von China und an die glänzenden Augen von Colin Campbell und Hugh Rose, als sie mich über die Rani von Jhansi ausfragten. Lincoln und Palmerston auch. Ich sagte Lawrence, dass sie ziemlich atemberaubend war, aber zu Alkoholexzessen neigte und in keinem Fall vertrauenswürdig war – politische Informationen also, keine lasziven Details, wie Sie sehen. Er sagte, er sei schon neugierig auf ein Zusammentreffen mit ihr, und ich riet ihm, sich an Gardner zu halten.[52]

„Dann werdet Ihr wenigstens Goolab Singh hierher geleiten", sagte er. Dagegen hatte ich nichts, weil es Hardinge ganz sicher fürchterlich ärgern würde. Am nächsten Nachmittag trabte ich wieder in Uniform die Straße nach Lahore entlang, um den Elefantenzug zu treffen, der die Botschafter der Khalsa aus Loolianee brachte. Lawrence hatte mir gesagt, dass ihnen keinerlei Ehren erwiesen werden sollten und ich eine halbe Meile vor der Stadt warten und sie zu mir kommen lassen sollte, aus Gründen der Etikette. Aber sie blieben gut eine Meile von der Stadt entfernt stehen, und ich konnte sehen, wie die Mahouts die Tiere anleinten und Zelte für die Sirdars aufgebaut wurden. Ein kleiner Trupp *Gorracharra* übernahm die Wache. Ich blieb auf meinem Pony sitzen und wartete weiter. Bald darauf kam ein einzelner Reiter auf mich zu, und es war Goolab selbst. Er winkte unübersehbar und donnerte: „*Salaam*, Soldat!", als er neben mir anhielt, über sein ganzes breites Schurkengesicht grinste und meine Hand nahm. Zu meiner Überraschung trug er weder Rüstung noch Staatsgewand, nur eine einfache Robe und einen Turban.

„Der Gesandte eines geschlagenen Feindes kommt nicht mit

Pomp und Zeremonie!", sagte er. „Ich bin nur ein armer Bittsteller, der die Gnade des *Malki lat* sucht, und so kleide ich mich auch. Und ein einzelner Soldat kommt, um mich zu treffen – wenn auch ein ganz besonderer. Ah, sind das harte Zeiten."

Ich fragte ihn, wo Dalip war. „In guten Händen. Ein eigensinniges Kind, das mir keinen Respekt zeigt, er ist zu viel unter Frauen gewesen, zweifellos werden sie eines Tages sein Untergang sein. Bald werde ich ihn bringen – ihn an der Hand führen, Ihr erinnert Euch?" Er grinste zufrieden. „Aber erst wenn der Vertrag fest und sicher ist, bis dahin behalte ich den Vogel in meiner Hand."

Wir bewegten uns im Schritt zu den Linien von Kussoor, denn er schien keine Eile zu haben. Im Gegenteil, für einen Mann auf einer delikaten Mission war er ungewöhnlich sorglos, fröhlich und unterhaltsam. Er strahlte Zufriedenheit förmlich aus. Erst nachdem ich erwähnte, dass ich in einem oder zwei Tagen nach Hause gehen würde, blieb er erstaunt stehen.

„Aber warum? Wenn hier das Glück auf Euch wartet? Nein, nicht die königliche Schlampe in der Festung von Lahore! Gurdana hat mir davon erzählt, aber solch ein Narr seid Ihr nicht! Genausogut kann man sich zu einem Tiger ins Bett legen. Aber in Kashmir, mit mir!" Er grinste und runzelte gleichzeitig die Stirn. „Habt Ihr an mir gezweifelt, als ich Euch eine goldene Zukunft dort versprach? Regimenter zu befehligen, der Generalsrang, Adelstitel und Einkünfte. Gurdana hat schon angenommen! Ja, er verlässt Lahore, um zu mir zu kommen! Und warum nicht Ihr? Ist die Blutige Lanze von Afghanistan ein geringerer Soldat als Gurdana oder dieser Hundedreck Harlan, der unter Runjeet den Herren gespielt hat, oder Avitabile und der Rest?" Er schlug mir auf die Schulter. „Und wir kämpften gemeinsam, Ihr und ich. Wer zu Goolab steht, ist sein Freund!"

Wenn er sich so an unsere Balgerei in den Gassen von Lahore erinnerte, dann sollte er, aber langsam wuchs sich das zu einer richtigen Plage aus. Jeder wollte Flashy rekrutieren. Ruf und Glaubwürdigkeit, es gibt keine andere Währung, die an sie heranreicht. Lawrence, Goolab, sogar eine Königin, die mich im Auge hatte. Ja, aber sie waren nicht die Heimat. Ich dankte ihm und erklärte ihm höflich, dass ich kein Glücksritter war. Er schüttelte den Kopf, zuckte seine breiten Schultern und ließ es dann auf sich beruhen. Ich fragte ihn, ob er sicher sei, Kashmir zu bekommen, und er antwortete, es stünde so im Vertrag. Jetzt war ich dran mit Starren.

„Aber die Bedingungen sind geheim – Ihr könnt sie noch nicht kennen!"

„Nein? Nicht von Lawrence Sahib oder einem anderen Eurer Männer." Er schüttelte sich vor Lachen. „Das ist der Pandschab, und ich soll nicht wissen, was geschieht? Ein Vertrag mit sechzehn Punkten, in denen der Durbar den Briten die beiden Ufer des Sutlej überlässt und den *Doab* von Jullundur und lediglich eine *kutch*˙ Khalsa von knapp 20.000 Bajonetten und 12.000 Reitern behält. Eine riesige Entschädigungssumme in der Höhe von eineinhalb Millionen Pfund Sterling muss bezahlt werden…" Er konnte sich ob meines Erstaunens kaum mehr beherrschen und platzte bald vor Lachen. „Ihr müsst Lawrence und dem *Malki lat* nicht sagen, dass ich alles weiß – lasst sie ruhig schlafen! Aber selbst wenn Ihr es tut, spielt es keine Rolle – sie werden den Handel einhalten, denn er bringt ihnen alles, was sie brauchen. Eine reiche Provinz des Pandschab, um uns zu bestrafen und der Welt zu zeigen, dass nur Narren den Sirkar herausfordern. Eine winzige, schwache Khalsa, die, ohja, von diesem Löwen unter den Kriegern Tej Singh befehligt werden soll, mit Lal als Wazir, einen unterwürfigen Durbar, der Euren Befehlen folgen wird, mit Dalip und seiner Mutter als gehorsamen Marionetten – gut dafür bezahlt, ganz sicher. So bleibt der Pandschab frei – aber seine Herrin ist die Weiße Königin."

Ich bezweifelte seine Worte nicht – in einem Land der Spione gibt es keine Geheimnisse. Und es war der beste Handel für uns: Kontrolle ohne Eroberung. Eines verstand ich aber nicht.

„Wie soll der Durbar von Lahore eine Entschädigung von eineinhalb Millionen bezahlen? Sie sind doch bankrott, oder?"

*winzig, klein

„Und wie. Weil sie kein Geld haben, bezahlen sie anders, indem sie Kashmir und das Hügelland den Briten überlassen."

„Und wir geben Euch Kashmir, für erwiesene Dienste?"

Er seufzte. „Nein, ihr *verkauft* mir Kashmir, für eine halbe Million. Eure Landsleute übersehen keine Gelegenheit, um Profit zu machen. Und da sagen die Leute, dass die Juden geldgierig sind! Der Preis wird im Vertrag nicht erwähnt, genauso wenig wie ein anderes Ding, das als Zeichen pandschabischer Treue und Loyalität übergeben werden soll."

„Und was ist das?"

„Ihr habt von unserem Berg des Lichts gehört – Koh-i-Noor, der große Diamant von Golkonda? Nun, auch der soll uns genommen werden, als Trophäe für Eure Königin."

„Was Ihr nicht sagt! Der Beuteanteil Ihrer Majestät? So,so."

„Soll sie ihn haben", sagte Goolab großzügig. „Den Starken die Beute. Und dem geduldigen, mit Gold gekauften Sklaven... Kashmir."

Anscheinend hatte niemand Hardinge gewarnt, dass ich das Hauptquartier wieder unsicher machte, denn er erschrak sichtlich, als ich Goolab in das große Durbar-Zelt führte, und warf Lawrence einen beleidigten Seitenblick zu. Eine feine Versammlung war das, einschließlich Mackeson, der nach Broadfoots Tod den Posten als Agent nur ganz knapp an Lawrence verloren hatte; Currie, der Sekretär der Regierung, und eine ganze Reihe von *Kalkutta Wallahs*, wie Lawrence sie genannt hatte, waren da. Als ich „Seine Hoheit, der Radscha Goolab Singh" vorstellte, konnte ich beinahe Hardinges Gedanken lesen: Verschwörung, dachte er, der kleine Kriecher hat eine Pacht auf 99 Jahre für den Khyber-Pass verlangt. Er war äußerst frostig und würdevoll zu Goolab, der sich benahm wie ein ganz Braver, auf einem Stock lehnte und seinen armen gichtigen Fuß sehr betonte. Er hoffte, man würde ihm einen Sitzplatz anbieten, aber Hardinge dachte nicht daran. Er erwiderte seinen Gruß mit einer formellen Ansprache, welche andeutete (allerdings ohne es wirklich zu sagen), dass die Bedingungen, welche Goolab bald unterbreitet würden, so gedacht waren, den Pandschab klein zu halten, und sie froh sein konnten, so leicht davon zu kommen. Dann überreichte er den alten Häuptling an Currie und Lawrence, die den Vertrag erklären würden, und sie führten ihn fort. Hardinge starrte mich noch einmal böse an, und einen Augenblick lang dachte ich, er würde mich ansprechen, aber er änderte seine Meinung. Aus der Art, wie die Kalkutta-Schleimer mich schnitten, konnte ich erkennen, welche Meinung über mich im Umlauf war: Flashy war wie falsches Geld. Also zündete ich mir eine Zigarre an, in der Hoffnung, dafür getadelt zu werden. Nicht einmal das taten sie, also verließ ich das Zelt, um frische Luft zu schnappen.

Lawrence hatte mir an diesem Morgen gesagt, dass ich am nächsten Tag nach Umballa gehen sollte (und mich damit auf den Weg nach Hause machen konnte), also stattete ich noch ein paar Besuche ab, nachdem ich das Durbar-Zelt verlassen hatte, um Briefe und andere Kleinigkeiten einzusammeln. Das war schneller und sicherer als die Armee-Post. Allgemeines Jammern über meine Abreise ertönte (wie Thomas Hughes Ihnen gesagt hat, genoss ich einige Beliebheit), und der liebe alte Paddy Gough rief mich sogar in sein Kommandozelt und bestand darauf, ein Glas mit mir zu trinken.

„Die besten Männer werden getötet, heiraten oder gehen in Pension!", sagte er in seiner kurzen Ansprache. „Die letzten beiden Dinge habt Ihr schon getan, mein Sohn – ich wünsche Euch, das Euch das erste niemals passiert! Was mich an etwas erinnert – habt Ihr mir nach Ferozeshah eigentlich mein Halstuch zurückgegeben? Das habt Ihr nicht, Ihr leichtfingriger junger Teufel! Würdet Ihr das glauben, Smith – ein Stabsoffizier, der die Sachen seines eigenen Generals plündert im Angesicht des Feindes? Hat er aber getan! Das habt Ihr in Spanien bestimmt nicht erlebt, da wette ich!"

Das ging an Harry Smith, der an diesem Tag noch mehr Wellington ähnelte. „Trau niemals einem Politischen!", sagte er. „Auf Eure Gesundheit, Flashman!" Als sie auf mich tranken, war ich irgendwie bewegt, denn Paddy hatte gerade die eine oder andere Besprechung gehabt, und sein Zelt war voller wichtiger Männer. Joe Thackwell und Gilbert, der seinen Arm seit Sobraon in einer Schlinge trug, der Totengräber und jüngere Kerle wie Edwardes und Johnny Nicholson, Rake Hodson und Hope Grant. Nun, das passiert einem nicht jeden Tage, dass solche Kerle auf deine Gesundheit trinken.[53]

Sie sprachen natürlich nur von Sobraon. Dem Totengräber war das *fünfte* Pferd in diesem Feldzug unter dem Hintern weggeschossen worden, und Thackwell sagte, sie sollten ihn langsam für die Ersatzpferde bezahlen lassen. Harry Smith sagte, es sei die viertschlimmste Schlacht gewesen, an der er je beteiligt war, die anderen drei seien Waterloo, Badajoz und New Orleans gewesen, in dieser Reihenfolge, was sie sofort zum Streiten brachte. Der alte M'Gregor, der Medizinmann, unterhielt mich mit einem charmanten Vortrag über die unterschiedlichen Auswirkungen von Musketenkugeln und Schrot auf den Körper, mit einer appetitlichen Beschreibung von verschiedensten Knieverletzungen.[54] Ich brachte sie mit meinem Bericht über Tejs Unterschlupf und einer ein wenig geschönten Version meiner Flucht über den Sutlej zum Lachen.

„Und ich dachte, es wären die Sikhs, auf die wir schießen!", rief Hodson. „Ach, Flashy, wenn wir das nur gewusst hätten!"

Und mitten in all den Lärm und das Gelächter, wer kam da hereinspaziert? Der kleine Idiot, mit dem ich gestern vor Lawrence' Zelt so freundliche Worte gewechselt hatte. Bei dieser Gesellschaft hätte man gedacht, dass er leise und unauffällig hereinschlüpfen würde, aber er kam scheinbar frisch aus Eton oder Addiscombe oder einem anderen dieser seltsamen Orte, denn er marschierte geradewegs zu Paddys Tisch, nahm seinen Hut ab und bat mit schriller Stimme um die Erlaubnis, eine Botschaft des Generalgouverneurs überbringen zu dürfen. Keine Grüße oder etwas Ähnliches, aber Paddy, fröhlich und mit seinem Glas in der Hand, nahm an, sie sei für ihn, und bedeutete ihm zu sprechen. Der Idiot wandte sich mit einem bösartigen Funkeln in den Augen an mich.

„Mr. Flashman!", quietschte er, und während er sprach, erstarb die Unterhaltung ganz. „Sir Henry Hardinge weiß, dass Ihr die Armee am Sutlej morgen verlasst. Er hat mir aufgetragen, Euch zu sagen, dass Eure Dienste in seinem persönlichen Stab nicht länger benötigt werden und dass Ihr ab sofort von allen militärischen und politischen Pflichten entbunden seid. Ich soll Euch auch daran erinnern, dass das Rauchen im Durbar-Zelt streng verboten ist."

Einen Augenblick lang war es ganz still, bis auf M'Gregors schweres Atmen. Dann sagte jemand: „Guter Gott!" Und ich, der Empfänger dieser absichtlichen Beleidigung, ausgesprochen vor der Blüte der Armee, fand irgendwie den Nerv, ruhig zu antworten.

„Meine Ehrerbietung für den Generalgouverneu", sagte ich, „und mein Dank für seine Höflichkeit. Das ist alles. Ihr könnt gehen."

Konnte er aber nicht. Während jeder nach einer erschreckten Pause laut mit seinem Nachbarn sprach, als wäre nichts geschehen, stand der alte Totengräber wie ein Racheengel vor dem Idioten.

„Junge!", donnerte er, und ich schwöre, der Bursche zitterte. „Habt Ihr jedes Gefühl für Anstand verloren? Ist Euch nicht bekannt, dass eine persönliche Botschaft nur privat überbracht werden darf? Hinaus mit Euch, Sir, sofort! Und wenn Ihr Euch von Eurem schlechten Benehmen befreit habt, könnt Ihr zurückkommen, um Euch bei diesem Offizier und Eurem Oberkommandierenden zu entschuldigen. Hinaus jetzt!"

„Mir wurde gesagt…", piepste der Dummkopf.

„Ihr widersprecht mir?", röhrte Havelock. „Geht!"

Und er ging, und ich blieb mit brennenden Wangen und schwarzem Hass im Herzen zurück. Das ein grüner Junge frisch aus dem Kindergarten in dieser Gesellschaft so mit mir sprach und ich nichts dagegen tun konnte! Aber es hätte nicht vor besseren Männern geschehen können. Einen Augenblick später lachten sie, und Gough schenkte mir ein Grinsen und ein Kopfschütteln. Harry Smith stand auf, und als er an mir vorbeiging, nahm er meinen Arm und flüsterte: „Das hat Hardinge niemals beabsichtigt, wisst Ihr." Und Johnny Nicholson und Hodson traten zu mir, und M'Gregor erzählte einen Witz über Amputationen.

In der Rückschau gebe ich Hardinge keine Schuld. Trotz all

seiner Fehler wusste er, was sich gehörte, und ich bezweifle nicht, dass er in seiner Verärgerung, mich zusammen mit Goolab zu sehen, irgendetwas gemurmelt hatte wie: „Der verdammte Bengel ist überall! Morgen verlässt er uns? Höchste Zeit! Sagt ihm, er ist vom Dienst suspendiert, bevor er noch mehr Unfug anrichtet! Und raucht auch noch hier drinnen, als wäre er in einem Teehaus!" Und Charlie oder irgendjemand anderer hatte das weitergegeben, und dem Idioten war die Botschaft aufgetragen worden, und der dachte, er könnte mich heruntermachen. Er wusste es nicht besser. Ja, aber Hardinge hätte darauf achten sollen, dass die Sache unauffällig vor sich ging. Verdammt, er hätte mich zu sich rufen lassen und die Rüge mit ein paar Dankesworten für meine Dienste verbinden können, ob er sie nun ehrlich meinte oder nicht. Aber hatte er nicht, und seine Kreatur hatte mich wie einen Narren aussehen lassen. Nun, dieses Spiel konnten zwei spielen.

In der Zwischenzeit war der alte Goolab Singh mit Currie und Lawrence am Verhandeln, und zweifellos hob er vor Schreck seine Pfoten, als ihm eins nach der anderen die Vertragsbedingungen vorgelegt wurden.[55] Ich bin sicher, er ließ sie nicht merken, dass er alles schon vorher gewusst hatte, sondern machte sich eine lustige Zeit daraus, seinen grauen Bart schüttelnd und protestierend, dass der Durbar solch harten Bedingungen niemals zustimmen würde. Die Verhandlungen dauerten den ganzen Nachmittag und Abend, zumindest für Goolab, denn Currie gab nach ein paar Stunden auf und verließ ihn, und Lawrence legte sich auf sein *Charpoy* und tat, als würde er schlafen. Aber das war alles nur Spiegelfechterei, denn Goolab musste am Ende zustimmen. Um den Schein zu wahren, verzögerte er, und ihm ging die Luft nicht aus, bis es schon spät in der Nacht war. Ich war in der Nähe, als Lawrence ihn verabschiedete, aber ich sprach nicht mehr mit ihm. Er humpelte vom Zelt weg, kletterte steif auf sein Pony und trabte zum Lager der Sirdars davon. Das war das letzte, was ich jemals von ihm sah, ein stämmiger alter Kerl auf einem Pferd, der aussah wie Ali Baba, der im Mondschein Feuerholz sammeln wollte.[56]

„Alles fix und fertig und bereit zur Unterzeichnung, sobald wir nach Lahore kommen", sagte Lawrence. „Redseliger alter Bettler. Aber trotzdem sehr zufrieden, so wie ich das sehe. Sollte er auch sein – man bekommt nicht jeden Tag ein Königreich in den Schoß geworfen. Er wird in ein oder zwei Tagen den kleinen Maharadscha zu Hardinge bringen." Er gähnte und streckte sich und schaute in den Nachthimmel. „Aber dann eilt Ihr schon der Heimat entgegen, Ihr glücklicher Kerl. Bleibt einen Augenblick, und wir trinken noch ein Glas, um Euch auf den Weg zu bringen."

Das war echte Zuvorkommenheit, denn er war nie an Gesellschaft interessiert. Ich spazierte entlang der Zeltreihen, während ich wartete, bewunderte den Schatten des Mondes, der über den leeren *Doab* glitt, und sah auf das graue, gerade Band der Straße nach Lahore, die ich mit Gottes Hilfe wohl nie wieder betreten musste. Es war noch nicht lange her, da hatte sie unter dem Trampeln von 100.000 Männern gezittert und dem Rumpeln der großen Geschütze. *Khalsa-ji! Nach Delhi, nach London!* Der Marsch hatte geendet in den brennenden Ruinen von Ferozeshah und in den Wassern bei Sobraon. Der Wirbelwind war aus dem Land der Fünf Flüsse hervorgebrochen, und jetzt war er wieder verstummt. Und wie Lawrence es gesagt hatte, eilte ich nach Hause.

Hardinge hatte seinen Frieden und seine Hand auf den Zügeln des Pandschab. Goolab hatte sein Kashmir, England seine Grenze jenseits des Sutlej, wo die Hügel begannen, und das nördliche Tor nach Indien war gegen die Moslemflut fest verschlossen. Der kleine Dalip würde seinen Thron haben, und seine entzückende Mutter die Symbole der Macht und den Luxus mit all dem Alkohol und den Bettgespielen, die sie sich wünschte (mit einer dankbaren Ausnahme). Tej Singh und Lal Singh konnten sich an den Früchten ihres Verrats erfreuen, und der alte Paddy war „immer noch nicht geschlagen worden". Alick Gardner würde sein schönes Landgut in den hohen Bergen oberhalb von Jumoo bekommen und zweifellos vom fernen Wisconsin träumen. Broadfoot, Sale und Nicholson hatten ihre paar Zeilen in der *Gazette*. Maka Khan und Imam Shah lagen in den Gräbern am *Ghat* von Sobraon (auch wenn ich das damals noch nicht wusste). Mangla war immer noch das reichste Sklavenmädchen in Lahore und würde wahrscheinlich noch reicher werden. Ich fühlte einen leisen Stich, als ich an sie dachte. So geht es mir immer noch, wenn ich schwarze Gaze sehe. Jassa hatte einen Weg hinaus gefunden, was gewöhnlich das Beste ist, was Männer seiner Art erhoffen können.

Alles in allem: Kein schlechter kleiner Krieg, würden Sie sagen? Jeder hatte bekommen, was er wollte, mehr oder weniger. Auf ihre eigene, wahnsinnige Art vielleicht sogar die Khalsa. 20.000 Tote, Sikhs, Inder und Briten. Eine Menge guter Männer, wie Gardner gesagt hatte. Frieden für den Rest und Beute für wenige. Was mich daran erinnert, dass ich nie herausgefunden habe, was aus dem Soochet-Erbe geworden ist.

Damals konnte niemand vorhersehen, dass das alles noch einmal geschehen würde, dass nach drei kurzen Jahren die Sikhs wieder unter Waffen stehen würden, Paddys weißer Mantel nach Kampfer stinkend aus dem Schrank genommen wurde und Bajonette und *Tulwars* noch einmal gegeneinander antreten würden, bei Chillianwalla und Gujerat. Danach würde endlich die britische Fahne über dem Pandschab wehen, Broadfoot würde seine Ruhe finden, und die zwei Mal geschlagene, aber niemals eroberte Khalsa würde in den Regimentern wiedergeboren werden, die während der Meuterei treu zu uns standen und Zeit meines Lebens die nördliche Grenze des Radsch hielten. Für die Weiße Königin… Und für ihre Ehre. Der kleine Junge, der sich so über meine Cooper gefreut hatte und lachend zu den Felsen von Jupindar geritten war, würde im Exil das Leben eines Nichtsnutzes verbringen, und Mai Jeendan, die tanzende Königin und Mutter Aller Sikhs, ihr Appetit ungezügelt und ihre Schönheit unvergänglich, würde ausgerechnet in England sterben.[*]

Aber all das geschah weit in der Zukunft, als ich am Mississippi war und die Polizei hinter mir her. Meine Geschichte aus dem Pandschab endet hier, und ich kann mich nicht beklagen, denn wie alle anderen erhielt ich, was ich mir von Herzen

[*]Siehe Anhang II

372

wünschte: eine heile Haut und freie Fahrt nach Hause. Ich hätte auch nichts gegen ein Stückchen des Ruhms gehabt. Aber so wichtig war mir das nicht. Die meisten meiner Feldzüge haben mit unverdienten Rosen bis in den Buckingham Palast geendet. Ich kann sogar über die Ironie lachen, dass ich einmal gute Dienste geleistet (voller Angst, quiekend und widerstrebend, das gebe ich zu) und deswegen beinahe den Tod gefunden hatte und dafür bloss die kalte Schulter gezeigt bekam, was ich demütig ertragen musste. Naja, mehr oder weniger.

Lawrence und ich gingen zu dem riesigen Zelt hinüber, das als Offiziersmesse und Speisesaal diente. Jeder schien dort zu sein, denn Hardinge war wachgeblieben, um auf Neuigkeiten über die Verhandlungen mit Goolab zu warten. Er und die Bande aus Kalkutta waren gerade dabei, sich gegenseitig zu gratulieren, bevor sie ins Bett gingen. Lawrence warf mir einen raschen Blick zu, als wir eintraten, scheinbar um mich zu fragen, ob wir lieber in sein Quartier gehen wollten, aber ich ging geradeaus weiter. Gough und Smith und die Besten der Armee waren auch da, und ich plauderte mit Hodson und Edwardes, während Lawrence nach Rum rief. Ich trank ein Glas, um meine Nerven zu beruhigen, und spazierte dann langsam dort hinüber, wo Hardinge mit Currie und den anderen Diplomaten saß.

„Guten Abend, Sir!", sagte ich unterwürfig wie ein Speichellecker. „Oder besser gesagt, guten Morgen. Ich reise heute ab, wisst Ihr?"

„Ahja!", sagte er steif und wie nebenbei. „Tatsächlich. Nun, auf Wiedersehen, Flashman, und eine sichere Reise." Er bot mir nicht seine Hand an, sondern wandte sich zu Currie.

„Vielen Dank, Eure Exzellenz", sagte ich, „das ist nett von Euch. Darf ich meine Glückwünsche darbringen zum erfolgreichen Ausgang unserer jüngsten… ahh, Probleme, und so weiter?"

Er sah mich an, seine Brauen gingen hoch. Er vermutete irgendeine Frechheit, war sich aber nicht sicher. „Danke!", sagte er kurzangeboten und zeigte mir die kalte Schulter.

„Der Vertrag ist auch unter Dach und Fach, glaube ich!", sagte ich freundlich, aber laut genug, dass sich alle Köpfe nach uns umwandten. Paddy hatte seine Unterhaltung mit Gilbert und Mackeson unterbrochen. Havelock hatte seine buschigen Augenbrauen verzogen, und Nicholson und Hope Grant und ein Dutzend anderer beobachteten mich neugierig. Ungeduldig wandte sich Hardinge um, beleidigt durch meine vertrauliche Art, und Lawrence stand neben mir und zog an meinem Ärmel.

„Gutes *Bandobast* alles in allem", sagte ich, „aber eine der Klauseln wird ein wenig abgeändert werden müssen, fürchte ich. Nun, es ist nicht wirklich eine Klausel, bloß eine Verständigung, wie Ihr wisst…"

„Seid Ihr nicht mehr ganz bei Sinnen, Sir? Ich rate Euch, Euch sofort in Euer Quartier zurück zu ziehen!"

„Ich bin stocknüchtern, Exzellenz, das kann ich Euch versichern. Nein, seht, eine der Vertragsklauseln oder besser die Verständigung, von der ich sprach, kann ohne meine Hilfe nicht erfüllt werden. Also bevor ich mich verabschiede…"

„Major Lawrence, seid so freundlich, diesen Offizier…"

„Nein, Sir, hört mich an! Es geht um den großen Diamanten, wisst Ihr – den Koh-i-Noor, den die Sikhs übergeben sollen. Nun, das können sie nicht tun, wenn sie ihn nicht haben, oder? Daher gebt Ihr ihn ihnen besser erst zurück – dann können sie ihn Euch ganz offiziell überreichen, mit dem ordentlichen Zeremoniell. Hier, fangt auf!"

(Das neunte Paket der Flashman-Papiere endet hier mit typischer Plötzlichkeit. Ein paar Wochen später war der Koh-i-Noor wieder im Besitz des Durbar und wurde während der Vertragszeremonie herumgezeigt, aber er wurde erst im Jahr 1849 übergeben, bei der Annexion des Pandschab nach dem zweiten Krieg gegen die Sikhs. Dann wurde der Diamant von Hardinges Nachfolger, Lord Dalhousie, Queen Victoria überreicht. Zweifellos auf Flashmans Rat hin trug sie ihn beim Jubiläum von 1887 nicht in ihrer Krone – siehe Anhang III.)

FLASHMAN

ANHANG

Anhang I

Die Krise am Sutlej

Die Gründe für den ersten Krieg gegen die Sikhs können nicht mit wenigen Absätzen dargelegt werden. Flashman hat einen ziemlich fairen Bericht über die sich entwickelnde Krise gegeben, aus nächster Nähe. Was vielleicht noch nützlich sein kann, ist einen Schritt zurückzutreten und einige der Faktoren, die besonders wichtig erscheinen, gegeneinander abzuwägen.

Es fällt leicht zu sagen, dass mit einer mächtigen, arroganten, eroberungshungrigen Khalsa der Krieg unvermeidlich war. Niemand im Pandschab konnte (oder wollte) sie zurückhalten, also was hätten die Briten tun sollen, außer sich auf den Ansturm vorzubereiten? Einiges, wenn man Cunningham folgt, einem sehr angesehenen Historiker, der glaubte, dass zwar die Khalsa die Initiative übernommen hatte, die Briten aber trotzdem die „Hauptschuldigen" am Krieg waren. Seine Schlüsse sind von einigen begierig aufgenommen worden, aber seine Argumente gehen alle dahin, dass England, „eine intelligente Macht", dem „ein halb barbarisches Militärregime" gegenüberstand, mit mehr Weisheit und Voraussicht hätte handeln müssen. Das ist ziemlich herablassend, selbst für das Jahr 1849, und „gleich schuldig" oder „teilweise schuldig" wäre vielleicht gerechter. Gleichzeitig hat George Bruce sicher Recht, wenn er Hardinge der geistigen Lähmung beschuldigt und dass er nicht vernünftig gehandelt habe, um den Krieg zu verhindern. Er weist auf die massiven Fehler in der Kommunikation hin. Aber wenn man den Zustand des Durbar in Lahore in Betracht zieht und die Motive der dort Herrschenden, sollte man England vielleicht nicht zuviel Verantwortung aufbürden.

Sicher war Broadfoot nicht der ideale Mann für den Posten des Agenten an der Nordwest-Grenze. Wie viele Briten dachte auch er offensichtlich, dass es umso besser wäre, je früher England den Pandschab unter seine Kontrolle bringen konnte. Aber, nach all dem, was seit Jahren nördlich des Sutlej geschah, kann man ihn da nicht verstehen? Es gibt eine Tendenz, ihn als den Schurken in diesem Stück darzustellen. Sicher war er

Schlacht von Ramnagar

kampflustig und bereit, das Schlimmste aus der Situation zu machen, aber auf der anderen Seite waren das auch einige. Jeendan und ihre Verbündeten wollten, dass die Khalsa zerstört wurde, und die Khalsa war bereit, in den Untergang zu stürmen. Es hätte einen Agenten von größerem Weitblick und einen genialen Generalgouverneur gebraucht, was Hardinge sicher nicht war, um die Sache noch friedlich beizulegen. Den Eindruck, den man von der britischen Friedenspartei, vertreten durch Hardinge, erhält, ist der, dass sie sich wünschten, der Pandschab würde verschwinden – oder sich wieder in eine starke, disziplinierte, stabile Lage begeben, wie das unter Runjeet Singh der Fall war. Aber Hardinge hatte keine Idee, wie er das erreichen sollte.

Auf Seiten der Sikhs kann man ihre Anspannung verstehen. Südlich des Sutlej saß ein Gigant, wie sie wohl wussten, der eine beunruhigende Tendenz zu Eroberungen zeigte – der Sind war ein deutliches Beispiel. Der Sikh, der nicht ernsthaft an die Möglichkeit dachte, dass England den Pandschab schlucken wollte, war ein Narr. War er objektiv genug, würde er die Logik darin erkennen. Dass die Company weder die

Macht noch die Neigung hatte (zumindest nicht in diesem Augenblick), ihre Gebiete weiter auszudehnen, war für Lahore nicht erkennbar. Und die Khalsa? Es juckte sie in den Fingern, dem regierenden Champion einen Schlag zu versetzen, und kriegerisch wie sie war, hatte sie einigen Grund anzunehmen, dass die Briten den Kampf beginnen würden, wenn sie ihnen nicht zuvorkamen.

Dies sind sehr allgemeine Beobachtungen und zu jeder kann man „Ja, aber…" hinzufügen. Man kann Broadfoots Korrespondenz durchsuchen oder die Provokationen, welche von den Sikhs ausgingen. Wägt man alle Dinge so gerecht wie nur möglich ab, scheint es so zu sein, dass der Krieg begann, weil die Khalsa ihn wünschte und Jeendan und andere sie aus erbärmlichen Gründen dazu antrieb, während auf britischer Seite einige waren, einschließlich Hardinge, denen Voraussicht und Flexibilität fehlten, und andere, die ihn mit verschiedenen Graden an Bereitwilligkeit geschehen ließen. Es sollte auch daran erinnert werden, dass die Kämpfer beider Seiten einander unterschätzten. Trotz ihrer Befürchtungen waren die Briten mit all ihrer Erfahrung tief von ihrer Unbesiegbarkeit überzeugt. Wenn diese Überzeugung auf dem Feld auch grob erschüttert wurde, so war sie doch am Ende gerechtfertigt. Die Khalsa scheint überhaupt keine Zweifel gehabt zu haben, und trotz des Verrats ihrer Führer behielt sie ihr Selbstvertrauen bis zu den letzten Augenblicken von Sobraon.

Auch später, als der Pandschab britisches Protektorat war, blieb der Geist der

Sikh-Krieger um 1860

Khalsa lebendig. Sie würden wiederkommen. Zündstoff gab es genug, die britische Anwesenheit in Lahore, die damit begann, die nominalen Herrscher des Pandschab zu beschützen, und mit der Machtübernahme endete. Die Intrigen von Jeendan und Lal Singh, die die Neue Ordnung wohl weniger befriedigend fanden, als sie erwartet hatten (beide wurden schließlich ins Exil geschickt). Aber am stärksten war der beständige Glaube der Soldaten, dass ihnen beim zweiten Mal gelingen würde, was sie beim ersten Mal beinahe geschafft hatten. Das Ergebnis war der zweite Krieg gegen die Sikhs von 1848-1849, der mit einem vollständigen britischen Sieg endete. Gough, der einmal in seinem Leben zögerte, focht einen zu teuren Kampf in Chillianwalla und sollte eigentlich abgelöst werden, aber bevor sein Nachfolger eintraf, hatte er den entscheidenden Sieg bei Gujerat errungen. Der Pandschab wurde annektiert, Dalip Singh wurde abgesetzt, und wie Gardner vorhergesagt hatte, erbten die Briten etwas wesentlich Kostbareres als den Pandschab oder den Koh-i-Noor: die großartigen Regimenter, deren Tapferkeit und Treue für hundert Jahre sprichwörtlich wurde, von der Indischen Meuterei bis nach Meiktila und der Straße nach Rangun.

Anhang II

Jeendan und Mangla

Es gibt keine Möglichkeit, Flashmans Erinnerungen an Maharani Jeendan (Jindan, Chunda) und ihren Hof zu verifizieren. Man kann nur sagen, dass sie völlig übereinstimmen mit den Berichten respektabler zeitgenössischer Berichterstatter. „Eine seltsame Mischung aus Prostituierter, Tigerin und Machiavellis Prinz" nannte sie Henry Lawrence, und er hatte mit allen drei Bezeichnungen Recht. Unglaublich hübsch, tapfer, leichtlebig und lasterhaft, eine brilliante und skrupellose Politikerin und eine ziemlich schamlose Exhibitionistin wäre sie der Liebling der modernen Presse gewesen, die nichts Sensationelleres hätte erfinden können, als die Geschichte ihres Aufstiegs zur Macht und wie sie diese nutzte.

Sie wurde wahrscheinlich um 1818 geboren als Tochter von Runjeets Hundewärter. Für die schlüpfrigen Details aus ihrem früheren Leben müssen wir uns bei Carmichael Smyth bedanken. Er hatte viele seiner Informationen von Gardner, der sie gut kannte und sehr bewunderte und selbst auch einen Bericht hinterließ. Jeendans Vater war so eine Art Hofnarr Runjeets und belästigte den Ma-

Jeendan

380

haradscha wegen seiner Tochter, die damals noch ein kleines Kind war, und scherzte, sie würde „sicher eine passende Königin abgeben". Gardners Bericht zu Folge nahm Runjeet sie in seinen Harem auf, wo „die kleine Schönheit spielte und fröhlich war und Scherze machte… und es ihr gelang, ihn auf eine Art und Weise in ihren Bann zu schlagen, dass die echten Ehefrauen eifersüchtig wurden". Als sie dreizehn war, wurde sie zu einem Vormund nach Amritsar geschickt und hatte dort eine Reihe von Liebhabern, bevor sie zurück nach Lahore gebracht wurde, um „das Nachtleben des Palastes ein wenig aufzuheitern". 1835 heiratete sie Runjeet in einer Zeremonie, hatte aber weiterhin andere Liebhaber mit Wissen des Maharadschas und sogar (nach Smyth) auf seine Ermutigung hin: „Details dessen zu beschreiben, was in Gegenwart des alten Radschas selbst und auf sein Verlangen hin geschah, wäre ein Verbrechen an der Schamhaftigkeit". Als Dalip 1837 geboren wurde, kamen – nicht sehr überraschend – Zweifel über die Vaterschaft auf, aber Runjeet erkannte ihn nur zu gerne an.

Nach dem Tod des alten Maharadschas hört man wenig von Jeendan bis zu Dalips Thronbesteigung im Jahr 1843 (er war acht, nicht sieben, als Flashman ihn kennenlernte). Danach, als Königinmutter und Mitregentin mit ihrem Bruder, war sie mit Intrigen beschäftigt, mit Auseinandersetzungen mit der Khalsa und mit dem, was Broadfoot, begierig auf Skandale, ihr schlechtes Benehmen und ihre notorische Immoralität nannte. Der Agent sagte, er fühle sich eher wie ein Constable vor einem Bordell denn wie ein Vertreter der Regierung, verglich sie mit Messalina und zweifelte nicht daran, dass Alkohol und Laster ihren Geist verwirrt hatten („Was denkt Ihr… über vier junge Männer, die jede Nacht mit der Rani verbringen und ausgewechselt werden, wenn sie keine Befriedigung mehr verschaffen?"). Ohne Zweifel gab er gerne jedes schmutzige Gerücht weiter, das er in Erfahrung bringen konnte, mit dem unausgesprochenen Hinweis, dass ein solch korruptes Regime förmlich nach einer britischen Intervention rief. Aber selbst wenn man annimmt, dass er übertreibt, so kann man doch nicht bezweifeln, wie Kushwant Singh sagt, dass der Durbar

„sich völlig der Fleischeslust hingab". Schon vor der Ermordung ihres Bruders verschworen sich Jeendan und ihre Verbündeten dazu, ihr Land zu ihrer eigenen Sicherheit und zu ihrem Gewinn zu verraten. Jawaheers Tod schließlich brachte sie dazu, die Khalsa in den Untergang zu hetzen – „so plante die Rani, sich selbst an den Mördern zu rächen".

Wie sie das getan hat, erzählt Flashman in genaueren Einzelheiten, als man sie sonst irgendwo finden kann. Es war eine delikate und gefährliche Sache, die sie mit großer Geschicklichkeit abwickelte. Im Gegensatz zu vielen späteren Kriegsverbrechern kam sie auch damit durch, zumindest für einige Zeit. Nach dem Krieg blieb sie Regentin bis Ende 1846, als der britische Resident in Lahore (Lawrence) mit einem neuen Vertrag die volle Autorität erhielt und Jeendan mit einer Pension abgespeist wurde. Sie nahm das nicht demütig hin, sondern musste vom Hof entfernt – „an ihren Haaren herausgezogen", wie sie selbst sagt – und unter Bewachung gehalten werden. Wegen des Verdachts der Verschwörung wurde sie aus dem Pandschab deportiert – und plötzlich, als die Unzufriedenheit mit den Briten stieg, war sie eine Nationalheldin und wieder der Liebling der Khalsa. Aber es gab keine glückliche Heimkehr. Als der zweite Krieg gegen die Sikhs endete und Dalip ins englische Exil gegangen war, folgte sie ihm. Sie war erst Mitte vierzig, als sie 1863 starb, und ihr Sohn brachte ihre Asche nach Indien zurück.

Mangla (oder Mungela) hatte möglicher Weise mehr Einfluss auf den Durbar, als Flashman erkannte. Sie wurde um 1815 als Kind von Sklaven geboren und von ihren Eltern verkauft, als sie zehn Jahre alt war. Sie arbeitete in Kangra in einem Bordell und wurde von einem Munshi als seine Konkubine gekauft (oder rannte mit ihm davon), bevor sie sich als Prostituierte in Lahore selbständig machte. Sie wurde reich und die Mätresse eines Gulloo Mooskee, einem persönlichen Adjutanten von Runjeet Singh. Der gab sie an seinen Neffen weiter, einen Liebhaber Jeendans. Das war 1835, und die zwei jungen Frauen begannen eine Partnerschaft der Intrigen, die viele Jahre lang anhielt. Mangla wurde ein Mitglied von Runjeets Harem und spielte eine wichtige Rolle, ihn davon zu überzeugen, dass er der Vater Dalips war. In den nächsten zehn Jahren machte sie sich als Jeendans Ratgeberin und Vermittlerin unentbehrlich, wurde die Geliebte Jawaheer Singhs und übernahm nach seinem Tod die Kontrolle über den Staatsschatz, was ihr ohnehin schon großes Vermögen noch vermehrte. Sie war nicht so schön wie ihre Herrin und Freundin, hatte aber „ein Paar schöner Haselnussaugen, die sie höchst nutzbringend einzusetzen wusste, und eine liebliche gewinnende Haltung und Sprache".

(siehe Carmichael Smyth, Gardner, Kushwant Singh, Bruce)

Anhang III

Der Koh-i-Noor

Der Koh-i-Noor hat die längste und seltsamste Geschichte aller existierenden Juwelen und war bis zur Entdeckung des Cullinan 1905 der größte und kostbarste Stein der Welt. Er soll in Golkonda bei Haiderabad gefunden worden sein, in oder vor dem 12. Jahrhundert und ging hintereinander durch die Hände des Sultan Ala-ed-Din, der Mogulherrscher, des persischen Eroberers Nadir Shah (der ihn angeblich 1730 *Berg des Lichts* genannt haben soll), der Herrscher des Pandschab und der Queen Victoria, bevor er im letzten Jahrhundert bei den britischen Kronjuwelen landete. Tod, Folter, Einkerkerung, Ruin und Exil war das Schicksal so vieler seiner östlichen Besitzer, dass das Unglück, welches er seinen (männlichen) Trägern brachte, sprichwörtlich wurde. Er wurde erfolglos im Turban eines gestürzten Königs versteckt und in der Lehmwand der Gefängniszelle eines anderen und lag einige Zeit vergessen in der Tasche und später in der Knopfschachtel von John Lawrence, Henrys Bruder.

Trotz seiner Berühmtheit wird der Koh-i-Noor nicht als besonders feiner Stein eingeschätzt. Ursprünglich hatte er fast 800 Karat (der Cullinan hatte 3106 Karat), aber er wurde mehrmals umgeschliffen, um die Brillanz zu erhöhen. 1852 begann ein niederländischer Juwelier damit, ihn in Gegenwart Prinz Alberts und des Herzogs von Wellington zu bearbeiten und schnitt ihn um auf 108 Karat. Das Ergebnis war ein Stein von ungefähr 1,5 zu 1,25 Inches, sehr verbessert, aber immer noch von wenig Brillanz.

Nur weibliche Mitglieder der königlichen Familie haben den Koh-i-Noor getragen. Queen Victoria trug ihn als Brosche bei der Ausstellung im Crystal Palace 1851 und in Paris. Er war Teil der Kronen von Queen Alexandra, Queen Mary und Queen Elizabeth (der Königinmutter), die ihn bei der Krönung ihres Ehemannes Georg VI. getragen hat. Er ist jetzt in ihrer Platinkrone im Tower.

Der letzte Mann, der den Koh-i-Noor getragen hat, war der

kleine Maharadscha Dalip Singh, und auch er hatte seinen Anteil am Unglück. Abgesetzt und im Exil sah er den großen Diamanten wieder, als Queen Victoria Dalip den Koh-i-Noor bei seiner Ankunft in England zeigte. Er drückte seine Freude darüber aus, dass sie ihn trug. Zu der Zeit war er sechzehn Jahre alt und ungewöhnlich gutaussehend. Die Queen (die zweifellos nicht wusste, dass einer seiner Verwandten sie *Mrs. Fagin* zu nennen pflegte) war sehr begeistert von ihm. Leider

Dalip Singh

war sein gutes Aussehen nicht das einzige Erbteil seiner Mutter Jeendan, denn er wurde zu einem bekannten Lebemann, zur großen Bestürzung der Queen, und starb „arm, stattlich und lasterhaft" im Jahr 1893. Er ist auf dem Grundstück von Elveden Hall, seinem Heim in Suffolk, begraben.

(siehe *The Queen's Jewels*, von Leslie Field, 1987)

Fußnoten

1 „Ein besonders außergewöhnlicher und interessanter Anblick", wie Königin Victoria in ihrem Tagebuch am 11. Mai 1887 vermerkte.

2 Ob es jetzt wirklich Flashmans Vorschlag war oder nicht, die Queen stellte im nächsten Monat zwei indische Bedienstete an, einer davon war der macht- und habgierige Abdul Karim, bekannt unter dem Titel „Munshi" (Lehrer). Er war beinahe ein ebenso so großer königlicher Favorit wie der bekannte John Brown und war am Hof noch unbeliebter. „Munshi" unterrichtete nicht nur die Queen in Hindi, welches sie im August 1887 zu lernen begann, er erhielt auch Zugang zu ihrer Korrespondenz, durfte ihre Unterschrift trocknen und sogar zur Tee-Zeit ihren Toast buttern. Er gab vor, der Sohn eines berühmten Arztes zu sein (ein Gerücht nannte seinen Vater Generalsarzt der Indischen Armee), aber Nachforschungen zeigten, dass sein Vater in Agra Apotheker des Gefängnisses war. Wie Flashman sagte, hatten die Jubiläumsfeiern der Queen 1887 einen starken indischen Anstrich. Während ihrer Herrschaft war die Bevölkerung im Rest des Empire von 4 Millionen auf 16 Millionen angewachsen, während die des indischen Subkontinents sprunghaft von 96 Millionen auf 254 Millionen anstieg. Die Festlichkeiten in Indien begannen am 16. Februar und reichten von Feuerwerken und Banketten bis zur Eröffnung von neuen Bibliotheken, Schulen, Krankenhäusern und Hochschulen im ganzen Land. In Gwalior wurden alle Rückstände an Grundsteuer (gesamt 1 Million Pfund) erlassen. In Britannien selbst erreichten die Feiern erst am 21. Juni ihren Höhepunkt, als die Queen in Begleitung der indischen Prinzen an der Spitze einer feierlichen Prozession in Westminster Abbey am Gottesdienst teilnahm. Überall wurden Loyalitätsbekundungen abgehalten (außer in Cork und Dublin, wo es aufrührerische Demonstrationen gab), selbst in den USA wurde gefeiert. Der Bürgermeister von New York hatte den Vorsitz bei einer großen Thanksgiving-Feier. (dargestellt in *The Life and Times of Queen Victoria* [1888] von Robert Wilson, mit einer genauen Beschreibung der Jubiläumsfeierlichkeiten; ebenso in *Victoria* von Stanley Weintraub [1987])

3 Hier hat Flashmans Erinnerung scheinbar kleine Lücken. Er war zu dieser Zeit nicht, wie er sagte „mit halbem Sold in Pension". Tatsächlich war er in Singapore gewesen, um australische Pferde für die Ostindien-Kompanie zu besichtigen, während dieses Besuchs wurde seine Frau Elspeth von Piraten aus Borneo entführt, und das Abenteuer begann, welches mit Flashmans Rettung von Madagaskar im Juni 1845 endete. Unter diesen Umständen ist es verständlich, wenn er sich nicht mehr genau an seinen militärischen Status erinnert. Was nun den Zwang betrifft, unter dem er angeblich nach Indien ging, so war er vielleicht gar nicht so widerstrebend, wie er behauptet. Der Gouverneur von Mauritius hatte ganz bestimmt nicht die Macht, ihn zu zwingen; es sieht wohl eher so aus, dass die Krise im Pandschab (welche zu diesem Zeitpunkt nicht wirklich ernst zu nehmen war) eine weniger schlimme Aussicht war, als die Rückkehr nach England zu seinen Gläubigern.

4 „Elphy Bey" war Generalmajor William Elphinstone, Kommandant der britischen Streitmacht, welche auf dem Rückzug von Kabul 1842

ausradiert wurde, bei dem Flashman unrühmlich seine erste Auszeichnung gewann. Elphinstone war für Afghanistan hoffnungslos ungeeignet, obwohl er ein guter Soldat war, der sich bei Waterloo ausgezeichnet hatte. Verkrüppelt durch Gicht, ausgebrannt und, nach der Meinung eines Historikers, vor seiner Zeit senil, war er unfähig, sich gegen seine Ratgeber oder gegen die Afghanen durchzusetzen. Fairerweise trug er weniger Schuld als jene, die ihn auf einen Posten gesetzt hatten, für den er nicht geeignet war. Flashman zeichnet ein genaues, aber ungewöhnlich unfreundliches Bild von ihm im ersten Band der Flashman-Papiere (siehe auch J.W. Fortescue, *History of the British Army, Vol 12* [1927]; Subedar Sita Ram, *From Sepoy to Subedar* [1873], und Patrick Macrory, *Signal Katastrophe* [1966]).

5 „die Company" – die Ostindien-Kompanie wird von Macaulay als „die seltsamste aller Regierungen… für das seltsamste aller Reiche" beschrieben. Sie stellte Groß-Britanniens Anwesenheit in Indien, mit ihrer eigenen Armee, ihren Beamten und Richtern, bis nach dem Indischen Aufstand 1857, als sie durch die direkte Herrschaft der Krone abgelöst wurde. Flashmans Beschreibung der Grenzen von 1845 ist im Großen und Ganzen richtig, und obwohl sie in dieser Periode weniger als die Hälfte des Subkontinents kontrollierte, ist das Wort „Herrin des Landes" dennoch gut gewählt. Die Company war sicherlich die stärkste Macht in Asien und hatte auf ihrem Höhepunkt größere Einkünfte als Groß-Britannien selbst. Sie regierte damals fast ein Fünftel der Weltbevölkerung (siehe Brian Gardner, *The East India Company*, 1971).
Flashman, der in den frühen Jahren des 19. Jahrhunderts schreibt, verwendet gelegentlich das Wort Sirkar, wenn er sich auf die britische Macht bezieht. Das Wort bedeutet in diesem Sinn Regierung, bezieht sich 1845 aber nicht ausschließlich auf die britische Herrschaft.

6 Ursprung und Entwicklung der Sutlej-Krise werden unterschiedlich gesehen, und selbst heute ist es schwierig, darüber einen Bericht zu geben, der alle zufriedenstellt. Dennoch scheint mir Flashmans Erzählung ziemlich ausgewogen. Sein bissiger Bericht über den Machtkampf in Lahore nach dem Tod Runjeet Singhs stimmt genau, er verschont den Leser sogar vor einigen der blutigeren Details (wahrscheinlich, weil sie ihm selbst nicht bekannt waren). Aber seine Ansichten über den heraufziehenden Sturm, die instabile Position des Durbar in Lahore, die Bedrohung durch die Khalsa und die bösen Ahnungen der britischen Beamten, was die Loyalität ihrer Eingeborenen-Truppen und ihre Fähigkeiten im Fall einer Invasion betraf, spiegeln sich wieder in den Tagebüchern und Briefen seiner Zeitgenossen. Andere Einzelheiten und Persönlichkeiten, welche er erwähnt, werden in den folgenden Fußnoten genauer behandelt. (*Anhang I* und G.Carmichael Smyth, *History of the Reigning Family of Lahore* [1874]; W. Broadfoot, *The Career of Major George Broadfoot* [1888]; Charles, Viscount Hardinge, *Viscount Hardinge* [1891]; W.L. M'Gregor, *History of the Sikhs, Vol. 2* [1846]; Khushwant Singh, *History of the Sikhs, Vol. 2* [1966]; J.D. Cunningham, *History of the Sikhs* [1849]; George Bruce, *Six Battles for India* [1969]; Fortescue; Vincent Smith, *Oxford History of India* [1920]).

7 Sir Hugh Gough (1779-1869) war eine nicht unübliche Persönlichkeit: ein strenger und rücksichtsloser Soldat und gleichzeitig ein freundlicher und liebenswerter Mann. Er war auch ganz und gar „irisch" – furchtlos,

Hugh Gough

humorvoll, unbekümmert um Konventionen und Autoritäten, äußerst charmant. Als General war er uneinschätzbar und unorthodox, er zog es vor, die Auseinandersetzung von Mann zu Mann zu suchen und sich auf den Wert der britischen Bajonette und Säbel zu verlassen, als sich komplizierten Manövern hinzugeben. Er hatte viele Kritiker, welche auf seine Mängel als militärischer Organisator und Taktiker hinwiesen, aber einen Vorteil als Kommandierender nicht verleugnen konnten: Er hörte nicht auf, zu gewinnen. Im Jahr 1845 hatte er ein Schlachtenregister, das von keinem lebenden Mann erreicht wurde, selbst Wellington nicht. Er war mit 13 eingezogen worden, hatte in Südafrika und Surinam gegen die Holländer gekämpft, Banditen auf Trinidad verfolgt, diente während des Krieges gegen Napoleon in Spanien (wo er mehrfach verwundet und dafür geadelt wurde), kommandierte eine britische Expedition nach China, stürmte Kanton, erzwang die Übergabe von Nanking und schlug die Mahrattas in Indien. Zur Zeit der Sutlej-Krise war er 66 Jahre alt, aber körperlich und geistig immer noch äußerst fit, gut aussehend, von gerader Haltung, mit langem, langsam zurückweichendem weißen Haar, Backenbart und Schnurrbart. Das bekannteste Porträt zeigt ihn in seinem berühmten weißen „Kampfmantel" mit ausgestrecktem Arm. Angeblich beschreibt es einen der vielen kritischen Momente seiner Karriere, als er, bei Sobraon, gerufen hatte: „Was? Mich zurückziehen? Das werde ich nicht tun! Sagt Sir Robert Dick, er möge vorrücken, im Namen Gottes!" (siehe R.S. Rait, *Life and Campaigns of Hugh*, *1st Viscount Gough* [1903]; Byron Farwell, *Eminent Victorian Soldiers* [1985] und andere Werke, welche in diesen Anmerkungen zitiert werden)

Sir Robert Sale

Sir Robert (Fighting Bob) Sale war ein weiterer, äußerst kampfeslustiger General, berühmt dafür, dass er seine Leute von der Front aus anführte. Einmal, als seine Männer kurz vor der Meuterei standen, lud er sie ein, auf ihn zu schießen. Er kämpfte in Burma und im Afghanischen Krieg, wo er stellvertretender Kommandant war und sich als Verteidiger von Jallalabad auszeichnete.

8 Der Krieg gegen die Gurkhas brachte die Briten 1815 nach Simla, das erste europäische Haus wurde dort 1820 für einen Captain Kennedy gebaut, den örtlichen Superintendenten, dessen Gastlichkeit vielleicht die Grundlage gelegt hat für Simlas Berühmtheit als Ferienort. Emily Eden war die Schwester Lord Aucklands, des Generalgouverneurs von 1835 bis 1841 (siehe die ausgezeichnet bebilderte Ausgabe von *Simla, a British Hill Station*, von Pat Barr und Ray Desmond [1978]).

9 Passt man Raleighs berühmtes Urteil über Heinrich VIII. ein wenig an, so kann man sagen „wenn alle Geschichten und Bilder über Indiens Memsahibs der Welt verloren wären, so könnte man sie doch wiederfinden durch das Leben von Lady Sale". Florentia Wynch war 21, als sie den tollkühnen jungen Captain Robert Sale heiratete, sie gebar im 12 Kinder. Eines davon, Mrs. Alexandrina Sturt, teilte mit ihrer Mutter das Entsetzen auf dem Marsch von Kabul. Lady Sale war damals 54, aber obwohl sie zweimal verwundet wurde und ihre Kleidung von Jezzail-Kugeln zerfetzt war, arbeitete sie unermüdlich für die Kranken und Verwundeten und für die Frauen und Kinder, die an dieser furchtbaren Reise über die schneebedeckten afghanischen Pässe teilnahmen. Während des Marsches und während der Monate in afghanischer Gefangenschaft behielt sie ihr Tagebuch bei sich, den klassischen Bericht über den Rückzug aus Kabul, den bis auf eine Handvoll 14.000 Menschen nicht überlebten. Es ist eines der großen Militär-Tagebücher und ein bemerkenswertes persönliches Erinnerungsstück an eine unbezähmbare Frau, die Schlachten, Massaker, Erdbeben, Härten, Flucht, Gefangenschaft und ganz alltägliche Dinge offenen Auges und oft bissig kommentierte. Ihre Reaktion, als Soldaten sich weigerten, ihre Musketen aufzunehmen und die Vorhut zu bilden, war: „Ihr solltet besser mir eine geben, und ich werde die Vorhut anführen." Andere für sie typische Notizen sind: „Glücklicherweise hatte ich nur eine Kugel in meinem Arm", und der kurze Eintrag am 24. Juli, als sie Gefangene war: „Um zwei Uhr nachmittags schenkte mir Mrs. Sturt eine Enkeltochter – eine weitere Gefangene." Während des Marsches war ihr Schwiegersohn, Captain Sturt, vor ihren Augen im Schnee gestorben. Ihr Heldenmut auf dem Marsch wurde von Queen Victoria mit einer jährlichen Pension von 500 Pfund gewürdigt. Als sie starb, in ihrem 66. Jahr, setzte man auf ihren Grabstein die passende Inschrift: „Unter diesem Stein ruht alles, was an Lady Sale sterblich war."

Flashman schreibt über sie mit großer Zuneigung, ohne Zweifel sprach ihn ihre direkte und unkonventionelle Art an. Ihre Angewohnheit, einen Fuß auf den Tisch zu legen, um ihre Gichtschmerzen zu erleichtern (nicht Rheumatismus), wird auch von einem Stabsmediziner in Simla, Henry Oldfield, bestätigt (siehe ihr *Journal of the Disasters in Afghanistan* [1843], hrsg. v. P. Macrory [1969]).

10 Eugene Sues *The Wandering Jew* erschien 1845 und war anzunehmenderweise im September dieses Jahres in Simla erhältlich, aber Flashman hat das Buch in seiner Erinnerung wohl mit dem genauso bekannten *Mysteries of Paris* vom gleichen Autor verwechselt, das 1842/43 erschienen war. Dumas *Drei Musketiere* erschienen erstmals 1844, Flashman hat sich den Roman vielleicht von einem der französischen Offiziere geborgt, die ihn im Juni 1845 in Madagaskar retteten.

11 George Broadfoot, ein riesenhafter, rothaariger, streitsüchtiger Orkney-Mann mit dicken Brillen, war einer der frühen Helden der Nordwestgrenze. Er hatte sich im afghanischen Krieg als wilder Kämpfer, Ingenieur und Organisator ausgezeichnet, und es war zu einem großen Teil ihm zu verdanken, dass Jalallabad nach dem furchtbaren Rückzug aus Kabul erfolgreich verteidigt werden konnte. Er erhielt ein C.B. und eine besondere Erwähnung in den Depeschen, diente danach in Burma und kehrte 1845 als Beauftragter für die Nordwestgrenze zurück. Er und Flashman dienten gemeinsam auf der Straße nach Kabul, Broadfoots Bruder war während der Belagerung der Residenz im November 1841 getötet worden, an der Flashman so widerwillig teilgenommen hatte. Der Hinweis auf Broadfoots schottischen Dialekteinschlag ist interessant, denn er war zwar in Kirkwell geboren worden, hatte aber seit seinem zehnten Lebensjahr in London und Indien gelebt.

Captain (später Sir) Henry Havelock, Flashmann nannte ihn den „Totengräber", zweifellos wegen seiner grimmigen Erscheinung und seines religiösen Eifers, wurde berühmt während des Indischen Aufstandes, wo er Lucknow entsetzte und dort belagert wurde. Flashman begegnete ihm dort und auch während des Feldzugs in Afghanistan.

Der „kohlessende" Edelmann mit dem Lispeln war sicher Prinz Waldemar von Preußen, der 1845 Simla besuchte und danach die britische Armee in die Schlacht begleitete. Er reiste unter dem Namen Graf Ravensburg, aber seine Gastgeber scheinen ihn mit seinem richtigen Titel angesprochen zu haben.

12 Die Bezahlung eines Sepoys der Ostindischen Kompanie lag damals bei 7 Rupien im Monat, die Khalsa bot 14, und 45 Rupien für einen Kavalleristen.

13 Sind, das Gebiet zwischen dem Pandschab und dem Meer, wurde 1843 von Lord Ellenborough annektiert, Sir Henry Hardinges Vorgänger als Generalgouverneur. Das brachte den Briten die Kontrolle über den Indus und einen weiteren wichtigen Puffer gegen eine mögliche Invasion von Moslems aus dem Nordwesten. Die Vorgehensweise war äußerst zynisch, indem Ellenborough die Emirs des Sind herausforderte, weil er ihnen einen unakzeptablen Vertrag aufzwang. Als dies einen Angriff durch Baluchi-Krieger provozierte, besetzte Sir Charles Napier sofort das Land, er gewann die Schlachten von Miani und Hyderabad. Die Reaktion der Öffentlichkeit darauf gab das House of Commons wieder, indem es die normale Dankesnote an den erfolgreichen General um ein Jahr verzögerte, und der Punch, welcher boshaft einen Beitrag einer Miss Catherine Winkworth, 17 Jahre alt, veröffentlichte, welche meinte, Napiers Depesche an Ellenborough müsse gelautet haben: „Peccavi – Ich habe gesündigt (I have sin(ne)d im Englischen)". Die Annexion wurde in Lahore mit Besorgnis zur Kenntnis genommen und überzeugte zweifellos viele Sikh davon, dass sie als nächste dran wären.

14 Jung wie er war, hätte Flashman trotzdem wissen müssen, dass Afghanistan keine Ausnahme war, politische Offiziere, die normalerweise zur Armee gehörten, kämpften gemeinsam mit dem Rest. Es ist wahr, dass kein Posten in der Schlacht gefährlicher war als Adjutant eines Generals zu sein. Und er wird wohl Recht gehabt haben mit der Annahme, dass es besonders gefährlich werden würde, wenn der General Gough hieß.

Alexander Burnes war Flashmans Vorgesetzer in Kabul gewesen, wo Sir Wiliam McNaghten der politischen Mission vorstand. Er sah mit an, wie beide von den Afghanen umgebracht wurden (siehe *Flashman – Im Dienste Ihrer Majestät*).

15 Die Einzelheiten, welche Flashman uns über das Soochet-Erbe berichtet, sind im Großen und Ganzen richtig. Radscha Soochet schickte sein Vermögen, insgesamt 14 Lakhs Rupien (ungefähr 140.000 Pfund) kurz vor seinem Tod im März 1844 nach Ferozepore. Es wurde dort in drei riesigen Kupferkrügen begraben und von Captain Saunders Abbot wieder ausgegraben. Dann brach der Streit um die Eigentümerschaft los, der Durbar von Lahore verlangte die Rückgabe, und die britische Verwaltung bestand darauf, es gehöre Soochets Erben (siehe *Broadfoot*, S 229-232, 239).

16 Die berühmten Gärten von Shalamar oder Shalimar wurden im 17. Jahrhundert von Schah Dschahan, dem Schöpfer des Taj Mahal, geschaffen. Ursprünglich waren es sieben Gärten, welche die sieben Abteilungen des Paradieses darstellen sollten, jetzt gibt es nur noch drei, welche ungefähr 80 Morgen Land bedecken. Das Shalamar von Lahore sollte man nicht mit den Gärten gleichen Namens in Kashmir verwechseln.

17 Wenn Flashman von der Khalsa spricht, meint er einfach die Armee des Pandschab, aber die Bedeutung des Begriffs geht viel tiefer. Die Sikh (die „Schüler") wurden im 15. Jahrhundert von Nanak als friedliche religiöse Sekte gegründet. Zweihundert Jahre später wurden sie von ihrem zehnten und letzten Guru, Gobind Singh in eine militärische Macht verwandelt, um der Verfolgung durch die Muslims zu widerstehen. Gobind gründete die Khalsa, die „Reinen", eine geweihte Bruderschaft, welche mit den Tempelrittern oder den Prätorianer-Garden verglichen worden ist. Sie wurde bald zum führenden Orden und zum Träger des Nationalgefühls der Sikh. Gobinds Anordnungen enthielten unter anderem die Abschaffung des Kastenwesens, die Annahme der Familiennamen Singh und Kaur (Löwe und Löwin) und die berühmten fünf „K" (Armband, kurze Hose, Kamm, Dolch und ungeschnittenes Haar). Es war ein kämpfender Orden, der bald 80.000 Mitglieder hatte. Den Höhepunkt ihrer Macht erreichte die Khalsa unter Runjeet Singh. Der Kontakt mit den Briten scheint ihn dazu inspiriert zu haben, eine Armee nach europäischem Vorbild aufzubauen, mit der Hilfe von französischen, italienischen, britischen, amerikanischen, deutschen und russischen Instruktoren. Das Ergebnis war eine überlegene Streitmacht, genauso diszipliniert und beeindruckend, wie Flashman sie beschreibt, gut ausgebildet und ausgerüstet und – etwas, dass im Zusammenhang mit den Gründen für den Ausbruch des Krieges gegen die Sikh nicht übersehen werden darf – auf Eroberung eingestellt. Sobald Runjeets eiserne Hand sie nicht mehr beherrschte, war die Khalsa die wahre Macht im Pandschab, dessen Herrscher nur hoffen konnten, sie zu beschwichtigen. Die Panches, welche die Khalsa kontrollierten, wurden nach alten Dorftraditionen gewählt.

Bei Runjeets Tod wurde die zahlenmäßige Stärke der Khalsa auf 29.000 geschätzt, mit 192 Kanonen. 1845 waren es bereits 45.000 Mann reguläre Infanterie, 4.000 Mann reguläre Kavallerie, 22.000 Mann irreguläre Kavallerie (Gorracharra) und 276 Stück Artillerie. Während des Jahres scheinen diese Zahlen noch größer geworden zu sein. Flashman und seine Zeitgenossen sprechen von 80.000 und 100.000 Mann, aber wieviele davon tatsächlich zu den kämpfenden Einheiten gehörten, lässt sich nicht sagen. Er verwendet auch die Begriffe Khalsa, Sikhs und Pandschabi gleichzeitig, wenn er von der Armee des Pandschab spricht. Es sollte noch gesagt werden, dass die Khalsa, so wie er sie kannte, nicht ausschließlich aus Sikhs bestand (Einen Überblick über die Stärke der Khalsa 1845 gibt Carmichael Smith, *Reigning Family*, Anhang. Notizen über die von Runjeet bezahlten fremden Söldner finden sich in *Gardners Memoirs* – siehe auch *Fußnote 6*).

18 Die Akalis waren die Spezialeinheiten der Khalsa, eine strenge Sekte, die unter den Namen „Die Zeitlosen", „Die Kinder des Unsterblichen Gottes" und „Die Krokodile" bekannt war. Eine Fußnote in der Biographie George Broadfoots beschreibt sie als „der Missherrschaft und Plünderungen ergeben".

19 Nachdem Flashman später in diesem Manuskript auf eine Cooper-Pistole verweist, ist es möglich, dass die Pistole, welche er auf Dalip Singh gerichtet hat, ebenfalls eine Cooper war. Sie wurden um 1840 von J.R.Cooper, einem britischen Waffenhersteller, angefertigt und hatten sechs Schüsse. (siehe *The Revolver, 1818-1865*, von A.W.F.Taylerson, R.A.N. Andrews und J. Frith [1968])

20 Hier haben wir ein Problem. Das „zähe, schlau aussehende Schwergewicht", das mit Bhai Ram Singh gemeinsam Flashman aufsuchte, klingt nicht nach dem „guten, freundlichen und höflichen alten Fakir Azizudeen", der Runjeet Singhs Außenminister gewesen war und immer noch ganz vorne in der Politik stand, auch wenn er ein paar Wochen später aus natürlichen Gründen starb. Sowohl die Beschreibung als auch der Stil passen nicht zusammen. Bhai Ram Singhs Begleiter erinnert nur durch seine bemerkenswerte Ehrlichkeit an Azizudeen. Entweder war Flashmans Besucher jemand ganz anderer, oder er hatte den Namen falsch verstanden oder sein großartiges Gedächtnis hat ihn ein einziges Mal im Stich gelassen.

21 Flashman hat zwar den Sinn verstanden, aber das Gedicht von Robert Herrick, *Upon Julias Clothes*, etwas falsch zitiert. Er zitiert Herrick noch einmal, aber es ist zweifelhaft, dass er eine besondere Beziehung zu dem Poeten hatte oder auch nur seinen Namen kannte. Die Flashman-Papiere sind voller literarischer Anspielungen – dieser Band verweist auf Donne, Shakespeare, Macaulay, Coleridge, Voltaire, Dickens, Scott, Congreve, Byron, Pope, Lewis Carroll, Nordische Mythologie und obskure Teile des Alten Testaments. Aber es wäre sehr voreilig, den Schluss zu ziehen, dass Flashman nähere Bekanntschaft mit diesen Autoren hatte. Wahrscheinlicher hat er seine literarischen Zitate aus zweiter Hand aus Gesprächen und einfachem Lesestoff. Zwei Ausnahmen gibt es: Er kannte Macaulay persönlich und hat zweifellos seine *Lays* gelesen, und er scheint eine echte Vorliebe für Thomas Love Peacock gehabt zu haben, dessen bissiger Humor und Seitenhiebe gegen Gesellschaft, Politik und akademische Kreise ihm wahrscheinlich gefallen haben. Zum Rest können wir sagen, dass seine oftmaligen Hinweise auf *Punch*, Pierce Egans *Tom und Jerry* und fantastische Literatur wie *Varney, der Vampir* seinen literarischen Geschmack wohl besser zeigen. Wir wissen aus einem früheren Band, dass die Bezeichnung *Trollope* (Schlampe, Dirne) für ihn nur eines hieß, und damit meinte er sicher nicht den gleichnamigen Autor.

22 Alexander Haughton Campbell Gardner, „Gurdana Khan" (1785-1877) ist eine außergewöhnliche Gestalt selbst für jene Zeit, die solche Abenteurer wie „Sekundar" Burnes, Count Ignatieff, Yakub Beg, Pottinger, Conolly, Avitabile und John Nicholson sah. Er wurde am Lake Superior geboren, wo heute Wisconsin liegt, der Sohn eines schottischen Arztes und einer englisch-spanischen Frau. Dr. Gardner hatte im Unabhängigkeitskrieg auf amerikanischer Seite gekämpft und kannte Washington und Lafayette. Der junge Alexander verbrachte einige Jahre in Irland, wo er Kanonier gelernt haben dürfte, möglicherweise in der britischen Armee, ging nach Ägypten und reiste mit einer Karawane von Jericho nach Russland, wo sein Bruder von der Regierung als Ingenieur angestellt worden war. Dann ging er nach Zentralasien, wo er einige Jahre seines Lebens mit ständigen Kriegszügen, Raubzügen, Hinterhalten, Fluchten und Entdeckungen unter den wilden Stämmen zubrachte. Er kämpfte als Söldner und scheint eine Zeit lang wenig mehr als ein wandernder Bandit gewesen zu sein. „Nahrung erhielten wir durch Eintreibung von jedem, den wir überwältigen konnten", schreibt er in seinen *Memoirs*, „aber wir töteten nur in Selbstverteidigung." Er scheint sich mit ziemlicher Regelmäßigkeit verteidigt haben zu müssen, sowohl als Söldner wie auch als Bandit, entkam Sklavenjägern, wurde von einem Wolfsrudel angegriffen, führte eine Expedition gegen Peshawar an unter dem heiligen Banner des Khalifen („alle brannten vor religiösem Eifer und dem Wunsch, in der reichen Stadt nach ihrem Willen zu tun") und verbrachte neun Monate in einem unterirdischen Gefängnis. Er stieg zum Kommandanten seiner eigenen Bergfestung einer Region unter dem Rebellen Habibullah Khan auf,

Alexander Gardner

und es war bei einem Überfall, um eine Prinzessin (samt ihrem Schatz) aus Dost Mohammeds Harem zu rauben, wo er seine erste Frau traf, ein Ereignis, dass er in lakonischer Kürze beschreibt: „Im Verlauf des Rükkzuges zu unserer Festung war es mir möglich, das hübsche Gesicht eines jungen Mädchens zu sehen, welches die Prinzessin begleitete. Ich ritt ziemlich lange neben ihr her und gab vor, dass mein Respekt für die ältliche Dame mich diese Seite neben ihrem Kamel wählen ließ. Am nächsten Morgen belohnte Habibullah Khan seine Gefolgsleute reichlich, aber ich wies meinen Anteil am Gold zurück und bat darum, dass mir dieses Mädchen zur Frau gegeben werde." Das wurde sie auch, und zwei Jahre lebten sie glücklich, bis Gardner von einer Aktion zurückkam, bei der er von seinen 90 Männern 51 verloren hatte, um festzustellen, dass seine Festung angegriffen worden war und seine Frau sich selbst getötet hatte anstatt in Gefangenschaft zu geraten. Auch sein kleiner Sohn war getötet worden. Wenn er auch noch einige Jahre in Afghanistan blieb und sich mit Dost Mohammed versöhnte, trat er schließlich in die Dienste von Runjeet Singh im Pandschab, trainierte die Geschützmannschaften der Khalsa, kämpfte in verschiedenen Auseinandersetzungen und war während der sechs blutigen und intrigenreichen Jahre nach Runjeets Tod in Lahore. Er war Wachkommandant des kleinen Dalip Singh und der Rani Jeendan, als er mit Flashman zusammentraf. Er war sehr pro-britisch und glaubte, Indiens Zukunft sei am besten gedient, je enger es an das Vereinigte Königreich gebunden wurde. In seinem Brief „From John Bull of India to John Bull of England" schuf er das Bild eines Indien als großer industrialisierter Nation, mit Indern in den höchsten zivilen und militärischen Stellen, und in beiden Häusern von Westminster vertreten. Körperlich war Gardner so, wie Flashman ihn beschreibt: sechs Fuß groß, kräftig, schlank und von eiserner Konstitution. Eine seiner zahllosen Verwundungen hatte dazu geführt, dass er keine feste Nahrung mehr schlucken und nur mit Hilfe eines eisernen Halsreifens trinken konnte, aber selbst in seinem 80. Lebensjahr war er so aktiv wie ein Mann von 50,

lebhaft und humorvoll, und sprach ein Englisch, das „eigenartig, bilder-
reich und wirklich gut war, wenn man bedachte, dass er 50 Jahre unter
Asiaten gelebt hatte". Das Foto in den Memoirs zeigt ein altes Schlacht-
tross mit Hakennase und dichtem Bart, mit dem Schwert in der Hand
und in ein Tartanmuster gekleidet, aus dem sogar sein Turban gemacht
worden war. Er kaufte das Tuch einem Highlander Regiment in Indien
ab, aber das schwarzweiße Bild sagt uns nicht, welcher Tartan es war, und
es bleibt ein kleines Geheimnis. Flashman sagt, es war der Tartan der 79.
Highlander und beschreibt ihn als rot oder scharlachrot, was ein wenig
verwirrend ist, denn der Tartan der 79. ist größtenteils dunkelblau, eine
Mischung aus dem McDonald-Tartan und dem der Camerons von
Lochiel. Es mag sein, dass Flashman, der die militärischen Tartanmuster
kannte, ihn als rot nur im Vergleich mit den Tartans der anderen vier
Highland Regimenter bezeichnete, die vorwiegend ein dunkles Blaugrün
zeigen. Die einzige andere Erklärung ist, dass er sich völlig geirrt hat und
Gardner nicht den Tartan der 79. getragen hat, sondern den auffallend
roten Lochiel Cameron – in diesem Fall muss der Colonel wahrlich ein
großartiger Anblick gewesen sein. (Siehe auch Hugh W. Pearse [Hrsg.]:
Memoirs of Alexander Gardner [1890])

23 Es ist durchaus möglich, dass Kipling seinen Helden Daniel Dravot
aus „Der Mann, der König sein wollte" nach Dr. Harlan schuf. Er hatte
sicher von dem Amerikaner gehört, und es gibt starke Parallelen zwischen Dravots erfundenem Abenteuer in Kafiristan (erschienen im Jahr
1895) und Harlans Absichten erst auf den afghanischen Thron und seiner
erfolgreichen Thronbesteigung in Ghor, wie Gardner sie in seinen
Memoirs (erschienen 1890) beschreibt. Ob Harlans Geschichte wirklich
stimmt, tut nichts zur Sache. Wie für viele andere Teile seiner erstaunlichen Karriere gibt es keine Beweise, andererseits wurde sie, zusammen
mit allem anderen, von solchen Persönlichkeiten wie Major Pearse,
Gardners Herausgeber, und dem gefeierten Dr. Wolff akzeptiert. Josiah
Harlan (1799-1871) wurde in der Stadt Newlin in Pennsylvania geboren,
als Sohn eines Kaufmannes, dessen Familie aus dem County Durham
stammte. Er studierte Medizin, segelte als Frachtmeister nach China und

Josiah Harlan

kehrte wieder in den Osten zurück,
nachdem seine amerikanische Verlobte
ihn verlassen hatte. Er diente als Arzt in
der britischen Armee in Burma. Dann
ging er nach Afghanistan und begann
seine Karriere als Diplomat, Spion,
Söldner und Doppel- (manchmal Drei-
fach-)Agent, welche Colonel Gardner so
erzürnte. Die Einzelheiten sind sehr verwirrend, aber es scheint, als ob Harlan,
nachdem er Dost Mohammed den
Thron streitig machen wollte und eine
Festung eroberte, in die Hände von
Runjeet Singh fiel. Der Maharadscha der
Sikhs erkannte ein schurkisches Genie,
wenn er es sah, und sandte ihn als Boten
zu Dost Mohammed. Harlan reiste in
der Verkleidung eines Derwisch und
arbeitete auch im Auftrag Shah Sujahs,
dem exilierten afghanischen König,

daran, Dost zu stürzen. Damit noch nicht zufrieden, machte er sich auch noch bei Dost beliebt und wurde sein Agent im Pandschab – er diente also drei Herren gegeneinander. Obwohl, wie ein Zeitgenosse mit meisterhafter Untertreibung sagte, Harlans Leben nun ein wenig kompliziert war, befriedigte er zumindest zwei seiner Arbeitgeber. Shah Sujah ernannte ihn zum Königlichen Sattelgefährten, und Runjeet übertrug ihm die Verwaltung von drei Provinzen, die er auch ausübte, bis der Maharadscha herausfand, dass er unter dem Vorwand chemischer Experimente Falschgeld herstellte. Selbst dann verwendete Runjeet ihn noch weiter als Agenten, und es war Harlan, der den Gouverneur von Peshawar dazu brachte, die Provinz an die Sikhs zu verraten. Er trat wieder in die Dienste Dost Mohammeds (den er gerade verraten hatte) und begleitete die Expedition gegen den Prinzen von Kunduz. Es war während dieses Feldzuges, dass der patriotische Doktor „den Indischen Kaukasus bezwang und die Fahne meines Landes mit einem Salut aus 26 Kanonen in den Wind hisste... das Sternenbanner flatterte anmutig zwischen den eisigen Gipfeln." Was das bringen sollte, ist unklar, aber bald danach gelang es Harlan, sich auf den Thron von Ghor zu setzen, den er von seinem Erbprinzen übernahm. Das war 1838. Ein Jahr später war er Dosts Unterhändler mit den britischen Invasoren in Kabul. Dost floh bald danach, und Harlan wurde zum letzten Mal beim Frühstück mit Sekundar Burnes, dem britischen Agenten, gesehen. Soweit geht Harlans Geschichte größtenteils auf eine Kurzbiographie des Missionars Dr. Wolff zurück. Sie trafen sich während Harlans Verwaltung in Gujerat, aber Wolff (der natürlich niemals den Vorteil hatte, die Flashman-Papiere zu lesen) muss zugeben, dass er nach 1839 von dem Amerikaner nichts mehr weiß. Harlan kehrte 1841 nach Amerika zurück, heiratete 1849, stellte während des Bürgerkrieges auf Seiten der Union Harlan's Light Horse auf, schied als Invalide aus und beendete seine Tage als Arzt in San Francisco. Offensichtlich muss er in den 1840ern noch einmal im Pandschab gewesen sein, wenn Flashman ihn kannte. Von seinem Aussehen und Charakter erzählen seine anderen Zeitgenossen wenig. Dr. Wolff beschreibt einen „hochgewachsenen Gentleman", der gerne den „Yankee Doodle" pfiff und fand ihn freundlich und zuvorkommend. Gardner erwähnt, dass er ihn in den 1830ern in Gujerat getroffen hat, spricht aber noch nichts Böses über ihn. Sein Biograph Dr. Joseph Wolff, D.D., L.D.D. (1795-1862) war ein Gelehrter, Reisender und Linguist, dessen Abenteuer noch exzentrischer waren als die Harlans. Er war bekannt als der „christliche Derwisch" und der „Protestant Xavier", wurde in Deutschland als Sohn eines Rabbi geboren und trat während seiner „außergewöhnlichen nomadischen Karriere" zum Christentum über. Er wurde aus Rom vertrieben, weil er die Unfehlbarkeit des Papstes anzweifelte, bereiste den Mittleren und Fernen Osten auf der Suche nach den Verlorenen Stämmen Israels, predigte das Christentum in Jerusalem und wurde bei Kephallonia schiffbrüchig. Er wurde von zentralasiatischen Sklavenhändlern gefangen (die für ihn nur 2,50 Pfund wollten, sehr zu seinem Ärger) und ging 600 Meilen „im Zustand der Nacktheit" durch Afghanistan. Er wagte eine Rückkehr nach Afghanistan auf der Suche nach den verschollenen britischen Agenten Stoddart und Connolly und entkam nur knapp dem Tod durch die Hände ihres Mörders. Zu anderen Zeiten predigte Dr. Wolff vor dem amerikanischen Kongress, war in New Jersey Dechant, anglikanischer Priester in Irland und wurde schließlich Vikar einer Pfarrgemeinde in Somerset. Wie Flashman sagte, in dieser Zeit waren einige seltsame Zeigenossen unterwegs. (Siehe Gardner, *The Travels and Adventures of Dr. Wolff* [1860])

24 Flashmans Beschreibung ist die genaueste unter den vielen Erzählungen über den Tod Jawaheer Singhs am 6. Asin (21. September) im Jahr 1845. Er unterscheidet sich von den anderen Berichten nur in kleinen Details, offensichtlich wusste er nicht, dass zwei Bedienstete des Wazirs ebenfalls getötet wurden und dass Dalip Singh eine Zeitlang Gefangener seiner Armee war. Aber seine Beschreibung von der Reaktion der Rani, auch wenn sie im Detail etwas drastischer ist, wird von den anderen Berichterstattern unterstützt, die ihre Hysterie und ihre Rachedrohungen bestätigen (es ist vermutet worden, dass sie am Tod ihres Bruders mitschuldig war, aber das erscheint äußerst unwahrscheinlich, auch wenn sie mehr als einmal überlegt hatte, ihn verhaften zu lassen). Dass Jawaheer von der Gefahr wusste, ist sicher. Wie Flashman sagt, hat er am Abend zuvor versucht, seine Sicherheit zu erkaufen, aber an jenem Tag scheint er geglaubt zu haben, mit dem Leben davon zu kommen. Tatsächlich aber war er schon verloren, nicht nur wegen Peshora Singhs Tod, sondern weil nach Cunningham die Khalsa glaubte „er würde die Briten ins Land holen". (Siehe Cunningham, Carmichael Smyth, Kushwant Singh, Gardner und andere)

25 Eine Bestätigung dieser hässlichen Episode gibt Carmichael Smyth.

26 Flashmans genauer Augenzeugenbericht von diesem Durbar kann nicht in allen Einzelheiten bestätigt werden, aber große Teile davon finden sich bei anderen Autoritäten, einschließlich seiner Zeitgenossen Broadfoot und Carmichael Smyth. Jeendan wusste offensichtlich, wie sie mit ihrer Armee umzugehen hatte, ob sie sie mit königlicher Würde beeindrucken oder als unverschleiertes Tanzmädchen bezaubern sollte. Carmichael Smyth beschreibt ihre anfängliche Weigerung, nach Jawaheers Tod mit der Khalsa zu sprechen, die Verkündung ihrer Bedingungen vor dem Summum Boorj, ihr Bestehen auf Lal Singh als Wazir an Stelle von Goolab und das Versprechen an die Khalsa, dass sie sie bald über den Sutlej senden würde. Broadfoots Bericht, der Nicolson zitiert, spricht für sich selbst:

Courts Brigade wollte Goolab Singh zum Minister machen, die anderen Brigaden schienen bereit, die Rani zu unterstützen, die sich während dieser Krise sehr mutig verhielt. Manchmal waren bis zu zweitausend dieser rücksichtslosen und ungehorsamen Soldaten im Durbar. Die Rani empfing sie unverschleiert, trotz der Vorwürfe der Anführer, was sie so bezauberte, dass sogar Courts Brigade zustimmte, sie als Machthaberin zu bestätigen, solange sie in ihr Lager kommen und sich unverschleiert unter ihnen aufhalten würde. Diese seltsamen unordentlichen Schurken rügten sie für ihr schlechtes Benehmen mit Lal Singh, selbst beim Anblick ihrer großen Schönheit und persönlichen Vorzüge, und empfahlen ihr, nachdem sie Einsamkeit nicht ertrug, wieder zu heiraten. Sie sagten ihr, sie könne wählen, wenn sie wollte, aus drei Klassen: den Anführern, den Akalis oder den weisen Männern. Sie widersprach ihnen tapfer und wies sie nicht nur zurecht, sondern beschimpfte sie in der schlimmsten Tonart, während sie mit Demut lauschten.

27 Flashman gibt nie wirklich genaue Daten an und trägt nichts dazu bei, das alte Geheimnis aufzuklären, wann genau die Sikh den Sutlej überschritten. Das bevorzugte Datum ist der 11. Dezember, aber Schätzungen von britischen und indischen Historikern bewegen sich zwischen dem 8. und dem 15. Sir Henry Hardinge erklärte den Krieg formell am 13. Wie Kushwant Singh betont, folgte das ziemlich sicher auf die Invasion der ersten Einheiten der Sikh. Die gesamte Operation muss einige Tage gedauert haben. Nicolson in Ferozepore sagt, dass die Invasion am 11. begann, Abbott ist sich aber sicher, dass Broadfoot schon am Morgen des 10. eine Nachricht erhielt.

28 Wäre sich Flashman nicht so sicher, wäre man versucht seinen Hinweis auf *Drink, puppy, drink* als noch eine weitere falsche musikalische Erinnerung zu sehen. Anderswo in den Papieren irrt er sich auch in der Erinnerung an Melodien (z.B. *The Gallopping Major, Old Folks at Home*), die noch gar nicht geschrieben waren. Zuerst wirken *Drink, puppy, drink* und *The Tarpaulin Jacket*, das er später zitiert, wie ähnliche Fälle von falscher Erinnerung. Beide wurden von seinem Offizierskameraden George Whyte-Melville (1821-1878) geschrieben. Dessen Werke wurden aber erst nach seiner ersten Pensionierung 1849 veröffentlicht. Wie Flashman sie dann 1845 gekannt haben kann und so sicher sein kann, dass es *Drink, puppy, drink* war, an das er sich nicht weniger als dreimal in diesem Band seiner Memoiren erinnert?
Eine glaubwürdige Erklärung gibt es. Obwohl in den Flashman-Papieren bis jetzt kein Hinweis auf seinen Offizierskameraden Whyte-Melville aufgetaucht ist, ist es doch leicht möglich, dass die beiden sich im ersten Jahr ihres Armeedienstes kennengelernt haben, als Flashman in Glasgow stationiert war und Whyte-Melville ein Unteroffizier bei den 93. (später Argyll und Sutherland) Highlandern war. In einer so kleinen Gemeinschaft wäre es seltsam, wenn zwei junge Männer, die so viel gemeinsam hatten, nicht zusammengekommen wären. Beide waren sie Söhne begüterter Gentlemen, die in die Aristokratie eingeheiratet hatten, beide waren großartige Reiter, kühne Sportler und beliebte Lebemänner. Sie könnten auch ein gemeinsames Band des Leids aus ihren Schultagen gehabt haben (Flashman in Rugby und Whyte-Melville in Eton unter dem berüchtigten Keate). Und wenn man bedenkt, dass Whyte-Melvilles nicht unbeträchtliches literarisches Talent von jener leichtfertigen, ungezwungenen Art war, die echte Amateure kennzeichnet (in seinem späteren Leben dienten all seine Tantiemen dazu, Leseräume für Stallburschen zu finanzieren und für ähnliche Wohlfahrtseinrichtungen), dann ist es möglich, dass Lieder wie *Drink, puppy, drink* schon in den Offiziersmessen und Klubs gesungen wurden, lange bevor ihr genialer Verfasser auch nur daran dachte, nach einem Herausgeber zu suchen.
Eine weitere interessante Entdeckung aus Flashmans Leiden in diesem Keller ist, dass Tom Browns Gebratenwerden vor dem Feuer im Klassenzimmer in Rugby (siehe *Tom Browns Schooldays*) nur eine Lektion war, die Flashman von dem grässlichen Dawson verpasst bekommen hatte, auf den er sich auch in *Flashman im großen Spiel* bezieht

29 Wie viele Sikhs den Sutlej überquerten, kann unmöglich gesagt werden, noch weniger, wieviele tatsächlich auf beiden Seiten des Flusses im Feld standen. Flashmans Schätzung von 50.000 mag gar nicht so weit hergeholt sein, aber ist ganz sicher die höchstmögliche Anzahl. Cunninghams Annahme lag bei 35.000 bis 40.000 plus einer weiteren Streitmacht unbekannter Größe, die auf Ludhiana vorstieß. Dagegen hatte Gough bloß höchstens 30.000, von denen nur 22.000 in der Nähe der Grenze und auch noch weit verstreut waren. Nach Cunningham war die Khalsa in der

Artillerie fast 2:1 überlegen.

30 Lal Singh sandte wirklich diese Botschaft an Peter Nicolson, Wort für Wort, außer das dort, wo Flashman „Khalsa" sagt, Lal „Armee der Sikh" geschrieben hat. Er informierte Nicolson auch von Jeendans Freundschaft und der Hoffnung, dass die Briten die Invasoren „zerstückeln" würden. Nicolsons Antwort war, dass Lal Ferozepore nicht angreifen, sondern verzögern und losmarschieren sollte, den Briten entgegen. Damit bestätigte er, was Flashman dem Wazir bereits gesagt hatte. Diese Beweise für Verrat wurden nicht sofort veröffentlicht, auf Grund von Nicolsons Tod, aber Dr. M'Gregor, der ein Jahr nach den Ereignissen schrieb, kannte offensichtlich die Wahrheit. Er wies darauf hin, dass ein Anführer wie Runjeet Singh soviel Schaden wie möglich angerichtet hätte durch Plündern und Brandschatzen auf breitester Front, und fügt hinzu: „Wir sind fast versucht zu glauben, dass die Anführer der Sikh ihre Truppen zusammenhalten wollten, damit die Briten eine faire und gute Gelegenheit bekämen, sie zu zerstören!" 1849 sagte Cunningham ganz direkt, dass das Ziel der Führung der Sikh war „ihre eigenen Truppen durch die Briten zerstreuen zu lassen". Er wusste von Lals Korrespondenz mit Nicolson, aber keine Einzelheiten. Im Lichte dessen, was diese beiden geachteten Historiker zu jener Zeit schrieben, ist es bemerkenswert, dass William Broadfoot 40 Jahre später die Anklage wegen Verrats gegen Lal und Tej zu bestreiten versucht. Er war auch nicht der Einzige, mindestens ein weiterer britischer Historiker dachte genauso. Falls aber trotz der Beweislage noch irgendwelche Zweifel geblieben sind, hat Flashman sie entkräftet. (Siehe Cunningham, Kushwant Singh, M'Gregor, Broadfoot und Herbert Compton, „Mudki and Firozsha" in *Battles of the 19th Century* [1896])

31 Da irrt sich Flashman ziemlich sicher. Leutnant-Colonel Huthwaite mag wirklich in der Lage gewesen sein zu sagen, welche Kanonen da verwendet wurden, aber die britischen Haubitzen erreichten Mudki erst am folgenden Tag (Siehe Fortescue).

32 Ein gerechtes Urteil, und Flashman hatte allen Grund mit sich zufrieden zu sein, denn obwohl die britische Streimacht nur leicht größer war als die Sikh, hatten sie bei der Infanterie einen Vorteil von 4 oder 5 : 1, was sich als entscheidend heraustellte. „Unbefriedigend und unverhältnismäßig teuer" lautet Fortescues Urteil. Er kritisiert zu Recht, dass Gough einen Feind, der im Dschungel stationiert war, frontal angriff. Aber wenn man bedenkt, dass die Briten in den beiden Tagen vor der Schlacht 60 Meilen zurückgelegt hatten, hätte es schlimmer kommen können.

33 Diese bemerkenswerte Beobachtung, so typisch für Broadfoot, wurde ursprünglich von ihm nach einem Kampf in Afghanistan gemacht, aus dem er schweratmend und mit blutverschmiertem Säbel hervorging. Er hatte drei Mann getötet und war selbst verwundet worden (Siehe Broadfoot).

34 Dies ist der einzige existierende Bericht über die außerordentliche Auseinandersetzung zwischen Hardinge und Gough vor Ferozeshah, obwohl das Wichtigste aus ihrer Unterhaltung bald Vertrauten mitgeteilt wurde. Charles Hardinge war Augenzeuge aus einiger Entfernung, wie er in der Biographie seines Vaters angibt, aber außer Hörweite. Einmalig oder nicht, der Streit entstand aus Hardinges Entscheidung, sich selbst als Soldat unter das militärische Kommando Goughs zu stellen, während er gleichzeitig seine Autorität als Generalgouverneur beibehielt. Das war ein riskantes Arrangement, aber verständlich. Es wäre dumm gewesen, Hardinges militärische Erfahrung nicht zu nutzen. Er war im Krieg in Spanien zweimal verwundet worden und hatte dabei eine Hand verloren. Er diente als Stellvertreter des Generalquartiermeisters der portugiesischen Armee und war in Waterloo dem preußischen Hauptquartier zugeteilt, wo er erneut schlimm verwundet wurde. Er war aktiv in der Politik tätig und diente Wellington als Kriegsminister, bevor er als Generalgouverneur nach Indien entsandt wurde (Siehe Hardinge und Anm. 40).

35 Dieser militärische Scherz machte im Zweiten Weltkrieg immer noch die Runde. Nur das 9. Infanterieregiment (Royal Norfolk) konnte eine Dame mit in die Barracke nehmen, die „Dame" war die Gestalt der Britannia auf dem Abzeichen ihrer Kappen.

36 Historiker streiten über das Verhalten der Sikh-Kavallerie. Einer beschreibt ihr Vorrücken als zögernd, Fortescue sagt, sie standen still, aber ein Augenzeuge nannte es „den großartigsten Anblick des ganzen Feldzuges, ihre Pferde sprangen und rannten, und das grelle Sonnenlicht blitzte von ihren Rüstungen und Speeren… sie kamen in schnellem Trab bis auf 400 Yards an die britischen Linien heran". Goughs Biograph erwähnt es kaum. Offensichtlich hängt es vom Standpunkt des Zuschauers ab, aber Flashman hat vielleicht Recht, wenn er glaubt, dass Whites Angriff entscheidend war.

37 Dieser Vorfall ist tatsächlich geschehen. Gough ritt mit „seinem tapferen Adjutanten" (C.R. Sackville-West, er hat Flashman offensichtlich vergessen) mit voller Absicht voraus, um das Feuer der Khalsa auf sich zu ziehen und hatte damit Erfolg. Er wurde kritisiert, sich sinnloser Weise in Gefahr gebracht zu haben. Es wurde aber auch argumentiert, dass die Auswirkung auf die Moral seiner Truppen entscheidend gewesen sein kann. Gough selbst dachte wahrscheinlich weder an Gefahr noch Moral, er scheint rein emotionell gehandelt zu haben, aus einer augenblicklichen Laune.

38 Flashmans Bericht über die beiden Tagen von Ferozeshah ist so vollständig und genau, dass nur wenig hinzugefügt werden kann. Für beide Seiten war es eine Schlacht der verpassten Gelegenheiten: Die Briten hätten sie am ersten Tag gewinnen sollen, aber das Tageslicht verging zu rasch (Hardinges Schuld, wie die Anhänger Goughs sagen), und in der Verwirrung des Nachtkampfes verloren sie den Vorteil, den sie am Tag errungen hatten. Die Sikhs hätten Goughs Streitmacht am zweiten Nachmittag überwältigen sollen, aber Tejs Verrat raubte ihnen den Sieg. Ein Punkt, den Flashman nicht erwähnt, ist, dass Tej gewartet zu haben scheint, bis er sicher war, dass Lal Singhs Verteidiger völlig geschlagen waren (einige waren in der Nacht desertiert, inklusive Lal Singh selbst, dessen persönliches Hauptquartier von den zornigen Akalis angegriffen und ausgeplündert worden war).
Es ist gesagt worden, dass am Abend des ersten Kampftages die britischen Kommandanten sich zur Aufgabe entschieden hatten. Ein Historiker der Sikh sagt das geradeheraus und zitiert das Tagebuch von Robert Cust, einem jungen politischen Offizier, der in Ferozeshah nicht einmal

dabei war. Tatsache ist, aus den Papieren von Hardinge und Gough geht klar hervor, dass eine Aufgabe noch nicht einmal angedacht wurde. Hardinge sagt klar, dass ein paar Offiziere mit „ängstlichen Vorschlägen zum Rückzug" an ihn herangetreten sind, die er glatt zurückwies. Auch an Gough traten Offiziere heran, „einige von ihnen von hohem Rang und wichtiger Stellung", die den Rückzug vorschlugen, zwei von ihnen behaupteten, sie würden für Hardinge sprechen. Gough glaubte ihnen nicht, sagte, er würde weiterkämpfen, und befragte Hardinge, der die Aussagen der Offiziere scharf zurückwies und Gough zustimmte, dass „Rückzug nicht einen Augenblick in Betracht gezogen werden durfte". Offensichtlich waren einige für Rückzug (außer dem unglückseligen Lumley), ebenso offensichtlich wurden sie von Gough und Hardinge zurecht gewiesen.

Flashman hat alles zu Tej Singh gesagt, er unterstützt die Ansicht, dass es sein Verrat allein war, der die Situation umdrehte. Dass Tej ein Verräter war, scheint klar zu sein, aber es ist gerade noch möglich, dass die Gründe, welche er angab, warum er Goughs erschöpfte Männer nicht angriff, eine gewisse Berechtigung besaßen. Vielleicht wusste er zum Beispiel nicht, dass die britische Artillerie keine Munition mehr hatte, und zögerte, eine befestigte Stellung anzugreifen. Es ist auch möglich, dass einige seiner Offiziere ihm zustimmten, weil dies vernünftige militärische Gründe waren. Irgendwie ist es sehr schwer vorstellbar, dass die Armee der Sikhs gegen den vereinten Willen ihrer Kommandanten nur durch Tejs Entscheidung allein zum Rückzug gebracht wurde.

Napoleons Schwert, das Hardinge von Wellington überreicht worden war, wurde von Ferozeshah zurückgeschickt, und Dr. Hoffmeister, ein Mann aus Prinz Waldemars Gefolge, wurde am ersten Tag getötet. (Siehe Rait, Hardinge, Fortescue, Compton, *Autobiography of Sir Harry Smith*, herausg. Von G.C. Moore Smith, Band II [1901]; Cunningham, Broadfoot, M'Gregor und *History of the Bengal European Regiment* von P.R. Innes [1885])

39 Das war tatsächlich die Entschuldigung, die Lumley vor Hardinge vorbrachte, warum er in informeller Kleidung erschienen war (Siehe Hardinge).

40 Flashmans Einstellung zu seinen militärischen Befehlshabern variiert von Zuneigung (Colin Campbell, Gough, Scarlett) über verschiedene Grade von Respekt (Ulysses Grant, Hugh Rose, Hope Grant) und Verachtung (Raglan, Elphinstone) bis zu amüsierter Sorge (Custer). Das Meiste davon ist verständlich. Warum er Hardinge so verabscheute, ist weniger offenkundig, denn der Generalgouverneur scheint freundlich gewesen zu sein und gar nicht unbeliebt. Sein Porträt zeigt nichts von der Pompösität und Kälte, die Flashman ihm zuschreibt. Es ist ziemlich wahrscheinlich, dass ihre augenblickliche gegenseitige Abneigung die Schuld unseres Helden war. Er war euphorisch, weil er einmal tatsächlich gute Dienste geleistet hatte, und ließ seine natürliche Frechheit zum Vorschein kommen, er war weniger als sonst bereit, sich einzuschmeicheln (Siehe auch der uncharakteristische Ausbruch Littler gegenüber). Der freche junge Politische muss in Hardinge wohl schlimme Seiten geweckt haben, und Flashman, immer bereit zu hassen, hat das mit Zinsen zurückgezahlt, mit einem Bild, das dem Generalgouverneur wahrscheinlich wenig gerecht wird, vor allem wenn es um Gough geht. Hardinge meinte es sicher ernst, als er an Peel schrieb, dass „Gough nicht der

Offizier sei, dem man die Führung des Krieges anvertrauen konnte". Man kann ihm wohl kaum die Schuld dafür geben, dass er einen etwas weniger launenhaften Oberkommandieren haben wollte. Die Katastrophe war nur durch ein Wunder abgewendet worden, und der Generalgouverneur dürfte sehr nervös gewesen sein mit einem General, von dem berichtet wurde, er habe, als den Kanonen die Munition ausging, gesagt: „Gott sei gedankt, jetzt kommen die Bajonette dran!" Zur gleichen Zeit erkannte Hardinge nicht, dass Goughs Schwierigkeiten durch ihn, Hardinge, selbst ausgelöst worden waren. Es kann gut sein, wie Goughs Biograph schreibt, dass der Generalgouverneur die Tendenz hatte, „sich alle tapferen Aktionen selbst zuzuschreiben" und alles Lob für Erfolge einheimsen wollte. Ob er damit Recht hatte, Gough bei Ferozeshah zu überstimmen, können wir nicht beurteilen. Entweder hat er ein Desaster verhindert oder Gough daran gehindert, den Sieg um einen wesentlich geringeren Preis an Menschenleben zu erringen. Es war eine seltsame und schwierige Situation für beide Männer, und es spricht für die beiden, dass sie trotzdem während des restlichen Feldzuges gut und freundschaftlich zusammenarbeiteten. Gough wusste nie etwas von dem Brief an Peel, und auch wenn Flashman (zornig wegen der Aussage, dass die Politischen keinen Nutzen hatten) vehement widersprechen würde, lag das vermutlich an Hardinges Taktgefühl (siehe Rait).

41 Weihnachtsbäume wurden in England 1840 von Prinz Albert nach seiner Hochzeit mit Queen Victoria wieder eingeführt.

42 Gough und Hardinge wiederholten in Sobraon ihren Streit von Ferozeshah: Gough wollte einen Frontalangriff durchführen, aber Hardinge bestand darauf, dass er auf die schwere Artillerie aus Umballa warten musste (Tatsache ist, dass Gough schon Wochen zuvor um diese Kanonen gebeten hatte und sie ihm damals von Hardinge verweigert worden waren). Der Generalgouverneur schlug vor, dass eine Attacke über den Fluss auf die Reservestellungen der Sikhs durchgeführt werden sollte, aber das wurde wieder von Gough verhindert.

43 Die Szene wird von Gardner ganz detailliert beschrieben. Er benennt die Stärke der Wachen der Rani mit vier Bataillonen.

44 „Die Rani wunderte sich öfter, warum ihr keine Eheallianz mit einem Offizier... angeboten worden war, der dann die Staatsgeschäfte mit ihr führen würde. Sie ließ sich von allen Offizieren Porträts schicken und für einen entwickelte sie ein besonderes Interesse und sagte, er müsse ein Lord sein. Der Name des Glücklichen ist nicht bekannt, und sehr zum Kummer der Maharani wurde auch nichts daraus. Sie nahm an, dass eine solche Heirat ihre und ihres Sohnes Zukunft abgesichert hätte." (Siehe Gardner, *Memoirs*, S. 298)

45 Pläne der Khalsa-Festung erreichten die Briten mit Sicherheit, fügten ihrem Wissen aber offensichtlich wenig hinzu.

46 Diese Bemerkung bezieht sich sicherlich auf den seltsamen Fall des Captain Battreau, der als junger Soldat in der französischen Armee ein Chassepot-Gewehr getragen hatte, mit der Seriennummer 187017, im Deutsch-Französischen Krieg von 1870. Während eines Gefechtes im Dschungel von Dahomey im Jahr 1891 entwaffnete Battreau, der nun ein

Offizier in der Fremdenlegion war, einen Gegner und entdeckte, dass dessen Waffe das gleiche Chassepot war, das er am Ende des Krieges von 1870 abgegeben hatte. Diese Geschichte wurde bestätigt von P.C. Wren, selbst ein Ex-Legionär, der sie in seinem Buch *Flawed Blades* (1932) erwähnt. Flashman starb im Jahr 1915 und war viele Jahre vor Battreau im Dienst der Legion, also hat er die Geschichte wahrscheinlich in einem französischen Nachrichtenmagazin im Jahr 1891 gelesen.

47 Der kleine Unterschlupf, den Tej für sich in Sobraon bauen ließ, war genauso wie Flashman ihn beschreibt. Er wurde nach Plänen konstruiert, die ein brahmanischer Astrologe festgelgt hatte. Der innere Umfang entsprach dreizehn und ein halbes Mal Tejs Bauchumfang, die Wand selbst war 333 lange Reiskörner dick, die man Ende an Ende gelegt hatte. Tej verbrachte mehr Zeit damit, seine Erbauung zu überwachen als mit seinen Pflichten als Oberkommandierender. Er zog sich regelmäßig dort hin zurück, um zu beten. Hilfe bei den Maßen wurde von einem europäischen Ingenieur (vielleicht Hurbon) mit einem Zollstock gegeben (Siehe Carmichael-Smyth).

48 Colonel Hurbon, ein Spanier, war der einzige europäische Offizier, der in diesem Krieg gegen die Briten kämpfte. Angeblich soll er die Befestigungen von Sobraon entworfen haben, die der Historiker Cunningham, der selbst Ingenieur war, als unwissenschaftlich abtut. Vielleicht waren sie das auch, denn nicht einmal eine größere Anzahl hätte genügt, um sie zu halten. Gardner beschreibt ihn einfach als „feinen Soldaten" und sagt, er sei sehr tapfer gewesen.

49 Ziemlich sicher war das Sham Singh Attariwala, ein Veteran mit mehr als 40 Jahren Militärdienst, der das letzte Gefecht der Khalsa in Sobraon angeführt hatte (Siehe Kushwant Singh, M'Gregor).

50 Sobraon war die Entscheidungsschlacht im Krieg gegen die Sikh – vielleicht eine der Entscheidungsschlachten der Geschichte, denn sie sicherte den Briten Indien für weitere 100 Jahre, mit allen Konsequenzen, die das für die Zukunft Asiens hatte. Gough beschreibt sie als das indische Waterloo (eine Bezeichnung, die Flashman Ferozeshah zuschreibt), und es gibt nur wenige gegenteilige Ansichten. Dieses eine Mal spielte Verrat kaum eine Rolle im direkten Kampf der Khalsa mit der Company. Das Glück war gegen die Sikhs, weil das Hochwasser des Sutlej ihnen einen Rückzug und den Kampf an einem anderen Tag unmöglich machte. Eingekesselt konnten sie den Kampf nur ausfechten, was sie mit Disziplin und Mut taten. Sie riefen die uneingeschränkte Bewunderung ihrer Feinde hervor, vor allem die Goughs. „Die Politik verhinderte, dass ich öffentlich meine Gefühle kundtat über diese großartige Tapferkeit oder die heldenhaften Taten, die wir sahen... in der Armee der Sikh", schrieb er. „Ich hätte weinen können beim Anblick des Schlachtens von so treuen Männern." Thackwell, der die britische Kavallerie anführte, sagte einfach: „Sie liefen niemals davon." Harding schrieb: „Wenige entkamen, keiner, kann man sagen, ergab sich." Einen Streitpunkt gibt es unter Historikern, und er betrifft den Zusammenbruch der Bootsbrücke. Viele glauben, dass sie absichtlich von Tej Singh zerstört wurde, der während des Kampfes floh und angeblich eine der mittleren Barken entfernen ließ. Andererseits sah Charles Hardinge, wie sie zusammenbrach, und sein Bericht, so wie der Flashmans, vermittelt

den Eindruck, dass sie unzerstört war, bis das Gewicht der Flüchtenden sie zum Zerreißen brachte. „In diesem Augenblick sah ich die Brücke, überfüllt mit Soldaten aller Waffengattungen, Pferden und Kanonen, wie sie hin- und herschwankte, bis sie schließlich mit einem großen Krach verschwand… Der Fluss schien lebendig zu werden durch die zappelnde Masse von Männern."
Die Verluste der Sikhs beliefen sich auf ungefähr 10.000 Mann, gegen 320 Tote und mehr als 2.000 Verwundete auf Seite der Briten, aber man muss bedenken, dass die meisten Männer der Khalsa im Fluss starben. Eine Zeit lang war der Kampf auf Messers Schneide gestanden. Als seine erste Attacke zurückgeschlagen wurde, führte Gough einen Angriff auf das Zentrum und die rechte Seite durch. Sein Kommentar, als er zusah, wie Gilberts Männer die Wälle stürmten, war: „Guter Gott, sie werden ausgelöscht werden!" (Siehe Hardinge, Innes, Rait, Kushwant Singh und andere)

Lord Napier

51 Später Feldmarschall Lord Napier von Magdala (1810-1890), berühmt für den wahrscheinlich erfolgreichsten Feldzug des Empire, den Marsch auf Magdala in Abessinien (1868), an dem Flashman angeblich auch teilgenommen haben soll. Napier war ein brillanter Soldat, Organisator und Ingenieur, aber seine große Hingabe galt der Kunst. Mit 78 Jahren nahm er immer noch Unterricht.

Sir Henry Lawrence

52 Sir Henry Lawrence (1810-1857) ist am besten bekannt für seine Verteidigung von Lucknow während der indischen Meuterei, bei der er umkam, aber schon zuvor hatte er eine außerordentliche Karriere im Militärdienst und beim politischen Dienst hinter sich gebracht. Er diente in Burma und in den Kriegen gegen die Afghanen und die Sikhs. Hochgewachsen, dürr, von heißem Temperament und keinen Widerspruch duldend hatte er auch eine romantische Seite und war der Autor einer Liebesgeschichte, *Adventurer in the Punjab*, die nach Meinung Dr. M'Gregors eine echte Goldmine an Wissen über das Land und seine Politik war. Es gelang ihm, nach dem Krieg Maharani Jeendan in Lahore zu treffen, als Gardner sie überredete, über eine Gartenmauer hinweg ihren Kopf und ihre Schultern zu zeigen „zur dankbaren Freude der Offiziere (Lawrence und Robert Napier)" (Siehe M'Gregor, Gardner).

53 Wie auch in den früheren Bänden der Flashman-Papiere wird man daran erinnert, wie klein eigentlich die Gruppe von Offizieren war, die das Schicksal des Empire in Afrika und dem Fernen Osten prägten. Die gleichen Namen kreuzen wieder und wieder Flashmans Weg: Napier, Havelock, Broadfoot, Lawrence; Herbert Edwardes, der Lawrence' Assistent war und während der Meuterei großen Ruhm errang, der wilde John Nicholson, der doch tatsächlich von einer Sekte an der Grenze, den Nickleseynites, als Gottheit verehrt wurde; Hope Grant, der einsilbige, Cello spielende Schotte, der den Marsch auf Peking anführte und von Flashman als der gefährlichste lebende Kämpfer eingeschätzt wurde; „Rake" Hodson, der gewalttätige Bandit, der die berühmten Guides kommandierte und Hodson's Horse begründete; und andere, die er anderswo traf, wenn auch nicht im Pandschab:

Hope Grant

Frederick „Bobs" Roberts, Garnet Wolseley, das ursprüngliche „Modell eines modernen Generalmajors"; „Chinese" Gordon von Khartoum und der einarmige Sam Browne, dessen Gürtel ihn zum Berühmtesten von allen gemacht hat. Eine bemerkenswerte Truppe, die nur zwei Wege einschlug: entweder Ritterschlag (oder Peerswürde) und Generalsrang oder ein Grab irgendwo am Ende der Welt.

54 Dr. W.L. M'Gregor, der während des ganzen Krieges gegen die Sikh diente, ist einer seiner wichtigsten Historiker und ein echter Enthusiast, was militärische Medizin betrifft. Jeder, der etwas über diesen Krieg lernen möchte, sollte ihn studieren, ebenso wie Captain J.D. Cunningham, der ebenfalls bei diesem Feldzug dabei und beim politischen Dienst war. Sie stimmen nicht immer überein, aber ihr Wissen über den Pandschab und seine Persönlichkeiten machen sie zu unschätzbar wertvollen Quellen.

55 Die Bedingungen des ersten Vertrages von Lahore, vom 9. März 1846, finden sich bei Cunningham, M'Gregor und Hardinge. Sie entsprechen denen, die Goolab Singh vorhersagte, mit zusätzlichen Klauseln, die britischen Truppen den Durchmarsch durch den Pandschab gestatteten, einem Versprechen, sich nicht in interne pandschabische Angelegenheiten einzumischen und dem Verbot, europäische oder amerikanische Söldner ohne britische Zustimmung für den Pandschab anzuheuern. Ergänzende Abschnitte sahen die Stationierung einer britischen Streitmacht in Lahore für ein Jahr vor – dies geschah auf Bitten des Durbar, der zu Recht glaubte, dass er Schutz benötigte.

56 Goolab Sing, das „Goldene Huhn" und der Sturmvogel von Kashmir, war tatsächlich genauso schlecht und gleichzeitig charmant, wie Flashman ihn beschreibt. Er wurde um 1788 geboren, und seine Laufbahn von Intrigen, Morden, Kriegen und Schurkereien zu beschreiben, würde ein langes Kapitel benötigen. Es genügt zu sagen, dass er als Anführer der Dogra-Hindus den Machtkampf, der dem Tod Runjeet Singhs folgte, nicht nur überlebte, sondern sogar ein eigenes Königreich bekam, Kashmir. Das gelang ihm durch schamloses Doppelspiel. Er verschwor sich mit den Briten, während er gleichzeitig Sympathien für die Sache des Pandschab heuchelte, und keiner hat jemals besser zwei Feinde gegeneinander ausgespielt. Sein Charakter wurde ganz großartig von seinem Freund und Agenten, Colonel Gardner, beschrieben, der ihn abstoßend, ehrgeizig, gierig und zur schlimmsten unmenschlichen Grausamkeit fähig nennt, womit er seine Gegner das Fürchten lehrte. Gleichzeitig war er liebenswürdig, freundlich, opiumsüchtig, ein begabter Geschichtenerzähler und Freund auch noch seines geringsten Untertanen, ein guter Soldat und kräftiger Kämpfer und ein weiser und vorsichtiger Herrscher. Vielleicht das Bezeichnendste für ihn ist die Tatsache, dass Gardner seine Charakterstudie zwar noch zu Goolabs Lebzeiten veröffentlichte, die beiden aber trotzdem die besten Freunde blieben (Siehe Gardner, Carmichael Smyth u.a.).

Glossar

Babu	Schreiber
Badmash	Bandit
Bahadur	Kriegsheld
Bandobast	Geschäft
Basha	Eingeborenenhaus
Chabeli	Liebling
Chaggle	leinerner Wassersack
Charpoy	Indisches Bett
Chi-Chi	Halbblut, Mischling
Chico	Kind
Chota-wallah	kleiner Kerl
Chowkidar	Polizeibeamter
Chubbarao	Seid still!
Cos	eineinhalb Meilen
Daffadar	Kavalleriekommandant von 10 Mann
Dasahra	Fest der Sikhs im Oktober
Doab	Landstrich zwischen Flüssen
Durbar	Audienz, Audienzsaal, auch die Regierung des Pandschab
Feringhee	Fremder
Ghat	Landungsbrücke am Fluss, Steg
Gora Sahib	Engländer
Gorracharra	irreguläre Kavallerie der Sikhs
Hakim	Apotheker
Havildar	Sergeant
Husoor	respektvolle Anrede
Jampan	eine Art Tragsessel
Jangi lat	Kriegsherr (hier: der englische Oberkommandierende)
Jawan	eingeborener Soldat
Jemadar	Leutnant
Jezzail	afghanische Muskete
John Company	die Ehrenwerte Ostindische Gesellschaft

406

Khalsa	die Armee der Sikhs
Kunwari	Ehrentitel, der Jeendan gegeben wurde (Kunwar ist der Sohn eines Maharadschas)
Maidan	Ebene
Malki lat	Herr des Landes (hier: der englische Generalgouverneur)
Mallum	Verstanden!
Munshi	Lehrer
Naik	Korporal
Nautch	Tanzmädchen
Palki	Sänfte
Panch, Panchayat	Soldatenkommittee der Sikhs
Parwana	Ruf, Aufforderung
Pice	Kupfermünzen
Poshteen	Mantel
Puggaree	Turban
Punkah	großer Fächer
Rissaldar-Major	Sergeant-Major der Kavallerie
Shabash	Bravo
Shave	Gerücht
Sirdar	Anführer
Sirkar	Regierung (hier: britische)
Sowar	Kavallerist
Subedar	dienstälterer Unteroffizier
Tik hai	In Ordnung!
Tulwar	Schwert der Sikh
Vakil	Agent

Die Flashman-Bibliographie

Flashman (1969)

Flashman: Karrieren eines Kavaliers.
Deutsch von Paul Baudisch. Hamburg: Hoffmann u. Campe, 1971.

Der Husar der Königin: Flashmans Abenteuer in Afghanistan.
Stuttgart : Europ. Bildungsgemeinschaft, 1973

Flashman: Karrieren eines Kavaliers.
München: Deutscher Taschenbuch-Verlag, 1974.

Flashman – Im Dienste Ihrer Majestät.
Frankfurt/M.: Ullstein, 1984.

Flashman – im Dienste Ihrer Majestät.
Frankfurt/M: Ullstein, 1993.

Royal Flash (1970)

Flashman, Prinz von Dänemark.
Deutsch von von Helmut Degner. Hamburg: Hoffmann und Campe, 1972.

Flashman, Prinz von Dänemark.
München: Deutscher Taschenbuch-Verlag, 1976.

Flashman – Prinz von Dänemark.
Frankfurt/M: Ullstein, 1984.

Flash for Freedom! (1971)

Flashman, Held der Freiheit.
Deutsch von Helmut Degner. München: Deutscher Taschenbuch-Verlag, 1977.

Flashman – Held der Freiheit.
Frankfurt/M. : Ullstein, 1984.

Flashman at the Charge (1973)

Flashman im Krimkrieg.
Deutsch von Ute Tanner. Frankfurt/M : Ullstein, 1985.

Flashman in the Great Game (1975)

Flashman - Im großen Spiel.

Deutsch von Henriette Beese, bearb. von Hans-Ulrich See-
bohm. Frankfurt/M: Ullstein, 1985.

Flashman's Lady (1977)
Flashmann – Die Piraten von Borneo.
Deutsch von Wolfgang Proll. Frankfurt/M.: Ullstein,
1986.

Flashman and the Redskins
Flashman und die Rothäute.
Deutsch von Wolfgang Proll. Frankfurt/M.: Ullstein, 1987.

Flashman and the Dragon (1985)
Flashman – Der chinesische Drache.
Deutsch von Herbert Schuster. Frankfurt/M: Ullstein,
1987.

Flashman and the Mountain of Light (1990)
Flashman und der Berg des Lichts
Deutsch von Marion Vrbicky.
Erkrath: Strange Verlag, 2002

Flashman and the Angel of the Lord (1994)

Flashman and the Tiger (1999)

Die Flashman-Chronologie

Flashman
Frühe Jahre; Afghanistan Krieg 1839-1842.

Royal Flash
Lola Montez und Otto von Bismarck 1842-43; Schleswig-Holstein-Krise 1847-48.

Flashman – Held der Freiheit
Amerikanischer Sklavenhandel 1848-49.

Flashman im Krimkrieg
Krimkrieg, 1854; Zentralasiatische Konflikte, Schlacht um Fort Raim 1855.

Flashman im großen Spiel
Indischer Sepoy Aufstand 1856-58.

Flashman – Die Piraten von Borneo
Piratenkampf unter Sir James Brooke auf Borneo, Madagaskar 1842-45.

Flashman und die Rothäute
Goldrausch 1849-50; Schlacht am Little Big Horn, 1876.

Flashman – Der chinesische Drache
Taiping Rebellion, 1860.

Flashman und der Berg des Lichts
1. Sikh-Krieg, 1845-46.

Flashman and the Angel of the Lord
John Brown's Angriff auf Harper's Ferry 1858-59.

Flashman and the Tiger
enthält die Novellen:

a. The Road to Charing Cross
Berliner Kongreß, Vertrag von San Stefano, 1878; Leibwache
bei Kaiser Franz Josef, 1884.

b. The Subtleties of Baccara
Tranby Croft Skandal, 1890.

c. Flashman and the Tiger
Zulu-Krieg, 1879, und Tiger Jack Moran (Sherlock Holmes),
1894.

Inhalt

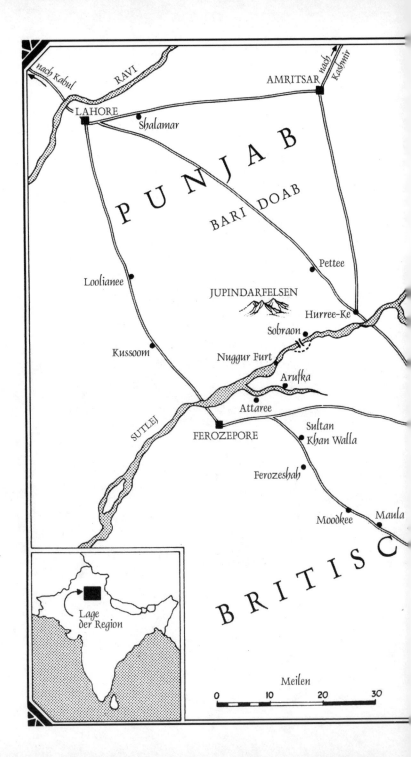

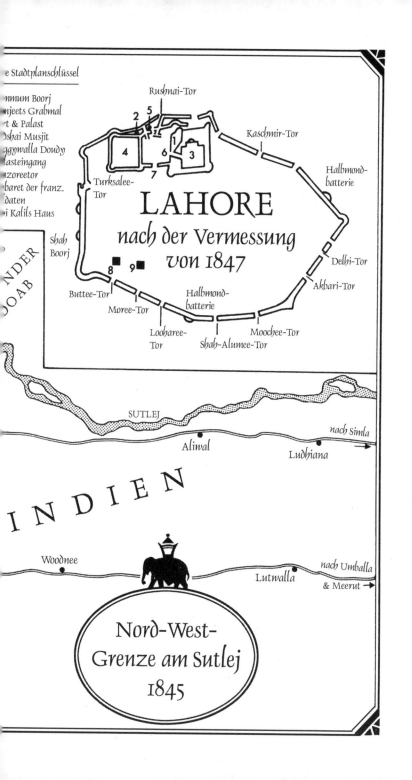

e Stadtplanschlüssel

nmum Boorj
njeets Grabmal
t & Palast
shai Musjit
ggywalla Doudy
asteingang
zoreetor
baret der franz.
daten
i Kalils Haus

Rushnai-Tor

5
2
4
6   3
7

Kaschmir-Tor

Halbmond-
batterie

Turksalee-
Tor

LAHORE
nach der Vermessung
von 1847

Delhi-Tor

Shah
Boorj

NDER
OAB

8   9

Akbari-Tor

Buttee-Tor

Moree-Tor

Halbmond-
batterie

Looharee-
Tor

Shah-Alumee-Tor

Moochee-Tor

SUTLEJ

nach Simla

Aliwal

Ludhiana

I N D I E N

Woodnee

Lutwalla

nach Umballa
& Meerut →

Nord-West-
Grenze am Sutlej
1845

Bereits erschienen

A ls Sklave soll der abgeurteilte Arzt
Peter Blood 1685 auf Barbados einem
brutalen Plantagenbesitzer dienen. Der
Angriff spanischer Soldaten ändert
sein Leben: Der Arzt wird zum
gefürchteten Freibeuter. Vor Captain
Blood zittert die ganze Karibik.

„CAPTAIN BLOOD ist nach wie vor
der authentischste und beste Piratenroman.
Mir ist er lieber als Stevensons
SCHATZINSEL."
                —*George MacDonald Fraser, Autor der*
                            FLASHMAN-Chroniken

Rafael Sabatini (1875-1950), bei uns weit
gehend unbekannt, ist einer der großen
Meister des historischen Romans, der Vorlagen
für viele Hollywood-Erfolge lieferte.

Deutsche Erstausgabe, aus dem Englischen von
Joachim Pente, Hardcover, 426 Seiten.

€ 24,00 • ISBN 3-89064-812-6